目录

第三十五章 庇护 001

第三十六章 不安 014

第三十七章 暴毙 027

第三十八章 打牌 039

第三十九章 后悔 051

第四十章 礼品 064

第四十一章 撞见 077

第四十二章 交谈 090

第四十三章 同行 103

第四十四章 乱麻 116

第四十五章 归家 128

第四十六章 生变 140

第四十七章 指点 153

第四十八章 态度 166

目录

第四十九章 暴露 〉179

第五十章 疑惑 〉192

第五十一章 出阁 〉205

第五十二章 离别 〉218

第五十三章 有理 〉230

第五十四章 搬家 〉242

第五十五章 婚事 〉255

第五十六章 家宴 〉267

第五十七章 私语 〉280

第三十五章　庇护

集萤半晌无语。

周少瑾也不敢催她，就静静地陪着她坐着。

好一会儿，集萤突然哂然一笑，道："算了，我和你说这些做什么？有些事你又不懂！"然后拉了周少瑾的手，真诚地道："谢谢你来看我。我心里好受多了。"她苦笑道："我恐怕还要在程家住几年了，希望你别觉得我烦就好！"

"怎么会？"周少瑾也不知道怎么安慰她好，只好认真地道："你若是哪天憋着难受了，就找我说说。我虽然听不懂，可有的时候，你把话说出来了，心里也就不那么难受了。"就像她那几年在大兴的田庄，表面上若无其事，实际上心里却苦不堪言。如果不是在家里设了个小佛堂，能把那些说不出口的话都说给菩萨听，她恐怕早就疯了。

周少瑾的宽和温柔让集萤犹豫起来。是啊，有些话周少瑾懂不懂又有什么关系呢？她是真心关心自己的人，这就足够了。她陡然间又有了诉说的欲望。

"我们计家的人曾经一路护送樊祺到京城，"集萤想了想，道，"你肯定早就知道我们计家和平常的人家不太一样了吧？"

周少瑾点了点头。她怀疑计家是在江湖上讨生意的。

"沧州四大武馆，我们计家就是其中一家，而且已经传承快二百年了。"集萤道，"穷习文，富习武。练武的人，要有好身体，就得吃得好。可开武馆、给人保镖、做护院又能赚多少钱？所以我们家私底下贩私盐。"

周少瑾吓了一大跳。

集萤笑了笑，继续道："从前贩私盐都是想办法从盐场里偷盐，那样风险大，又容易被朝廷盯上。到了我太祖父手里，我们家就开始和漕帮的人一起做这买卖。焦子阳家，就是漕帮三大当家之一。我和焦子阳也是这样认识的。后来的事你也知道了。

"只是这次我回去没有想到的是你池舅舅竟然和漕帮结了仇。漕帮拿你池舅舅没办法，就打上了我们计家的主意。我和焦子阳有婚约，不要说漕帮，就是整个江湖都知道的。你池舅舅放了我回去，漕帮就打起了我的主意。居然要焦子阳骗了我过门，等我生下一儿半女之后，再逼我父亲一起对付程子川。焦子阳那混蛋，还说是为了和我在一起才答应他爹的，说以后我们有了孩子，既是我爹的外孙还是他爹的孙子，看在孩子的分儿上，他爹肯定不会逼我做我不愿意做的事的。"

"那你相信了？"周少瑾本能地觉得这焦子阳靠不住。若是他真的喜欢集萤，当初就算是误会集萤做了池舅舅的通房，他气过之后也应该找集萤对质或是问个明白才是。扭头就走，一走就没了消息，等到集萤回家，又骗了集萤和他私奔，怎么也不是个有担当的男儿做得出来的事。

"我要是信了他，还回来干什么？"集萤说着，眼眶红了起来，"聘者为妻奔为妾。我要是真和他私奔了，等有了孩子，我名不正言不顺地跟了焦子阳，于焦家来说，不管是我还是我的孩子都什么也不是，说不定到时候焦家还多了桩威胁我爹的理由！我气疯了，"她说着，有些心虚地看了周少瑾一眼，声音也低了下来，"一剑削断了焦子阳拿

· 001 ·

剑的那条胳膊。他是焦家的独子，若是他爹退下来之前他的儿子不能独当一面，焦家肯定保不住三大当家的位置了，我爹也保不住我，我只好又跟着你舅舅回来了。"

原来她是回来避祸的！周少瑾瞪大了眼睛，道："削得好！像焦子阳这样的人，就应该狠狠地教训他一顿，让他知道随便欺负女人是什么下场！"

她很佩服集萤。集萤比她坚强多了，她遇到事的时候只知道哭，集萤却为自己报了仇。周少瑾看集萤的目光充满了敬佩。

集萤有点发蒙，道："你，你不怕我把祸事引到你们家来吗？"

这个，周少瑾还真没有想过。她老老实实地道："你爹既然让你跟着池舅舅回来，肯定是觉得池舅舅能庇护你，不然就算是把祸水东引，一样保不住，还不如把你藏在哪个庙或是哪个庵堂里呢！"

集萤哈哈大笑，忍不住去拧她的脸，道："你怎么突然变得这么聪明了！平时看着你挺傻的啊！"

周少瑾一把打落了她的手，不悦地道："我又不傻，只是有时候不想把那些人想得那么坏而已。"

集萤望着她直笑。

周少瑾想到程池金贵雍容的样子，后知后觉地有些开始担心起来，道："池舅舅他，应该能够庇护你吧？"惹得集萤又是一阵大笑。

周少瑾恼羞成怒，道："我和你说正经事，你要是再这样，我就不理你了。"

"好，好，好。我不笑话你。"集萤好不容易才止住了笑，低声道，"程子川在江湖上另有名号，大家都不知道他的底细。漕帮打我的主意，也是因为知道我给程子川做了婢女，想着我肯定知道程子川家在哪里，想拿了程子川的家里人威胁程子川。"她说着，露出鄙夷的神色，道，"我爹爹说了，只要我好好地待在程子川的身边，就算是漕帮的人知道了，也拿我没有办法。"

周少瑾心里怦怦乱跳了两下就平静了下来。梦中程家是被朝廷抄斩的，不是被江湖人血洗的。她不由道："那你以后可得小心，别再出去乱晃了，就待在家里。"想了想，道："跟着我学点女红好了，又可以打发时间。你以后嫁了人，还可以给孩子做点小东西。"

集萤表情有些怪异，好像强忍着笑似的。

周少瑾道："怎么了？"

"没什么。"集萤忙道。心想十年之期到了之后，谁知道程子川还护不护着她，她有空学女红还不如想办法好好练练武艺，防身保命，这比什么都强啊！可她知道，周少瑾不是自己这个圈子的人，跟她说这些，只会让她担心而已，索性顺着周少瑾的话说。

周少瑾不由好奇道："池舅舅怎么会惹上江湖人？"是不是因为这样，所以最后程家满门抄斩的时候，池舅舅能指使那些江湖上的人劫法场救走了程许？

集萤笑道："你以为江湖是什么？江湖就是三教九流！读书人也好，商贾也好，行船走马的也罢，都是三教九流中的一种罢了。程子川要买卖天下，不和江湖人打交道怎么能行？"

周少瑾还是觉得怪怪的。

那么多做生意的人，难道都要像池舅舅这样吗？可她认识的那些生意人怎么都是小心谨慎，不敢行差踏错一步的呢？或者是因为池舅舅的生意做得特别大吧？周少瑾在心里自我安慰着，问集萤："那些人会找来吗？那天我们在江北桥见到的那个人是不是也是江湖人？"

那些人会找来吗？集萤也不知道。她现在只是本能地相信父亲的话，相信程子川的能力。所以她对这个问题避而不答,而是笑道:"你眼光还挺不错的。那天我们在江北桥见到的那个人叫萧镇海,是东北人,家里做药材皮毛生意,挺厉害的。早年间程子川也不知道发了什么病,跑去长白山挖人参,结果遇到了萧家的人。那是人家萧家的地盘,他连声招呼都不打就去挖参,萧家的人肯定不乐意了。后来他把人家萧家的参场给毁了,萧家没有办法,下了禁口令。之后长白山就成了程子川的后院,他心情不好的时候去逛逛,萧家烦他都烦死了。"

"那,那人很厉害吧?"周少瑾想到集萤见到萧镇海时的情景。

"嗯!"集萤道,"我爹遇到了他都要打起十二分的精神。"她说着,这时才慢慢有些明白父亲的用意,语速不由得慢了下来,"程子川实际上挺厉害的,他惹了那么多人,大家都拿他没办法,主要还是他会做生意。贵州米家就不敢惹他,他去了之后好吃好喝地招待他,他说什么是什么,结果米家由他牵头,和朝廷一起挖银矿,朝廷还给了米家一个世袭从四品宣抚使的头衔。"

周少瑾也渐渐听出点音来,她问:"像他们这样的人家是不是都很穷?"说到这里,她想到了集萤家,"或者是有钱但钱的来路不正,所以他们想求池舅舅想个办法赚钱或是帮他们做正道生意?"

"就是这个意思。"集萤不用再多说,松了口气,道,"反正不管是威胁也好,利诱也罢,大部分人都是这个意思。"至于少部分人,她觉得还是别告诉周少瑾的好。

周少瑾松了口气。只要有求于人就好,池舅舅手里既然有底牌,就不必太担心。集萤的父亲和池舅舅打赌,最后还把女儿送给池舅舅做婢女,说不定也是这个目的……有点像书里写的春秋战国时的投名状、质子之类的。她又高兴起来,正想问集萤一路上的情景,有人在门外咳了一声,道:"集萤姑娘,四爷请您过去说话!"

周少瑾忙站了起来,朝着集萤使了个眼色,示意她等会儿服个软,不要和程池对着干。

集萤根本没有注意到周少瑾的眼神。她很慌张!回家的时候她一副逃出生天的模样儿,不知道有多高兴呢,甚至没有去给程子川道别。结果回去没几天,她又灰溜溜地回来了,而且有些掩耳盗铃般地躲在屋里,根本就没有和程子川碰面。

漕帮的事多半是瞒不过程子川的,以程子川阴晴不定的性子,到底会不会收留她,别说是她了,就是她父亲也有些拿不准,只是反复地叮嘱她"你咬紧了牙只说是回来看看的,看过了父母兄弟自然就要回去了。他要是不认账,我和他还有十年之约,不打紧的,你不用怕"。

她怎么会不害怕呢?父亲如果有把握,还会这样反复地叮嘱她吗?如果程子川不收留她,她该怎么办呢?

周少瑾从来没有在集萤的脸上看到过这样的表情,像犯了什么大错似的。她忙上前握住了集萤的手,低声安慰她:"没事的,池舅舅人很好,你等会儿记得不要乱发脾气,好好地和他说话……"

只是她的话还没有说完,门外的婆子已催促般地喊了声"集萤姑娘"。

周少瑾的手非常柔软而又温暖,集萤的心慢慢地沉静下来。反正已经不能回头了,大不了拼个鱼死网破,有什么了不起的!不对,就算能回头,她也不后悔一剑削断了焦子阳的胳膊。那还有什么好后悔、好害怕的呢!

集萤顿时心中充满了勇气,笑着朝周少瑾点了点头,去开了门。

门外的婆子有双沧桑的眼睛,五十来岁的样子,身材高挑清瘦,乌黑的头发整整齐齐地绾在脑后,包着靛蓝色印白色双莲纹的粗布头巾,簪了根桃木簪子,穿着靛蓝色素面粗布喜鹊袍,看上去干净整洁,干练爽利。

"二表小姐。"她恭敬地和周少瑾见礼，神色间却不卑不亢，仿佛哪家主事的太太，一点也不像个仆妇。

集萤指了指那婆子，道："这是四老爷身边服侍的商嬷嬷。"

周少瑾笑着和她打了个招呼，想了想，把集萤拉到了一旁，和她耳语道："你别怕。我诰表哥要成亲了，请了池舅舅做媒人……"

害怕和媒人之间本来没有一点点的关系，可这个人换成了程池……怎么就那么让人觉得可笑！集萤忍不住哈哈大笑。

她就知道，这样肯定能让集萤的心情变得轻松些！周少瑾莞尔，道："那你快去吧！别让池舅舅等久了。"

"多谢！"集萤真诚地向她道谢，和商嬷嬷去了鹂音馆的正院。

周少瑾去了佛堂抄经书。等到屋里的光线渐渐暗了下来，她放下了手中的笔，寻思着自己是不是不要这么勤奋，照这下去，最多四月底就可以抄完了。她翻着只剩下一小叠的经书叹了口气。

春晚听到动静走了进来，道："二小姐，集萤姑娘已经在外面等了你一下午了！"

周少瑾心中一跳，站起身就出了佛堂。春日的余晖有些短，集萤坐在佛堂的廊庑下正望着满天的晚霞发着呆，橘色的霞光落在她的面孔上，让她的五官都变得柔和起来。

周少瑾笑道："来了怎么不进来？"

集萤笑着回头，道："你的经书抄完了？我怕打扰你。听施香说，你就快要抄完了。我想你肯定想早点抄完了好回畹香居。我来找你也没有别的事，程子川，嗯，四爷这人还是挺不错的，把我叫了去，只说让我以后要听南屏的话，寒碧山房不比藻园，若是我再敢犯错，就把我送回家去。"她说着，抿着嘴笑了起来，眉宇间说不出来的欢快，"我以后说不定真得跟着你学女红了！"

"好啊，好啊！"周少瑾也为她开心，道，"我就说嘛，池舅舅不是那种铁石心肠的人，他若是有能力，肯定会收留你的。"

这句话集萤觉得没办法赞同，但程子川这次对她网开一面，她还是很感激的，因而听周少瑾这么说的时候，她笑盈盈地点了点头。

周少瑾道："这是件值得庆祝的事！嗯，要不你到我那里用晚膳吧？不行，你还是先回去跟南屏说一声，看等会儿你当不当值。若是不当值，你就去我那里用晚膳；若是当值，我们改在你不当值的那天就是了。反正你已经留下来，也不急这一两天。我就是觉得这件事很好，应该庆祝庆祝！"

集萤听了直笑，道："四爷没说我当值的事，我想应该没关系的。"

"真的没关系吗？"周少瑾确认道，"这是你回来的第一天，你可别第一天就犯了错。"

"哎哟！你可真是啰唆。"集萤拉了周少瑾就走，"去你那里吃饭去！你让厨房里给我做点好吃的，我这几天担惊受怕的，睡也没有睡好，吃也没有吃好！"

周少瑾咯咯地笑，等春晚收拾好东西，一起回了畹香居。

程池正在看账本，见怀山走了进来，道："集萤去了畹香居？"

"嗯！"怀山道，"周家二表小姐说，这是件值得庆贺的事，所以请了集萤去畹香居用晚膳。"

程池点了点头，继续看账本。怀山站在那里没有动。程池抬头，道："还有事？"

怀山嘴角翕动，鼓足了勇气道："四爷，计家这样算计我们，难道我们就这样算了不成？"

程池道："你都知道计家在算计我们，难道计家自己不知道？漕帮不知道？"怀山听不明白。

程池懒得跟他费口舌了，道："你要是听不懂，问秦子安去。"怀山低头出了书房。程池抚了抚额头，继续看账本。

怀山找到了秦子安。秦子安正和秦子平在说话，听怀山说了来意道："四爷之所以让集萤回来，主要还是看在计家对四爷向来恭敬的分儿上——不管怎么说，相比漕帮，计家勉强也算是四爷的人。这漕帮之所以打集萤的主意，也是冲着四爷来的，四爷总不能让外人踩到自己人头上来吧？这也是做给别人看的，让别人知道，只要是对四爷忠心耿耿的，四爷决不会任他们被人欺负的。

"再者计家什么也没有说就把人送来了，四爷借道路的时候他们没有像漕帮那样不识抬举，不然事后计家也不会把嫡女送来做人质了。虽然后来送来的是个嫡女，可集萤却是计家最有习武天分的。计家以后想在中原继续称王称霸，集萤的武技就是计家很重要的保障之一。现在计家和漕帮正闹得不可开交，计家可以说一时顾不过来，是集萤自己跑回来的。可等计家和漕帮的事告一段落了，计家还能装作不知道吗？既然之前失了礼数，那之后不是要把礼数都补回来？中原不产盐，他们占着整个中原地带，不管是淮盐、浙盐还是川盐，想进中原都得看计家的脸色，他们是不是得考虑分一杯羹给四爷啊！"然后又道："你放心，集萤值钱得很，四爷不会一脚把她给踹出去的。"

"我不是担心集萤，你说的事我也知道。"怀山道，"我就是觉得现在四爷很怪，怎么突然间变得这么好说话了？"

秦子安竖着耳朵听。

怀山没好气地道："我早听过了，外面没人。"

秦子安表情微松，低声道："四爷说要走，一直都没有说去哪里。大隐于朝，小隐于市。我看这件事应该与四爷准备去哪里有关系。"

怀山赞同地点头，道："那你心里有点眉目了没有？"

"没有！"秦子安很光棍地道，"反正我打定了主意跟着四爷，他去哪里我就去哪里。"他的目光落在了秦子平的身上，"反正我爹还有个儿子。"

神色一直有些恍惚的秦子平闻言立刻回过神来，道："我也准备跟四爷走的，你可别打我的主意。"随后也不管秦子安是什么神情，道："四爷真的觉得集萤很值钱才收留她的吗？万一计家丢卒保帅呢，那集萤岂不是很危险？"

"你担心集萤做什么？"秦子安问，目光灼灼，好像要一直看到秦子平的心底似的。

"没，没什么！"秦子平有瞬间不自在，但很快就恢复过来，道，"我就是觉得，集萤和我们相处了这几年，想想她的遭遇，觉得她挺可怜的。"

秦子安没有说话。怀山眨了眨眼睛，也没有说话。一时间屋子里的气氛变得有些凝滞起来。

秦子平忙道："对了，你们听说了没有？四房的诰大爷要定亲了，四房请了老夫人出面，说是让四爷和顾家的大老爷做媒人，过两天四爷和顾家的大老爷要去浦口给诰大爷提亲呢！"

"我们都知道了。"秦子安淡淡地道，"四房也不过是想借四爷两榜进士的身份罢了。四爷当个泥塑的菩萨在那里坐着就行了。倒是你，有没有什么话对我说的？"

"我有什么话对你说的？"秦子平小声地嘀咕道，眼睛却不敢和兄长直视。

怀山笑着解围，道："四爷那天真的会去吗？我要不要跟着一道去？说实在的，我真想象不出四爷在那里给人说媒的样子。不知道顾家的大老爷是个怎样的性子？要是和四爷一样话少就糟糕了……"

秦氏两兄弟都没有理他，像斗鸡眼似的互相瞪着对方不放。

周少瑾从寒碧山房回来，沔大太太找的裁缝正等着她。姐姐打趣道："说是我们要跟着去浦口下小定，不能丢了程家的脸，得做几件漂亮的衣裳。"

那裁缝是个四十来岁的婆子，惯在程家走动，和周少瑾姐妹颇熟，听了周初瑾的话忙捧场地笑了起来，然后一面拿了软尺出来，一面上下打量着周少瑾道："我瞧着二小姐好像比去年又高了一点，只怕去年做的新衣裳都穿不得了。"

做裁缝的巴不得你天天做新衣裳。周少瑾把春衫的袖子给那裁缝看，道："只怕明年还可以再穿一年。"

"还是有点短了。"裁缝笑道，"梅府几位小姐的衣服只要短了一分就会做新的。二小姐长得这么漂亮，应该多做几件衣服才是。出去吃酒也体面。"

周初瑾心动。周少瑾忙道："我又不喜欢出去吃酒，这样就很好。"还怕这婆子巧舌如簧地鼓动姐姐，指了那裁缝带来的几匹料子，道："这些都是今年的新样子吗？怎么不是红就是绿的？有没有颜色淡雅些的？"

这裁缝从前也给周少瑾姐妹做过衣服，对两姐妹的喜好多多少少有点了解，忙笑着解释道："听说两位小姐是跟着去给大爷下小定的，所以才带了几匹图样喜庆的。"

周少瑾道："那天是嫂嫂的大喜日子，我们这些做小姑子的可不能喧宾夺主！我看还是穿淡雅点的好。"

那裁缝就有些为难。她只带了这几匹料子过来。

"二小姐，要不我先帮您量了身高，明天再拿几匹料子来给您挑。"

"也不用那么麻烦。请你们过来做衣服，就是想快点，不然我们就自己裁了。"周少瑾和姐姐商量，"就用我们自己库房的料子好了！"

周初瑾也觉得麻烦。若是裁缝明天送过来的料子她们依旧不满意，难道再等到后天不成？姐妹俩去了库房，周初瑾挑了件粉色祥云暗纹杭绸，周少瑾挑了件湖蓝色拱璧兰花暗纹杭绸交给了裁缝，这才去用晚膳。

过了几天，裁缝把衣服送过来。程池和顾家大老爷也从浦口回来了。说是顾家大老爷妙语连珠，把本是件铁板钉钉的婚事说得天花乱坠，仿佛何大小姐和程诰的姻缘是天注定的，何家的姑娘不嫁到程家去就不可能有幸福，程家娶不上何家的姑娘那简直是没有好日子过了，把整个何家上上下下都乐得合不拢嘴。

说这话的小檀最后道："大家都说，真看不出来顾家大老爷还有这份才能。说你们家老安人有眼光，请对了媒人。诰大爷和何家小姐的婚事肯定会顺顺利利的。"

周少瑾因为决定放慢抄经书的速度，所以此时才会和她们在佛堂里喝茶。闻言她忙道："那池舅舅呢？"

小檀捂嘴笑，道："我们家四老爷从头到尾只说了两句话。"

"哪两句话？"连碧玉都忍不住追问。

"一句是'哪里，哪里，能与何家结亲，是我们程家的福气才是'，一句是'那我们就先告辞了'。"说完，小檀前俯后仰地笑了起来。

周少瑾也忍俊不禁。春缝几个也笑得不能自已。碧玉索性起哄，笑道："这个死丫头，四老爷分明说了五句话才是，怎么成了两句话！"

周少瑾仔细一想，可不就是五句话，又忍不住"扑哧"一声笑了起来。一回到畹香居，她迫不及待地把这件事告诉了姐姐。周初瑾也笑得不行。周少瑾问："下小定的那天池舅舅他们应该也会去吧？"

"嗯！"这些程序周初瑾比周少瑾知道得多，她笑道，"但是那天主要是看泸大舅母的，池舅舅他们只是去应个景。"

也不知道有没有机会和池舅舅说上两句话？周少瑾在心里思忖着。

等到了去下小定的那天，她和姐姐早早地就起了床，用过早膳，梳洗打扮一番去了嘉树堂。

姜氏和程箖早已经到了，正由沔大太太陪着用早膳。

看见她们姐妹俩，沔大太太忙问她们用过早膳没有，姜氏却暗暗地叹了口气。

沔大太太有意为程箖做媒，对方也是官宦人家出身，父亲在户部任给事中，她听了很是意动，特意给程箖做了件葱绿色的妆花褙子，戴了金镶百宝的首饰，配着女儿的明眸皓齿，如珠玉般明媚，她越看越喜欢，觉得纵然比不上周少瑾，怎么也能压周初瑾一头。谁知道今天周初瑾只穿了粉色祥云暗纹杭绸褙子，油绿色镶襕边的马面裙，却梳了个倾髻，戴了赤金镶碧母绿的大花，插了柄镶百宝的梳篦，端庄中透着几分活泼，娴雅又不失俏皮。周少瑾打扮得就更简单了。湖蓝色的拱璧兰花暗纹褙子，深蓝色百褶裙，梳了平头髻，戴着南珠珠花。可那湖蓝色的褙子映衬着她肤光如雪，暗光流彩的南珠映衬着她眸如点漆，却是比平常更多了几分颜色。不要说是周少瑾了，就是周初瑾和程箖站在一起，也并不逊色。他们这一房坏就坏在爷们没有一个出仕的！也不知道何家太太看了会不会误以为程箖的相貌很寻常？

姜氏摇了摇头，和周少瑾姐妹寒暄了几句之后，看着时间不早了，辞别了关老太太，出门上了轿，在江北桥坐了船往浦口去。

周少瑾坐在船舱里，望着湖面穿梭如织的各式各样的船只不由抿了抿嘴笑。当初她还和集萤趁着大年三十没人的时候跑来看江北桥，江北桥没有看见，却看见了池舅舅和那个萧镇海。可现在她大大方方地坐在船上欣赏着江北河大小船只，等她回去讲给集萤听，不知道集萤会不会又是羡慕又是忌妒地直跳脚。

她想着，目光朝船头望去。由于视线的缘故，她只看见几只脚，或穿着双面鞋，或穿着福头鞋，或穿着胖脸鞋……也不知道池舅舅是在船头还是在船舱里？

她正在猜测着，就看见朗月走了过来。周少瑾心中一喜，朝着朗月招手。朗月也看见了她，立刻笑颠颠地跑了过来："二表小姐，我听说您也在船上，没想到会遇到您！"

那池舅舅肯定也知道她在船上了！周少瑾伸长了脖子朝外望，问："池舅舅呢？"

朗月指了指船舱，笑道："四老爷说外面风大，他要在船舱里看会儿书。"

船晃来晃去的，能看书吗？周少瑾瞥了一眼因为晕船正躺在床上呻吟的程箖。同样是第一次走水路，她什么事都没有，程箖却上船没多久就开始发晕。也许她在船上看书头昏，池舅舅在船上看书什么事也没有呢！不过这样一来，她就找不到借口接近池舅舅了——她总不能去敲池舅舅船舱的门吧？

朗月笑道："顾大老爷和几位管事在船头，说是午膳要吃河里的小鱼小虾，管事们正吩咐船家去捞鱼虾。"

"这河里还有鱼虾啊？"两人说话的声音不大，不知怎的，躺在床上的程箖却听见了，嚷道，"我们午膳也吃鱼虾！"

周少瑾、周初瑾、朗月和船舱里服侍的人都笑了起来，朗月更加乖巧地道："我这就去跟厨房里说。"然后和周少瑾打了声招呼，去了船头。

既然池舅舅不在船头，周少瑾也就没有再关注船头，看了会儿风景，又和程箖胡扯了几句,就到了午膳的时候。

午膳还真的上了碗小鱼小虾。可程箐像焯了水的豆角,人蔫蔫的,什么也不想吃。周少瑾沏了杯茶给她,由翠环服侍她睡下。

不过一个时辰就到了浦口了,周初瑾被沔大太太和姜氏叫去商量下小定的事。周少瑾一个人在船舱里坐了一会儿,沿途不是青青的稻田就是深灰色的房舍,看多了也就没什么新鲜了。

她朝着船头望了望,又支了耳朵听,好像没有什么动静。大家此时不是在用午膳就是在午休。周少瑾琢磨着,拿了件披风,就去了船头。站在船头和坐船舱里看风景真的很不一样。风吹在脸上,温暖而和煦,河面辽阔,闪烁着粼粼波光,像鱼鳞似的,岸边嬉戏的孩童笑声清脆得像银铃。

周少瑾趴在船舷上,笑容止不住地从眼底溢了出来。

程池站在另一边的船舷上,望着周少瑾像个七八岁的孩童般笑得眉眼弯弯,突然间就想到了在京城的沐林两家。周少瑾派樊祺去京城的目的是什么呢?他想了想,从船舷那边走了过来。

"池,池舅舅!"听到动静的周少瑾回头,看见了穿着一身宝蓝色杭绸净面直裰的程池,"您,您怎么在这里?"朗月不是说他在船舱里看书吗?

"用过了午膳,出来透透气。"程池浅浅地笑着,走了过去,并顺着她的目光朝岸上望着,"看见什么有趣的事了?我听见你在笑?"

她笑了吗?而且还把池舅舅给惊动了。周少瑾望着渐行渐近的程池,脑子有些不听使唤。周少瑾的脸皮还没有练得厚实。完全意料之外的遇见,又一直对程池有目的,这让她很是心虚,一时间显得有些手足无措。

程池却全然不受影响,笑道:"你是第一次走水路吗?"

坐船和走水路不一样。坐船只是坐在船上荡一会儿,走水路却会很长时间都只在逼仄的船舱里,很多人都会因此晕船。

周少瑾点头。

程池笑道:"第一次出门?"

周少瑾"嗯"了一声。

程池道:"不晕船?"

"不晕船。"

几句话下来,周少瑾的心绪终于镇定下来。程池却不说话,只是站在船头远眺。风轻轻地扑面,可以闻到青草和"如是我闻"浅浅的雅香。

这么好的机会,周少瑾觉得自己应该说些什么才是。可说些什么呢?她脑子飞快地转着,半天也没有找到什么有意义的话题,只好道:"我们中午的时候吃的是从河里捞起来的小鱼小虾,做得虽然粗糙,却胜在鲜活,味道还是挺好的。池舅舅也吃了吗?觉得味道怎样?"

"还行。"程池语气平淡地道,"在船上也只有这些东西可吃了!"

周少瑾趁机道:"池舅舅去淮安也是坐船吗?是从哪里走?沿途可有很好的风景?在船上也可以常吃到现捞的河鲜吗?"

"我去淮安走的是陆路。"程池道,"陆路快一些。"

周少瑾默默地握了握拳,道:"陆路是快一些,却不及水路舒服。池舅舅怎么想到选择走陆路?"

程池笑瞥了她一眼，道："你第一次出门，怎么知道走水路比走陆路舒服？"

周少瑾顿了顿，道："大家不都这么说的吗？"

程池笑了起来。目光明亮，眉眼舒展，儒雅而雍容。可不知道为什么，周少瑾心里总觉得怪怪的，但若是让她具体地说出到底是什么地方怪怪的，她又说不出来，只好压下心中的困惑，没话找话地道："听嬷嬷们说，还有一个时辰我们就到何家了，也不知道何家会不会刁难我们？"

"不会的！"程池道，"那天上门提亲的时候事情基本上都说好了，如今也不过是走个过场。等过几天送了聘礼，定下婚期，婚礼的事也就准备得差不多了。"

周少瑾闻言不由抿了嘴笑。可见池舅舅也不懂这些。她记得姐姐出嫁的时候，除了小定廖家来人她印象深刻之外，下聘、问期她都没有什么特别的记忆，但婚期定下来之后，两家就忙碌起来，大舅母从金陵往返镇江数次，廖家频频来人……而且，成亲的时候媒人是要穿着大红的礼服去帮新郎官迎亲的，池舅舅知道吗？周少瑾想就觉得有趣，笑容止不住地蔓延开来，忍不住道："诰表哥成亲的那天，您和顾大老爷要穿着礼服去迎亲，您是准备骑马去还是准备走着去？"

程池有些意外。他当初只是给母亲一个面子，何况还有身为山长的顾家大老爷做伴，他觉得自己最多也就是把两榜进士的身份借给程诰用罢了，没有多想就答应了。谁知道做媒人竟然是这么麻烦的事。看来等会儿自己还是要让怀山去打听打听这媒人到底要干些什么。

周少瑾一看程池果然什么也不知道，心里莫名地雀跃起来。她飞快地道："不仅要去迎亲，你们到了女方家，女方还会关上大门要封红。媒人就得陪着新郎官给女方说好话，若是女方要男方对个对联或是作首诗什么的，媒人还得帮新郎官捉笔，保证新郎官能顺顺利利地娶到新娘子。"

程池望着她亮晶晶的眼睛，不由在心里一笑。这小丫头大概是觉得自己看上去很冷清，肯定受不了婚礼的热闹喧嚣吧？她却不知道他向来守诺，只要他答应了的事，就算是心里再不愿意也会尽力做到最好的。不就是捧着何家把新娘子娶回来吗？这有什么难的？

他笑道："这些都是小事，可惜我没有出仕，不然穿了官服去给诰哥儿接亲，肯定看的人更多。"他说着，摸了摸下巴，道："不过，有牌子举。我还记得我当初从京城回来的时候，你泾大舅舅为我做了两块牌子，一块写着'进士及第'，一块写着'至德十五年壬辰科二甲十二名'。我要是没有记错，这两块牌子应该都放在祠堂里。过年的时候秦大总管还跟我说，把这两块牌子拿出来重新漆了一遍，让我早点谋个差事，到时候这两块牌子拿出来直接就用。"

周少瑾愕然。她知道很多考中了进士的人返乡为了炫耀出行的时候都会举这样的牌子，可池舅舅应该不是这种人才是啊？

周少瑾不禁仔细地打量着程池。他眼睛很大，眼角微微有些上挑，睫毛又浓又翘，此时他仔细地思考着，目光不仅显得深邃，而且严肃，有种让人不得不信的认真。周少瑾差点就跳了起来。这怎么能行呢？这是诰表哥的婚礼，又不是池舅舅返乡！这两块牌子要是举出去了，谁还会知道这是诰表哥的婚礼？"不，不用了！"周少瑾连连摆手。

程池不解地望着周少瑾，好像在说"这不是你说的吗？怎么又说不用了"。

周少瑾窘然，忙找借口："我是说不用这么热闹，只要池舅舅穿着礼服去迎一迎就行了。"

程池道："这样不好吧！你外祖母让我给诰哥儿做媒人，不就是看中了我两榜进士的身份吗？"他说着，沉吟道："我看这样，你也别太早下结论，我先吩咐秦大总管把

· 009 ·

两块牌子找出来,等你问过你外祖母了再说。"

周少瑾还真拿不准外祖母会怎么说。梦中林世晟的一个堂姐病逝,他的堂姐夫家为了下葬的时候体面,求到林世晟这里来,花了五千两银子授了个忠显校尉的散阶。可池舅舅的话都说到这个份儿上,她又怎么能拒绝?周少瑾不安地应"是",心里却不知道有多后悔——早知道这样自己就不应该提起迎亲的事,到了迎亲的时候自然有人会去跟他说,自己瞎搅和些什么啊!

程池看着她强装淡定却无比沮丧的面孔,差一点儿就笑出声来。这小丫头真是只长了副漂亮的面孔。她也不动脑筋想想,他就是再虚荣,也不可能在侄儿的婚礼上抢风头啊!那也太没有品了!不过,她派樊祺去京城到底想干什么呢?难道自己真的想得太复杂?还是有什么事他疏忽了呢?

程池寻思再多问她两句,看能不能问出些什么来,甲板上陡然响起一阵脚步声。他的眉头几不可见地蹙了蹙,随后表情凝重地和周少瑾不约而同地回头,看见朗月从船舷边走了过来。

"四老爷,二表小姐,"他恭敬地给两人行礼,道,"顾家大老爷午休醒了,要找您商量去浦口的事。"

程池"嗯"了一声,朝着周少瑾微微颔首,离开了船头。

周少瑾忙屈膝行了个福礼,等程池离开,想着马上要到浦口了,若是被人看见了不好,也回了船舱。

船舱里,周初瑾还没有回来,程笳由翠环服侍着在喝茶。见周少瑾进来,她嘟哝道:"你去了哪里?我难受死了!我们回来的时候能不能走陆路?"

周少瑾看着也替她难受,道:"要不你和泸大舅母商量商量?"从浦口回金陵也只用一天的时间。

程笳蔫蔫地点头,吩咐翠环:"把我头上的钗环都取下来吧!硌得我难受。"

翠环不免有些犹豫,道:"大小姐,您还是忍忍吧!我们去浦口何家做客,若是衣冠不整,于何家不敬。"

周少瑾也劝着她,还让翠环开了船窗,帮她扇着风。好不容易听到船工喊着"浦口到了",船舱里的人都活了过来。翠环忙帮着程笳整理衣衫,周少瑾则督促丫鬟婆子清点箱笼。何家来迎接程家的人和程池、顾家大老爷短暂寒暄之后,船家就搭船板,扶着女眷们下了船,上了轿子。

周少瑾悄悄地撩了轿帘朝外望。浦口看上去不大,但街道整洁干净,路上的行人神色怡然,看得出来,这里的人日子过得不错。等轿子拐进了一条巷子里,巷子里就"噼里啪啦"地响起了爆竹声。周少瑾知道何家快到了,忙放下了轿帘坐好。

何家大门洞开,但为了尊重何家,程池等人走了左边的侧门,周少瑾等女眷的轿子则由右边的侧门进去,直接停在了轿厅。

周少瑾下了轿子,看见两个衣饰华美的妇人和一个官媒模样的婆子笑盈盈地在轿厅里迎接她们,一些仆妇模样的大人小孩则围在轿厅外面看热闹。

两家的官媒为双方引荐。众人上前行礼。

周少瑾就听见仆妇中有人窃窃私语:"程家小姐都好漂亮!你看那个穿湖蓝色褙子的,她那料子十二两银子一匹,九太太说是杭州来的新款,要留了给五小姐做嫁妆。"

"还有那个穿粉色褙子的,头上的梳篦真好看,像是牡丹花!"

"我觉得那个穿葱绿色妆花褙子的首饰更好看!"

何家的大太太听着脸色微沉。这些仆妇真是越来越不像话了!说程家的小姐漂亮就说漂亮好了，扯什么料子多少银子一匹做什么？还说出什么留着做嫁妆的话，这不是长程家的气势灭自家的威风吗？

她朝身边的嬷嬷使了个眼色。那嬷嬷会意，笑着对众仆妇道："今天是大小姐的好日子，你们不去服侍茶水站在这里做什么？还不快散了！"

仆妇们一哄而笑地散了。周少瑾等人被迎到了正房奉茶。

周少瑾循规蹈矩地跟在姐姐周初瑾的身后，程笳却趁着姜氏和何家大太太客气的时候悄悄地拉了拉周少瑾的衣袖，低声道："你刚才听见了吗？何家的人都夸你长得漂亮，等回去了你要帮我绣两个荷包。"

"何家的人也夸你的首饰好看了。"周少瑾端坐着，喃语道："那你回去了是不是也得送我两件首饰呢？"

"好啊！"程笳眼睛忽闪忽闪的，道，"送你两件首饰可以，你得再给我做两个荷包！"

自己怎么忘记了程笳是个土财主呢！周少瑾暗暗后悔，奇道："你要送荷包给谁？翠环的针线不也挺好的吗？"

"你别管。"程笳不肯告诉周少瑾，道，"反正你记得你欠我两个荷包就是了。"

哪有这么霸道的？周少瑾还想和程笳说两句，一直用眼角的余光注意着程笳的姜氏一记眼神飘了过来。程笳和周少瑾忙打住了话题，正襟坐好。

何家的媒人就请了顾大太太过去帮着插簪。姜氏捧了放簪子的匣子，程家的人跟着顾大太太一起去了何家大小姐何风萍的厢房。

何风萍的厢房已站满了人，有何风萍的伯母婶婶、表姐妹们，也有和她交好的大家小姐，屋里的人还挺多的。

周少瑾她们一进去就赢得了众人惊艳的目光。

姜氏不免有些得意，目光就落在了屋里一个穿着四品礼服的妇人身上。

她知道，那应该就是沔大太太娘家的嫂嫂，也是相看程笳的人。

姜氏看了女儿一眼。见程笳老老实实地站在周少瑾的身边，这才松了口气。

程家来的三个姑娘年纪各异，何风萍的母亲立刻就分辨出了谁是谁。她心里不免有些可惜。若是论长相，周家二小姐太单薄了些，不如程家的四小姐好生养。可周家二小姐父亲是两榜进士出身，正四品的知府，年富力强，以后前途不可估量……难怪小姑看中了这姑娘。不过，这天下没有十全十美的事。何风萍的母亲也只是在心里小小地感慨了一番而已。她矜持地坐在那里，等到媒人介绍的时候才站了起来。

姜氏尤为热情地拉了何风萍母亲的手，恭维她生了个好女儿。

坐在内室的何风萍穿着大红色的妆花褙子，为了插钗，她乌黑的青丝全都绾在脑后梳个双螺髻，露出了光洁的额头，通身上下没有佩戴任何首饰，面色赤红低着头，眼神都不敢瞟一下。

周少瑾觉得很有趣。梦中她只见过端庄秀丽、仪态大方的何风萍，还从来没有见过含羞带怯的何风萍。可能是那时候彼此的身份不同，何风萍要有长嫂的气度吧？周少瑾抿了嘴笑。

程笳在她耳边道："何家大小姐长得还挺好看的！"

"那当然。"周少瑾不禁与有荣焉，道，"也不看看是谁选的儿媳妇。"

程笳轻声地笑。

何风萍突然抬起头来朝她们望过来，又迅速地低下了头。

周少瑾和程笳都笑了起来。

那边何风萍的母亲已经和姜氏寒暄完了，何家的媒人看着时辰笑着喊了声"吉时到了"。屋子里的各种声响戛然而止。

姜氏打开了匣子，顾大太太从匣子里取出了那枚有六两六钱重、镶着祥云纹的如意金钗插在了何风萍的头上。

像突然间爆发了似的，屋里又响起了各种声音的赞叹，喧嚣而热闹。何风萍的脸更红了。

何家大太太就笑着请了程家的人到花厅里坐席。

程箬失望地道："这就完了吗？"

"那你还准备怎么样？"周少瑾哭笑不得地道，"你要看热闹，娶亲的时候跟过来，那才是真正的热闹呢！"

程箬知道那是不可能的，失望地叹气，挽着周少瑾的胳膊去了花厅。

两家算是正式的亲戚，何风萍的母亲待姜氏等少了几分客气，多了几分亲昵。她把周少瑾等人夸了一通，然后问起程箬的日常起居来。程箬什么也不知道，当成寻常的长辈答得轻松。

周少瑾却若有所思。她在心里算了算，何风萍是家中的长女，她的大弟弟此时应该只有十二岁，小弟弟九岁。那就不可能和程箬牵上什么关系……

回去的路上，她试探姜氏："何家嫂嫂的母亲好像特别喜欢箬表姐似的。"姜氏但笑不语。程箬却嘟哝道："我怎么不知道？"周少瑾只好在心里叹息。这范围就太广了，李敬就只能自求多福了！

她们的船行到一半天色就已经暗了下来，程箬晕船，早已睡得昏昏沉沉。周初瑾倒是和周少瑾看了会儿风景，可到浦口之前的紧张和顺利地下了小定之后的疲惫让她很快就有了倦容。

周少瑾笑道："姐姐先去歇会儿吧！我去问问泸大舅母，看回程还需要多长的时候？今天的晚膳怎么办？"

何家留了他们晚膳，但他们不想在浦口过夜，还是执意告辞了。这种事本不用她操心，可她想出去透透气，正好走动走动。

周初瑾也的确累了，笑着点了点头，由持香服侍着睡了。

周少瑾离了船舱，往姜氏歇息的地方去。

有人在船头说话："……回程大概还要两个时辰，我已经吩咐船家走快点。就看晚膳是大家随便吃点垫垫肚子还是让船家做顿饭。"

周少瑾不禁走了过去。说话的回过头来。暮霭中，她看见程池的面孔，安静而沉凝，冷漠而深邃。周少瑾愣住。这是个她从来没有见到过的程池。

可不过瞬间，那张面孔泛起浅浅的笑意，他眸光依旧清冷，脸上却多了几分和煦，就像春风吹过大地，温暖了空气。"二小姐，"他温文地道，"你可是有什么事？"旁边的人目光如寒剑般盯着她。

周少瑾这才发现和程池说话的是秦子安，而船头只有他们两个人。她忙解释道："我姐姐和箬表姐都歇下了，我出来想问问什么时候可以到金陵，然后再问问晚膳怎么办。"

程池沉思了片刻，对秦子安道："船上有女眷，船家的东西通常都很粗糙，我看就中途找个地方叫桌酒席上来。"

秦子安恭声应"是"，退了下去，和周少瑾擦肩而过。周少瑾觉得秦子安对她好像有什么看法似的，本能侧身，把道让给了秦子安。秦子安低声说了句"多谢"，然后去了船尾。

程池就笑道:"我们大概还有两个时辰就到金陵府了,你要不要回船舱歇一歇?"

池舅舅这是赶自己走吗?周少瑾想了想,道:"我刚才就是听见秦总管这么说才走过来的。池舅舅想一个人在船头待一会儿吗?那我先回船舱了。"

周少瑾还是第一次走水路,她也很奇怪自己竟然不晕船。想到回到船舱之后只能一个人坐着发呆,她神色微黯。

程池看着心中一动。猜测来的人都累得歇下了,不晕船的周少瑾连个做伴的人都没有了,只好精力旺盛地到处乱跑。真是个小孩子!

他笑道:"我也只是出来走走。我记得你父亲曾经在南昌做过官,你去看过你父亲吗?"

周少瑾面露愧色,低声道:"没有!"

"哦!"程池不以为意地道,"很多人都没有去过自己父亲任上,太远了,路又不好走,你们年纪太小,很容易就水土不服生病。"

周少瑾从前确实从来没有想过去父亲的任上。她觉得自己和姐姐在金陵挺好的。可这次见到久违的父亲,又发生了那么多事,她隐隐觉得自己不应该和父亲那么疏远才是。父亲虽然在外做官,可也是很惦记着她和姐姐的。听见程池为她找借口,她心里很感激,念头一闪,鬼使神差般地道:"池舅舅经常出远门吗?您会去保定府吗?如果您去保定府,能不能顺路把我也带上?我很想去父亲那里看看!"

保定府离京城只有几天的路程。她说不定有机会去趟京城。可她转念想到程许在京城,突然间失去了去京城的动力,变得有些意兴阑珊。

程池的目光却微微地闪了闪,道:"你很想去京城吗?"

周少瑾点头。她在金陵是闺中待嫁的小姑娘,除了甘泉寺这样的地方,其他的地方她一律都没有去过。她在京城是主持中馈的妇人,只要她想,哪里都能去。相比金陵,她更熟悉京城。

程池笑道:"你要去那里做什么?"

周少瑾道:"就是想去看看!"

她的语气有些怅然,可听在程池的耳朵里却不一样。很多人都想去京城看看。可周少瑾的父亲周镇却在保定。他没有提保定而是直接问起京城,周少瑾顺势说她想去京城看看。人都喜欢自己有熟悉感的地方,或是一个人,或是一件东西。她不是应该先提保定府然后才说京城的吗?

程池微微地笑,道:"好啊!如果我去京城,就顺路带你过去看看!"

周少瑾听着雀跃得差点就跳了起来,可她一想到程许,心又像沉到了湖底似的,目光都苦涩了起来。

"多谢池舅舅了!"她言不由衷地道,"那么远,只怕我外祖母和姐姐舍不得我走远。"

程池想了想,道:"你是不想见嘉善吗?"

周少瑾窘迫地点了点头。

程池笑道:"我实际上一直不懂你们这些小姑娘,嘉善都愿意在你面前做小伏低了,你为什么还那么讨厌他?他是不是做了你不喜欢的事?"

第三十六章 不安

周少瑾没有想到程池会问自己这个问题，她愣了愣才道："他没有做什么对不起我的事，我就是不太喜欢他的行事做派，"她试图解释，"好好的一件事，可只要和他沾上了边，大家的目光就全都聚集过来，好像干什么事都会在众目睽睽之下，让人很不安……"

程嘉善不知道是多少人家心目中的金龟婿，程池相信周少瑾心里也很清楚。这个理由不足以让一个女孩子对程嘉善避如蛇蝎！但程池没有追问。有些事，欲速则不达。他很肯定周少瑾身上有秘密，但这个秘密会不会影响他的计划还有待商榷，值不值得他一探究竟还为时过早。

程池笑着点了点头，道："有些人的确不喜欢生活在别人的注视之下。程嘉善是程家的长子长孙，难免被人关注，你不习惯也是正常。"

周少瑾如释重负，长长地透了口气，朝着程池感激地笑了笑。

程池道："如果我去京城又没有什么重要的事，我就跟你说一声。若是你外祖母和姐姐同意你随我同行，我就带你走趟京城！"

"真的！"周少瑾的眼睛都亮了起来，璀璨得像夜空中的星子。

程池在心里暗暗地摇了摇头。难怪程嘉善要死皮赖脸地追着这小丫头跑，这小丫头的确是长得漂亮。

他道："我把顾大老爷一个人丢在了船舱，得回去看看了。你站在船头看看也早点回房吧！晚上的风凉，小心吹病了。天色也渐渐晚了下来，没什么好看的了。等会快到金陵的时候再让丫鬟叫你，北江桥泊着很多船只，到了晚上船桅上都会挂上红灯笼，多的数十个，少的也有一两个，把湖面照得彤红，景致还挺特别的，你很少出门在外，倒也值得一看。"

说出来的话体贴又周到，让周少瑾觉得心里暖暖的。她真诚地向程池道谢，待到程池的身影消失在了船尾，她返回了船舱。

周初瑾一直留意着妹妹的动静，听到响声就坐了起来，道着："少瑾，是你回来了吗？"

周少瑾笑着应"是"，在姐姐的床边坐下，把在船头遇到程池的事告诉了姐姐。当然，关于程池问她程许的话她自然是一个字也没有跟姐姐说。

周初瑾嗔道："你也是的，想去保定府看父亲跟我说一声就是了，总找得到机会的，何必麻烦池舅舅？我虽只见过池舅舅几面，从你的嘴里却听出池舅舅是个诚信守诺的君子，若到时候他真的让你跟他去保定，你去还是不去？"

若是程许还在京城，她肯定是不会去的。若是程许回了乡，她就是拼着之后受罚怎么也要去趟京城。只是这话却不能说给姐姐听，她笑着糊弄了过去。

等晚上到了北江桥，周少瑾望着灿若繁星般倒映在湖面的大红灯笼，忍不住连声惊叹。和妹妹挤在一个窗户前的周初瑾也看得痴迷，问周少瑾："你怎么知道晚上有灯笼看？"

周少瑾笑道:"是池舅舅说的。"

另一边的程笳不满地嘟起了嘴,道:"我今天也遇到池从叔了,他怎么不告诉我?"

"那是因为你没有和他说话啊!"周少瑾望着和她们坐的船擦身而过的那些大红灯笼,道,"池舅舅为人很好的,也愿意帮人,就是人看上去有点冷。"

"何止是有点冷。"程笳回过头去,望着远处一艘官船上点起的数十只大红灯笼,喃喃地道,"我觉得他很冷……"她说着,突然叫嚷起来,"你们看,那边,那边,有艘画舫。"

周少瑾和周初瑾都顺着她指的方向望去。

真有艘画舫。精致的琉璃窗,灯火通明的各式灯笼,时隐时现的人影,若有若无的丝竹声……吸引了北江楼边的很多人。

"也不知道是谁家的画舫?"程笳艳羡地道,"要是能坐着游次莫愁湖我就不枉此生了。"说得她好像马上要死了似的。

周初瑾忙对着西天拜了拜,道着:"童言无忌,童言无忌!菩萨不要听她胡言乱语。"

周少瑾和程笳不由大笑起来。

下了船,她们上了马车。此时已是亥时,周少瑾有些担心宵禁。到城门的时候她撩了帘子看。

只见走在最前面的是秦子平,他骑在一匹高大的枣红马上,身边是辆和他们一样的黑漆平顶马车。城墙上垂下一个吊篮,秦子平从怀里拿出块令牌式样的东西放在了吊篮里。城墙上的卫士看了一阵喧哗。过了大约快一炷香的工夫,城门边的侧门打开了。秦子平身边的马车率先入城,飞驰而去。

随后跟着的是姜氏他们坐的马车,接着是周少瑾坐的马车。

马车进城的时候,周少瑾看见秦子平和那个来给他们开门的小旗正笑盈盈地说着什么,看那模样应该是非常熟悉。程家既然有这样一块令牌,当初朝廷下旨之前怎么就一个也没能逃走呢?不会是池舅舅离开了程家,把这块令牌也带走了吧?周少瑾在心里琢磨着。回到九如巷才发现关老太太和沔大太太还都没有睡,正等着她们询问去浦口下小定的事。

送走了顾家大太太的姜氏奔波了一天却依旧神采奕奕,她滔滔不绝地讲着在何家的见闻,"……何家大小姐不愧是弟妹亲自相中的,人长得漂亮不说,瞧那性子也好。何家太太毕竟旅居京城,是见过世面的人,做事也是大气。我们去下定,可是什么也没有说,爽快得很。这门亲事可结得真好……"

周少瑾几个在一旁听得昏昏欲睡,好不容易等姜氏说完,关老太太和沔大太太见事情非常顺利,高兴得不得了,要请姜氏用了夜宵再回去。还好姜氏惦记着程泸,婉谢了半天也没能推托掉,邀了明天摆谢媒宴,关老太太和沔大太太这才送了姜氏出门。

一番折腾,周少瑾上床睡觉的时候已经快寅时了,结果第二天她睡到了日上三竿才起床。她连声喊着"糟糕",让等到动静进来服侍她梳洗的春晚快打了水进来。

春晚笑道:"今天一早大太太交代了,说大小姐和二小姐昨天辛苦了,让我们不要把两位小姐吵醒了。"怕周少瑾不安,又道:"大小姐也还没有醒呢!"

周少瑾长吁口气,重新躺了下来。她想起昨天和池舅舅在船上时的情景。虽然看不出来池舅舅是否对她有好感,但池舅舅和她说话,看见她很温和地笑,应该不讨厌她吧?这也算是个良好的开端了。但接下来她该怎么做呢?周少瑾心里一点谱也没有。

她嘀嘀咕咕地起了床,程笳跑了过来,道:"你答应我的两个荷包呢?"

怎么还惦记着这件事?周少瑾道:"给你绣荷包没问题,但你得告诉我是给谁的。

我总不能给个女孩子绣个'马上封侯'吧？"

"我也不知道给谁。"程笳有些气恼地道，"我娘只说让我给她绣两个荷包她好送人，其他的就全是些绣荷包的事了。我本想请人在外面花大价钱买两个回来的，可我娘非要我亲手做不可。我说，要不我就来找你，我娘只是把我骂了顿，却没有说不准你帮我做。我寻思着是不是我娘要在谁面前显摆，所以想我拿了你的绣品去冒充……"

"这样你也答应啊！"周少瑾服了她了，道，"我让施香帮我绣，你到时候就说是我绣的，你娘也拿你没办法。"她有点怀疑这件事与何风萍的母亲为程笳做的媒有关系。

程笳犹豫道："这，能行吗？"

"这有什么不行的？"周少瑾毫不畏惧地道，"你只是让我做荷包，又没有说让我亲自给你做荷包！"

程笳哈哈大笑。

周少瑾道："这就是一报还一报。"

"那你的报复心好强哦！"

两人开着玩笑，很快把这件事抛到了脑后。

周少瑾每天下午还是在寒碧山房里抄经书，中午和晚上去请安。等到程诰的婚期定下来，周少瑾在寒碧山房里看到程池的机会突然多了起来——有时候程池要和母亲下棋；有时候程池在正房后面的竹林里练太极剑；有时候只是擦身而过。

周少瑾就像个饥肠辘辘的人，看着眼前的红烧肉却没有办法下筷子。多好的一些机会，就被她这样白白地浪费了。她在心里感慨，却不知道只要程池在场，自己都会有意无意地多逗留片刻。

这天她去向郭老夫人辞行的时候，又看见程池陪着郭老夫人在下围棋。他轻松地落着子，神色悠闲地喝着茶。郭老夫人的面色却很是凝重，正是春光明媚的时候，却像夏天似的，额头不时地冒出汗来。

周少瑾虽然不懂围棋，可就凭两人的神色高低已见。她不敢打扰，就站在一旁等着郭老夫人把棋下完或是无意间抬头看见她。程池看着面色微凝，突然问周少瑾："你会不会下围棋？"周少瑾摇了摇头。程池微讶。周少瑾的脸涨得通红。围棋要两人才能玩，不管是梦中今生，她通常都只是一个人。所以两个人或是两个人以上玩的游戏，她都不会。她可不想让程池误会她很傻似的。

只是还没有等她开口，郭老夫人已经眉头紧锁地朝着周少瑾挥了挥手，道："别吵！"

周少瑾连忙噤声。

程池却颇有些无奈地道："娘，这是个残局，您还是别想了。时候不早了，该用晚膳了，而且周家二小姐也该回去了。"

"我早就看出来这是个残局了。"郭老夫人擦着额头的汗，眼睛却目不转睛地盯着棋盘，道，"我是在看你怎么把我引到这个残局里来的，你的棋艺越发精进了。"老人家说着，又陷入了沉思。

程池就拂了棋盘。

郭老夫人不悦。

程池道："您年纪大了，本就不应该多思多虑，以后还是别下棋了。"

郭老夫人笑道："我让你搬到了寒碧山房，总不能看着你整天无所事事吧！你也就这点爱好，我不陪着你谁陪着你？"

程池就看了周少瑾一眼。周少瑾恍然大悟。原来程池问她会不会下棋是想她陪着他下棋，让郭老夫人解脱出来啊！可她真的是一点也不会啊！周少瑾又悔又恨。早知道这样就应该跟着沈娘子学下围棋了。她立刻自告奋勇地道："池舅舅,您可以教我下棋啊!我反正这些日子除了抄经书,也没有别的什么事。"

实际上,她准备送给姐姐的观音像刚刚画完,就要开始配线了。可观音像她可以随时抽空再绣,和程池接近的机会却是转瞬即逝的。

郭老夫人不由击掌,笑道:"如此甚好——少瑾可以每天下午来抄半个时辰的经书再下两盘围棋,权当劳逸两不误了!"

周少瑾笑盈盈地点头。

程池却误会了——现在的人大多很谦虚,很多围棋的大国手在别人问起来的时候都说自己"略通皮毛"甚至是"不太懂",或者周少瑾就是其中的一个?他笑道:"娘,这下您放心了吧!若是我无聊,就教周家侄女下棋好了。您就别管我了,该干什么干什么去!"

郭老夫人笑眯着眼睛点着头,很是欣慰。

程池就对周少瑾道:"那你明天早点过来,我们下盘棋你再去抄经书。"在他看来,费脑子下棋,享受写字的过程,这才是真正的劳逸两不误。

周少瑾欣然应允。

晚上回来去沈大娘那里。沈大娘听说她要学围棋,颇有些意外,但也没有拒绝,而是笑道:"你既然感兴趣,那明天晚上再来吧!"

她明天下午就要用了,怎么能明天晚上再来!

周少瑾笑道:"我听说前朝之前是十七道棋盘,现在是十九道棋盘,您给我讲讲为什么现在是十九道棋盘吧?"

沈大娘沉默了片刻。这要是搁在别处,不拜师就想跟着她学棋,她肯定早把人给撵走了。可现在,她是程家请的女先生,学生说要跟着她学棋,她就得教……何况程家向来待她不薄,课程也安排得闲散,她若拒绝,不免让人觉得她有些不识抬举。

"也好。我今天就给你讲讲什么是围棋。"沈大娘说着,转身去搬了棋盘拿了棋子过来,"据先秦典籍《世本》记载,'尧造围棋,丹朱善之',这是关于围棋的起源。《左传·襄公二十五年》载:'卫献公自夷仪使与宁喜言,宁喜许之。大叔文子闻之,曰:……今宁子视君不如弈棋,其何以免乎?弈者举棋不定,不胜其耦,而况置君而弗定乎?'这是史书上第一次正式记载围棋。魏晋之时,仿周天之度数,围棋为三百六十一道,制十九道棋盘。很多大国手著书立说,最有名的当数《石室仙机》《仙机武库》《适情录》《三才图会棋谱》等。当朝计相宋景然、内阁首辅袁维昌、兵部侍郎洪绣、工部尚书曲源等都是弈棋高手。你看,这棋盘上共有九个小圆点,每个小圆点都在九九之数上,称做'星',最中间的这个称作'天元'。棋盘的每条边线叫做'第一线',紧挨着第一线的叫第二线……"

她耐心而又细致地向周少瑾讲解着围棋的基本规则,什么叫"吃子",什么叫"打劫",什么叫"作活"。怕周少瑾不懂,还一边讲解,一边在棋盘练演。

周少瑾听着松了口气。沈大娘讲她之前多多少少听说过一些,此时沈大娘再具体单独为她讲解,她不仅听得懂,而且还能举一反三想到其他的问题,不免让她兴致勃勃,觉得下围棋实际上是件挺有意思的事。

沈大娘给她讲了快一个时辰,眼看着各房都要落锁了,这才打住了话题。周少瑾向沈大娘道了谢,承诺明天晚上再来。沈大娘笑着应了,让身边服侍的丫鬟送她出了门。

第二天下午,周少瑾比平时早了半个时辰往寒碧山房去。郭老夫人还在休息,程池当然还没有到。春困秋乏,当值的大丫鬟珍珠都上眼皮和下眼皮打着架,昏昏欲睡。周少瑾不由在心里嘀咕。说让自己早点来,他却不见影子……她悻悻然地在茶房里喝茶。直到她喝完了第四杯茶,程池才姗姗来迟。周少瑾忙从茶房里走了出来。

程池颇有些意外,拿出怀表来看了一眼,笑道:"下棋不过是个消遣,你不必这么紧张。我有时候有事,不是每天都会过来下棋的。"

所以说人到无求品自高。她有求于池舅舅,只好看他的眼色行事了。周少瑾暗忖着,微笑着点了点头。

程池和她往厅堂去。迎面碰到了碧玉。程池问碧玉:"老夫人在干什么?"

"老夫人刚刚醒了一会儿,喝了口茶,又睡了。"碧玉恭敬地道。

程池想了想,对周少瑾道:"那今天我们就不下棋了,你回去抄经书去吧!"

怎么变卦了?周少瑾不解。程池解释道:"我是怕老夫人心生不安。"也就是说,他这是在哄郭老夫人玩呢!

周少瑾忙道:"那您忙您的,我什么时候可以跟着您学下棋!"

这小丫头倒乖巧。程池满意地颔首,吩咐碧玉:"等老夫人醒了,你就去跟我说一声。"碧玉恭声应诺。

周少瑾去了佛堂抄经书。那天郭老夫人睡了一个下午,她就抄了一个下午的经书。

次日,林教谕的夫人来拜访郭老夫人。接着程池去了藻园。又一日,二房识大奶奶请了家里的女眷去赏牡丹。

周少瑾没有去。她在家里绣那幅观世音持瓶像。

这次过了七八天,眼看着进了二伏,周少瑾把给父亲生辰做的两件夏衫托马富山家的送去了保定府,寒碧山房那边才有空闲下棋。

好在周少瑾趁着这功夫已开始跟着沈大娘学下围棋。程池摸不清楚周少瑾的底细,没有提让子的事,让周少瑾执白子。周少瑾知道这是程池对她的礼让,忙道:"还是池舅舅执白子吧!黑子先落,我占个先机。"

程池没和她客气,催了郭老夫人回屋去午休:"……免得您看了又要七想八想,沉溺其中不可自拔!"

"我又不是小孩子。"郭老夫人嗔道,可眼底的笑容却让人看得出来她很享受被儿子管束。

周少瑾抿了嘴笑。碧玉和翡翠扶着郭老夫人去内室歇了。

程池明显比刚才松懈很多,棋子懒洋洋地落在了左上角的星位上。周少瑾昨天刚刚跟沈大娘学过,学着他的样子占右上角的星位。两人你一子,我一子,下得循规蹈矩的。周少瑾觉得自己下得挺不错,至少把程池给"围"住了。程池却越下心里越是犯嘀咕。这个周少瑾到底会不会下棋啊?东一颗西一颗的,他开始还以为是有什么特殊的用意,等下了七八手之后才发现,周少瑾完全是那种连布局是什么恐怕都不知道的初学者,不,连初学者都算不上,只在启蒙的状态。

他不由仔细地打量周少瑾。或许是天气越来越热的缘故,她今天穿了件嫩绿色的比甲,镶了鹅黄色织葡萄缠枝纹的襕边,乌黑的青丝全都绾在脑后,轻轻松松地挽了个纂儿,露出光洁饱满的额头和远山般的黛眉,看上去清清爽爽,干干净净的,像朵初绽的蕙兰似的。此时她正全神贯注地凝视着棋盘,紧绷的小脸认真且严肃,透露着些许紧张。

程池道:"你跟谁学的围棋?"

"啊!"周少瑾正想着沈大娘的话,想办法找"活眼",闻言茫然地抬头,半晌才道,"我跟着沈大娘学的,就是静安斋的先生。"

程池额头冒汗,道:"你学了几天?"

周少瑾算了算，道："学了十九天。"她怕她一点也不懂，程池嫌弃她太笨。

程池明白了。她说的"不会"就是真的"不会"，没有任何谦虚的地方。

周少瑾却不明所以，她心中暗暗雀跃。池舅舅棋下得不太用心，有个活眼他没有发现，她只有装作没发现地让池舅舅再走一步。等到她落子的时候，就能把池舅舅的那七八颗子都提了，她就占了一大片地盘了。她张大了眼睛望着程池，隐隐流露出几分期盼。

程池立刻心中生警，扫了一眼棋盘，闲闲地在周少瑾所见活眼地方落下了一颗子。

怎么会这样？周少瑾哀号，沮丧得几乎要趴下了，偏偏程池还淡淡地道："该你了！"

可她应该往哪里下呢？周少瑾仔细地盯着棋盘。不管她的子落在哪里，都没有办法吃掉程池的子。周少瑾茫然地望了眼程池，不知所措。

程池强忍着才没有去扶额。学围棋，通常都从吃子开始，所以刚学围棋的人下棋的时候通常都是不顾头不顾尾的，一心一意地吃子。以程池的水平和这样的人下棋，就好比一个壮汉和一个婴儿比掰手腕，根本就没有胜负之说。难道自己还真的教这小丫头下围棋不成？

程池在心里不屑地嗤笑了一声。他二哥几次想让儿子让哥儿跟着他读书他都觉得麻烦，更何况是教个一点基础也没有的小丫头下棋！但他向来不把人逼到墙角，若是他把人逼到了墙角，那就是不死不休的局面了。因而程池笑道："好了，今天就到此为止了！"

难道她已经输了？周少瑾知道自己的棋艺根本就没有办法和程池相提并论，可她望着右下角一大片空着的棋盘，怎么也想不明白自己怎么就输了！不过，池舅舅这么说肯定是有道理的。她"哦"了一声，乖乖地清棋子。

程池瞥了周少瑾一眼。难道她还准备和自己再下一局不成？以两人之间的差距，下一局和下十局有什么区别？除非自己让她二十颗子。不，就算是让二十颗子，她也未必就下得赢他。

程池笑道："你跟着沈大娘学了十九天的围棋就知道吃子了，还是颇有天赋的。我看你不如跟着沈大娘再学些日子我们再手谈一局，我也正好看看你有没有进步……"只是他的话还没有说完，郭老夫人由内室走了出来。

老人家穿了件很居家的青莲色素面杭绸比甲，花白的头发整整齐齐在脑后盘了个圆髻，戴了金镶祖母绿的耳环，看上去神采奕奕的，很感兴趣地笑道："怎么样？你们谁赢了？"

周少瑾忙起身给郭老夫人行礼，程池却笑道："下着好玩而已，分什么胜负！"

"看样子是你赢了！"郭老夫人听闻笑道，"你可是做舅舅的，也不知道让少瑾几颗子。这样赢晚辈好意思吗？"

"不好意思。"程池笑道，"常言说得好，有志不在年高。甘罗十二岁为相。我怎么知道周家侄女的棋艺如何？您这上来就要我让棋，我看您就是想看我输棋，好笑话我！"

郭老夫人哈哈大笑。

周少瑾还是第一次看到郭老夫人这么高兴，那些笑容，都是从心底流露出来的，能让人感染到她的快乐。她还能说什么？只好朝程池望去。

程池却看也没看她一眼，一面收着棋子，一面和郭老夫人说着话："……您啊，就别为难小丫头了，她还要给您抄经书呢！"

周少瑾闻音知雅意，忙起身告辞。郭老夫人却朝着她招手，吩咐珍珠："去，把我镜台里的那个喜上眉梢的玉牌拿过来，小姑娘家输了棋，可不能就这样空手走了，拿块玉牌戴去。"最后一句话，却是对周少瑾说的。

周少瑾脸涨得通红，忙道："不用，不用。我……我就是陪着池舅舅胡乱下了几颗子而已……"她知道郭老夫人误会她了，可池舅舅是为了哄郭老夫人开心，她若是说出真相，池舅舅肯定会生她的气的。

周少瑾求助般地朝程池望去。程池倒没觉得什么。银子就是用来花的。若是能用银子买到高兴，也未尝不是件好事。他道："长者赐，不可辞。给你你就收下吧！"

"就是。"郭老夫人心情极好，除了那块玉牌，又临时赏了她一对珊瑚珠花。先不说那玉牌通体无瑕，两只在梅枝上雀跃的喜鹊栩栩如生，仿佛要挣脱那玉牌飞出来似的。且说那对珊瑚珠花，红色的珊瑚为瓣，黄色的蜜蜡为芯，做成石榴花的式样，有酒杯大小。

珊瑚受材质的限制，莲子米大小的珠子已是名贵，更何况指甲盖大小的花瓣。周少瑾觉得沉甸甸的。她若是真的陪着池舅舅下了盘棋也好，可她压根就是做了做样子，怎么好收了郭老夫人这么贵重的礼物？"老夫人！"周少瑾深深地吸了口气，决定把实情告诉郭老夫人。哪怕会因此让程池不高兴，可也好过这样欺骗郭老夫人——这天下没有不透风的墙，与其让郭老夫人从别人的嘴里听到还不如主动地说给郭老夫人听。

可她刚刚开口就被程池给打断了："娘，她还是小孩子，您赏这么贵重的东西给她，反而让她觉得诚惶诚恐的。以后她再和我下棋，是赢还是输好啊？您如果有心赏她，不如赏她些吃食、玩物、法帖甚至是笔墨纸砚都比这个好。"

周少瑾感激地直点头。

"看我！"郭老夫人拍了拍额头，道，"常和好些夫人太太往来，倒忘了少瑾还是个小姑娘。这次就算了，主要是这两件东西挺适合这小丫头。下次你若是下赢了你池舅舅，六月初六，我就带你去鸡鸣寺看晒经怎样？"

那她是注定去不成鸡鸣寺了！周少瑾心里眼泪直流，偏偏面上还要做出副欢天喜地的模样应着"好"。

郭老太太呵呵笑着点头，让碧玉服侍她去佛堂里抄经书，自己则和程池说起了家长里短。

一整个下午，周少瑾只抄了两页纸。晚上回去，她到沈大娘那里恶补。

沈大娘道："你才刚刚开始学，贪多不精，打好基础才最重要。"

周少瑾缠着沈大娘："不是有句话叫高屋建瓴吗？我多知道些，肯定下得好一些。"

沈大娘在程家教过三个学生：程笙不管从哪方面都堪称优秀，可她却是郭老夫人教出来的，对她这个先生也不过是面子情；程笳人很聪明，可惜太顽劣，姜氏对女儿的要求并不高，她当然也不会去自讨没趣；周少瑾做什么事都很有天赋，却不怎么上心，又因为身份尴尬，她想找个长辈提醒一下周少瑾都不知道找谁去说。一来二去，她对这些学生也就没有要求得过且过了。

此时也一样。明明觉得周少瑾学定式还太早了，说不定复杂的定式还会打消她学棋的积极性，但她略一考虑，还是拿了本棋谱出来，跟她讲各式各样的棋路。

周少瑾连吃子都没有摸到门，就像启蒙的小孩子听《春秋》，自然是越听越糊涂，越听越不明白。她常常打断沈大娘的讲话，问很多她不懂的东西。这样半个月下来，她都有点佩服自己当初怎么敢和程池下棋。而程池不知道是忙还是觉得和她下棋简直是在浪费时间，有好些日子没有再提下棋的事，她自然也就没有再遇到他。

周少瑾不禁向集萤打听。集萤也听说周少瑾陪程池下棋的事了，她道："你打听他干什么？难道还想和他下一盘？我劝你见好就收吧！他那个时候不知道哪根筋搭错了，让你在他的手下走了三个回合。你别以为你每次都能和他下棋！"

在池舅舅手下走了三个回合？周少瑾脸上火辣辣的，道："你是不是弄错了？我只是陪着池舅舅错乱下了几手，我哪有那水平和他一起下棋啊！"

"哦？"集萤好奇地道，"大家不是都说你和池舅舅下棋差点就赢了池舅舅，所以郭老夫人赏了你很多东西吗？"

周少瑾吓了一大跳，忙道："这是谁说的？我根本就只和舅舅下了几手就被池舅舅打得大败，怎么能说我差点就赢了池舅舅呢？这要是池舅舅听见了会怎么想？"说不定还以为是她自己吹出去的呢！

集萤显然也意识到了问题的严重性，她拉着周少瑾就往鹂音馆上房去："你得跟四爷解释解释，他这个人心眼比较小，要是以为你踩着他的名声上位那可就糟糕了！"

周少瑾听集萤这么一说就更着急了，也顾不得被集萤拽得跌跌撞撞就随着集萤去了上房。

程池正和怀山说话，听说周少瑾和集萤求见，让小丫鬟带了她们进来。

周少瑾站在四壁堆书的书房里，看着坐在大书案后面的太师椅上的程池，这才惊觉自己有些冒失。她不过听集萤这么一说就跑了过来，也没有具体了解一下事情的经过。要是池舅舅问起来她只知道摇头，池舅舅只怕会觉得她听风就是雨，性子浮躁，自然也就不会重视她所说的话了。周少瑾很是紧张，手情不自禁地就握在了一起，而且还很自然优雅地双手相交垂在腹部。

程池眼底露出了笑意。他温声道："你们找我有什么事？"

周少瑾只好朝集萤望去。

集萤自从从沧州回来，就老实了很多。可积习难改，看着程池一副和颜悦色的样子，她的胆子又大了起来，噼里啪啦地把听到的谣言都告诉了程池，并道："四爷，您要相信二表小姐，她不是那种喜欢利用别人的人……"

"我知道了！"程池淡淡地打断了集萤的话，道，"谣言止于智者。你们不要管就是了。过些日子自然就销声匿迹了。"

就这样了！集萤还没有说完的话堵在了嗓子眼里。周少瑾却是长长地舒了口气。池舅舅不相信就好！

两人又你推我搡地走了出来。集萤找到秦子平，道："你说，四爷不会下黑手吧？"

秦子平瞥了眼纤细如花的周少瑾，道："就她这样的，四爷犯得着下黑手吗？"集萤嘿嘿地笑。

周少瑾很是不满。她这样的！她这样怎么了？池舅舅根本就不是他们说的那种人好不好！

尽管程池这么说，但"周家二小姐是围棋高手，差一点就赢了池四老爷"的消息却像长了翅膀似的传遍了整个九如巷，就连周初瑾都笑着问妹妹："你什么时候学会下围棋了？"急得周少瑾额头都是汗，不停地解释。

有如周初瑾这样亲近的笑笑也就过去的，可也有像识大奶奶郑氏那样，在路上遇到她笑着拉了她的手道："二表小姐实在不必如此谦逊，过几天我准备在家里办场诗会，到时候二表小姐一定要来。申家的七小姐嗜棋如命，到时候我把她引荐给你，你们好好地手谈几局。"

识大奶奶郑氏不是今天办个赏花会就会明天办个诗会，总是没有消停的时候。从前周少瑾觉得识大奶奶夫妻恩爱，又有儿子傍身，深得公婆的喜爱，生活中没有什么忧愁，有精力也有兴致享受玩乐倒也正常。可看到她儿子还没有满月就筹划着什么赏花会，现在想来，未必只是喜欢玩乐那么简单的。就像她说的这位申小姐，她就从来没听说过。也就是说，识大奶奶交往的人，并不是程家惯常走动的那些人。

周少瑾勉强地和识大奶奶寒暄了几句，直奔嘉树堂。关老太太听后面色凝重，喊了沔大太太和周初瑾过来商量怎么办。

沔大太太不以为意，笑道："到时候不去就是了。"

周初瑾却猜到了关老太太的心思，沉吟道："只怕是不去不行！都是一个巷子里住着的，少瑾到底会不会下围棋，识表嫂略一问也就清楚了。她这么做，只怕是另有深意。"

周少瑾脑海里立刻浮现出"项庄舞剑，意在沛公"那句话来，她不由脱口而出："……难道是想踩舅舅的名声？"

在传言中，周少瑾只是略逊于程池，可如果申小姐大败周少瑾……程池作为男子，在别人看来也就不过如此，更有甚者，可以和申小姐下棋，若是赢了申小姐，那程池的水平也就可想而知了。程池两榜进士出身却没有入仕，早已让很多士林之人诟病。下棋也不过如此，那他所谓的"于书画上都颇有造诣"就很值得推敲了，如果更进一步地联想，程家不让程池做官，会不会是因为知道程池的能力不行，不足以为政一方，索性就把他藏在家里。一个能金榜题名的人，再怎么不济，有师爷辅佐，也是能处理简单政务的，难道程池连这也做不到，那他是怎么考中的进士……

周少瑾想想就觉得手心全是汗。她道："这样做对二房也没有什么好处啊，大家住在一起，一荣俱荣，一损俱损啊！"

关老太太觉得周少瑾想得太严重了。大家大族的，几代下来，血脉渐稀，自然也就会分出远近亲疏来，又利益相关，互有罅隙，做出几件龌龊事来也是正常，只要不妨碍大局，就不是什么大事。程家也是这么走过来的——对外的体面最要紧，撕破了脸对大家都没好处。

周少瑾却有梦中的记忆。二房对掌管宗族有着非比寻常的执着。她陡然有个大胆的设想。会不会，程家公中的收益非常高，高到足以让能支配公中收益的那一房得到巨大的利益？

周少瑾问外祖母："九如巷公中的收益是怎样分配的？"

关老太太一愣。

周少瑾赧然道："我就是有点奇怪，长房和二房到底有什么恩怨，解都解不开。按道理，长房如今如烈火烹油，既没有杀父之仇又没有夺妻之恨，二房就算是想当家想疯了，也要小心隐忍，徐徐图之才是，怎么会这样不管不顾地和长房争长短？若是识表哥和语表哥少年得志也就罢了，识表哥现在不过是个秀才，语表哥甚至没有下过场，他们凭什么和长房争？这不合理啊！"

周初瑾听到周少瑾说出"不合理"的话来，忍不住抿了嘴笑。曾几何时，总讲"我感觉""我觉得"的妹妹，也开始注意到事情的合理不合理了？

关老太太仔细地想了想，觉得周少瑾的话很有道理，遂道："我们几房早就分家了，祭田在长房那边，长房看在同宗的分儿上，每年会分给四房和五房各三百两银子，至于二房和三房是多少银子，我就不知道了，但可以打听得出来。

"我刚当家那会儿，若是风调雨顺，祭田每年的收益大约在五百两，若是遇到灾年，最多也只能收个百八十两银子，有的时候还颗粒无收。所以长房不管年成好坏都分我们三百两银子，我就不好意思再过问祭田的收益了。但我想，长房就算是之后又添置了祭田，田间的收益在那里，怎么也不可能到让人眼红的地步。除非是外强中干，这日子过不下去了。但前几天二房的老祖宗因郑氏为程家开枝散叶就送了块地给她，我怎么看也不像是差银子的样子。现在把几家连在一起的反而是泰裕票号的收益。可泰裕票号是池四叔一手办起来的，就算是二房抢了去，谁来打理？泰裕票号可不是我们一家的，蔚字号李家也占着股呢！"

听外祖母这么一说，周少瑾又觉得自己好像想岔了。还好外祖母不仅什么也没有说，还派了人去查祭田和公中的收益，说："小心驶得万年船。多长个心眼总归是没错。"还表扬周少瑾"细心"。

周少瑾不由得松了口气。待出了嘉树堂，她和姐姐商量："是不是也给池舅舅报个信。池舅舅是男子，未必会注意这些阴私之事。"

周初瑾觉得很应该，道："若是能把你从这件事里择出来就更好了。不管怎么样，你也是受了无妄之灾。说不定'你下棋差点就赢了池舅舅'的话就是他们推波助澜愈演愈烈的。"

周少瑾倒没有这么想，但姐姐的赞同还是让她多了几分底气。

她去了鹂音馆。程池正坐在廊庑下的醉翁椅上看书，穿堂风不时地吹着他的衣襟，让人看着就平添了些许凉意。

见周少瑾过来，他笑道："怎么，来找我下棋的？"

周少瑾不用问就知道他对近日的谣言了如指掌。她突然有点明白集萤的心情了。摊上个"你急他不急"的主子，也难怪集萤私底下要直呼池舅舅的名字了。不过，自从集萤从沧州回来之后，就再也没有直呼池舅舅的名字了，这也算是件好事了。

周少瑾把事情的经过跟程池说了一遍。程池却并不上心，笑道："没事，你只要不应战就行了。"

周少瑾讪然地道："我躲得过初一躲不过十五啊！如果识表嫂真的有心，她总能找到机会的。再说了，我根本不会下围棋，这风声要是传了出去……多尴尬啊！"

程池不关心二房的意图，却给她出主意："你不是跟着沈大娘学围棋吗？到时候和那申小姐下一局不就实至名归了吗？"

"可我现在还不懂定式，"周少瑾低了头，小声道，"而且这样糊弄别人，总归是有些不好。我总不会次次都侥幸吧？那日子过得多累啊！"

程池挑了挑眉，道："那我就没办法了！"

周少瑾点了点头。她来的目的是告诫程池，既然他已经知道，她的目的就达到了。至于她自己，大不了被人嘲笑一番，她说不定还可以将识大奶奶一军，让好些以为她棋下得好的人从此不再找她。让她背着莫须有的"美名"过日子，她睡觉都会不安生的。"那您看书吧！"她起身告辞，"我去佛堂抄经书了。"

程池看着她远去的背影，蹙了蹙眉。是他跟她说，让她不要管这件事，现在却被二房的人吵得尽人皆知。按道理，她就算是不找他理论也应该让他帮着解决这个麻烦才是，她却只是来告诫他……是这个小丫头太单纯了，还是她有办法解决？程池决定静观其变。

等到识大奶奶让贴身的丫鬟红蕊来给她送帖子的时候，周少瑾直言拒绝了识大奶奶："多谢识表嫂的赏识，只是我实在是不会下棋，去了只怕也陪不了申家七小姐。有些话是家里人的玩笑话，偏偏你们家大奶奶也不问问就当了真，怕是让你们家识大奶奶失望了。"

红蕊笑着劝道："我们家大奶奶也说了，二表小姐在长房帮着郭老夫人抄经书，多半没空参加诗会的。可我们家大奶奶见二表小姐品格出众，实在是想结交一番，这才借着诗会请二表小姐过去的。至于说下棋，那也不过是一说罢了。还请二表小姐不要放在心上。"又道："我们家大奶奶这次请的人都是和二表小姐年纪相仿的，还请了北江楼、梅妍楼两家酒楼的大师傅过来帮着整席面。二表小姐暂且先把诗会啊、下棋什么的放下,就当去尝尝两家酒楼师傅的手艺好了。我们大奶奶做东举办这样的聚会,也不过是想热闹热闹。二表小姐去过一次就知道了。"说着,又从怀里拿出张帖子,道:"您看,这是给大表小姐的。我们家大奶奶说了,大表小姐和二表小姐如明珠朝露般,少了哪一个诗会都不精彩了。还请两位表小姐一定赏光,也让我们家大奶奶知道我不是那只吃闲饭不会做事的。"话说到最后,已是笑嘻嘻地开着玩笑了。

周少瑾却不觉得这是个玩笑话。她笑着接了请帖,道:"我跟我姐姐说去。"

红蕊满意而去。

周少瑾把给自己的帖子丢在纸篓子里,拿了给周初瑾的帖子去了她那里。

周初瑾拿着帖子看了看,问妹妹:"你准备去吗?"

"不准备。"周少瑾道,"我若是不接下帖子,那红蕊只怕还会唠叨不休,甚至有可能把识大奶奶引来。我到时候不去就是了。"

周初瑾笑道:"那我也不去好了。"

周少瑾道:"我准备躲到寒碧山房去,姐姐要不要和我一起去。"

"不用。"周初瑾抿了嘴笑,朝着她眨眼睛,道,"我也有地方去!"

周少瑾讶然。

周初瑾告诉她:"那几天何家的人会过来商量陪嫁的事,我要帮着大舅母招待何家的人。"江南人家嫁娶,女方要陪嫁家什,男方要置办房产。婚期定下来了,准备抬头嫁女儿的人家就要来男方看房子了,然后按照房子的大小置办全套的家什。

周少瑾笑道:"那我去帮忙好了。"

"你还是躲到寒碧山房去的好。"周初瑾若有所指地道,"识大奶奶主要请的是你,你若是态度暧昧,她肯定还有第二次。"

不错。如果她去给大舅母帮忙,识大奶奶会认为事有巧合。可她如果躲到寒碧山房,就很明确地表明了态度。周少瑾眼睛一亮,道:"不知道外祖母会怎么说?"

周初瑾提醒她:"如果外祖母怕得罪二房,又怎么会听了你的话之后去查祭田的事呢!"

周少瑾这才放下心来。等到识大奶奶开诗会的那天,她用过早膳就去了鹂音馆找程池下棋。

程池丢下看了一半的书,问她:"是下五子棋还是下成三棋?"

周少瑾面颊微红,低声道:"能不能下五子棋?"

"行啊!"程池很爽快地答应了,吩咐清风去拿了棋盘过来,就摆在了鹂音馆廊庑下,并道,"我让你两子好了。"

五颗子连成片,让两子,周少瑾跃跃欲试,欣然应好。

程池笑道:"你倒不客气。"

周少瑾嘻嘻笑:"池舅舅是长辈,在长辈面前,我有什么好客气的!"他们下过围棋,池舅舅肯定知道彼此的水平。

程池微微地笑。

第一盘,下到第十手的时候,程池赢了。周少瑾讪讪地笑。第二盘,她小心应对,下到第十七手的时候,程池赢了。周少瑾大受鼓励。第三盘,她下得更小心了。在下到第十二手的时候,清风走了过来,在程池耳边耳语了几句。程池点了点头,继续和周少瑾下棋。

周少瑾怀疑是识大奶奶那边的人找了过来,可她既然是来避祸的,不要说程池什么也没有说。就算是他语气不明，她也会装作听不懂，赖着不走的。

她继续和程池下棋。

那边郭老夫人得了消息，笑眯眯地道："两个人就在廊庑下下棋吗？"

"是啊！"碧玉笑道，"说是二表小姐一直输。"

郭老夫人呵呵地笑，道："可见二表小姐的棋艺是不错的，不然四郎也不会一直和她下。"又道，"鹂音馆上房的廊庑坐北朝南，东边又是夹道，夏天的时候最凉爽不过了，是个下棋的好地方。"然后吩咐碧玉，"你拿二十两银子给厨房的，让他们备些点心给四老爷和少瑾端过去。"

碧玉脆生生地应了，去翡翠那儿称了银子拿去厨房。厨房里哪里敢收，还是碧玉好说歹说，才战战兢兢地收了银子，拣那拿手的点心做了几样端过去，又有小丫鬟端了瓜果在旁边服侍。

程池闲闲地用着点心。周少瑾下棋入了神，伸手就拿了个李子慢慢地啃着。两人悠悠地下了十盘。周少瑾赢了一局。她顿时眉眼弯弯，士气大振地把棋子拂到了一边，道："我们再来一局。"

程池却懒懒地靠在了椅背上，道："时候不早了，你是不是得回去用午膳了？"

周少瑾悻悻然地笑，起身道："我有事要去找集萤。"

程池似笑非笑地挑了挑眉。周少瑾脸上火辣辣的，不敢多看程池一眼，一溜烟地去了后面的厢房。

集萤正在沐浴，听说她来了，让小丫鬟请了她去内室喝茶。

周少瑾奇道："大白天的，又不是三伏，她洗什么澡？"

小丫鬟也不知道。正说着，集萤披着湿漉漉的头发走了进来，含糊地道："我早上起来动了动，弄得一身是汗。"然后道，"你不是在和四爷下棋吗？怎么跑到我这里来了？"

周少瑾把识大奶奶请她去参加诗会的事告诉了集萤。集萤哈哈大笑，拍着她的肩膀道："放心，放心，你只管在这里待着，谁来也别想把你带走。"

周少瑾忙向她道谢。集萤问她："你喜欢吃什么？我让厨房里做。用了午膳，你在我这里睡个午觉，下午好去抄经书。"

周少瑾连连点头，吩咐春晚："你去看看识大奶奶那边怎么了？"

春晚转身出了厢房。

南屏听说她来了，过来打了个招呼，听说集萤留了周少瑾用饭，周少瑾也应了，她笑着让厨房里又添了几个菜，就把空间留给了周少瑾和集萤。

两人刚刚坐到桌前，春晚回来了。她道："识大奶奶那边刚刚开了席，来的都是各家的小姐。早上的时候曾派人到处找过您一回，后来听说您陪着四老爷在下棋，就没再找您了。但给畹香居的丫鬟留了口信，让您回去后无论如何也要过去一趟，有几位小姐要引荐给您认识。"

周少瑾没有作声。这本是她希望的，可不知道为什么，当她听到春晚这么说的时候，心情又十分复杂。她想到了程池和她下棋时那略带几分漫不经心的举止。池舅舅，肯定一早就知道了她去找他下棋的目的，所以才会那么爽快地就答应了，然后像陪着个胡闹的孩子似的，不仅很宽容地没有拆穿她，还耐着性子陪着她做戏，不动声色地为她解围，就像对待集萤似的。

因为知道焦子阳根本不是集萤值得托付终身的人，所以计家换人的时候他一句话也没有说，甚至在焦子阳误会集萤是他的通房的时候也没有辩解一句，以至于集萤一直误会着他。等到集萤闯祸回到了程家，他依旧保持着沉默，什么也没有说地收留了集萤，任计家的人拿他当挡箭牌。还有二房，这样算计他，他也只是笑笑什么也不说。是不是因为这样，所以梦中池舅舅才离开了九如巷呢？有些话不能说，说了就是不顾手足之情；有些事不能做，做了就是不忠不孝……甚至他明明就不高兴，可为了郭老夫人，他花了整整一个上午的时间和自己坐在那里下五子棋，就是告诉郭老夫人，他在寒碧山房过得很好，很高兴。他一定很压抑，就像梦中的自己，只想着快点嫁人——嫁了人就能名正言顺地离开这里，就能过上全新的生活……周少瑾心里隐隐作痛，拒绝识大太太的喜悦也烟消云散了。

周初瑾却很高兴，道："大表嫂的陪嫁估计有八千两银子。我想她是长女，底下还有弟弟，何太太怎么也要省着点，没想到竟然这么大的手笔。可见是很满意诰表哥这个女婿了……"

她说了半天却没有人回应，一回头才发现周少瑾正支肘托腮地坐在那里发着呆。周初瑾笑着拍了拍妹妹的脑袋，道："在想什么呢？后悔没有吃成北江楼和梅妍楼的美食？"

"怎么会？"周少瑾笑道，"我是在想怎么报答池舅舅。他帮了我这么多次，我却什么也帮不上他，总觉得欠了他的。"

"这人情债是最难还的了。"周初瑾叹气，安慰她道，"日子还长着，以后有机会了再说。"

周少瑾郑重地点了点头。周初瑾说起持香和施香来："……两人都是家生子，持香我早问过了，她愿意跟着我嫁去廖家。施香却比你大很多，我想问问你，你对施香有没有安排？如果没有，我想带信给她的娘、老子，让他们过来一趟，把施香的婚事定下来。"

周少瑾道："那就把她的娘、老子叫过来吧！这件事恐怕还是她自己的娘、老子靠谱些。"梦中，施香嫁了个和她娘、老子在一个田庄的小子，好像姓施，过得还不错。如今，好的事情最好就不要改变了。

周初瑾就吩咐下去，让人带信请了施香的娘、老子过来。晚些时候施香得了信，激动得泪眼汪汪。她最担心的就是被周少瑾胡乱指了人，如今有她娘、老子给她当家，她再不济也不会嫁个缺胳膊少腿的。

这样一来，周少瑾身边就少了个服侍的。春晚一向得力，周初瑾准备等施香放出去了就升春晚做周少瑾屋里的大丫鬟，再从现在服侍的里面挑一个补春晚的缺。

周少瑾直接点了那个叫碧桃的丫鬟。梦中施香出府后姐姐选了碧桃来服侍她，后来她出事，春晚和碧桃都一心一意地服侍着。要不是有这两个丫鬟帮着忙前忙后的，她只怕连口水也喝不上。这是周少瑾的意思，周初瑾也就没有插手，直接把碧桃拨到了周少瑾屋里，让春晚带着她。

见两位小姐都待人宽厚随和，畹香居里的仆妇都觉得自己有了奔头，大家做事笑盈盈的，看着比别院的人都显得精神。

第三十七章　暴毙

　　周少瑾这边忙着换丫鬟，识大奶奶郑氏那边却是端坐在镜台前，满脸疲惫。

　　红蕊端了酒酿卧蛋进来，轻声地劝识大奶奶："哥儿才九个月，您这样熬着，身子骨会吃不消的！何况老祖宗和老安人都盼着您能再为程家开枝散叶，您可得保重身体啊！"

　　识大奶奶苦笑，望着镜子里丰腴白皙，身着大红色焦布比甲却略显几分老气的面孔，无奈地道："我这也是没办法。老安人交代下来的事，不办不行啊！"说着，转过身来，见屋里没有其他的人，这才压低了声音道："照我说，这个时候实在是不易惹怒长房。可老安人的话也有道理，如果不趁着老祖宗还在的时候折断长房的一条手臂，等到程嘉善成了气候，长房全力扶持程嘉善的时候，哪里还有我们大爷立足之地？我们大爷若是想在程家立足，唯有像绿叶似的帮衬程嘉善了。你想想，大爷是多傲气的一个人，你让他给程嘉善做帮衬，那比杀了他还让他难受！

　　"到时候等着我们大爷的，只有郁郁寡欢、终生不得志这一条路走了。所以我就想，反正已经这样了，再怎么也不会比这更差了。老安人不知道经历过多少事，听她老人家的话，说不定能走出条道来呢！何况还有老祖宗在后面顶着，实在是不行了，老祖宗出面说一声'胡闹'也就结了。我现在怕就怕到……"话说到最后，她陡然打住了。

　　红蕊不解地道："您怕什么？"

　　郑氏怕到时候这些错全都背在了自己的身上。她和程识虽是结发夫妻，可若是让程识为她忤逆父母，她还没这个把握。好在她还有两个儿子，还占了嫡长子的名分，她如果名声有瑕，两个儿子的声誉和前途也会受到影响。她只盼着老安人看在两个孩子的分儿上到时候能把她择清。就算是不择清了，也能保住她。可这话她却不能对红蕊说。

　　识大奶奶顿了顿，道："我怕把长房惹急了，和我们翻脸。"

　　红蕊松了口气，道："可您也不能不听老安人的话啊！"

　　"是啊！"识大奶奶叹气道，"可惜我也不知道我们是为什么和长房结的怨，不然就割地赔款，为了两个哥儿，我也愿意认了。"

　　三房之所以一直没办法摆脱商贾之名，就是因为有长房和二房的联手压制。如果长房故伎重施，那可就麻烦了。只是这些都是陈年的积怨，她想查也查不出个所以然来。可能要到老祖宗临终前才会交代清楚。

　　红蕊自然是问都不敢多问的。她道："大奶奶快把这酒酿喝了吧，若是冷了就不好喝了。"

　　识大奶奶点头，端起碗来喝了几口，又心不在焉地放下，道："大爷来信了吗？"

　　"还没有。"红蕊笑道，"您前两天不是刚收到了大爷的信吗？我寻思着没这么快！"

　　识大奶奶的神色又蔫了几分。

　　红蕊就劝道："老祖宗不是说了吗？他老人家已托了从前好友照顾大爷，大爷不会有事的，您不用担心。"

　　识大奶奶却皱了皱眉，道："我这心里总觉得不安。照理说，我们应该盯着程嘉善才是,可我怎么觉得老祖宗更在意池四老爷,好像……好像制住了池四老爷,长房根本就不足为惧似的……我也不知道这感觉对不对……想找大爷商量商量才好。我当初只是想老安人要落长房的面子,而寒碧山房这些日子总抬举四房的二表小姐,想着顺手给她个没脸,让长房讨个没趣,可不承想老祖宗知道了却派了梁姨娘来问诗会的事……若是说我做错了,老祖宗虽不至于呵斥我,可也会委婉地提点我几句;若是我做得对,也应该暗示我几句才是。可他老人家却什么也没有说。难道还怕从我这里走漏了风声不成?我现在都有些糊涂了,也不知道怎么做才是对的!"

红蕊迟疑道:"要不,您再给大爷写封信去,看大爷怎么说?"

识大奶奶沉默良久。她试探过老安人,老安人却只是和她打太极,偏偏她又不能问得太急。这么多年了,她婆婆就是再糊涂,也应该多多少少知道些两家的恩怨;而丈夫又向来尊重老安人,与其冒着会惊动老安人的风险写信问丈夫,她还不如想办法从婆婆嘴里套出些话来。她打定了主意,心情也跟着舒畅起来,吩咐红蕊:"这件事你别管了,我自有主张。"

红蕊如释重负。她打小就服侍识大奶奶,情分自然不同一般,可这种涉及家庭秘辛的事,她还是知道得越少越好。

嘉树堂里,关老太太、沔大太太和程沔相对无言,气氛压抑。

关老太太思索了片刻,对儿子、儿媳妇道:"我看,这件事得跟少瑾说说,这孩子心细。如果不是她的话提醒了我们,我们还不知道事态已经严重到了这个地步。"

程沔忙起身道:"那我就先回书房了。"他是一家之主,母亲找周少瑾说话,他在这里意义就不同了。

关老太太点头。沔大太太送了丈夫出门,立刻吩咐小丫鬟去叫了周氏姐妹过来。

关老太太则闭目养神,一颗一颗地捻着手里十八子的沉香木佛珠,直到周少瑾两姐妹过来,关老太太才睁开眼睛,示意沔大太太去关了门,直言道:"少瑾,我让家里的管事去查了长房公中的收益。听账房的一位管事说,九如巷公中的收益每年有两千两银子,祭田仅有五百两,其他的收益都来自于天界寺门外大市街的一家漆货行。这间漆货行是当年长房、二房和三房分家的时候分得的。四爷掌管庶务之后,长房成了裕泰票号的大股东,又开始涉足盐引、海运,日子这才一天天地好起来。"

周少瑾面露困惑。

关老太太现在很看重周少瑾的话,道:"这里没有外人,你有什么话只管说来。"

周少瑾这才道:"那您知道裕泰票号每年分红是多少吗?"

"你大舅舅去查了。"关老太太道,"我们房头是每年五千两,长房每年一万两。"

"这不可能!"周少瑾想到寒碧山房的那些陈设,"郭家那个时候也遭了劫,郭老夫人出阁的时候,郭家不可能给郭老夫人置办大笔的嫁妆,池舅舅也不可能动用袁夫人的陪嫁。就算长房每年的收益是一万二千两银子好了,可您看长房的吃穿用度,怎么也不像是这几年就富足起来的。不说别的,就说郭老夫人赏我的那几件首饰,件件都是精品,普通人家已经可以作为传家宝了。就是有钱也不可能随时就买得到,显然是早年间留存下来的或是置办的。"

沔大太太不禁连连点头,看周少瑾的目光又多了几分赞赏,道:"你大舅舅也和你一样,怀疑长房另有一份收益。只是这份收益怎么也查不出来。若说是长房的老太爷入仕之后置办的东西,那长房的老太爷得贪墨多少银子才能置办得起这份家业?可长房的老太爷却是出了名的清廉,这是所有和长房老太爷同过事的官吏公认的。一个人若是要贪墨，总得有出处吧？瞒得过一个人，不可能瞒得过所有的人吧！

"所以你大舅舅又去查了二房和三房的产业。二房除了分家时分得的田庄和铺子，这些年来居然都没有置办其他的产业，却是京城最大的银楼永福胜的大客户。永福胜每年都会派了大掌柜过来给老祖宗请安。二房就是个管事有事去京城，永福胜都会派掌柜级别的人作陪。

"三房却恰恰相反，不仅把分家时的那间药铺经营成了有十三家分店的大药铺，名下还有酒楼、当铺、榨油坊、点心铺子……杂得很，几乎所有赚钱的产业都涉及了。

"你大舅舅的意思，如果真的有这笔收益，那这笔收益肯定是长房和二房共享了，没有三房的份儿；而且这份收益十之八九掌握在管理庶务的池四爷手里。

"现在二房式微，长房却如鲜花着锦，有仪和嘉善都到了要用银子砸的时候，二房多半是怕到时候长房独吞这笔收益，所以才会和长房有了矛盾。因这笔收益无处可查，我们也不知道是不是长房做了些什么才会引起二房的误会还是二房杞人忧天、胡乱猜测……"

沔大太太的嘴一张一翕的，周少瑾和周初瑾却早已是目瞪口呆，好半天都没有回过神来。特别是周少瑾，心潮起伏，久久不能平静。程家到底还有什么秘密？程家被抄家与这些秘密有没有关系？九如巷五家同气同声，长房和二房为什么要瞒着其他三房？周少瑾突然间心生不满。享福的时候长房和二房就只有自己，患难的时候四房就跟着他们一起遭殃，哪有这么便宜的事！

这一次，她一定要把四房择出来才行。不然到时候大家都要跟着倒霉！而且只挽救四房比挽救整个九如巷要容易很多。她道："外祖母，既然如此，我们不妨搬出去吧？九如巷太复杂了，我怕我们四房会吃亏！"

"胡说！"关老太太沉着脸呵斥道，"小孩子家家的，说话就是不知道轻重。分出去单过，你以为是那么简单的事……"话说到这里，关老太太突然停了下来，脸上流露出些许惶恐。

沔大太太忙道："娘，您这是怎么了？"怕是周少瑾的话惹了老人家生气，忙推了推周少瑾，"还不快给你外祖母赔个不是。"维护之意却溢于言表，又劝着关老太太，"娘，您就别生气了。您自己不也说了吗？小孩子家家的，说话就是不知道轻重。等过两年她大些了，也就好了。您就别生气了，她也是无心的！"

或者是因为不知道怎样挽救程家时心底曾经闪现过这个念头，所以周少瑾在情急之下就嚷了出来。她心中不免又羞又愧。五房本来就分了家，长房还能从自己的收益中拿出一部分钱支持四房，让四房在劝老太爷去世之后还能维持家计，后来又提携四房入股裕泰票号，四房的日子才好了起来。说起来，长房对四房已算得上是恩重如山了；现在程家要遭殃了，她却劝四房离开程家，不同样是能共患难不能共富贵吗？她忙向关老太太赔不是："外祖母，是我的错。我再也不会这么想了！"周少瑾在心里暗暗道：等她把程家会被抄家灭族的事告诉了长房，再说分家的事也不迟。

关老太太却像没有听到她们说什么似的，喃喃地道："原来如此！原来如此！"

周少瑾等人不由面面相觑。周氏姐妹就朝着沔大太太使了个眼色。

沔大太太略一犹豫，轻声道："娘，您说什么呢？我怎么听不明白。"

关老太太如大梦初醒，目光茫然地盯了沔大太太好一会儿，这才精神一振，面色凝重地看了屋里的三个人一眼，沉声道："分家的事，你们不许再提。不仅不能提，想也不准想。当初你们的曾祖父去世的时候曾经问过我和你公公，说我们和长房、二房、三房已经出了五服，要是想分开单过，趁着他老人家在世的时候提出来，也不用我和你公

·029·

公背过。若是贪图大树底下好乘凉，希望得到长房和二房的庇护，那以后就要有福同享，有难同当，不管发生了什么事，哪怕是灭家覆族，也不可做出背叛九如巷的事，也不可以后悔。须知你享受了家族的供给，就要为家族出力……现在看来，你们的曾祖父所说的，可能就是这笔收益了。恐怕这笔收益还来路不正，会引起家乱……"说到这里，关老太太神色间流露出少有的慌乱，她吩咐沔大太太，"这件事你们谁也不许向别人透露一个字，这可是关系到九如巷生死存亡的大事。你快去把大老爷叫进来，大老爷只是觉得长房和二房之间的形势有些奇怪，还不知道这样的凶险！"

沔大太太哪里还坐得住，提了裙子就朝外走。周少瑾和周初瑾一个去扶了关老太太，一个去给关老太太重新沏了杯热茶。

关老太太喝了茶，顺了口气，这才道："你们都是好孩子，这件事暂且别告诉你们的诰表哥和谐表哥，等我和你们的大舅舅商量出个章程来了再说。等会儿你们的大舅舅就要过来了，你们先回畹香居去吧！"随后语气微停，道："你们父亲那里……若是你们想告诉他，记得不要写信，派了体己的人过去传话。"

姐妹俩齐齐应"是"，出了嘉树堂。周初瑾拉了周少瑾到甬道边的香樟树下说话。

"你觉得这件事要不要告诉父亲？"她心情矛盾，"告诉了父亲，父亲肯定不能坐视不理。可这毕竟是程家的事，父亲怎么好插手？如果不告诉父亲，万一四房有个三长两短的，我们又怎么对得起外祖母、舅舅、舅母和两位表兄弟。"

周少瑾却是心中一喜。她自噩梦中醒来后念念不忘的就是让程家逃过一劫，可她年幼位卑，几位大老爷于她无疑于泰山五岳，谁知道无意间她却撬动了这块基石。有了长辈们的参与，说不定她根本不用说出梦中的事程家就能躲过这一劫呢！"当然要告诉父亲。"她无比坚定地道，"父亲毕竟是程家的女婿，程家要是出了事，父亲就算是不被牵连只怕以后也没有什么好日子过。"

周初瑾何尝不明白，可她不像周少瑾那样知道后世发生的事，在做决断的时候，特别是这种关系到家族利益和生死存亡的事，她怎么都会有点犹豫彷徨。妹妹斩钉截铁般的口气极大地鼓舞了她，她吸了口气，道："我派马富山去给父亲送个口讯，看父亲怎么说，我们姐妹再做计较！"这样最好不过。

周初瑾匆匆叫了马富山进府。关老太太那边得了信，老大宽怀，悄声对沔大太太道："也不枉我掏心掏肺地养了她们姐妹一场。"

沔大太太知道关老太太心里不好受，笑着逗着关老太太："我可早就把她们姐妹当我自己亲生的一样，谁知道您还分着彼此呢！"

关老太太呵呵地笑，感慨道："你们能这样，就算长房和二房那边出了什么纰漏我也觉得不怕了——众人齐心，其利断金！"

沔大太太不住地点头。

下午，周少瑾还是照常地去了寒碧山房抄经书，只是她显得要比平时沉默了很多。小檀悄声问春晚："二表小姐心情不好吗？"

春晚看了周少瑾一眼，低声道："或者是施香姐姐要出府了。二小姐八岁的时候施香姐姐就在二小姐身边服侍了。"

"难怪！"小檀应着，转身告诉了碧玉，道："施香姐姐要出府了，我们要不要送点儿东西给她做个念想？"

周少瑾在寒碧山房抄了几个月的经书，施香就过来服侍了几个月，她性子又随和，和碧玉、小檀相处得极好。

"那是自然！"碧玉又去问了问翡翠、珍珠和玛瑙。三个人都说应该送些东西。山房的其他人知道，也都决定凑个份子送施香件东西，这样一来二去的，就惊动了郭老夫人。郭老夫人笑道："施香出府肯定是去嫁人的，碧玉，你帮我包二十两银子赏了施香，就说是我给她的体己钱。"

碧玉笑着应了，连同她们凑份子给施香打的金耳环、银镙子一起送去了畹香居。施香感动不已。周少瑾少不得要带着她去给郭老夫人磕头。

郭老夫人笑道："百年修得同船渡。你能服侍你们小姐一场，能在寒碧山房进出，也算是有缘人了。"又吩咐她回去以后要孝敬父母，端正做人，不要丢了程家的脸云云。

周少瑾在旁边听着却心中一动。她能获得新生，而且是在十二岁和程辂的关系还没有明朗之前，她和程家，不也是种缘分吗？去追究谁对谁错，实际上是根本没有意义的。她只要做好自己应该做的事就对了。至于说结果，了不起她把这条命赔给程家。反正她梦中也只活了二十五岁。周少瑾陡然间释怀。她笑盈盈地去找程池："池舅舅，您还要我陪您下棋吗？"

程池懒懒躺在上房廊庑下的醉翁椅里，正望着天空发着呆。闻言笑道："今天不用了。过两天再过来陪我下棋吧！"接着他问："你这几天还跟着沈大娘学下棋吗？有没有进步？"

周少瑾窘然地笑了笑，道："沈大娘说，我可以开始看棋谱了。"

程池道："那你学得还挺快！下次我们就下围棋吧？"

周少瑾嘿嘿笑，道："我们还是下五子棋吧！围棋我还要再学学。"程池肃然地点了点头。周少瑾溜走了。程池忍不住笑了起来。

怀山低声禀道："四老爷，四房的大老爷，在查我们和二房、三房的产业。"

"那他查到了些什么？"程池淡淡地道。

"没有。"怀山有些担心，"毕竟是自己人，只怕比旁人要知道的多。"

"知道就知道。"程池不以为然地道，"你放出风去，若是他们想分开住，裕泰的股份可以随意买卖。"

怀山愕然，道："那岂不是便宜了二房？"

程池冷笑："他这些日子不是到处在找人也想办一家票号吗？正好，我给他这个机会！"

怀山眼珠转了转，明白过来。二房本身没有多少产业，银子都存在了永福盛，就那点日常用的开销，二房几代人也用不完。想让二房把银子拿出来用，最好的办法就是让二房做生意，只有做生意，才会有大宗的亏损。而一旦二房出现大宗的亏损，以二房现在无人能支应门庭的情况下，二房肯定会慌张，一慌张，就容易出错；一出错，就容易被抓住把柄……简直就是个恶性循环。他不由露出一个笑容，道："四爷，您这个主意好。"

程池嗤笑，道："你放心，程叙没有那么傻。"

怀山讪笑。

谁知道程池话锋一转，道："不过，程叙虽然不傻，可他也经不起其他人的犯傻。好在是这些银子也没有便宜别人。"是啊，若是四房、五房都变卖手中的股份，肯定可以狠狠地敲二房一大笔银子。

程池打得好算盘，可事情却并没有照着他想象的那样发展。先是程沔来找他，委婉地表示既然受了长房的恩惠，就不可能在这个时候把股份变卖谋利，那和低买高卖的商贾有什么区别。然后是五房的程汶，也来找他。

程汶的话就说得很直白了:"……当初我没有银子,说用家里的古玩做抵押,你也答应了。现在你们和二房有了矛盾,我不能说甩手就甩手,那我成什么人了!再说了,我现在每年有五千两银子的收益,就算二房拿十万两银子给我,也只是我二十年的收益,用完就完了。但我把这股份捏在手里,每年都在进账,源源不断,难道不比买断了划得来?再说了,二房舍不舍得拿十万两银子买我手里的股份还不一定。我算算就觉得太亏了。"

程池拿起茶壶给程汶重新斟了杯茶,道:"你就这么肯定裕泰票号能存活二十年?如果裕泰票号过两年倒了呢?你当不是亏大了!"

"不,不会吧!"程汶瞪大了眼睛望着程池,说话都结巴起来,"你今年才二十几岁,裕泰票号怎么也能再兴旺二十年吧?"

"裕泰票号兴旺二十年与我的年龄有什么关系?"

"你只要不老糊涂,这票号就不可能倒吧?"程汶的眼睛瞪得更大了,道,"你别糊弄我,我可是听说了,二房的人到处找人搭伙做生意,人家一听说是九如巷程家都屁颠屁颠地跑来了,可一听是二房自己的主意,一个个都说有事,跑得比谁都快。要不然你以为你会这么安生?你以为裕泰票号能这么红火?我可算是看明白了,他们那些人不是想跟程家做生意,是想跟你做生意!"他说着,露出些许得意,"反正这次我算是看明白了,程家的庶务只要是你当家,我就在大树下乘凉,哪天你要是不干了,嗯,我也跟着你。你做什么生意我都入股!"

程池但笑不语。

程汶忙道:"我说的是真的。我来的时候就下了决心,要是你和二房的打起来,我肯定帮你。你要是不相信,我可以发誓。"

"哪有你说的那么严重?"程池笑道,"我就是觉得你们把手里的股份卖了,然后置些田产,可能风险更小点。"

"舍不得孩子套不着狼。"程汶拍着胸脯,"田产风险是小,可收益也不高啊。我还是决定跟着你干。"

那也要看我愿不愿意你跟着我干啊!程池在心里嘀咕着,浅笑着又给程汶斟了一杯茶。

"哎哟!哎哟!"程汶忙道,"我来,我来。你是财神爷,哪有让财神爷给我倒茶的道理。"

程池手一扬,避开了程汶伸过来的手臂,笑道:"不是喝了财神爷的茶就能发财吗?我给你斟的茶,你坐下来好生喝就是了。"

"这话也有道理。"程汶嘿嘿地笑,又重新坐了下来,看着程池把他的茶盅斟满了,然后殷勤地凑到了程池的面前,低声道,"四郎,你跟哥哥我说句老实话,你今年没有拿到盐引,是不是二房的老祖宗……"他指了指二房所在的方向,"我跟你说,我认识新晋的两淮运转使师爷的小舅子,你看要不要我帮你去趟淮安,两浙的盐引我们拿不到,难道两淮的盐引我们也拿不到?我就不信这个邪了!"

"不是!"程池有些意外,笑道,"是我觉得盐引这块儿不太好做了,所以就放弃了。"

程汶直跺脚,道:"你嫌麻烦,我不嫌麻烦啊!你怎么没有想到把这生意给我做!你可真是饱汉不知道饿汉饥!"

程池忙抱歉地道:"我真没有想到!要不我给你搭桥,你和人合伙做海运生意?就是风险大,但三年不开张,开张吃三年……"

还没有等他把话说完,程汶已一巴掌拍在了他的胳膊上,十分感慨地道:"我就说长房的三兄弟是最仗义不过的了。上次我去京城，不好意思见泾大哥，就去了你渭二哥那里。你渭二哥什么也没问，亲自带着我去了趟大相国寺，还让管事领着我把京城逛了一遍，最后还给了我一百两银票。这事我虽然没跟别人说，可心里一直记得的。这件事我们就这么说定了，我手里一共有二万两银子，你等会儿就让管事跟我去拿银票……"

"汶哥，这件事还是你自己和对方接洽吧！"程池笑着打断了程汶的话，道，"我参与其中，不太好。对方是我的一个朋友，身家也不是十分丰厚，他若是要我降一个点，我总不好回了他，到时候只怕会让汶哥受损失。"

"好，好，好。"程汶笑得只见两排白牙，"你让你的管事给我引荐，怎么谈，那就是我的事！"

"也不能丢给你就不管了。"程池笑道，"这生意之前我没有人手打理，一直没插手，但之前我让我手下的管事算过利润，有哪些应该注意的，他应该很清楚。我等会儿就让那个管事跟你说说，也免得你和人谈的时候两眼一抹黑。"

"正是，正是。"程汶这次拍的是自己的大腿，"别人都说你冷清，我看你是腼腆。早知道你是这个性子，我就应该早点来拜访你的！"

怀山站在一旁，肚子都要笑得抽筋了，好不容易送走了程汶，他实在是忍不住了，靠在柱子旁就笑了起来。

程池冷冷地看了他一眼，见天色不早，快到了晚膳的时候，去了郭老夫人那里。

郭老夫人问他："汶大老爷走了？"

"走了。"程池说着，在郭老夫人下首坐下。

郭老夫人沉吟道："你花了那么大的力气把几个房头都拉到了裕泰票号，怎么现在又让他们把股份卖出去？"

程池笑道："当初是为了告诫二房的老祖宗不要轻举妄动，现在大哥已经站住了脚，他就是想动手脚也不是那么容易了，反而能把四房、五房分出去——要闹，就我们三家闹好了，别把他们也给牵连了进来。"

郭老夫人点头，转移了话题："我听说少瑾去找你下棋了？"

"小孩子家，没事找个乐子。"程池笑道，"我有空就应付她一下，没空就只好不理她了。"

郭老夫人笑道："要不，你邀了九臬到家里来玩吧？你有些日子没和他聚了。"

"我只是有些日子没和他在家里聚了。"程池笑道，"我们前两天还一起在梅妍楼吃饭呢！"

"咦！"郭老夫人奇道，"你不是说梅妍楼没什么好吃的吗？怎么突然去了那里？"

程池道："正好顺路。"郭老夫人不好再问。

程池道："您不是说要去普陀山上香的吗？您准备什么时候去？我这些日子正好没什么事，可以陪您一块去！"

"那敢情好！"郭老夫人的笑容就止不住地从眼角眉梢溢了出来，她忙拉了儿子的手，道，"那就这么说定了，你可不能像上次似的，临出门了说有事，弄得我也没有了心情。"结果没去成！

望着母亲像抓着救命稻草般紧紧地抓住自己的手，程池心里酸酸的。等到母亲知道他一去不复返，他现在就可以想象母亲的伤心。要不，等母亲驾鹤西去了再说？这个念头在他心里一闪而过，又很快地被他否定了。萧镇海能找到金陵，就能找到九如巷来。他不走，只能为母亲带来更大的伤害。

"我一定陪您去普陀山拜访。"程池的声音比他自己想象的还要柔和、温暖，"我也和母亲一起出去走走。说起来，我们已有十年没有一起出过门了。"

"嗯，嗯，嗯。"郭老夫人不住地点头，道，"少瑾的经书应该很快就要抄完了。到时候我们把这孩子也带上，她路上还可以代替我陪着你下几盘棋。哎呀，这么一算时间上还有点赶。外面的事我就交给你不管了，我这边除了少瑾，史嬷嬷也要去，她服侍了我一辈子，年纪也不小了，这次跟着我去了普陀山之后，也不知道有没有机会再出门。还有碧玉和翡翠她们，我用惯了的，也带上，那留谁在家里看家呢？"

郭老夫人那么刚强的人，一时间居然欢喜得有些语无伦次。

程池看着更是伤心，笑道："娘，你不用那么急，我这几个月都闲着，随时都可以陪您出门。您先看个好日子，我再让秦子平过来帮您办点琐事，保证您能顺顺利利地出门。"

听说儿子这几个月都闲着，郭老夫人高兴之余也镇定下来，开始有条不紊地安排出行的事宜。

不过半个时辰，在佛堂里抄书的周少瑾就知道了。碧玉亲自过来告诉她："……老夫人说了，您和我们一块去！"

"真的吗？"周少瑾雀跃地拉了碧玉的手。

"真的！"碧玉笑道，"老夫人已让人去四房传话了，明天会去四房拜访老安人，就是去说这件事的。"

"不知道能不能把我姐姐也带上。"周少瑾喃喃地道，"我一直都没有去过普陀山呢！"

"你和你们家老安人说说。"碧玉帮她出主意，"你那边少带几个服侍的不就行了。"出行的人只觉得人多热闹，至于花销什么的，全然不在她们的考虑范围内。

周少瑾坐不住了，提前回了嘉树堂。

嘉树堂里，沔大太太在和关老太太说话："……老爷出来的时候和五房汶大老爷擦身而过。汶大老爷嘻嘻地笑，问他去干什么，他左顾右盼的，就是不说。老爷猜，他可能也是去说股份的事的。倒是三房，一直没有动静，既没有去找长房，也没有和二房接触，好像不知道这件事似的。老爷已经让人盯着了，那边一有消息我们就会知道。"

关老太太道："就怕此时三房打定主意和二房站在一起。"

四房和五房向来式微，若是三房和二房联手，长房想随心所欲地行事，只怕就没有那么容易了。一时间屋子里就陷入了沉思。

关老太太道："不管怎样，做人以诚信为本，我们不能忘恩负义。"沔大太太点头。

有小丫鬟隔着帘子禀告说周少瑾回来了。两人齐齐打住了话题，关老太太更是朝着沔大太太使了个眼色，压低了声音道："孩子们还小，知道事情重大就行了，用不着交代得那么仔细，小心把她们吓着了。"

沔大太太连连点头，笑着迎了周少瑾进来。

周少瑾觉得屋里的气氛有点奇怪，猜测外祖母和大舅母刚才可能说了些什么要紧的事，正犹豫着要不要把去普陀山的事告诉关老太太——反正明天郭老夫人就会来拜会关老太太，她就是不说，关老太太也会知道。谁知道关老太太已笑道："你这样急匆匆的，可是出了什么事？"

严肃紧张的气氛就一下子被冲淡了。周少瑾忍不住心中的雀跃，还是笑着把事情的经过告诉了外祖母和大舅母。关老太太和沔大太太都为她高兴，沔大太太甚至拉了周少瑾的手上下打量着她，道："那得赶紧做几件新衣裳才是，还有跟过去服侍的，人不仅要选那些老成忠心的,还要选个会与人打交道的。去普陀山要经过杭州府,然后从杭州府到舟山,再从舟山上岛,去一趟得月余,可不能马虎。"

"少瑾是跟着郭老夫人一道过去的,路上的事自然有长房操心,"关老太太打断了儿媳妇的话,笑道,"你只要给她准备打赏的银子、选几个服侍的仆妇,再叫了人进来做几件新衣裳就行了。别啰啰唆唆地说个没完没了。"

沔大太太和周少瑾都笑了起来。周少瑾趁机问能不能和姐姐一起去。关老太太一口回绝了周少瑾的提议:"你帮着郭老夫人抄经书,得了郭老夫人的青睐,跟着郭老夫人去普陀山敬香,那是你的福气。我们却不可得陇望蜀,提出和郭老夫人一起去普陀山敬香的事。"

周少瑾很是失望,却也不得不承认外祖母的话有道理。

关老太太安慰她道:"你也别这么沮丧,我知道你是一片好心。等到你诰表哥和你诣表哥都成了亲,我就可以安安心心地做老封君了,到时候我和你大舅母一起去普陀山敬香,就把你留在家里看门。"

周少瑾根本没有听出这句话的意思来,呵呵呵地笑着连声应"好"。

关老太太就催她快把经书抄完了:"现在就看你的了。你什么时候把经书抄完了,郭老夫人就什么时候启程。你要是抄不完,她们就得都等着。"

这责任,也太重大了些!周少瑾顿时觉得自己的背上像压了座山似的,她不敢和关老太太多说,又折回了佛堂,专心致志地抄起经书来。

郭老夫人在周少瑾去向她辞行的时候看着周少瑾直笑,道:"傻丫头,你看见谁三伏天里赶路?你只管慢慢抄,我们就是启程,也要到秋天了。"

但周少瑾还是赧然。要不是她放慢了速度,又怎么会现在还没有抄完?她忙道:"您放心吧,我一定会好好抄写的。这可是供奉给菩萨的,是我们的一片心意。"

郭老夫人很是满意,赏了她一筐桑果。周少瑾拿回去给嘉树堂里的人品尝。关老太太让人送了一碟子给程诰,送了一碟子去涵秋馆,自己留了一碟,其他的都让周少瑾带回了畹香居。周少瑾就给程箈和集萤各送了一碟去。到了晚上,一面吃着用井水镇过的桑果,一面和姐姐在院子里乘凉。

她有些抱歉地对姐姐道:"原想和你一起去的,结果外祖母说不合适,等以后我们姐妹俩再一起去普陀山敬香。"

这件事周初瑾已经听说了,她嗔道:"本来就不合适,你提都不应该提。不过,你这个主意好,等以后我们姐妹再一起去普陀山敬香。这次就算你打头阵去把地方摸清楚了,免得下次我们去的时候摸不着头脑。"

周少瑾赧然地笑,问姐姐:"你要不要我带些什么回来?"她从来没有去过普陀山,也不知道有些什么特别的东西。

周初瑾也不知道,她笑道:"你记得给外祖母和大舅母她们带些东西回来就行了,我的就免了。出趟远门不容易,你还要费精神给我带东西,我们姐妹间就不讲这些虚礼了。"

周少瑾笑道:"那我就看着办吧!"

周初瑾就和周少瑾说起父亲周镇的回信来:"下午才收到。爹爹说他会注意这件事的。至于要不要帮忙,怎么帮忙,他会写信给沔大舅舅的。如果我们知道了些什么,要记得写信告诉他。他怕沔大舅舅碍着情面什么也不说,反而误了事。"四房于她们姐妹都有大恩,亲如骨肉,周家不能坐视不理。

周少瑾想到当初关老太太的话,道:"这件事你跟外祖母说了吧!我瞧外祖母的样子,好像很希望父亲能帮四房一把呢!"

周初瑾笑道:"准备明天一早过去请安的时候告诉外祖母,你们刚才兴致勃勃地说着去普陀山的事,我不好插嘴。"

周少瑾不好意思地笑,又和姐姐说起去普陀山的事来:"听说普陀山是'海天佛国',岛上所有的庙宇供奉的都是观音大士,每逢二月十九、六月十九、九月十九观世音菩萨的诞辰、出家、得道三大香会的时候,岛上人山人海,寺院香烟缭绕,人在其中,就像走进了西天极乐世界。可郭老夫人说,没谁会在三伏天里赶路,也不知道能不能遇到九月十九的香会……"

她叽叽喳喳的,周初瑾几次想转移话题都没能如愿,索性也不去打断她了,就在那里时不时"嗯""啊"两句地附和着。结果周少瑾一直说到了月上中天,第二天姐妹俩都起晚了。

周少瑾脸涨得通红,想着静安斋那边管得松,她迟到了大不了罚写几张大字,可姐姐却是要帮着大舅母主持中馈的,迟到了可不好看,顾不得梳洗,就帮着姐姐张罗着早膳。两姐妹正在那里忙着,偏偏马富山家的来求见。

施香定了九月初十出府,十月初四出阁。周少瑾托了马富山家的帮施香定了两口樟木箱子,一张高柜送她,还以为马富山家的是来回话的,没等周初瑾开口,已吩咐小丫鬟:"让她等等,我们这边正忙着呢!"

小丫鬟笑着退了下去,很快又折了回来,道:"大小姐,二小姐,马富山家的说有急事禀告!"姐妹俩俱是一愣。昨天周父的信就是马富山家的送过来的。那时候都没说有事,可见事情真的很紧急了!周初瑾道:"那就请她进来。"

小丫鬟应声,转眼就带了马富山家的进来。

"大小姐,二小姐!"马富山家的脸色有些难看,喊了一声就站在了那里。

周少瑾会意,遣了屋里服侍的。

马富山家的去门口看了看,这才三步并作两步走到了周少瑾姐妹跟前,悄声道:"衙门那边有信传过来,说兰汀和欣兰两个,昨天晚上在牢里突然暴毙了……"

姐妹俩心中一跳,脸色顿时变得有些苍白。

周初瑾忙道:"到底出了什么事?"

马富山家的声音更低了几分:"大家都说不清楚。狱卒以为是我们打点了牢里的人,牢里的人以为是狱卒下的手,这事透着几分蹊跷。如今衙门里不敢深究,让人带了口信给我们当家的,说得赶快埋了,免得平白惹出事端来。"

周初瑾想了想,让周少瑾去拿张一百两的银票给马富山家的,然后对马富山家的道:"你跟马富山说,想办法让仵作查清楚两人是怎么死的,再顺着这条线想办法查出是谁下的手。她们两人被关在大牢里,能下手的人肯定不多,若是小心点,肯定能查出些许的蛛丝马迹。这些银子你们拿去打点那些狱卒。若是不够,再来跟我说。"

马富山家的揣着银票出了九如巷。周初瑾不安地喝了口茶。

莫名地,周少瑾想到了程铬。当年发生的事,她们并没有瞒着存义坊那边。可程铬过来给四房拜年的时候,从头到尾也没有提一句。如果他知道了这件事,会怎么做?周少瑾送走了姐姐,吩咐春晚:"你给马富山带个口信,让他查查铬大爷身边的赵大海。看看他这些日子都在干什么。"如果这件事与程铬有关,具体办事的那个人一定是他的心腹赵大海。

过了几天,马富山亲自来求见周少瑾姐妹。

周氏姐妹关了门和马富山说话。

马富山半坐在太师椅上，低声道："官府那边那几天正好有犯人从江宁等县押解过来，有犯人的家眷一路跟过来，又是打点狱卒，又是请客送礼，牢里有点乱，查了几天也没有查出个头绪来。倒是二小姐提供的线索，让我们从赵大海身上查到了一些颇为蹊跷的事。"

"少瑾？！"周初瑾满头雾水地望着妹妹，道，"你提供了什么线索？"

周少瑾早已想好了应对之策，她笑道："我当时就是怀疑程铬，若是兰汀和欣兰是被人谋害的，除了程铬，我想不出还有谁会去做这件事，就提醒马总管去查查程铬身边的赵大海。我们反其道而行，说不定会有收获。看来我的这个主意奏效了！"最后一句话，她却是对马富山说的。

马富山笑了起来，道："二小姐的主意的确奏效了。我们查到自过年到现在，赵大海曾经三次从长沙府回到金陵城，最后一次就是在兰汀和欣兰暴毙前三天，他还和其中一个叫陈三的狱卒一起吃过饭。可当我们找到陈三的时候，陈三已经死在屋里，仵作说，他是死于饮酒过量，可陈三的相好却说，陈三这个人是很少喝酒的。"

周少瑾有片刻沉默。程铬……真的已经走到了这一步吗？还是她从来不知道程铬早已经走到了这一步！她不由和姐姐交换了一个眼神。

周初瑾道："那查出来兰汀和欣兰是怎么死的了吗？"

"查出来了。"马富山道，"死于砒霜中毒。吴知府已经让人悄悄去查了，看看能不能查出是哪家药铺里卖出来的砒霜。不过，赵大海从长沙府过来，如果这砒霜是他从其他地方带过来的，那就没办法了。"

砒霜可以入药，可入药的剂量通常都非常小，不足以毒死一个人。大量买入砒霜的人很少，通常药铺都有印象。周少瑾觉得赵大海肯定不会在金陵城买砒霜。那样很容易被查出来。他不是从其他地方带过来的，就是每路过一个地方就买一点，然后一点点攒下的。她沉吟道："不管怎样，你都要好好地查一查。就算是最终不能审讯赵大海，我们也要弄清楚到底是不是程铬指使的。我虽怀疑他，却也不能冤枉他。"

马富山恭声应"是"。周少瑾姐妹亲自送了他出门。

看着马富山的背影消失在甬道的拐角，周初瑾不由长长地叹了口气，对妹妹道："你说这程铬到底是怎么想的？兰汀和欣兰秋后就要问斩了，他又何必多此一举？"

周少瑾沉声道："姐姐，如果那程铬根本就不相信他父亲做了伤天害理的事呢？如果他觉得我们留着兰汀和欣兰是为了陷害他父亲呢？"

周初瑾愕然。

周少瑾道："除了这个理由，我实在是想不通他为什么要害兰汀和欣兰！"除了这个理由，她也想不通梦中他为什么要害她！

周初瑾苦笑，道："要真是这样，只怕以后我们还会有麻烦。"

周少瑾给姐姐打气："不怕！我们已经知道他不是好人了，小心提防着他，也就不会被他趁机而入了。"

"可这附骨之疽的滋味可真不好受！"周初瑾道。

"那就找个机会把这件事给解决了。"周少瑾很赞同姐姐的话，她还有很多事要做，不能把时间浪费在程铬的身上。

周初瑾大笑，道："你现在胆子大了很多，做事也有主见。我悬着的心终于能够放下来了。"

姐姐是怕她出嫁后自己会被人欺负吧？周少瑾忙挽了周初瑾的胳膊，道："你就放心好了，我会好好照顾自己的。等过两年，我会去看你的。说不定那时候姐夫已经考到京城去了，你也跟着去了京城旅居，到时候我们姐妹就可以一起去逛大相国寺了。"

周初瑾面色微红。

程池听到兰汀和欣兰暴毙于狱中的消息也有点吃惊，他对怀山道："这件事肯定不是周家的意思，也不可能是牢头做的，要不那两个婢女就不可能等到秋后才问斩了……看来这件事还挺有意思的。你去查查看到底是怎么一回事！"

怀山退出了书房。

程池看了一会儿书，寻思着母亲这个时候已经做完了早课，去了正房。

郭老夫人正在和史嬷嬷商量去普陀山带哪几个随行服侍，见程池进来，郭老夫人把单子拿给儿子看，道："你也给我出个主意。"

程池看了一眼，道："挺好的，我看没什么好添减的。"他现在就想尽量满足母亲的一切要求。

郭老夫人听了很是不满，道："你不用敷衍我！我觉得服侍的女眷好像有点多，这才让你帮着看看的。"

程池笑道："我们是出去玩，缩衣节食的，那还有什么乐趣可言！您就安心地跟着我走好了。"

郭老夫人还是有些迟疑，道："我怕碧玉她们晕船。"

很多女眷都是第一次出门，谁也不知道自己上船之后是怎样一番景象。

程池笑道："周家二小姐不晕船，到时候让她照顾您。"

郭老夫人闻言很是欢喜，笑道："这孩子倒和我投缘。原本只是看着她寄人篱下，像被关在笼子里的小鸟，想带她出去看看，谁知道她竟然不晕船。我知道你在外面自在惯了，可我现在年纪大了，有时候就想你能陪在我身边，谁知道她竟然会下棋？这孩子很好，得给她找个好人家才是。你再出去走动，就仔细给她瞧瞧。一定要性子好，会心疼人，这女孩子嫁人，也不定非要多高的门第，要紧的是琴瑟和鸣，恩爱体贴……"

程池不禁扯了扯嘴角。

那小丫头上了船精神好倒是真的，至于下棋，也就是做做样子罢了。不过，母亲说得也对，她这个年纪的小姑娘最担心的就是能不能嫁个如意郎君了。她既然服侍了母亲一回，又讨了母亲的欢喜，帮她找门好亲事也算是答谢她了。不知道她愿不愿意远嫁？金陵城的这些大户人家他实在是不熟。郭家太死板，顾家人太多……程池决定把这件事交给秦子平。那小子最喜欢这些家长里短的事，交给他比较靠得住。他"嗯""嗯"地应着，把母亲的话都记在了心里。

畹香居里，周少瑾却头大如斗。程笳气得在她屋里乱走，一面走，一面数落她："你要去普陀山敬香，居然不告诉我！我还是从翠环那里听说的。你和我是姐妹吗？有你这样当姐妹的吗？有这样的好事你竟然不告诉我一声。我要是早点知道，就会去找我祖母想办法让郭老夫人也带上我了！你怎么能这样？我有什么好事都惦记着你，你却不记得我！"

周少瑾实在是没有办法了，道："前两天我还送了一碟子桑果给你，你怎么能说我有好事不惦记你？这次我也是托了郭老夫人的福，你让我怎么跟你说？说让你和我一起去，那不是怂恿你去吵闹吗？"

程笳顿时泄了气，瘫坐在太师椅上喃喃地道："反正，你应该早点告诉我一声！"

周少瑾能理解她的心情。这样出门的机会一生也未必能遇到一次，谁都想去。她只好低声地安慰程笳："我听诰表哥说，我们要先坐船去镇江，然后走运河，经过常州、无锡、苏州、嘉兴到杭州府，再由杭州府到宁波、舟山，上普陀山。到时候我帮你带盏佛灯回来好不好？"

程笳绷着脸，不置可否。周少瑾只好揉了揉自己的太阳穴。

碧桃进来道："二小姐，四老爷屋里的集萤姑娘过来了。"周少瑾如释重负，忙道："快请她进来。"程笳这才不情不愿地坐好了。

集萤向来不看人脸色的，和程笳打了个招呼，就笑盈盈地和周少瑾说起话来："我听说你的经书快抄完了。四爷暂定在下个月初十启程，想赶上钱塘涌潮。到时候我也会和你一起去。"

周少瑾喜出望外。程笳却不满地冷哼了一声。周少瑾歉意地朝着集萤笑了笑。集萤却连眼角也没有瞥程笳一下，自顾自地道："你收拾东西的时候叫我一声，我从前也常跟我爹出门，我到时候过来帮你收拾行李。"

周少瑾连声道谢，道："我听人说八月十八潮神的生辰钱塘江才会涌潮，那我们岂不是没办法参加九月十九观世音菩萨得道的庙会了？"

"庙会有什么好看的？"集萤奇道，"你知不知道什么是钱塘涌潮？到时候钱塘江波浪滔天，声如雷鸣，喷珠溅玉，潮峰如山……多少人一辈子没见过，你竟然惦记着庙会？这庙会哪里没有？京城的大相国寺，洛阳的白马寺，金陵城的鸡鸣寺，哪家不是一样的？难道普陀山的就能开出朵花来？"

周少瑾弱弱地道："我们不是去敬香吗？"

集萤道："你出门还要撩了轿帘朝外望几眼呢！"

好吧！周少瑾承认自己没什么见识！

她道："那你过几天来帮我收拾行李。"集萤这才满意地点了点头。一个人闷闷地坐在那里的程笳看着相谈甚欢的周少瑾和集萤，拂袖而去。

第三十八章　打牌

集萤不解，道："她这是怎么了？"

周少瑾汗颜，道："可能是因为不能跟着我们一起去普陀山吧！"

集萤点了点头，并没有把这件事放在心上。同门师兄妹一起习武还要分出个三六九等来，何况程笳和周少瑾不过只是姻亲。她问周少瑾："你这个月能抄完吗？"

"能！"周少瑾有些不好意思，她本来早在三月份的时候就可以抄完的，但为了能碰见程池，有意地放慢了进度，现在好了，又要赶进度，这算不算是搬了石头砸自己的脚呢？

她用了十天的工夫，终于把剩下的《楞严经》全都抄完了，不仅如此，还为自己抄了一卷《摩诃般若波罗蜜大明咒经》，准备供奉给观世音菩萨。

郭老夫人知道后很高兴，拉着周少瑾的手直说她辛苦了，并道："还是你池舅舅心里有谱，看过你抄的经文之后就知道你大致什么时候能抄完。我们到时候就按着他定的日子启程。"

周少瑾听着耳朵火辣辣的。难道池舅舅看出点什么来了？她不敢深想，请了集萤过来帮她收拾行李。

"披风要多带几件，河上的气温多变，你别看着是夏天，到了晚上一样很凉，可晚上很多地方的风景都很好，正好可以站在船上欣赏一番。"她絮絮叨叨的，"内衣也要多带。你别看你是在船上，可真正能用的水不多，洗了衣服更不容易晾晒……你有没有细布衣服，在船上穿细布衣服最好了，比较结实，又容易清洗……"

春晚和碧桃仔细地听着，按照集萤说的收拾行李。周少瑾却把施香叫到了一旁，递给了她一个荷包，道："你出府的那天我也不知道我回来没有。这荷包里有十张十两的银票，你拿了傍身。如果我赶回来了一切都好说，如果我赶不回来，你出嫁的时候我一定去讨杯喜酒喝。"

施香跪下来给她磕头。周少瑾和周初瑾甚至是郭老夫人、关老太太等都有赏赐，足够她风光地嫁人了。持香看着不免有些唏嘘。姐妹一场，施香这一走，还不知道什么时候能再见面。

等给关老太太祝了寿，晚间的夜风已带着几分凉意，周少瑾辞了外祖母、大舅母、姐姐等人，跟着郭老夫人启程往普陀山去。同行的除了平时服侍周少瑾和郭老夫人的，还有程池以及程池身边的集萤、怀山、秦子平和几个护院。

出发的那天，天气晴朗，一碧如洗。几房的人都来饯行，周初瑾更是一直牵着妹妹的手把她送到了踏板旁才放手。他们先坐画舫到镇江，然后再由镇江转沙船去杭州。透过画舫的琉璃窗，看着岸边的人渐行渐远，最后变成了一个小小的黑影，周少瑾一直雀跃、期盼的心莫名就变得有些伤感起来。

随行的樊刘氏忙安慰她："没事，没事。我们跟着郭老夫人，又带了大老爷的帖子，有池四老爷随行，不会有什么事的。"

周少瑾点头。

碧玉脚步不稳地走了进来，道："二表小姐，老夫人让我来看看您。您可还好？"

"我挺好的。"周少瑾笑着收敛了心绪，请碧玉进来坐，"老夫人可好？"

"也挺好的。"碧玉笑道，"老夫人说，她要歇会儿，请二表小姐随意，等会儿晚膳的时候再聚。"

去镇江要一天一夜。周少瑾应了，推开画舫的窗户朝外望。此时离岸还不久，两岸住着很多船上人家，很多人都站在船上对着他们的画舫指指点点的。

周少瑾哂笑。想当初她们从浦口回来，在江北桥头的时候也曾指着别人的画舫羡慕地流口水，不过几日的工夫，事情就颠倒过来，轮到别人对着她坐的画舫流口水了。

用过午膳，她关了窗，吩咐碧桃："我也歇会儿，你们派个小丫鬟注意老夫人那边的动静。老夫人如果醒了，就赶快叫了我起来。"

碧桃和周少瑾同岁，比周少瑾高半个头，细长的眉眼，白净的皮肤，一副温顺敦厚的模样。她刚到周少瑾身边服侍就有机会跟着去普陀寺敬香，到现在想起来还像是做梦似的。她恭敬地应诺，转身去传了话。

周少瑾睡到夕阳西下。看着满室的霞光，她一下子跳了起来，对着当值的春晚抱怨道:"什么时辰了?你怎么也不叫我?老夫人醒了吗?"

春晚笑道:"刚过酉时,老夫人早就醒了,发现碧桃在那里探头探脑的,特意叫了史嬷嬷过来传话,让我们不要叫醒您,等您睡醒了再一起用晚膳。"

这怎么能行!周少瑾急急梳洗了一番,去了船中间的船舱——郭老夫人住中间,程池住船头,她住在船尾。

郭老夫人正和史嬷嬷说着话,看见周少瑾穿了个粉红色的素面杭绸比甲,乌黑的青丝松松地挽了个纂儿,纂儿旁还插了一排茉莉花,看上去清丽动人,明瑟莹净。

"哎哟,这是哪里来的茉莉花,还沾着水珠儿。"郭老夫人笑眯着眼睛上下地打量着她,"可真漂亮!"

周少瑾笑道:"姐姐起早摘的,说是让我放在枕头边上。我看着挺多的,就让春晚用碗泡了,没想到下午全都开了,就挑了几朵戴。"她说着,嘱咐春晚,"把那碗拿过来,我们穿两串手串给老夫人和嬷嬷戴。"

她记得寒碧山房是一朵花都没有的,不敢贸贸然地送花过来。

春晚见郭老夫人但笑不语,忙去端泡着茉莉花的碗。

史嬷嬷则把手伸到了周少瑾的面前,笑道:"我的二表小姐,您看,我是戴花的人吗?您给老夫人穿两串就行了。我们老夫人年轻的时候,最喜欢那些带香气的白花了。"

那之后为什么不喜欢了呢?周少瑾没敢问。郭老夫人也没有说。春晚倒也机敏,不仅端了碗进来,还带了穿着线的针过来。周少瑾穿了一串茉莉花。

郭老夫人想了想,道:"挂在衣服上吧!我这多大年纪了,还戴在手上,岂不是让小丫头们笑?"

"这屋里又没有旁人!"史嬷嬷笑道,"您还讲究这些!"

周少瑾却能理解。就像她,一直也不习惯穿那种颜色非常明亮的衣服,总觉得不自在,不是自己的衣服。她笑着帮郭老夫人把茉莉花挂在了衣襟上。

史嬷嬷就对周少瑾道:"离晚膳还有大半个时辰,我们不如陪着老夫人打会叶子牌吧?"

周少瑾顿时冒汗,道:"我不会!"

"简单得很。"史嬷嬷热心地道,"我让翡翠告诉你。"碧玉的叶子牌打得很好,常陪郭老夫人打牌,她是要上桌的。

周少瑾低声道:"我真的不会!"

"也就是打发时间。"郭老夫人听了笑道,"又不论输赢。"问题是不论输赢她也不会啊!但桌子已经铺好了,牌也拿上了桌,她实在是不好拒绝,只好硬着头皮坐到了桌边,指望着翡翠能帮她把这大半个时辰度过去。

所以晚膳快要好了,程池去请郭老夫人用膳的时候,就看见周少瑾面色苍白,满头大汗地坐在牌桌前,死死地盯着手中的牌抽来抽去,半晌也抽不出一张来。不知道的人还以为她这是要选什么时辰投胎呢!程池不以为然地在心里摇了摇头,还是忍不住走了过去,抽出一张牌就丢在了桌子上。

周少瑾忙道:"不行,不行,那是张六索。"

"六索又怎样?"程池淡淡地道,"下面已经有两张五索,四张七索,一张六索,谁要得起!"

"哦!"周少瑾紧张地盯着郭老夫人、史嬷嬷和碧玉。

三个人果然没有动静。

坐在她下首的碧玉起了牌,然后打出张六文。

"吃了！"程池道，"打七文。"

周少瑾犹豫了片刻。她有一张五文，两张六文，一张七文。打张六文去一样是一个顺子。

程池见她没有动静，瞥了她一眼。她心里一颤，忙把手中的两张六文打了出去，把七文甩了出去。

对面的郭老夫人吃了，打了一张九文出来。

"吃了！"程池又喊了一声。

周少瑾已经不知道为什么要这么打了，她想也没想地就把对九文甩了出去。

程池道："打三索。"她乖乖地打了三索出去。

史嬷嬷眼角的余光睃了一眼程池，手在牌上停留了几息，碰了三索，打了张二索出来。

"和了！"程池道。

这就和了！周少瑾把手里的牌仔细地看了一遍。她还真的和了！周少瑾放下了牌。

郭老夫人不死心地看了一眼周少瑾的牌，嘟哝道："少瑾吃的时候我就听牌……怎么她反而先和了牌！"

"打牌本来就有输赢。"程池笑着让碧玉收拾牌桌，"要用晚膳了，我特意让船家弄了些江鳝，您尝尝和我们平时吃的有什么不同。"

郭老夫人高兴起来，由程池虚扶着去了旁边的宴息室。菜已经摆好了，满满的一大桌，除了清蒸江鳝，还有口水鸡、糟鸭掌、松鼠鱼等带有江南特色的菜肴，和他们上次去浦口的简单不可同日而语。

郭老夫人招呼周少瑾和程池坐下来用晚膳："……没有外人，你是长辈，也不用讲那么多的规矩了。"

周少瑾想想也有道理。船上就他们三个主人，再讲究什么分席而食，那他们只有各自待在船舱里不出来了。她道了谢，笑着坐在了郭老夫人的下首。

这船上老的老，少的少，程池自然不会在乎，他笑着坐在了郭老夫人的身边。因是圆桌，倒有点三足鼎立的味道。

周少瑾是不挑食的，自然吃得津津有味。

前半个月就在准备，一大清早就起了床，虽然中午歇息了一会儿，但毕竟年事已高，郭老夫人还是觉得很累，本没什么胃口，可见周少瑾这么好的胃口，她不由吃了大半碗饭。

程池看了暗暗点头。觉得带周少瑾去普陀山是对的。不然以他的性子和母亲的性子，只怕是一路无语到普陀，或是母亲自说自话、暗自伤心地到普陀。

晚上，他们宿在仪真县渡口。仪真县的县令赵坤过来拜访程池。

周少瑾躲在船舱里，等赵坤隔着帘子给郭老夫人请过安，请了程池上岸喝酒，周少瑾这才去了船舱陪郭老夫人。

这次郭老夫人没有拉着她打牌，而是看了她抄的《楞严经》之后，开始点评她写字方面的不足。周少瑾仔细地听着，照着郭老夫人说的一个字一个字地重新写给郭老夫人看。

郭老夫人见她极认真，情绪被带动起来，指点得也很仔细。一个教，一个写，时间很快就过去了，程池回来的时候，已经过了亥时。周少瑾吓了一大跳，忙请郭老夫人去歇息。

或许是因为做的都是自己喜欢的事，郭老夫人精神很好，不仅没有睡意，反而问起程池来："这个赵坤怎么会想到来拜访你？可是有什么事？"

程池没有官衔在身，又只是出来游玩，和程家有点渊源的，最多也就派个幕僚过来送份赠仪；和程家没有渊源的，完全可以不予理会。仪真是水陆要塞，每年不知道有多少官宿路过，都这样迎来送往的，仪真县令不被累死也会被穷死。这次赵坤不仅亲自来拜访程池，还请程池吃饭喝酒，肯定是有所求了。

"是二哥的同年。"程池已经更了衣，梳洗了一番，头发湿漉漉地挽在头顶，淡淡地道，"听说您路过，特意来给您请个安。"

"你就少糊弄我了。"郭老夫人笑道，"是有求于你两个兄长吧？"

程池笑道："说是行人司那边有消息过来，礼部尚书、文华殿大学士章俊华身体抱恙，已上书皇上，九月份致仕，大哥有可能到六部去。"

如今程泾已是都察院左都御史，小九卿之一，如果去六部，那就只可能是接手尚书之职。本朝的尚书向来是由内阁大学士兼任的。也就是说，程泾会入阁。周少瑾心里有些忐忑不安。梦中，程泾是在新帝登基之后入的阁。如果事情没有变化，这一次，程泾可能还得继续在都察院左都御史的位置上待着。她欲言又止。

高兴的郭老夫人并没有注意，细心的程池却发现了。等从船舱出来，程池特意叫住了周少瑾，问她："你是不是听到了什么风声？"

周少瑾不知道该不该说。既然有这样的风声传出来，说明程泾当然也是被内阁关注的人之一。如果程氏兄弟早早筹划，说不定程泾能提前入阁。官场向来讲究论资排辈的，程泾能早一日入阁，程家的势力就早一日增强。她不说，程池已经发现她的异样，总得找个借口搪塞过去。她说出来，这话该怎么说才能让程池不起疑？而最大的问题是，她很想告诉程池。她希望程泾能早点入阁，程家越接近核心圈子，就越能得到别人得不到的消息，摆脱梦中命运的机会就越大。

程池却不这么想。认真地说起来，他和周少瑾交浅言深，就算是周少瑾听说了些什么或是知道了些什么，犹豫着是不是要告诉他也是自然的。只是他向来对事情观察入微，无意间捕捉到了周少瑾细微的表情，以至于周少瑾处于两难的境地。他想了想，道："你不用担心，我不会问你消息的来源，也不会去追究你是怎么知道的，你只要告诉我事情的结果就行了。"

周少瑾怦然心动。如果她能和池舅舅像现在这样好好相处，等到她要说出程家会被满门抄斩的消息时，池舅舅会不会也像现在似的，不问缘由只问结果呢？不管怎样，她都要试一试。这样她就不用编造一个又一个的谎言去掩饰自己身上发生的匪夷所思的事了。尽管如此，周少瑾还是有些不安。

她吞吞吐吐地道："我……只是听说……可能是黄理！"

梦中，她并没有关心这些。在她看来，程泾的仕途是一帆风顺的。后来她隐隐听说黄理和程泾有旧怨，要追究到两人还是小九卿的时候。但黄理的恩师致仕时，亲自出面拜托当时的内阁首辅让自己的弟子入阁，后来程泾也入了阁，但排名却在黄理之后。甚至去年中元节她和阿朱一块出去玩，阿朱说起程泾和黄理之间发生的事她都没有想到这上面去。直到刚才，程池提到程泾有可能入阁的时候她才弄清楚梦中她听说的那个黄理就是那个任礼部尚书、东阁大学士，并在程泾手里吃了亏，之后又和程泾不和的内阁辅臣。

程池相信了周少瑾的话。她只是个十三岁的小姑娘，生于金陵，长于闺阁，再聪明也不可能在不知道朝局的情况下信口雌黄地乱编一通。何况她的话还十分有道理。

程泾是怎么坐上都察院左都御史的位置的，没有谁比他更清楚了！

如今程泾和黄理都只是小九卿之一，上面压着若干个大佬。黄理不管对程泾有什么看法，为了显示自己宽怀大度、目光高远，他都不可能在这个时候让人看出他对程泾的真实态度。而上次黄理在程泾手里吃了大亏，他的恩师申敏之早已致仕，致仕的时候推荐袁维昌接任自己成为首辅。如果申敏之为黄理奔走，作为报答，袁维昌这次不可能站在程泾这一边。而黄理向来紧抱着申敏之的大腿，申敏之之前已经很委屈黄理了，这次无论如何也要送黄理一程，不然申敏之的同僚门生看了岂不心寒？

最重要的是，申敏之退了下来，他的孙子前年刚刚金榜题名入了庶吉士馆在刑部观政，他此时不发挥余热留点余荫给别人，别人凭什么照顾他的孙子？看样子，袁维昌下定了决心要回报申敏之的恩情了！

程池想着，朝周少瑾微微颔首，道："多谢你告诉我这件事。这次就算是我欠你一个人情吧！你以后可以要求我帮你做一件事。"他说着，顿了顿，再次强调，"任何事都可以！可若是你想像则天皇后似的做女帝，我恐怕就无能为力了！你要我做的事得是我能做到的事。"

周少瑾笑了起来，心跳得更乱了。她能不能这个时候要求程池，让他帮自己带话给程泾，说程家十二年之后会被抄家灭族！还好这话到嘴边她还是管住了自己没有乱说。"不用了，不用了。"周少瑾连连摆手，道，"您之前救过我好几次，我都没有好好地报答您。这次就算是我报答您的解围之恩。"

程池说这话的时候没有多想，而周少瑾也不知道他承诺的"任何一件事"的分量和意义。如果他没有心生去意，他肯定不会这样含含糊糊地算了，但他已经决定离开，就不会再理会程家的事了，这句承诺对周少瑾最多也就只有两年的有效期。他还不如看情形帮她几次，这样于周少瑾来说更划算。他打定了主意，笑了笑，和周少瑾在船舷边分了手。

周少瑾兴奋极了，直到盥洗后换了小衣上了床，嘴角挂着的笑容还依旧如夏日的阳光般灿烂。她终于帮了池舅舅一次。池舅舅肯定不会觉得她一无是处了。只要能长此以往，她和池舅舅的关系一定能够得到很大的改善。

程池这个时候在给程泾写信。什么事情在没有盖棺之前都不算是定论。他什么也没有说，只是在信中提醒大哥注意申敏之和袁维昌之间的关系，提醒他注意和黄理的罅隙。他相信大哥应该能理解他的意思。虽然他已经决定离开程家，但他只要没有离开，就还是程家的子弟。

程池放下笔，站起来推开船窗。月亮弯弯地挂在天际，几颗星子一闪一闪地点缀其旁，周围静悄悄的，只有船桅上挂着的大红灯笼红彤彤地映在湖面上，给这清冷的夜晚平添了些许的暖意。

程池喊了怀山，道："快马加鞭，把这封信送给大老爷。"怀山应声而去。程池一个人立在窗边站了良久，这才关了窗。

荡漾的画舫像摇篮。周少瑾很快入睡，一夜无梦到了天亮。船工的号子声、船上人家泼水做饭的嬉耍声、船板上霍霍的走动声……把她给惊醒了。片刻的恍惚之后，周少瑾才想起自己是在去镇江的画舫上。她连声喊着春晚，趿鞋下了床。春晚和两个粗使的婆子端着水走了进来。

"二小姐，您醒了。"她一面指使着婆子把水放在镜台旁，一面帮周少瑾挂了帐子，道，"清风说，我们明天下午就能到镇江了，然后换了沙船去杭州府。"

周少瑾道："你看见集萤了没有？"自上船之后，她就没有看见集萤。

周少瑾挺担心集萤的。上次集萤还说焦家要找她算账，他们从京杭大运河去杭州府，京杭大运河可是漕帮的地盘。她怕集萤被人发现。

春晚笑道："集萤姑娘在屋里睡觉呢！说是晚上没有睡好，今天白天要好好地睡一觉。"

周少瑾松了口气。集萤可能也是怕被漕帮的人发现吧！小心谨慎点总归是件好事。

傍晚，他们换了艘三桅的小沙船。说是小，其实是和那些停靠镇江码头的五桅沙船相比较而言的。他们坐的沙船长有四百余尺，大桅高耸，风篷狭长，像个庞然大物般横在周少瑾的面前。

周少瑾仰望沙船，心中非常震撼。等她上了船，看到漆得如镜面般光滑的甲板，比昨天的画舫足足大了一倍有余的船舱时，更是睁大了眼睛半晌无语。

春晚等人自然不如周少瑾沉得住气。几个人一会儿摸摸楠木做成的大书案，一会儿摸摸镂雕着葡萄石榴缠枝花的落地罩，不住地啧啧称赞。

樊刘氏不由叹道："施香若是知道了，肯定会后悔没有跟着二小姐来见识一番的。我能跟着二小姐走这一趟，死也没什么遗憾了。"

"胡说！"周少瑾不喜欢樊刘氏的口吻，如今她们一定会比梦中过得好，樊刘氏也会好好的，跟着她看更多的风景，走更多的地方。

樊刘氏失悔道："看我这张嘴……"以后二小姐嫁了，她跟着二小姐，自然会走更多的地方。这话的确让人听着不喜欢。她嘿嘿地笑着。

那边传来碧桃低低的惊呼："春晚姐姐，您看！这桌子椅子都是固定在船上的。"

周少瑾和樊刘氏回头，就看见春晚正用力地推了推她面前的太师椅："咦，还真是固定了的！"

"是怕我们摔跤吗？"碧桃问。

樊刘氏道："我听人说，有时候在海上行走会遭到大风浪，不要说船舱里的东西了，人都会掀翻，这船肯定是在海里走动的。"

"真的吗？真的吗？"碧桃激动地这里看看，那里瞅瞅，道，"也不知道这船是程家的还是池四老爷借来的。"

"应该是程家的吧？"春晚猜测道，"我听外面的管事说，我们程家也有船队的。"

周少瑾抿了嘴笑。我们程家……什么时候她带过来的丫鬟已经自称是程家人了！她轻轻地将船窗推开了半尺宽。周围都是比他们小的船只，她轻而易举地就能看到对面开着的船窗旁有对年轻的男女，两人正并肩趴在船窗上望着外面亲昵地说着话儿。

她红了脸，忙关上了船窗，吩咐春晚："快把东西收拾好了，我们还要去给郭老夫人问安呢！"

箱笼早在她们上船之前就抬了过来。春晚几个嘻嘻笑着应"是"，手脚麻利地收拾起东西来。

周少瑾重新梳洗了一番，等到春晚几个把她惯用的东西都放在了她惯用的位置上，又去外面看了看，见甲板上没人，这才簇拥着周少瑾去了郭老夫人的船舱。

和在画舫时一样，程池住在船头的位置，郭老夫人住在中间，周少瑾住在郭老夫人的隔壁，再往后，就是程家的一些仆妇了。谁知道她们刚进门，就有媳妇子进来禀道："夫人，镇江通判陈述明的夫人过来给您请安。"

郭老夫人有些意外。周少瑾忙站起身来，道："那我先回船舱去了，等会儿再过来陪您聊天！"

郭老夫人却摆了摆手，道："不用那么麻烦，你就陪着我见见好了，这陈夫人说起来和我们家也有点渊源——她的父亲曾经和我们家老太爷是同僚，她小的时候，我还抱过她。只是自从老太爷去世，我们两家也就没怎么走动了。她下午让人投帖的时候，还是吕嬷嬷提醒我，我才记起来。"

没什么走动了，是人走茶凉还是因为原本两家就只是泛泛之交呢？周少瑾思忖着，和郭老夫人一起见了陈夫人。陈夫人三十五六岁的样子，身材高大，白皙丰腴，穿着丁香色焦布比甲，看见郭老夫人眼圈一红，哽咽道："妾身早想去拜见老夫人，只因多年不见，妾身怕老夫人早已不记得妾身了，妾身就没敢去。没想到老夫人还记得妾身！"

郭老夫人笑着让吕嬷嬷扶了陈夫人，柔声道："你不必客气，我年纪大了，记忆力不好，就不怎么出来应酬了，倒不知道你如今在镇江。前几年听说你父亲去世了，你母亲可还好？是在老家还是跟着你哥哥在广东东莞任上？你如今有几个孩子？大的多大了？是公子还是小姐？"

说话亲切，如和风细雨。这是周少瑾从来没见过的一面。她不禁仔细地听着。

那陈夫人一一应了，两人说着从前的事，等天色暗下来，那陈夫人已改口称郭老夫人为伯母，并道："您明天就别走了，让妾身好好尽尽地主之谊，陪着您在镇江逛逛，您届时启程去杭州也不迟。"

"不用了！"郭老夫人委婉谢绝，"我是去普陀山敬香的，不能晚去。"

陈夫人很是失望。

镇江知府高耀的夫人过来拜会郭老夫人。陈夫人忙站了起来。郭老夫人却没有动。陈夫人面上闪过一丝不自在，指了周少瑾正要问什么，高夫人走了进来。

"程伯母！"高夫人恭敬地给郭老夫人行了礼。郭老夫人欠了欠身，示意周少瑾上前还礼。周少瑾忙上前给高夫人行了个福礼。

高夫人还记得她，笑道："我说老夫人出行身边怎么没个服侍的人呢？原来周家二小姐跟了过来。早知道这样我就把我们家那个不安生的带过来和你见个面，也让她见识见识什么叫大家闺秀了。"

周少瑾红着脸羞涩地称"不敢"。那陈夫人这才看了周少瑾一眼。

郭老夫人为周少瑾解着围："她是小姑娘家，脸皮子薄，你就别逗她了。你们家大人和四郎是好朋友，我也就托大把你当晚辈看了。我明天一早就启程，你要真想我到你府上做客，等我从普陀回来了再说。"

高夫人呵呵地笑，道："老夫人您可真厉害，说得我一句话都没法说了。您既然把我当晚辈看，那我也不和您客气，等人从普陀山回来，我再给您洗尘。"

陈夫人在旁边赔着笑，好不容易才有机会给高夫人行礼。高夫人自然是认识她的，笑称了声"陈夫人"，眼睛却朝郭老夫人望去。郭老夫人介绍了两家的关系。高夫人待陈夫人就热情了几分。陈夫人喜出望外，巴结奉承着郭老夫人和高夫人。等到高夫人告辞时，陈夫人更是虚扶着高夫人下了船。

代郭老夫人送客的周少瑾不由长长地透了口气。

她身后突然传来程池的声音："怎么了？很累吗？"

周少瑾吓了一大跳，急急地转身，谁知道脚踩在披风上，披风的绳子把脖子给勒住了。她忙解开了披风，一口气才透过来，可血已经全都涌到了脸上，火辣辣的。

程池好像没有看见似的，语气淡然地道："时间不早了，快去歇了吧！明天还是个好天气。如果早上能起得来，可以到船头看日出。霞光满天的，和在山上看日出是另一番景象。"

周少瑾低声应诺。程池回了船舱。

周少瑾的呼吸这才通畅起来。明天她到底要不要去看日出呢？周少瑾想到集萤批评她不看钱塘涌潮要去参加庙会的事，决定邀了集萤一起看日出。不承想集萤却道："我明天不能露面，你还是一个人去吧！"

周少瑾有些失望，但也很能理解，叮嘱集萤小心，让春晚明天早点叫醒她。

春晚应下了。第二天天没有亮她就叫醒了周少瑾。

周少瑾出了船舱，船头有好几个陌生的男子，看那穿着打扮，像是船上的船工。

她没敢出去，开了窗盯着窗外，看着河天间渐渐泛起一道白光，然后霞光慢慢地迸射出来，缓缓地染红了东边的天空。那些文人骚客都以能在泰山之巅看日出为傲，如果自己有哪天也能去泰山看日出那就好了。周少瑾深深地吸着气，清晨带着凉意的空气湿润中带着几分清新，让她人都变得精神起来。

辰正，沙船起锚。周少瑾站在船窗前，看着镇江码头越来越小。

到了下午，郭老夫人让碧玉请她过去打叶子牌。周少瑾头大如斗，却又不能不去。

船上多是仆妇，总不能让郭老夫人和那些仆妇玩吧？周少瑾硬着头皮打了一下午的叶子牌，输了七两银子。或者看多了岸边大同小异的景象，过了两天，郭老夫人屋里又摆上了叶子牌。这样连着几天，周少瑾的下午都消磨在了牌桌旁。

早上用早膳的时候，她求助般地望着程池。程池好像没看见似的，神色自若地用着饭。周少瑾不由得气馁。

郭老夫人道："四郎，你若是没事，不妨和我们一起打牌好了！"

周少瑾脸上像火烧似的，忙站了起来，道："池舅舅，我给您打吧！"

碧玉也机敏地站了起来，道："四老爷，奴婢的牌打得不好，老夫人都说奴婢好几回了。若不是没有牌搭子，老夫人早就把奴婢给赶下桌了。您就坐我这里吧！免得我输钱老夫人都嫌弃我输慢了。"

大家听着又是一阵笑。程池却掏出怀表来看了一眼，道："我等会儿还有事，就在你们这边转悠转悠，你们就别管我了。"他这么说，大家也不好勉强他，又重新坐下来打牌。只是这次他不再说什么，只是闲闲地坐在一旁看着。

周少瑾的心情却前所未有地紧张。她生怕自己出错了牌，让程池觉得傻拙。这样一来，她打起牌来不免变得非常犹豫，觉得打这一张是错，打另一张好像也错了。手忙脚乱中，她连着输了十二盘，还好郭老夫人等人都没有整出什么大牌来，她只是把之前赢得的钱慢慢地输了出去。等到用晚膳的时候，她正好不输不赢。周少瑾不由得长吁了口气。

程池却低声对她道："用过晚膳之后，你到我船舱里来一趟。"周少瑾不知道是什么事，看着走在他们前面的郭老夫人的背影不敢作声，微微颔首。

用过晚膳，陪着郭老夫人喝了会儿茶，她好不容易才找到机会比平时提早了些告辞。郭老夫人也累了，没有留她，吩咐碧玉送她出门。周少瑾转了个弯，去了程池的船舱。

程池正坐在船舱书房的大书案后面摆弄着什么。清风和朗月一个看管着船舱里的火烛，一个跪在旁边的竹席上看管着红泥小炉上的沸水，准备泡茶。周少瑾脚步轻快又不失稳重地上前，恭敬地给程池行了个福礼。

程池朝着她招了招手。周少瑾走近了，这才发现大书案上摆的是一副叶子牌。她很是意外。

……

水咕噜咕噜地冒着泡儿。程池跪坐在兰席上，悠闲地喝着茶。夜泊的县城中隐隐地传来"小心火烛"的打更声。程池放下了茶盅，笑道："好了，今天就到这里为止了。如果明天我母亲还邀你打牌，你就按照我告诉你的慢慢地摸索。这种事是没有定例的，还是得从实践中摸索。"

周少瑾这才发现已是半夜，她慌忙地站起身来："池舅舅，我没有想到这么晚了！"她出来的时候只是跟春晚说了一声，也不知道春晚有没有到处找她。若是被郭老夫人知道了怀疑自己和程池合着伙儿给她老人家下套可就麻烦了。

"没事。"程池笑容和煦，道，"反正在船上也没什么事。"

但周少瑾还是很感激，结结实实地给程池行了礼，这才回了自己的船舱。

春晚几个正急得团团转，见到她就像见到了救命的浮木似的，全都围了上来。

"二小姐，您怎么这个时候才回来？"

"二小姐，您可把我给急死了。我们又不敢找了去，又怕别人来找您……到现在心还跳个不停呢！"

"二小姐，您没事吧？四老爷把您叫了去干什么？没有呵斥您吧？"

各种问题纷至沓来，让周少瑾一时不知道回答谁好，只好道："我没事，四老爷喊了我去下了几盘棋，所以晚了点。"

大家这才如释重负地安静下来，有的去给周少瑾打水服侍她梳洗，有的帮周少瑾去拿换洗的衣衫，还有的开始铺床熏香……周少瑾直到躺到了床上，脑海里还旋转着各式各样的叶子牌。

不得不说，程池的办法还是很管用的。第二天周少瑾陪着郭老夫人打牌的时候就不像从前那样摸不着头脑了，只是思考的时候长了，出牌的速度就慢了，郭老夫人有时候等得有些不耐烦。周少瑾牢记着程池的话，歉意地朝着郭老夫人笑，但该怎样还是怎样。

几次下来，郭老夫人也看出点端倪来。她私下对吕嬷嬷道："没想到少瑾这孩子知道了自己的不足，会想办法弥补。有这样性子的人，做什么事都能成！"

大家族里的生活，有时候就像个小小的村落，不仅关系错综复杂，而且蛇有蛇洞，鼠有鼠窝，各有各的消息来源，有时候比东家还要灵通，否则像他们这样看着东家脸色吃饭的人又凭什么趋利避害，混得如鱼得水了？吕嬷嬷作为郭老夫人身边最得力的人，有自己的势力范围和消息来源。程池把周少瑾叫过去告诉她打牌的事也并没有藏着掖着，她自然知道发生了什么事。可她更知道，非议程池的事不仅程池很反感，就是郭老夫人听了也不会说你一个好字，说不定还从此就在你身上贴了个"不忠不义"或是"搬弄口舌"的罪名，指不定哪天就发作了，还让你不知道到底发生了什么事。她闻言笑道："从前二表小姐也不是这样的。这些日子在我们屋里抄经书，又跟着四老爷学下围棋，她那么聪明，学也学会了！"

郭老夫人很是赞同。

碧玉走了进来。她的神色有些慌张，道："老夫人，我瞧着珍珠的模样儿有些不好，您看是不是让个老成的嬷嬷过去看看？"

自换了沙船，珍珠就有些晕船。郭老夫人让她在船舱里休息，没有排她的值。此时听说她不好，郭老夫人心中"咯噔"一声。下面的人就是这样，最怕的就是病了把病气过给东家，所以不到万不得已的时候，是不会称病的。只怕珍珠的病不是不好，而是已经很不好了。郭老夫人忙吩咐吕嬷嬷："你去看看！"

吕嬷嬷面色凝重地称"是"，和碧玉匆匆去了珍珠屋里。不过几天的工夫，杏眼桃腮的珍珠就瘦得皮包骨了，一双流光盈盈的眼睛也变得黯然无光。

"这是怎么了?"吕嬷嬷的面色不由得又凝重了几分。服侍珍珠的小丫鬟红了眼睛,低声道:"一直吐,什么也吃不下。厨房的大师傅还特意做了点酸汤,珍珠姐姐喝了一口就全吐了。我听船上的船工说,吃些姜片能治晕船,也拿来给珍珠姐姐试了试,却一点用处也没有。"这可怎么办?吕嬷嬷还是十几年前勋大老爷病逝后陪着郭老夫人扶棺南下时曾经在船上待过很长的时间。那个时候人人心情都不好,哪里还顾得上晕船的丫鬟、媳妇子、婆子?就算是生孩子难产她也有办法,可这晕船……她实在是没法子。可珍珠这个样子若不好好地治疗,只怕是性命都要丢在这儿了。那可比生病还晦气!可这话怎么好跟郭老夫人说?郭老夫人可是带着她们去普陀山敬香的。既是对菩萨的敬意,菩萨就应该保佑她们才是。现在却出了这样的事,让那多心的想想,这岂不是说郭老夫人没这福气去普陀山敬香?吕嬷嬷经过那么多事的人顿时都有些慌张起来。

偏生碧玉又在一旁催着:"嬷嬷,您看该怎么办啊?要不晚上靠岸的时候请个大夫上来瞧瞧?"

这可不是她一个仆妇能做得了主的!念头闪过,吕嬷嬷突然想到了周少瑾。她怎么把二表小姐给忘了?虽然说是表小姐,可那也是半个东家。有她帮着出主意,就算是有什么错,那也是一片好心啊!

吕嬷嬷打定主意,低声对碧玉道:"你别声张,我去问问二表小姐,看看她怎么说!"

"这不大好吧?"周少瑾毕竟只是来做客的。只是碧玉的话只说了一半,吕嬷嬷已转身出了船舱。

碧玉忙示意那小丫鬟好好地照顾珍珠,匆匆地跟了过去。

周少瑾在研究那叶子牌,听说吕嬷嬷过来了,还以为她是帮郭老夫人传话的,也没有多想,就直接让春晚把她请了进来。

吕嬷嬷怕迟则生变,进来给周少瑾行了个礼,就直言不讳地把事情告诉了周少瑾,并道:"您看这件事可怎么办?"

周少瑾第一个反应就是不能让郭老夫人知道。她的想法和吕嬷嬷一样,这种事可大可小,最好是大事化小,小事化了。但让她当家做主,她又觉得有些越俎代庖,不是她应该做的事。可看着珍珠这样病下去,她又有些不忍心。周少瑾略一思忖,对吕嬷嬷道:"你先在这里坐坐,我去池舅舅那边看看,这件事恐怕还得池舅舅出面。"

吕嬷嬷吓得脸都白了。四老爷是连二房老祖宗的面子都说甩就甩的人,别人不知道,她可是亲眼看见泾大老爷在这个弟弟面前赔小心的,不然袁夫人看着四老爷为何能有多远就躲多远呢?"不成,不成!"她连连摆手,道,"这件事更不能让四老爷知道了!"

"那就只能请了老夫人拿主意。"周少瑾道。

吕嬷嬷神色晦涩难明。

周少瑾有些不喜,道:"嬷嬷把事情推到我这里来,不就是想让我出这个头吗?我现在愿意出这个头,你又这也不行,那也不行。也成,我不过是客居,哪有客人插手主人的事?这件事还是请嬷嬷自己拿主意吧!"

吕嬷嬷脸涨得通红。她做梦也没有想到周少瑾会把话说得这样直白,更没有想到周少瑾看穿了她的心思之后还愿意出面。她只觉得一张老脸臊得恨不得钻地洞,忙道:"二表小姐,我陪您一起去找四老爷。"

周少瑾颔首,和吕嬷嬷去了程池的船舱。

应门的是清风。他斜着眼睛看着吕嬷嬷,一句"四老爷已经歇下了"的话说了一半却看见了吕嬷嬷身后的周少瑾。他不由得神色微变,绷着脸说了句"我这就去通禀",

一转身回了船舱。

还是朗月可爱些！周少瑾不禁在心里嘀咕。吕嬷嬷却飞快地睃了她一眼，看样子二表小姐在池四老爷面前还挺有面子的！吕嬷嬷在心里琢磨着。

清风走了出来。他低声道："四老爷请二表小姐进去！"周少瑾朝他点了点头，昂首走了进去。吕嬷嬷连忙跟上。

程池坐在船窗前的罗汉床上品茶。看见周少瑾进来，他指着床边的锦杌，道："有什么事坐下来说话吧！"

周少瑾应诺坐下。

吕嬷嬷这在郭老夫人面前敢插科打诨、神色自若的人，在程池面前却像换了个人似的，大气也不敢出，更不要提说话了。

周少瑾没有办法，只好向程池说明来意。

程池闻言沉思了片刻，道："这样好了，我先让集萤帮她按摩按摩。如果还不行，等船到了常州，我再找个借口打发她留在常州。你们就不要声张了。"

看样子池舅舅也不愿意郭老夫人知道。周少瑾了解了程池的意思，朝吕嬷嬷望去。她包揽了这件事，是因为担心珍珠的性命，可吕嬷嬷总不能全指望她吧？她又不是长房的管事嬷嬷。

吕嬷嬷会意，立刻道："四老爷，二表小姐放心，不会有人说出去的。"

程池"嗯"了一声。吕嬷嬷忙躬身告退。

周少瑾哭笑不得，提醒吕嬷嬷："我们等了集萤姑娘一起过去吧！"不管集萤是什么人，明面上她是程池的丫鬟，就得听程池的指使。没有程池发话，她们怎么能指使集萤做事？

吕嬷嬷闻言面色更红了。她实在是有些怵四老爷，在四老爷面前就会畏手畏脚的。"还是二表小姐持重。"吕嬷嬷道，"我虽说比二表小姐痴长几年，遇事却没有二表小姐沉得住气。"

千穿万穿，马屁不穿。她说着，眼角的余光却瞟向了程池。

程池神色自若，并没有露出什么异样的表情地喊了怀山，让他跟集萤说一声，跟着周少瑾走一趟。

怀山应声而去。

周少瑾这才起身和程池告退。程池微微颔首，没有多说什么。

周少瑾和吕嬷嬷在船舷上等了一会儿，集萤衣饰整齐却打着哈欠走了出来："说是有人晕船，让我帮着按摩推拿？"

"是啊！"周少瑾见她好像没睡好似的，道，"是珍珠，晕船晕得厉害，池舅舅说要等到了常州才好把她移下船去。"

集萤打着哈欠跟着周少瑾去了珍珠的船舱。碧玉正坐在床边给珍珠喝参茶，见状忙把位置让了出来。

集萤道："不用，这个法子很简单，我告诉你，你也可以帮珍珠按摩推拿。只不过因为穴位在肋下，其他的人做这种事不方便而已。"

屋里的人都围上来看。集萤就让碧玉帮珍珠解了衣衫，按在了珍珠最底下肋骨稍下之处，道："按十次，每次按三百六十息。"

碧玉帮着集萤数数。如此反复几次，珍珠果然感觉好了很多。大家都松了口气。

第三十九章 后悔

之后集萤又看着碧玉做了几次，指正了她几处不足，就起身告辞了。

周少瑾亲自送她出了船舱，笑道："没想到你这么厉害，连这种治疗晕船的按摩推拿都知道。"

"是四爷告诉我的。"集萤笑道，"我老家在沧州，你问我马生病了怎么办我肯定知道，可你要是问我人晕船怎么办，我和你一样两眼一抹黑——四爷只是要借我的手把这法子告诉碧玉。"

周少瑾就更意外了。没想到程池竟然连这些都懂！

集萤就打了个哈欠。

周少瑾不由道："你这是怎么了？好像很疲惫的样子？在船上睡不好吗？"

集萤闻言在心里嘀咕：她在哪里都睡得好，可程子川每天晚上都要她在女眷区巡逻，白天又嘈杂，她怎么可能睡得好呢？"是啊！"她又打了一个哈欠，觉得这些事不必对周少瑾说，免得知道得越多越替她担心，"我三岁就能骑马，十八岁的时候才第一次坐船。"

周少瑾理解，忙催她快回去歇息："等晚上船靠了码头我们再好好说说话。"

集萤也实在是困得慌，和周少瑾说了两句话就回了房。

周少瑾转身回了船舱。

吕嬷嬷刚才被周少瑾不软不硬地刺了那么一下，又看到她居然能在程池面前说得上话，不敢再自作聪明地玩些小动作，已将周少瑾为珍珠求情的事告诉了珍珠。珍珠挣扎着要起来给周少瑾磕头。

周少瑾忙示意碧玉让她躺下，并道："你要是真心感谢我，就快点好起来，这些虚礼就不要讲了。"

珍珠也和她打过些日子的交道，想着她平时话不多，关键的时候却愿意为自己挺身而出，想必是个外冷内热的，遂也不和她客气，顺从地躺在了床上，道："二表小姐，大恩不言谢，我会照着集萤姑娘交代的坚持每天按摩推拿，争取早点好起来。"

周少瑾不是那种喜欢把功劳往自己身上扯的人。她笑道："这都是池舅舅的主意，你好了，记得去和他道个谢就是了。"

珍珠口中应"是"，心里却想，不知道有多少人想求四老爷，可又有几个人能求动四老爷呢？说来说去，四老爷还是看在你二表小姐的面子上，真正要感激的人却是二表小姐。

周少瑾见船舱内空气流通，几个小丫鬟为了保持船舱的洁净，把珍珠用的盂盆之类的东西都用木盖子盖着，觉得自己也没有什么好交代的了，叮嘱了珍珠要好生休息，就和春晚回了屋。

吕嬷嬷也跟着告辞，去给郭老夫人回话。

她就更不敢隐瞒程池的恩惠了，把事情的经过细细地禀了郭老夫人。

郭老夫人听着不禁挑了挑眉，道："你去找了少瑾，然后少瑾去找了四郎，四郎派身边的集萤治好了珍珠的晕船？"

现在只是有所好转。吕嬷嬷不敢夸大。因为珍珠若是支持不住，程池已经发了话，会在船靠常州的时候让珍珠下船。她忙道："是比之前好了很多。照集萤姑娘的说法，大约月余就能根治了。"

郭老夫人有些心不在焉地"嗯"了一声。自己生的自己最了解。幼子从小就顽劣不羁，别看他现在长大了一副谦谦君子的模样，可骨子里却十分淡漠冷酷。明明知道嘉善不是做宗子的好人选也不愿意花精力去培养老二家的让哥儿。可这一次，他又是陪自己去普陀山敬香，又是好脾气地指点少瑾打牌，现在还让自己的丫鬟帮珍珠治晕船，也太好说话了些！常言说得好，反常即为妖。难道四郎那边出了什么事？或者是四郎有什么打算？郭老夫人心里有事，也就没有心思打牌了。

周少瑾松了口气，却发现程池大部分的时候都坐在船窗前的罗汉床上端着茶盅发呆。他也很无聊吧？周少瑾猜测着，犹豫了两天，去找程池下棋："就打发打发时间……还像上次似的，下五子棋！"

程池望着她。周少瑾的脸顿时变得绯红。她知道自己这主意上不了台面，可除了下五子棋，她也没有其他的办法哄他开心了。

周少瑾眨着黑白分明的大眼睛满是期盼地看着程池。程池突然间就想到了独自开在无人小径旁随着春风摇曳的无名粉色小花来。他喊了清风进来摆棋盘。周少瑾忍不住抿了嘴笑。亮晶晶的眼睛弯成了月牙儿，眼角眉梢都洋溢着雀跃。

不过是答应和她下几盘棋罢了，犯得着这么高兴吗？程池不解地在心里暗忖着，心情却情不自禁地像受到感染似的好了很多，甚至连自己的嘴角轻轻地翘了起来都没有意识到。

和之前一样，程池让了周少瑾两子，下了十盘。结果也和上次一样，程池赢了九盘，输了一盘。周少瑾很不服气，但天色已经不早，她只好道："明天我们再下！"

程池不置可否。

周少瑾就问他："池舅舅有没有带棋谱？我晚上回去恶补恶补！"

程池忍俊不禁，道："你有看到过借兵器给对手然后和对手一决生死的吗？"

周少瑾理直气壮地道："反正池舅舅就是借了兵器给我，我也打不赢池舅舅，池舅舅何不胸怀宽广地指点指点我呢？既可赢了美名，又可增加对决的乐趣，这也算是一箭双雕了！"

看不出来，小丫头平时看着唯唯诺诺、一声不吭的，还有这样活泼好动的一面！程池直截了当地道："没有！我没有带棋谱。"

周少瑾失望地耷拉着肩膀回了船舱。

用过晚膳，集萤来拜访她，丢了本百草堂出的《棋谱》给她，道："秦子平说是奉了四爷之命从常州那边快马加鞭送过来的，马都差点跑死了。这个是他们能找到的最简单的棋谱了。你要棋谱做什么？你难道还想和四爷一较高低不成？"

"没有，没有！"周少瑾拿着那本棋谱，觉得自己好像捧着个烫手的山芋，喃喃地道，"我，我只是想着上次池舅舅告诉我怎么打叶子牌，我一听就懂了，就想着能不能向池舅舅借本棋谱，说不定我一看就懂了，也不用总是请教沈大娘了。"

集萤敏感地听出了她话里的不自在，低声道："沈大娘给你脸色看了？"

"怎么会！"周少瑾忙道，"是我怎么也看不懂定式，沈大娘都不知道怎么办好，我又不敢跟别人说。"

"你这不是自己给自己找不自在吗？"集萤听着翻了个白眼，道，"你为什么非要陪着四爷下棋？"

周少瑾想了想，道："我有很重要的事求池舅舅，需要先得到他的信任。"

这么一说集萤就明白了。她想这件事肯定很重要，也就没有追问周少瑾详情，道："那你好好地研究一下这本棋谱吧！我要去巡……我要回屋去了。你有什么事可以让春晚去叫我。"

周少瑾连声道谢，在船舱里研究了半天的棋谱，发现这本棋谱正如集萤所说，比较简单，至少比沈大娘给她看的那些棋谱都要简单，最前面的一个定式她看了半天终于看出点眉目来了。她不禁满心欢喜。想到这本是池舅舅派人给她找的，又心生疑窦。他们在船上，四周都是水域，池舅舅是怎么派人去给她找的这本棋谱？

周少瑾想了半天也没想明白，第二天去给程池道谢。

程池不以为意，微微地笑道："我现在将兵器可是借给你了，就看你怎么让我既扬美名又增添一较高低的乐趣了！"

周少瑾赧然地不敢看程池，屈膝行礼，落荒而逃。程池望着她如小鹿般轻盈的背影，哂然一笑。

这样过了两天，周少瑾感觉自己的脸不那么热了，去找程池下棋。程池什么也没有说，让清风摆了棋盘，依旧是老规矩让她两子下五子棋。

十盘，周少瑾输了九盘，赢了一盘。她愕然地望着程池。程池神色自若，一颗颗地收着棋盘上的棋子。周少瑾不服气，又去找程池下棋。还是九负一胜。

周少瑾又不傻。面如朝霞地站了起来，恨不得有个地缝能钻进去，低着头说了声"我回去了"就朝外走。

程池直摇头，道了声"回来"。周少瑾停住脚步，头都要低到胸口了，闷闷地转过身来。程池叹气，道："输给我很丢人吗？"

"当然不是！"周少瑾忙道，"是我自己……"

"那不就结了！"程池没等她把话说完就打断了她的话，道，"人能一口气吃成胖子吗？你不过是输了我几局五子棋就受不了，三人行，必有我师，你连这点胸襟都没有，能把围棋学好吗？你回去好好想想我的话。"

又不是我想要学围棋。周少瑾腹诽着走出了船舱。迎面的风扑在她的脸上，让她的头脑顿时清明了不少。池舅舅的话说得有道理。她若是连池舅舅都输不起，谈何学好围棋？从噩梦中醒来的时候她不就下定了决心，要改掉以前的懦弱胆怯吗？不过，在池舅舅面前这么丢脸，她心里还是觉得别扭。周少瑾给自己打了半天的气，这才握了握拳，转身撩了书房的帘子，道："池舅舅，我们明天再下！"然后看也没看程池一眼，就一溜烟地跑了。

说起来容易做起来难。周少瑾虽然大着胆子对着程池嚷了一句，可到了第二天，她却在船舱里徘徊良久才拿了那本棋谱去了程池的住处。程池倒像是什么也没有发生似的，吩咐朗月去摆棋盘。

周少瑾鼓起勇气来喊住了朗月，对程池道："池舅舅，您的棋艺高出我良多，您和我下棋就好像是在和小孩子扳手腕似的，胜之不武，负之不畅，您不如给我讲讲这《棋谱》里的定式吧！我虽然跟着沈大娘学了这些日子的围棋，可还看不懂棋谱呢！"

程池向来觉得人的天赋各有不同，他不喜欢教导那些以勤补拙的人。周少瑾显然称不上聪明。但周少瑾已经走到了他的身前，把棋谱摊在了罗汉床的小几上，指了其中左上角的几颗棋子道："我知道应该在这里下一手，可我没看懂为什么要在这旁边应一手。"

如果只是要制造一个活眼，不是紧挨着它下一手就行了吗？如果执白子的不下这一手，而是在这里下一手，那他的这手棋不就白费了吗？"程池没想到她看得这么认真，心中的不悦不由得冲淡了些许。

他指了右上角的几颗棋子，道："你看，他这边还有几路棋。如果棋子下在你刚才指的位置，这一片就空出来了，右上角的几颗棋子就成了攻击的目标。只有把棋子下在这个位置，它们才互为守望。"他说着，随手就在棋盘上把棋谱里的那盘棋摆了出来，"你看，黑棋就成了这个样子，白棋不管是从左路下还是右路下，黑棋都以此为点向左右延伸，白棋就会变得很麻烦，所以说这手棋下得很妙……"

程池不停地假设着。

周少瑾很是珍惜这样的机会，也顾不得害臊了，连声道："池舅舅您慢点，我还没有看明白呢！"

程池虽然不常和人摆棋谱，可每次他摆棋谱的时候身边都围着一帮弈棋高手，还没有谁像周少瑾这样直白地说看不懂，让他下慢点的。他只好放慢了速度，一手一手地跟她讲解。周少瑾觉得这样还是不清楚，索性吩咐朗月给她磨墨，她支了张小几在罗汉床上，程池边说，她就边记。这么来来回回的，弄得程池都没脾气了。

郭老夫人听说了却陷入了沉思。

将周少瑾和程池下棋的事当笑话讲给郭老夫人听的吕嬷嬷却有些忐忑不安。她服侍郭老夫人几十年了，按理多多少少都应该能摸着点郭老夫人的脾气，她平时也以此为荣。可此时她却完全猜不出郭老夫人在想什么。她屏气凝神地站在那里，大气也不敢出。

过了好一会儿，郭老夫人才低声吩咐她："你去帮我把秦子平叫来。"

吕嬷嬷如释重负，叫了秦子平来。郭老夫人遣了吕嬷嬷，让她关了门，招了秦子平到跟前说话。

"子平，你们家从你的曾曾祖父开始就在我们家当大管事了，"郭老夫人目光灼灼地盯着秦子平，就像老虎盯着只兔子，"到你这一代，已经是第六代了。我们两家说是主仆，却比同宗的兄弟还要得我们家老太爷、老爷的信任。我年纪大了，本不该理事了。可四郎是我的儿子，我的小儿子，还没有成亲，没有成人。别人的事我可以不理，他的事我却放不下心。你跟我说老实话，他的生意是不是出了什么问题？"

秦子平愣住，道："您怎么会这么想？四爷的生意做得好好的，没出什么问题啊！"

"你不用糊弄我。"郭老夫人沉了脸，"如果他不是生意上的事，那就是他有什么打算，而且还是说出来了我一定反对的打算，不然他不可能耐着性子陪着我去普陀山敬香的！"

秦子平心里捏了把冷汗，半真半假地道："老夫人，我不是有意要瞒您。可您也知道，我是四老爷的随从，他老人家的事，我不敢，也不能跟您说，您就别逼我了！"

郭老夫人冷笑，道："你们三兄弟，四郎最中意的是你二哥，是我看着你老实可靠、细心周到，这才把你也送到四郎屋里当差。我既能把你送去他屋里，自然也能把你要回来。你要仔细想清楚才是。"

秦子平额头落下豆大的汗珠，好半天才低声道："四老爷想和人合伙在天津的北塘建船坞，所以把今年的盐引和杭州那边的织机都卖了。这桩生意虽然赚钱，可赚钱之前却是有多少银子就能扔进去多少。现在家里还不知道，等知道了，只怕会有轩然大波。"

郭老夫人还有些怀疑："不过是银子上的事，四郎还不至于如此沉不住气。"

秦子平只好继续编："好像还涉及几位皇子，这件事是四老爷亲自在办，具体的，我也说不清楚。"

郭老夫人皱眉，道："四郎不是那急功近利的人，怎么会搅和到几位皇子里面去了？"

"这个，"秦子平这次真的流冷汗了，"我也不知道。四老爷做事向来神龙见首不见尾，我实在是猜不出来。"

郭老夫人轻轻拂了拂茶水上面的浮叶，沉默了半晌，这才凝声道："你下去吧！这件事不要对四郎提起来。"

"老夫人放心。"秦子平顿生劫后余生之感，苦笑道，"这种事我哪里敢跟四老爷说啊！四老爷知道了还不得剥了我的皮！"

"你知道就好。"郭老夫人沉声而道，挥了挥手。

秦子平直奔程池的船舱。偏生程池正在给周少瑾讲棋谱，他只好躲在一旁的茶房里，眼看快到午膳的时候，周少瑾才起身告辞。秦子平连忙求见，把事情的经过告诉了程池。

程池不以为意，表扬秦子平："没想到你关键时候脑子还挺灵活的。这件事办得好，我记下了。以后若是二房的老祖宗问起，你们就都照着这么说。你顺便再把这消息传出去，免得有人问来还要解释。"

秦子平长吁了口气。

等用过午膳，郭老夫人说起裕泰票号来："……当初连我都不看好，结果你还是做成了。家里又不缺嚼用，你也不用太顾忌别人，想做什么就做好了。大不了我们从头再来。"

程池笑着应好。

周少瑾总觉得郭老夫人话里有话。待从郭老夫人屋里出来，她差了春晚去打听，并道："应该就这两天发生的事，不然老夫人不会在今天说出这样一番话来。"

春晚放在了心里，过了两天告诉她："听说是四老爷看中了天津的一块地，想在那里建个码头，结果大家都反对，四老爷心里挺不好受的。"

这话就接上了！周少瑾道："知道是天津的哪一块地吗？"她对这些知道得很少，不知道天津有没有建起个码头，也不知道那码头赚钱不赚钱。

春晚摇头："大家都说得含含糊糊的，估计也就是端茶倒水的时候听到了只言片语。"

周少瑾颔首，再去跟着程池学棋的时候就更是小心了。

程池觉得这小丫头虽然不是很聪明，却胜在听话、乖巧，有时候一个眼神就知道干什么，半句话就能听出弦外之音，相处起来让人觉得很舒服，他讲起棋谱来自然而然地变得更有耐心了。

周少瑾则觉得程池是她遇到的最了不起的人。不管是在顺境还是逆境，他都能不骄不躁，不嗔不怒，心态平和地行事。她的姐夫廖绍棠曾经说过，这种人通常都坚韧不拔，有着强大的意志、坚定的信念，是成大事的人。那池舅舅为什么会离开程家呢？周少瑾在心里琢磨着。难道是二房老祖宗强迫的？池舅舅他就是再厉害，二房老祖宗是长他几辈的长辈，他也只能避其锋芒，可见他也是个可怜人！她情不自禁地在心里叹了口气。

这样一想，她每天早上陪郭老夫人说了话之后，下午就去陪程池摆棋谱。

没几天，他们到了常州。常州地处太湖之滨，上通京口，下行姑苏，是贯通南北的大码头之一，素有"三吴重镇，八邑名都"之称，地理位置十分重要，人烟也就十分繁盛。也是漕帮的重要据点之一。

周少瑾一早就打定了主意把集萤拘在自己的船舱里不露面。谁知道她去找集萤的时候,集萤正睡得昏天黑地。周少瑾哑然失笑。

他们的船靠岸的时候已临近掌灯时分,码头上却依旧行人如织,挑着担子卖小食的、摆地摊的、下货卸船的、牙人掮客追着客商跑的……让整个码头喧嚣不已,却也充满了市井之气。

周少瑾趴在船窗上看得津津有味。春晚道:"小姐,您说,我们能上岸买点东西吗?我答应了施香和持香姐姐帮她们买梳篦回去的。"

周少瑾叹气道:"我也答应了外祖母、大舅母和姐姐带梳篦回去的……可你看这情形合适吗?"

正因为不适合所以才会抱着侥幸的心问一声啊!春晚愁眉不展。

周少瑾道:"只有去杭州买了。据说杭州什么东西都有。"

可到底不比在本地买的!春晚在心里想着,却不敢说出来。

有人高喊着"请问是金陵府九如巷程家的船吗"在专门停靠沙船的码头前来回走动。周少瑾就听见秦子平高声应道:"不知是哪家的故旧?这里正是金陵府九如巷程家的船!"

周少瑾不由打量那喊话的人。

只见那喊话的人二十出头,穿了件靛蓝色粗布短褐,身材高大,虽然因隔得太远看不清楚面目,举手投足间却十分灵敏。

听见秦子平答话,他立刻跑了过来,站在岸上朝着船头恭敬地行了个礼,大声道:"我是嘉兴方记绸布庄的伙计,我们东家在常州置办货物,听说程家四老爷和老夫人路过常州,特命我等守在这里,四老爷和老夫人一到就去回了他!"

正说着,有个穿着蓝色湖绸直裰的胖子一面用帕子擦着额头的汗,一面抖着身肥肉跑了过来,道:"不知道这位小哥如何称呼?我是方记绸布庄的大掌柜杜明,我们东家马上就过来了,还请小哥代为通传一声。"他说着,深深地给秦子安行了个揖礼。

秦子安笑道:"原来是嘉兴方老爷家的掌柜和伙计。您稍等,我这就去禀了我们家四老爷和老夫人。"

周少瑾听到这里已经明白过来。要是她没有记错的话,嘉兴方记绸布庄应该就是嘉兴首富方鑫同的产业了。她想到了气质高雅的方家大小姐。又过了一年,方家大小姐也长了一岁,不知道方家大小姐嫁了没有?她思忖着,关了船窗,吩咐春晚等人:"四老爷有客人,等会儿说不定还会上船来给老夫人问安,你们不要乱走。"

春晚等人齐齐应是。

不一会儿,她就听到甲板上传来霍霍的脚步声。周少瑾更是闭门不出。直到吕嬷嬷过来请她去用晚膳,她这才跟着去了郭老夫人船舱,程池也在。

郭老夫人的神色有些不悦,程池却一如平常。见周少瑾进来,他甚至还朝着周少瑾笑着点了点头。就这么寻常简单的一个举动,却不知怎的触动了郭老夫人,郭老夫人突然间泪如雨下,哽咽道:"四郎,你出仕吧!你别管这家里乱七八糟的事了,去过你自己的小日子去。方鑫同这狗东西,不过是个小小的秀才,居然敢在你们这儿如此行事,也不瞧瞧自己是个什么东西,能不能兜得住……"

"娘,娘,"程池上前揽了郭老夫人的肩膀,低声地安慰母亲,"没您说的那么严重。人家不过是说了几句让您听着不舒服的话罢了。除非是关在家里一辈子,不然人这一生哪能不听点冤枉话,受点冤枉气的。您就别替我担心了。我的事,我心里有数。"说着,看了周少瑾一眼,道:"您看,还有小辈在这里,您这样可要把她给吓坏了。"

郭老夫人听着好不容易才止住了泪。周少瑾想着反正也避不开了,索性掏了帕子递给郭老夫人。郭老夫人接过帕子拭了拭眼角的泪，对周少瑾道："好孩子，今天我心情不好，就不一起用晚膳了。你想吃什么，让厨房给你做。明天一早你再过来给我念念经。"

周少瑾乖巧地应"是"，和春晚回了屋。

春晚张罗着周少瑾的晚膳，周少瑾却想着方鑫同。上次二房的老祖宗八十寿诞的时候，方家也去了人给二房老祖宗拜寿，两家就算不是通家之好也应该颇有交情才是。怎么这次却惹得郭老夫人生这么大的气？她草草地用过了晚膳，去找集萤。

集萤双腿微岔地站在船舱的中间，正弯来仰去地扭着身子。

"你能不能帮我去问问秦子平，"周少瑾直来直去地道，"看他知不知道方鑫同都和郭老夫人、程四爷说了些什么？怎么郭老夫人那么生气！"

"好啊！"集萤随意地应道。

周少瑾不由得推了推她，道："你正经点。这件事很要紧的。"

"我知道，我知道。"集萤忙道，"你明天等我的好消息好了。"

周少瑾想去问程池，可转念想到刚才程池的神色，显然不想再说这件事，她只好心事重重地回了船舱。

第二天天还没有亮，集萤就过来找她，并道："你说的那个方鑫同啊，四爷根本就没有见他。是他一个人在老夫人面前絮叨了半天，说什么两家本是世交，四爷要卖杭州的织机他是有意盘下来的，可那些日子摊子铺得太大，银子一时周转不过来，就没敢和四爷谈买织机的事。前些日子他刚接嘉兴府的差事，为内宫织贡品，谁知道织机不够，想趁着这机会问问四老爷手里还有没有多余的织机，让四老爷想办法给他匀点儿。"

这听起来很正常啊！郭老夫人为什么伤心呢？周少瑾很是困惑。

集萤悄悄地告诉她："我们的四爷做了件了不起的事——他嫌织机太麻烦，把程家名下的几个织场都卖了。在此之前，四老爷让怀山先跟方家打了招呼的，商人逐利，方家竟然和程爷讲价！四爷一气之下将织机全卖给了个叫郑四的。那郑四原是草根出身，这种给朝廷织贡品的事自然轮不到他。可他手里有织机和织工啊！方鑫同不接官衙的活还好说，他接了官衙的活凭方家织厂的规模是没办法全揽下的；可若是分出去给别人做，郑四如今是江南最大的织厂，手里有江南最好的织工，他想绕过郑四，那就等着到了时间交不出东西来赔钱吧！但他要是把活分给郑四做，等于是为郑四接了次活。郑四不仅不会感激他，还可以随意和方鑫同讲价……他这是来服软的。谁知道郭老夫人听了却觉得他打了四爷一巴掌，现在知道坏事了，又黄鼠狼给鸡拜年，没安好心。"

可真复杂！周少瑾叮嘱了集萤半天"别在外面乱跑，小心让漕帮的人发现"之类的话，两人这才散了。

结果次日一大早，先是那个郑四从杭州府赶了过来，然后是方家的大小姐要上船给郭老夫人请安。

周少瑾咋舌，私底下对春晚道："谁说商贾容易，我看他们赚钱也不容易！"

春晚笑道："还好那个郑四是自己来的，他要是带了太太来给我们老夫人磕头，两家岂不是要撞在一起了！"

"那又怎样？"周少瑾叹道，"你看方家大小姐，那么儒雅的一个人，为了自己的哥哥，能站在甲板上吹半个时辰的冷风，见郑四的太太，和郑四的太太寒暄，那有什么难的！"

方家大小姐特地来拜访时，郭老夫人借口马上要启程了，所以就不招待她了。谁知道她却能一直守在码头上，说要等程家船走远了她才回庙里去。结果郭老夫人就让她站在那里吹着冷风。郑四来见程池，程池也没有见，甚至用了和郭老夫人一样的借口，也把郑四晾在了码头上。

望着渐渐升起来的太阳，周少瑾开窗朝外面望了望。方家大小姐依然站在码头上，郑四却不见了踪影。

"果然是商人逐利。"周少瑾嘀咕了几句，去陪郭老夫人用早膳。

郭老夫人已经恢复了平静，她笑呵呵地问周少瑾昨天睡好了没有，厨房里做了咸菜包子，让她尝尝好不好吃，矢口不提昨天傍晚发生的事。

周少瑾也当是忘记了似的，笑着和郭老夫人说着话。

船就慢慢地启动了。周少瑾找了个机会朝窗外望，看见有些茫然无措地站在码头看着船渐行渐远的方大小姐。她在心里叹了口气，有点瞧不起方鑫同。自己做的事自己解决，把方家大小姐这样推出来算是怎么一回事呢？这念头也只是藏在心底。

晚上，他们宿在离常州有百余里的一个叫易桥的小码头上，郑四求见程池。周少瑾愕然。她没有想到郑四一路追了过来。但程池还是没有见他。郑四失望地走了。

他们一路平安地过了无锡到了苏州。周少瑾每天都跟着程池看棋谱，和程池相处得很好。她的胆子越发大起来，跟程池讲："我答应了给外祖母、舅母和姐姐带土仪回去的，到了杭州府，我们能不能到街上逛逛？我听人说，杭州府东西很多，只有你不知道的，没有你买不到的。"

程池讲完几手棋之后就随周少瑾自己琢磨去，自己则拿了本书在旁边看。他听着抬起头来，道："我们回去的时候再买也不迟，免得到处都是你们买的东西。"

周少瑾想着临出门前拟的那一长串单子，耳朵发热。

程池就吩咐怀山："你去跟船家说一声，我们不在嘉兴府靠岸，直接落杭州府。"

周少瑾算算日子，道："我们要在杭州府逗留几天吗？"

"我们直接往普陀山去。"程池笑道，"我们回程的时候再去看钱塘江的涌潮好了！"

还可以这样！周少瑾不好意思地笑了笑。

但程池小瞧了方、郑两人的韧性。他们很快追到了杭州府。

周少瑾道："真的不见他们吗？会不会不太好？"

程池有时候觉得周少瑾摆的那些棋谱让他多看一眼的兴趣都没有，不知道又从哪里拿出副棋盘来，看书看累了偶尔会摆个残局来试着继续下。他此时就在摆棋谱。听了周少瑾的话他头也没有抬，道："我能让郑四把织机和织工还给我吗？既然不能，那见他们干什么？又不能解决问题！我可没工夫听他们吵架！"

周少瑾听着，若有所思。

方鑫同和郑四一直追他们追到了舟山。程池还是没有见他们两人。他们在舟山停留了一日，准备了香烛，往普陀山去。

早上出发的时候，天空灰蒙蒙的，有点阴，周少瑾担心会下雨，可程池却说没事："今天刮风，中午会出太阳的。"

周少瑾不懂这些，等到了快巳正（早上十点）的时候，太阳果然露出脸来。这些不是那些常年在船上行走的船工才懂的吗？周少瑾觉得很神奇，去找程池。程池正站在船头吹着风，秦子平、怀山等人都在旁边服侍着。

见周少瑾过来，他们矜持地给周少瑾行了礼，远远地退到了一旁。

周少瑾问程池："您怎么会看天气啊？我听说只有村里的老人才知道什么时候下雨什么时候刮风！"

程池的嘴角抽了抽，道："你不知道有本书叫《大衍历》？"

不知道！周少瑾在心里暗忖，面上却带着笑道："可就算是这样，也不是人人都看得懂的吧，否则钦天监岂不是人满为患？"

程池看了周少瑾一眼，淡淡地道："别人我不知道，我看得懂就行了。"

周少瑾抿了嘴笑，觉得池舅舅骨子里还是骄傲的。不过，如果她像池舅舅这么聪明，恐怕比他还要骄傲。这么一想，又觉得池舅舅实际为人还颇为谦逊。

她走到了船头。太阳驱散了阴云，天空中显现出一碧如洗的蔚蓝，远处的小岛葱茏可爱，静卧在万里碧波之中。周少瑾不由惊叹："真的像一方净土，让人的心都跟着澄净起来。"

程池不置可否，静立在她的身边。两人远眺着普陀山，良久都没有说话。

中午，天更加蓝，水更加碧，大朵大朵儿的白云飘浮在天空，如梦似幻。他们的船停靠在了普陀山的码头旁。来往的香客纷纷驻足观看——每天都有很多的香客往返于舟山与普陀山之间，可像他们这样坐了沙船过来的却很少。

船工放了踏板，有人跳了上来，高声道："是四老爷吗？小的是宁波分号的掌柜王晓，奉了江南分店大掌柜之命前来迎接四老爷的！"

出面应答的是秦子平，他笑着请王晓上了船。

王晓指了船下聚拢来的挑夫轿子，笑道："我昨天就来了，粗使的人都安排好了，只等着四老爷和老夫人、小姐上轿了。"

秦子平笑着夸奖了他几句，带他去见了程池。

王晓还是第一次见到程池，激动得直打哆嗦，磕头下跪行了大礼之后就站在旁边不知所措了。还好程池急着上岸，问了王晓几句就准备下船。

清风忙去告诉郭老夫人。

郭老夫人和周少瑾早已经准备好了，只等船靠岸了。此时听说可以下船了，周少瑾虚扶着郭老夫人出了船舱。四周简易地围了帷布。周少瑾等人匆匆上了轿子。秦子平指使着小厮们抬了供品跟在轿子后面，王晓及法雨寺派过来的知客和尚在前面带路，一行人去了位于普陀山白华顶左侧的法雨寺。

法雨寺的住持早得了信，带了几个大和尚和知客、服侍的小沙弥在山门前等待。看见程家的轿子，住持亲自迎了上来。

程池上前和住持行了礼。住持笑着念了声"阿弥陀佛"，道："程施主远道而来，诚心可嘉，老衲已让人准备厢房，请老夫人和小姐歇息片刻，老衲会亲自带着老夫人和小姐到观音殿敬香。"观音殿是法雨寺的主殿。

程池笑容谦和地和住持寒暄了几句，去了禅室奉茶，她们的轿子则直接抬到了离山门不远的一处院落。

王晓亲自上阵，早已将院落打扫干净。因要在普陀山住两天，周少瑾和郭老夫人梳洗了一番，留了樊刘氏和吕嬷嬷在院子里收拾箱笼，由碧玉等人簇拥着，在一位慈眉善目的知客和尚陪同下前往观音殿。

和所有的名刹一样，法雨寺是依山而建，次第渐高。

第一重大殿是天王殿，天王殿后面是玉佛殿，两殿之间有钟鼓楼，然后依次为观音殿、御碑殿、藏经楼、方丈殿等。但相比金陵的鸡鸣寺，这里大殿与大殿之间相隔宽广，气势宏伟，古树成林，显得更加庄严巍然。

知客和尚一路介绍："这全是古樟，常被香客当作神物，剥皮做药……玉佛殿月台上有古柏一株，西侧则植着株罗汉树，围粗丈余，实属罕见，等会儿老夫人和小姐可以去看一看,据说摸了还可以治百病,延年益寿。御碑殿供的是三世佛,西侧楼屋内有门可以通往佛顶山的香云路。再往上,就是方丈院,是全寺最高处。听说老夫人和小姐今天下午过来,我们虽然没有关闭寺门,却在早几日就请了本寺的居士们劝说香客过几天再来上香。明天一早我们住持还会在御碑殿的东配殿亲自为程家主持道场……"

难怪这法雨寺没有什么香客,原来程池早已打了招呼。只是不知道捐了多少香油钱,居然引得住持亲自来迎接。当然,程家的名声、程池进士的身份可能也是让郭老夫人的这次普陀山之行增色不少的原因之一。

他们去了观音殿。看见观音殿的那一瞬间,周少瑾还以为自己进了宫。与别处的大殿不同,法雨寺的观音殿盖着金黄色的琉璃瓦,明亮的阳光照耀之下,熠熠生辉,仿佛传说中的西天极乐世界,宏大高远,气象超凡。远处的海滩空旷宽广,海浪声声入耳,让人耳目顿明。周少瑾不由在心里念了声"阿弥陀佛"。

等进了观音殿,看到观音殿顶雕着的九龙藻井时,她这才真切地感受到了法雨寺被朝廷封为"护国镇海禅"的与众不同与威严。

她随着郭老夫人和程池给观世音菩萨敬了香,奉上了一部《楞严经》和一卷《心经》,捐了两千两银子的香油钱,又点了五盏长明灯。其中一盏是给程泾点的,一盏是给程渭点的,一盏是给程许点的,一盏是给程池点的,还有一盏,是给周少瑾点的。

周少瑾大吃一惊。就是在金陵的金鸣寺,点一盏长明灯一年最少也要二百两银子。更何况是普陀山的法雨寺。她忙拉了拉郭老夫人的衣袖。

郭老夫人却笑着回头对她柔声道:"能来普陀山,都是和菩萨有缘的人。你若是心中不安,以后常给我做些额帕、鞋袜,抄些经文就是了。"

周少瑾眼眶微湿。梦中她想起郭老夫人就觉得害怕,没想到如今却得到了她老人家的青睐。她的确只有帮老夫人做些针线、抄些经书才能报答她老人家。

几位大和尚看着倒进功德箱里那白花花的银子,看上去神色自若,可他们明亮的眼睛却暴露了他们真实的心情。

周少瑾顿时啼笑皆非,刚刚在胸中横冲直撞的感激之情都烟消云散了。池舅舅真是太坏了!竟然用真金白银刺激这些出家人。也不知道有没有和尚见了这么多的金银最终决定还俗返乡过世俗日子,或者是决定不再潜心研究佛理而是做个迎来送往的知客和尚!

他们从观音殿里出来,住持建议程池去佛顶山看看,还说"不上佛顶山,等于没有到过普陀山"。

程池欣然应允,问郭老夫人和周少瑾:"若是觉得还不疲惫,不如一起去看看。佛顶山还有个慧济寺,虽说不大,却建在山顶,可一览普陀山众景,也颇值得一去。"

郭老夫人已略有倦意,但来一趟普陀山实属不易,她想了想,还是决定去慧济寺看看。周少瑾自然是求之不得——她年轻,身体好,还是第一次到普陀山,比谁都希望到处走走。

程池就吩咐集萤扶着郭老夫人:"小心点,若是累了,我们就在途中多歇会儿,反正我们接下来主要就是游玩了。"

这话周少瑾赞同。若是郭老夫人因年事已高碰撞到哪里那就不好了。

郭老夫人也知道,笑道:"别看我这把老骨头,只怕不比你们差。"

众人识趣地哈哈大笑,一行人往佛顶山去。两旁都是陡峭的山岩,遮天蔽日的古树,与方才在法雨寺见到的蓝天白云的澄净又是另一番景象。

周少瑾不由啧啧称赞,道:"不知道是谁最先在这里建了寺庙?这些大和尚可真厉害,竟然能开山凿道,硬生生地在山顶建个寺庙起来。"

陪同他们去慧济寺的知客和尚闻言笑道："这些都是香客所捐的，没有那些居士信徒，哪有这海天佛国？说起来，我们寺里一直想建一座大雄宝殿，以供奉诸菩萨。程施主是金陵世家，一口气就捐助了我们寺庙五千两银子。我在寺里做了十年的知客，还是第一次遇到像程施主这样出身诗书礼仪世家，又出手如此大方的人。若是我们寺里的大和尚去金陵募资，不知道程施主能不能帮着引荐一下金陵城的积善之家？"

这是要程池帮着做捐客啊！周少瑾睁大眼睛望着程池，心里却盘算着，五千两银子，在观音殿的时候她们捐了两千两，也就是说，之前程池已经捐了三千两银子的香油钱！这趟普陀之行简直是用金山银海堆成的好不好！

程池显然没有想到法雨寺会打他的主意。他笑道："你们去金陵城募资的时候若我还在金陵，自然义不容辞。"

那知客"哦"了一声，奇道："难道程施主近些日子有出远门的打算？"

"出远门谈不上。"程池笑道，"只是我管着家中的庶务，十天之中倒有七天不在家，在家的那三天又常有应酬，难得有个清闲的时候。就怕你们过去的时候我正巧不在家。不过，我会交代家中的管事的，怎么也不能让你们在金陵城里迷了路啊！"话说到最后，已带着几分打趣的意思。至于引荐之类的，却是一个字也没有提。

那知客不免有些失望。他原以为像程池这么年轻又少年得意的人通常都极好面子，几句好话下去就算是心里不愿意也会勉强答应的，没想到自己踢到铁板了。不过，这世间没什么事是一蹴而就的，自己只有想办法继续和这位程施主施展水磨功夫了。

他依旧殷勤地陪着程池等人往山上去。可郭老夫人毕竟上了年纪，走到半晌的时候已经开始气喘吁吁了。

走在郭老夫人身边的周少瑾和一直注意母亲的程池立刻就发现了。一个去扶了郭老夫人，一个道："走了这半天也累了，我们就在这里歇歇脚好了。"

周少瑾连声称"好"。随行的碧玉忙从小厮手里拿过坐垫垫在了一旁的青石上。

周少瑾扶着郭老夫人坐下，这才发现他们的东边是片海滩。碧波荡漾间，海水和天空成了一色，海浪涌起的时候，仿佛一道白线翻滚过来，这让从来没有看见过海的周少瑾不仅惊奇还觉得非常漂亮。她不由指了远处，道："老夫人您看！"

郭老夫人顺势望过去，正巧一道海浪扑过来，溅起一朵朵儿浪花。

"景色很美。"郭老夫人笑着点头。

周少瑾笑道："也不知道是钱塘江的潮涌美还是普陀山海滩美！"

"各有千秋。"不知道什么时候程池走了过来，站在周少瑾的身后望着海滩道，"这里的浪花宽广辽阔，那边的浪花却如万马奔腾，等你去看了就知道了。"

周少瑾不由心生向往。郭老夫人更是站起来向前走了几步，远眺着前方的小岛。

春晚则拉了拉周少瑾的衣袖，无声地说着"梳篦"两个字。她这是让自己问池舅舅什么时候能去买东西。周少瑾眉头微蹙。

集萤低声道："怎么了？"

"没事。"周少瑾道，又觉得把这件事告诉集萤也不错，说不定集萤能想到解决的办法也不一定，遂又道，"我们要买点东西回去，看什么时候能出去买东西？"

"我们？"集萤悄声地道，"不会是你和你的婢女吧？"

周少瑾脸微红，道："我也要买东西带回去做礼物啊！"

集萤气结，道："这个时候你竟然还惦记着那些俗物，你可让我说你什么好？"

"那就什么也别说好了。"周少瑾抿了嘴笑，道，"有人喜欢美景，有人喜欢买东西，出来玩不就图个喜欢吗？"

"算了，算了，我不和你说了。"集萤佯装生气的样子，轻声地道，"你就琢磨着买什么东西带回去好了！"

周少瑾眉眼弯弯，令站在一旁不想听也得听的程池不由暗自哂笑。没想到这丫头看上去一副温婉柔顺的样子，说话行事却有种大智若愚的直白。

慧济寺自然不能和雄伟巍峨的法雨寺相比，可它建在高岗林屏之中，清静安宁，站在山门前即可俯视普陀山，走进山门鸟语花香，山峰奇幽，又是另一番景象。

寺中得了信的知客匆匆迎了上来。

程池带着他们在慧济寺里走了一圈，在慧济寺的钟楼敲了钟，在后山的凉亭里喝了茶，捐了五百两银子的香油钱，看着天色不早了，这才由法雨寺的知客带着从南边山道回了法雨寺。

这样一来一回的，除了程池几个，大家都面露倦容，草草地用过了斋饭，就各自回屋歇了。

有熟悉的春晚陪着她，又有程池同行，周少瑾很快就在陌生的厢房里睡着了，第二天还是被春晚叫醒的。她赧然地梳洗打扮了一番，疾步去了郭老夫人那里。

郭老夫人正等程池一起过来用早膳，见周少瑾穿了件藕荷色的素面湖绸比甲，乌黑的头发挽了个纂儿，插了一小朵赤金的丁香花，俏生生的，像朵含苞欲放的海棠花，看着心情好几分，不由得笑道："今天打扮得可真精神。小小的年纪，以后要常这样打扮打扮才是。"

周少瑾红着脸应"是"，抬头却看见程池走了进来。他穿了玄色的细布道袍，神色温谦，举止洒脱，仿若画中走下来的人物似的。

"娘！"他上前给郭老夫人行了礼，道，"我请了寺里帮我们举办道场，您等会儿要不要过去看看？"

郭老夫人点头。

用过早膳，他们一起去了御碑殿的偏殿。蒲团已经摆好了。九九八十一个大和尚为程家祈福。磬板打了起来，香烛烧了起来，大殿里弥漫着檀香的味道。周少瑾和郭老夫人跟着大和尚们念完一卷经，这才走出了大殿。

此时太阳已经升了起来，陆陆续续有香客临门。昨天陪着他们的知客看见她们出了大殿，笑着迎上前来，给郭老夫人行了礼之后道："老夫人，我们住持刚刚决定，明天亲自为您开一次法坛。"

这可是无上的礼遇。郭老夫人又惊又喜，忙道："多谢住持，老妇受之有愧。"

"哪里，哪里！"知客谦逊地笑道，"老夫人能千里迢迢地来我寺敬香，诚意足以感动诸天菩萨，所以我们住持才决定开法坛的。"

他说着奉承话，周少瑾却看了程池一眼。程池微微地笑，好像根本不明白法雨寺为何突然要为郭老夫人开坛讲经似的。

那知客好话说了一箩筐，见有香客进殿来敬香，他才打住了话题，请郭老夫人和程池去参观潮音洞、紫竹林。

周少瑾和程池陪着郭老夫人在梅檀岭消磨了一个上午，直到有文人骚客的香客涌进来作诗吟对，他们才回到歇息的厢房。吕嬷嬷忙侍候着郭老夫人更衣。

周少瑾这才低声问程池："池舅舅，专为老夫人开坛讲经，合适吗？"

"有什么不合适的？"程池淡淡地道，"他们不就为了建个大雄宝殿吗？若是老夫人高兴，我们家把这银子出了也成啊！"

捐一座大雄宝殿给法雨寺？！周少瑾只觉得额头冒汗。

程池却越想越觉得这主意不错。金陵城里都说程家富贵，有时候太富贵了未必是件好事。如果能趁着这机会捐笔银子给禅寺，特别是像法雨寺这样有皇家封诰的寺庙，不仅可以得到寺庙的庇护，还可以让别人误以为程家的大部分钱财都捐了出去。他微微颔首，笑道："就看法雨寺有没有这个本事了！"

周少瑾讪笑。

下午，他们去了海滩。潮湿的空气，哗啦啦的海浪，让周少瑾觉得新奇又有趣。程池建议郭老夫人脱了鞋子在沙滩上走走。郭老夫人嗔道："你这孩子，你娘都多大的年纪，岂能和小孩子一样胡来！"

"这不是胡来，"程池笑着耐心地解释道，"您大概一辈子也没有赤脚在沙滩上走过吧？不如试试。这里又没有别人。"

郭老夫人还有些犹豫，周少瑾已跃跃欲试。她怂恿着郭老夫人："偶尔为之而已！何况以后还不知道什么时候能再来普陀呢！"

这句话打动了郭老夫人。她由碧玉服侍着脱了鞋，却无论如何也不肯脱袜子，还有些不好意思地对周少瑾道："你也脱了鞋在沙地上走走。"

郭老夫人的话正中周少瑾的下怀。她学着郭老夫人的样子脱了鞋，穿着袜子站在了沙滩上，和程池一左一右地扶着郭老夫人在沙滩上走。

一个海浪涌过来，周少瑾和郭老夫人避之不及，在尖叫声中被打湿了裙摆。程池不由莞尔。

郭老夫人却抚着胸道："我不行，我要回去了，这太危险了，沙子弄得身上到处都是。"

程池也不勉强，喊了碧玉过来服侍郭老夫人穿鞋。周少瑾的脚却在沙子上磨蹭了一会儿才穿上鞋。程池看着笑了笑。回到厢房，等她们重新梳洗一番，已到了晚膳的时候。

不像昨天第一次夜宿法雨寺的疲倦，用过晚膳，程池被法雨寺的住持请去喝茶，郭老夫人则遣了身边服侍的，和周少瑾说着悄悄话："你这些日子陪着你池舅舅下棋，你池舅舅可曾说过什么奇怪的话？"

周少瑾愣住，想了想道："池舅舅话很少，就是说话也都言之有物，您说的奇怪的话……我实在是想不出来什么话才称之为'奇怪'。"

郭老夫人听了面色很是和煦，道："就是会突然说什么地方很好啊，他想去看看，或者是突然说起什么典故来，称赞某位名留青史的大人物……"

周少瑾仔细地想了半天，道："没有。我从来没有听到过池舅舅说这些话。"

"那你有没有听你池舅舅说什么时候会出门？"

"也没有。"周少瑾很肯定地道。

郭老夫人这才松了口气，道："你以后和你池舅舅下棋的时候，如果他说了这样的话，你一定要告诉我。"

第四十章　礼品

　　周少瑾自然是连连点头。可她心里却有点发慌。池舅舅离开程家的事被印证了。可他到底是什么时候离开的呢？之后有没有回来看看呢？周少瑾在船舱里走来走去，只恨自己梦中为什么不仔细留意程家的事。

　　她想到程池为了逗郭老夫人宁愿耐着性子哄着她下棋；想到他察言观色，发现郭老夫人累了，不等郭老夫人开口就提议坐下来休息；想到他扶着郭老夫人站在沙滩上，微笑着鼓励郭老夫人去做那些平时想都不敢想的事……她的心就隐隐作痛。

　　难道她现在做的事都是徒劳的？回到金陵城之后池舅舅就会离开程家？！那她去找谁跟程泾通风报信呢？

　　周少瑾翻来覆去，一夜都没有睡好，第二天陪着郭老夫人坐在偏殿里听住持讲经的时候精神就有点蔫。

　　坐在她身边的程池悄声道："昨天晚上没有睡好？你先将就一下，明天一早我们就回宁波。"

　　因为法雨寺的住持要亲自为郭老夫人开坛讲经，所以他们只好在普陀山再多停留一夜。

　　周少瑾无精打采地颔首，很想问问他是不是想离开程家，但话到嘴边，她还是咽了下去，改成了："池舅舅，您和我们一起回金陵吗？"

　　"当然。"程池笑道，"我既然把你们带出来了，自然也得平平安安、顺顺利利地把你们带回去啊！"

　　"那回去之后呢？"周少瑾到底没有忍住，睁着双清澈如泉的大眼睛满是期盼地望着程池，"您还出去吗？"

　　程池哂笑，道："你想去保定看你父亲？"

　　周少瑾知道程池误会了，可她宁愿程池这样误会她也不愿意让程池知道她匪夷所思的经历，故而她忙道："您若是路过保定，能把我也带上吗？"

　　"我这些日子恐怕不会出门。"程池笑道，"要等过年，如果事情不急，你外祖母和你父亲又都同意，我可以顺路带你去保定。"

　　周少瑾笑盈盈地点头。程池却觉得周少瑾内心并不像她表面那样高兴。这小丫头到底要干什么？到底在想些什么？

　　这念头在程池的心里一闪而过，旁边已有香客不满地道："你们别说话了，听大师父讲经……怎么有这么不尊敬佛祖的人，听经的时候居然还在下面说话？"

　　程池和周少瑾忙打住了话题，仔细地听着住持师父讲经。

　　住持师父今天讲的是佛祖舍身喂鹰的典故，这个典故周少瑾不知道听了多少遍了，可法雨寺的住持讲来却特别激昂，很容易就让人沉溺到故事中去。周少瑾也算是大开眼界了。她见到的讲经师父都是循循善诱，温声细语，还从来没有见过哪位讲经师父这样慷慨陈词的。可见这世上是什么人都有的，只是自己没有见过罢了。周少瑾在心里思忖着，终于不像刚才那样睡意浓浓了。

听完了经，住持亲自过来和郭老夫人寒暄了几句才走。他们在众香客羡慕的目光中回到了歇息的厢房。

用过丰盛的斋菜，程池又被住持请去喝茶，周少瑾和郭老夫人则睡了个午觉，等到她们醒过来的时候，箱笼已经收拾得差不多了。

郭老夫人喝着吕嬷嬷奉的茶沉吟道："我看我们还是得再给法雨寺捐些香油钱，资助他们把大雄宝殿建起来好了。"

周少瑾默默流汗。

吕嬷嬷则去请了程池过来。

程池笑道："帮他们建座大雄宝殿也不是什么难事，只是人心不足蛇吞象，我们答应得太容易，说不定他们还想建座罗汉堂……这件事您就别管了，交给我来处置好了，我保证让他们把您的名字刻在功德碑的第一位。"

"你这孩子，"郭老夫人嗔道，"我是为了那功德碑吗？我是想让菩萨保佑你们兄弟三人平安顺遂，保证许哥儿、让哥儿清宁安泰，娶个贤惠明理的媳妇……也让菩萨保佑我们少瑾嫁个如意郎君！"

周少瑾臊得脸通红，说了句"我去看看春晚她们都收拾好了没有"就落荒而逃。郭老夫人呵呵地笑，再次叮嘱程池："你要是在外面遇到了好人家的子弟，不妨留个心。"

程池笑着应道："我知道了！"

翌日巳初，他们向法雨寺的住持、大和尚和知客辞行。

法雨寺的住持一直把他们送到了码头，还和程池约定了下次再见的时候，看着周少瑾他们上了船，船离开了码头，这才和僧众们回了法雨寺。

周少瑾依着船窗望着青山葱郁的普陀山，心里既有离别的怅然又有归途的喜悦。她已经很久没有见到姐姐了，又因为人在旅途，甚至不能给姐姐写封信。

掌灯时分，他们的船驶到了宁波码头。

和靠停在金陵城北江桥附近的画舫、乌篷船不同，停靠在宁波码头的多是沙船、福船，而且多是四桅、五桅的大船，他们的三桅沙船从这些大船旁边驶过的时候，要仰首才能望着他们的船桅，颇有点泰山压顶的感觉。

春晚几个挤在船窗前啧啧称赞，引得郭老夫人在船窗旁驻足张望。

扶着郭老夫人的周少瑾突然就想到那天自己在船上俯视到别人船舱窗口里的一对男女……那些福船上的人说不定也能看到自己船舱的景象。她忙命春晚几个去把船舱的窗户都关上。春晚几个笑嘻嘻地去了。

宁波分号的掌柜王晓带着分号的几个伙计上船来给程池请安，并道："我已经在宁波城最好的客栈定了个院子，您若是觉得院子太嘈杂，分号后面还有个落脚的地方，平时用来招待总号来的掌柜们的，就是有点小。"又道："宁波城虽比不上杭州，却胜在海外贸易多，那些舶来的锡器、鼻烟盒、钟表、玩偶、胭脂水粉都各有特色，老夫人和小姐难得来一趟，您看要不要在宁波多待两天，也好看看宁波城与别处不同的热闹。"

程池陡然想到周少瑾嘟着嘴眨着大眼睛朝着集萤嘟哝着"我也想买东西"的模样儿。母亲这些年来一直很是自责，虽说没有做居士，却也过着苦行僧般的日子。他想到母亲从前不爱穿红着绿，却喜欢身边的丫鬟都花枝招展，打扮得漂漂亮亮的。他既然决定让母亲高兴，就好好地陪母亲一次好了，哪怕这些事看起来颇有些荒唐、孟浪。

"你这主意很好。"他笑道，"住在客栈的确太嘈杂了，就住在分号吧！"

王晓喜出望外，忙起身称"是"，吩咐大伙计回去再收拾一番，自己则陪着程池说

· 065 ·

着话，等着后舱的女眷收拾。

而得到了消息的后舱已是一片沸腾。

春晚往身上比着件碧绿色掐水红芽边的比甲急声地问碧桃："怎么样？我明天穿这件怎么样？"

"挺好的。"碧桃尽心尽责地帮她出主意，"就戴上次二小姐赏你的那对赤金丁香耳环。"

"我也这么想。"春晚果断地把比画的那件衣服收了包袱里，去找周少瑾赏的那对赤金丁香耳环。却有小丫鬟跑了进来，道："春晚姐姐，小姐要带那绣着蝴蝶钉了珍珠的月白色鞋子，我找了半天都没有找到。"

话音刚落，又有小丫鬟跑了过来，道："春晚姐姐，小姐问东西都收拾好了没有。"

春晚也顾不得许多，把衣服包袱往碧桃怀里一塞，道，"你帮我收拾一下，我服侍小姐去。"

碧桃笑着"嗯"了一声，正要帮着收拾，有小丫鬟喊她的名字："碧桃姐姐，厨房里问今天晚上二小姐的宵夜是什么，他们也好带了食材过去。免得分号的准备不充裕，做出来的东西不好吃。"她望了望手中的包袱，又望了望等在门口的小丫鬟，只好苦笑着吩咐那小丫鬟："这是春晚姐姐等会要带下船的东西，你在这里看着，我去去就来。"

小丫鬟应诺守在了门口。碧桃匆匆去了厨房。

这些杂乱都与周少瑾无关，她陪着郭老夫人喝着茶："……如今不比开国那会儿，朝臣们之间的人情往来越来越重了。可大家的俸禄都摆在那里，没有银子，又不想丢了面子，就只能另辟蹊径了。宁波这边的舶来货就成了好东西。他们的东西都很便宜，不过是样子新奇，我们没见过罢了。买回去当个稀罕物件送礼还可以，把玩就不用了。"

郭老夫人是怕她们眼花缭乱胡买一通当了冤大头吧？周少瑾抿了嘴笑，等到春晚那边收拾好了，她虚扶着郭老夫人下了船。

王晓已经准备好了轿子，她们上了轿，一路晃悠悠地到了裕泰票号宁波分号。

裕泰票号不仅门脸宽敞，而且位置也很好。票号正对着座桥，对面是座三层的酒楼，斜对面是家有五阔门脸的当铺，再过去是间百年老字号的药铺。他们的轿子到达票号的时候已是酉正（下午六点），桥上人来人往的，还十分热闹。

周少瑾看着就觉得裕泰票号的后院肯定不小。

等她的轿子落地，周少瑾一抬头就看见了间五阔的厢房，左右各是三阔的厢房还各带着两个耳房，天井铺了青石砖，因临近中秋节，院子中间并植的两株桂花树挂满了金黄色的花蕊，香味馥郁。

既然是用来招待总号来的掌柜们，裕泰宁波分号的屋子也布置得不错。清一色的黑漆家具，挂着绿色的湖绸帐子，青花的瓷器，湘绣的屏风，看上去大方得体又不失精致华丽。但它无论如何也没办法和九如巷的寒碧山房相比。所以郭老夫人看见她们要落脚的屋子没什么感触，对院子里的两棵桂花树却很喜欢，笑着四处打量了几眼，对程池道："这两棵树倒应景。"

程池笑道："要不我们把晚膳摆在桂花树下？今天没什么风！"

郭老夫人想了想，道："还是算了吧！我们在这里只过一夜，却要让他们忙得团团转。"

程池笑道："这有什么！您指使他们他们反而高兴，您要是什么话也不说，什么事也不做就走了，他们心里反而不安。"说着，他吩咐清风，"你去跟王掌柜说一声，今天的晚膳就摆在桂花树下了。"

清风一溜烟地跑去传话，被王晓派来服侍周少瑾的妇人立刻指使着带过来的丫鬟婆子搬桌椅。周少瑾虚扶着郭老夫人在桂花树下坐下，程池接过丫鬟捧的茶亲手递给了母亲。郭老夫人接过茶，神情愉悦地喝了一口。

清风跑进来道："王掌柜说，一切都照老夫人的吩咐。还说在外面设了宴。"他打量着程池的神色。

程池淡淡地道："我这次出来是为了陪老夫人的，他的好意我心领了，晚膳我就在这里用了，明天晚上我在富源楼设宴招待他们——宁波的分号做得很好，大家都辛苦了。"

清风又一阵小跑地去回话了。程池吩咐派来服侍他们的妇人，道："可以上菜了。"

妇人恭敬地应"是"，去传了膳。东坡肉、龙井虾仁、八宝豆腐、杭三鲜、红烧狮子头、酱鸭……全是典型的江南菜。那妇人轻声解释道："王掌柜说老夫人已有了春秋，怕水土不服，特意吩咐厨房里做些平日老夫人可能经常用的菜肴。"

程池笑道："让王掌柜费心了。"那妇人连称"不敢"，在旁边小心服侍着。

无声地用了晚膳，三个人坐在桂花树下说话。

程池道："宁波最热闹的就是富源街了，从海外运回来的什物多在那里交易。明天早上我就陪你们去富源街逛逛，中午就在富源楼吃饭，下午如果您要是不累，我们就再去富源街逛逛；如果您累了，就回来歇歇。晚上让二表小姐陪着您吃海鲜宴，我在富源楼宴请票号的掌柜和伙计。他们一年也难得见我一次，我既然来了，少不得要安抚安抚他们。"

郭老夫人笑道："这些我都懂。你可别忘了，你娘也曾经打理过程家的庶务。你有事就去忙，我有少瑾陪着，你不用担心。"

周少瑾忙道："是啊，池舅舅，老夫人可厉害了，早上还告诉我哪些东西能买哪些东西不能买呢！"

郭老夫人听了呵呵笑，道："我年轻时也曾跟着我父亲游历，经历的事多着呢！有一次在四川，我父亲非要去眉州看看苏轼的故居，结果我们半路上进了家黑店，要不是我看附近的乡邻从他们的店门前经过都面露恐惧，行色匆匆，恐怕就被那店家给骗了……"

老人家讲起年轻时候的事话总是很多。程池看着颇有些眉飞色舞的郭老夫人，心中顿生暖意，再一次觉得带周少瑾一起来是个正确的决定——这小丫头脑子不行，却知道怎么哄人，这一路上不管是什么事，她总能引出母亲的话来，让母亲说得高兴起来。仅此一点，就比很多人都强了！

直到丫鬟续第三杯茶，程池看着天色不早，暗示母亲该歇息了，郭老夫人才打住话题，各自回了房。周少瑾和郭老夫人歇在正房，郭老夫人住东边，她住西边。

一进门，春晚就悄悄地拿了个荷包给周少瑾看："二小姐，是那王掌柜给的，足足有五两银子呢！碧桃她们，则每个人给了二两银子。"

周少瑾暗暗吃惊，道："只给了银子，有没有说些什么？"

"没有。"春晚道，"老夫人身边的碧玉姐姐几个也都得了。"

周少瑾帮王掌柜算了算，这可是一笔不小的支出。她思索了片刻，对春晚道："这件事得让池舅舅知道，这王掌柜也太下本钱了！"不然春晚也不会心中不安。

春晚点头，陪着周少瑾去了程池安歇的厢房。

程池刚刚沐浴完，随手就披了件外衫，昏黄的灯光下，隐隐可见他猿背蜂腰般的好身材。周少瑾这才惊觉自己来得不是时候，忙低了头，匆匆地把事情的经过说了一遍。

程池也没有想到王晓居然如此大的手笔，笑道："这件事我知道了。他既给了出去，也不好退给他。我会留心的。"

看来自己也没有白走这一趟。周少瑾松了口气，回了屋，在淡淡的桂花香中沉沉地睡着了。

程池则推开窗，背手站在窗前一个人静静地赏了会儿月。

怀山疾步走了进来，低声道："查清楚了。不仅是二表小姐那里，就是老夫人那里、清风朗月那里，王掌柜都送了银子。多则十两，是赏给您身边的南屏姑娘和集萤姑娘的；少则一两，是赏给老夫人身边两个粗使婆子的。秦管事等人都只是送了两瓶本地产的酒水。算下来他最少也花了七八十两。至于这银子是从票号走还是他自己拿出来的，要过两天才能查清楚。"

程池没有作声。这么大笔的打赏，竟然只有周少瑾一个人觉得不对劲，只有她一个人来告诉他……他挥了挥手，道："你下去歇了吧！时候也不早了，明天我们还要陪着老夫人和二表小姐去逛富源街。"

怀山行礼，无声地退了下去。程池一个人又站了一会儿，才轻轻地关上了窗子。

第二天，天色有些阴沉。郭老夫人问程池："会不会下雨？"

程池笑道："宁波、泉州的天气都是这样，一时风一时雨的，没有个定性。就算是下雨也不怕。富源街上的铺子一间挨着一间，我们一间一间地逛过去，走在屋檐下，连伞都不用打。"

"那就好！"郭老夫人望着穿着件湖绿色素面比甲、柔柔如新柳的周少瑾笑道，"可别浪费了我们少瑾的这身好衣衫。"

程池微微地笑。

周少瑾脸火辣辣的，娇嗔着喊了声"老夫人"。

郭老夫人愉悦地笑，道："小姑娘家的不打扮，难道等到像我这样七老八十了再打扮？别人还以为看见了妖精呢！"

一席话说得屋里服侍的都笑了起来，王晓派来服侍的那妇人更是奉承道："老太太这话说得一点儿不错，二表小姐就像那画上的人，我昨天刚见的时候，眼珠子都不知道转了，就寻思着我这是见到仙女了还是见到个假人了。要不是老夫人模样儿威严，我就上前去摸二表小姐了……"

她并不清楚周少瑾的真实身份，听着程家的人都称周少瑾为"二表小姐"，郭老夫人来普陀山敬香还把这位二表小姐给带在身边，就算是寄人篱下的亲戚，也是在郭老夫人面前极有脸面的亲戚，她只管巴结总不会错。

郭老夫人听着笑了起来，拉着周少瑾的手露出与有荣焉的表情。那妇人越发觉得自己猜得不错，对周少瑾的态度更加恭顺。

程池却有点好笑。母亲喜欢漂亮小姑娘的性子可是一辈子也没改。如今程笙去了京城，多出了个周少瑾，母亲倒也不至于太过孤单寂寞。这么一想，等到了富源街最大的银楼时，程池除了给郭老夫人买了套镶有鸽子蛋大小的蓝宝石头面之外，还送了套镶南珠的头面给周少瑾。

周少瑾觉得自己受之有愧。

程池笑道："就当我送给你的体己，你拿着就是。"随后指了旁边几支银镶琉璃的珠簪，对银楼的大掌柜道："这样的簪钗有多少，你都拿出来给我们看看。"然后对周少瑾道："你仔细挑挑，拿回去给你大舅母、姐姐做礼物——这些东西虽不值钱，却很稀罕。要是我没有记错，好像只有京城和宁波、泉州有这样的簪钗卖。"

说是不值钱，一个很平常的珠花也要八两银子。周少瑾带了二百两银子出门。她以为足够矣。现在看来，自己能走出杭州府就不错了。看来梳篦还得在杭州府买，而且到了杭州府第一件事就是买梳篦。她捏着自己的荷包朝着春晚使眼色。

春晚忙走了过来。周少瑾低声道："集萤今天也没有出门吗？"自从出了金陵城，她白天就没怎么见过集萤。

春晚点头，悄声道："说是在家里睡觉。"

周少瑾不由嘀咕道："又说要出来玩，出来了又在家里睡觉……"实际上她是想向集萤借银子。现在集萤不在，她只好小心地比着价格挑着款式。

程池看着周少瑾一副娇滴滴的样子，却偏生小脸绷得紧紧的，仿佛如临大敌般地盯着那些珠花看，心思转了又转，直到她拿起两支珠簪仔细地听伙计介绍价格的时候才明白过来。他顿时笑得不行，可面上却不动声色，继续陪着母亲挑着金刚钻。

"没想到宁波居然什么都有卖的。"郭老夫人笑道，"这么大颗的金刚钻，我还只是在京城的永福盛见到过。"

陪在一旁的大掌柜已笑得见牙不见眼，和风细雨般地道着："永福盛有时候也到我们店里补货，所以说老夫人真是有福气，这几颗金刚钻我们刚拿到手，还没来得及摆出来……"

"是吗！"郭老夫人随口应着，拿起那几颗金刚钻仔细看着，道，"年纪大的老太太谁没有几件传世之宝？我戴出去也没什么稀罕的。倒是我三个孙女、两个孙子，还有两个儿媳妇……嗯，小儿子虽然没有成亲，可该他得的也不能空过他，你说是不是这个理？四郎！"郭老夫人说着抬起头来，却发现原本坐在自己身边的程池不见了踪影。她心中一急，伸长了脖子张望，看见了站在周少瑾身边的程池。

郭老夫人微微地笑，只见程池从周少瑾挑出来的琉璃簪钗中拿起一朵珠花打量了几眼，道："这珠子碧绿清透，不知道的人还以为是翡翠，你眼光不错。"

周少瑾面色微红，道："我也只是觉得好看罢了。"

程池笑着点了点头，对在一旁服侍的伙计道："你们店里好一点的琉璃簪钗都在这里了吗？"

那伙计还以为程池嫌弃成色不好，忙道："这琉璃虽是西洋的东西，可现在大内也能造得出来，好些夫人太太戴它也不过是图个新鲜，今天戴了，说不定明天就赏了人。我们店里也就以款式为主，要说大个的，还是以百宝为主。我们店里前几天得了尊红珊瑚，因样子不好，没办法做成盆景，就请了永福盛的大师傅过来帮着雕了两对簪子，四对珠花，四对耳环，一串十八子的佛珠，一串一百零八子的佛珠。作为酬劳，永福盛拿走了两对珠花、两对耳环和那串十八子的佛珠，客官您要不要看看。那一百零八子的佛珠个顶个有黄豆大小……"

程池笑着打断了那伙计的话，道："这么说来，永福盛拿的那串十八子的佛珠最少也有莲子米大小了？"

伙计尴尬地笑，道："客官真厉害，我这才漏了风就让你猜了个正着。不过，我们留下的这串一百零八子的佛珠珠子全都一样大小，没有任何的瑕疵……"

程池再次打断了伙计的话，道："那你把那几副红珊瑚首饰都拿出来我看看。"

伙计忙吩咐身边的学徒去给管库房的二掌柜传话。不一会儿，学徒就托着个黑漆铺着白色漳绒的盘子进来，上面放着两对簪子、两对珠花、两对耳环和一串一百零八子的佛珠。

周少瑾的目光立刻被那一百零八子的佛珠吸引过去。那串佛珠虽然不大，但光泽艳丽，湿润可人，让人看了就想去摸一摸。她忍不住想，传说中的相思豆是不是就是这个样子？

程池见了对周少瑾道："这串佛珠好看。不过老夫人有了春秋，这佛珠虽好颗粒却太小了，不太适合老夫人。我看你戴就正好，你不如买了它。这样的成色、这样的价格都很少见，买回去当传家宝都不逊色。"

周少瑾信佛，本就喜欢佛珠，更何况是用这种很罕见的红珊瑚雕成的。她笑道："听池舅舅这口气，在这里买这种珠子比在金陵便宜很多吗？"

女人是不是天生就很会说话？瞧这口气，不直接问这珠子多少钱，那样显得小家子气；也不问这珠子是不是很便宜，这会让店里的伙计觉得你是冤大头，出个很高的价；而是拿这里的价格和金陵的比，这样设了个门槛，伙计想把这珠子推销出去，就只能按照金陵城的标准往下压了。

可是那伙计没等程池说话已急急地道："金陵城也好，杭州城也罢，大多都是我们供的货，自然比金陵城的便宜很多。"

周少瑾也不问价，笑望着那伙计，一副等你说完的样子。

那伙计就道："这样好的珠子，金陵城怎么也得卖二百两银子一串，在我们这里，最多也就卖一百二十两银子。"

还好自己带了二百两银子。周少瑾在心里盘算着。一百二十两银子买串佛珠，还剩下八十两，足够买些琉璃的簪钗回去了。

她笑问道："我带的是银票，你们店子收不收？"

"收啊！"那伙计生怕那银票飞了似的，急急地道，"我们还可以帮客人兑换金子。"

周少瑾放下心来，就见程池把旁边盘托上的琉璃簪钗一拨，她辛辛苦苦选了半天的簪钗全都混在了一起。

"池舅舅！"周少瑾嗔道。

程池看也没看她一眼，对那伙计道："找你们大掌柜的要几个福袋，把这些琉璃簪钗全都装起来，我们都要了。"

这怎么能行？让她自己付账，她暂时付不起。让池舅舅帮她付账……郭老夫人和池舅舅已经很善待她了，她不能得寸进尺。周少瑾跳了起来。

谁知道程池手腕一转，指了剩下的那几件珊瑚首饰，道："这个我们也都要了。"

周少瑾张口结舌。

程池笑道："我知道那些琉璃簪钗有些你不中意，成色不好的你可以用来打发那些粗使的婆子。"

自己又不是为这个，周少瑾沮丧地想。算了，池舅舅已经说了这些都买了，她若有不同的意见岂不是驳了池舅舅的面子？银子就先让池舅舅帮着垫付好了，等她回到票号再向集萤借些银子一并还给池舅舅就是了。

等到周少瑾见秦子平为自己面前的这堆东西付了四百多两银子的时候，人就更不好了，以至于之后她干什么都无精打采的。

程池看了不由摸了摸下颌。这次真把这丫头惹着了，她若是一直都这么不高兴，岂不是白来了一趟富源街？

他带她们去了买西洋玩意的商铺。

金碧辉煌的箔金器皿，色泽艳丽的地毯，琳琅满目的珠串，还有夹杂在其间绘着金发碧眼的裸肩美人的鼻烟盒，让周少瑾等人目不暇接，很快就把在银楼的不快抛到了脑后,就是郭老夫人也忍不住拿了个西洋的木偶看。

看来女子不管多大年纪都喜欢买东西啊!程池放下心来。

有两个胡女走了进来。程池低声对一心一意地选着珠串的周少瑾道:"你看!胡姬。"

周少瑾忙转过身来,就看见两个穿着华丽的纱笼、戴着面纱、露出如波斯猫般碧绿眼睛的女子朝她走了过来。她吓了一大跳,不由紧紧地捏住了程池的衣袖,悄声道:"她们的眼睛,是,是绿色的!"

程池见她脸都白了,不免有些后悔。并不是每个人都能接受胡人的长相的。"别怕。"他只好安慰她,"你看那鼻烟盒上的西洋美人,还长着金色的头发呢!蛮夷之地的人,通常都长得很奇怪。"

两个女子用很奇怪的语言和店铺老板低声说着话,她们身上浓烈的香气让周少瑾打了个喷嚏,可心也渐渐平静下来。非礼勿视的教养让她看了一眼就不好意思再盯着两个女子看。她低声地对程池道:"我之前也见过画着西洋美人的鼻烟盒,可我一直觉得那是别人胡思乱想出来的,没想到真有这样的人!"

"何止!"程池笑道,"我小的时候跟着我父亲去过他的一位挚友家。他养了个歌姬,就是西洋人,长着红色的头发,碧绿的眼睛,很是吓人,可父亲的那位挚友却十分喜欢,还夸她是绝世美人呢!"

周少瑾抿了嘴笑,这才发现自己居然抓着池舅舅的衣袖。她忙松了手,赧然地指了那些珠串道:"池舅舅,这些都是什么做的?有的只要几文钱,有的却要几十文钱。"想以此转移程池的视线,希望他没有发现自己抓他衣袖的事。

程池面色如常,看了那些珠串几眼,泰然地道:"有些是松绿石,还有些是苗银,都挺便宜的,你不妨买些回去打发人。"

还买!周少瑾腹诽。既然如此,那刚才在银楼的时候池舅舅干吗还让自己买啊!相比琉璃簪钗,这些西洋人的珠串更适合她买回去打发人。可琉璃簪钗已经买了,这些珠串又这么便宜,周少瑾陷入两难的境地!

程池看着她一会儿皱眉,一会儿咬唇,心里快笑翻了。但他决定还是别为难这小姑娘了,指着那些珠串朝着怀山使了个眼色,然后和颜悦色地道:"是不是不太满意这些珠串?那我们到了杭州府再说好了。那边的东西也很多,不过舶来的货比宁波贵一点而已。到时候我带你去逛宝善桥,那边很多卖东西的,全是比这还小的铺子,东西却很齐全,上至簪环,下至鞋袜,只有你想不到的,没有你买不到的。你不是要给你姐姐和大舅母带东西吗?那里最合适不过了。"

周少瑾都不知道说什么好了。

还好程池话锋一转,道:"我看你还挺信佛的,到时候还可以去钱塘门看看。那边望江楼后面有个昭庆寺,香火如云。甚至因为常有香客从钱塘门去昭庆寺,竟然有了个'钱塘门外香篮儿'的说法。"

周少瑾听着眼睛一亮。她现在最怕听到的就是买东西了!

"我们在杭州城待几天啊?"周少瑾问程池,"我听说那里有个灵隐寺,很灵验的,我们到时候会去那里敬香吗?"

程池笑道:"我们要在杭州待到八月二十日才启程。你想去哪里,都可以和老夫人商量,到时候我差了人送你们去。"

周少瑾注意到程池说的是"差"而不是"陪"。周少瑾不由道:"池舅舅,您有事不能陪着我们吗?"

程池笑道:"郑四和方鑫同还像尾巴似的跟着我们,我总不能让他们一直跟着我们

· 071 ·

回金陵吧？"

这倒也是。周少瑾没再多问。

郭老夫人却目光微闪。她这个儿子做事从来不向别人解释。这样向别人解释，只有一种可能——他有什么事要瞒着她们，所以拿了郑四和方鑫同做借口。她笑眯眯地朝着周少瑾招手，柔声地道："少瑾，我要给你外祖母选样东西，你过来帮我看看选什么合适。"

周少瑾应了一声，过去虚扶了郭老夫人。

程池眼角的余光则看见怀山走了进来，双手笼袖，安静地选了个角落站定。他不动声色地走了过去。怀山轻声道："四爷，查清楚了，萧镇海是来找蒋沁的。"

蒋沁是漕帮三大当家之一，常年驻守在杭州府。程池微微颔首。怀山又悄无声息地出了杂货铺。

在富源楼用过午膳，郭老夫人决定再逛逛。

下午，周少瑾她们又买了一堆小东西，总共花了不到十两银子，随行的小厮、丫鬟却个个肩背手捧的，好像把整条街都搬回来了似的。

郭老夫人看着呵呵地笑，催着程池去富源楼宴客，自己则带着周少瑾回了泰裕票号宁波分号。

票号的晚膳依旧摆在了桂花树下，满满一桌，可周少瑾几个下午却在买小点心的时候尝了不少，大家都还饱着，每样菜只是尝了尝就放了筷子。

郭老夫人笑道："等会儿你们都陪着我在院子里走走，消消食，不然晚上肯定有人要闹肚子疼了。"

珍珠得了程池的方子，在普陀山的时候又在岸上住了两天，如今恢复如初，更是看重这养生之道，听了郭老夫人的话，她忙笑道："老夫人，二表小姐，我给你们沏壶老君眉吧？那茶清淡，饭后饮最好过了。"

"行啊！"郭老夫人笑道，"喝过了茶，我们就在后院走动走动。"

众人笑着应是，或沏茶或收拾桌子，七手八脚的，却也笑语盈盈，气氛欢快。

集萤就打着哈欠从厢房里走了出来。

碧玉眼尖，第一个看见，忙笑着打了声招呼。

集萤刚起床，正迷迷糊糊的，回过神来却看见满院子的人，而且郭老夫人也在场。她不免有些窘然，尴尬地笑着上前给郭老夫人行礼。

周少瑾在寒碧山房待了些日子，知道郭老夫人待身边的人最和善不过，却也很重规矩，只要你守规矩，犯了什么小错也不过是教训一顿；若你不守规矩，就是再机敏能干，那也是容不得的。像集萤这样睡到日上三竿，出了门来还头发凌乱，是郭老夫人的大忌。她忙为集萤打着圆场，道："我早上派人邀你去逛街，你说你身体有些不适，现在好些了吗？我们都不在家，你中午用过午膳了没有？怎么你屋里没有服侍的小丫鬟吗？一起床就跑了出来，是要水还是要茶？"

在程家，体面的大丫鬟身边都会有几个不入等的小丫鬟服侍着，一来是可以趁机把小丫鬟调教出来，以后去服侍主子的时候就轻车熟路不会出什么错了；二来可以分担些大丫鬟的事务，让大丫鬟有更多的时间服侍主子。

集萤却一时没有回过味来。春晚的确派人来邀请她一起去逛街，她当时答的是"没兴趣，你们自己去好了"，可到了周少瑾嘴里说出来的又是另一番话。她不由面露愕然。

郭老夫人看着忍俊不禁，亲切地对集萤道："你睡好了没有？我听四郎说这几天女眷这边都是你带着几个粗使的婆子巡夜，辛苦你了。我在富源街买了些小东西，等会儿让吕嬷嬷给你送去……"

周少瑾忙闭了嘴。好吧！她马屁拍到了马腿上，露了馅！不过，池舅舅为什么要安排集萤带着粗使的婆子巡夜呢？周少瑾想到了集萤闺房的墙上挂着的那柄剑，还有她第一次见到集萤时的情景。难道集萤会武技？她看集萤的目光不禁一亮，思忖着得找个机会问问集萤。她还没有见过会武技的女子呢！

周少瑾的那点小把戏却瞒不过郭老夫人，可郭老夫人却觉得周少瑾这样很好。丫鬟仆妇虽是下人，可也是她们最亲近的人，如果连你身边最亲近的人都对你敬而远之或是心生憎恨，又怎么可能让她们忠心耿耿地为你办事呢？

周少瑾性子虽然弱，却也知道有所为有所不为。只要大事上不含糊，小事上的容忍反而会让人觉得她心地纯善，好相处。

回到屋里，郭老夫人就只留了周少瑾一个人说话。她递给周少瑾一个小小的檀香木匣子，笑道："原本想回去之后给你的，可你也知道，我回去之后不知道有多少人盯着我，我就提前把这东西给你。你好生收着，出嫁的时候当作陪嫁，好歹也是添了件首饰。"

原本这种事都是推搡一番之后勉为其难地收了，回到屋里再看是什么东西的，可郭老夫人的话让周少瑾突然想到今天在银楼郭老夫人买的那些金刚钻，她记得当时银楼的伙计报了八千两银子的价……就算是之后有所折让，可也是笔很大的数目！

周少瑾道："您送了我什么东西？若是金刚钻，我可不能要！您待我已经够好了，我再接您这些东西，我会心生不安的！东西我不能要。"

"傻孩子，"郭老夫人笑道，"这是我给你的，你只管拿着就好。我到了这个年纪，就想有人惦记着我。以后你拿出来戴的时候，就会想到这东西是我送你的。等你的闺女出嫁儿子娶媳妇，你拿出来赏人的时候，不也要想起我来，也要跟他们说起我……收着吧！我呀，一心想生个女儿，结果却生了三个儿子。父教子，母教女。前两个儿子小小年纪就跟他爹似的，一本正经连个玩笑都不会。好不容易生了你池舅舅，我就想，这个儿子又不用支应门庭，又不用当家做主，我来养好了！谁知道……"她说着，猛地打住了话题，眼眶刹那间就红了起来。

周少瑾忙掏了帕子给郭老夫人擦眼泪。

郭老夫人接过帕子，擦了擦眼角，笑道："好了，不说这些了。你只要记住了，我给你的东西，你就好生收着。以后若是想到了我的好，就带着儿女去给我上炷香，烧几张纸钱……"像交代遗言似的。

周少瑾莫名心中一酸，眼泪簌簌地落了下来，道："您不会有事的，你肯定会长命百岁的！池舅舅还没有成亲，您还得帮池舅舅带孩子呢！"

郭老夫人见她哭得真切，眼睛忍不住又红了起来，拉着她的手轻轻地叹了口气。

裕泰是程池一手做起来的，现在的这些大掌柜当年都和程池一起共过事。程池这两年虽然不管事了，把裕泰的事务多交给了蔚字号李家的三爷，可他说话依然是一言九鼎，没人敢驳。他又向来不喝花酒，宁波分号的人在他面前自然是战战兢兢，不敢逾矩，这酒宴也就喝得规规矩矩，很快就结束了。

商婆子告诉他："老夫人不知道和二表小姐说了些什么，二表小姐从老夫人屋里出来的时候手里拿了个匣子，哭得眼睛都肿了。"

程池笑道："多半是我母亲把今天买的金刚钻赏了一颗给她。"

商婆子讶然，很想问程池是怎么猜到的，结果程池却抬脚就进了屋，她只好把到了嘴边的话咽了下去,吩咐小厮服侍程池更衣。

程池却有着自己的心思:

母亲把成色最好的七颗金刚钻都买了,他们三兄弟肯定会一人分一颗,程筝、程箫、程笙是出了嫁的丫头。母亲向来觉得女孩子嫁人很苦,估计会一人分一颗,剩下的这一颗,应该是给周少瑾那丫头买的。母亲这么喜欢周少瑾,要不要让大哥收了她做干女儿呢?这样自己走了之后,有她陪着母亲,母亲不至于伤心到连个承欢膝下的人都没有。

或者是把周少瑾就留在程家,让她孝顺母亲,母亲虽然看中大嫂治家的能力,却始终觉得大嫂对功名过于看重,人心浮躁;二嫂又像个面团,当初若不是因为两家是世交,二哥又一心想娶二嫂,母亲未必会答应这门亲事,以至于程让也随了二嫂的性子。可惜周少瑾这丫头的性子也弱,若是嫁了程让,没个什么事还好;若是有事,只怕是抹不开来……

他乱七八糟地想着,待到盥洗后躺到床上,就把这些琐事都抛在了脑后,细细地思量起萧镇海和蒋沁的事来。

如果他没有猜错,萧镇海是为了天津北塘的码头来找蒋沁的。漕帮这几年一直想要个船坞,建个自己的船厂,以摆脱自己的挟持。如果不出什么意外,蒋沁肯定会答应和萧镇海合作。萧家虽然号称关外首富,可怎比得上漕帮财大气粗。蒋沁又素来足智多谋,到时候萧家不是被这个无底洞拖垮就是会元气大伤地退回关外。萧家的家传武艺以霸道见长,家中的男子个个人高马大,是做护院的好人选。自己要不要趁机把萧家的老巢给端了呢?说实在的,他还没有决定以后到哪里落脚呢!

周少瑾支肘托腮地坐在圆桌前望着满床闪闪发亮的饰品发着呆。红珊瑚佛珠和珠花、琉璃的簪钗是池舅舅送的,金刚钻是郭老夫人送的,郭老夫人还给她在普陀山的法雨寺点了盏长明灯,还有这一路上的花销……她欠郭老夫人和池舅舅好多啊!这可让她怎么还啊!郭老夫人说让她别忘了她老人家的好,她怎么可能会忘记呢?没有她老人家,她在九如巷不过是个寄人篱下的小姑娘罢了。

郭老夫人曾说过,若是感激她老人家,就没事的时候给她老人家或是做个额帕或是做件小衣,但她就是给郭老夫人做一辈子的针线也还不完啊!周少瑾不由得苦笑,喊了春晚进来,道:"你和碧桃把东西都收拾收拾,这些红珊瑚首饰我拿回去送给外祖母和姐姐她们,这些琉璃簪钗则送给持香她们,你看看够不够,还需要补多少。等到了杭州城,我们再买些梳篦、锦缎之类的补上,总之宁愿买多了也不能短了谁的,别送东西送出矛盾来。"

春晚笑着应是,和碧桃一件件登册。周少瑾则去了集萤那里。

集萤穿着件男人穿的短褐,扎着布腰带,正和几个腰圆膀大的妇人说着话,见周少瑾来找她,很是意外,把她迎到了内屋喝茶,道:"这么晚了,你可是有什么急事?"

周少瑾捧着茶左顾右盼,看见了原本应该挂在集萤内室的宝剑,她不禁大感兴趣地道:"你是不是会武技?就是像那些书上写的,可以飞檐走壁,一苇渡江。"

集萤犹豫了片刻,笑道:"我是会武技,是家传的,不过没书上写的那么神奇。"

就这样,周少瑾已经觉得很神奇了。她看集萤的目光中充满了艳羡和佩服:"你好厉害!难怪你不怕池舅舅,还一剑削断了那个焦子阳的胳膊,我早就应该想到才是。你可真行!女孩子习武是不是很苦?你父母怎么舍得你习武?漕帮是不是也有许多武技很厉害的人物?你一个女孩子,应付一个人不打紧,可若是人多了肯定也不是对手吧?我看你虽然懂武技,但还是别和他们直接照面的好,免得被他们围攻。池舅舅应该也知道你会武技的事吧？要不然他也不会让你领着那些婆子巡夜了。前些日子我还总拉着你要你去逛街，是不是吵着你睡觉了？池舅舅说，我们明天一早就启程往杭州府，你不是说要观潮吗？到时候你能一起去吗？要不要跟池舅舅说说，晚上的时候换个人当值……"

周少瑾啰啰唆唆的，话越说越远。集萤忍不住扶额，道："二表小姐，我的事你池舅舅都知道。这次能随着你们来杭州，你池舅舅之所以带着我，就是看中了我会武技，能带着粗使的婆子巡夜。钱塘潮涌虽然壮观也有凶险，早几年就曾有人被海浪卷走了，所以他带你们去钱塘观潮的时候，一定会带了我去的，你就放心好了。"她怕周少瑾继续好奇地问东问西，然后回到了正题，道："你这么晚来找我有什么事？"

周少瑾脸色一红，赧然地低声道："我，我银子带得不够，你能不能借我些银票，我一回去就还给你！真的，我一回去就还给你！"她还是第一次向人借银子，话说到最后，她迫不及待地保证着。

集萤惊讶道："你买东西难道你池舅舅没有给你付账吗？程四爷应该不是这么小气的人啊！"

"付了。"周少瑾更加不好意思了，声音又低了几分，道，"可我不好总让他给我付账。我原想，把他给我买东西的银子还给他，然后向你借几两银子应应急的。结果池舅舅买东西像不要钱似的，我这还是第一天，要不是池舅舅帮着付账，我只怕把从家里带出来的银子花完了还不够。"

集萤明白过来，她道："我带了五百两银子出来，借你四百两够不够？"

周少瑾暗暗吃惊。集萤好有钱啊！这么大笔银子，都可以买田置产了。可见识过程池怎么买东西的周少瑾却有点不敢肯定这银子够不够。最重要的是，她赏了樊祺之后，手里并没有多少银子了。集萤这么大方地借给她，她回去了也得有银子还给集萤啊！

"你借给我一百两银子就行了。"周少瑾决定接下来的日子要管好自己的心，少买点东西。

集萤想了想，道："还是借你二百两银子吧！我父亲曾经说过，钱是人的胆。身上有钱，你胆子也大一点。"

"也行。"周少瑾没有和她矫情，自己不用那么多不就行了。

集萤去拿了银票给她，全是十两一张的，厚厚的一叠。

这个情分周少瑾记下了。等她回到屋里，春晚几个还在清点那些琉璃的簪钗，并道："二小姐，这些东西全都赏出去也奢侈了，您以后赏人也用得着，犯不着一次把它们都赏出去。你还可以送些给大小姐，大小姐嫁了人，让大小姐拿出来赏给婆家的那些管事妈妈，大小姐毕竟是要和廖家的人打一辈子交道的。"言下之意，这些东西留到她出嫁之后打赏婆家的人更好。

周少瑾在心中微微地叹了口气。梦中若是没有发生那些事，春晚跟在她身边，恐怕也是个能独当一面的大丫鬟甚至是管事妈妈吧！她问春晚："你只比我大三岁，是准备跟在我身边做个管事的妈妈还是想像施香那样到了年纪就放出去？"

春晚红了脸，低声道："若是能跟着二小姐，那才是奴婢一辈子的福气呢！"

话已经说得很清楚了，周少瑾微微地笑，由碧桃服侍着去梳洗。

第二天天气晴朗。王晓一直把她们送上船，这才依依不舍地看着他们的船驶出了宁波码头。

程池站在船头，迎风远眺。

怀山低声道："查清楚了，王掌柜送的那些银子是他自己历年所得。而且，他这些年来因为开销太大，家里的日子过得紧巴巴的，媳妇几次和他寻死觅活的他都不改初衷。听人说，他在和泉州分号的掌柜争浙江分号的大掌柜一职。"

"看来是个野心勃勃的家伙。"程池道，"若是有人能压得住他，未必不是匹千里马。就怕他不服管教，胆子越来越大，到时候闹出事来。"

怀山不管这些，也不敢评价。

程池笑道："知道昨天周家二小姐去找集萤干什么吗？"

怀山嘴角忍不住就翘了起来，道："听说是去借银子了。集萤的嘴挺紧的，可商婆子的眼睛更利索，说是看见集萤拿了银票给二表小姐。"

程池淡淡地"哦"了一声，却从眼底流露出浓浓的笑意来。

周少瑾等人傍晚时分才到杭州府。来接他们的是杭州府分号的大掌柜。

那大掌柜年约四旬，白白净净、胖墩墩的，慈眉善目，温吞吞仿佛天生就带着笑似的，像尊弥勒佛，不紧不慢地道："四老爷，再有半个时辰城门就要关了。不过因为杭州知府是二老爷的同年，对我们票号向来很是关照，知道您和老夫人路过杭州府还要停留几天，不仅特意让师爷送了张名帖过来，还让我确定了您的行程之后给他老人家报个信，说是要亲自上门来给老夫人请个安。因没有您的示下，所以我也不好做主，只是请了守城的官兵关照关照，我们的轿子一到就先放行。至于住的地方，也照着您吩咐的，就安排在了票号的后院，服侍的粗使婆子、小厮也都安排好了。您看您是喝杯茶后再下船，还是这就下船？"

瞧这话说的，明明是催促他们快点下船，免得城门关了又横生枝节，说出来却绵柔得不带一丝急躁。站在帘子后面的周少瑾在心里感慨，人家这才像弥勒佛，就三房的李老安人那样，也就皮像骨不像，充其量是个假冒的弥勒佛。

程池选在黄昏入城也是有用意的。萧镇海和蒋沁都在杭州府，他虽然不至于避着他们，可若是他们能晚几天知道，于他行事却更便利。

他当即决定立刻下船。周少瑾等人的箱笼下午就收拾好了，听了程池的决定，也知道时间紧迫，略略整理了一下，就上了杭州票号早已准备好的轿子。

等轿子落在了杭州票号的后院，周少瑾大吃一惊。

宁波分号当然比不得杭州分号。杭州分号的院落不仅比宁波分号的大很多，而且用的是黄梨木的家具，陈设着玉石盆景，铺着金砖，摆着名贵兰花，布置得富丽堂皇，像富贵人家的私宅而不是个票号的后院。可这都不足以让周少瑾惊讶，毕竟票号是个做买卖的地方，买卖做得越大，排场就越大。让周少瑾惊讶的是院子中间种的两棵桂花树，枝叶繁茂，有合抱粗，齐屋檐高，油绿色的叶子间点缀着像繁星般的黄色的花蕊，但新砌砖的青石围栏和新培的土，都告诉周少瑾，这是两棵刚刚移植过来的桂花树。

肥肥的掌柜告诉郭老夫人："……中秋节怎么能没有桂花树呢？所以我特意给您选了这间种了桂花树的院落，到了中秋节的时候，您和四老爷闻花赏月吃月饼，多多少少可以慰藉几分思乡之情。"

第四十一章 撞见

程池和郭老夫人都神色如常，只有周少瑾，私下和春晚感慨："想必是杭州分号的听说了郭老夫人赞扬了宁波分号的那两棵桂花树，所以特意移来的。这个季节，也不知道这两棵桂花树会不会活。"

春晚睁大了眼睛，道："要是不能活怎么办？"

周少瑾想了想，道："可能会再移植两棵差不多的来，反正我们又不认识。"

春晚咋舌。

有丫鬟请周少瑾到正厅里用晚膳。周少瑾换了件粉色素面镶草绿色芽边的褙子，梳了个双平髻，戴了南珠箍，去了正厅。

郭老夫人已更了衣，花白的头发整整齐齐地绾了个圆髻，并插了对赤金填羊脂玉双桃簪子，穿了件秋香色仙鹤衔灵芝的湖绸褙子，面色红润，看上去很精神，正和一个四十来岁、穿了件鹦鹉绿茧绸褙子的妇人说话。

看见周少瑾，郭老夫人笑盈盈地向着她招手，并指了那妇人对她道："这位是王太太，杭州分号二掌柜的太太，我们这几天的吃穿住行恐怕都要麻烦王太太了。"

她们在这里暂居，人生地不熟的，杭州分号会和宁波分号一样，派个熟悉周遭事物的人来招待她们，周少瑾没有想到杭州分号居然派了二掌柜的太太。她笑着给那位王太太行了个福礼，尊称了一声"王太太"。

王太太忙侧过身去，连称"不敢"，看周少瑾的目光闪过一丝惊艳与好奇。周少瑾只当没有看见，给郭老夫人行过礼后，就规规矩矩地站在了郭老夫人身后。

那王太太见了笑道："晚膳都已经摆好了，您看是现在摆上来还是等四老爷回来之后再摆上来？"

郭老夫人就问周少瑾："你饿不饿？"

周少瑾笑着摇了摇头，道："下午吃了很多的零食，此时还饱着呢！"

郭老夫人就笑道："那好。我们就等四郎回来了再传膳——他一来就被几位闻讯赶来的掌柜给围住了，还不知道什么时候能说完话呢！"

周少瑾笑道："正事要紧！要不我陪着您在院子里走走？我进来的时候看见院子后面好像有假山池塘，我们正好可以去那边看看。"

郭老夫人在船上睡了一下午，此时精神正好，闻言就笑着对王太太道："王太太，要不我们一起出去走走？"

王太太自然是欣然相陪。

一行人去了院子后面。太湖石堆成了个假山，山顶是个红漆六角凉亭，假山旁有个池塘，除了种着几株莲花，一对鸳鸯在湖中悠闲自在地游着。周少瑾直盯着那鸳鸯看。

郭老太太失笑，道："也不怪你好奇，我们府里仙鹤都养了两只，却没有哪个房头养鸳鸯的。你是第一次看见吧？"

九如巷还养着仙鹤？周少瑾还是第一次听说。她赧然点头，道："我听人说这鸳鸯若是死了一只，另一只绝不独活，也不知道是真是假？"

· 077 ·

"是真的！"王太太笑道，"之前这池塘里养了两对鸳鸯，后来有一只死了，另一只就绝食而亡。如今就只剩下这一对鸳鸯了。"

　　她们正说着话，游来一群锦鲤。王太太就折了树枝逗那锦鲤。也许是常有人这么逗它们，那些锦鲤也不怕生，张着嘴衔着那树枝玩。王太太就吩咐小丫鬟也折根树枝给周少瑾。

　　周少瑾觉得这像小丫鬟才干的事，把树枝递给了春晚。春晚十分机敏，学着王太太的样子逗着锦鲤。周少瑾和郭老夫人只在旁边观看。

　　程池回来了。他笑着问："你们都围在这里做什么呢？我说怎么厅堂里没人呢！"

　　周少瑾上前给程池行礼。

　　郭老夫人笑道："我们这不是正等着你用晚膳吗！"

　　程池道："我一天到晚没有个定时的，您等我做什么？还怕我饿着肚子不成！"说完，朝那王太太点了点头，客气地道："这几天就辛苦王太太了。"

　　王太太可能没有想到程池会对她这样礼遇，激动得话都有些说不利索了。"四老爷夸奖了，这，这本是妾身应该做的事，不敢当四老爷'辛苦'二字。"她说着，忙问，"现在要摆膳吗？"

　　程池朝郭老夫人望去。郭老夫人则瞥了周少瑾一眼，道："摆膳吧！还是下午在船上吃了点儿点心的。"程池笑着点头，请王太太传膳。王太太忙下去安排。

　　等到程池等人开始用膳，她去了茶房指使丫鬟沏茶，抬头看见一个穿金戴银，却作丫鬟打扮的小姑娘，面生得很，一双眼睛波光粼粼的，天生就透着几分妩媚。这样的人品，十之八九是郭老夫人身边服侍的大丫鬟。她忙笑着上前问了一声："姑娘这是有什么吩咐呢？"

　　"也没什么。"珍珠笑道，"老夫人这些日子多在船上，二表小姐怕老夫人身体不适，这些日子让给老夫人用老君眉，特意让我拿了茶叶过来，跟茶房的几位姐姐知会一声。"

　　王太太忙道："您放心，我们都记下了。"

　　珍珠笑着道了谢，回了厅堂。

　　程池正和郭老夫人、周少瑾说这几天的安排："后天就是八月十五中秋节，明天先去城里逛逛。八月十五的白天灵隐寺有庙会，我们去那里看看。晚上去西湖，我让秦子平安排了一艘画舫，我们可以在画舫里喝酒赏月。然后我们去钱塘江看潮涌。八月二十日启程回金陵。"

　　周少瑾一听，心里顿时像揣了个小兔子似的。在西湖的画舫上赏月……这可是她做梦也不敢想的事。如果真能去，她觉得自己也算是没有白活一回了。

　　郭老夫人笑着颔首，道："我生平还是第一次在西湖赏月，肯定很有意思。"看得出来，她对这样的安排很满意。

　　程池见母亲满意，心情自然很好，见小丫鬟端了茶进来，亲自扶着郭老夫人在隔壁的宴息室坐下。

　　喝了茶，程池就催周少瑾和郭老夫人去歇息："明天一早还要去街上逛。"

　　郭老夫人一切都听儿子安排，笑着应了"好"，由周少瑾扶着回了内室。周少瑾服侍着郭老夫人梳洗完了，这才出了内室。

　　丫鬟小厮也都已经去歇了，值夜又早了点，几个婆子都聚在二房等更声。院子里静悄悄的。程池背着手，独自一人站在院子中间的桂花树下。

　　周少瑾一愣，思索了片刻，轻手轻脚地走了过去。只是还没有等她走近，程池已回过头来。他五官俊朗，神色冷峻，在看清楚来人的那一瞬间，冷峻的神色像冰雪消融般，立刻变得温暖而和煦起来："你才从老夫人屋里出来啊？老夫人睡了吗？"

周少瑾怀疑自己看错了。她笑道："老夫人应该很快就会睡了。池舅舅怎么一个人站在这里？可是有什么事？"

"没什么事。"程池笑道，"就是看这两棵桂花树长得好，在这里站一站。"

周少瑾"扑哧"一声笑，忍不住歪着脑袋问他："池舅舅是真的觉得这两棵桂花树长得好吗？"

这两棵桂花树，可是别人巴结他的东西。她觉得池舅舅并不是那种很在意这些事的人。池舅舅肯定在想别的事！

程池看着她明亮闪烁的眼睛，仿佛和夜空中的星星在相互辉映，不由哂然失笑。看不出来这小丫头有时候还挺机灵的。他道："明天要不要我陪着你们逛逛？"

然后再买一大堆没用的东西？！周少瑾连连摆手，道："池舅舅不是说有事吗？您去忙您的好了。有王太太陪着，我们肯定能买到心仪的东西的。"

程池听着心里有些痒。这丫头每次都一副大惊小怪的样子，挺好玩的。可惜明天他真的有正经事，不然逗逗这小丫头，这日子一天很快就过去了。他笑着和周少瑾道了别。

周少瑾松了口气，第二天一大早派了人去问集萤能不能跟她们一起上街，若是不能去，要不要给她带点什么。

集萤说她要睡觉，如果方便，让周少瑾给她带些熊记的金华酥饼回来。

周少瑾打扮一新，和郭老夫人坐着轿子去了杭州有名的清河坊。

下了轿，只见街上人头攒动，招幌摇动，不下上百家店铺，有卖绸缎的、卖成衣的、卖胭脂水粉的……甚至卖假髻的，真像程池说的"只有你想不到的，没有你买不到的"，什么东西都有。

王太太就问："老夫人要买些什么？我有相熟的铺子，直接带您过去就行了。"

郭老夫人笑道："我们也就随便看看，有着看顺眼的就带回去，你就顺着把我们带到你相熟的铺子里看看就是了。"

王太太应是，先带她们去了家绸缎店。

那店里的生意很好，大闺女小媳妇在店里挨挨挤挤地挑着料，五阔的门脸，十几个伙计都忙不过来，那掌柜的更是一看见王太太就丢下打了一半的算盘迎上前来，挤过那些大闺女小媳妇把她们领到了后院的天井里。

天井里青石板铺地，四角养着斑竹，中央架着葡萄藤，葡萄藤下放着黑漆四方桌和太师椅，还没有等她们坐下，就有面目端庄的小丫鬟端了茶点过来。

王太太简单扼要地说明了来意，那掌柜亲自带了两伙计搬了一大堆的布料过来，指了其中一匹泥金色的妆花道："这是从嘉兴过来的，杜家的织机织出来的，今年被点了贡品，这还是我们东家和杜家的杜老爷是世交，弄了几匹过来，只为了照顾老主顾的。"又指了其中一匹碧青色的道："这是从扬州那边过来的。说实在的，要讲织造，杭州府若是认了第二没谁敢认第一，可若是讲款式，还是得扬州那边的款式新……"

掌柜殷勤地向郭老夫人介绍着店里的布料，周少瑾却不怎么感兴趣。

她的衣料很多，而且大多数都是父亲周镇从各处淘来的好东西，留给她们姐妹做陪嫁的。她被天井里的那株山茶花吸引住了目光。郭老夫人翻捡布料的时候，她走过去仔细地瞧了瞧。

好像是一盆叫十八学士的茶花，但她有些拿不准，便低下头来仔细打量着那盆花。

那边郭老夫人挑了匹樱红色蝶花锦纹的料子想送了周少瑾做件冬天穿的棉比甲，一

·079·

回头却发现周少瑾正蹲在那里打量着盆茶花，郭老夫人不禁笑了起来，叫她："少瑾，过来看看这料子！"

周少瑾声音甜糯地应"是"，站起身来。

那掌柜的忙笑着道："没想到小姐是个内行人——这是盆十八学士，是我在天目山一家花农家里买的，想养到过年的时候取个彩头的，没想到被小姐看出来了。"

周少瑾微微地笑，道："我刚才看着就像，没想到是真的。你说的那家花农在哪里？除了茶花，他们家可还有什么稀罕的品种？这十八学士不容易养，他家能养出盆这样的花来，按理也应该能养出双色牡丹才是。"

郭老夫人惊喜道："我没想到你竟然喜欢养花！"

周少瑾不好意思地道："我是养着好玩，不像这养出了十八学士的人，那才是真正莳花的人。"

郭老夫人听了微微点头，对那掌柜的道："那花农家还有些什么花？"

掌柜的笑道："没想到今天竟然遇到了两位惜花的人。那花农在我们杭州也算小有名声，姓苗，因排行五，我们都叫他苗五师傅。他们家不仅养出过双色的牡丹，还养出过墨菊。如今正是菊花盛开的日子，若是老夫人、小姐有意，我这就派人过去一趟，看看苗五师傅那里还有没有好品种，让夫人和小姐品鉴品鉴，也算是为中秋节添个景了。"

郭老夫人笑道："那你就派个人去看看。若有好品种，送到上街的裕泰票号就是了。"

掌柜的忙道："我知道，我知道。贵票号的王太太是我们这里的常客。"

王太太在郭老夫人面前哪里敢称富，忙笑道："你若是服侍好了我们的老夫人和表小姐，那才是真正的大主顾呢！还不快派个人去问问那花的事。"话说到最后，已带着几分调侃的味道，可见和这位掌柜很熟悉。

掌柜立刻就喊了个小厮吩咐下去。

郭老夫人就拿了布在周少瑾的身上比画，道："冬天穿这个颜色好看，这樱红色、碧青色、锦里红、青莲色都给拿几匹。"

因不知道是给谁买的，周少瑾也不好多说，由着郭老夫人挑了一大堆布料，由掌柜的清点齐了送去裕泰票号，她们只管空着手往下一家去。

郭老夫人见对面有个挑着担子卖米糕的，一堆人围在那里等那热气腾腾的米糕，她笑着对翡翠道："你也去买几个给表小姐尝尝。"

周少瑾窘然。郭老太太把她当小孩子哄了。她忙道："不用了，我都这么大了，哪还和孩子争东西吃？"

"可见还是想吃的。"郭老太太呵呵笑道，"不过是大了不好意思罢了。没事，你跟着我，想吃就吃，想喝就喝，不用管那些。"说完，示意翡翠快去买了。

翡翠神色复杂地去买米糕。郭老夫人领着周少瑾转身进了旁边的一家绢花铺子。

王太太脚步微顿，和跟在郭老夫人身后的珍珠走在了一起，她貌似无意地笑道："听说二表小姐是四房那边的亲戚，没想到竟然投了老夫人的眼缘，待她像亲生的闺女似的。"

珍珠不喜欢她这么说周少瑾，好像周少瑾是因为讨了老夫人的欢喜才有今天的。她心生不悦反驳道："那是因为二表小姐的字写得好，老夫人特意请了二表小姐帮着到寒碧山房抄经书，四房老安人这才答应二表小姐跟着我们一起去普陀山的。"

程池从普陀山回来才开始在各地的分号落脚，他们这才知道老夫人身边还带着位表小姐，但这位表小姐是什么来头，他们打听来打听去，才打听到了点影子。原以为是四房那边为了巴结老夫人送来服侍老夫人的，可几天下来，老夫人待这位表小姐却是十分宠爱，看着一点也不像是来服侍老夫人的，倒是被老夫人看得极重，走到哪里都宠着的样子。

他们难得有个机会能奉承老夫人，这位表小姐既然能得了老夫人的青睐，他们自然也不能忽视。老夫人人情练达，通透精明，早年间打理程家的庶务时就是个眼中容不得沙子的人，上了年纪的管事、掌柜们到今天还记得。若能通过这位表小姐在老夫人面前说上话那就再好不过了。王太太待周少瑾又热情了几分。

只是周少瑾向来不是个喜欢热闹的，加之自己心里清楚，别人之所以这样，不过是沾了郭老夫人和程池的光。人敬我一尺，我敬人一丈，一天下来，那王太太硬是没有找到机会单独和周少瑾说些什么。她不免有些气馁。

周少瑾却盼着去西湖赏月的事，晚上回去翻箱倒柜地找了一通，决定去西湖赏月的时候穿件蓝绿二色金的比甲，簪几朵前两天买的琉璃珠花。

集萤笑道："你终于分清楚了主次——那庙会有什么好看的，要看就看四时的景色。你以后难道还会有机会来杭州吗？就算你以后来杭州，还会有机会去西湖赏月吗？就算你能去西湖赏月，还是这些人吗？"她说着，拿了朵赤金镶百宝的珠花在头上比画了两下，道："你觉得我戴这个去怎样？"

"不太好。"周少瑾道，"你还是戴那朵点翠大花吧！这花太艳丽了，戴在你身上反觉得有点俗气。那点翠大花色调比较冷艳，你戴着好看些。"

在这点上集萤很相信周少瑾的眼光——周少瑾自己就非常会打扮。她听从周少瑾的建议去换了件玄色织锦褙子，梳了个堕马髻，戴了点翠大花，珍珠耳环，一起去了院子里等郭老夫人。

因今天是中秋节，程池一早就过来给郭老夫人请安，出门的时候正好碰见了周少瑾。见她穿得比平时要明艳几分，不由得多看了几眼。

周少瑾见程池换穿了件青莲色的杭绸直裰，腰间系着玉带，挂着小印、荷包，打扮得十分正式，知道他这是要出去，上前行了礼之后不由问道："池舅舅晚上会和我们一起去游西湖吗？"

"当然。"程池笑道，"今天可是中秋节啊！我若不是有事，今天就陪你们去灵隐寺了。"

周少瑾抿了嘴笑，道："那池舅舅可要早点回来，我们等着您吃月饼。"

程池点头，想了想，道："这琉璃白天瞧着还好，晚上却没有宝石好看。"

周少瑾顿时面如朝霞，轻轻地"嗯"了一声。

程池笑了笑，抬脚出了院子。

集萤冷哼，道："管得可真宽。"拉着她就要去茶房说话。

周少瑾却觉得程池说的话很有道理。她原本穿这身二色金的比甲就是想着晚上去游西湖的时候可能会灯火通明，穿得颜色亮点儿看上不仅喜庆，而且人也显得精神。

"你先去茶房坐吧！"周少瑾道，"我回去换了这珠花。"

集萤睁大了眼睛，道："你不会把他随口的一句话也听在了心里吧？"

"可我觉得他说得对啊！"周少瑾道，"今天是中秋节，大家不都想欢欢喜喜的吗？"

"好吧！"集萤睁了半天的眼睛，沮丧地道，"你去换件首饰好了，这些我也不是很懂，说不定四爷还真的说对了。"

周少瑾笑盈盈地送集萤去了茶房，这才回屋去换首饰。

春晚道："换什么好呢？这几朵琉璃珠花做得精巧，个个只有指拇大小，所以我们才给您梳了个垂挂髻，好戴珠花。要不我们换个发髻吧？就戴四老爷赐您的珊瑚珠花，肯定也很漂亮。"

"不行！"周少瑾道，"那珊瑚珠花是我准备送给姐姐添妆的，今天的庙会肯定很多人，若是被人顺走了或是落了，我肯定后悔不已的，何况现在重新梳个发髻也已经来不及了。"她陡然想到了程池送给她的南珠头面，道："要不就用那套头面里的簪钗——珍珠在灯光下是最明亮华美的。"

宝石还要看师傅的手艺，可珍珠却只看本身的质地。程池送给她的是正宗的南海珠，一点点的光线就足以让它们散发出莹莹如皎月的光泽来。春晚笑着说好，帮周少瑾换了南珠珠花和簪钗，去了郭老夫人那里。

老人家都喜欢晚辈穿得喜庆，但因周少瑾性子恬静，穿淡雅些的衣衫看着也很顺眼，此时着重地打扮一下，倒有些光彩照人的清艳，郭老夫人也很喜欢，特别是她头上的南珠珠花，发出蒙蒙的莹光，一看就不是凡品。她笑眯眯地颔首，起身道："我们到灵隐寺去。"

灵隐寺里人山人海，轿子到了山下就走不动了。

王太太满脸是汗，道："老夫人等会儿，我这就想办法让寺里的人来接你们。"

郭老夫人好多年都没有看到这样的盛会了，笑道："那我们在这里等你好了。"

王太太擦了擦额头的汗，转身找人去了。

周少瑾就坐在轿子里等。时间一长，不免有些无聊。她悄悄地将轿帘撩了一道缝朝外望。

对面山门顺势而上的台阶摩肩接踵，只见攒动的人头。周少瑾咋舌。还好王太太去想办法了，不然让她们就这样挤上去，她倒没什么，只怕郭老夫人会气闷晕过去了。

她悄然地放了轿帘，眼角的余光突然看见一道青莲色的背影，猿背蜂腰，十分眼熟。周少瑾不由挑了帘子张望。山间下，几个男子正顺着人流往山上去。别的地方都挤得不能动弹，他们却顺利地往上走。走在中间的那个穿着青莲色杭绸直裰，系着玉带。他左边的那个穿着宝蓝色祥云团花直裰，身材高大魁梧，好像也在哪里见过。他右边的那个穿着件紫红色五蝠拜寿团花直裰，又高又胖，走的时候肉好像都在抖动似的。他们三人周围跟着几个身手矫健的大汉，其中一个瘦瘦高高的，穿着褐色的细布直裰，腰间系着同色的布带，人群中，那背影莫名地带着几分萧索，好像无意间闯到了那些人之中的陌生路人。可周少瑾看着却像怀山。

"难道池舅舅和朋友约了逛灵隐寺？"她喃喃地道。如果池舅舅真的约了人逛灵隐寺，的确不好带着她们——郭老夫人毕竟是长辈，他们少不得要顾忌一下郭老夫人的喜好。可老年人和青年人的喜好又是不同的。原来池舅舅偷偷跑出去玩了！周少瑾抿了嘴笑，放下了轿帘，突然觉得灵隐寺都变得亲切了很多，人也跟着踏实下来。

名刹古寺都是差不多的，见过普陀山的寺院之后，再看其他的寺院都会有种"登泰山而小天下"的感觉。周少瑾随着郭老夫人在大雄宝殿敬了香，王太太陪着她们去旁边的耳房解签。

迎面，程池正和一帮人顺着台阶往下走。

周少瑾大吃一惊。那个穿宝蓝色祥云团花直裰的竟然是那天她在江北桥头见到的那个萧镇海。另一个她不认识，白白胖胖的像个馒头，五官都挤到了一起，皮肤却像婴孩似的红润光洁，吹弹欲破。穿着褐色细布直裰的怀山双手笼袖，面无表情地跟在程池身后。

几个人的目光突然就碰到了一起。怀山眼底闪过一丝精光，程池却面色如常地和萧镇海说着什么。周少瑾瞬间意识到，程池并不愿意让这些人知道她和他的关系。她不禁深深地吸了口气，尽量做出副镇静自若的样子，像那些初来逛庙会的小姑娘似的好奇地看了他们几眼，一把抓住了春晚，低声道："不许作声！"随后就把注意力转移到了旁边一个手提着篮子卖雪梨的妇人身上，笑着用官话问道："这雪梨多少钱一个？"

"三文钱一个！"妇人答着，掀开篮子上盖着的蓝色粗布帕子，拿了个又大又圆的给周少瑾，"小姐要不要买一个。"

"要。"周少瑾见春晚几个围了过来，没有谁拿眼睛瞟程池，这才道，"我们每个人要一个。"当是打赏她们的乖巧听话。

程池从她们的身边经过。周少瑾听见那个叫萧镇海的道："还是江南出美女！没想到我就这样出来随便逛逛，都能遇到个美人。可惜这小姑娘衣饰华美，头上戴的那对南珠珠花更是少有的南洋珠，可见非富即贵，不然去问问是哪家的姑娘拿回去做个偏房也好！"

那白白胖胖的更是道："何必这么麻烦？派人跟过去看看就知道底细了。凭萧兄弟的财力人品，只要有心，什么人家的姑娘不手到擒来。"

周少瑾毛骨悚然。难怪池舅舅不想让那些人看出他们之间的关系，原来这两个人都不是什么好人！不过，池舅舅怎么会和这种人在一起呢？周少瑾在心里思忖着，拉着春晚的手就往偏殿旁的耳房跑。

郭老夫人正由王太太虚扶着在解签的大和尚桌前站起来，见周少瑾面色发白，不由得眉头微蹙，道："可是遇到什么人对你不敬了？"她说着，不悦地瞥了一眼紧紧跟在她身后的集萤。

集萤无辜受训，也很无奈，在心里嘀咕道：是程子川说让我寸步不离地跟着您老人家的，何况我一双眼睛还盯着周少瑾呢。

"没有，没有。"周少瑾忙上前挽了郭老夫人的胳膊，道，"我看见有闲帮在外面横冲直撞的，就赶紧过来了。"

郭老夫人面色微愠，道："这么大的庙会，官府不是应该派了人巡逻的吗？怎么让那些闲帮闯了进来？"

王太太忙道："往年都有人看管的，今年也不知道怎的，我去看看好了！"

"不用，不用。"若是王太太和程池照了面，肯定会上前问候的，那池舅舅和朋友跑到灵隐寺来上香的事就掩不住了。郭老夫人心里肯定会不高兴的。周少瑾朝着王太太直摆手，道，"我来的时候看见有衙役往那边去，所以才避开的。君子不立危墙之下，免得无意间搅了进去。"

什么君子不立危墙之下，是胆小怕事吧？王太太心里颇不以为然，面上满是赞同，笑着应"是"。

郭老夫人也不想节外生枝，吩咐吕嬷嬷："你出去看看。若是人走远了，我们就启程往西湖去吧！到处都是人，照这样下去，我们黄昏时分能赶到西湖就不错了。"

周少瑾想为程池多争取一点时间，笑着喊了吕嬷嬷，道："嬷嬷出去帮我把碧桃叫进来，我刚才让她去买梨却忘记给她钱了。"

吕嬷嬷笑着应"好"，出了耳房。

不一会儿，碧桃几个小丫鬟带着梨子走了进来。周少瑾就让碧桃把梨子放到郭老夫人的轿子里，道："没想到天气这么热，空气也不好，这梨子不知道好吃不好吃，却很

· 083 ·

好闻。您要是觉得胸闷,就闻闻这梨子。"

"还是你想得周到。"郭老夫人听了非常高兴。

吕嬷嬷走了进来,笑道:"我围着大殿转了一圈,没发现那些闲帮,想必是已被官衙看管了。"

周少瑾放下心来。

郭老夫人满意地点了点头,道:"这才有父母官的样子嘛!"由周少瑾虚扶着出了耳房,往一旁的香云路去。

在不远的月亮门前,裕泰票号的轿子正等着她们下山。

王太太笑道:"一年捐给他们几百两银子,若是这点方便都不行,以后谁还信他们家的香火啊!"

郭老夫人不置可否地笑了笑。大家一起离开了灵隐寺。游西湖的人也很多,等找到秦子平安排的画舫,果真已是夕阳西下时分。

王太太不停地奉承着郭老夫人:"还是您老人家有经验,虽是第一次到杭州府来,可一看这路上的情景心里就猜了个七七八八。我痴长了四十几岁,也是做祖母的人了,却不知道什么时候能有老夫人这样的眼神……"

郭老夫人呵呵地笑,不停将手中的梨子拿在鼻头闻几下,看得出来,对周少瑾这主意很满意。

秦子平和几个仆妇迎了郭老夫人上船。郭老夫人见那几个仆妇都很面生,行事也粗俗,道:"这几个人是哪里来的?"

秦子平笑道:"原是这船上服侍的,我怕人手不够,就暂且先留下来帮着几位姑娘打个下手。"

郭老夫人点头,领着周少瑾在船舱中坐下。

和她们从金陵坐去镇江的画舫不同,这艘画舫更华丽。红漆漆的木地板,黄色绡纱的宫灯,猩红锦缎坐垫,粉彩的茶盅盖碗,掐丝珐琅的香炉……不像寻常人家用的。

秦子平笑着解释道:"这是江南首富宗大老爷家的画舫,听说老夫人过来,特意送过来的。"

郭老夫人的丈夫、儿子均官拜小九卿,这样的巴结奉承不知道见过多少。她不以为意地坐在了罗汉床上。

船缓缓开动。

刚开始周少瑾还没有注意到,以为是旁边的船离开了码头。等窗外的景象换成了青山绿水,她这才惊觉,道:"池舅舅还没有上船呢!我们不等池舅舅了吗?"

"四老爷会在雷峰塔那里上船。"秦子平笑道,"他吩咐我先陪着老夫人、二表小姐看西湖的景致。"接着解释道:"西湖四老爷不知道来过多少次了。"言下之意是已经对西湖周围的景致厌倦了。

周少瑾却不怎么相信秦子平的话。她觉得程池肯定是因为要陪朋友,没办法及时赶到西湖的码头和他们一起出游,所以选在了雷峰塔登船。可见池舅舅的这些朋友也不怎么样!

如果是好朋友,今天是中秋节,就应该早点放池舅舅回来陪家里人才是。周少瑾肯定不会去揭穿程池,她腹诽着,生怕郭老夫人因此而心生愠意,笑语盈盈地在郭老夫人面前凑着趣。郭老夫人好像并没有觉察到异样,和周少瑾笑眯眯地说着话。

三步一景,十步入画。西湖的山水果然是名不虚传,可当周少瑾听王太太说这些都是人为的山水时,顿时有些意兴阑珊,开始怀念起京城的雄伟与壮丽。好不容易船行至雷峰塔，天色也暗了下来。

王太太问郭老夫人要不要上岸去"拿"几块砖带回金陵。众人均是不解。王太太笑道："前朝有妇人久不生育，四处求佛都不能如愿。结果她有天到灵隐寺里求签，签上让她出寺遇见什么就供奉什么。谁知道那妇人出寺看到的居然是雷峰塔。可她家境贫寒，又怎有财力供奉一座塔？那妇人想了半天，抱了块砖回去供在了神龛上，日夜敬拜。结果没多久她就生下了一个儿子。这件事传开之后，就常有杭州城的妇人趁着夜色跑到雷峰塔抱几块砖回去供奉，据说求子是十分灵验的。"

郭老夫人闻言呵呵地笑，道："我儿子早已生子，孙子还没有娶妻，只能以后有机会再来雷峰塔求子了！"

王太太见马屁拍在了马腿上，笑道："这也不过是一说罢了，老夫人是有福气的人，子孙兴旺，瓜瓞绵绵，哪里就要去雷峰塔求子呢！"

周少瑾想去。她想给姐姐抱块砖回去。可见郭老夫人毫无兴趣，她一个未出阁的姑娘家，也不好开口。

船在雷峰塔附近的堤边停下。四周还停着几艘和他们一样的画舫，船角挂着明灯，透着朦朦胧胧的莹光，映着两岸枝条垂到水面的柳树，黑绰绰一片。

周少瑾不由朝岸上眺望。身边的画舫有的笑声连连传出男子吟诗高论之声，有些则娇声莺语，丝竹不绝于耳，也有像他们这样只是来游湖的，却多是听到那不雅之声就立刻避开了。只是她们要等程池，只好停船靠堤。周少瑾不由得面红耳赤。

有小船向他们驶来。周少瑾定睛一看，竟然是程池和怀山。不是说在雷峰塔等的吗？怎么又是从别处来的。

周少瑾来不及细想，程池已身轻如燕地跳到了画舫上。她不由眨了眨眼睛。那小舟离画舫怎么看都有三尺来宽，这么容易就能跳过来吗？周少瑾睁大了眼睛。怀山却驾舟而去。

这是什么情景？周少瑾满脸茫然。然后看见一根手指在她面前晃来晃去的。周少瑾退后几步。程池正嘴角含笑地站在她面前。

"看什么呢？"他温和地道，"人都傻了！"

"没，没看什么。"周少瑾有好多话要问程池，却又不知道从何问起。

程池却像什么也没有发生似的，道："你不在船舱里陪着老夫人，跑到船舷边做什么？这边的水很深的，小心掉下去。"

他的语气温和而亲切，仿佛刚从隔壁的船舱走出来般，让周少瑾有种错觉，好像他们还在沙船上，而他不过是刚才在屋里打了个转而已。

她磕磕巴巴地道："老夫人正牵挂着您怎么还没有来，我出来看看。既然您已经到了，我们就快回船舱吧！老夫人今天买了很多月饼，说要等了池舅舅过来一起吃呢！"

程池微笑着和她进了船舱。

郭老夫人见了儿子十分高兴，道："快过来坐。就等你一个人！"

程池温文地笑，坐在郭老夫人身边。

郭老夫人慈爱地问他用过晚膳没有，午膳在哪里吃的，都吃了些什么，见到朋友没，怎么没有约了朋友一起过来坐坐云云。

程池一一应答："午膳和晚膳都在富源楼用的，也就是些寻常的菜，或者是因为今天是中秋节，富源楼给每位去吃饭的客人都上了碟月饼。原本是想请他们过来聚一聚的，后来一想今天是中秋节，把人约了来只怕不好，用过晚膳之后我们就各自散了。"

郭老夫人笑着点头，吩咐碧玉服侍程池更衣。

不知道为什么，周少瑾却觉得程池没有说实话。

程池更了衣重新回来坐下，画舫已驶出了雷峰塔。他笑道："今天是八月十五，月亮最亮最圆的时候，我们正好可以去看最著名的三潭印月。"

王太太在旁连声说好，道："这三潭印月可不是什么时候都能看得到的。官衙一般在每年端午节、中元节、八月十五等日子才会在塔中点燃灯光，洞口糊上薄纸，让洞形印入湖面，形成三潭印月的景象。不知道有多少人来过好几次杭州府都没有机会看到这三潭印月的奇景。老夫人一到就看到了，我们也跟着老夫人沾光了。"

郭老夫人微微地笑，扶着周少瑾的手出了船舱。

此时天色已完全暗了下来，画舫的灯把湖面照得通明，岸边又有人放烟火，引了孩童看热闹，嬉笑之声时隐时现地飘荡在湖面。

程池请了王太太给郭老夫人讲三潭印月，自己却退后几步，站到了她们的身后。

周少瑾不免觉得奇怪，仔细地打量着四周。

就看见一艘绿杆红窗的新画舫缓缓地从他们不远处向东边驶去。透明的琉璃窗内，一个魁梧的身影和一个胖胖的身影正对坐而饮。周少瑾不由回头睃了眼程池。没想到程池正朝她望过来。两人的目光在空中撞了个正着。程池表情坦荡，朝她笑着微微颔首。周少瑾却像窥破了什么被人当场捉住般脸腾地红了起来，低着头转过身去。

程池不禁嘴角轻翘。在灵隐寺看见周少瑾的时候，他的确吓了一大跳，可没想到这丫头却像换了个人似的，不仅装出一副和他素不相识的样子，还若无其事地叫住了卖梨的妇人买梨子……想到这里，他眼神微沉。萧镇海！在关外嚣张惯了，还以为自己占着个山头就是霸王了。别说他看中了萧家那一亩三分地，就算他们之间没有瓜葛，就凭着他萧镇海这张狂的劲儿，他也要给萧镇海点教训尝尝，不然他还以为靠着漕帮就能在江南横着走了！程池的面色渐渐冷了起来。他想到在灵隐寺里见到的周少瑾，头上簪着的南珠珠花小巧玲珑，圆润可爱，就像那小丫头的人似的，乖巧得很，说她什么她都能认真地听着，从来都不让人操心。他又觉得很是欣慰，心头微暖。

周少瑾感觉到身边陡然间冒出股寒气又很快地散了。但她还是不由自主地耸了耸肩。

在她旁边服侍的春晚忙轻声道："小姐，您觉得冷吗？"

"没事。"周少瑾见王太太正告诉郭老夫人怎么看三潭印月，低声道，"可能是夜里的风有点冷，等会儿就好了，别扫了老夫人的兴。"

春晚闭着嘴点头。

郭老夫人就朝着周少瑾道："你也过来看看。四郎我们就不管他了，他常来杭州府。"

程池笑道："母亲就是偏心。我常来杭州府和您让我跟着您开开眼界可是两回事！"

郭老夫人就让出位置来，笑道："好，好，好。我今天也指点你看看美景。"

众人哈哈地笑。

程池就在笑声中走了过去，站在那里观看了半晌，道："景色的确不错。"

逗得郭老夫人止不住地大笑，朝着周少瑾招手："我们别理他。"

周少瑾满脸是笑地走了过去。程池则让到了一旁。郭老夫人就指了湖面的月亮让周少瑾看。

周少瑾一抬头，却看见怀山悄无声息地站在船尾。她愕然。郭老夫人已道："看见了没有？看见五个月亮了没有？"

周少瑾忙敛了心绪，顺着郭老夫人所指的方向望去。湖面果然有五个月亮，都皎洁如玉，分不出哪个是天上的那个月亮，哪个是塔中的灯光。难怪会被称为西湖十景之一。

周少瑾很是感慨,看了一眼目露艳羡的集萤,又看了一眼郭老夫人,欲言又止。

郭老夫人赞同地笑了笑,对吕嬷嬷等人道:"你们也看看吧!难得出来一趟。"众人不由高呼起"老夫人"来。郭老夫人笑逐颜开,带着周少瑾去了船舱。之后他们又吃了月饼喝了些桂花酒,回到城中时已天色微白,城门已开。

周少瑾倒头就睡,直到黄昏时分才醒过来。春晚笑着告诉她:"老夫人也刚醒,让碧玉姐姐传了话过来,说今天各自在屋里歇了,明天一早去钱塘那边的别院,看钱塘涌潮。"

周少瑾软绵绵地点头,睡了个回笼觉,人才慢慢地清醒过来。

春晚端了膳食进来。周少瑾喝了点粥,吃了几块米糕,问起老夫人来。

春晚道:"老夫人又歇下了,翡翠和玛瑙两位姑娘当值。"

那就不过去请安了。周少瑾漱了口,懒懒地躺在床上。幽幽的桂花香从窗外飘进来。周少瑾有些睡不着,披衣推窗,发现月光比昨天还要明亮地洒落在院子里。她想了想,道:"春晚,集萤歇下了吗?"

"应该还没有吧?"春晚有些不敢肯定地道,"我看到集萤屋里点着灯,但不知道她歇了没有。"

周少瑾犹豫了片刻,道:"你陪我去看看。"

春晚不明所以地应"是",服侍周少瑾更衣,去了集萤那里。

程池还没有睡,正在和怀山说话:"……萧镇海应该是起了疑心,所以昨天才会临时改变主意要去灵隐寺。还好歪打正着,王太太安排母亲从侧门的香云路进寺,遇到二表小姐的时候二表小姐机敏地装作不认识我们。这个萧镇海,只怕是留不得了。"

"四爷,"怀山顿时紧张地道,"萧镇海如今已和蒋沁搭上了话,天津北塘码头迟早会把萧镇海给拖垮,您又何必多此一举?让他自生自灭岂不更好?说不定他还会感激您救他于水火之中呢!您平时总说做事要动脑筋,针尖对麦芒是最蠢的事,您今天怎么会想到要置萧镇海于死地?他们不是打消顾虑去了扬州筹款吗?"

程池有片刻的恍惚。他今天对萧镇海的怒气的确过于强硬了些。怀山说的办法才是他常用的。他今天和萧镇海、蒋沁虚与委蛇,不就是想坐收渔翁之利吗?怎么事到临头他脑海里却冒出个两败俱伤的念头呢?程池皱了皱眉头。

怀山走到了门前又折了回来,道:"商婆子说,二表小姐去了集萤姑娘屋里。"

程池奇道:"这么晚了,二表小姐找集萤什么事?"

怀山道:"我让商婆子去听听墙根。"

程池没有反对。怀山眼底流露出淡淡的笑意,出了厢房。

程池想着昨天早上和萧镇海、蒋沁的会面。集萤回到他的身边,求他庇护的事别人不知道,漕帮内部肯定是知道的,蒋沁遇到他却一副什么事也没有发生的样子,甚至暗示他,焦家在漕帮想一家独大,漕帮的人不服气已经良久,现在他们家的独子被人断了手臂,漕帮的人都有些幸灾乐祸。并说,虽然三家亲如一家,可也不能为了私心坏了江湖道义,如果焦家做得太过分,另一家蒋沁不能做主,可蒋家肯定是会站在他这一边的。就算蒋家明面上不好和焦家撕破脸,暗中给焦家使使绊子却不成问题的。

所谓的漕帮三大当家,不过是当初三个人共同创办了漕帮。可那已经是几十年前的事了,三大家传到如今,为了利益、名誉早已不复当年的亲密。蒋沁能说出这样的话来,可见三家的罅隙已深,翻脸是迟早的事。只是不知道能不能利用这件事把萧家拉下水?仅仅是让萧家舍财还不足以动摇萧家的根本,最好的办法是等到萧镇海耗费了萧家大量的银钱时萧家有人跳出来质疑萧镇海的能力……他在心里盘算着,怀山走了进来,笑着禀道:"二表小姐想让集萤小姐想办法帮她从雷峰塔抱几块砖回来!"

程池愕然,道:"这又是什么讲究?"

怀山把自己从商婆子那里听到的关于雷峰塔能送子的传言告诉了程池。

程池更是惊讶,道:"二表小姐要这做什么?"她今年才十三岁,离成亲还早着,更不要说生儿育女了。

怀山也想不透,笑道:"也许是要给哪个亲戚捎带。"

程池想到了周镇至今无子。他道:"这是小事,集萤没有答应吗?"

"没有。"怀山道,"蒋沁过来,江湖上不知道有多少人的眼睛盯着杭州府,集萤姑娘不想节外生枝。"然后笑道:"集萤姑娘这些日子懂事多了,每天早晚都会勤练武技。"

程池不以为然地点了点头,吩咐怀山:"那你去想办法给二表小姐弄几块砖回来好了,不过,这砖不是本人抱回来的也能行吗?"

"不知道。"怀山笑道,"我去跟商婆子说一声,让她去问问。万一非得本人去抱,我看不如让二表小姐写封信给周大人。"

程池很是赞同,道:"你再顺便跟商婆子说一声,明天我们去观潮,让她除了注意郭老夫人,二表小姐那里也要看顾着点,可别让潮水把人冲走了。就她那一副丁香般的样子,被卷到江里只怕想找到都成问题。"

怀山笑着去了商婆子那里。

商婆子骇然,道:"四爷什么时候管起这些事来了?"

怀山道:"四爷向来做什么像什么——您看他打理九如巷的庶务,还有谁比他做得更好吗?"

"那倒也是。"商婆子笑道,"如今四爷既然默许老夫人带了二表小姐同行,自然也要照顾好二表小姐。"又道:"我这就去问问二表小姐,免得四爷做了好事却没有落个好。"

怀山失笑,道:"四爷又不是稀罕这些好。"

商婆子唠叨道:"你们这些大男人就是这样,这也不放在心上,那也不打紧,结果呢?那次要不是我在计家的面前多了几句嘴,计家的大老爷又怎么会想到焦家打的是什么主意?四爷又怎么能那么容易就收服了计家?有时候还是得多唠叨两句……"

"好,好,好。"怀山投降,"你想说就去说好了。"

商婆子呵呵笑着去了周少瑾住的地方。

周少瑾被集萤拒绝,正是无人可求、心情低落的时候,听说程池身边的商嬷嬷求见,她不禁睁大了眼睛,道:"她来干什么?"

碧桃摇头,道:"我看不像是有什么急事的样子。"

"请她到宴息室喝茶。"周少瑾想到她是服侍程池的人,对她还是比较礼遇的,"我换件衣服就过去。"

碧桃退了下去。周少瑾简单地挽了个纂儿,穿了件半新不旧的桃红色比甲见了商婆子。

商婆子看那么俗艳的颜色穿在周少瑾的身上不仅没有让周少瑾气质受损反而还平添了些许妩媚,不由在心里暗暗感慨。这周家二小姐长得的确是好看,不然许大爷也不会念念不忘,前几天还写信回来让人打听周少瑾的近况。她笑着给周少瑾行了礼,道:"集萤姑娘说您想抱块雷峰塔的砖回去,四爷就让我来问问您,这砖得您亲自去取还是随便谁取都可以?"

这个问题周少瑾还没有仔细想过。不过，程池能答应她从雷峰塔上抱块砖回去，她已是喜出望外，忙让春晚给商婆子上茶，自己去了王太太那里。

王太太已经歇下了，知道了周少瑾的来意，睡眼惺忪地道："我们明天就要去钱塘江了……老夫人答应派人去雷峰塔了？"

"不是老夫人。"周少瑾有些不好意思地道，"是四老爷答应了。"然后把商婆子的顾忌告诉了王太太。

王太太惊出一身冷汗，哪里还有半点睡意，忙笑："不管是自己去取还是托了人去请，这诚意是一样的，菩萨都会知道，都会保佑的。"也就是说，谁去取都一样了！

周少瑾高高兴兴地去回了商婆子。商婆子笑着告辞了。

周少瑾满心欢喜，在床上翻来覆去良久才睡着。第二天一睁开眼睛，就看见了商婆子天还没有亮就送来的两块砖。

青色的砖久经风雨已变得有些陈旧，却依旧透着方正、凝重。周少瑾吩咐春晚用两块绫布包着放进了箱笼里，这才去给郭老夫人请安。

休息了一天，郭老夫人神采奕奕，招呼周少瑾一起用早膳："今天厨房有小米鸡汤海参粥，我听着稀罕，就让人盛了些来。你要是吃得不习惯，就换别的。我想想，他们应该还有白粥和百合粥、青菜粥。"

"我和您用一样的就是了。"周少瑾坐下来，尝了口粥。好吃是好吃，只是她有些不习惯粥里放了海参。

一旁服侍的王太太则笑道："这小米鸡汤海参粥最补气健脾，有了春秋的人和壮年男子用最好不过了。二表小姐倒不勉强。"

周少瑾立刻意识到这粥是专为郭老夫人和程池做的。她讪讪地笑了笑，还是勉强把粥吃完了。

程池那边派了人来问能不能启程了。

东西昨天就收拾好了，周少瑾扶着郭老夫人上了轿。

他们今天会借居在江南的首富宗老爷在钱塘的别院。

秋日清晨的阳光温暖而清爽，周少瑾不时地撩了帘子朝外望。

袅袅的炊烟，牛背上的牧童，还有河边妇人捶打衣服时传来的爽朗笑声，都让她觉得安宁而温馨。

临近中午的时候，他们的轿子停在了宗家的别院。那别院不过三进大小，却粉墙黛瓦，花树满庭，游廊两侧更是应景般地摆放着各色的菊花，情景十分宜人。

程池笑道："这原是宗大老爷曾祖父晚年时静养的院子，那钱塘江离这里不过两射之地。他听说您要来，非让我带您过来住两天不可。我想着我们过几天才启程回金陵，这里又颇为清静，也就应下来了。"

"这里很不错。"郭老夫人笑着四处打量了几眼，道，"让宗大老爷费心了，替我谢谢他。"

程池笑着应"好"，周少瑾被安排在了郭老夫人西边的厢房里。

用过午膳，休息了一会儿，程池带着周少瑾和郭老夫人去后院看看："那里有个小小的凉亭，站在那里也可以看见钱塘江的潮涌，却不如在江边观潮那样雄伟壮观。我寻思着头一天我们就在凉亭里看看，若是您感兴趣，第二天我们再去江边观潮好了。我们的时间还很充裕。"

谁知道他们还没有出门，宗家的大管家拿了帖子过来，说明天一早宗家的老太太想带着几个媳妇和孙女过来拜会郭老夫人。

郭老夫人看着程池。程池笑道:"明天就是八月十八了,我看还是等过了明天再说吧!"

秦子平去回了话。

他们一行去了后院的凉亭。虽然明天才是观潮的好日子,可惊涛拍岸,浪声一阵接着一阵,钱塘江潮涌的壮观已初见端倪。

郭老夫人笑道:"我们明天去江边观潮。站在这里看,犹如隔靴搔痒,哪里能感受到钱塘江的雄壮。"

程池笑着应"是",吩咐秦子平准备出行的事宜。他们听着涛声在凉亭里坐着说了会儿闲话,直到太阳落山,他们才回到厢房。

郭老夫人去更衣。周少瑾趁机对程池道:"池舅舅,谢谢您了,雷峰塔的砖我已经收到了。"等她回了金陵,一定会想办法报答池舅舅的。

程池微微颔首,正色道:"希望雷峰塔不要因此而倒塌就好了,不然那可就是我的罪过了!"

周少瑾愣了半天才明白程池说了些什么。她面色微赤,正不知道说什么好,郭老夫人走出来,笑道:"我瞧着今天晚上的月色也很好,等会儿用了晚膳,我们到院子里走走可好?"

周少瑾和程池欣然应允。秦子平却匆匆忙忙走了过来。

第四十二章 交谈

周少瑾等人不由面露诧异。秦子平却难掩欢喜,眉飞色舞地高声道:"老夫人,四老爷,大喜,大喜!大老爷擢了礼部尚书,文华殿大学士!"

"真的!"就算郭老夫人经历了不知道多少事,听到这个消息还是被吓了一大跳,忍不住反复地道,"是真的吗?你听谁说的?"

秦子平扬了扬手中的信笺,道:"老夫人,金陵送来的——金陵城都知道了,二房的老祖宗已经开了祠堂祭了祖!"

郭老夫人冷笑,道:"他倒会演戏,我儿子还跟着我在杭州府呢,他出什么头!"这话秦子平就不敢搭腔了。

程池笑道:"您和他生这闲气做什么?在外人看来,我们是一家,大哥如今拜相入阁,他领着家里人祭告祖先也是应该的。不管怎么说,出头的是我们长房,他就是做再多的小动作也没用。以后还有他二房好看的日子呢!"

郭老夫人这才神色微霁。

程池瞥了一眼周少瑾。周少瑾又惊又喜。程泾提前入阁,程家的命运也算是有了小小的改变吧？接下来她只要取得了池舅舅的信任，或是让她跟程泾说上话或是把她的话传给程泾，程家就能避开被抄家灭族的命运，她也就能救四房于水火之中了！周少瑾双手合十就朝着西边念了声"阿弥陀佛"。

程池嘴角微翘，笑了笑。看得出来，这样的结果让小丫头也很高兴。大哥这次能顺利入阁，这小丫头功劳不小。

他们虽然担心申敏之会帮黄理说项，但袁家和程家素来同进退，这个机会太难得了，而且程泾入阁对袁维昌只有好处没有坏处，他们以为袁家就算不帮程家，也会在这关键的时候保持沉默的。没想到袁维昌却一心一意要还了申敏之的这个恩情，宁愿让黄理上位。只是不知道她是从哪里听说的消息。如果是周镇，这个恩情他们长房是要还的。如果是其他人……那就让小丫头去还这个人情吧！

因为突然得了这样个好消息，郭老夫人十分高兴，身边服侍的人统统都有赏，包括王太太在内，都赏了两个步步高升的金锞子。

王太太十分高兴，对周少瑾道："这两个金锞子我要留着，等我孙子下场的时候，我要放在考篮里图个吉利。"

周少瑾抿了嘴笑，把自己从郭老夫人那里得来的两个金锞子拿了出来，道："您要是瞧得上眼，就当是我借花献佛，送给你孙子的。"

王太太喜出望外，谢了又谢，趁机套起周少瑾的话来："……二表小姐家里也是做官的吧，不然怎么有这样的气派呢？"

可能是在程家住久了，周少瑾从来没有觉得自己家有什么了不起的。

捧着茶点进来的春晚却与有荣焉地道："那当然。我们家老爷是两榜进士出身，四品的知府。听老安人说，我们家老爷迟早都要进京为官的。镇江廖家，您听说过没有？我们家大姑爷就是镇江廖家的长房长孙，那也是诗书传世的官宦人家……"

周少瑾不太喜欢春晚这样和一个并不相熟的人谈论家里的事，笑着喊了声"春晚"，道："就你话多！还不快把茶端过来，我们说了半天的话，口都渴了！"

春晚讪讪地笑，忙给两人奉茶。周少瑾就问起王太太的来意来。

王太太不过是看着周少瑾一个人，想过来认个脸熟，哪里有什么事？可周少瑾问起来，她也不好直说，脑袋转了又转，这才笑道："二表小姐过几天一定要回金陵城吗？我们大掌柜还特意去了趟天目山，帮二表小姐淘了一盆墨菊，一盆大一品，一盆六角大红，虽比不得十八学士，却也十分罕见了。只是这几盆花一直被苗五师傅养在温棚里，大掌柜怕骤然间搬过来水土不服养不好，特意让苗五师傅从温棚里移了出来，准备等那几株花草硬朗一些了再送过来，也不知道时间上来不来得及。"

大一品是兰花的一种，居兰花八大名品之首；而六角大红则是茶花的一种，也是数得着的珍品。

周少瑾暗暗心惊这位大掌柜的厉害。只是她在大兴的田庄时也莳弄花草，这几盆花虽然名贵，可她都曾见过，大一品更是爱兰之人都要试着养一养的名品，她若是重新开始养花，未必就养不出来。

"日子定下来了就不好再改了。"周少瑾笑道，"只有请您帮我多谢大掌柜了。以后有机会来杭州的时候再麻烦他帮我找些好花好草的。"

王太太也只是这么一说。既然花已经谋到了，他们只管奉上，至于这花是死是活，他们的心意已经到了，就与他们没有什么关系了。王太太笑着和周少瑾说起这几天的见闻来。

· 091 ·

郭老夫人的内室，程池正在和母亲低语："……不管袁家怎么想，大哥的失望是可想而知的。我觉得这样也未必不好。当年程叙一直压着大哥，大哥走投无路之下才会和袁氏联手的。可寒门小户有寒门小户的好处，至少人口简单，有事了好改弦易辙；大家族也有大家族的苦恼，要决策的时候有点头脸的人都要站出来说上两句，等到事情有了结论，黄花菜也凉了。我觉得大哥应该趁着这个机会与袁氏渐行渐远，和宋景然那边搭上话才是。

"若是要联姻，我看宋家的女儿比闵家的要好——宋景然只有这么一个女儿，闵家却拿着嘉善的前程做筹码，不免太过势利，以后就算是愿意在仕途上帮嘉善一把，代价只怕也很高昂。"

"你和我想到一块儿去了。"郭老夫人肃然地道，"只是你大嫂那个人你也是知道的，她总觉得闵家的孩子都很聪慧，闵家的几位小姐又是出了名的像男子一样会读书、善时文。你大嫂觉得能娶了闵家的姑娘进门，至少可以保证嘉善的孩子不是个愚蠢的。我毕竟是做祖母的，不好越过他们夫妻给嘉善做这个主。"

程池笑道："那就别管他们好了。反正以大哥的年纪，儿子不成还可以指望孙子。"

"胡说八道。"郭老夫人听着嗔笑道，"你大哥年纪也不小了，偏偏嘉善和让哥儿都是不让人省心的。我看我们长房到了今时今日也算得上鲜花着锦了，倒把后面几代人的福运都用完了。"

程池不接话。母亲一是希望他能早日成亲，让她抱上孙子。如果不成，退而求其次，希望他能把程让带在身边指点功课，让长房再多个读书种子。

他道："以后的事谁知道！二房的两位老祖宗机关算尽又怎样？还不是因为子嗣单薄只能眼睁睁地看着子孙没落。娘，您以后还是少操些心吧！只可惜父亲去得早，不然您也可以有一个做阁老的丈夫，一个做阁老的儿子了！"

郭老夫人知道儿子的心结在哪里，也不好勉强，更不想破坏这些日子母子之间其乐融融的气氛，干脆顺着儿子的话转移了话题，道："你要不要去趟京城？你大哥刚做了礼部的堂官，只怕要用银子的地方多着呢！"

程池打断了母亲的话，笑道："那不过是缺银子罢了！只要银子到了就行了，我去不去应该都不打紧吧！"

"你这孩子！"郭老夫人最听不得程池这漫不经心的口吻，道，"你难道就不想去见见你大哥？"

"不想。"程池极其干净利落地道，"我要是大哥，就会和宋景然联手。可我知道大哥为了大嫂的缘故，肯定还会和袁家眉来眼去的。我看着心里烦，还不如不看。"

郭老夫人闻言深深地叹了口气。

程池站起身来，道："您也早点歇了吧！明天我们还要去看潮涌呢！"

"你也早点睡。"长子和幼子之间的矛盾让郭老夫人总是很闹心，她有些无精打采地道，"你大哥能入阁，总是件好事。至少你做起生意也更便利了。"

"那倒是。"程池随口安抚着母亲，出了正房。

西边的厢房还点着灯。程池问朗月："二表小姐还没有歇下吗？"

朗月笑道："王太太一直在二表小姐屋里说话，刚刚才走。"

程池想了想，道："你去跟商婆子说一声，看看二表小姐歇下了没有。若是还没有歇下，我有几句话问二表小姐。"

朗月一溜烟地跑去找了商婆子过来。

周少瑾刚刚盥洗，春晚和碧桃正在给她用毛巾绞头发。听说程池要见她，她匆匆绾了个纂就出了房门。

程池就站在院子走廊的柳树旁。他见周少瑾头发还湿着，道："晚上风凉，怎么没把头发绞干就跑了出来？"

周少瑾总不能说自己不敢让他等，只好悻悻地笑。

程池朝四周看了看，道："那就去你屋里说话好了！"

周少瑾知道这是程池怕她湿着头发吹风着了凉，想想自己屋里收拾得干干净净，并没有不得体的地方，笑着应了，和程池去了自己住的厢房。

春晚上了茶点，轻手轻脚地退了下去，和朗月一起守在了门口。屋里静悄悄的只剩下了周少瑾和程池。

程池这才道："若是给你消息的人有什么要求，你一定要记得跟我说。不管怎么说，受益的是我们长房。你不要傻傻地觉得这只是件小事而去求你父亲，让你父亲为难！"

周少瑾不知道说什么好。池舅舅之所以相信她说的话，是误会她从什么地方听到了只言片语，可她真的没有得到过谁指点，她总不能杜撰出一个人来吧！"应该不会的。"她支支吾吾，只好保证道，"如果真有什么事，我一定会告诉池舅舅的。"

程池有些怀疑。以周少瑾的性子，只怕不把她逼到墙角，她是不会开口求助的。他不担心周少瑾是无意间听到了什么，他担心的是有人特意让周少瑾听见了些什么。如果是周镇，他不会害自己的女儿。但如果是别人，他的目的又是什么呢？程池想了想，道："良国公府的朱小姐还常和你联系吗？"

"我来杭州府之前还曾给她写过一封信。"周少瑾老老实实地道，"答应给她带几把梳篦回去。"

"那梳篦买了吗？"

"买了。"周少瑾道，"就是那天去清河坊的时候买的。买了两套，一套是满池娇的，一套是花开富贵的。"满池娇多是鸳鸯戏水的图样，她说的时候有些不好意思。

程池根本没有注意到，沉吟道："知道良国公什么时候回金陵吗？"

"知道。"这件事阿朱曾经提到过，周少瑾道，"说是重阳节之前会赶回来的。"

应该不是良国公府。良国公已于八月初十回到了金陵城。章俊华致仕的时候良国公已经启程，他不可能得到消息。程池想到自己曾经答应过周少瑾不追问她的，决定对这件事还是静观其变。他站起身来，道："时候不早了，你早点歇了吧！明天还要去钱塘江看潮涌。"

周少瑾乖乖应诺，送了程池出门。程池走到门口，却突然停住了脚步，沉吟道："若是朱家大小姐请了你去家里玩，你记得告诉我一声。"

周少瑾温顺地应"好"。

程池不觉地笑了起来，看着灯光下她那温婉柔顺的样子，不由道："你倒好，我说什么你都应允，也不怕被人哄了去。"

周少瑾抿了嘴笑，道："我知道池舅舅是为我好。"

这么肯定！连他自己都不知道自己会不会始终如一地为她好。程池挑了挑眉，眼底闪过些许的揶揄。

池舅舅肯定以为自己是在和他客气。周少瑾忙道："我知道您是怕良国公世子爷回来之后重提和筎表姐的婚事，我糊里糊涂地卷入其中。"

程池心中一震。她竟然知道自己的心思！看她平时傻里傻气的，没想到关键的时候却一点也不糊涂。他目光微闪，脸上虽然还带着笑，可那揶揄之色却渐渐褪去，表情慢慢变得凝重。

周少瑾陡然间感觉到程池不一样了。他虽然平时文质彬彬，谦谦如君子，笑容和煦而温暖，神色淡定而自若，性情平和而宽容，可她总觉得自己和池舅舅还隔着看不见的距离，仿佛天边的星子，你看见它闪闪发光，你知道它明亮而又璀璨，可它却离你有千万里之远，让你想靠近却沮丧地发现你根本不知道哪里有天梯。可这一刻的池舅舅，严肃、冷峻、深沉、淡漠，甚至带着些许俯视天下的睥睨。这才是真正的池舅舅吧！不然他凭什么让嘉兴首富方鑫同追着他跑，不然他凭什么创立裕泰票号，不然他凭什么劫法场？

就像看清楚了层层迷雾后所隐藏的未知，原来并不让人觉得恐惧。周少瑾的心突然间放下，踏实起来，再看程池，就少了几分敬畏。她解释道："皇上要镇守各地的藩王公卿进京朝见，良国公府想让您同行，可见良国公在皇上面前也不是很有体面的。程家是金陵的百年世族，若是良国公府能和程家结亲，士林中的人多数会看在程家的分儿上对他们比较宽和。只要没有言官弹劾他们，他们做人低调些，就算是有什么事，良国公府也不会首当其冲。笳表姐就成了最好的联姻人选。

"可这件事对程家没有一点儿好处。不仅没有好处，还会因为和良国公府联姻而让士林中的一些人觉得程家卑躬屈膝，没有诗书礼仪传家的傲骨，坏了程家的名声。程家肯定是不会答应的。可良国公府也不会就这样放弃。上次良国公世子爷就是利用阿朱给我们送东西的。这次谁知道他会做出什么事来。笳表姐又是三房的人。泸大舅母一直想给笳表姐找个好人家。良国公对程家来说虽然不是什么好的人选，却可以提高笳表姐的身份地位，泸大舅母多半会对这件事含糊其词、暧暧昧昧的。殊不知良国公府这次却是要程家做挡箭牌。泸大舅母若是一口回绝还好，若是想利用良国公府抬高笳表姐的身价，一个不小心，说不定会弄巧成拙。

"池舅舅是担心我被良国公世子爷利用吗？"她睁着黑黝黝的大眼睛望着程池，"您放心好了，我不会被他们利用的——他们利用我，不是想拖长房下水就是想让四房丢脸，我不会做出对不起你们的事的。"

程池觉得自己牙有点痛。刚刚还觉得这小丫头关键的时候不糊涂，谁知道这念头还没有散，她又说起傻话来。长房也好，四房也罢，哪个不比这丫头精明，她不担心自己被人骗了还给人数钱，倒担心起别人会被骗！程池抚了抚额，语气带着几分连他自己都没有察觉到的无奈，道："你记得到时候告诉我就是了。"

周少瑾连连应"是"，送了程池出门。

春晚进来收拾茶盅，悄声地问她："四老爷都说了些什么？"她两眼放光。自从程池付钱买了一大堆琉璃饰品让周少瑾回去送人之后，周少瑾身边的人再看程池就和看那财神爷似的。

周少瑾忍俊不禁，糊弄她道："你就别妄想了！这次四老爷来是教训我的。让我们以后别看着什么就买什么，像乡里人进城没见过世面似的，太丢人现眼了！"

春晚睁大了眼睛，道："肯定是二小姐让人去雷峰塔抱砖的事让四老爷觉得太丢脸了！"她低声嘀咕道："您都没有看见商嬷嬷把那两块砖抱过来的时候值门的婆子看我们的眼神，还以为是我们中的谁要求子呢。"

周少瑾抿了嘴直笑。才不是她让人去雷峰塔抱的砖，分明是池舅舅让人去的。他又怎么会教训自己呢？

钱塘江是浙江第一大河，北源新安江、南源马金溪，流经杭州、衢州、金华、绍兴、丽水，经由杭州湾流入东海。而真正能看到潮涌的只有杭州湾短短的几里路。

周少瑾他们去的地方离宗家的别院不远，颇为偏僻，但站在堤岸上可以清楚地看见钱塘江的潮水奔腾而来，又力竭而退，把堤岸的沙滩冲洗得干干净净，平整如一。

下了马车的周少瑾看得目瞪口呆，道："这就是钱塘潮涌吗？"那河水和普陀山的海浪没有什么太大的区别，甚至没有普陀山的水干净清澈。

集萤也目露困惑。

正指使着小厮搬着东西的秦子平笑道："钱塘江的潮涌之所以有名，在于它和其他地方有很大的不同——它的潮涌会因为天气、水流不同，使得潮涌的时候大小都不相同。四老爷算过了，宗家别院的这个地段今天的潮涌最大，又正好是在巳时，看完钱塘江的潮涌，我们正好回去用午膳。若是您还想看潮涌，我们就得往萧山，申时（下午三点）是萧山潮涌之时。"

周少瑾等大为惊奇："这潮涌还可以赶着看？"

"要不然为何说是天下奇观呢？"不知道什么时候程池也下了马车，走到了他们的身边，望着茫茫的钱塘江道，"你们要是觉得无聊，就在岸边走走。我能算出钱塘潮涌的时候，别人也应该能算得出来。等会儿应该就有人来了。到时候你们就在马车里坐着喝喝茶，等到潮涌的时候再出来也不迟。"

难怪今天出门他们换了马车。周少瑾等人连连点头。

集萤拉了她去沙滩上看看。周少瑾是喜静不喜动的性子，闻言笑着摇了摇头，道："我等潮涌的时候再过去看看。"

郭老夫人却鼓励她："你就跟着去看看好了！既然来了，就要好好地玩玩才是。我这边有吕嬷嬷陪着，你不用担心。"

周少瑾还有点犹豫。春晚几个眼巴巴地望着她，生怕她说出拒绝的话来——若是周少瑾不去，她们这些做仆妇的又怎么能去呢？周少瑾失笑，答应和集萤一起在沙滩上走走。春晚几个难掩喜色。几个小姑娘就叽叽喳喳地去了沙滩。

郭老夫人望着她们雀跃的身影露出了慈爱的笑容，对陪着自己的程池道："看见她们这么高兴，我的心情也跟着好了起来。"

程池笑着没有作声。有时候，喜悦的情绪是能感染他人的。

太阳渐渐地升了起来，湖面闪着金光。小姑娘的笑声像清脆的银铃。程池看见周少瑾提着裙子笑嘻嘻地在沙滩上用力地踩着，踩出一串脚印来，像只欢快的小鸟。可见平时压抑得多厉害！程池笑着摇了摇头。

有马车快马扬鞭驰了过来。程池目光微闪，扶了母亲，道："娘，我们到马车上去坐吧！有人过来了！"

郭老夫人指了指沙滩："少瑾……"

"我让商嬷嬷把她们叫回来。"程池笑道，朝着商婆子招了招手。

周少瑾也发现有人来了，没等商婆子走过来，她已拉了拉集萤，低声地道："我们回马车上去吧，也不知道来的是什么人！"

集萤不以为然，不过她现在是程池的婢女，既然跟着郭老夫人出来了，自然也就要尊重她的身份地位，尊重她身边的人。她笑着点头，和周少瑾回到了郭老夫人的身边。

一行人往他们停留在堤边的马车走去。

驶过来的马车"吁"的一声停了下来，马车里跳下一个二十来岁的青年男子，看见周少瑾等人，他非常惊讶，忙转过身去，低声地和马车里的人说起话来。

不一会儿，马车的帘子撩了起来，一个六旬左右的青衣老儒在那青年男子的搀扶下下了马车，朝着程池拱了拱手，道："没想到这么偏僻的地方竟然会遇到公子。老朽姓宋，长沙府人，特带了子孙辈出门游玩。出门能够遇见即是缘分，你我两家是否可以共在此地观潮？"

程池见老儒精神矍铄，谈吐优雅，肤若婴孩，猜测他不是哪位大儒就是哪家世代诗书之家的长者，又见那青年男子不过二十出头，却文质彬彬，举手投足间自然大方，对自己的猜测又肯定了几分。

"老先生不必客气。"他笑道，"良辰美景，人共赏之。老先生还请随意！"

宋姓老儒闻言微笑着捋了捋颌下的山羊胡子，对那青年男子道："宜君，你请了你姐姐和侄儿下来吧！这位公子想必也不是那迂腐之人。"

被称作宜君的男子笑着应是，随行的马车跳下数个健壮婆子，端着脚凳服侍着位花信年华的少妇从马车上下来，又抱了一个年约八九岁的孩童下了马车。

那孩童一下马车就朝沙滩上跑去。

后面的婆子惊呼着"五郎，小心些"，追了过去。那青年男子见了哈哈大笑。少妇却直皱眉，道："你们这样，会把他给宠坏的。"

那青年男子笑道："姐姐就是太小心了。五郎不过是被关得太久了。我像他这么大的时候还爬到屋顶去捉燕子，爹爹也没有说我什么，怎么到了五郎这里，就会被宠坏呢？"

"你总是有道理。"少妇闻言无奈地道，"我说不过你，不和你说了。黄妈妈，你快去把五郎追回来。"最后一句，那少妇却是嘱咐自己身边的仆妇。可也看得出来，这姐弟俩的关系很好。

青年男子摸了头笑，和老儒说了几句话，回到马车提个礼盒朝着程池这边走来。

程池本不欲理睬，转眼却看见郭老夫人正看着他，想着自己若是就这样走开了，回去母亲肯定要唠叨的，索性朝着那男子善意地点了点头，道："我姓程，金陵人士，陪了母亲和侄女过来观潮。"

那青年男子忙道："我姓黄，陪着家中的长辈和姐姐、侄儿出来的。这是五芳斋的糕点，打扰了诸位的雅兴，真是抱歉，还请老夫人和小姐不要怪罪。"说着，递上了礼盒。

秦子平忙过来接了，转身拿了包茶叶递给了黄宜君。程池笑道："前几天朋友从福建带过来的岩茶，请老先生和公子尝尝。"黄宜君忙躬身道谢。

河边突然一声巨响。河堤上的人不由循声望去。只见一条白浪风驰电掣般地呼啸而来，仿佛江河倒流般奔涌而下打在河堤上，溅起的水花足足好几丈高，犹如水怪张着大嘴要把人吞没了似的，让坐在马车里的周少瑾都慌乱地惊呼着朝后仰去，好像这样就能避开那巨浪似的。

"潮涌了！"程池眉梢也没有动一下，背着手欣赏着潮水"哗"地退去，打湿了地面，淡淡地道，"比我算的早了几刻钟。"

黄宜君却脸色大变，喊了声"糟糕"忙朝那河滩望去。那孩童正紧紧地被服侍他的妇人搂在怀里。他不由松了口气。

那孩童脸色苍白，等到潮水退下，这才反应过来，"哇"地一声哭了起来。宋姓老儒走了过去。那孩童立刻扑了过去，委屈地喊着"祖父"。

宋姓老儒呵呵地笑，道："平时说你你总不听，现在知道厉害了吧？"

孩童连连点头，黄豆大小的泪珠挂在嫩嫩的小脸上，很是可爱。那少妇也走了过去，正欲说什么，又是一个潮头涌过来。少妇和老儒护着孩子连连后退。溅起来的潮涌比刚才还要凶猛，被塘堤一挡，轰隆隆地像愤怒水兽般扭头朝旁边的小山撞去，水花如龙般在半空中飞舞。这个时候谁还有心去想那男女大防？

周少瑾惊呼着撩开了车帘，挽了郭老夫人的胳膊急声道："您快看，您快看！"

郭老夫人呵呵地笑，道："看见了，看见了！"说着，伸出手去。吕嬷嬷忙扶了郭老夫人下车。周少瑾等人也下了车。

程池忙道："你们退后些，小心被潮涌给卷走了。"众人这才相信他所言不虚。

潮水一阵接着一阵地涌过来，轰鸣声不绝于耳，冲刷激荡在塘堤和小山之间，让空气都变得湿润起来。人突然变得像蝼蚁一样渺小。

那宋姓老儒不由激动地击掌道："天排云阵千雷震，地卷银山万马奔。壮哉！壮哉！此生能见此壮景，足矣！足矣！"

众人听了不由微微地笑。

半晌，潮水渐渐小了，就像个玩累了的孩童，暂时安静下来。塘堤湿漉漉的。宋姓老儒激情难抑，朝着黄宜君挥手道："走，我们去萧山观潮楼。"

黄宜君为难道："姐姐……"

宋姓老儒一愣，随后失望地轻轻叹了口气，道："那我们回杭州城去吧！"

少妇听闻眼圈一红，道："宜君，你陪着公公去萧山，我由仆妇们护着回杭州城去就是。"

宋姓老儒听着有些意动，黄宜君却犹豫不决。那妇人就咬了咬唇，突然朝着郭老夫人行了个礼，道："老夫人，能不能让我跟着你们。等我公公和弟弟从萧山回来，再来接我。"

程池没有作声。周少瑾却能感觉到他的不悦。她不由朝郭老夫人望去。郭老夫人已笑道："与人方便，与己方便。小娘子不必多礼，若是老先生不嫌弃，你就跟着我们好了。"她说着，指了指宗家别院的方向，道："我们借居在江南首富宗老爷家。"

宋老儒人听了有些不好意思起来，道："我看你们不如跟着我们一起去萧山观潮吧？据说那边的潮涌又和这边有些不同……"

周少瑾看见程池眼底好像流露出些许愠色。她低声对郭老夫人道："那边人肯定很多，不然宋老先生也不会犹豫要不要带这位娘子过去了。我们还是回去吧！就算是去萧山观潮，也不过是远远地在观潮楼上看上一眼，哪里比得上这里？那潮水如同在我们头顶上飞似的，如果不是来了钱塘江，不是亲眼所见，我肯定觉得那些书中所写的都是夸大其词。"

周少瑾的一席话让郭老夫人笑了起来。她道："好，就听你的，我们回别院去。"

周少瑾甜甜地笑，眼角的余光却朝程池瞥过去。程池依旧神色温煦，可她却莫名地感觉到他的心情好像好了很多似的。

宋老儒人和黄宜君到底还是不放心，亲自把那妇人送到了他们暂住的宗家别院，还出了张帖子递给程池，道："我这儿媳妇就麻烦你们了。找个厢房安置她就行了。"

程池不动声色地接过了只有两榜进士出身才能有的大红色洒金名帖一看，也不由得大吃一惊。那宋姓老儒拿的竟然是户部尚书、东阁大学士、翰林院侍读学士宋旭宋景然的名帖。

程池笑着让人拿了张程泾的名帖给那宋姓老儒。宋姓老儒大笑，道："原来是程相的家眷。这可真是大水冲了龙王庙，一家人不认识一家人了！"

程池笑着和宋姓老儒寒暄了几句，这才知道原来这老儒是宋景然的父亲宋泯，黄宜君则是宋景然的妻弟，少妇是宋景然继室黄氏，孩童是宋景然的第五子宋森。

有了这层关系，宋泯放下心来，再无所顾忌。两家人互相见了礼，宋泯把黄氏托付给了程池，让那马车夫解下了套车的马，轻轻抚了抚马脖子，除了马车夫，把随行的仆妇都留了下来，和黄宜君骑着马，带着宋淼往萧山去了。

程池目光微闪。据说宋景然出身商贾，所以精于算数。但看出身两湖，却善骑马的宋父，可见宋家也不是那只知道南货北贩的普通商贾。

那边郭老夫人和黄氏说上了话。原来那宋母十几年前就去世了，宋父一直没有续弦，一个人生活在长沙老家。今年二月，宋父偶染风寒，竟然卧病月余才起。宋景然十分担心，特意请了妻弟陪着妻子、儿子把宋父接到京城颐养天年。偏生宋父是个喜欢游历的，带着他们一路游玩，走到了杭州……这才有了今天的相识。

"这才是缘分！"郭老夫人自听了程池提起宋景然，就对宋景然留了心，此时居然遇到宋景然的夫人，自然很是热情，道，"夫人只需安心在这里等宋老先生和黄公子折回来。我虽是借居在宗老爷别院，却带了自家的人服侍，夫人需要什么只管开口。"

宋夫人知道眼前的老夫人是新晋的礼部尚书、文华殿大学士程泾的母亲，她自然是打起十二万分的精神来，不仅笑语盈盈，而且说话行事都透着股亲热劲儿："我是个脸皮子厚的，那我就不和老夫人客气了。哪天老夫人得了闲，一定要进京去看看，也好让我尽尽地主之谊。"然后褪了手上的一对赤金绞纹镯子要送给周少瑾："不知道在这里会遇到二表小姐，是我的一点心意，二表小姐可千万别嫌弃。"

这是两家之间的应酬，周少瑾自然不会推托，让人觉得程家的没有眼界。她笑盈盈地上前道了谢，接过手镯递给了一旁的春晚。

那宋夫人也是世代书香之家的小姐，不过是到了她这一辈大不如前，虽然后来嫁了宋景然，又跟着去了京城，可大多数的时候还是在内宅打理家务，见识有限。周少瑾长相十分出众，又褪了那点小家子气，在宋夫人看来，这才是真正的名门闺秀的样子，不由得十分喜欢。午膳之后大家移到宴息室喝茶的时候，她拉着周少瑾问个不停。

郭老夫人却是成了精的人物。听小儿子的语气，那袁维昌和宋景然并不十分亲近。长子程泾新入内阁，排位最末，是继续亲袁还是在袁维昌和宋景然之间左右逢源，此时来说都早了点，对这位显然有些摸不清楚头绪的宋夫人太过亲近并不是件好事，至少现在不应该太亲近。所以对宋夫人的那些问题，她也就有所保留。

宋夫人听说周家和程家是姻亲，袁夫人见周少瑾的字写得好，就请了周少瑾帮着抄了部《楞严经》供奉在了普陀山，不由得啧啧称奇。宋夫人只识得自己的名字，她不由试探着问起周少瑾的婚事来。

郭老夫人虽然也有意外，却也觉得这是情理之中的事。但对宋夫人说起的什么故交却一点也不感兴趣。这位宋夫人尚且如此，可见她的那位故交也好不到哪里去！所以喝过茶之后，郭老夫人就打发周少瑾回房去抄经书："过两天我们会在苏州落脚，苏州的名刹也很多，到时候少不得要去参拜参拜。"

周少瑾只是少思虑，并不是傻。郭老夫人一说她就明白了郭老夫人的意思，何况她不太喜欢像宋夫人说的那样盲婚哑嫁，她总觉得自己如今若是要嫁人，一定要父亲和姐姐觉得好才行。梦中，每逢过年，她就羡慕那些和丈夫一起回娘家，然后丈夫和娘家的兄弟们坐在一起海吃海喝的夫妻。她笑着应"是"，带着服侍的丫鬟婆子回了东厢房。

春晚沮丧着帮周少瑾磨墨。

周少瑾抿了嘴笑，道："你下去歇了吧！老夫人那是应酬宋夫人的话呢，你怎么也当了真！"

"啊！"春晚睁大了眼睛，道，"是真的吗？可我瞧着老夫人不像是开玩笑的样子。"

"若是你都能看出来老夫人是推托之词，那她老人家又怎么能瞒得过宋夫人？"周少瑾笑道,"你听我的一准儿没错,去歇了吧!"

"真是奇怪!"春晚嘀咕着退了下去,"二小姐什么时候连老夫人的心思都看得出来了……"

周少瑾听着不由一愣。是啊!她什么时候连老夫人的话外之音都能听出来了?瑟瑟发抖地躲在被子里把为难之事都丢给姐姐的那个周少瑾现在想起来突然变得很陌生,周少瑾笑着随手在多宝槅的阁子上抽了本书翻起来。那是本对先帝歌功颂德的书,已经有些年代了,她翻了翻,实在是看不下去。

樊刘氏笑眯眯地走了进来,道:"二小姐,集萤姑娘过来了!"

周少瑾正无聊着,忙迎了出去。

集萤穿了男子的短褐,拉了她去钱塘江边的沙滩上玩:"……四爷找的这个地方真好,等我去了苏州,就没有这么方便了。你不是说想脱了鞋子赤着脚在沙滩上走走吗?趁着老夫人有客,四爷在休息,我们去玩一会儿就回来。"

周少瑾循规蹈矩惯了,近日虽比在九如巷时放开了很多,可有些东西是刻在骨子里的,闻言心中大动,可还是犹豫道:"这样不太好吧!我们不如跟池舅舅说一声。"在她的直觉中,程池要比郭老夫人好说话。

集萤却相反,道:"跟四爷说还不如跟老夫人说呢!我看老夫人待人十分和蔼,又可亲,四爷怎么一点也不像她老人家啊!"

按理,她们出去是得跟老夫人说。周少瑾道:"要不,你去跟老夫人说一声?"郭老夫人再宽和,她们也不能得寸进尺啊!

集萤推着周少瑾:"你若是能说通四爷,还要我去老夫人面前丢人现眼干什么啊?"

周少瑾翘了嘴角笑,去了程池那里。

程池正一个人看棋谱,知道了她的来意不仅同意她和集萤去钱塘江的沙滩玩一会儿,还吩咐秦子平跟着,并道:"如果老夫人问起来,你就说是我让你去的。"

周少瑾听了高兴得差点就跳起来,连声向程池道谢,在去沙滩的路上还问集萤:"池舅舅有没有很重要的要巴结奉承的人?我回去之后就给他也绣幅观音图,他可以在别人家做寿或是娶媳妇的时候用。"

春晚很是赞同,忙道:"二小姐,我帮您分线!"

集萤恨铁不成钢,鄙视道:"四爷不就同意你们出门玩一会儿吗?你们犯得着这样像再生父母似的感恩戴德吗?还给他绣什么观世音像,我看你们随便在大街上给他买盒点心就行了,不用这样谄媚吧?"

周少瑾听了居然很认真地点了点头,道:"我觉得点心也应该买两盒,观世音像也应该绣一幅。"她说完,回头问远远地跟在她们身后的秦子平,"你知道四爷喜欢吃什么点心吗?我们还可以学着做点!"

集萤义愤填膺地拽着周少瑾:"你能不能有出息点!"

"有出息和给池舅舅做点心有什么相冲的地方吗?"周少瑾不解地道。集萤无语。

秦子平强忍着才没有"扑哧"一声笑出声来。集萤一直以来都有些阴沉,可自从遇到周少瑾之后,却变得越来越开朗、活泼、好动,和那个江湖上传言的"计家大小姐"渐渐地有些相似了。他温声道:"四老爷什么都吃的,只要做得好吃就行。"

周少瑾皱着眉道:"这是最难的了!什么东西好吃,每个人都有每个人的喜好。你就不能举个例子?比如说喜欢吃酥皮,喜欢闻桂花的香……"

秦子平笑道:"您说的这些我还真不知道,我以后会注意的。"

周少瑾顿觉秦子平年纪轻轻的就能做管事不是没有道理的。她笑着向秦子平道谢,和集萤几个去了沙滩。早上还浪涛汹涌的河水此刻却温柔地拍打着河岸。周少瑾四处张望，见秦子平带着几个小厮守在塘堤上，除了她们几个没有旁人，遂放下心来，脱了鞋子踩在了沙地上。河浪涌过来，周少瑾朝着岸上跑去也未能避开，被打湿了裙裾。已有了寒意的河水浸透了她的袜子。她微笑着转身，看见春晚几个正手拉着手踏行在沙滩上。

集萤笑道："你不脱袜子吗？"

"等一会儿。"或者是因为没有了长辈在场，周少瑾少了些许的急切，笑道，"我在沙滩上走一会儿再脱袜子也不迟。"

集萤点头，自顾自地脱起袜子来。

周少瑾忙道："你就不能找个僻静的地方再脱？秦管事在岸上看着呢！"

"隔得这么远，他能看到什么？"集萤不以为然，脱了另一只袜子，一脚踏进了河水里，叫道，"好舒服啊！你也快脱了鞋下水吧！"

周少瑾朝塘堤望去。秦子平悠闲地坐在塘堤边，和随行的小厮说着话。春晚几个已经顽皮地用沙子在垒城墙。周少瑾用裙摆挡着，悄悄地脱了袜子。赤足踏在沙子上，痒痒的，很不习惯，可也很有意思。

周少瑾用脚指头抠着沙子，沙面上出现个小洞，水浸进来，像个被雨滴成的小窟窿。她大感兴趣，换了个地方继续。一个浪涌过来，她避之不及，裙子全都湿了，十分狼狈。周少瑾哈哈地笑，去拧裙子。膝裤紧紧地贴在她的腿上，修长而纤细，而踏在沙滩上的脚如羊脂玉雕琢而成，线条优美，和略有些粗糙的沙子放在一起，让人看了不由心生怜意。

秦子平忙垂下了眼睑，对程池道："要不要去喊了二表小姐和集萤？"

"不用了！"程池望着周少瑾笑得如阳光般灿烂的脸庞，淡淡地道，"她们难得出来一趟，就让她们好好地玩玩好了。母亲那里，你派个人去回一声，就说我带着二表小姐几个去了旁边田庄寻问稼事就行了。听说那位宋夫人见母亲裙摆上的襴边大方持重又不失明亮，知道是这丫头绣的，非要她帮她画个花样子，母亲这才派了人去找她。不过，以母亲那最不喜欢别人指使自己身边的人的性子，也就找找罢了，找不到说不定更高兴。"

秦子平派了人去回话。原本和浪涛你追我逐，在程池看来非常白痴的周少瑾却在无意间扭头看见了程池。

周少瑾顿时脸色绯红。池舅舅怎么过来了？他不是在屋里看棋谱吗？周少瑾忙用裙裾盖住了脚，也不敢穿鞋，就这样赤着脚朝程池走了过去。

程池心细，见那塘堤边有被潮水冲上来的螺母壳，笑道："你别过来——这边有螺母壳，小心扎着脚了。"

池舅舅肯定看见她赤着脚在沙滩上乱跑了……周少瑾的脸更红了，手足无措地站在那里，左也不是，右也不是。

程池无意让她为难，想了想，从塘堤上走了下来，道："我娘正和宋夫人说话。那宋夫人的话也太多了些。这也问，那也问的，我索性出来走走。不承想走着走着就走到这边来了。"他问周少瑾："这里好玩吗？"

"嗯！"周少瑾赧然地点头。两人的目光不约而同地朝远处望去。钱塘江潮涌余威尚在，白色浪花一波一波地在江面翻腾，仿佛顽皮的孩子，在水中尽情地畅游，江水时涌时退，不时拍打着沙滩。集萤和春晚在沙滩上追逐着浪花，碧桃几个则继续用沙子堆着城墙，玩得乐此不疲。

程池道："钱塘江的水颇为浑浊，不似海水，下次若是有机会，带你去北海。那边的海滩上的沙子是白色的，太阳照在海滩上，像银子般闪闪发光，非常漂亮。而临榆那边的海滩又是金色的，太阳照在海滩上的时候，又像金子闪闪发光，当地的人都称它为'黄金湾'。广西的涠洲岛又不同，那里的海滩都是岩石，悬崖峭壁，怪石嶙峋，不时有飞鸟从你头上掠过，水禽从你身边游过，荒凉，却又莫名让你感觉到有股勃勃生机，水天一色，气象恢弘……"他说着，声音渐渐小了下去，目光也变得迷离起来，好像沉溺到涠洲岛美丽的景物之中去了。

周少瑾大为羡慕，睁着大眼睛望着程池，不禁小声地道："池舅舅去过好多地方啊！"要是她也能像池舅舅这样，该有多好！

周少瑾那艳美的声音让程池从回忆中走了出来。他望着她毫不掩饰的目光，不由哂笑，道："你还小，以后也会去很多的地方，不必羡慕我。"

周少瑾道："我就是去再多的地方，也不可能和池舅舅一样看见那么多美丽的风景。"她说着，抿着嘴笑了起来，满足地道："这次能跟着老夫人去普陀山敬香，能跟着池舅舅见识钱塘江的潮涌，我平生已足，再也没有什么遗憾了。"她的声音非常真诚，让人能感觉到她说话的认真。

程池突然间觉得周少瑾这小丫头很可怜。还在襁褓之中生母就去世了，跟着继姐寄居在和她没有任何血缘关系的外祖母家，像影子一样无声无息地在四房生活到了十二岁，无意间被母亲遇见，让她帮着抄经书。她那么讨厌程嘉善，却还是要耐着性子每天都去寒碧山房，甚至被程嘉善追逐的时候都不敢大声呵斥程嘉善，而是像仓皇的小鹿般逃窜，宁愿向陌生人求助也怕程家的长辈知道了偏袒程嘉善而让她落得个"不知自重"的名声。在程家的十二年里，她又受了多少这样的委屈，忍受过多少这样的难堪呢？

程池第一次这么仔细地打量眼前的这个小姑娘。除了一张精致无瑕的面孔，她还有双比一般的女孩子都要修长的腿，这让她虽然个子中等，看上去却颇为高挑，难怪她走起路来特别轻盈。再长大些，可能会更漂亮。

程池微微地笑。

如果不是机缘巧合，她碰到了母亲，他可能终其一生都不知道程家的角落里还有个这样的小丫头，虽然胆子很小，性子温顺，也不够聪明，却也开朗活泼，不时露出几分小女孩的狡黠，就像只小猫，平时望着你的时候只知道"喵喵"地讨好你，可是撒起娇来，也会伸出爪子来挠你两下。你若是发起脾气来板着脸，她就会一溜烟地跑了，躲在门后面打量着你；等你不生气的时候，又小心翼翼地跑过来蹲在你面前歪着脑袋一动不动地望着你，直到你露出个笑脸为止。

他忍俊不禁。

周少瑾还以为程池是在笑她见识太短，羞得耳朵都红了，喃喃地道："我，我真的觉得能到普陀山，能到钱塘江已经很好了，很多像我这样的人一辈子都没有走出过金陵城呢！"

程池目光微凛。他想到了京城的林世晟。听说他在岳父的暗中资助下谋得了龙骧卫总旗的实职。周少瑾与这个人到底有没有关系呢？他陡然间觉得意兴阑珊起来。

"我先回去了！"程池笑道，"你们玩一会儿也回去吧！天色不早了，晚上的江水是很凉的，小心受了凉。我们过两天就要启程去苏州了，生了病会很受罪的。"

周少瑾连连点头，道："我们这就回去！"心里却有些紧张。她什么也没有说，池舅舅怎么陡然间就不高兴了呢？自己要不要给池舅舅赔个不是？问题是她就算想赔不是，也不知道自己到底哪里错了，该怎么赔这个不是啊！周少瑾抿了抿唇，再抬头望过去的时候发现程池已大步朝塘堤走去，离她已有丈余的距离。

还是算了吧！周少瑾犹豫道，下次有机会再问问池舅舅好了。她思忖着，肩膀猝然地被人拍了一下。周少瑾吓了一大跳,身后已传来集萤的声音:"四爷过来干什么?我最怕他说教了,见他在和你说话,我就佯装没有看见他似的没有过来……"

"你就不能先喊我一声?"周少瑾捂着胸口,余惊未散地嗔道,"人吓人,吓死人的!"

"好了,好了,是我不对。"集萤很没诚意地道歉,"四爷跟你说什么了?我看他走的时候脸色有点不大好的样子。"

集萤也发现池舅舅心情不好了。可见这并不是自己的错觉。她说能跟着郭老夫人去普陀山敬香,跟着他来钱塘江观潮平生再没有什么遗憾的时候,他还笑自己来着。等到她说第二遍的时候,他就翻了脸。到底是为什么嘛?周少瑾觉得自己的头都大了。偏偏集萤还不悦地追问她:"四爷说了些什么啊?你怎么呆呆的像撞见了鬼似的!"

"你才撞见了鬼呢!"周少瑾没好气地反驳道。

谁知道集萤嘿嘿地笑了两声,道:"遇到了四爷和撞到了鬼有什么区别?难道我说错了?"

周少瑾连说话的力气都没有了,蔫蔫地道:"池舅舅让我们早点回去,说再晚了江水太冷,会着凉的。到时候生病受罪的只会是我们自己。"

"我就知道他会这样威胁我们!"集萤嘀咕着,但还是听从了程池的建议,喊了春晚几个,"我们回去吧!时候不早。"

春晚几个依依不舍地穿了鞋袜,个个身上湿漉漉地回了宗家的别院。婆子们忙着烧了热水给她们梳洗。周少瑾等人重新梳妆打扮好了就去了上房给郭老夫人问安。

郭老夫人还在和宋夫人说话,但看得出来,郭老夫人眼底已有了不可见的敷衍,而宋夫人却说得眉飞色舞,正在兴头上。周少瑾这才知道程池为何去了江边。她忙道:"我这就给夫人画花样子去。夫人要不要在旁边看着?若是你有很喜欢的花式,我可以试着加进去。"

宋夫人大感兴趣。郭老夫人眉头微蹙,就要出言阻止。周少瑾却朝着郭老夫人轻轻地摇了摇头,笑着请宋夫人去了厅堂。与其让宋夫人烦郭老夫人,不如让她来唠叨自己好了。

等到宋泯等人从萧山返回,已是掌灯时分,周少瑾等人已用过晚膳,宋夫人也拿到了全新的花样子。宋泯自然是谢了又谢。

程池出面应酬,留了宋泯和黄宜君晚膳,并请留了宿:"……此时再回城城门已关,且小公子已疲惫不堪,城门外的几家客栈住的多是那错过了宿头的行商或是贪图便宜的脚夫。老先生可以将就宋夫人也不好将就,您就别和我客气了。"

那宋泯也是豪爽的脾气,痛快地应了,道:"等你哪天去京城,记得来找我,我请你到京城最好的酒楼去喝酒。"

程池哈哈大笑,道:"您老人家可知道京城最好的酒楼是哪家?在哪里?怎么走?"

宋泯很光棍地道:"我不知道,难道我儿子的车夫也不知道?总之不会少了你的酒就是了!"

程池再次大笑,吩咐秦子平去拿烧刀子:"我是喝不惯那金华酒的,不知老先生能喝不?"

宋泯笑道:"廉颇老矣,尚能饭否?"

"好!"程池笑道,"今天我们就喝那烧刀子。"

黄宜君面色微僵。

宋泯干脆把他支走了:"你把五郎交给他母亲,他今天跟着我们跑了一天,也累了。"

黄宜君松了口气，等宋淼给宋泯和程池行了礼之后，就退了下去。

程池给宋泯倒了碗酒。

宋泯闻了闻，陶醉地闭上了眼睛，道："好多年都没有喝到这样的好酒了。你是怎么想到借居在宗老爷别院的？早知道这样我也应该向他借别院的，说不定我们还能早点遇上。"

程池笑道："那老先生又是怎么找到这个地方的呢？"

宋泯一愣。随后两人相视而笑，异口同声地道："河图洛书！"

第四十三章　同行

程池和宋泯相谈甚欢。

内院正房，宋夫人正拿着周少瑾刚才给她画的一幅花样子大力地赞扬着周少瑾："我就是那么一说，谁知道她就勾出来了。真不愧是读过书的大家小姐，就是聪明。我小的时候也很喜欢读书的，每逢哥哥们去私塾，都要送到门口。哥哥们一回来，我就迫不及待地帮他们拿书包，哥哥们在灯下做功课的时候我就在一旁帮着他们端茶倒水，一心盼着哥哥们能在闲暇的时候告诉我认两个字。我如今能看得懂账本，也是那个时候跟着哥哥们偷学的几个字。我当时就发誓，若是我哪天有了女儿，一定要让她读书识字，别像我似的。"

郭老夫人呵呵地笑，道："各地的乡风不同。我们那里的女孩子大多数识字。少瑾这也只是一般。"

宋夫人掩了嘴笑，道："老夫人您就别和我客气了。我在京中可是见过不少江南官宦世家的小姐，但像二表小姐这样人品、相貌、学识的，可是从来没见过……"

周少瑾只当没有听见，低头坐在那里拿着临时找来的一块绫布随手绣着玉簪花。

宋淼则坐在摆满了菜肴的圆桌前，由乳娘喂着菜饭，眼珠子却骨碌碌直转，不时地偷窥着周少瑾。直到有婆子进来禀告，说宋老先生决定和程池出去走走，让她们早点歇息，不用等他们了，屋里的气氛才骤然一变。

"这个时候？"郭老夫人皱着眉，满脸的担心，"有什么事这么急，难道就不能等到明天早上？"

那婆子也答不清楚，道："四老爷和宋老先生、黄公子一起去的，秦管事带着几个护院随行，想必不会有什么事，老夫人只管放心好了。"

郭老夫人怎么可能放得下心来？

宋夫人愧疚地道："老夫人，真是不好意思，我们家老太爷就是这个脾气，好好的半夜起来看星星，正农忙的时候突然跑到巴山去访友，结果遇到了大暴雨，把山都冲垮了，差点就把命留在那里了。还有一次，他老人家带了一船鲜果行至镇江，他老人家丢下管事伙计一个人去了济南府，一船货差一点儿就全烂了。听说我婆婆在世的时候没少为这事和公公生气。后来我婆婆不在了，我公公不愿意续弦，就是不想有人管着他。"她有些惶恐地站了起来，道："没想到他老人家居然拉了四老爷出去。我，我这就让人去寻他老人家！"

宋老先生的性情的确有些古怪，不过，周少瑾相信程池不是那种心血来潮，听风就是雨，随便哪件事都能打动他的人。他既然决定和宋老先生一起出去走走，想必是觉得有一起出去的必要，她们大可不必如此担心。

"老夫人。"周少瑾柔声地劝着郭老夫人，"您别担心，池舅舅做事向来妥帖，他们也许只是喝多了酒，想去钱塘江上走走，或是诗兴大发，要去怀古一番。您要是实在不放心，我们喊了外院服侍的人进来问问就是了。"

郭老夫人微微点头，道："你说得有道理。你池舅舅也不是小孩子了，他的事他自己知道。既然让婆子来跟我们说一声，我们也不必喊了外院服侍的来问。明天一早他们回来就什么事都清楚了！"又安抚宋夫人，"你且安心去歇息。四郎带着管事和护院随行。我们家的护院身手都十分了得的，四郎在外行商，都是这些人护着他的安危，快十年了，从来没有出过事。"

宋夫人主要担心程池被自己的公公撺掇，听郭老夫人和周少瑾这么一说，不由长长地舒了口气。

那宋森却人小鬼大地钻进了母亲的怀里，高声嚷着："舅舅不陪我睡，我害怕！"

宋夫人脸涨得通红，呵斥道："你都多大了！快站起来！怎么能每天都让你舅舅陪着你睡？你父亲见了，又要责罚你了。"

宋森像麻花似的在宋夫人怀里扭来扭去，就是不肯一个人去睡。

宋夫人没有办法，只好妥协，哄着他道："你今天若是听话，我就答应你一个要求。哪怕是去什刹海戏冰都可以！"

宋森听着眼睛闪闪发亮，"腾"地一下就从母亲的怀里站了起来，道："真的？"

"当然。"宋夫人保证道。

"那好。"宋森指了周少瑾，"我要和这位姐姐一起睡。"

屋里的人都愣住。

宋夫人更是脸色由红转紫，道："你胡说八道些什么？那是你周姐姐，又不是服侍你的人，你怎么能让你周姐姐陪着你睡？我们回了京城，娘带你去什刹海戏冰好了！"

宋森不依，哭着闹着要和周少瑾一起睡。郭老夫人眼底闪过一丝不悦。

周少瑾接触到的孩子都是乖巧可爱，懂事听话的，像这样胡搅蛮缠的还从来没有见过。她惊愕之余一时间没有反应过来，等她回过神来，宋森已经坐在地上大哭起来。

宋夫人又羞又愤，忙向郭老夫人和周少瑾解释"他平时不是这样的，今天也不知道怎么了"，又恐吓宋森"你要是再这样胡闹下去，我回去肯定会告诉你爹爹的。你以后惹怒了你爹爹，你爹爹要行家法的时候娘也决不会帮你向你爹爹求情了。"

宋森依旧哭闹不休。

周少瑾很是尴尬，觉得事关自己，自己若是不出面解决，只会让作为主人的郭老夫人为难。她犹豫着上前几步，就要答应让宋森和她一起睡，谁知道她还没有开口，就被郭老夫人沉声一句"少瑾"给吓得把到了嘴边的话都咽了下去。

宋森突然挣脱了母亲，一把抱住了周少瑾，哭道："姐姐，漂亮姐姐，我要和你睡。我一定听你的话，乖乖地不吵你，闹你……"

"你这孩子！"宋夫人神色狼狈，想把儿子从周少瑾身边拽开。

周少瑾窘然，想到刚才郭老夫人那声不悦的喊声和目光，很是为难，只好柔声安抚着宋森道："你既然说听我的话，那就快点站好了，别哭了。"

宋森趁机和她讲条件："那你要答应和我一起睡。"

周少瑾不敢答应。

郭老夫人笑着站了起来，对宋夫人道："森哥儿喜欢我们家二丫头，原是二丫头的荣幸，只是二丫头年纪也不小了，早已到了男女分席而坐的年纪，只不过是因为你们家老爷和我们家大老爷同在内阁为官，我们家四郎又和宋老先生一见如故，我们也就没有讲究什么，只当是通家之好在走动。别的事都好说，可森哥儿要和少瑾一起睡，却不太好。"

"您老人家说的是，说的是。"宋夫人无颜面对郭老夫人。

郭老夫人呵呵地笑，对宋森道："森哥儿，你也是读书人家的子弟，我说的话你听懂了吗？"她说着，笑眯眯地望着宋森，目光却如冰似霜，仿佛一柄寒光四射的利刃，直刺人心底。

周少瑾打了个寒战，莫名就想起了程池。他们母子俩，好像啊！她不由垂了眼睑，这才发现抱着她的宋森身子微僵，小脸上带着些许惊恐。周少瑾不由在心里暗"哈"一声。还是郭老夫人厉害，就这么目露寒光地把宋森给镇住了。

郭老夫人打了宋森一巴掌，随后又给了他一个甜枣，道："你是不是很喜欢周姐姐？"

宋森不住地点头。

郭老夫人笑道："那好，你周姐姐每天晚上都要服侍我，你就跟着我们一起睡吧！"说完，她对宋夫人道："我看这孩子皮得很，你若是放心，我今天就帮你带他一夜，你正好趁机好好歇歇。"

"这怎么能行！"宋夫人连连摆手。

谁知道宋森却大声道："娘，我就跟着老夫人和姐姐一起睡。"

宋夫人沉着脸上前就拉宋森，宋森灵活地躲到了周少瑾的身后。周少瑾朝郭老夫人望去。郭老夫人点了点头。

周少瑾就笑道："宋夫人，您就让他跟着我们好了！我之前也是怕吵着了老夫人，没敢答应您的。"

宋森又要死要活地跟着周少瑾，宋夫人没有办法，只好点头答应。

郭老夫人就吩咐宗家的人抬了张罗汉床放在她的内室，又找了被褥出来铺上。宋夫人则和宋森的乳母带着宋森去沐浴更衣。屋里只剩下郭老夫人和周少瑾了。

周少瑾羞愧地低了头，道："老夫人，都是我不好……"

"傻丫头，你有什么不好的？"郭老夫人听了笑着打断了她的话，"若说不好，分明是那宋夫人教子无方，与你有什么关系？你用不着心中不安！"

周少瑾抬头，仔细地打量着郭老夫人。郭老夫人眼中含笑，神色自若。老夫人真的没有迁怒她！周少瑾眼眶微红。从前有什么事，大家都一定是责怪她，觉得是她的错……

"好了，别哭别哭！"郭老夫人见状怜惜地揽了她肩膀，低声地道，"好孩子，我年纪大了，最怕看见别人伤心难过。这件事我知道让你受委屈了，可宋夫人远道是客，我也不好直接回了她们，你就看在我的分儿上，忍一忍。明天我们两家就分道扬镳了。"

周少瑾连连点头，眼泪却忍不住簌簌落下。

晚上，郭老夫人和周少瑾睡在内室的那张填漆床上。隔着道屏风，是宋森睡的罗汉

·105·

床。宋森的乳娘坐在床前哄着他。他却翻来覆去地睡不着，扒着屏风朝里望。郭老夫人皱眉。

周少瑾柔声道："我去哄哄他好了，您早点儿歇了，明天一早宗家的老安人还要过来给您问安呢！"

郭老夫人从年轻时就多思多虑，睡眠不好，此时哪有一点睡意，叹道："你别管他，只管自己歇了。他若是哭闹，自有他的乳娘照顾。"这话说起来虽不错，可若是宋森哭闹起来，睡不好的却是郭老夫人。

周少瑾笑道："我去看看就来。这孩子之前看着挺好的，吃饭的时候才突然发起拧来，说不定是个要顺毛摸的。若是这孩子听话也就罢了，若是不听话，我也不会宠着他的。"不然岂不是辜负了郭老夫人的一片维护之心？

郭老夫人不赞成。

值夜的碧玉朝周少瑾使了个眼色。周少瑾佯装喝茶的样子走了过去。碧玉小声道："您若是能哄哄那孩子还是哄哄吧！老夫人向来就睡得不好。"周少瑾明白过来，喝了茶，给郭老夫人掖了掖被角，执意地去看看宋森。

郭老夫人不好强行阻止，只好由着她去。

宋森见周少瑾走过来，喜得抓耳挠腮，拉了周少瑾的手道："姐姐，你好漂亮！你有妹妹吗？你能不能让你妹妹随我家去？我会好好待她的！"

周少瑾笑着摸了摸他的头，道："我没有妹妹，只有一个姐姐。"

宋森很是失望，道："我也有很多姐姐，可没有一个姐姐比得上周姐姐漂亮。你明天就要回金陵了吗？我还要随着我祖父去海宁。姐姐，你以后会去京城吗？我家就住在地安门旁边的四条胡同从东往西数第五家。姐姐，你如果去京城，可以去找我玩。你要是遇到什么为难的事，也可以找我。"

周少瑾笑盈盈地应"好"，道："你快睡吧！明天你们还要回城呢！"

宋森乖乖地点头，乖巧得像个女孩子，没有一点儿刚才的蛮横无理。

宋森的乳娘低声道："平时五爷是很听话的，他是太喜欢二表小姐了。"周少瑾但笑不语。屋子里安静下来。

就在周少瑾以为宋森睡着了准备离开的时候，宋森突然又睁开了眼睛，朝周少瑾喊着"姐姐"。

周少瑾笑道："怎么了？"

宋森道："姐姐你许配了人家了吗？"

周少瑾脸微红，道："小孩子家，别乱说话。"

"我没有乱说话。"宋森嘟了嘴，不高兴地道，"我大哥就要娶嫂子了。我爹想让我大哥娶已经去世的大娘娘家的侄女，可我哥哥不愿意，来找我娘，我娘又不敢跟我爹说。周姐姐，我哥哥长得也很漂亮，我三表姐就很想嫁给我大哥，但我不喜欢她。她没人的时候就板着张脸，看上去像别人欠了她银子似的。我跟我娘说了，我娘就不愿意让她嫁给我大哥了。你嫁给我哥哥吧！这样你就能和我一起回京城了。我娘很好的，我娘没有女儿。我娘常说要给我生个妹妹。我不要妹妹，我要周姐姐……"

周少瑾啼笑皆非，轻轻地拍了拍他，道："好了，好了。你快睡吧！这些事以后再说。"

宋森不满地从被子里爬了出来，小脸绷得紧紧的，道："周姐姐，那你到底跟不跟我回京城？"

"我不能跟着你回京城。"周少瑾见这孩子念念不忘就惦记着这件事，也正色地和他道,"我有父母家人,我自然要跟他们在一起。至于说去你们家,我长在金陵,亲戚六眷都在金陵,没准备去京城。你的好意我心领了。"

大人总以为孩子小,觉得孩子的问题通常都不怎么重要,不是漫不经心就是敷衍塞责,很少有人像周少瑾这样像对待大人般地和宋森说话。宋森听了虽然伤心,却也觉得她说的话有道理,他不好耍赖。

"真的不能去吗?"他不死心地问。

"真不能去!"周少瑾很认真地道,"你想想,如果因为有人喜欢你,觉得可以让你锦衣玉食,就把你从你的母亲身边带走,让你从此以后很难再见自己的父母、兄弟一眼,你为了锦衣玉食,会跟着那人走吗?"

"当然不会。"宋森毫不犹豫地道。

"你也不会啊!"周少瑾笑道,"你们家再好,可是让我远离我的父母姐姐,我也不会觉得好啊!"

宋森不说话了。

周少瑾笑着把他塞进了被子里:"快睡吧!别胡思乱想了,你如果想我,可以让你祖父带你去金陵城看我啊!"

"好啊,好啊!"宋森脸庞都亮了起来,伸出手指要和周少瑾拉钩,"一百年不许变。"

"好啊!"周少瑾和宋森拉了钩。

宋森安心睡着了。

屏风后面,郭老夫人听着他们窃窃私语,不由欣慰地笑起来,侧了个身,笑着睡着了。

儿子这么丢人现眼的,宋夫人像烙饼似的,一夜都没有睡着,第二天天刚亮就穿衣起床,在屋里走来走去。好不容易等到朝霞染红了天空,她这才顶着两个黑眼圈去了郭老夫人那里。

正房的人都已经洗漱整齐,郭老夫人穿了件黄藤色织四季平安图案的湖绸褙子,花白的头发整整齐齐地绾在脑后,精神焕发,正在用早膳。宋森穿着件深锦红的直裰,腰间系着同色的布带子,垂了两三个荷包,小大人似的坐在郭老夫人下首的绣墩上,正由周少瑾喂着早膳。

看见母亲,他把口中的食物咽下,这才跳下了绣墩,恭恭敬敬地给母亲行了个礼,问了早安。

宋夫人有些蒙。往日听话懂事的儿子突然像魔魇了似的又哭又闹,非要和只有一面之缘的周少瑾一起睡,她担心了一个晚上。再见到儿子的时候,儿子好像被施了清心咒似的,又突然恢复了原来的模样儿。到底是她中了魔还是儿子被什么附了体?

她张大了嘴巴,磕磕巴巴地道:"你,你好了?"说完,眼睛一红,一把抱住了儿子,哽咽道:"森哥儿,你没事了吧?你昨天可把娘吓坏了!"

"娘,我没事。"宋森说着,露出欢喜又带着几分得意的笑容,"周姐姐答应我,她如果去京城就去找我玩。我如果有空的时候,也可以随祖父一起去金陵城看周姐姐。"

宋夫人满脸通红。儿子到了现在还闹腾人家周小姐。

"老夫人,二表小姐,"她面有赧色地低头道,"小孩子不懂事,还请二位不要放在心上。"

郭老夫人呵呵地笑,道:"你也说了是孩子,我们怎么会和他计较?你还没有用早膳吧？今天厨房里做了汤包，味道还不错，你也用点儿吧！"

宋夫人此时才觉得饿，不好意思地道谢，坐下来和郭老夫人一起用了早膳。

用过早膳没多久，程池和宋泯几个回来了。郭老夫人忙催了吕嬷嬷去问。周少瑾却一反常态地喊住了吕嬷嬷，道："嬷嬷等会儿也问问四老爷和宋老先生用过早膳了没有，若是没用早膳，还请嬷嬷去跟厨房的说一声。"

吕嬷嬷朝郭老夫人望过去。郭老夫人点头，道："二丫头想得很周到，你记得先问问四郎和宋老先生用过早膳了没有。"

吕嬷嬷恭敬地笑着应是，去了外院。不一会儿，她折回来禀道："四老爷和宋老先生等都已用过早膳了。四老爷说，宋老先生早上和他有事要出去一趟，待用过午膳了宋老先生才会回城，让您陪宋夫人坐会儿。"

也就是说，这个宋森还要在家里盘桓半天！周少瑾有点怕这个孩子的缠劲。她道："知道四老爷和宋老先生去干什么吗？"

吕嬷嬷笑道："四老爷雇了艘船，说是要和宋老先生到钱塘江的江心里去量什么水，得要半天的功夫。"

这肯定是自己公公的主意。宋夫人此时恨不得消失不见才好。

周少瑾却松了口气，道："就在附近，这就好……"她原来还想让吕嬷嬷帮着跑跑腿，想到刚才自己情急之下有些逾越地让吕嬷嬷给程池带话，决定还是让春晚去给她跑腿好了。

郭老夫人则和周少瑾想到一块儿去了。她请了宋夫人和她一起见宗家的女眷。

宋夫人怎么好意思继续待在这里，她忙道："我昨天一夜没睡，就怕森哥儿给您惹麻烦。我就不陪你逛院子了，我把森哥儿带回去和他说说话。"

郭老夫人没有勉强，宋森也没有像昨天那样哭闹，给郭老夫人和周少瑾行过礼之后，就随着宋夫人回了客居的厢房。

巳初，宗家的人依约而来。

周少瑾悄然吩咐春晚："你让厨房做些茶点给池舅舅和宋老先生送去。我看宋老先生是个爱茶的人，他们要在船里待一个上午，肯定会一起喝茶的。"

春晚去了厨房，正好有为招待宗家女眷提前做好的茶点，便装了一些让人送去钱塘江边，然后去给周少瑾回了话。

宗家老安人带了七八个女眷过来，有的三十出头，有的二十四五，还有两位小姐一个十八岁，一个十五岁，而且每个人都给周少瑾准备了非常贵重的见面礼，她正忙着认人，闻言也只是忙中偷闲地"嗯"了一声，很快就把这件事抛到了脑后。

程池和宋泯稳稳地站在一艘乌篷船的船头，看着邻船的秦子平等人照着他们的吩咐反复地将木板放在江面，拿着怀表对照着木板从上游流到下游的时间和距离。

站在他们身后的黄宜君小声嘀咕道："这样就可以算出水流的大小吗？可测出了水流的大小又有什么作用呢？反正每年的八月十八都是钱塘江潮涌最大的时候，从古至今都没有出过错，就算是算出了会提前几天来潮但八月十八日这天都会有潮涌，不过是大小不同的区别，又有谁会注意到这些呢？"

昨天晚上喝酒喝得好好的，宋老先生和程子川却突然决定去钱塘江的杭州湾看看。他受了姐夫的委托，一定要平安顺利地将宋泯"请"到京城。他只好放下筷子，跟着他们一起去了杭州湾。

宋老先生和程子川围着杭州湾走了大半夜，他坐在一旁看得上眼皮和下眼皮打着架，不知道什么时候睡着的。等到被程子川的随从摇醒的时候，天色已经大亮，宋老先生和程子川又立刻赶回了白洋村。那个秦管事更是不知道从哪里找来了几条乌篷船，他们草草地用过早膳就蹲在了这乌篷船上，然后就是看着那个秦管事照着宋老先生和程子川的吩咐一会儿把那块木板从这船漂浮到那船，一会儿从那船漂浮到这船，秦管事则拿了程子川的怀表在那里看着时间。

　　宋老先生则没有一点超一品大员父亲的样子，像个没见过世面的乡下老头似的。自程子川将那块掐丝珐琅的怀表从衣袖里掏出来之后，他的双眼就像黏在了那怀表上似的，还觍着脸问程子川"这怀表是从什么地方弄来的"。殊不知像这样的怀表虽然稀罕，可在京城的东直门外却也是有卖的，而且姐夫就有一块，平时就放在库里，姐夫很喜欢的样子，但宋老先生是姐夫的父亲，他要是开口，姐夫还能不给他不成？这样眼巴巴地盯着人家的怀表看……也太没面子了！

　　这都不说，当那程子川说这是从西洋人手里弄来的，还承诺说给他也弄一块的时候，宋老先生那表情，说是感恩戴德也不为过，甚至屁颠屁颠称起程子川为"程先生"来。这要是让姐夫听见了，这脸可往哪里搁啊！难怪姐夫无论如何也要把宋老先生"请"到自己身边来。而他们这样看着那块木板漂来漂去的已经快一个时辰了，什么时候才算完啊？

　　太阳照在江面上，天气格外炎热，他头昏眼花，恨不得立刻就下船。但宋老先生正和程子川"玩"得高兴，他又能说什么呢？黄宜君看着程池年轻的面庞，小声地嘟哝了几句，因为声音太小了，大家也没听清楚他在嘟哝些什么。

　　在旁边服侍的朗月就翻了翻白眼。这个黄宜君，刚开始的时候还挺谦和的，可后来发现四老爷不过比他大五岁，他还是秀才四老爷却已经是进士了，他就开始有些不自在了。等到宋老先生要和四老爷平辈而交的时候，他就开始有些风中凌乱了，好像宋老先生和四老爷平辈而交是件什么大逆不道的事一样。不过，这也不能怪黄宜君。他一看就是老实本分、循规蹈矩的读书人，自然不能理解四老爷和宋老先生在干些什么！朗月颇有些同情他，道："黄公子，您要不要到船舱里去坐坐？外面的太阳太大了点。"

　　也好！黄宜君思量道，反正宋老先生也不需要他，他留在这里也没什么用。"那就有劳小哥了！"他客客气气地道。

　　有小舟奋力地划了过来。

　　程池和宋泯不约而同地皱眉，那程池更是吩咐身边的随从："那是哪里来的船？让他们改道走！"

　　宋老先生也道："他们这样会影响木板漂浮的速度，我们不知道又要花多少时间！"

　　程池面沉如水。有灵敏的护卫对着那叶小舟就喊了起来："你们是哪里来的？我们在这边有事，船能不能靠着江边行？"

　　小舟里的人却笑道："秦总管，小的是宗家别院的，奉了老夫人之命来给程老爷和宋老先生送茶点的。"

　　秦子平朝程池望去。程池苦笑。秦子平忙收拾了东西，派人去把东西接了过来，送到了程池的乌篷船上。程池朝着宋老先生作揖，无奈地道："看来我们只能喝杯茶再继续测水流了。"

　　宋泯哈哈地笑，道："姜还是老的辣啊！她老人家若是不差人送茶点来，你我恐怕会一直这么在船头站到回程。"他说着，感慨道："你也不要嫌老夫人麻烦！老夫像你这个年纪的时候，恨不得一天之间走遍我朝的大川大泽，家里有什么事总是不耐烦！觉得他们是拖累。等到我那发妻不在了，身边再也没有个唠叨的人，也没有人管我了，我反而觉得心里空荡荡的，没有个着落了似的。说来说去，这人走到哪里，都需要有个家，家里有等着你的人、惦记着你的人，这人活着才不会觉得孤单。不过，我现在说这些你就算是听进去了也未必有体会，非要等你年纪大些了，有了经历才会明白。"

程池没有作声。他垂着眼睑望着黑漆红底洒金海棠花攒盒里整整齐齐地码放着的云片糕、桃酥、玫瑰膏、萝卜饼、什锦蜜饯……像要逃避宋泯的话似的，心思陡然间飘得很远。这点心肯定不是母亲帮他准备的。母亲若是帮他准备茶点，一定是新鲜做的。这种在外面铺子里买回来的云片糕和桃酥肯定不会放在攒盒里。程池脑海里浮现出一张精致的小脸，水汪汪的眼睛，眼巴巴地望着他，满满的全是信任……仿佛一只急于得到主人表扬的小猫，他只要拍拍她的头，她就高兴好半天。家里除了母亲，也只有她能指使动那些仆妇了。他喝着茶，把攒盒里的点心都尝了个遍，最后吃了萝卜饼。

宗家别院，周少瑾端坐在郭老夫人的下首，笑着听宗老安人和郭老夫人、宋夫人说话。而宗家的老安人见骤然间又多了位阁老夫人，不知道有多兴奋，说话都有些打战起来，那份奉承劲儿，让并不常和人应酬的宋夫人手足无措，很是不习惯。还好有郭老夫人在一旁带着，她这才渐渐恢复了常态。

宋夫人不由朝郭老夫人投去了感激的一瞥。她在京中之所以不常出门应酬，有一部分原因是宋景然的结发妻子在京城湖广籍的官宦之家中有着贤良淑德的名声，还有很大一部分原因是她不善于应酬，别人总是拿她和宋景然的发妻相比较。她越发不敢出门了。在郭老夫人这里，没有了对比，她觉得应酬也不是件让她紧张惶恐之事了，气氛很快变得轻快起来。

宗老安人热情地请郭老夫人和宋夫人去家里做客。郭老夫人婉言谢绝，只是说程池明天还有安排，邀请宗老安人有闲的时候去金陵做客。宗老安人自然是满口答应。

在别院用过午膳，宗老安人以为郭老夫人还要招待宋夫人，很有眼色地带着家中的女眷告辞了。宋夫人松了口气。

程池和宋泯回来了。别院又忙了起来。小厮们端了水进去服侍两人梳洗，厨房里重新置办宴席，宋夫人收拾东西准备跟回杭州府。至于周少瑾，知道程池把那萝卜饼都吃了，笑弯了眉眼，让春晚去打赏了厨房的。

春晚道："我们要把这萝卜饼的方子记下来带回去吗？"

"当然啊！"周少瑾笑道，"我们明天就再做点，看老夫人喜欢不喜欢吃。到时候就可以让寒碧山房的厨房里照着做了。"

春晚连连点头，帮周少瑾磨墨。

宋夫人来向郭老夫人辞行，依依不舍地道："也不知道公公是什么打算，若是能和老夫人同行，那可是我的福气。"从来没有人像郭老夫人这样指导过她怎样接人待物，她今天学到了不少。

郭老夫人却无意和她们同行，笑道："这得看你们家老太爷的意思啊！"

宋夫人连连点头，真诚地邀郭老夫人去京城的家里做客。郭老夫人应下。两人离别了半天，谁知道程池和宋泯却久久没有出现。

郭老夫人愕然，让人去打听。原来程池和宋泯用过午膳又钻进了书房，大半个时辰了也没有出来。这下不要说郭老夫人了，就是周少瑾也奇怪起来，道："池舅舅和宋老先生这是怎么了？"

宋夫人茫然不知。

宋森高声道："周姐姐，我知道祖父在干什么——他肯定和程世叔在算数！祖父告诉我，如果想治理水患，就要知道水流有多急。想知道水流有多急，就得会算数。祖父肯定看见钱塘江的潮涌差点把人都卷走了，所以算出数来，好让父亲治理水患，让钱塘江不再每年都发生潮涌。"

让钱塘江不再每年都发生潮涌，不说别的，首先这天下的文人骚客就要把宋老先生给骂得狗血淋头。宋森天真无邪的童言童语让郭老夫人和周少瑾捧腹大笑。宋夫人红着脸去捂宋森的嘴。宋森却一扭头躲到了周少瑾的身后。

宋夫人伸手就要去拽宋森。郭老夫人却笑道："小孩子童言无忌，宋夫人不必责怪于他。"宋夫人只好窘然地作罢。

郭老夫人就差了吕嬷嬷去看程池和宋老先生在干什么，并笑道："说不定还真让森哥儿说中了呢！"

宋森肯定地道："祖父肯定在算数。"周少瑾笑着摸了摸他的头。大家重新坐下来。

吕嬷嬷回来笑着禀道："还真让宋少爷说对了，四老爷和宋老先生围着大书案，一个一头地在算数。听宋老先生的意思，如果明年富春江有大水，钱塘江的潮涌肯定没有今年壮观……宋老先生邀了四老爷明年还来钱塘观潮。"

"好啊，好啊！"宋夫人高兴地道，"这样以后我们两家就还能见面了。"郭老夫人微笑着点头。

到了申时，宋老先生等人若是还不回城，就又要在宗家的别院歇一天了，程池和宋老先生这才意犹未尽地从书房出来，宋老先生还反复地叮嘱程池："你别忘了给我也弄个像你那样的怀表——它走得可真准！"

程池笑着应了，对宋老先生道："我说的话，您也仔细地考虑考虑。朝廷已经有十年没有治理江南的水患了，而淳安等地却水患频繁，最多两年，朝廷肯定会整治河工，老先生何不把自己平生所得写书刊印，让后人也知道如何预防水患，如何修理河堤呢？"

宋泯却神色微黯，道："这件事以后再说吧！"

程池虽然可惜，却也尊重宋泯的决定，他亲自送宋老先生出了别院，然后转身去了书房，一个人在书房里算到打了二更鼓，这才歇下。郭老夫人就吩咐大家不要吵醒了程池。结果第二天一大早，天还没有亮程池就醒了，在塘堤上走了半圈，这才回了别院。

郭老夫人问他："可是遇到了什么为难的事？要不要我跟你哥哥打声招呼？"

"哪就要哥哥帮着出面解决啊！"程池失笑，陪着郭老夫人用早膳。

周少瑾帮他摆了碗箸，这才坐了下来。程池看了周少瑾一眼，笑道："昨天的茶点是你让送过去的吧？"

郭老夫人奇道："什么点心？"

周少瑾有些不好意思地道："我想着池舅舅和宋老先生坐在船上肯定很无聊，就让厨房的做了些点心。"

郭老夫人笑着点头，道："我昨天只顾着和宗家的人应酬了。还好有你跟在我身边，我可省心不少！"

周少瑾赧然道："是我跟着您学了很多东西才是。"

"那也要你愿意学才行啊！"郭老夫人笑道，"你也别和我客气了，以后我若是有什么地方想得不周到的，你只管帮我记得就是。"

除了吃吃喝喝的事，其他的事她可没什么本领帮郭老夫人记住了。周少瑾抿了嘴笑。

用过早膳，郭老夫人留了程池说话。周少瑾猜测郭老夫人肯定是要问程池昨天都和宋老先生干什么去了，可郭老夫人无意留她，她也不好意思在那里听，只得起身告辞了。

外面，清风和朗月正站在院子中间小声地说着话。周少瑾脚步轻盈地走了过去，就听见清风不悦地道："宋老先生是宋阁老的父亲，多好的机会啊！宋老先生想和我们一起北上，偏偏我们四爷怕二表小姐受委屈，没有答应……"

她吓了一大跳，沉声道："清风，这到底是怎么一回事？"

清风和朗月神色惶恐地回头，忙道："没什么！没什么！"

周少瑾道："你们不告诉我，我就问池舅舅去。"

"您别去。"清风急急地道，"我告诉您就是了。宋老先生会堪舆之术，四老爷和宋老先生相谈甚欢，四老爷就邀了宋老先生一同北上，宋老先生欣然同意了。可四老爷回来一听那宋家小公子在老夫人那里闹腾了一番，就改变主意了，让秦管事找了借口去回宋老先生。秦管事就觉得可惜，说四老爷当初拒绝了朝廷的甄选，如果再想做官，没有封疆大吏的廷推是不可能的，而且就算是封疆大吏的廷推，那也分三六九等。"他说到这里，小心翼翼地瞥了周少瑾一眼，低声道："据说皇上非常器重宋阁老。"

周少瑾知道。不仅此时的皇帝就是之后的皇帝也非常器重宋阁老。他们是想让程池走宋景然的路子吧！周少瑾想也没想地道："不管是谁的主意，我这就去跟四老爷说，我不会拖四老爷的后腿的。"说完，返回了上房。

清风和朗月面面相觑。朗月就埋怨清风，道："我说别和二表小姐玩这么多花样吧！她那是为人温和而不是愚蠢！你看，把二表小姐给得罪了吧？"

清风犹不认输，嘴硬道："我怎么知道二表小姐这么好说话，秦管事教给我们说的话我们还没有说完，二表小姐就决定去劝四老爷了。"

"反正，你以后不能再这么对付二表小姐了。"朗月道，"她为人很好的。你不能因为她为人好就在她面前肆无忌惮的！"

"我什么时候肆无忌惮了？"清风驳道，"我只是没你这么喜欢往她面前凑罢了！"

"你说什么呢？"

两人低声地吵了起来。

站在上房厅堂里的周少瑾隐隐可以听见东边宴息室郭老夫人低低的笑声。她深深地吸了口气，想了又想，这才笑着示意旁边当值的小丫鬟去禀了郭老夫人。小丫鬟很快带着她进了宴息室。

她笑着问程池："池舅舅，我们还是照着原定的时间启程吗？那我们在哪里等宋夫人他们？是他们坐我们的船，还是我们坐他们的船？"

郭老夫人讶然，道："这是怎么一回事？"

周少瑾笑道："我之前听宋夫人说会和我们一起同行，刚刚又听清风说我们和宋家的人各走各的，我就想来问问，看什么时候收拾箱笼。"

她说着，在心里不满地"哼"了一声。清风敢算计她，她也算计一下清风好了。谁让他以为自己是软柿子的！

程池目光微闪，徐徐地道："宋老先生是这么说过，我怕母亲觉得麻烦，就婉言谢绝了。"

郭老夫人显然也有自己的算计，她笑道："你这孩子，难得有个能和你说得上话的人，宋夫人又温柔敦厚。那宋家五少爷虽然顽皮，却也不是那不讲道理的孩子，有他们做伴，正好解了我们旅途的清冷，你拒绝人家干什么？"说着，高声喊了吕嬷嬷进来，道："你拿了我的名帖去给宋夫人，问她愿不愿意和我们同行？"

吕嬷嬷笑着应"是"。

程池笑道："这件事母亲还是别管了，我去应了宋老先生就是。"

"如此甚好。"郭老夫人笑道，"多一个朋友多一条路。你有时候啊，就是太清高了。"

程池笑了笑，没有作声，出去的时候却看了周少瑾一眼，示意她跟自己出来。

周少瑾才不会在他气头上的时候跑到他面前去给他训斥呢！她装作没看懂，在郭老夫人屋子里一直消磨到了郭老夫人歇下才回屋，第二天天还没有亮就去了郭老夫人屋里服侍。程池扶额大笑。

下午，他们启程去了杭州府，晚上，宋家的人上了程家的沙船。

周少瑾把自己的船舱腾了出来，住进了郭老夫人的船舱。又因有黄宜君在船上，甲板上也不敢乱走了，她多半的时候就坐在船舱里做着针线，听宋夫人和郭老夫人说话或陪宋森玩一会儿，哪里还有来时的悠闲自在？

特别是到了苏州府之后，周少瑾原本很想到城里去看看的，可程池和宋老先生正在兴致上，根本没有下船的意思。周少瑾望着码头上熙熙攘攘的人群，觉得没有程池跟着太不安全了，干脆留在了船舱做针线。

就算这样，她也没有后悔。她和程池接触得越久，就越觉得程池很厉害。她觉得以程池的能力，他若是想入仕，程家根本就阻止不了他。而他之所以不入仕，多半是因为亲情的制约。如果程池能从宋景然身上下手，未必不是件好事。只要是对程池有好处的事，她都会去做，不然怎么能报答程池一二？

郭老夫人原本就是陪着小辈们过来转转的，周少瑾无意看热闹，她老人家就更是意兴阑珊了。宋夫人去杭州府之前已经逛过了苏州府，她见周少瑾和郭老夫人都无意进城闲逛，她客随主便，自然也就留在了船上，这样一来，春晚等人也得留在船上了。

一时间大家的情绪都有点低落。特别是春晚，小声嘀咕道："宋夫人又不是没有船，这样跟着我们，弄得我们大家都不方便起来。"几个小丫鬟连连点头，对宋夫人的人不免有些冷淡起来。

这件事很快就传到了周少瑾的耳朵里，她若有所指地对春晚等人道："我抄经书的时候可没有想到郭老夫人会带了我到普陀山敬香，去普陀山的时候也没有想到四老爷会差人带我们逛街，还能随意地买东西。如今四老爷不得闲，我就寻思着，人不能只顾着自己，不顾着别人——四老爷带着我们吃吃喝喝的时候我们就一个个感恩戴德，四老爷有事顾不上我们了，我们就一个个不满抱怨的。四老爷又不欠我们的，让我们出去玩，那是恩德；不让我们出去玩，那是我们的本分。怎么让大家在船上待着就受不了呢？照这样看来，以后还是什么恩典也别给了，免得给来给去成了仇！"

春晚几个羞得脸色红得像要滴出血来似的。

郭老夫人知道后暗暗点头，私底下对吕嬷嬷道："这孩子越来越敢说话了。假以时日，又是个当家理事的好手。"

吕嬷嬷却不这么认为。她总觉得周少瑾少了一份威严，很难让那些有能力的管事妈妈折服。她试探道："就是性子弱了点儿。"

郭老夫人不以为然，道："你以为一味的刚强就是好？大多数的时候，都是柔克刚。"

吕嬷嬷不敢再说什么。从前郭老夫人总觉得女人家不自己立起来，就别想过上自己想过的日子，可现在却偏向了周少瑾。那她以后对周少瑾就得客气点儿了。

"还是老夫人慧眼如炬！"吕嬷嬷笑着奉承着郭老夫人。

春晚几个听了周少瑾的话不由暗暗自省，之后再也不敢心生不满，对宋家仆妇的态度也热诚了很多。大家笑语盈盈的，一路到了常州。

再过去就是镇江了。他们会在镇江分手，宋老先生一家继续北上，经镇江过扬州、淮安到通州上岸进京，他们则向西，回金陵。

程池揉着发胀的眼睛抬起头来，对宋老先生叹道："听君一席话，胜读十年书。我从前如那井底之蛙，自视甚高，觉得这天下除我没有几个人懂这堪舆之术，见到先生之后才知道天外有天，人外有人。我此时倒真想见见名动天下的计相宋景然宋大人是何等的风采了！"

他曾和宋景然打过交道，却从未深谈过。宋景然在他的眼里，也就是颇有成就的士大夫而已。现在看来，却是自己有些托大了。

宋泯大笑，道："这有何难？我们宋家的大门永远为你敞开着。我现在唯一担心的是你见过景然之后会很失望——我不善理财，景然没有办法，小小年纪就学会了锱铢必较。还好他后来进了户部，也算是学以致用，这才没有让他给埋没了。"

程池暗暗地替那位素未谋面的宋景然沉默了几息。天下会算术的人多着呢，能以算术入阁的，古往今来也没几个人！

宋泯显然对儿子颇有些不以为意，道："我们算了一路，今天歇歇好了！我两年前在常州待过些日子，码头南边有家叫王记的小店，溧阳扎肝做得很地道。我箱笼里还有瓶泸州老窖，是我早年间珍藏的，我那长孙出世的时候我都没舍得喝，这次要去京城长住，也不知道有生之年还能不能回到长沙老家，我就把那酒给带出来了——我们今天就喝它好了！"

"已经到常州了吗？"程池愕然。

"是啊！"宋泯笑道，"是不是有点'山中无甲子'的感觉？我有时候计算起这些水流沉沙的时候也会深陷其中不可自拔！"

程池嘴角抽了抽。他曾经答应过周少瑾回程的时候让她四处走走的……如今却是轻舟已过万重山，眨眼的功夫他们已经到了常州。

送了宋泯回舱更衣洗漱，他低声地问秦子平："老夫人和二表小姐这些日子都在干什么？"

秦子平道："老夫人一直在和宋夫人闲聊，二表小姐不是陪在一旁做针线就是在带宋公子。"

"带宋公子？"程池皱眉，道，"怎么个带法？"

秦子平想了想，道："不是告诉宋公子写字，就是给宋公子讲《三字经》《千家诗》上的典故，要不就陪着宋公子下成三棋。"

程池忍不住撇了撇嘴，道："她那水平，也就下下成三棋哄哄孩子！"

秦子平笑着应了声"是"，等着程池示下。

程池却在屋里来来回回地走了两趟，这才停下了脚步，面带豫色地道："二表小姐除了陪着老夫人、听宋夫人说话、带宋公子之外，难道就没有说点别的什么？"

秦子平心中微震。四老爷很少这样详细具体地问一个人，能被他这样详细具体问情况的，都是被四老爷视为对手或是在某件事里起到关键决定性作用的人或事。二表小姐怎么看也和"关键""决定"搭不上边。可他心里却很明白。越是这样，越说明这位二表小姐不简单。他忙道："我这边倒没有注意，要不要我把商婆子找来？"

程池迟疑了片刻，道："那你去把商婆子叫进来吧！"

秦子平好不容易才压制住心里的惊涛骇浪，面色平静地走了出去。

程池背着手，又在屋里来来回回地走了两趟。他从来不曾失信于人，特别是像现在这样，居然失信于一个还未及笄的小姑娘，而且这个小姑娘还曾经帮过他……程池脑海里不由浮现出周少瑾看他的眼神，他心里就更不自在了。小丫头眼睛里全是信任，而且是那么坚信，坚信自己决不会伤害她，坚信自己决不会失信于她，坚信自己决不会欺骗她……好像从来都不曾怀疑过他，甚至比他自己更相信自己！自己却辜负了她的这份信任。也不知道那小丫头有没有哭鼻子？不过，以她的性子就算是要哭鼻子也不会当着别人的面，肯定是躲在无人的时候悄悄地一个人伤心落泪。她本来就难得出来一趟，以后还不知道什么时候能出来，眼睁睁地看着船停在各州府的码头却不能下船去看看，心里不知道有多失望难过呢！

程池揉了揉太阳穴。那小丫头看着柔柔顺顺的像杨柳，可犟起来却也有点脾气的。不知道怎么能让她消气。买套百宝的头面？看小丫头的吃穿用度就知道周镇对这两个女儿十分溺爱，她未必就会把这些放在心上！赔个不是？他可是长辈。总不能让他一个长辈给她一个晚辈赔不是吧，那以后他在她面前还有什么威信可言！或者是以后再补偿她，想办法再带她出来一次？程池觉得这个主意好。失去什么就补偿什么，一般的人都会得到满足。他心中大定，坐在书案后面等着商婆子过来。

商婆子比他想象的来得还快。程池说明了缘由，商婆子讶然，道："四爷，二表小姐这些日子和平常没有什么两样。她身边的丫鬟对宋夫人颇有微词，二表小姐还把她们呵斥了一顿呢！"

她把周少瑾教训春晚的事告诉了程池。程池非常意外，道："你敢肯定这些都是二表小姐说的？"可没等商婆子回话，他心里却早已信了个七七八八。他所了解的小丫头就是这样的一个人，只记得别人的好，不记得别人的坏。

商婆子道："反正奴婢在暗中是没有看见了！"

程池朝她挥了挥手，心里有点难受。如果小丫头及笄了，是个大姑娘了，他还有借口为自己开脱，可现在……他岂不是哄骗小孩子吗？程池想了又想，最后决定去找周少瑾。

周少瑾正坐在郭老夫人的船舱里听郭老夫人讲着江南名门望族之家的逸事："李家族长的弟媳妇，是吴家的三小姐，吴家三小姐的父亲曾经是我父亲的学生，后来吴氏生的次子，又娶了顾家的六姑奶奶，而顾六姑奶奶嫁过去之后没有儿子，继嗣的时候，抱了李家大太太的最小的孙子，然后又娶了顾家的姑娘，所以我不仅和吴家的大太太很熟，就是李家的大太太因此也和我很熟……"

宋夫人已经被李家、吴家、顾家给绕得糊里糊涂，忙道："您等等，您让我想想。"

郭老夫人不禁失笑。

宋夫人红着脸道："我，我出身市井闾巷，到了京城之后也只是在那几家湖广籍的官宦人家走动，可京城最多的还是江南士子，您说的这些我从来都没有听说过。我就说，他们怎么个个都是亲戚，您又待人和气，所以我才大着胆子问您的……"

周少瑾也忍不住抿了嘴笑。

郭老夫人笑道："这些事不是一蹴而就的。别说你们家老爷是湖广籍的官吏了，就是江南本地的官吏，知道这些事的也不多。像我们家的三个丫头，要不是从小就跟着我耳濡目染，像这样一股脑地告诉她们，她们也一样记不住。"

宋夫人却觉得这是郭老夫人在为她解围——寻常人家出身的子弟和这世代官宦人家出身的子弟就是不一样，他们从小就知道谁和谁是什么关系，要找谁办事的时候总能找相关的人出面帮他们周旋。

他们家老爷吃亏就吃亏在没有个陪衬，一直以来都是单打独斗的，要不然那首辅之职又怎么会落到了袁维昌的身上呢？想到这里，她心中一惊。袁维昌好像是程泾的舅兄，她竟然向程泾的母亲请教……宋夫人顿觉很是尴尬。可她的神色又怎么逃得过郭老夫人？

郭老夫人笑道："我们这些人家，拐个弯，怎么都能攀出几门亲戚来。可俗话也说了，远亲不如近邻。这亲不亲，还是要看走得近不近，彼此间是不是脾气相投！"

"正是老夫人说的这个理。"宋夫人闻言喜出望外。可见郭老夫人并不觉得她行为幼稚可笑。她看着郭老夫人，觉得再没有比眼前的这个老妇人更宽容大度、见识广博的了。"我要是能早点认识您老人家就好了！"宋夫人感慨道。

有小丫鬟进来禀道："四老爷过来了。"

第四十四章 乱麻

程池一直窝在船舱里和宋老先生算这算那的，郭老夫人已经有些日子没有好好地和儿子说说话了，此时听说程池求见，自然是喜出望外，连声道着"快请四老爷进来"。

宋夫人避到了内室。周少瑾目光微闪，躲在了郭老夫人身后。

可程池还是一进门就看见了周少瑾。她破天荒地穿了件桃红色的比甲，比甲上镶着绿色格子锦襕边，映着她肤光如雪，娴静而柔美。程池不由微微一笑，给母亲行了礼。

郭老夫人指了身边的锦机示意程池坐下，温声地问他："你的那些算术都算完了？"

程池笑道："我和宋老先生在算近十年来富春江和钱塘江在春秋两季的水流，希望可以找出个规律，大致算出旱涝的年份和月份。"

"这是件大好事！"郭老夫人很是支持，道，"你们算出什么结果来了没有？要不要请了宋老先生去家里住些日子？宋大人担心宋老先生一个人在老家孤单寂寞，我想他若是知道宋老先生和你志同道合，肯定会答应的。"

"我们没什么进展。"程池笑道，"京城大儒云集，钦天监的监正刘崎也有些真才实学，宋老先生想去京城里向这些人请教一番，我也觉得这件事仅靠我们两人很难有个结果，所以我们约定等宋老先生那里有了进展我再进京一趟。倒不好请了宋老先生去家里小住。"

"都好！"郭老夫人只要儿子高兴，笑道，"我听说工部也有很多能人，你大哥出身工部，金陵知府吴大人的郎舅如今在工部任给事中，镇江知府高大人的岳父更是工部尚书、谨身殿大学士，要不要你哥哥亲自陪着你走一趟？"

程池知道母亲这几年心里不好受，千方百计就想补偿他，哄着母亲开心道："您不说我还真没有想到！若是宋老先生那边没有什么进展，到时候我再请了您出面帮我去疏通疏通。"

"就知道逗我开心。"郭老夫人嗔笑着指了儿子道，"那高知府不是你的好友吗？上次你帮了他那么大的一个忙，我看他一直想找个机会还了这人情。你若是去找他，他纵然不亲自陪着你进趟京，只怕也会派了师爷陪你去拜见他的岳父。"

程池有些意外。他的外家是开书院的，又有忠义之名在外，母亲认识的人自然也就多了。但母亲从来不是那种喜欢夸耀的人，怎么突然变了性子？程池想到来之前丫鬟告诉他宋夫人在和母亲说话，顿时明白了母亲的用意。母亲这是在给宋夫人下马威呢！是告诉宋夫人，他们程家不仅家蕴深厚，而且门生故旧遍布朝野，想做什么都找得到路子，想做什么事都不难。他不禁有些啼笑皆非。母亲定是听了他对袁维昌、宋景然的评论，怕哥哥一门心思跟着袁维昌走让自己受委屈，所以决定给自己在朝中找个援手。

程池就抬睑瞥了眼周少瑾。

周少瑾莫名其妙。她是打定了主意让程池和宋家走得更近些，可他和宋老先生对河工上的事感兴趣，与她有什么关系啊？周少瑾睁大了眼睛望着程池。

程池强忍着才没有露出鄙视的目光。这小丫头片子竟然还敢瞪他！要不是她自作主张地把宋老先生想和他们同行的事捅到了母亲跟前，母亲会这么天上一句地下一句吗？也不知道她是怎么在母亲身边站住脚的！

程池在心里思忖着，没有再看周少瑾一眼，而是笑着对母亲道："等会儿就到常州码头了，您之前不是说要买些常州的梳篦回去送人吗？我和宋老先生还有些数字没有算出来，怕是没空陪着你去逛街了，您看您要买几把梳篦，我让秦子平去买。"

周少瑾立刻急了起来。

在杭州府的时候程池争着给她付账，她就没好意思，匆匆买了几套梳篦就折了回去。等她回去之后才发现那几套梳篦送给阿朱、程笛还可以，却不适合送给孀居的外祖母。又想着常州的梳篦天下闻名，江南大多数铺子里都有卖的，给外祖母的梳篦等到了苏州府买也是一样，苏州也是十分繁华的大城，据说不比杭州府的东西差。结果程池沉溺于算术之中，船停靠苏州府的时候根本就没有安排她们进城。她就想，去无锡买也是一样。结果船停靠无锡府的时候他们也只是宿了一夜就离开了，她就指望着在常州买了。现在程池也不准备在常州多做逗留，又只问郭老夫人要带几把梳篦，那她答应姐姐和大舅母的梳篦怎么办？总不能让郭老夫人匀几把给她吧！当然，最好的办法就是让秦子平也帮她带几把，但这也得程池同意才行啊！

她就目不转睛地望着程池。谁知道程池像没有看见似的，目光全落在了郭老夫人身上。偏偏她之前怕程池还对她把宋老先生想和他们同行的事捅到郭老夫人面前心生不悦，为了躲程池特意地站在了郭老夫人身后，现在就算她想让郭老夫人发现她的异样从而把话题转移到买梳篦的事上来也不可能了。她现在就指望郭老夫人应下之后她再去跟秦子平说了。

结果郭老夫人却道："我之前已经在杭州府买了好几把梳篦，你有事就去忙你的，不用专门陪着我去逛。"

程池闻言站了起来，笑道："那好！您有什么事就吩咐秦子平好了。我们明天启程前往镇江。"

郭老夫人笑着点头。程池出了船舱。

宋夫人从内室出现，看郭老夫人的眼神又不一样了。她带着几分试探的味道道："没想到四老爷和曲阁老的女婿很熟，四老爷怎么没有接些河工上的事做？"

"那都是民生大计。"郭老夫人笑道，"赚钱，于心不忍；不赚钱，也一样会背个坏名声。不沾也罢！何况我们程家也不差那个钱。"

"还是您见识高远。"宋夫人奉承着郭老夫人。

周少瑾却有些心不在焉。要不就只能送那串红珊瑚的一百零八子的佛珠给外祖母？可她准备把那珠花送给姐姐，簪钗送给大舅母，大家都是红珊瑚首饰加一套梳篦，就外祖母没有，那还不如姐姐和大舅母那里也只送珊瑚饰品不送梳篦呢……可她已经答应了姐姐的，而且她也带了几套梳篦回去，看样子只能在这几套梳篦中选一套花色比较素净的了。

周少瑾在心里盘算了良久，从郭老夫人屋里一出来就直奔自己的船舱，喊了春晚把这次给众人买的东西都拿出来，左摆弄右摆弄，也没办法把这件事给圆了去。难道只有求助于秦子平这一条路？

周少瑾去了集萤那里。集萤不在。商嬷嬷告诉她："四爷想吃溧阳扎肝，秦总管带着集萤姑娘去买了！"

他们不是在常州吗？吃什么溧阳的扎肝啊？再说了，这扎肝是什么东西啊？听着就是内脏之类的，他怎么会吃这种东西？也不怕吃坏了肚子！还把秦子平也给差了出去。让她找个人帮忙都找不着……周少瑾腹诽着。

商嬷嬷笑眯眯地道："二表小姐找集萤姑娘有什么事吗？若是很急，不妨过一会儿再来。听秦管事说，卖溧阳扎肝的地方离码头有些远，秦管事也只是听说那里有卖的，到底在不在那里，还得到了地方再找。若事情不是很急，您不如明天一早再来找集萤姑娘，到时候她肯定在。"

周少瑾蔫蔫地道："算了，我还是想想别的办法吧！"

商嬷嬷就道："宋老先生被黄少爷叫去了，四爷正闲着没事在收拾那些稿子呢！要不你去跟四爷说说？"

去求池舅舅啊！他会不会跟自己算账呢？周少瑾犹豫着，就听见商嬷嬷又道："宋少爷今天没有和您一道？我看他最喜欢的就是二表小姐了，整天缠着您一起玩。我们都说，这可真是孩子喜欢孩子，也亏得二表小姐好脾气，不然换了别家的小姐，谁有这耐性总陪着他……"

什么叫孩子喜欢孩子？周少瑾听着微微有些不悦，可这念头闪过，她又不禁心中一动。是啊！她怎么忘了，自己现在还是个没及笄的小姑娘，就算胡搅蛮缠又怎么样？大不了被人说一句"骄纵任性"。可只要她十件事里有九件都乖巧懂事，有一件事骄纵任性，别人也只会觉得她是脾气来了，而不会觉得她是性格乖舛。这还是梦中她嫁到林家之后，为了少和林家的那些亲戚往来，姐姐告诉的办法：小事上你只管顺从，大事上却怎么也不能让步。她之所以能顺利地搬到大兴的田庄上去，就是照着姐姐的话坚持过一次。此时看来这个道理也是可以通用的！

周少瑾眼睛转了转，草草地和商嬷嬷说了几句话，就匆匆去了程池的船舱。

程池把那些算废的稿子都清出来丢到了纸篓子里，准备让清风烧了，周少瑾就像阵风似的不裹而入："池舅舅，我有话跟您说！"

这小丫头片子，终于来了！若是不好好教训她一番，只怕她还会在他的事上自作主张！程池笑道："什么事这么急？坐下来说吧！"表情很是风轻云淡。

池舅舅怎么能这样风轻云淡？周少瑾毫不客气地坐了下来。他曾经说过，回程的时候会一个州府一个州府地逛的，他要和那个宋老先生算什么水流，她觉得那是正事，所以就耐着性子待在船舱里不作声，现在到了常州，他若是不记得梳篦的事还好说，他明明记得梳篦的事，怎么就忘了她还要买梳篦呢？他这样失信于人，也太过分了！

周少瑾开门见山地道："池舅舅，我想买梳篦，您能让秦管事帮我带几套梳篦回来吗？"

程池差点儿一个趔趄。通常求人的时候不是都要先寒暄一阵子再进入正题吗？她怎么就这样大大咧咧地说了出来，还一副吩咐他的口吻？他若是不答应，她准备怎么办？

程池就轻轻地蹙了蹙眉，道："我之前问过你，你不是说你已经买了梳篦吗？你怎么还要买！梳篦这东西也就是个小东西，你买那么多回去干什么？何况你已经买了那多的琉璃饰品，应该足够你送人了。我告诉你，这送东西可是门学问，若是人人都有，就不稀罕了。你难道准备像打赏似的见者就有份儿不成？"

周少瑾睁大了眼睛。池舅舅这是什么意思？难道嫌弃她买多了东西？她又没用他的钱，不对，这次她又不准备用他的钱！何况她都是想买什么就买什么的。不过，她梦中的时候姐姐好像也曾这样说过她。

她不禁有些委屈起来，道："我就买一套梳篦，是送给外祖母的。您也知道，外祖母待我恩重如山，我好不容易出来一趟，总不能这个那个都带了东西回去，单单少了外祖母的吧。"说到这里，她觉得有些心力交瘁起来，道："我以后再也不出门了！出门要给人带土仪，这种事好伤脑筋的。那些琉璃饰品我也不是全都要赏人的，有些我很喜欢，准备留着戴，又便宜又好看，也不怕无意间失落了。还有些是我准备送给姐姐带去廖家的。您哪里知道内宅里的事？我姐姐是失母的长女，廖家当初之所以会应允这门亲事，除了姐姐人品长相足够担当宗妇之外，还因为这门亲事是泾大舅舅亲自保的媒。就算这样，廖家对姐姐也比对别人的要求更高，姐姐想在廖家站住脚，就得比别人付出更多，不然我爹爹为何给姐姐准备那么多的嫁妆？"

程池都不知道说什么好了。这丫头片子怎么总是摸不着重点！他现在在和她说买梳篦的事，她东拉西扯的说到了她姐姐的事上来。她这小脑袋里都装着些什么啊？程池不禁轻轻地咳了一声，道："为了不给别人带东西所以就不出门啊？"

也不会呢！如果能出门又不用管这些事就好！周少瑾赧然。池舅舅肯定觉得她说话幼稚又无聊吧？这可不是什么好事情。她以后还要求池舅舅给程泾传话呢！但她此刻肯定是不能承认的。她若是承认了，池舅舅岂不是更加不把她放在眼里了！

周少瑾瞪着程池，道："难道池舅舅从来也没有说过抱怨的话吗？我不过是随口说说而已，又怎么会因噎废食，为了不给家里的人带礼物就不出门呢？"

这小丫头片子还有理了！程池睁大了眼睛。

周少瑾立刻转移了话题，道："池舅舅，您就派秦管事去帮我买套梳篦回来吧？大不了，大不了我以后好好报答您好了！"她才不会在这种事上和池舅舅争论了，她有求于他，最后输的人一定是她！

程池斜睨着周少瑾。报答他？她拿什么报答他？亏这小丫头片子说得出口！这和空中画大饼有什么区别！他一副对她所说的话非常鄙视的样子。

周少瑾脸上火辣辣的，窘迫地笑。她这话说得……的确是有点儿大了，可池舅舅也不应该这样嘲笑她啊！他可是她的长辈！怎么也没有一点长辈的样子。她第一次见他的时候可不是这样的。可见这人都不能走得太近了。

她只好低声道："我说的是真的！要不我帮您绣幅观世音持瓶像吧？您常在外面走道，肯定常常请客送礼，我绣的观世音持瓶像可好了，栩栩如生。"梦中她曾得到过宫中贵人的称赞，可这却不能跟池舅舅说，她忙改口道："见到的人都说好！您要是不相信，我给您绣一幅，您就知道我有没有说谎了！"

程池压根儿不相信。这小丫头片子就算是从出生起就开始拿绣花针，今年也不过十三年，那些顶尖的绣娘哪一个不是在这一行里浸泡了十几二十年的？何况早年间他还需要投其所好地送礼，自从他金榜题名之后，只要他那张大红洒金帖子送过去，那些人哪里还会计较他送的是什么东西——就算他送的是几刀普通的宣纸，他们也会认为这宣纸肯定有什么与众不同、特别好用的地方！

他不屑地道："我猜看见过你刺绣的人都是你身边的人吧，所以大家才会捧场称声'好'吧？"

周少瑾气得不行。池舅舅这是在说那些人巴结奉承自己?

"哪有!"她道,"有些也是和我们家不熟的人。"

"你们这些小丫头就是这样的,从来都不动脑筋仔细地想想。"程池不以为然地打断了周少瑾的话,淡淡地道,"深闺内阁的女子,能见到你们绣品的,就算不是亲戚,也是相熟的或是有什么来往的人吧?无关痛痒的东西,随口称赞一句,既可活跃了气氛,又捧了别人,何乐而不为呢?何况有些东西还是不费功夫就得到了,赞扬几句,就当是酬劳了,这样的好事谁不会做啊!你说你的东西绣得好,可有人专程请了你帮着绣东西?"

周少瑾愣住。还真没有!梦中她帮林世晟绣的几幅观世音图都是她自己主动请缨的。林世晟虽夸奖她说绣得好,却再也没有把她绣的东西送人,她一直以为那是因为那些都是闺阁之物,送出去了不好。难道真像池舅舅说的,大家不过是碍着情面才说自己绣工好的?"应该不会吧!"周少瑾迟疑道,"要不,我绣几样东西池舅舅帮我看看到底怎样?"

打击一下小丫头就行了,若是让她对自己从此失去了信心就不好了。程池道:"我又不懂这些。你若是真想知道,可以问问我娘。我娘的针线虽然不怎么样,可她见多识广,好坏还是能分辨的。"

周少瑾连连点头。

程池此时才进入话题,道:"可惜了!原来我还准备带着你去拜访顾大姑的,她就定居在无锡。宋老先生和我说起治水的事来,我一时沉溺其中,居然把这件事给忘了。这次我原本也准备在常州停留几天的,结果宋老先生跟我说,当年主持疏浚通州河的沈大人就住在镇江,但每年中秋节之后沈大人都会出门访友,到腊月才回来。我们想去拜访沈大人,怕和沈大人擦肩而过,所以才临时决定不在常州府停留的。"

周少瑾大眼圆瞪。顾大姑,那可是江南顾氏针法的大家!若是能得了她的指点,自己的绣工说不定就能更上一层楼。说来说去,他还不是记恨着自己把宋老先生的事告诉了郭老夫人。她这不是为了他好吗?周少瑾跳了起来:"您怎么能这样?我这不是看着您被家里的人束手束脚的,想帮帮您吗?如果宋大人能主动招贤,延استسلام您入仕,您想想,您到时候多好啊!若是想入仕了,就顺水推舟,几番推托之下顺势而为,还能塑造一个'为报知逢之恩大义灭亲'的形象;若是您不想入仕,大可一拒到底,可以塑造一个'不为权贵低头'的形象,借着宋大人之名扬名立万……"

程池都不知道说什么好了!她以为这是过家家呢?能拜相入阁的,谁没有几分手腕。就她这道行,也就哄哄那什么也不知道的宋夫人了,想借着宋大人的名声上位,她可真敢想啊!程池哭笑不得地道:"这都是谁告诉你的?乱七八糟的!谁说我被家里的人束缚得不能动弹了?难道我打理着家里的庶务就是被困泥沼了不成?难道我不做官就是被迫无奈了不成?"

"当然不是啦!"周少瑾反驳道,"我又不是没有看见过喜欢打理庶务的人。可您不一样啊!别人都是高高兴兴的,您高兴的时候少,不高兴的时候多,冷冷淡淡的,二房的老祖宗那样待您您也不生气。您这么聪明,做什么事却都隐忍有加,那肯定是有什么事让您有所顾忌了。"

程池的心里像汹涌的钱塘江潮涌。他表现得这么明显吗?连周少瑾这个十三岁的小姑娘也能看得出来?是不是因为这样,所以母亲才特别自责,带着救赎般苛责着她自己呢?"小丫头懂什么?"程池淡定自若的表情显得有些勉强起来,道,"我去做官了,家里的事怎么办?人总不能只顾着自己吧!"

"我知道啊！"周少瑾天真地打断了他的话，道，"可被迫选择和自己选择会有很大的不同吧？被迫选择是被人支配，自己选择是心甘情愿……"

程池脑子里嗡嗡作响，之后周少瑾说了些什么他全都没有听见。被迫选择、自己选择……这么多年来，他从来没有仔细地想过这件事。是不是在他的潜意识里，他一直都知道自己是"被迫选择"的，所以之后他不管变得如何强大，不管程叙怎样忌惮他，他却始终意难平，而且他越强大，心中的愤怒就会越多；有的时候，他甚至觉得这就是程叙的目的——你再能干又怎样？你再厉害又怎样？你再天资聪慧、文武双全又怎样？你再殚精竭虑又怎样？最后还不是摆脱不了我加于你身上的枷锁？

是不是因为这样，所以他最终还是选择了离开呢？程池有片刻的茫然。直到耳边传来周少瑾甜糯而又略带几分焦虑的声音，他这才回过神来，望向了眼前的周少瑾。

周少瑾松了口气，心有余悸地道："池舅舅，您刚才怎么了？两眼发直，一动也不动的，跟您说话您也不理，喊您您也不应，可把我给吓坏了！"

"没什么。"程池又恢复了温煦的神情，笑道，"我刚才想到了宋老先生之前提到的一种计算流沙的方法。流沙你知道吗？有时候下雨，会把那些山林冲垮，山上的沙石就会顺势而下，把下游的万物都活埋在了沙石里。我之前一直怀疑是山上的林木太少的缘故。这次遇到宋老先生，证实了我的怀疑。我就在想，榆林那边能不能想办法种些易活的树种，这样是不是就能阻挡风沙。"他说着，笑了起来，道："我跟你说这些做什么？你又不懂这些！"

的确！池舅舅跟她说这些做什么啊？从前池舅舅做什么事都只管吩咐的，什么时候像这样跟她解释过？池舅舅刚才肯定是想到了其他的事，为了搪塞她，所以用这个什么流沙做借口。不过，池舅舅刚才到底想到了什么事呢？可惜她从来都没有摸清楚过池舅舅的想法。

周少瑾索性旧事重提，道："池舅舅，您能让秦管事帮我上岸去买梳篦吗？"刚才说的那些话不过是在逗她而已。自己已经失信于她了，又怎么能连她的这小小愿望也不满足她呢？程池正要笑着应诺，门被象征性地叩了一下，宋泯走了进来："子川，你好了没有？我已经让宜君提着酒去了那家做溧阳扎肝的店家。"他说着话，这才发现船舱里突然多了个小姑娘，还如朝露明珠般漂亮，再定睛一看，居然是那位二表小姐。她和程池一个坐着一个站着，一个冷峻一个娇俏，却莫名让人觉得很和谐，没有突兀之感。他一时间有些摸不清楚头脑，道："这是怎么一回事？子川，你有事吗？要不我等会儿再来找你？"

"老先生，我就是来问问池舅舅明天什么时候启程。"周少瑾没等程池开口，已甜甜地笑道，"我正巧要走了。祝您和池舅舅玩得好！"她说着，朝着程池和宋泯福了福。

宋泯对她的乖巧懂事大为赞赏，满脸的褶子都笑开了，朝着周少瑾点头。

周少瑾面带微笑，目不斜视地出了船舱。然后就听见身后传来宋泯迫不及待的声音："子川，你下午可是答应了我的！我们今天不醉不归！"

程池抚了抚额头，眼底闪过一丝无奈。他千算万算，怎么也没有算到周少瑾会这样和他说话，以至于忘记了宋老先生会随时出现。自己不仅没有教训到那小丫头，反而把那小丫头给得罪了。自己原本是想明天抽出一天时间让船上的女眷去岸上逛逛，看小丫头这样子只怕是不领情了。看来明天还是改变计划提前去镇江好了。那小丫头不是个气大的，过两天说不定就好了，他再安排她们去岸上逛逛，这件事也就雨过天晴揭过去了。

说到买梳篦的事，看样子还真的只能交给秦子平了。常州是出梳篦的地方，做梳篦的商家总号多在常州。为了区别总号和分号的不同，总号每年都会出几款别的地方买不到的梳篦。若说是给关老安人买梳篦,还是在常州的那些总号里挑一套更合适。这算不算是搬起石头砸自己的脚呢?

程池叹气,对宋老先生道:"走,这两天您也辛苦了,我陪您喝两盅让您解解乏去。"宋老先生连连点头。

周少瑾的脸都气青了。她怒气冲冲地回了船舱。枉她这么信任池舅舅,池舅舅对她却满口胡言,说什么要赶着去镇江见那个会疏浚的沈大人,弄得她有心让秦子平帮她去买套梳篦心里都十分不安,他实际上却一早就和宋老先生约好了去喝小酒。自己还被他训得一愣一愣的。要不是宋老先生无意间闯了进来,她被池舅舅卖了恐怕还会帮着池舅舅数钱呢!池舅舅太过分了!太过分了!他不就是捏着自己要求他帮着买梳篦吗?她偏不求他!让他知道没有了他自己也能行!

周少瑾回到船舱,喝了一杯茶,心头的火气才渐渐地平静下来,仔细地开始思考怎么想办法帮外祖母弄一套梳篦。

让人下船去帮她买肯定是不行的。她上次好像听集萤说过,为了阻止船上的人和岸上的贼人勾结,船工上了船就不允许下船的。而能下船的管事又都是池舅舅的人,没有池舅舅发话,她根本指使不动。那她就只能从郭老夫人那里弄一套了。

郭老夫人来往的多是孀居的妇人,她买的梳篦肯定也是符合这些孀居妇人身份的款式和花色。但郭老夫人是出了名的豪爽大方,娘家的人、世交、故旧的太太、奶奶、小姐们应该也送一些,她能不能用自己买的和郭老夫人换呢?想做就做,这是她为人处世得到的又一条经验。

周少瑾从自己买的梳篦里挑了一套相对而言颜色比较素净的,去了郭老夫人那里。

郭老夫人还没有歇下,正捻着佛珠在读佛经。看见周少瑾进来,她慈爱地笑道:"怎么了?是不是有什么事?"

周少瑾从来都没有想过隐瞒郭老夫人。她赧然地笑着朝郭老夫人点头,低声把事情的经过告诉了郭老夫人。

郭老夫人呵呵地笑,道:"这是个什么事?也不用换了,你跟着碧玉去我的箱笼里挑一套就是了。"

周少瑾没想到事情会这么容易就解决了。她十分感激,对郭老夫人谢了又谢,这才跟着碧玉去了库房。

碧玉建议她拿一套黑漆绘白色玉簪花的梳篦。周少瑾也觉得非常漂亮,笑着向她道谢。

碧玉笑道:"二表小姐和我客气什么,您不也送了我琉璃簪子吗?我前两天戴出来,就连老夫人都说好看呢!"

周少瑾得了簪子,回到船上的当天晚上就给碧玉几个都送了一支。"戴着好看就好!"她笑着和碧玉闲聊了一会儿才回了船舱。

晚上,她躺在床上想今天发生的事,心里又烧起一团火来。她不能就这样算了!怎么也得让池舅舅知道没有他,她一样能行!池舅舅肯定会非常意外。周少瑾只要一想到到时候程池会睁大了眼睛,满脸诧异地望着她,心里就觉得愉悦起来。对,明天就这么做!让池舅舅也知道她的厉害!

周少瑾想着,从床上爬了起来,让春晚去开了自己的箱笼,选了件石榴红杭绸比甲、油绿色镶宝纹的马面裙放在了床边,吩咐了春晚明天自己就穿这个,这才重新回到床上躺下,嘴角含笑地进入了梦乡。

翌日，周少瑾穿着这套衣裳，特意梳了个倾髻，然后插了把红漆绘兰草的梳篦，去给郭老夫人请安。

郭老夫人刚刚起来，让人装了攒盒招待她。

不一会儿，程池来了。他一眼就看见了打扮得明丽绝伦的周少瑾。周少瑾笑盈盈地上前给他行礼，指了攒盒道："有驴打滚，池舅舅要不要尝一尝？"

"不用了。"昨天的酒程池喝得极痛快，今天早上起来他神采奕奕，笑道，"太甜了，我早上起来不怎么喜欢吃太甜的东西。"

"要不我帮您留点下午当茶点？"周少瑾笑道，"今天的这驴打滚做得挺好吃的，甜而不腻的。"她说着，扶了扶头上的梳篦。

程池不由自主地瞥了那梳篦一眼。周少瑾就有些不好意思地问他："是不是很奇怪？"

程池没明白她是什么意思。周少瑾就小声地道："昨天老夫人赏了我一套黑漆绘白色玉簪花的梳篦，我那里不就多出一套来了？我也没有在意。可春晚对我说，既然是老夫人赏的，就应该戴出来让老夫人高兴高兴。可我寻思着外祖母不是缺一套梳篦吗？正好把老夫人赏的那一套送了外祖母。但春晚的话也有道理，我就从我买的那些梳篦里面挑了一把戴上了。等会儿老夫人问起来，我正好把这件事说清楚了，让我外祖母也能承了老夫人的这份心意。可插梳篦非得梳个相适应的发髻才行，春晚就给我梳了个这样的发髻，我觉得好不习惯啊！又想着池舅舅昨天说的话，别人多半是因为和我相熟才夸奖我的，我也没好意思问春晚，就这样出门了。池舅舅，您是最公正不过的，您觉得我这样行吧？过几天到镇江高夫人肯定会给老夫人洗尘的，到时候我打扮成这样去您觉得合适吗？"

这是赤裸裸的炫耀和浮夸！浅薄得简直让人不忍直视！程池惊呆了。他长这么大还是第一次遇到有人在他面前这样理直气壮地说话行事。

不，这也不是第一次。他刚开始和人做生意的时候，那些出身低微的商贾有时候为了做成一笔买卖会这样在他面前行事。可人家那是为了赚钱，那是因为没有读过什么书……她可是周镇的女儿，从小可是在九如巷程家长大的……她就算是对自己不满，想要在自己面前找回场子，也不用这样"直接"吧？委婉的方式多的是，她都不动脑筋的吗？他是自家人，她这样最多也就被他嘲笑一番，可若是有外人在场，她这样岂不是一辈子的名声都毁了？程池一时间反应不过来，愣愣地望着周少瑾，半晌都没有回过神来。

周少瑾却"嘿嘿嘿"地在心里暗笑。池舅舅是读书人，就是行商贾之事那也是儒商，恐怕这辈子也没有人像她这样粗暴、直接、高调地在他面前这样行事吧！他心里一定很腻味。可她就是要这样吓唬吓唬池舅舅。看他以后还敢不敢戏弄她！

周少瑾心满意足地进了内室，冲着正在梳妆的郭老夫人甜甜地喊了一声"老夫人"，道："池舅舅过来了，我拿了攒盒招待他。"

郭老夫人笑眯眯地点头，道："你素来细心，有你招待你池舅舅，我很放心。"随后目光落在了她的身上，道："你今天怎么打扮得这么漂亮？是要下船逛街吗？"

"不逛街！"周少瑾高兴得心里止不住地冒泡泡，眉眼自然也就笑弯弯的，她走到郭老夫人身边接过珍珠手中的梳子帮郭老夫人通头，道，"我昨天问过池舅舅了，池舅舅说要赶到镇江去拜访一个会疏浚河道的沈大人，就不在常州码头停留了，明天一早就启程去镇江。"又道："您昨天送了套梳篦给我之后，我那里有了多的梳篦，我就挑了一把我自己很喜欢的戴在了头上，特意过来给您瞧瞧的。"她说着，歪着脑袋，让郭老夫人能看清楚她头上插着的梳篦，"好看吗？"

"好看！好看！"年纪大的人通常都喜欢鲜亮的颜色，何况周少瑾这么一打扮，人比花娇，对于坐了很长一段时间船的郭老夫人来说，就显得格外明丽，"你有时候就应该这样好好打扮打扮才是。你筝表姐就很会穿衣打扮，再素净的颜色她都能穿出几分明艳来，再明艳的颜色她都能穿出几分素雅来。是苏州出来的样式还是扬州那边出来的样子，我看着都差不多，可她却一眼就能分辨得出来，还能说出道道坎坎。我也不知道她怎么就能花那么多的时间和精力去干这件事，不过，你还别说，三分颜色七分打扮，几姊妹里她看着是最漂亮的了，任何时候都不会出错，金陵城里不知道多少小姑娘学着她打扮。就是今天，有当年的小姑娘回娘家遇到了我，都要问问你筝表姐的情况。可惜你年纪小，她出阁的时候你可能还不怎么记事，不然可以让她跟你说说，保证你比现在看着还要漂亮。"

这样就已经很好了。周少瑾抿了嘴笑。梦中，九如巷程夫人的名声就是她这个躲在大兴田庄里的人都如雷贯耳。平心而论，程筝可能是个比她姐姐还要成功、还要让人羡慕的妇人。她不仅引领着京城的各种时尚，还影响着宫中贵人的衣食住行。她的夫婿顾绪是海宁顾氏的子弟，程家出事之后，姐姐就曾感慨，说程筝才是真正的大家闺秀，嫁的也是真正的名门望族。程筝不仅没有自觉低人一等而唯唯诺诺，顾家也没有因为程家颠覆而对程筝和程筝所生的两个儿子有所怠慢。程筝甚至还想通过宫中的贵人影响皇上的决定，只是程家败得太快，宫中刚刚同意了程筝进宫，程家被判斩立决的布告就已遍布了京城的大街小巷。

正如郭老夫人所说的，她还没有记事的时候程筝就已经嫁出去了，之后她再也没有见过程筝。可在程筝那样勇敢地为程家去争取的时候，她对程筝的印象突然间就深刻起来，她虽然不记得程筝的长相和模样了，却记得程筝有双非常明亮的眼睛，像宝石似的，顾盼间熠熠生辉。

她从来没有在别的女子身上看到这样一双眼睛——自信、优雅，有着太阳般的光芒。不过，她要是没有记错的话，程筝好像比池舅舅大三岁，而程筝的夫婿顾绪比池舅舅大六岁……一个比自己还要大的侄女和侄女婿！最最要紧的是，顾绪还是个非常牛的人物。梦中，他在翰林院任学士的时候前往詹事府授课曾打过皇太孙的手板，最后不仅没事，还很正常地擢了詹事府少詹事。最后新帝登基，他更是累官至詹事府詹事。但进士都讲究论资排辈，不知道顾绪是什么时候中的进士，如果还在池舅舅之前，那就好玩了！

周少瑾想想那场景都觉得很有意思。

她帮郭老夫人通完了头，把梳子交给了珍珠，珍珠开始帮着郭老夫人梳头。几个人又为郭老夫人穿什么讨论了好一会儿。要不是郭老夫人惦记着儿子还坐在外面等着她，她们还能说很长时候。

等到周少瑾扶着郭老夫人走出内室的时候，程池已经恢复了常态。他笑着给母亲问了安，斜睨了周少瑾一眼，对郭老夫人道："船会在常州停留一天，您有什么地方想去的吗？我让秦子平陪着您去。"

郭老夫人上了年纪，沙船再平稳，但对于长期在陆地上生活的人来说还是颠簸得厉害。郭老夫人也有意在常州停留一日，但昨天听了周少瑾的话，她很自然地将这想成了儿子是为了照顾她的心情和身体无奈之下才决定在常州停留一天的。加上周少瑾等人又没有特别的要求，她理所当然地道："我看我们根本不必在常州多停留一天，常州说起来也就是个中等的州府，比较出名的就是梳篦了。我们在杭州府的时候已经买了很多了，也没必要再买了。与其在常州府停留一日，还不如在镇江多待几天。镇江府的高夫人和我很谈得来,陈夫人又是我的晚辈,上次我路过镇江的时候她们两位待我甚是礼遇,这次回程怎么也要和她们盘桓几天。我们还是早点启程吧!"

这肯定又是那个小丫头片子的主意!母亲那么精明的一个人,怎么会听她的呢?程池看了周少瑾一眼。周少瑾恭敬地站在郭老夫人身边,眼观鼻,鼻观心的,不知道有多乖巧懂事、漂亮可爱。

程池嘴角抽了抽,想到刚才她在自己面前炫耀那把梳篦……他笑道:"常州总店常会出些专门定制的梳篦,是不供给分号的。我昨天晚上想来想去才决定在常州府再多停留一天的。娘,您真的不去逛逛吗?常州府的梳篦名不虚传,那些真正的精品通常都会放在总号卖或是做镇店之宝的。"

可郭老夫人主意已定,笑道:"既然是人家的镇店之宝,我们就不要夺人所好了。这件事就这样决定好了,我们早点启程去镇江。"

程池笑着应"好",又看了周少瑾一眼。

周少瑾心里悔得像什么似的。她从小就喜欢收集像梳篦、珠花、不倒翁之类的小东西,不需要很名贵,有趣就行。早知道这样她就不在池舅舅面前显摆了。池舅舅还说是昨天晚上临时决定的,难道是她误会了池舅舅?周少瑾有些忐忑不安。

她从郭老夫人屋里出来的时候船已经开了。周少瑾跑去问集萤:"你知道池舅舅原本想在常州停留一日的事吗?"

"知道啊!"集萤正在摆弄她从杭州府买的那些小东西,闻言低声对周少瑾道,"昨天晚上四爷和宋老先生偷偷跑到码头上去吃溧阳扎肝了。我听秦子平说,那家小馆子做的溧阳扎肝做得非常地道,非常好吃。他们家还供一种稠酒,是他们家自己酿的,也非常好喝。我还准备今天悄悄拉了你去的。谁知道四爷又改变了主意。不是我说你池舅舅,他怎么像个女人似的,干什么事都说变就变?"

周少瑾恨不得跳脚。自己怎么就这么傻呢?就算是想腻味池舅舅,难道就不能再等两天?池舅舅在船上又不能跑。她这么快干什么?

集萤就推了推她,道:"你怎么了?我说你池舅舅你不高兴了?你怎么像被霜打蔫了的茄子,一点精神也没有。"

"何止是被打了霜啊!"周少瑾嘀咕道,"我这是被砸了冰雹。"

集萤"哎哟"一声,调侃她道:"你还见过冰雹啊!真没看出来。我还以为你见到雪下到了鞋面都会欢快地大叫呢!"

为什么集萤和池舅舅一样,都喜欢逗她呢?明明自己向来都很循规蹈矩的啊!周少瑾讪讪地回到船舱,躺在床上叹着气。

樊刘氏担心地问她:"二小姐,可是出了什么事?"

她摆了摆手,示意樊刘氏别管。船已经离开了码头难道还能开回去不成?事已至此,难道还能重新再来一次不成?现在就是不知道她去给池舅舅赔个不是,池舅舅会不会原谅她?

周少瑾在程池住的船舱门前探了探头。

程池正和宋老先生说得热闹:"朝廷不可能拿出这么多钱来利用水车灌溉耕田来减少水患。照我看,重修河堤才是可行之策……"

周少瑾在心里暗暗地吐着舌头,正要缩头,程池突然望过来,道:"你有什么事?"

他好像还沉溺于刚才和宋老先生的讨论中,目光深邃,表情冷峻,看上去极严肃。难道平时池舅舅说正经事的时候就是这个样子?周少瑾暗忖,笑道:"厨房里做了新式点心，我正想问问您要不要点心？"点心实际上是她亲手做的。

"我们不吃点心。"程池肃然地道，"我和宋老先生有事，你们留着自己吃吧！"言下之意，是让她别来打扰他们。

宋老先生闻言点头，一副让她快点走的样子。

看样子这条路行不通啊！周少瑾轻轻地咳了一声，退了下去。

第二天，程池依旧关着门在和宋老先生说话。

周少瑾问他们要不要喝茶。结果程池还没有开口说话，宋老先生已指了自己面前的茶盅，道："这龙井不错，我一喝就知道是明前的，不用换了，我就喝这个。"

周少瑾只好又退了下去。

第三天，程池和宋老先生拿了算盘在屋里计算着什么。

周少瑾趁着他们空闲的时候进去问他们："……船工钓了新鲜的小鱼小虾，春晚她们准备裹了面粉就这样炸着吃，要给您二位端一碟子进来吗？"

"不用了。"程池目不转睛地盯着眼前的稿子，对宋老先生道，"我算出来是49，您算出来的是多少？我总觉得这个数字有点问题。没道理河面疏通了，水势反而减弱了。"

而宋老先生压根就没有看周少瑾一眼，道："我也觉得这数字有问题，要不我们重新再算一遍吧？"

程池抓起算盘上下簸了一下，珠子就整整齐齐地各归各位了。

他吩咐清风："再去给我们拿叠纸过来。"

清风一溜烟地跑到了旁边的小屋里，抱了一刀纸出来，开始裁成一尺斗方大小。

周少瑾叹气，只得退了出去。

等在外面的春晚忙迎了上来，紧张地道："四老爷怎么说？"

"什么也没有说。"周少瑾怅然道，"池舅舅很忙，没空理我们。"

"那怎么办？"春晚皱眉着，"要不，您就直接去给四老爷说声'对不住'？"

"那也得有那机会才行啊！"周少瑾无奈地道，"池舅舅又开始算那个水流了。"

春晚颇有些无语。四老爷算起这些数字可谓是六亲不认——上次碧玉奉了郭老夫人之命给四老爷做了件小衣，喊了四老爷过去试试。吕嬷嬷跑了五六遍，不仅没有请了四老爷去郭老夫人屋里试衣裳，反而被四老爷给轰了出来。

周少瑾道："你去看看厨房里有没有什么新鲜的瓜果，我明天试着切个果盘送进去。若是池舅舅还不理我，我也没办法了。"

春晚颔首，去了厨房。一盅茶后，她来给周少瑾回话："说是今天晚上停船后会上岸买些水梨来。"

"那就炖梨子百合汤好了。"周少瑾喃喃地道，翌日亲手在厨房里做了，亲自端了过去。

程池皱着眉头，正在屋里来回走动。看得出来，关于那个算术，进展得很不顺利。周少瑾就觉得自己进来得有些不是时候。

果然，没等她说话，程池已指了旁边的茶几道："你这是端的什么？先放在那里吧！"然后也没有多问她一句，径直走到桌前，继续算了起来。

宋老先生则满脸疲惫地倚在旁边的太师椅上闭目养着神。

周少瑾把梨子百合汤放在了茶几上，轻手轻脚地退了下去。

春晚看着一喜。周少瑾却苦涩地朝着她摇了摇头。春晚表情黯了下来。

周少瑾看着心里有些不好受。她深深地吸了口气，鼓舞般地对春晚道："算了，池舅舅向来胸襟宽广，他肯定不会和我计较这些的。我们也别太杞人忧天了。明天该做什么还是做什么好了！"

也只能这样了。春晚自我安慰着，和周少瑾回了船舱。

周少瑾不再去找程池，她和从前一样陪着郭老夫人。在郭老夫人和宋夫人说那些陈年旧事的时候，她就安静地在一旁做着针线。

渐渐地，她也听出些味道来。特别是那些江南名门望族的逸事。比如说，海宁顾家是怎么起家的，镇江廖氏是从哪辈人才开始兴旺起来的，前朝哪些诗书礼仪传世的人家如今已经败落，败落的缘由是什么，又有哪些人家更加繁盛，又是谁带来的繁盛……听郭老夫人讲，江南各大世族之间的一张姻亲关系图慢慢地浮现在了周少瑾的脑海里。

她发现世界如此之小，转个弯仿佛就能遇到熟人似的。尽管她不认识这些人，却知道这些人和自己有什么关系。这种感觉很奇妙。周少瑾越发听得认真了。

郭老夫人跟宋夫人说这些的时候还有所保留，等到宋夫人走后只剩下周少瑾的时候，郭老夫人通常会补充两句。就这两句，却每每能让周少瑾非常震惊。像昨天晚上，郭老夫人留了她给自己通头，就悄声地告诉她，高耀的岳丈工部尚书、谨身殿大学士曲源是庶子，因其生母备受宠爱，在他十岁的时候，嫡母趁着曲父不在，将其生母毒哑，卖到了私窑。后来他的生母逃了出来，遇到了申家的家主，被申家的家主养在了外面，生下了一个儿子。这个儿子通过善堂，以养子的身份被申家的家主抱回了申家。后来曲源得势，想办法找到了生母。虽然母子没有相认，曲源却对自己同母异父的弟弟非常照顾。而曲源同母异父的弟弟，就是金陵同知申青云。所以，历任金陵知府都动不了申青云……

周少瑾记得自己当时嘴巴张得都可以吞下一枚鸡蛋了。郭老夫人却若无其事地笑了笑。

周少瑾半宿都没有睡着。

郭老夫人有没有对袁氏说过这些话？如果袁氏知道了郭老夫人知道的这些秘密，程家依旧逃不脱被抄斩的结局，那……周少瑾几乎可以很肯定地说，程家肯定是参与到了皇家的事务中去了，而且还是参与到了一件非常不光彩的事里，所以程家才会那么快地满门覆灭；不然以程家的人脉和底蕴，绝对不会败落得这么快。实际上对于远在金陵城的程家宗族，就算是京城的程氏子弟犯下了再大的过错，也不至于连本家的人也不放过，而且不是论哪一支哪一房，只要是住在九如巷的就全都覆亡。

皇家当年发生了些什么丑闻呢？太子病逝，皇太孙被封为储君，可皇太孙和他父亲一样，早于皇上之前病逝。皇上伤心过度，很快也宾天了，四皇子这才继承了皇位的。周少瑾使劲地回忆着梦中的事。

四皇子是最大利益的得主，就从他开始抽丝剥茧。

太子在位的时候，四皇子的生母既非皇后，本人也不是长子，而且给人老实本分之感，并没有什么特殊的才能，既不占嫡也不占长，更谈不上贤。

后来太子病逝，二皇子、三皇子、五皇子、七皇子都反对立皇长孙为储君。皇上却一意孤行立了皇长孙，朝廷还为此事争了快一年，就是史称的"礼仪之争"，最后以都察院左都御史被流放结束，其中反对最为坚决的二皇子被贬为庶民，三皇子被降为郡王。所以皇太孙病逝之后，四皇子在与三皇子的争斗中才会胜出，最后继承了皇位。

哪里能做手脚呢？

皇上是个很强势的人，他不仅长寿，而且他在位的时候内宫二十四衙门的大太监他想杀就杀，想流放就流放，没有人敢在皇上面前多说一句话。内阁的几位首辅与皇上意见相左的时候都败北。后来有人戏称皇上在位时担任首辅时间最长的袁维昌为"龟鹤宰相"，意指他像乌龟一样能忍。姐夫还曾因此而嘲笑过袁维昌，所以二皇子和三皇子的事不可能是其他人下的手。

　　那就是皇太孙了。皇太孙病的时候皇上曾为皇太孙亲往泰山祭祀，出京和入京时都曾净街，林世晟还曾特意派人叮嘱她不要出门。皇太孙死后，皇上过了半年才薨。

　　周少瑾托着腮，实在是想不出来皇家有什么事。或者是因为自己离这些事都太远了？如果不从噩梦中醒来，她怎么会知道程家那么多的事？她若是不知道程家的事，又怎么会想接近池舅舅？如果不接近池舅舅，她又怎会知道程家还有这样一个厉害的人！她还是想办法尽快让池舅舅给程泾带个话好了。

　　程泾现在已经是内阁大臣，应该比从前更有能量才是。可惜装道士这一招已经用过了！但就算没有用过，想骗过池舅舅，骗过郭老夫人……周少瑾觉得以她的能力，那是根本不可能的事。得找机会跟池舅舅说啊！可什么时候才能找到这个机会呢？周少瑾苦恼极了，决定还是抓住这次机会多听郭老夫人说说那些旧事。她隐隐觉得，郭老夫人是有意说给她听的。可她又无意做宗妇，知道这些应该作用不大吧？

第四十五章　归家

　　梦中发生的事对现实的影响是没有办法估量的。

　　周少瑾对郭老夫人有着无比的信任，就像她相信程池能在程家覆巢之时逃脱，他肯定就不是个简单的人一样。她相信郭老夫人的人品，更相信郭老夫人不会无缘无故地告诉她这些世家秘辛，只是她愚钝，一时间想不出郭老夫人的用意，时间长了，她仔细地体会，自然就清楚了。

　　她只管认真地听着，仔细地把这些事都记在心底就是了。船就这样慢慢地离镇江越来越近。

　　程池算罢了一道题这才想起来，自己好像有几天没有见着周少瑾了。她不是每天都在自己面前晃来晃去的吗？难道是出了什么事？他找了商婆子来问。

　　商婆子笑道："二表小姐这些日子一直陪着老夫人呢！每天不是听老夫人说话，就是做针线，要不就陪着宋少爷玩，和从前一样，很少出舱门。"

　　程池心里就纳闷了，那她前些日子总找自己做什么？可惜他那个时候太忙，无暇顾及其他。程池隐隐觉得自己好像遗漏了什么。他去了郭老夫人屋里。

　　郭老夫人正笑呵呵地坐在罗汉床上听着宋夫人和周少瑾说话。"……你可真行！我前些日子看着你做针线还没觉得，昨天晚上看见森哥肚兜的带子有些松，我寻思着就两针，我随便帮着缝上就行了。等我拿了针线才发现，这船晃得厉害，好不容易把针穿上，等到缝带子的时候却看得头昏眼花，敢情你这根本就没仔细盯着布料看，就这么凭着感觉在缝！我倒看见过厉害的绣娘有这手艺，却没有看到过哪家的千金小姐也能这样的。"

说完，又觉得失言，忙补充道，"我不是说二表小姐像绣娘，我是说那些千金小姐很少有人这样用心地学女红……"这句好像也不对，她又道："有些人就算是像二表小姐这样认真地学，也没办法像二表小姐这样行！"

周少瑾和她这一路行来，已经颇有些了解她是个怎样的人，并不以为忤，而是笑道："我不过是喜欢女红而已。什么事搁上了'喜欢'二字，通常都会比别人做得好。"

"那倒也是。"宋夫人又说起了自己，"像我从前就很喜欢读书，所以虽然没有上过学堂，请过西席，却也认识几个字。"

周少瑾正要应和，碧玉却笑盈盈地走了进来，道："四老爷过来了。"

郭老夫人自然喜不自胜，由周少瑾扶着出了内室。程池忙上前来行礼。

郭老夫人笑着上下打量着儿子，看他气色很好，笑容就更欣悦了，道："你忙完了？"

"也算不上忙完了。"程池笑着上前，虚扶住了母亲的另一边，道，"不过是和宋老先生看法相左，我们决定各自出来走动走动，透透气，理理思绪，等到明天下午再聚一聚。"

周少瑾闻言立刻露出担忧的表情。郭老夫人则直接问道："怎么，你们有了罅隙？"

"罅隙倒称不上。"程池服侍母亲在罗汉床上坐下，然后自己坐在了母亲的下首，温和地笑道，"不过是大家看法有些不一样。他说服不了我，我也说服不了他，所以大家暂时各自走开一会儿。不过，河工不同于别的事，行就行，不行就不行，不是谁的声音大谁就有道理的。所以您也不用担心，等我把相关的数字算出来了，宋老先生自然也就心悦诚服了；同样，若是他算出来的数字是对的，我也会心悦诚服。"

郭老夫人和周少瑾都不懂这些，但郭老夫人还是按照自己的理解笑道："也就是说，你们是文斗不是武斗。就像那看星象似的，说今天下雨，若是下了雨，那你就赢了；没下雨，你就输了，不管你是天王老子，没办法把真的说成是假的。"

程池笑道："如果是天王老子，还是有办法把真的说成是假的——他若是说了明天下雨，龙王爷敢明天不下雨吗？若是和他打赌，那肯定是要输的。"

周少瑾忍俊不禁。

郭老夫人也笑了起来，道："你这孩子，就是喜欢逗我开心。"

程池笑道："我每次说实话您都说我在逗您，我每次逗您，您都会当真，可真是让我左右为难！"

周少瑾和郭老夫人笑得前俯后仰。程池看了周少瑾一眼，和母亲寒暄了几句，就起身告辞了。周少瑾和郭老夫人一直把他送到了船舱门口这才折了回去。

程池就安安心心地在屋里摆起棋谱来。可直到沙船靠岸，周少瑾也没有出现。这又是怎么个状况？若是周少瑾找他有什么事，他已经说了下午有空，以他刚才试探周少瑾的情况看来，周少瑾对自己并没有什么芥蒂，应该会找个机会来见自己才是，怎么会没有动静呢？

程池皱着眉头放了棋谱，去了郭老夫人那里用晚膳。周少瑾不在。程池愕然，道："二丫头怎么没有陪您？"

"被宋夫人拉去画花样子了。"郭老夫人夹了筷子野鸭给程池，道，"你多吃点。我看你这几天都瘦了。我们和宋家不是到了镇江就要各走各的了吗？那宋夫人见少瑾的针线好，又想着他们家的大小姐年底就要及笄了，就请了少瑾给他们家大小姐画几幅花样子，算是她这个做继母的送给她的贺礼之一。"

这个宋夫人，果然多事。当初他不同意和宋家同行就是看宋夫人不像是知道察言观色的人。程池"哦"了一声，不再追问，陪着母亲吃了一顿饭，说了一会儿话才回到船舱。而周少瑾则被宋夫人留下来用了晚膳，之后又帮着宋夫人画了两幅比较简单的花样子，这才回屋。

春晚告诉她："四老爷要歇两天，清风朗月也没什么事了。朗月下午过来找我们玩，我做主让给了朗月两包前几天郭老夫人赏你的明前龙井。"

"做得好！"周少瑾希望自己的人能和池舅舅身边服侍的人走得近一些，这样就可以探听些池舅舅的事了，"你以后再遇到这样的事，帮我拿主意就是了。"

春晚笑盈盈地点头，一面服侍周少瑾更衣，一面柔声道："二小姐，四老爷这两天没什么事，您看，您要不要再去给四老爷赔个不是？"

周少瑾想到今天早上遇到程池时的情景，笑着摇了摇头，道："我看还是算了吧！我之前就说过，池舅舅心胸宽广，他既然不生我的气了，我还去给他道什么歉啊！"反正池舅舅已经忘了这件事。

春晚还是有点担心，道："真的不会有事吗？"

"我看应该没事了。"周少瑾不以为意地笑道，"万一哪天池舅舅翻起旧账来，我再向他道歉也不迟，现在他不提这件事难道我还主动提醒他不成？"

春晚掩了嘴笑。

她们的船没两日就到了镇江。程池始终没有等到周少瑾。也许是自己会错意了？程池怀疑着，在看到躲在船窗窗帘后面穿着粉红杭绸夹棉褙子的周少瑾时，他顿时又释怀了。那小丫头片子是个直肠子，有什么事肯定会接二连三地找他，哪会这么安静？程池把这件事甩到了脑后，去拜访了沈大人。沈大人正巧前些日子得了风寒，家里的人不让他出门，他今天都待在家里，被程池和宋老先生碰了个正着。

一个是两榜进士，一个是当朝阁老的父亲，沈大人热情地款待了他们。等到两人说起来意，在沈大人的书房对着沈大人致仕之前悄悄从工部临摹来的舆图说起治水之策时，沈大人的脸庞都亮了起来，非要留了程池和宋老先生在家里盘桓几日。

程池没有想到沈大人是个如此率真直爽之人。他答应安置好了母亲和侄女再来打扰沈大人。

沈大人连催他快去快回，还怕程池因为这件事分心，派了自己从前帮着他修河工的幕僚帮他。

程池哭笑不得，回到船上问母亲愿不愿意在程家的别院小住，并道："我和宋老先生恐怕要在沈大人家住上三四天。"

眼看着不日就能到金陵城了，郭老夫人归心似箭，不想再为收拾箱笼等琐事耽搁，道："我们就住在船上好了。等你从沈大人那里回来，我们就可以立刻启程回金陵了。"

程池听出了母亲言下之意，想了想，道："要不您先回金陵城？我反正过几天就回去了！"

"那怎么能行？"郭老夫人头摇得像拨浪鼓，道，"原来是一起出来玩的，哪有各自回府的道理？你忙你的去好了，别管我们了。我已写好了给高夫人的请帖，你去了沈大人家小住，正好给我们腾地方。"

程池笑着让人简单地收拾收拾，和宋老先生一起去了沈家。黄宜君则忙着雇船，准备前往京城的事宜。

高夫人和李夫人联袂而来。见到当朝阁老宋景然的夫人居然和郭老夫人同船，还这么亲昵，两人虽然心中暗暗惊讶，却都不动声色地和宋夫人应酬。

郭老夫人设宴款待她们，高夫人和李夫人又分别回请郭老夫人等人，还陪着郭老夫人等人游玩了金山寺暂且不提。过了几天，廖家得了消息，说郭老夫人路过镇江，忙派嬷嬷送了请帖过来。

镇江廖氏不仅在镇江，就是在江南也是算得着的名门望族，只是朝代更迭，廖家比起金陵城九如巷的程家、杭州府海宁县的顾家就逊色了不少。但郭老夫人接到廖家的帖子，还是很郑重地见了廖家大太太方氏。

方氏是舒城方家的姑娘，和袁氏是从表姐妹。两人做姑娘的时候只是听说过彼此，等嫁了人，一个在镇江，一个在金陵；一个的丈夫止步于举人，一个的丈夫却官运亨通。方氏甚至托了程泾为自己的长子廖绍棠保媒，这才有了周廖两家联姻。

陪着方氏同来的是钟嬷嬷。她恭谦地跟在方氏的身后，在眼角的余光瞥见周少瑾的时候，她无法掩饰地露出了惊愕之色。

方氏今年应该有四十岁左右，身材苗条，皮肤白皙，眉目秀丽，气度高雅，看上去不过三十来岁的样子，保养得很好。见钟嬷嬷露出异色，她冷冷地看了钟嬷嬷一眼，飞快地睃了周少瑾一下，笑着上前给郭老夫人行礼。

郭老夫人让吕嬷嬷扶了她起来，又吩咐碧玉端了座，等方氏道谢坐下，丫鬟们端了茶点上来，这才指了周少瑾道："这是我们府里的二表小姐，说起来还和你是亲戚——她是你长媳的妹妹。"

方氏非常意外，这才明白明明干练的钟嬷嬷为何会七情上面了。

对于程泾给长子保的这门亲事，她并不满意。她原想为长子求娶的是长房二老爷的女儿程笙。谁知道程泾压根就没有往这上面想，直接将周家大小姐推到了她的面前。

她当时想拒绝来着，可那时候小叔子擢了礼部左给事中，丈夫又因轻信朋友花重金买了幅假字画回来。若不是她及时想办法瞒了下来，丈夫早已成为廖家、镇江的笑柄了——读书的世家子弟竟然会不识金石被人骗，那还算是什么世家子弟？算是什么读书人？

她急需一件事来震慑廖家的人。程泾为她的长子保媒，就成了她当时能抓住的一根稻草。她虽然很是犹豫，但丈夫却满口答应了。她实在是没有办法，只能请了媒人上门提亲。但随着长子表现得越来越优秀，她对这个儿媳妇的不满就越来越强烈，在婆婆去世、长子的婚事被推后的时候甚至松了口气。这也是她特别关注周初瑾的原因。她需要一个理由来说服自己，她当时的选择没有错。此时看到站在郭老夫人身边的周少瑾，她的心突然就平静了下来。听说周家大小姐比周家二小姐更受程家之人宠爱，郭老夫人去普陀山敬香竟然带着周家二小姐，可见周家大小姐在程家的地位了。

方氏在周少瑾上前给她行礼的时候笑容不由就变得真切起来，并取下了发髻上簪着的金步摇送给了周少瑾做见面礼："不知道二表小姐陪着老夫人，是我的不是，这个你先拿着。只是伯母来得匆忙，有些寒酸，等去伯母家做客的时候，伯母再给你补一份见面礼。"

"太太客气了。"周少瑾温温柔柔地道，"晚辈本应上门拜见，只因还有长辈服侍，不好随意走动，原想过几天等老夫人这边闲下来了去探望您的，没想到您先过来了。晚辈实在是羞愧，哪里还敢要太太的见面礼？还是等哪天我正式去拜访太太，太太再赏我好了。"为了姐姐，她尽量地表现着自己的恭顺。

方氏见她举止大方又不失驯良，果然非常满意，对周初瑾又多了几分期待，笑道："长者赐，不能辞。你拿着就是。等到正式拜见的时候自然有正式拜见的赠礼。"

周少瑾笑着道谢，收下了方氏的见面礼。实际上两人心里都明白，周少瑾所谓的去拜访方氏，那都是客气话，哪有没有过门的儿媳妇妹妹去拜访姐姐婆婆的道理。而所谓的正式拜见，那也是指周初瑾嫁到了廖家之后，周少瑾去探望姐姐的时候。

她们寒暄了两句，方氏就和郭老夫人聊起天来。她说的也都是些陈年往事，和来拜访她们的镇江通判陈述明的夫人一样，只怕是有事相求。

周少瑾就借故出了船舱。但她又很关心廖家的事。廖家毕竟是她姐姐的夫家，若是廖家出事，她姐姐也会跟着受苦。梦中她并不知道廖家有没有发生什么事，她只知道姐姐很顺利地嫁到了廖家，攻破了那些觉得姐姐和廖家的婚事会有所波折的谣言。

她求碧玉："你帮我留意留意，可别是什么坏消息。"

碧玉很能理解周少瑾的心情，她朝着周少瑾眨了眨眼睛，道："你放心，今天是我和珍珠当值。我们两人都会留意的。"自用了程池教的方子，珍珠不仅好了，而且还不晕船了，周少瑾还跟着碧玉把那个方法给学会了。周少瑾笑着向她道谢。

方氏身边的钟嬷嬷笑着出了船舱。看见周少瑾她虽然有些惊讶，但还是透着股亲热劲地和她打招呼："二表小姐怎么站在这里？这河面上的风比城里的风冷多了，您小心着了凉。"

周少瑾心里很是感慨。梦中，不管是方氏还是钟嬷嬷，都对她不冷不热的，何曾对她如此热情？她笑道："没事，就是有几句话要和碧玉说。"

碧玉微微颔首，客气地对钟嬷嬷道："旁边茶房有热茶，嬷嬷要不要去歇个脚，喝杯茶？"

"多谢碧玉姑娘。"钟嬷嬷忙笑道，"我们是昨天才得到的消息，又怕老夫人这两天就启程回金陵城了。我们大太太把手边的事都推了，一心一意地想过来给老夫人请个安，家里的事还都没有安排，应该没有办法久留。若是老夫人答应明天去我们府里做客，我们大太太还要回去安排酒宴，那就更不会在这里逗留了。我还是等在这里好了。"

碧玉也没有勉强她，叫了个小丫鬟随身服侍，自己则提着水壶去了内室给郭老夫人和方氏续茶。周少瑾笑着和钟嬷嬷说了两句话，就起身准备回屋。

朗月抱着个小瓯跑了过来。"二表小姐，二表小姐。"他举着手中的小瓯献宝似的给周少瑾看，道，"这是中泠泉的泉水。四老爷和沈大人等人刚刚从江水中汲取的。这个是送给您的。"

周少瑾喜出望外。

中泠泉又称南泠泉，因泉水在金山寺外的滚滚江水之中，而江水受到石牌山和鹘山的阻挡，水势曲折流转，分为南、中、北三泠，这泉水就在其中一个水曲之下，故名"中泠泉"，又因中泠泉在金山的西南面，又称"南泠泉"。据说江水水深流急，汲取不易。要想打泉水，需在正午之时将带盖的铜瓶子用绳子放入泉中后，迅速拉开盖子，才能汲到真正的泉水。

周少瑾曾在书上看见过，高夫人陪着她们游金山寺的时候，她还曾特别观察过金山寺旁的江水，可郭老夫人等人不说到江中取泉水，她又怎能吭声？可让她没有想到的是，程池竟然汲了中泠泉水回来。这水得多珍贵啊！周少瑾有些不敢相信地问朗月："这是送给我的？"

朗月连连点头，面露得色，与有荣焉地道："这种事又怎么难得住我们家四老爷！四老爷和宋老先生汲了一大桶回来，这个您拿着，我还要帮清风抬水呢！"

不管是谁的意思，周少瑾都很感激。她忙接过了小瓯。朗月一溜烟地跑了。周少瑾望着他的背影不由笑着摇头，所以她没有看见那钟嬷嬷目光微闪，笑道："这位是……四老爷身边的小童子？"

"是啊！"周少瑾笑道，"四老爷信道，所以身边的两个小童子都穿着道袍。"她为程池辩解道。

廖家既然有意和程家结亲，自然对程家的情况有所了解。钟嬷嬷早就听说过程家长房四老爷脾气古怪却是个财神爷，不要说外面的人了，就是程家的人等闲也巴结不上。她笑道："看样子二表小姐和四老爷身边的人关系还挺好的。"语气中不觉就带上了几分试探的味道。

周少瑾早就知道廖家有些势利，她不以为忤，笑道："大家一个船里住着，怎么会不好？"

"那也是。"钟嬷嬷笑着，却一句也不相信。

那中冷泉水是怎么一回事，别人不知道，她是镇江本地人却再清楚不过了。

从江中取泉水，不说雇船请人，就是这汲泉水的铜瓶就得专门定制，而整个镇江只有一个人会制，一个铜瓶他通常要收十两银子。等到了江面上，一眼望过去，全是滚滚江水，泉水在哪里，没有懂这些的人，那铜瓶就是丢到了江中也汲不到真正的中冷泉水。整个镇江会汲水的只有三个人，请他们去一次也得十两银子。这样算下来，那个小道童送给周少瑾的那一小瓯泉水就得二十两银子。

那小道童和周少瑾说话的时候分明就带着几分恭敬。可见周家二小姐在程家有多得宠了！

等到方氏一下船，钟嬷嬷就把这件事告诉了她。方氏沉默半晌，沉吟道："你应该向周家二小姐讨点中冷泉水的，我们也好拿去给老祖宗尝尝，让廖家那些眼皮子浅的东西也知道，别以为人家周氏姐妹寄居在程家，就是一副小媳妇的模样。"

钟嬷嬷笑着给方氏出主意："这也不难！我们找人讨点中冷泉水回去不就行了，谁又知道我们这泉水是周家二小姐给的还是从别人手里得来的？那程家四老爷在金山旁汲了中冷泉总是真的吧？"

方氏立刻就想通了其中的诀窍。她微微点头。

钟嬷嬷就知道这件事成了，道："我这就派人去山泉居讨点。"山泉居是镇江最大的茶楼，每天都会派人去江中汲水，所依仗的也是这中冷泉的泉水。

方氏有些不放心，想了想，道："到时候我的轿子就停在山泉居外好了。"可以让山泉居的大掌柜知道事情的重要性，不乱说话。

钟嬷嬷高兴地应是，问起此次去找郭老夫人的事："……老夫人应了吗？"

方氏眼角露出些许欢喜，道："应了！"

"阿弥陀佛！"钟嬷嬷不由松了口气，双手合十地念了一句。

方氏想了想，道："我觉得你说的话有道理。那周氏姐妹在程家只怕是极得宠。老夫人一开始面露难色，后来不知怎的就很爽快地答应了。我邀了老夫人来家里做客，老夫人当时说'既是一家人，以后少不了要走动，大家就不必如此客气了'。我一开始以为是指我和袁夫人是表姐妹，还为袁夫人高兴，她婆婆终于对她和颜悦色起来。如今看来，只怕是指周氏姐妹了。"

钟嬷嬷是方氏最体己的人，自然知道袁夫人在郭老夫人面前并不像外面传的那样有体面。廖周两家联姻的时候，方氏觉得自己受了委屈，曾经去拜访过郭老夫人，谁知道郭老夫人话里话外都透着"这是你们两姊妹的决定，与我无关"的口吻，不然方氏也不至于如此失望了。她在心里琢磨着，斟酌道："大太太，会不会是周家二小姐？那个时候周家大小姐也有十四岁了，周家二小姐应该只有七八岁的样子。如果得宠的那个是周家大小姐，那个时候郭老夫人就不应该说那样的话。"

方氏面色微红，道："那件事也不怪老夫人，我当时对这门亲事不满意，多半是被老夫人看出来了，才会说话如此不客气的。不过，你的话也有道理。只是过几个月周家大小姐就要嫁进来了，不管得宠的是谁，能看在她们姐妹俩的分儿上帮我们廖家这样一个大忙，都于我们廖家有利，我们好生生地经营这门姻亲就是了。何况那亲家老爷已升了保定知府，我只盼着他能平步青云，以后助我们家绍堂一臂之力。至于老爷，我已经对他死心了。他还没有儿子能吃得苦，那两榜进士的名衔又怎会从天而降呢？这件事你知我知就行了，千万不要透露出去。这件事是老爷逼着我去求的老夫人，横竖老爷那边我已经能够交代了，就不要再横生枝节了。"

钟嬷嬷忙恭声应"是"。廖家看着花团锦簇，宗房看着风光无限，实际上老安人去世后，无能的大老爷失去了母亲的庇护就只敢数落方氏，已让方氏和他们这个家在廖氏变得非常艰难了。

方氏就吩咐钟嬷嬷："你回去之后就去跟大总管传话，说大爷成亲之后会带着新奶奶去京城常住，有个放东西的地方就行了，隔壁的宅子就不用打通了。若是有人问起，你就说是我这次去拜访程家郭老夫人时郭老夫人提出来的，想让我们家大爷跟着程家的大老爷读书，这么好的事，我怎么会往外推？立刻就应了。然后再去跟管账房的二管事说，让他这就进京，帮大爷置办一处落脚的宅子。宅子要好，最好能离程家近点，银子由我出。这宅子以后也记在大爷的名下，算是我给大爷成亲置办的产业。"

钟嬷嬷愕然，道："大爷也能跟着大老爷一起进京吗？让新奶奶单独服侍大爷和大老爷是不是不太好？不如您送个宅子给大爷，还是让大爷和大老爷住在廖家的宅子里……"

"不用这么麻烦。"方氏冷冷地道，"人家只答应让大老爷去京城应试的时候让渭二老爷指点指点他的时文，是我准备让大爷去京城籞居，在家里这样窝着，大爷天天跟着他那个不争气的爹受委屈，有什么意思？至于跟泾大老爷读书的事，我没有想到郭老夫人那么容易就答应了，脑子一时有点蒙，没有反应过来。你明天就去见见周家的二小姐，把家里的这些破烂事透个音给她。如果程家能不用我去说项也主动地提出让大爷随着泾大老爷读书，以后京城的事我就交给周家大小姐主持。我也有了个帮手！如果不能，到时候我再舍了老脸亲自去趟金陵好了。大不了请了我娘家人出面去求郭老夫人，怎么也不会让大老爷空背了名声被人笑的。"

钟嬷嬷连声应诺。

周少瑾哪里想到因为朗月的一瓯中泠泉水，姐姐和姐夫相比梦中而言却平白得了座宅子，而且姐姐也不用像梦中似的，在廖家被磋磨了好几个月才有机会去京城服侍廖绍棠，从此和婆婆王不见王地生活了一段时间。也是因为这段时间，周初瑾和廖绍棠没有了旁人的影响，彼此间的感情一日千里，最终让廖绍棠宁愿让出宗子的位置也要保住妻儿。她抱着中泠泉水喜滋滋地去郭老夫人屋里。

郭老夫人听说周少瑾手里抱着的是号称"天下第一泉水"的中泠泉，大感兴趣。周少瑾兴致勃勃地道："我来给您沏壶茶吧？"郭老夫人连声称"好"。吕嬷嬷很有眼色地亲自去拿了茶具出来。周少瑾很自然地盘坐在罗汉床上的茶几前，烧水、烫杯、分茶、洗茶、冲泡……一整套动作做下来行如流水，舒如云卷，优雅自信，像颗上等的南珠，散发着莹润的光芒，让郭老夫人不禁对吕嬷嬷感慨："这可真是人美茶香，今天我可有福了。"赞得周少瑾面色通红，忙请郭老夫人品茶。

郭老夫人闻了闻茶香，慢慢地呷着茶水，连连地点头，道："这中泠泉水真是名不虚传。昨天我们也是喝的太平猴魁，不比不知道，这一比就感觉出来了，用中泠泉水沏出来的茶就比其他的水沏出来的茶多了份清洌。不过,少瑾这茶选得也好,太平猴魁汤汁清绿,是醇厚的兰香,沏茶的水清洌,正好相得益彰。若是选了我们前两天喝的六安瓜片,就没这么好喝了——六安瓜片温和,有着熟栗之香,汤色杏黄明亮,用中泠泉水来泡,只怕泉水会压制六安瓜片的口感和香味,落了下乘。至于泡茶的手法,那就更好了。动作干净利落,没有一丝拖拉之处,却又温柔婉转,柔中带刚,正是茶道的精髓所在,中庸的精髓所在……很好!很好!"

周少瑾没想到郭老夫人对自己的评价这么高,脸色绯红,正要谦虚两句,程池的声音突然出现在了她的耳边:"什么事很好?母亲说出来让我也跟着高兴高兴!"

"池舅舅!"周少瑾跳了起来,就看见程池微笑着走了进来。

郭老夫人呵呵地笑,道:"这可真是来得早不如来得巧。少瑾刚刚沏了茶,你也尝尝。"

"哦!"程池走进来看清楚屋里的情景心里已猜到了七八分,闻言很感兴趣地坐到了母亲的对面。周少瑾忙拿了个小杯子出来,重新给程池沏了一杯。

程池呷了一口。郭老夫人笑问程池:"怎么?"

程池点头,道:"中泠泉水不愧号称'天下第一泉'!"

郭老夫人笑道:"这器皿虽好,可也要看是什么人用。中泠泉水被少瑾用来泡太平猴魁才有这样的效果,若是其他的茶,未必就有这么好喝。"

程池看了一眼站在一旁耳朵都红得仿佛能滴出血来的周少瑾,心想,难怪这小丫头能讨了母亲的喜欢。他汲了一桶中泠泉水回来,除了他懂得怎样从江水中汲取中泠泉水又很喜欢用这泉水泡茶之外,不无给母亲个惊喜的意思。可泉水又不是其他的东西,放久了会坏,所以他才吩咐朗月一个人送一点儿,母亲那里的则由自己亲自送过去。没想到这小丫头得了泉水之后不仅没有藏着掖着,还立刻拿给了母亲品尝,也不枉母亲心疼了她一回。

他笑着调侃母亲:"您也太偏心了,我这话还没有说完,您就把我训了一顿。您能不能等我把话说完,若是还觉得不中听,您再训我啊!"

"你这是跟谁学的贫嘴呢?"郭老夫人听了忍俊不禁,道,"在你娘面前也不收敛收敛,小心吓着了少瑾!"

程池笑道:"她有您护着呢,还会怕我不成?"

周少瑾被程池母子打趣,脸上像火烧,低着头不敢抬脸。

郭老夫人看着很是有趣,却也心生怜爱,呵斥着程池:"哪有你这样当舅舅的?少瑾,到我这里来,别理他。"

周少瑾像受惊的小兔子似的,一溜烟地躲到了郭老夫人身后。程池忍不住大笑。郭老夫人拉了周少瑾的手,柔声地安慰她:"你不用怕他,有我呢!"周少瑾喃喃地应是。郭老夫人将面前的茶盅往程池那边一推,吩咐他:"沏壶茶去!"

程池笑着摇头去沏茶。郭老夫人忍不住大笑。

周少瑾忙跟了过去,道:"池舅舅,还是我来吧!"

"你坐着好了。"程池笑着往铁壶注着中泠泉水,道,"我要是不听她老人家的给你们泡壶茶,我娘还不知道又怎么磋磨我了,你还是别插手好了。"

周少瑾只好在郭老夫人身边坐下。

程池沏茶又和周少瑾不同,干净利落,举止优雅不说,还有种说不出来的灵巧和敏捷。周少瑾一时看得有些痴,要不是程池做出个请品茶的动作,她只怕还要盯着程池的手瞧个不停。好在她泡出来的茶和池舅舅的相差不大。周少瑾长长地松了口气。

郭老夫人却有意挑剔道:"还是少瑾的茶泡得好,你这茶泡得太硬。"

程池哈哈地笑,明亮的眸子像夜空中的星子。可不知道为什么,周少瑾却觉得他的笑容有些夸张,好像在掩饰什么。难道他在沈大人家住得不愉快?

周少瑾猜测着,碧玉进来禀道:"老夫人,宋夫人求见。"程池起身告辞。

郭老夫人温声问他:"你今天还要宿在沈府吗?"

程池摇头,道:"宋老先生要留下来。蔚字号的七老爷去世,蔚字号没有了掌管生意的人,可能会把管票号的大爷叫回去,裕泰这边的生意恐怕会受影响,我要赶回金陵去。"

他说得凶险,郭老夫人却并不担心,她笑着叮嘱儿子:"那晚上过来用晚膳吧?我让人糟了鹅掌,应该可以吃了。"

程池笑着应是,出了船舱。周少瑾有些担心地低声问郭老夫人:"裕泰不会有事吧?"

"能有什么事?"郭老夫人笑道,"不过是桩买卖,大不了清盘不做了,你池舅舅正好可以好好地陪我两年,做点自己喜欢的事。"

周少瑾没有想到郭老夫人如此开明,不由道:"可万一池舅舅和宋老先生一样呢?"

"那也没什么。"郭老夫人笑道,"他最不济也有个进士的头衔,怎么也能混口饭吃。"她说着,叹了口气,颇有些语重心长地对她道,"少瑾,到了我这个年纪,身体老迈了,吃什么都不香,穿什么也不可能比得上那些十七八岁的小姑娘了,这些对我们也就没有什么吸引力了。要说有什么放不下,那就是孩子了,既希望他们都能平安泰康,又希望他们过得好,过得高兴。可这世上最难的却是'高兴'两个字。同僚升官了,没我的份儿,不高兴;朋友的儿子中了进士,我的儿子却还在为考举人悬梁刺股,不高兴;别人家今天换了个大院子,我囊中羞涩,只能住在已经住了二十年的老宅子里,不高兴……"

郭老夫人说的真是太对了。周少瑾不住地点头。

郭老太太莞尔,道:"若是你池舅舅和宋老先生一样,不求升官发财,不求贤妻孝子,觉得只要能修河筑堤心里就高兴,我为什么要去阻止他?我是他母亲,会死在他前头,能管他一时,还能管他一世不成?何必因为我,让他一辈子都不高兴呢?"

"老夫人,您可真好!"周少瑾忍不住赞叹,望着郭老夫人的目光中全是钦佩。程泾和程渭都很喜欢帮人,程池舅舅待人也很好,他们肯定是受了郭老夫人的影响。怎么程诩就不像他的父辈或是祖辈呢?但愿他去了京城之后能跟着程泾舅舅学些做人处事的学问。周少瑾在心里暗暗摇头。

宋夫人牵着宋森的手跟着小丫鬟走了进来。她是来向郭老夫人和周少瑾辞行的。"公公说他和沈大人还有事要办,我们会在镇江住上半个月,"她满脸歉意地道,"还借了沈大人亲戚的宅子,我们暂时不北上了。"

这个宋老先生,还真是让人头痛,想到一出是一出。郭老夫人同情地道:"我们这两天就要启程回金陵了,从镇江坐船到金陵只需要一天一夜,要不,你跟着我去金陵城做几天客吧?"

宋夫人听了极为心动,坐都坐不住了,站起来就要回去和宋老先生商量。

郭老夫人笑道:"别急,别急。等我写张帖子给你。你就坐下来好生品尝品尝我们二丫头沏的茶,这水可是从金山旁的江水里汲取的中泠泉水!"

"哎呀,还真有这回事啊!"宋夫人惊叹道,"上次陪着您去金山寺游玩的时候听寺里的知客介绍,我还以为是他们吹牛呢,没想到我居然能亲眼见着。"她说着,就走过去看那小瓯里装着的水,"好像是比别的水要清澈些。"

郭老夫人笑着让周少瑾重新沏壶茶。宋夫人喝过之后赞不绝口,至于怎么个好法,却也说不出来，众人也不知道她到底喝出来了没有。不过，她回京后至少有了个吹嘘的资本。

倒是宋淼，小小年纪却道："周姐姐的茶喝着清香清香的，比祖父前些日子泡的明前龙井还要清。"

能喝出个"清"字来，已入味三分。郭老夫人也好，周少瑾也好，不由都对这个孩子刮目相看。

喝了茶，陪着郭老夫人说了几句话，宋夫人带着宋淼告辞了。

郭老夫人让周少瑾去厨房里看看今天的晚膳："你池舅舅是不吃鱼的，就让他们别上鱼了。"周少瑾笑着去了厨房。

吕嬷嬷道："廖家的事，不跟二表小姐说吗？"

"这有个什么好说的。"郭老夫人眉眼也没有动一下，道，"方氏不过是想让程家的人在春闱的时候指点指点他们家大老爷制艺。就算我不答应，她求到袁氏那里，袁氏也会答应。我这也不过是顺水推舟罢了。"

可您的话岂是袁夫人能比的？这心思吕嬷嬷也只能埋在心里。她对周少瑾越发恭敬了。等到第二天钟嬷嬷来求见周少瑾的时候，她没等郭老夫人示下就吩咐小丫鬟去通禀周少瑾。

钟嬷嬷看在眼里，想了想，还是把准备好的荷包塞给了吕嬷嬷，笑道："我们家大太太原本不知道周家二小姐也在船上，既然遇到了，少不得要专程探望一番。"她说着，指了指身后婆子提着的食盒，"这不，大太太让厨房里做了些吃食让我送过来。"

这话说得在理，行事也妥帖周到。吕嬷嬷笑着和她应酬，直到周少瑾身边的丫鬟春晚笑着迎了出来，她这才离开。

周少瑾为着姐姐也不会怠慢这位钟嬷嬷。她用了明前龙井招待钟嬷嬷。

钟嬷嬷很是意外，连声称这茶好。

春晚则有意为周初瑾打擂台，要压压这位嬷嬷的气焰，笑道："昨天我们家二小姐给老夫人和四老爷沏茶，老夫人和四老爷都赞不绝口。我们家二小姐想着嬷嬷是廖家大太太跟前的体面人，原想也请嬷嬷尝尝的，可惜宋夫人过来拿花样子，匀了一大半走了。后来在老夫人那里用过晚膳，老夫人和四老爷下棋，我们二小姐沏茶，又用完剩下的……"她满脸惋惜。

钟嬷嬷却知道这不过是客气话，人家是要借着这件事敲打她了！她望着一脸平静的周少瑾，觉得这位周二小姐并不像她的外表那样柔软无害，只怕也是个不简单的，这让她说起话来很费了些口舌才把来意说清楚。

周少瑾心里怦怦乱跳。廖家旁支压过了嫡支，却偏不肯分宗，梦中姐姐虽然在她面前只报喜不报忧，可她存心想知道，姐姐又怎么瞒得过她？姐夫和姐姐几经周折才相知相伴。如果方氏能如她所承诺的那样，让姐姐成亲之后就直接跟着姐夫去京城生活，那姐姐得少受多少磋磨啊！而且姐姐和姐夫原先就心心相印，如果如今能得到长辈的祝福，岂不是更圆满？

周少瑾没等钟嬷嬷把话说完心里已准备为姐夫廖绍棠去求郭老夫人了。梦中，姐夫为她做了那么多，她却从来没有报答过他，如果如今她能为姐夫做点事，哪怕是上刀山下火海她也要想办法办成的。可她也知道姐姐的婆婆方氏是个厉害人，如果她太轻易就答应了，方氏说不定还以为她很好说话。她等钟嬷嬷把话说完，学着郭老夫人的样子端着茶盅用茶盖轻轻地拂着水面上的浮叶良久，轻轻地呷了一口，放下茶盅，用帕子按了按唇角，这才不紧不慢地道："嬷嬷的话我听明白了，只是事关重大，不是我一个小姑娘家就能决定的。这件事还是等我回去之后问过我姐姐，问过我父亲之后再给太太回话，你看行吗？"

钟嬷嬷看着周少瑾喝茶的样子，越发觉得周少瑾不是个寻常的小姑娘，而周少瑾的话又让她感觉到这件事不是周少瑾做不到，而是要看家里人的意思才决定做不做。加之有吕嬷嬷之前的举动，让她心里一沉，在对周少瑾的时候多了一份战战兢兢。她像在方氏面前一样恭敬地低眉顺目，轻声地道："奴婢也不过是个传话的，怎么敢当小姐这样的话！我就照着您说的去回了我们家大太太了。"

周少瑾颇觉得畅快。从前，她可没少被这位钟嬷嬷用冰冷的目光盯着瞧。她表现得更加风轻云淡，让春晚送客。

春晚送走了钟嬷嬷，周少瑾兴奋地在屋里来回走了两趟。以后姐姐嫁到廖家，肯定不会像原先那样艰难了。不过，她怎么跟郭老夫人说这件事呢？周少瑾又有些为难起来。特别是方氏之前提出让长房的两位舅舅在姐夫父亲参加春闱时帮忙指点时文时郭老夫人又答应了。

她正愁着，吕嬷嬷过来，笑道："宋老先生答应宋夫人和宋少爷去我们府上做客了，我们下午就换画舫，今天连夜赶路，明天下午就能回到金陵城了！"

外面虽好，但家才是自己的地方。回家的喜悦溢于言表。周少瑾脑海里就闪过姐姐、外祖母等人的身影，心顿时雀跃不已。"我这就让春晚她们收拾好东西。"她兴奋地喊了春晚，开始收拾东西，暂时把怎么给廖绍棠说项的苦恼抛到了脑后。

换了船，宋老先生带黄宜君来给她们送行，得了消息的高家、刘家、廖家等也都派了人来送行。码头上极其热闹，喧嚣了良久，直到画舫驶离了镇江码头不见了踪影，那些人才互相寒暄着离开。

最高兴的可能是宋森了，他在周少瑾屋子里窜来窜去的，一会儿拿着她的香粉盒子问她："周姐姐，这是什么？"周少瑾答是香粉盒子。他拿在手里翻来覆去地看，道："怎么和我娘、我姐姐的都不一样。"一会儿又开了周少瑾床头的高柜看。春晚一把将他抱开。

他又跑去抱了周少瑾的腰，不停地喊着"周姐姐"，说："春晚姐姐欺负我！"把春晚气得脸都青了。

周少瑾柔声告诉他："我是女子，你是男子，你这样随便开我的柜子看就不对。春晚欺负你欺负得好！"

宋森苦了脸。

周少瑾就问他："我要去给老夫人问安了，你要和我一起去吗？"

"要，要，要。"宋森忙道，好像只要跟周少瑾在一起，干什么都好。

周少瑾无奈地摇头，带着宋森去了郭老夫人那里。

郭老夫人那里已经收拾好了，郭老夫人正和宋夫人说着话，看见两人进来，宋夫人立刻站了起来，苦笑道："这孩子一眨眼就不见了，我就寻思着他去了你那里，忙吩咐了他乳娘去找。"

"他也是太无聊了。"周少瑾客气地为宋森找着借口，道，"我还能陪着您和老夫人说说话，宋少爷却连个说话的人都没有。他能乖乖地待在船上，没有吵着要上岸，没有闹着去钓鱼就已经很不错了。"

天下间溺爱儿女的母亲都一样。宋夫人觉得周少瑾说得再对不过了，她不仅觉得周少瑾说的话有道理，而且看儿子的眼神也柔和了很多，觉得儿子正如周少瑾所言，相比之下已经很听话了。她笑着和周少瑾说了几句应酬话，这才带着儿子重新坐下。

郭老夫人就问她："东西可都拿完了？若是没有拿完也不要紧，是自己家的船，他们收拾船舱的时候若是发现有不是船上的东西，自会派了管事的知会我们的。"

周少瑾笑道："原来想说'东西都拿完了'，可听您这么一说，我只能答'东西应该都拿完了'，不然要是船上管事的发现我还留着东西在船上，可得让你笑话了。"

她素来严肃，从来不曾开这样的玩笑，郭老夫人先是一愣，随后才发出了爽朗的笑声。

周少瑾抿了嘴笑。看来说些俏皮话，也不是那么难的事嘛！

因有宋夫人在，程池是在自己船舱里用的晚膳。

到了晚上，想到明天就可以见到姐姐和外祖母等人了，周少瑾激动得怎么也睡不着，反复地问值夜的春晚："我买的礼品都分出来了吗？有没有少了谁的？不会弄错吧？"

春晚只好反复地回答她："东西都分好了，还用匣子装着在外面贴了个纸条子，绝对不会弄错的。名单也都是照着之前您写给我的单子仔细对照过了。不会有错的。"

周少瑾点头，直到快天亮了才睡着。第二天她自然起晚了。好在是大家都在为下船的事做准备，除了宋森来找过周少瑾两次都被人拦在了舱门外，其他的人并没有注意到。

用过午膳，不仅仅是周少瑾，就是春晚等人也都有些坐不住了，整个画舫都洋溢着回到家乡、见到亲人的喜悦。途中更是遇到了程家派过来迎接他们的乌篷船，大家的情绪高到了极点，回家的感觉更强烈了。等到了江北桥，众人情不自禁地欢呼起来。

周少瑾突然间理解了金陵城的人为什么把江北桥称为金陵第一桥了。只要看见这座桥，就知道自己回到了金陵，这是金陵的标志，是家的所在。周少瑾站在船窗前，看着画舫徐徐地驶进了江北桥，看着江北桥在自己的身后渐行渐远。和离开金陵城时对前路未知的忐忑不同，回到金陵城，她的心宁静安详。她这才知道，不管金陵城曾经给过她怎样的伤害，她一样喜欢这座大城。

路上的行人熙熙攘攘，走的时候她们穿着夏天的单衣，回来的时候穿着冬天的棉衣，可集市的繁华却还是一样的，但周少瑾再撩帘打量，却少了从前的喜悦好奇，多了几分淡定从容。是因为她曾经看到过更让人感慨的事物吗？可她梦中是住在京城的，若论城邦之大，举国之下除了京城还有谁能与之媲美？那时候她怎么就没有这种感觉呢？

直到轿子从九如巷程家的侧门进去，那些熟悉的场景在她的眼前一一掠过，她这才明白过来——这不关城邦的大小，也不关景物的繁简，而是她的心态、她看事物的眼光有了很大的不同。从前，她困于内宅，再美的景色也不过如此。这次她跟着郭老夫人和池舅舅，看过海天佛国的盛景，看过钱塘江潮的壮丽，看过杭州府的繁荣，坐过沙船，去过裕泰的分号，喝过用中冷泉水沏的茶……她才知道这世界到底有多大，她到底有多渺小。那些曾经经历过的苦楚，仿佛在这一刻也变得不是那么疼痛了。

周少瑾想着，轿子停了下来，轿帘被程家派来的随行婆子撩开，听雨轩前站着穿红着绿的人，可她一眼就看见了虚扶着外祖母的姐姐。她穿了件桃红色的云锦褙子，插了朵点翠大花，看上去温柔又娴静。周少瑾的眼泪猝不及防地就落了下来。

"姐姐！"她不管不顾地扑到了姐姐的怀里。什么高大渺小统统烟消云散，此刻她只想依赖在自己最喜欢的姐姐身边。

周初瑾抱着四个多月没见的妹妹，眼泪忍不住簌簌地落了下来。妹妹长这么大还是第一次离开她，在外行船走马三分险，自妹妹出门，她每天都在菩萨面前给妹妹上三炷香，求菩萨保佑她平安顺利。

众人皆是讶然。

二房的唐老安人挑了挑眉，若有所指地笑道："这孩子，跟着大嫂出去了一趟，也不见长进。这么多长辈在这里，她倒好，扑到她姐姐怀里哭了起来，像受了委屈似的。"

·139·

关老太太听着立刻皱了眉头，只是还没有等她说话，郭老夫人已笑道："孩子见着娘，无事也要哭三场。四房就像她的娘家一样，小孩子家见娘，哭几声也是正常的。你是长辈，就别计较这么多了。少瑾，过来先给你伯外祖母磕个头，除了我，她就是你最年长的长辈了。"

唐老安人脸上青一阵红一阵的，很不自在。她没有想到郭老夫人会这样维护周少瑾，更没有想到郭老夫人进门就和她针尖对麦芒，一点儿也不让。

周少瑾惊觉到自己失态，可莫名地，她却没有了从前的害怕，只有失礼的羞赧。她忙擦了眼泪，规规矩矩地走到了不知道谁放在唐老安人面前的垫子前，双腿微屈，就要给唐老安人磕头。

洪氏忙上前一把拉住了周少瑾，笑道："你这孩子，长辈们说句笑话，你怎么就当真了呢？"说着，瞥了一眼放垫子的史嬷嬷，揽了周少瑾，"平安回来就好！你外祖母和姐姐天天惦记着你呢！"

郭老夫人当然没有真的让周少瑾下跪的意思，见洪氏出面解围，也就没有继续追究下去，而是介绍宋夫人给大家认识："在路上偶然遇到，才知道是东阁大学士、户部尚书宋大人的夫人。如今大老爷也在内阁为官，宋夫人也不是什么外人，我就请了宋夫人来家里做客。"

宋家非常简单，宋景然的心思也不在闺房之中，加之性格使然，宋夫人根本没有看清楚刚才的郭老夫人和唐老安人之间的波澜。她笑盈盈地上前和程家各房的老安人、太太们见礼。

护送母亲进来的程池站在外围，冷眼看着不远处花团锦簇的一群人，心中很是不齿。多少年过去了，二房一点长进也没有，来来去去就知道打嘴皮子。还有三房，永远是墙头草，以为什么也不说就能独善其身。四房也好不到哪里去，睁只眼闭只眼地过日子，粉饰太平，还不如五房，想要什么就要，想干什么就干。他有些厌烦地吩咐怀山："我们回去。"

怀山道："不去给老祖宗问个安吗？"

"我刚回来。"程池懒懒地道，"有些累，明天再去吧！"

怀山应诺。一行人绕过听雨轩，回了寒碧山房。

第四十六章　生变

周少瑾眼睁睁看着程池带着怀山等人悄然离开，又不好大声嚷嚷，偏偏郭老夫人正领着宋夫人和众人见礼，她使了好几次眼色郭老夫人都没有看见，她急得不得了，转身就要追过去，却被程茚拉住了，伤心地道："你可算是回来了！你都不知道你不在的这几个月我过的是什么日子……"

程笏是那种梨花开时她花觚里还插着桃花都会絮叨很久的女孩子，虽然她看起来很难过，但周少瑾并不担心，而是敷衍地道："你等会儿到我屋里来我们再好好说说，现在我有事……"可她一回头，哪里还有程池等人的踪影？

周少瑾急得不得了，她身旁的程笏却拉着她的手突然无声抽泣起来。

程笏会大发雷霆，会暴跳如雷，会冷嘲热讽，却从来不曾放下自尊和骄傲在大庭广众之下哭泣。周少瑾吓了一大跳。她忙把程笏拉到了一旁，低声道："出了什么事？"

程笏止住了眼泪，掏出帕子来擦了擦红红的眼角，低声道了句"没什么事，我就是一时间有些感触"，然后也不等周少瑾说什么，转身就回到了姜氏的身边，一副温柔乖巧的模样儿，虚扶着母亲，听着长辈们和宋夫人笑语盈盈地寒暄着。

姜氏满意地看了女儿一眼，把程笏推到了宋夫人的面前："这是我们家的那个。程家五房，却只有四个姑娘，一家一个都摊不到，不免有些娇宠。好在这孩子是个听话的，也没有被宠坏，女红针线做得不错，账本契书也都能看得懂。"说完，吩咐程笏，"还不给宋夫人行个礼。"

程笏乖乖地上前行礼。宋夫人从身边的婆子手里接过荷包就要打赏。姜氏推了又推。程笏只是低头站在那里，一副害羞的样子。

还是郭老夫人笑道："这里不是说话的地方，我们还是去听雨轩坐了吧。"

众人这才笑着应"是"，簇拥着宋夫人进了花厅。

周少瑾非常震惊。程笏那模样儿，分明就是一副死了心的样子。她不在家的这段时间到底发生了什么事？程笏会不会把自己当成了救命的稻草，而自己却毫不在意地就把她给推开了？

周少瑾拉了姐姐，低声道："笏表姐是不是出了什么事？"

周初瑾朝四周看了看，不动声色地悄声道："我们回去再说。"

周少瑾点头，如坐针毡般在花厅里应酬着。好不容易等到郭老夫人发话，说宋夫人这些日子一直在坐船，也很累了，今天的接风宴就改在明天好了，让宋夫人好好歇息一夜。后天再带宋夫人在金陵城四处走走。几房这才各自散了。

或者是因为程池那样的离开让周少瑾心里很不是滋味，回家的喜悦都淡了很多。

回到嘉树堂，她没有像自己想象中的那样欢喜雀跃地打开箱笼，把她从外面带回来的礼物分给大家，而是在关老太太和沔大太太拉着她手问了几句路上的所见所闻之后就面带倦色，觉得很累。

关老太太和沔大太太立刻放了她回畹香居歇息，还道："有什么话我们明天再说，今天你好好睡一觉。"

周少瑾没有客气，挽着姐姐的手回了畹香居。

几个月没见，雪球还记得她。她还没有进门，雪球就汪汪汪地朝她飞奔着扑了过来。周少瑾抱起了雪球。周初瑾忙道："快放下，快放下，它刚刚在地上跑了的。"

看管雪球的小丫鬟委屈地道："我原要抱着它在屋里等的，可它突然从我怀里跳了出来，拼了命地往外跑，我追都追不上。"

"没事，没事。"周少瑾望着这个面目陌生的小丫鬟，知道施香肯定已经嫁了人，她不禁生出几分伤感来，把雪球交给了那小丫鬟，问她，"你叫什么名字？"

小丫鬟恭敬地道："奴婢叫雪桃。父母都在周家的庄子里。是马总管把我送进来的。"也就是说，是周家的世仆。

周少瑾朝她笑了笑，嘱咐她要好好地照顾雪球，赏了她两个银锞子，这才和姐姐进了屋。

周初瑾只让厨房给她做了白粥和几个小菜，并道："我听说坐船坐久了都胸闷气短，我怕你不舒服，特意做了这些清淡的，等明天再让厨房做些你喜欢吃的。"

周少瑾笑眯眯地点头，趁着持香摆饭的功夫，问起施香的事来。

"你放心！"周初瑾笑道，"没有委屈她。除了公中惯例、你我赏的，父亲、外祖母甚至是郭老夫人都赏了她。她出嫁的那天马富山家的更是亲自去给她送嫁，她夫家当时就有点战战兢兢的了，以后肯定不会怠慢她。她还说等你回来后她会带着夫婿来给你磕头。"

梦中，施香嫁了之后就再也不曾回来。"那就好。"周少瑾放下心来，和姐姐一起用晚膳。或许是吃惯了家乡的味道，她觉得白粥都比在外面的好吃。而周初瑾只用了半碗粥，之后就是看着妹妹吃，不时地帮她夹菜，让周少瑾心里暖暖的。

用过晚膳，姐妹俩去了内室里喝茶。歪在罗汉床的大迎枕上，周少瑾问起程筎来。

周初瑾叹气，道："你们走后没多久，良国公和良国公世子爷就从京城回来了。良国公世子爷亲自托了申青云申大人上门求亲，泸大舅母虽然没有答应，可为了抬高筎表妹的身价，就把这件事给传了出去。你可能不知道，前些日子我们去浦口给诰表哥下小定的时候，何家太太也就是诰表哥的岳母有意把筎表妹许配给自己娘家侄儿的。这件事一传出去，何家太太气得肺都炸了，说三房做生意做久了，行事做派也和那商贾之家一模一样了，怪不得连着几辈人读书读到举人都读不下去，敢情是做什么事都只想走捷径，连名声都要买卖。找这样的亲家还不如找个大字不识的农夫，至少人家老老实实本本分分地做人，不像泸大舅母，一心一意打定主意踩着别人上位不说，还厚颜无耻地不觉得自己有错……总之，话说得可难听了！金陵城一些有头有脸的人家都知道了。别说是向筎表妹提亲了，几次府里的赏花会、品蟹会之类的，筎表妹都没有接到请帖；甚至江南的大商贾请了相熟的来探泸大舅舅的口气，想娶了筎表妹做长媳，把泸大舅舅气得当着来人破口大骂，还当着下人的面狠狠地教训了泸大舅母一顿，要把泸大舅母送到家庙里去清修些日子。要不是筎表妹求情，李老安人出面为泸大舅母说情，你回来想见泸大舅母就只有去家庙了。"

周少瑾之前有猜到，可没想到何家的反应会如此激烈，闹成这个样子。不过，今天看姜氏不像被呵斥了的样子。她有些担心地道："那三房岂不是连我们这房也记恨上了？还有良国公府那里，只怕也不会善罢甘休！"

"谁说不是。"周初瑾苦涩地道，"我们也没有想到何家太太会气成这样，还一点情面也不留地说了出来。这性子也太要强了些！也不知道诰表嫂会不会和她母亲一个性子。"

这样未必不好！梦中，诰表哥非常敬重他的这位岳母，就是因为四房落魄之后，何家太太不仅没有因此而给诰表哥脸色看，反而要女儿拿出体己银子贴补家用，说出了"有人才有钱，没了人，你有再多的钱有什么用"的话，还尽自己所能地帮扶着四房。

周少瑾忙道："外祖母也是这么想诰表嫂的吗？"

"虽然没说，我想也应该有些担心吧！"周初瑾道。

梦中没有发生过这件事，何风萍嫁进来顺风顺水什么事也没有发生。她不能让何风萍给外祖母留下不好的印象。周少瑾道："我明天去给外祖母请安的时候跟她老人家说说好了。"

"也好！"周初瑾道，"家和万事兴。可千万别因为三房的事弄得我们这房也不得安宁。"

周少瑾就道："那现在筎表姐的婚事岂不是成了件难事？"

"何止是件难事？"周初瑾道，"而是成了件笑柄。金陵城里谁不说泸大舅母要卖女儿。"

若是换了自己，恐怕比程笳更悲伤。周少瑾有些愧疚地道："早知道这样，我当时就应该听听笳表姐要和我说些什么了！"

"现在你已经回来了，"周初瑾劝她，"随时都可以去如意馆，也不急着这一时。三房现在觉得笳表妹这样，全是何家太太造成的。"

姐姐这是怕她被三房欺负吧？周少瑾笑道："我给你们带了很多好东西，到时候借着送礼物给她，让丫鬟帮着传个话给她好了——我过去她们三房看我不顺眼，我过来总成吧？"说到这里，她想起了那对红珊瑚珠花和簪钗，她跳下了罗汉床，对周初瑾道："你等会儿！"然后亲自去开箱笼，把红珊瑚首饰全都拿了出来，摆在了罗汉床上，笑着问姐姐："好不好看？这是送给你和外祖母、大舅母的，你挑一个，剩下的我拿去给外祖母和大舅母。"

"真漂亮！"没有女孩子不爱漂亮饰品的，周初瑾被艳丽而又不失华美的红珊瑚给镇住了，左盼右看的，件件都让她爱不释手。

周少瑾抿了嘴笑，心里有种从来不曾有过的满足感。她道："姐姐，你暂时只能挑一样。若是我以后又遇到了品相这么好的红珊瑚，一定想办法给你凑齐一整套。"

"这样就很好了。"周初瑾笑着，挑了那串一百零八子的佛珠。

周少瑾讶然。她以为姐姐更喜欢簪钗或是珠花，而且她已言明了剩下的两件是给外祖母和大舅母的，簪钗和珠花大舅母还勉强能用用，外祖母是绝对不合适的。可姐姐已经挑了，她也就不好再多说什么，把剩下的饰品收了起来。

周初瑾就问她："这几件饰品挺贵的吧？以后别买这么贵重的东西了。"又道："父亲前些日子让人送了二百两银票过来，我等会儿拿给你。"

"不用，不用。"周少瑾忙道，"这饰品没花钱，是池舅舅送的。"

"池舅舅送的？"周初瑾睁大了眼睛。

"嗯！"周少瑾依偎在了姐姐的身边，低声道，"这次我跟着郭老夫人出去，不仅得了池舅舅的东西，还得了郭老夫人的东西。"她把箱笼里的东西一股脑地拿给周初瑾看。

周初瑾又惊又喜。刚才在嘉树堂周少瑾已说了自己这一路上的所见所闻，听说普陀山全是大小的寺院，宁波有一条街都是卖舶来的东西，中冷泉水要在江水中汲取的时候她已很是羡慕，没想到池舅舅竟然还送了这么贵重的礼物给周少瑾，郭老夫人竟然为妹妹在普陀山点了盏长明灯。这除了说明妹妹得了郭老夫人和程池的青睐之外，也说明了郭老夫人和程池的大方豪爽。

她忙道："少瑾，木秀于林，风必摧之。池舅舅和郭老夫人对你的好你可别乱说，小心别人心生妒忌，对于你不利。"又道："郭老夫人和池舅舅对你都这么好，你以后可要好好地孝顺他们才是。父亲那里，我们也应该写信去说一声，让父亲心里有个数，以后若是能有机会还个情那就再好不过了。"

说起这个，周少瑾面露犹豫。

周初瑾急道："怎么了？难道你还受了他们更大的恩惠不成？"

周少瑾道："郭老夫人还送给了我一颗金刚钻。"

周初瑾一看，清澈透明如水珠，吓了一跳，更加坚定了给父亲写信的决心，并对周少瑾道："你可仔细收好了，小心别让人给摸了去。"

周少瑾颔首，斟酌道："还有一件事……"

周初瑾觉得自己被周少瑾这么左一下右一下的弄得心都比平时跳快了几分。她捂住了胸无奈地道:"你就不能一次把话说完,非得弄得我提心吊胆不成?你又得了什么好东西?"

"不是我!"周少瑾忙道,"是廖家大太太。"

"廖家大太太?"周初瑾过了片刻才反应过来周少瑾说的是谁。她面色一红,道,"廖家大太太怎么了?"

周少瑾就把方氏让钟嬷嬷给她递话的事告诉了周初瑾。

周初瑾想也没想就反对道:"那怎么能行!若是郭老夫人和池舅舅没有送你这些东西还好说,若是廖家大太太没有提让长房的两位舅舅指点廖家大老爷制艺也好说,可现在怎么能提这话?郭老夫人和池舅舅还以为我们不知好歹,得寸进尺呢!这件事你不能出面帮着廖家说项!郭老夫人和池舅舅青睐于你,那是你的福气。可你也要惜福才是。什么人什么事都求到郭老夫人和池舅舅面前,若是哪天你自己要求郭老夫人和池舅舅该怎么办?要知道,这人情可是用一次少一次的。"

周少瑾做梦也没有想到姐夫和自己之间,姐姐居然会站在她这一边。她不由激动地挽了姐姐的胳膊,急急地道:"可这件事很重要啊!若是我办成了这件事,你以后嫁去廖家,廖家又怎么敢给你脸色看?"她把梦中所知道的关于廖家的事全都告诉了周初瑾,"……这些全是我借了池舅舅的人打听出来的,绝不会有错。我不能眼看着你在廖家受磋磨!"

"就算这样,也不能这样随意地就把郭老夫人的关系用了。"周初瑾听闻后心里像惊涛骇浪般汹涌澎湃,嘴上却依旧安慰着周少瑾,"嫁到哪个大户人家不是这样的?这还算是好的,若是像刘家的大老爷似的,见孙小姐的嫁妆虚头虚脑的,就朝孙家借了两千两银子,说是家里的铺子要周转,两个月之后还的。可两个月之后刘家大老爷却根本不提还的事了,孙家去要银子,刘家大老爷就是不还,还说这两千两银子就算是孙家三小姐的陪嫁好了。孙家不同意,刘家就说孙家三小姐有暗疾。如今两家正打着官司呢!难道廖家会像刘家一般不要脸不成?"

周少瑾听得目瞪口呆,说不出话来。

周初瑾道:"这件事你就别管了。若是廖家的人找你问起来,你就说是我不答应的。让他们来找我。"

"这怎么能行!"周少瑾不答应,"姐夫的举业也很重要啊!"

廖绍棠能够早一点金榜题名,姐姐的腰杆也就能早一点直起来。主要还是周少瑾已经对廖家的人明言自己有这个能力了。

周初瑾想了想,道:"那就让他们找爹爹去,爹爹不也是两榜进士吗?"

"那不一样。"周少瑾柔声劝着姐姐,"廖家大太太为何提出春闱的时候让长房的两位舅舅指点廖大老爷的制艺,多半是想让长房的两位舅舅帮着打听当年主持春闱的主考官的喜好,不然何必非点着要长房的两位舅舅出面?"

周初瑾愕然,半晌才笑道:"没想到出去了一趟真长见识了,连这个都知道了。"

还好出去了这一趟,不然很多事情只怕是难以取信姐姐,更没有办法解释。周少瑾抿了嘴笑,道:"我跟着两位阁老的家眷一起走了几千里,总得有点长进吧?"

周初瑾不由感慨道:"少瑾,你以后行事可得立起来才是,别辜负了郭老夫人对你的一片心意。"

"我知道。"周少瑾道,"那姐夫的事?"

周初瑾脸色微红,道:"还是觉得有些不妥当。就算是要提,也不能这个时候提。你刚刚从镇江回来。"

周少瑾听着心中一动，道："姐姐，你看能不能这样？下次廖家的人来问，我们就说已经写信给父亲了，父亲的意思是让姐姐和姐夫先成亲，然后姐夫再写几篇制艺文章给父亲看看。就算长房的两位舅舅答应指点姐夫的制艺，总不能每一科都指点一番吧？机会最多只有一次，能不能抓得住还得看姐夫有没有这个功底。这不就把事情拖了下来了！等你嫁了过去，程家和廖家也算是正经的亲戚了，逢年过节再多走动走动。以泾大舅舅的性子，姐夫若是下场，他肯定会主动指点姐夫的。"

"真的！"周初瑾闻言心动，道，"泾大舅舅真的会指点你姐夫？"

周少瑾很肯定，道："我听池舅舅身边的人说，泾大舅舅很愿意提携晚辈的。"最重要的是，梦中没有人提携，姐夫也中了进士。她之所以想到锦上添花，不过是想为姐姐在婆婆面前争取地位罢了。

周初瑾连连地点头，忍不住赞扬周少瑾："你这主意好！我这就去给爹爹写信，把这两件事都告诉他。"

"姐姐，你等等。"周少瑾说着，从一堆的礼品中找出一大一小两个匣子，道，"大的是对琉璃簪子，小的是串项链。簪子是给太太的，项链是给小妹的。你也跟父亲提一提，到时候随着你的信一并送过去。"

周初瑾笑着应"好"。姐妹俩一个磨墨，一个写信，很快就把这几件事办好了。

周少瑾就迟疑道："姐姐，你出嫁的时候谁来主持？"梦中，她们和李氏的关系不太好，是大舅母主持的。她还记得廖家来下小定的那些女眷私底下议论姐姐和她是被继母嫌弃，所以这么大的事父母都没有出面的。她气不过，又不知道怎么辩解。后来对李氏的态度不好，也与这有关系。她觉得她和姐姐年纪小，不知道这其中的利害，李氏是妇人，应该知道才是。

谁知道周初瑾赧然道："父亲前些日子已经写信给我了，说等过了年太太就会带着小妹回来。到时候我们可能会搬回周家住一阵子。"

那就太好不过了！周少瑾心情雀跃。

周初瑾却面色微沉，道："少瑾，有件事，我觉得应该告诉你。"

周少瑾支了耳朵听。

周初瑾踌躇了好一会儿，才道："马富山说，兰汀和欣兰的死，的确与那程铬有关系，你以后，可要离他远一点才是。"

虽然隐隐猜测到了，但消息被证实周少瑾还是心中一沉。程铬，可真是只披着羊皮的狼！周少瑾沉声道："姐姐，你看，我们想放过他，他却不愿意放过我们。只怕这个人留来留去会留成大祸害。"

周初瑾松了口气。她就怕妹妹心软。"那你的意思是？"她问周少瑾。

周少瑾道："爹爹可知道这件事？他老人家怎么说？"

周初瑾道："爹爹早已经知道了。还是他老人家让马富山告诉我的，说是怕我们两姐妹不知道轻重，以为还可以和那程铬虚与委蛇，结果却被他反咬一口，让我们都离他远远的。至于其他的，就没有说了。"

周少瑾道："姐姐，你觉得想办法除了程铬的功名怎样？"

"除了程铬的功名？"周初瑾喃喃地道，想了一会儿，道，"你觉得除了他的功名他就能安分吗？"

怎么可能！若是他被除了功名就能安分，梦中就不会处心积虑地找到她，还哄她和他私奔，一点也不顾及帮过他的岳父和为他生儿育女的妻子了。

"这只能说是第一步。"周少瑾道，"没有了功名，他就只能依附程家，到时候我们就可以慢慢地收拾他了。可若是让他取得了举人身份，以他的心性，只会做出更丧心病狂的事来，到时候恐怕不仅仅是指使人下毒毒死个人这么简单了。"

周初瑾道："那我们就让马富山去趟保定府好了，正好接了太太回来，别人问起来也有个借口。"

周少瑾很是赞同，将给姐姐的琉璃簪钗拿给姐姐，道："这是给你带去廖家赏人的。"

"你还是自己留着吧！"周初瑾执意不要。姐妹俩推搡了良久，周初瑾才笑着接受了。

之后两姐妹睡在了一张床上，周少瑾讲去普陀山的一些细节，比如说裕泰宁波分号王掌柜怎么机灵，杭州分号的掌柜又怎么精明，金山寺如何雄伟，中泠泉水沏出来的太平猴魁又是如何清冽芬芳……点点滴滴的，全是郭老夫人和程池对她的好。

周初瑾听着，笑着摸了摸周少瑾的青丝，姐妹俩的动静越来越小，渐渐进入了梦乡，第二天被春晚叫起来的时候，都不知道是什么时候睡的。

两姐妹忙梳洗了一番，带着给关老太太和汭大太太及仆妇们的赏赐去了嘉树堂。

程诣还在浦口，程汭特意带着程诰早了点过来，待见过周少瑾，问过话知道她一路平安之后，就带着程诰去了外院。

关老太太就笑呵呵地向周少瑾解释道："他如今偶尔也跟着你汭大舅舅学点庶务。"

程诰的婚期定在了明年的九月，不管他下场有没有取得秀才的功名，这婚事都要办好。周少瑾安抚关老太太："您就放心好了，诰表哥一定会双喜临门的。"梦中，程诰也的确考取了秀才。

关老太太笑道："那就借你吉言了。"

周少瑾抿了嘴笑，把礼物拿出来。

梳篦和琉璃簪钗大家都很喜欢，红珊瑚饰品却让关老太太和汭大太太犹豫了："这么好的品相，实在是难得，还是你自己留着以后戴吧！"

生了女儿的，通常会从女儿落地的那刻起就开始给女儿攒嫁妆。周少瑾没满周岁母亲就病逝了，后来又寄居在九如巷。关老太太待她再好也隔着一层血缘关系，不好替她拿主意。等到摸清楚了周镇真正的心意，开始给周少瑾准备嫁妆，也就是这两三年的事，她反而不如周初瑾——庄氏自嫁到周家就开始帮周初瑾准备嫁妆。而准备嫁妆最难的是有时候你要什么有钱也买不到。

周少瑾笑道："我长这么大还是第一次出门，您就收下好了。以后我若是再遇到了这样的好东西，肯定留下来不让您知道！"

关老太太大笑，道："要不你给郭老夫人送去好了！这次你能跟着出门，多亏有郭老夫人。"

"这是我买给您和大舅母的，"周少瑾笑道，"郭老夫人那里我以后再想办法报答她老人家就是了。"

关老太太见她态度坚定，朝着汭大太太使了个眼色，道："那我们就收下了。"

周少瑾笑盈盈地点头，待把梳篦琉璃珠花等送给似儿等人之后，她起身告辞："虽说宋夫人那里自有郭老夫人款待，可我和她在船上相处了这些日子，她来九如巷做客，我不能尽地主之谊，怎么也要去打个招呼才是。"

"是极，是极。"关老太太非常的支持，道，"宋夫人那里你自己看着办。若是要请到家里来做客，你只管下帖子，到时候我来作陪，银子也从公中出，不要担心什么，失了仪态，让人觉得小家子气。"

周少瑾谢过了外祖母，邀了周初瑾同去，并道："这一路上宋夫人对我很是照顾，因为不知道郭老夫人是怎么安排，不好请了大舅母同去，姐姐却要出门帮我向宋夫人道个谢才是。"

宋夫人是阁老的夫人，谁不想巴结？可她毕竟是长房的客人，哪些人能和她说上话，也得长房的说了算。若是长房没有同意她就带了沔大太太过去给宋夫人问安，不免有撬长房墙脚的嫌疑。但周初瑾就不同了，一来她是周少瑾的姐姐，二来她只是个未出阁的小姑娘，人微言轻，宋夫人不会把她放在眼里。

关老太太和沔大太太都懂这个道理，两人不仅没有责怪周少瑾，还觉得周少瑾想得很周到，亲自让厨房做了几道四房比较拿手的点心让周初瑾带着了宋夫人歇息的客房。

而宋夫人听说周少瑾和姐姐带了点心来看她，忙吩咐丫鬟把人请进来。在她看来，周少瑾才是被郭老夫人放在心上的晚辈，加上她心里很喜欢周少瑾，觉得在九如巷这个陌生的地方周少瑾才是自己的熟人，不仅高兴地留下了她们带过来的点心，还在周初瑾向她道谢的时候好好地夸奖了周少瑾一通。

周初瑾见周少瑾得了赞扬，自然是喜出望外，越看宋夫人越觉得宋夫人和蔼可亲，奉承着宋夫人说话，把个宋夫人高兴得从头笑到了尾，最后问周少瑾："我听郭老夫人身边的吕嬷嬷说，郭老夫人决定明天去鸡鸣寺吃斋饭，你也会去吧？"

"还不知道能不能跟着去。"周少瑾笑道，"我原准备去给老夫人请了安再来探望您的，可姐姐非要过来跟您说一声'多谢'，我就带着姐姐先过来了。还没有去给老夫人问安呢！"

"那你快去问问。"宋夫人笑道，"森哥儿昨天晚上还跟我说，原以为到了你家就能天天见着你了，谁知道你们居然住得这样远，还不如在船上的时候方便呢！"

周少瑾嘻嘻地笑。有小丫鬟通禀，说碧玉过来了。大家都有些意外，宋夫人让小丫鬟带了她进来。

碧玉看见周少瑾就"哎哟"了一声，道："可找着您了！要不是遇到了沔大太太，我这腿可都得跑细了——老夫人一睁开眼睛就吩咐奴婢去请二表小姐，我去了畹香居，结果说您去了嘉树堂，我赶去嘉树堂。老安人已经开始做早课，几个丫鬟只知道您来了长房，却不知道您到底去了哪个院。我又赶回寒碧山房，结果说您根本就没去过，我只好又往嘉树堂去。天可怜见地让我遇到了沔大太太，不然我这会儿还在老安人的小佛堂外面等呢！"说完，她上前给宋夫人行礼，道："奴婢一时心急，让您看笑话了。"

这周家二小姐果然是郭老夫人喜欢的。宋夫人在心里暗忖，笑道："碧玉姑娘不必客气。二表小姐，你快跟着碧玉姑娘去老夫人那里看看吧，说不定老夫人有什么急事找你呢！"

周少瑾匆匆辞了宋夫人，去了郭老夫人那里。

郭老夫人正要用早膳，笑道："你吃过没有？今天厨房里做了菊花粥，你要不要添点？"

周少瑾婉言谢绝了。

郭老夫人也不勉强，把今天在听雨轩宴请宋夫人，明天请宋夫人去游鸡鸣山的安排告诉了周少瑾，道："你和宋夫人熟。你跟你外祖母说一声，宋夫人在金陵城的这几天，就由你陪在宋夫人身边好了。"

周少瑾笑着应允，把带着姐姐去给宋夫人道谢的事告诉了郭老夫人。郭老夫人听说周初瑾和宋夫人颇谈得来，笑道："让你姐姐一并陪在宋夫人身边好了。你姐姐的话虽然也少，却比你多。"

周少瑾讪讪地笑，回去禀了关老太太。

· 147 ·

关老太太喜出望外。他们四房的两个丫头帮着郭老夫人出面招待宋阁老的夫人，这是多大的荣耀啊！也说明他们四房的两个丫头在待人处世、交际应酬上都是上了一定档次，拿得出手的。她忙叫了泃大太太来，问周少瑾要不要做几件新衣裳。

周少瑾笑道："现在做衣服也来不及了，何况我和姐姐还有很多没有穿过的新衣裳呢！"

关老太太又问起宋夫人的爱好、忌讳之类的，絮絮叨叨地说了半个多时辰，要不是长房那边的丫鬟来催关老太太听雨轩那边的宴席要开始了，她还会继续问下去。

周少瑾和周初瑾上前服侍关老太太更衣。关老太太连连摇手，道着"不用"，让她们快回去重新梳洗梳洗，和她一道去听雨轩。周氏姐妹只好回了畹香居。

泃大太太就笑道："您把她们两姐妹支走了可是有话跟我说？"

"就你机灵。"关老太太笑道，"我寻思着那红珊瑚首饰我们就先帮少瑾收着，以后她出嫁，给她添箱好了，既不用辜负了这孩子的一片孝心，也算是我们的一片心意。"

"您倒和我想到一块儿去了。"泃大太太笑道，"不仅如此，我觉得我们也得开始帮少瑾准备嫁妆了。就是她的婚事，您觉得我们要不要跟姑老爷透个音？"

关老太太想了想，道："诰哥儿的婚事定在了明年的九月初十，听廖家的口气，廖姑爷要参加秋闱，想在明年的三月、四月和五月之间选个日子，过几天就要派人来商定具体的日子。这一年办两桩婚事，虽然先出后进是件好事，可我看还是等到办完了诰哥儿的婚事，少瑾又大了一岁，我们再和姑老爷坐下来好好说说少瑾和诣哥儿的事比较好。"

泃大太太向来尊重婆婆的决定，笑道："那个时候手边的事也忙得差不多了，我们也可以分出精力来。还是您想得周到。"

关老太太微微地笑，还想说什么，周氏姐妹已经换了身衣服走了过来。她忙朝着儿媳妇使了个眼色，两人笑着打住了话题，带着周氏姐妹去了听雨轩。

二房和三房的人都已经到齐了，正围着宋夫人说话。周少瑾见姜氏神色自若，没有一点坑女儿的后悔和焦虑，不由心中暗叹。也不知道姜氏是没有意识到事情的严重性还是姜氏已有了万全之策应对程笳的婚事。反观程笳像被霜打了的茄子似的，蔫蔫地跟在母亲的身边，就算是笑眼底也透着几分伤心，她不禁为程笳难过起来。

宴席开始后，周少瑾被安排在了郭老夫人和宋夫人这一桌，因作陪的还有唐老安人、李老安人等长辈，周少瑾几乎没怎么吃东西，全在照顾她们了。就这样，识大奶奶郑氏看着心里却不是滋味。原以为程笙去了京城小字辈里就应该由她出头了，没想到郭老夫人又抬出了个周少瑾。郭老夫人是有意的还是无意的呢？

用过午膳喝过茶，郭老夫人带着宋夫人参观九如巷。周少瑾在一旁陪着。

长房的古朴大方，二房的高雅秀丽，三房的富丽堂皇，四房的简单朴素，五房的珠光宝气，都让宋夫人赞不绝口，这才感受到了程家家底的厚重。

晚膳依旧是周少瑾在主桌作陪。用过饭，她们去四宜楼听夜戏。虽已是冬天，但四处挂着暖帘，点着灯笼，粉色的夹竹桃、白色的玉簪花、大红的石榴花竞相绽放，让人疑是在春天。

宋夫人忍不住道："都说江南的世家如烈火烹油，鲜花着锦，我今天亲眼看见这才相信。"

郭老夫人呵呵地笑，道："我们也是托了你的福。你要是不来，我们就算是想找个借口这么聚聚都不成。"

"看来我应该常常来走动走动才是。"宋夫人开玩笑道。

姜氏接了话："这是冬天，您春天来的时候有春天的景致，夏天来的时候有夏天的景致，就怕您不来。"

"若是得了闲，我一定来看望老夫人。"宋夫人微笑着道，大家在太师椅上坐下。

碧玉送了戏单子请宋夫人点戏。宋夫人推托了几次都没能推掉，点了出《游园惊梦》，郭老夫人点的是《四郎探母》，有了这两出只怕就要听戏到半夜，唐老安人和李老安人等很有眼色地没有点戏。

戏台上就"铿铿锵锵"地开了锣。

周少瑾把小丫鬟捧上来的茶和点心摆在了宋夫人的茶几边，开始还给宋夫人解释一下这戏是哪个戏班唱的，旦角是谁，青衣是谁，都唱过些什么戏，在金陵城梨园界的地位如何。等到戏渐入佳境，宋夫人也听得如痴如醉之后，她重新给宋夫人换过茶点，悄然朝着坐在不远处玩着指甲的程笳使了个眼色，下了楼。

不一会儿，程笳也下了楼。她板着脸问周少瑾："干什么？"可能还在为那天周少瑾敷衍她而生气。

周少瑾拉了拉她的手。她面色微霁，道："有什么事你就直说。你若是想安慰就不必了。反正我已经这样了，再怎么也不会比这个时候更差了，我也不怕你笑话了。"语气却和缓了很多。

周少瑾笑。程笳总是这样刀子嘴豆腐心。她柔声道："那你以后有什么打算？"

程笳黯然。低了头道："我也不知道。娘说，过些日子大家就不记得了。可我这样地被人议论，心里……却很烦！"

周少瑾理解。她轻轻地拍了拍程笳的手，道："你晚上来我屋里吧！我带了很多东西给你。"

程笳心不在焉地点了点头，回到了楼上。可当她在畹香居看到周少瑾买给她的礼物时，人一下子活了过来。"少瑾，你在哪里买的这些东西？好漂亮！你怎么不多买点回来？还有这套梳篦，绘的居然是游园惊梦，他们可真敢想啊！"她逼问周少瑾，"你肯定也给阿朱和顾家十七小姐买了礼物回来的，你快给我看看，我要看看你送给她们的都是些什么花色的。"

周少瑾没有办法，只好把送给阿朱她们的东西都拿出来给程笳看。

程笳一会儿拿了琉璃簪钗看，一会儿拿着梳篦看，最后问周少瑾："你能不能只送她们簪钗，把这几套梳篦都送给我？"

"当然不行啊！"周少瑾笑道，"我不知道你这么喜欢梳篦，早知道我就应该多带几套回来了。不过，我听池舅舅身边的人说，我们金陵城有家叫'花想容'的铺子就是专门卖常州梳篦的，只是我们不知道罢了。哪天我们去那里逛逛好了。"

程笳这才放手。不过，相比之前她的精神状态好了很多。

接下来的几天，周少瑾和姐姐周初瑾在郭老夫人的带领下，陪着宋夫人走遍了金陵城的山山水水。周氏姐妹虽然是金陵人士，可闺阁严格，却没有机会像这样游玩过，这次亲历那些在书上看到的景色，说起来还是沾了宋夫人的光。

但这样天天在外面游玩也很累，等到宋夫人面露倦色，郭老夫人建议在家里开个茶会，把宋夫人介绍给金陵城中的贵妇人："……你正好趁这个机会认识些人。"

宋夫人觉得郭老夫人安排周到妥帖之极，连声应"好"。郭老夫人就让周少瑾和周初瑾姐妹帮着安排茶会的事。

周初瑾在沔大太太的指点下已经可以独立主持四房的中馈，这些事自然不在话下。和四房的宴会相比，长房的宴会不过是在规格上高一点而已，但长房有的是银子，周初瑾没有了束缚，也就没有了什么为难之处。

周少瑾却找了个机会去听鹂馆。程池和集萤都不在，南屏在给程池赶制春裳。周少瑾很是失望。

南屏笑着问周少瑾："二表小姐可是有什么事？"

周少瑾道："也没什么事，就是过来看看。池舅舅和集萤姑娘去了哪里？"

南屏笑着让小丫鬟给周少瑾上了茶，道："说是谁过寿，四爷领着集萤姑娘去拜寿了。要不我打发小丫鬟到秦管事那里问一声，看四老爷去给谁拜寿了……"

周少瑾不好意思打听，忙道："不用了，不用了。我顺口问问。"

南屏并没有起疑，而是笑道："二表小姐来得正是时候，我想给四爷的道袍镶个芽边，正拿不定主意用什么颜色好，二表小姐快帮我看看。"

周少瑾欣然应允。南屏给程池做的是件浅灰色的淞江三棱细布道袍，准备或镶了白色或镶了褐色芽边。周少瑾道："能不能镶深灰色！"

"镶深灰色？"南屏愕然，思考了半晌，不由击掌，满脸惊喜地道，"二表小姐高见！我怎么就没有想到镶同色的！我这就去找个颜色深点的细布过来配配色。"

周少瑾莞尔。这样的镶边方法要到七八年之后才会在扬州传开来。两人在那里对比了半天，最后决定用深灰色的细纱浅浅地镶一道。

"肯定很好看。"南屏满足地道，"我觉得也可以用在女装上。"

周少瑾很喜欢这种镶边，闻言笑道："那我也试试。"

南屏很感兴趣，道："二表小姐的衣裳要是做好了，让我也开开眼界。"

周少瑾笑道："这又不是什么难事，你到时候只管去看好了。"

她们正说着，外面一阵轻微的响动，有小丫鬟跑进来道："南屏姑娘，二表小姐，四老爷回来了。"

周少瑾和南屏迎了出去。

天气已经有些冷了，但程池依旧穿着秋裳。虽然腰间紧扎布腰带勾勒出他的好身材，可看上去却让人觉得有些冷。

周少瑾忍不住道："您怎么不多穿件衣服，今天早上起的可是北风！"

程池有些意外，道："你怎么过来了？今天不用陪宋夫人吗？"

周少瑾讪然，道："老夫人说要办个茶会，让我和姐姐一起协办，姐姐向来能干，我也帮不上什么忙，就跑过来……准备和池舅舅您下几盘棋。"

这小丫头，又打什么鬼主意！所谓的下棋别人不知道，她心里还不明白吗？那是下棋吗？那不过是演戏给母亲看罢了。如今母亲忙着招待宋夫人，哪里有空理会他！他们犯得着再在一起下棋吗？程池对周少瑾道："你跟我来！"率先往书房去。

周少瑾见他神情严肃冷峻，心里有些打鼓，悄声地问跟着他回来的集萤："他在外面没有受气吧？"

集萤翻了个白眼，道："我只看见他给别人气受，没看见过别人给他气受。"

"哦！"周少瑾忐忑不安地跟着程池去了书房。

程池大大咧咧地在大书案后面的太师椅上坐定，问周少瑾："说吧！又有什么事？"

有事？！她能有什么事？周少瑾想了想。她想让泾大舅舅或是渭二舅舅指点指点姐夫廖绍棠的制艺，可那也得等到明年姐夫下场中了举人再说，至于现在……她还真没什么事！周少瑾摇了摇头，道："我没什么事啊！"

程池不由忍气凝视了她片刻，道："那你来找我干什么？"

周少瑾坦白地道："您那天不是一声不吭就走了吗？我还以为过两天就会再见到您，结果家里这么热闹，我却一直都没有看见您，所以特意过来看看您。没想到您竟然出去给人拜寿去了！不知道是哪家的老太爷过寿？好玩吗？顾六爷有没有和您一起去啊？我前几天让人把给顾家十七小姐买的礼物送了过去，顾家十七小姐接到东西很高兴，回送了我两匹洋漳绒，说是顾六爷前些日子送的。顾六爷这些日子去了福州吗？"

这丫头怎么这么多话？他问一句，她就有十句等着他。而且根本不知道重点在哪里。程池道："谁跟你说漳绒在福州了？最好的漳绒出自我们丹阳，离金陵城不过百余里。"

周少瑾"哦"了一声。她又不是问漳绒出自哪里，她是想看看池舅舅这几天都是怎么过的。郭老夫人忙着招待宋夫人，肯定没人管他的事了。他在船上的时候起了兴致，看书能看一夜！周少瑾道："池舅舅，您这些日子都在干什么啊？老夫人也没空照顾您，您自己没事的时候就出去走走呗！要不然可以搬去藻园住些日子啊！那边不是您的别院吗？景致应该非常好吧！也免得天天闷在屋里看书、打谱。"

这小丫头片子，翻了天了，竟然管起他的事来了！程池道："我的事不用你管。你管好你自己就行了！听说上次你陪着宋夫人去灵谷寺的时候人家宋夫人稳稳妥妥地上了轿子，你却走丢了！"

周少瑾脸一红，道："池舅舅怎么知道的？"

她从前也去过灵谷寺，可没想到的是，她跟着关老太太去灵谷寺和跟着郭老夫人去灵谷寺却是两种完全截然不同的待遇——跟着关老太太去灵谷寺，不过是去大雄宝殿上香，到偏殿听佛理，到厢房吃斋饭。可没有想到跟着郭老夫人，灵谷寺的住持竟然对她们开放了一代名僧宝志的墓塔。她这才知道原来灵谷寺居然还有这样一个去处。

这都不说，那宝志大和尚的墓塔前的志公殿内有一块黑色的石碑，碑上除了有画圣吴道子给宝志所绘的画像，诗仙李白给作的像赞之外，还有大书法家颜真卿亲手书写的碑文。她当时看着就有些挪不开脚步了，又见灵谷寺从住持到知客都围着郭老夫人和宋夫人在转，她就悄悄地向寺里的小沙弥讨明纸把石碑上碑文给拓了下来。结果等她拓完了碑文，天也暗了，郭老夫人和宋夫人也不见了，吓了她一跳。要不是商嬷嬷及时找过来，那天她恐怕就要闹笑话了。

程池的眼角挑了挑。这小丫头答得可真轻松！要不是看在她是九如巷程家的女眷又是跟着母亲同去的，就凭她拓了宝公塔的碑文，灵谷寺就能把她留在灵谷寺里！不然母亲也不会急急地让他赶去灵谷寺了。还好除了这件事她没有出什么大错，母亲也只是觉得她无知无畏，什么也没有说。

只是还没有等他说话，周少瑾已满脸兴奋地走了过来，站在他的大书案前笑盈盈地喊了声"池舅舅"，道："我知道了，肯定是商嬷嬷告诉您的！我竟然看见了颜书圣的真迹了。池舅舅，那是颜真卿的真迹吗？灵谷寺的住持大师说是。不过寺庙里的人当着香客多半喜欢夸大事实。但宝公塔里的那石碑就算是假的，那字雄秀端庄，方中见圆，浑厚强劲，也肯定是哪位大师的手书，能拓回来天天观摩，也不枉此行了！"

是啊！程池在心中暗忖。我付给了灵谷寺一千两银子的香油钱，你当然不枉此行了。

周少瑾却睁大了眼睛，犹豫道："池舅舅，您不高兴吗？"

或者是从小就练就了一副七情六欲都不上脸的本领，程池直觉地反驳道："我没有不高兴。"

真的吗？周少瑾目不转睛地盯着程池，好像要从他脸上细微的表情中辨别真伪似的。

程池生平第一次觉得有些不自在。小丫头的眼睛黑白分明，仿佛盛着一泓清泉，他能从她的双眼中清楚地看见自己的倒影。程池不由自主地在心里暗暗地骂了一句。明明知道这小丫头片子是个不开窍的，他偏偏哪壶不开提哪壶。这不是自找麻烦吗？他快刀斩乱麻，道："既然你没什么事，那就回去吧！我娘不是让你协理你姐姐举办诗会吗？"

你这样走开恐怕什么也学不到吧？"

池舅舅肯定有些不高兴，不然他肯定是"赶"自己走而不是"劝"自己走。池舅舅行事有个特点，那就是他越不高兴的时候待人就越客气，心情越好的时候待人就越随意。

周少瑾抿了嘴笑，问程池："您明天还要去参加寿宴吗？"有的时候寿宴会摆两三天，只有其中一天是正式的宴请。

程池道："不去！"

"那我明天来陪池舅舅下棋吧？"

不用宽慰母亲，程池实在是没有耐心陪个小孩扳手腕。"我明天不想下棋。"

"那您教我下棋好了。"

"我不想教你。"

"那您看着我打谱好了！"

"你会打谱吗？"

"不会。"周少瑾大言不惭地道，"所以我才要跟着您学啊！"

"你们沈大娘干什么去了？"

"她没有您教得好。"周少瑾道，"她教了我半天我也没有看清楚棋谱，可您只教了我几天，我就能看得懂简单的定式了。"

"我明天没空！"

"我又不是要您守在我身边。"周少瑾道，"我就是在您的书房打打谱，不懂的时候问您，您应我一声就是了……"

他不知道她还是个牛皮糖！程池气极而笑，正要训斥她两句，怀山垂着眼睑走了进来，低声道："四爷，裕泰杭州分号那边送了些花木过来，说是给二表小姐的。"

周少瑾愕然，道："给我的？"

怀山不敢抬头看程池的脸，恭声道："是啊！说上次二表小姐赞他们分号里养的花好，他们当时就给二表小姐挑了几盆好花。只是二表小姐停留的时候太短了，那些花木又不是换盆的时候，怕直接送给二表小姐有个什么闪失的，就把花暂时养在了苗五师傅那里。这不，前些日子苗五师傅说这些花能搬动了，杭州分号那边就特意让人送了过来。"

"啊！"周少瑾走的时候没有收到花，早就忘了这件事，没想到杭州分号千里迢迢地把花送了过来。

她朝程池望去。程池眼底闪过一丝愠色。这些人真是有劲儿没处使了。想到这么个主意巴结他。送花就送花好了，为了在他面前讨好卖乖，当时不把花送到船上，事隔一些日子了再派专人送过来。不过，他既然有意在裕泰最好的时候把裕泰卖个好价钱，裕泰是好是坏就与他没有关系了。他不动声色地深吸了口气。

周少瑾打了个寒战。池舅舅肯定气坏了！她朝着怀山摆手："我不要，你去跟他们说，我不能要。"

怀山当然不会听她的，拿了眼角的余光飞快地睃着程池。谁知道程池却面色如常，甚至带着些许的温煦，笑道："送都送来了，就收下吧！"

怀山只觉得指尖发凉。四老爷可是越生气表现得越和颜悦色。他战战兢兢地应"是"，小声地道："送花的是王太太，她说，想进府给二表小姐问个安。"

"行啊！"程池淡淡地道，"你去跟吕嬷嬷说一声，让她安排安排就是了。"

怀山一溜烟地跑了。

程池轻轻地叩了叩大书案：也许他真不适合管事。别人都觉得建个票号，从歙县的那帮人口里夺食不简单，可他不过是略施手段就建成了裕泰票号。但裕泰票号建起来了，他却没有了什么兴趣，现在又出了这么大的纰漏。母亲在宁波分号赞桂花树好，第二天杭州分号就知道了，还敢派人给他身边的人送花，可见这些事不是一天两天了。也许到了把裕泰票号卖出去的时候了。之前他还有些迟疑，想着给九如巷留点东西，现在看来却是留不住了。不过这样也好，没有了银子，说不定他们还能安分些。

程池打定了主意，抬头却看见周少瑾低眉顺眼，屏气凝神，一动不动地站在那里，像个被吓坏了的小媳妇似的。他讶然道："你怎么还没有走？"

周少瑾如释重负，雀跃道："那我可以走了？"

这小丫头片子又想到哪里去了？程池点头。

周少瑾露出了个璀璨的笑容，忙道："池舅舅，我真的没有要他们送花。等他们把花送来了我先收下，然后再给您送过来。"她说完，拔腿就往外跑。

程池喊了声"回来"。周少瑾转身，但没等程池开口已道："池舅舅，那个王太太来给我请安，我要给多少赏钱才不算失礼啊！她是掌柜太太又不是哪家的贴身嬷嬷！"

程池被她带歪了，冷笑道："她既然把她当仆妇，那你就把她当仆妇好了！"

周少瑾听懂了，笑眯眯地点头，跑了。

第四十七章　指点

程池不由抚额。自己不是应该借机斥责那小丫头片子一顿，让她以后安分点吗？怎么最后却顺着那小丫头的话告诉她应该怎么打赏起来。

周少瑾却如逃出生天般地直奔周初瑾所在的耳房。池舅舅发起脾气来可真吓人！难怪集萤她们都怕他，原来是因为自己没有见到过池舅舅发脾气的时候。以后池舅舅若是再发脾气，自己还是离他远点的好。

周少瑾拍了拍胸，匀了匀气息，这才笑着进了耳房，把裕泰杭州分号的人给她送花的事告诉了姐姐，并道："池舅舅也知道了，还让我像寻常的仆妇那样打赏王太太。"

周初瑾道："这样不好吧？怎么也应该给双份才是。"

"有什么不好的！"周少瑾不以为然地道，"这可是池舅舅说的。反正他们送花给我也不过是为了讨好池舅舅，我的态度怎样对他们根本就无所谓，我只管照着池舅舅说的做就是了。"她不敢把程池生气的事告诉姐姐，怕姐姐训斥她，以后不准她再去找池舅舅。

周初瑾还从来没有遇到过这种事，一时间也有些拿不定主意，道："要我陪着你一起见那个王太太吗？"

周少瑾想了想，道："还是我自己去吧！王太太主要还是来探池舅舅口气的，免得她见了你打起你的主意来，让池舅舅误会我们狐假虎威。"看杭州分号院子中间那新植的桂花树就知道这些人有多精明了。

周初瑾点头。

周少瑾回了畹香居，换了件衣裳，重新梳了个头，吕嬷嬷亲自陪着王太太过来了。

王太太见周少瑾乌黑的青丝只是简单地挽了个纂儿，穿了件半新不旧的玫瑰紫二色金比甲，只在耳朵上坠了对莲子米大小的南珠耳环，看上去随意大方又不失雍容华贵，和船上的精致矜持又大不相同，好像此时要显得更自在些。或者因为这是她自幼生活的地方吧！王太太猜测着，笑盈盈地屈膝给周少瑾行了礼。丫鬟上了茶点。

周少瑾客气道："还请王太太代我多谢你们分号的大掌柜，礼轻情意重，这份礼可太贵重了。不说别的，就凭这几千里的路，这个人情我就领了。"

如果不是为了让你领这个人情，他们又何必把花从杭州府送到这里来呢？当时把花木往她的船上一送不就完了？

王太太腹诽着，脸上却全是笑，道："二表小姐客气了，早就应该把花木送给你带走的。谁知道苗五那里又培育出一盆十八学士，就是为了等这盆十八学士，所以才耽搁的。还好苗五师傅的手艺了得，那花在路上已结了花蕾。为了保证这盆十八学士春节的时候能开，我们掌柜的还请了苗五师傅的大弟子同行照顾这花。等会儿只怕还要叮嘱你们家花房的管事几声。"

又弄了盆十八学士！周少瑾暗暗咋舌，对杭州分号的掌柜佩服不已，笑着向王太太道了谢，吩咐小丫鬟去请了花房的管事过来。

王太太就趁机道："我们掌柜的听说明年大爷要下场，寻思着是不是早点在苗五师傅那里再定几盆十八学士。到时候来拜年的人见了也算是个吉祥事了！"

这位掌柜考虑得可真是周到！周少瑾笑道："这件事可得问问池舅舅才是，这毕竟是你们的主意。"

王太太闻言大喜。他们做了这么多，无非是想在程池心里留个好印象。而他们之所以决定在周少瑾的身上打开缺口就是觉得周少瑾年纪小，遇到这样的事肯定会请长辈出主意的。这样一来他们既试探了程池的态度，进可攻退可守，又找了个给他们说好话的人。

王太太对周少瑾谢了又谢，说起了另外几盆花："那墨菊虽过了花期，却带了苗过来，等到明年春天发了芽，还可以分出几盆来送人；一盆大一品，一盆六角大红都已是含苞欲放。又想着快过年了，各色的水仙、兰花也都送了些来。保证二表小姐屋里花团锦簇的，漂亮极了。"说完，她面露难色。

她这是等着自己去接话吧？周少瑾装作没有看见，笑着请她喝茶："这是我们本地的雨花茶，你尝尝味道如何？"王太太只好喝了口茶，赞扬了半天。

春晚进来禀道："苗五师傅的大弟子已经把话和花房的管事说清楚了，花房的管事如今亲自指使着小厮在搬花。"

周少瑾点头，笑盈盈地对春晚道："王太太你也认识。我在听雨轩那边还有差事。她难得来一次，你就陪着王太太在金陵城里转转吧。要马车还是要轿子，只管吩咐下去就是了。"

春晚笑着上前给王太太行礼，恭声地应"是"。

王太太大急，也顾不得什么了，忙道："二表小姐，我们既然来了，也不好不去给老夫人问个安，还有几盆水仙和兰花是特意送给老夫人的。"

周少瑾嗔道："你怎么不早说！你看哪几盆花是送给老夫人的，我这就让小厮分出来，等会儿送过去。"

王太太就道："那老夫人那里……"

周少瑾讶然，道："你刚才不是遇到了吕嬷嬷吗？怎么？老夫人那边你还没有去吗？"

"听说宋阁老的夫人在府上做客，所以……"王太太欲言又止。

周少瑾沉吟道："老夫人那边的事向来都是吕嬷嬷做主的，若是这样，我这边倒帮不了你拿主意！"

王太太满目期盼地望着周少瑾。

周少瑾暗暗叹气。池舅舅和郭老夫人的态度已经很明显了，别说她没有资格去改变什么，就算她有资格，也不会违背池舅舅和郭老夫人的意愿。她只问哪几盆花是送给郭老夫人的。

王太太没有掩饰住她的失望。

碧桃匆匆走了进来，低声在周少瑾耳边道："笳小姐过来了！"

畹香居对程笳来说就是菜园子门，她想进就进，想出就出，什么时候需要这样隐蔽地通禀了？周少瑾心中微跳，面上却不显，笑着叮嘱了春晚几句"要好生尽尽地主之谊"，就和碧桃去了书房。

程笳正坐在书房的太师椅上独自垂泪。

看见周少瑾进来，她立刻站了起来，气愤地道："你说可笑不可笑！我程笳再落魄，也不至于做个商人妇。那李家的表哥，就是李敬，竟然拿两万两银子做聘礼，说要娶了我去。难道我就只值那两万两银子？他也太小瞧我们九如巷程家了！难道我们程家会卖女儿不成？"

会！周少瑾默然。程家为了银子的确会把你卖了！她见碧桃很有眼色地急急地退了下去，还细心地帮她们关上了书房的门，就亲自倒了杯茶递给了程笳。

梦中发生的事重演了。只不过梦中李敬拿了五万两银子，如今只拿了两万两。梦中程笳已无路可走，如今程家还没有到放弃程笳的地步。李敬根本不可能成功。

周少瑾问她："你到底是气李敬拿了两万两银子要娶你还是气李敬要娶你？"

程笳不解，道："这有什么区别？"

"当然有区别啊！"周少瑾淡淡地道，"你若只是气李敬拿了两万两银子做聘金，那就说明你根本不介意嫁给李敬，只是气他不够尊重你，想拿银子砸你。你若是气李敬要娶你，那你多半是介意李敬的身份地位，所以不愿意嫁给他。"

程笳陷入了沉思。

周少瑾虽然希望李敬能像梦中那样庇护程笳，可当初程笳是被迫嫁给李敬的，她心里怎么想才是最重要的。所以如今，她不会主动插手这件事的。

"我，我也不知道。"向来磊落的程笳却一反常态，思索了半天，喃喃地道，"反正，我不想嫁给李敬。"

周少瑾笑着又问了一遍："是因为李敬是商贾吗？"

"那倒不是。"程笳道，"我们家要不是搭着长房和二房，不也一样被人瞧不起。我若真是嫁了李敬，我就是低嫁，他们家谁敢给我脸色看？我若是嫁个读书人家，说不定陪嫁越多越让人瞧不起。最后那些人用了我的嫁妆还嫌弃我出身低呢！反正，我不想嫁人！"

那就看李敬能不能打动程笳了。周少瑾抿了嘴笑，劝了程笳半天："……两万两银子！你看整个金陵城，有谁家的姑娘得到过两万两银子的聘礼？你现在的身价肯定又涨了！你就知足了吧！"

程笳"扑哧"一声笑了出来，道："你既然这么羡慕，你怎么不嫁？再这样说我，我可要翻脸了。"

周少瑾眯着眼睛笑，好不容易把程笳劝走了。但李敬这两万两银子的聘金还是很快在金陵城中流传开来。

周少瑾之前还有些担心这风会愈演愈烈，对程笳不利。谁知道良国公世子爷居然续娶官街梅府，也就是孙家三小姐的夫家，那个嫌弃孙家三小姐嫁妆不丰厚、借了孙家两千两银子不还还打起了官司的刘家大老爷的长女。

满金陵城的人眼睛都落在了地上。一时间街头巷尾都说着这件事，李敬的那两万两银子也就随风而散，很快淹没在了众人的议论声中。周少瑾松了口气。黄宜君奉了宋老先生之命来接宋夫人："……再不启程回京城，就赶不上过年了。"

宋夫人这才惊觉自己已经在九如巷住了快一个月了。她忙吩咐贴身的嬷嬷收拾东西，去向郭老夫人辞行。

郭老夫人没有强留她，只是拉着她的手反复地叮嘱她一路上要小心，若是得了闲，就带着孩子来金陵城小住云云，语气十分亲切。

宋夫人不禁泪如雨下。在和郭老夫人相处的这些日子里，郭老夫人不仅告诉了她很多官宦人家的趣闻逸事，还告诉了她很多待人处事的道理，让她受益匪浅。宋夫人哽咽着点头，对郭老夫人道："您老人家一定要保重身体，若是去京城一定要告诉我一声，让我给您接风洗尘。"

"放心。"郭老夫人呵呵笑道，"我去京城，肯定去打扰你。"

而宋森知道自己马上就要回京城了，立刻跑到了周少瑾居住的畹香居，抱着周少瑾不放手："周姐姐，周姐姐，你随我一起回京城吧！等过了年，我再送你回来。"

"那可不行。"周少瑾摸了摸他的头，笑道，"你想和你爹爹一起过年，我也想和我姐姐一起过年啊！等哪天姐姐有空了，就去京城看你！"

宋森眼睛一亮，要和周少瑾拉钩，并道："拉了钩，就一百年不能变了！"

周少瑾笑着和他拉了钩。宋森这才放心地走了。周少瑾望着宋森雀跃的背影笑着摇了摇头。

来接宋夫人的黄宜君则被二房的老祖宗叫去问话了，至于说了些什么，大家都不知道，但从黄宜君进去的时候诚惶诚恐，出来的时候神采飞扬就可以看得出来，程叙多半是赞扬了他一番。

周少瑾有些担心，去找程池："您说，这样好吗？"

程池在看账本，一面听她说话，一面打着算盘。算盘珠子被拨得噼里啪啦直响，他的眼睛一直看着账本，周少瑾说话的时候一直怀疑程池根本没有听她说话。

可她的话音刚落，程池就道："有什么不好的？我若是当着你的面夸奖你学富五车，才高八斗，明年下场肯定能中举人，你相信了，但那可能吗？"

周少瑾反驳道："有什么不可能的？这世上之所以有很多人敢想不敢做就是因为觉得不可能。"

程池抬头，冷冷地瞥了她一眼，继续低头看着他的账本，道："首先你是个女的，其次你连个秀才都不是，怎么可能参加秋闱？为什么有那么多人上当受骗？就是因为像你这样不动脑筋的人太多了。"

他说话的时候另一只手依旧在打算盘，那算盘珠子甚至连声音都没有乱一下。

周少瑾为之气结，道："我们说的是黄公子，又不是说的我！"

"道理是一样的。"程池翻了一页账本，淡淡地道，"所以你根本就不必纠结这些事，他愿意相信就让他相信好了。二房的老祖宗又不是神仙，能点石成金！"

这倒也是哦！周少瑾赧然，觉得自己的确是有点大惊小怪了。她道："我是来看看南屏姑娘的春衫做得怎样了。既然无意间碰到了您，少不得要问一声。您既然觉得没事，那我就放心了。"

无意间碰到了他……这可真是巧啊，竟然会在他的书房里无意间碰到了他。程池的手一抖，算盘珠子的声音乱了。

周少瑾好惊奇啊，睁大了眼睛大声道："池舅舅，你的算盘珠子乱了！"

屋子里顿时静谧了几息，才重新响起"噼里啪啦"的珠算声和程池清冷却显得泰然自若的声音："你不是说你无意间碰到了我吗？你现在难道没什么事了？"

"当然不是了！"周少瑾耳朵红红的，想了想，还是低声道，"池舅舅，您说，那良国公世子爷怎么就会和刘家联了姻的？刘家现在的名声很差的。"

程池默然。周少瑾讪然。自己问池舅舅这种事情，的确有点不合适。

她忙解释道："池舅舅，我实在是太好奇了。可又不好问别人，今天好不容易碰到您了，所以……"

"所以就随口问了问！"程池淡然接着她的话道。

这借口是有点烂！不过，能用来做借口就行了。周少瑾忙不迭地点头。

程池道："难道良国公府的名声就很好吗？"

这是什么意思？周少瑾不明白，但程池已经低头去看账册了。

周少瑾只好悻悻然地说了句"那我去找南屏姑娘了"，然后一溜烟地跑了。

程池看了看算盘上的数字，又看了看手中的账册，"啪"地一声合上了账册，瘫坐在了太师椅上。算了半天，却被那小丫头片子几句话给搅和了……

他有些烦躁地高声喊着"怀山"，道："以后我算账的时候你不要让别人进来！"

这个别人……是指二表小姐吗？前几年在淞江分号查账的时候，就算是淞江分号的大掌柜在一旁从头哀号到尾，四爷的账目也没有错一个字。他不由飞快地睃了程池一眼。

程池正皱着眉，满脸不悦地坐在那里。他如释重负。四爷的脾气，越是不高兴就越表现得风轻云淡。他恭声应"是"，为周少瑾松了口气。

一路小跑的周少瑾却渐渐地慢了下来。池舅舅那句话到底是什么意思呢？良国公府的名声也不好……那是在良国公世子朱鹏举那样凉薄地对待发妻之后才在金陵城里的那些富贵人家中传出来的，与刘家有什么关系呢？她想着，猝然停下了脚步。是啊！朱家这样凉薄，好人家又怎么会把女儿嫁给他呢？官街梅府刘家还有个绰号叫"刘百万"，同指刘家有百万家财。那刘家大小姐既然是刘家大老爷的长女，又许的是良国公府这样的亲事，肯定嫁妆不菲！

周少瑾兴奋起来，和碧桃去了程笳住的如意馆。三房的人看见她皮笑肉不笑的。周少瑾又有些后悔起来。还好程笳趿着鞋就跑了出来，拽着她就往内室去。一面走，还一面道："你来怎么不让小丫鬟们事先来跟我说一声，我也好亲自去迎了你。"又道，"你别和那些捧高踩低的家伙一般见识。他们要是有点眼力见儿，早就当了管事的嬷嬷了，又怎么会这么一大把年纪了还在这里混呢？"

程笳说话还是一如既往地苛刻。周少瑾扑哧一声笑了，悄悄地把朱鹏举为什么会娶刘家小姐的事告诉了程笳。

程笳惊叫："真的吗？真的吗？你不会弄错了吧？"

"肯定是真的了！"周少瑾觉得程池肯定不会猜错，非常肯定地道，"你要是不相信，可以向阿朱打听打听。"

程笳眼珠直转，真的派人去打听。刘家小姐的陪嫁是两万两银子。程笳听闻后半天都没有说出话来，跑去畹香居对着周少瑾直问："你是怎么知道的？你是怎么知道的？"

周少瑾怎么会告诉她呢？她鄙夷道："你就不能动脑筋想想啊！"

程笳嘿嘿地笑。

周少瑾突然觉得程池这样说自己的时候他一定很爽快。因为她这么说程笳的时候就觉得很爽快。她抿了嘴笑。

程笳就写了封信给顾家十七姑，把这件事告诉了她。结果宋夫人走的那天，顾家十七姑陪着顾家大太太来给宋夫人送行，长辈们在一旁寒暄的时候，她堵着程笳追问："你是怎么知道的？阿朱怎么会告诉你这些？"

"你傻啊！"程笳笑道，"阿朱当然不会告诉我这些了。可孙家三小姐，如今的刘家七奶奶却会告诉我啊！"

"你这个鬼机灵！"顾十七姑狠狠地拍了拍程笳。

程笳痛得直咧嘴，心里却十分痛快。周少瑾在旁边直笑，也觉得程笳非常聪明。

等送走了宋夫人，程家各房头就开始准备年节礼了。

长房大老爷程泾写了封信回来，说他今年刚刚入阁，人情来往比较多，明年程许又要参加秋闱了，想留了袁氏在京城打点府里的庶务，照顾程许。

郭老夫人收到信，冷笑着把信拍在了茶几上。当时周少瑾给郭老夫人做了两件冬天穿在里面的坎肩，正巧拿过来给郭老夫人试试大小，见状不由得吓了一大跳。

郭老夫人忙安慰她："没事，没事。和你不相干。这坎肩做得很好，大小也合适，可见是用了心思的，我很喜欢。正好正月里和那些老太太打牌穿。"

周少瑾不好意思地道："我知道您不是在发我的脾气，是我的胆子太小了。"

郭老夫人看着她站在那半开的十八学士旁，颜色比那茶花还要娇丽几分，心中一软，笑道："你这几天没去找你池舅舅下棋吗？"

"没有。"周少瑾道，"我看沔大舅舅每天都忙着和那些田庄里的庄头、铺子里的大掌柜算账，池舅舅管着整个九如巷的庶务，肯定也很忙。我就没有过去。"

郭老夫人闻言面色更和煦了，让吕嬷嬷把程泾派人从京都送来的点心拿了两匣子给她，道："说是什么宫中的贡品，你带回去和你姐姐尝尝。"

周少瑾笑着道谢，出了上房。

郭老夫人就叹道："她还不如一个孩子。那孩子看见自己舅舅很忙都知道不要去打扰四郎。她倒好，不想回来就不想回来，我也知道没哪个媳妇喜欢撇了自己的丈夫孩子守着个孤寡的婆婆，她难道就不能自己跟我说一声？老大也是个炔耳朵，听不得媳妇三句，我看他就是入了阁也是跟在别人的身后摇旗呐喊，难有说话算数的时候！"

郭老夫人斥责程泾和袁氏，吕嬷嬷怎敢多言？她装作没有听到似的笑着问道："那今年的年夜饭还是摆在上房吗？"

程家的规矩，小年各房在各房摆团年饭，大年三十全都在听雨轩吃团年饭，吕嬷嬷所说的年夜饭，是指小年夜的年夜饭。郭老夫人却不放过这个话题，道："这边只有我和四郎过年，摆哪里都行。倒是大太太那边，你派个人去说一声，既然京中的事务繁多，大老爷又指望着她帮着打点，就让她留在京城好了。至于各家的年节礼，也就拜托她多操操心，一并送了吧！我们这边就只管金陵城的几家老亲戚好了。"

吕嬷嬷恭声应是，等着郭老夫人继续示下，谁知道郭老夫人却端起茶盅来喝了一口茶，道："听说开了春周家太太要从保定来，你去打听打听，什么时候到。到时候少不得要请周家太太过来吃个便饭。"

周家太太？吕嬷嬷想了想才意识郭老夫人所说的人是周少瑾的继母李氏。这可真是难得的体面啊！就是二房大太太洪氏娘家来人，老夫人也没有这样招待过。她不由得打起了精神，笑着应了声"好"。

郭老夫人放下了茶盅，道："那你下去忙去吧！没什么事也不用来跟我说了，说来说去也就是那几件事。"

吕嬷嬷只好退了下去。给袁夫人递话好说，可这年节礼的银子老夫人可是一个字也没有提。到底是从公中出还是要为难袁夫人一下由袁夫人自己想办法……这要是会错意了，可是两边都不讨好的事啊！这可真是神仙打架，小鬼遭殃啊！她简直都要愁白头了。

周少瑾这边却陪着关老太太高高兴兴地收拾着屋子——程诣明天就要回来了。

跟着何家老太爷读了些日子的书，据关老太太说，"懂事多了"。周少瑾很怀疑。梦中四房那么艰难，程诣还挺乐观的，如今什么事都还没有发生，他能"懂事"才怪呢！不过，程诣能回来，她还是很高兴的。家里肯定会热闹几分。

似儿过来请关老太太示下："您看是挂这个五彩的锦缎帘子还是挂那个青色的细布帘子？"

关老太太笑道："这你得问少瑾。他们年轻人和我们的眼光不同，免得到时候诣哥儿回来了又要在私底下抱怨。"

周少瑾就和老太太笑道："我看您是要把这责任推到我身上。若是诣表哥回来了看着这屋子布置得不如意，你正好把我给推出去，说是我帮着布置的。"

"就是这个意思。"关老太太呵呵笑，道，"你可要小心点了，别到时候被诣哥儿念叨。"

周少瑾抿了嘴笑，吩咐似儿："挂那个五彩的锦缎帘子好了。大过年的，也喜庆些。"

似儿笑着退了下去。

有小丫鬟跑了进来，笑着禀道："老安人，二表小姐，镇江廖家的人过来送年节礼了。随行的还有他们的大管事，说是想在年前把大表小姐的婚期定下来。随行的嬷嬷已经进了正院，正挨着给各房的老安人、太太、奶奶们请安呢！"

关老太太算了算日子，道："今年他们倒来得早。这还没有喝腊八粥呢！"然后对周少瑾道："你先回去换件衣服，等会儿也一起见见廖家的嬷嬷，看看她们有没有其他的话说。"

廖家看的几个日子关老太太都派人去重新合过八字了，据说都是好日子，关老太太把这个结果写信告诉了周镇。周镇回信来说一切都由关老太太做主。关老太太就选了三月初九的日子。在周少瑾的记忆中，梦中关老太太也是选了这个日子，说是怕离秋闱的日子太近，廖绍棠新婚燕尔分了心。可不知道为什么，廖家却看中了五月十八那个日子。最后说来说去，两家都退了一步，把周初瑾出阁的日子定在了四月二十四。

后来廖绍棠落第，廖家觉得应该让廖绍棠参加秋闱之后才成亲的，关老太太毫不示弱，道："我当初就说应该定在三月初九，那是我们程家找了龙虎山的道士亲自看过的日子。是你们坚持要把婚期定在四月二十四，现在又来说这些话是什么意思？"这才把廖家的人给压了下去。当时她以为是正常，现在看来，廖家却不够有诚意。不知道现在廖家是不是还会选了五月十八那个日子。周少瑾有些心不在焉地换了件崭新的桃红色镶绿色芽边的棉褙子，戴了朵上次程池送的南珠珠花去了关老太太屋里。

关老太太刚刚梳洗完毕，正由着似儿在插簪。一旁服侍的王嬷嬷忙笑着请了周少瑾坐下，笑容十分亲切慈爱，看她的目光好像是看自己的孙女似的。

周少瑾不禁暗暗称奇。王嬷嬷为人端方，也因此有些古板，像这样情绪外露，还是她第一次看到。难道是因为诣表哥要回来了？周少瑾猜测着。

没一会儿，廖家的婆子过来了。来的是两个婆子，其中一个是钟嬷嬷，另一个是个和钟嬷嬷差不多年纪的妇人，看上去就是一副唯唯诺诺的老实相，话都有些不敢开口说，明眼人一看就知道和程家的应酬是以钟嬷嬷为主。

两人上前给关老太太和周少瑾请了安，互相问候家里的长辈，钟嬷嬷就把同行的那位嬷嬷支了出去："你去把来时大太太特意交代带给老安人的那匣子阿胶拿进来。"

那嬷嬷喃喃应"是"，退了下去。

钟嬷嬷就歉意地笑道："没办法，家里这些日子为了大爷的婚事都快忙翻了天，偏生又遇到了过年，只好让她跟了我同来。若有失礼之处，还请老安人和二小姐原谅！"

有长辈在，周少瑾是向来不说话的。关老太太则看出这钟嬷嬷是有事而来，和她应酬了几句，两人就心照不宣地进入了主题。

"我们家大太太说了，既然老安人找人看过了，三月初九的日子最好，那就把婚期定在三月初九好了，等会儿我们家大管事就照着这个日子和媒人一起商定婚期。"

关老太太很满意。周少瑾则有些惊讶。看样子，梦中还是发生了一些自己不知道的事。

她沉默地听着，就见那钟嬷嬷看了她一眼，把方氏用自己的陪嫁给廖绍棠在京城买了个两进的小院子的事说了，并道："我们家大太太说了，这是单给大爷的，以后我们家大太太归天了，陪嫁均分，也有大爷一份的。京城宅子里的家具、陈设、丫鬟、车夫都一一俱全，只等大爷成亲了就可以带着家眷一起去京城读书了。"

镇江廖氏可是个大家庭，若说人口，九如巷程家五个房头加起来还没有人家一个房头多。能成亲之后和丈夫出去单过些日子，没有那些琐事打扰，夫妻间的感情必能一日千里。关老太太喜出望外。

周少瑾心知肚明。这应该就是方氏提出来的条件了。只要她能让姐夫得到程泾或是程渭的指点，她姐姐就能得到方氏这个做婆婆的庇护。周少瑾朝着她微笑着点头。

钟嬷嬷机敏不再说什么，而细细地说起周初瑾的婚事廖家准备请多少客人，置办多少桌酒席，廖绍棠成亲之后每个月会有多少月例，等等。

关老太太越听越高兴，最后钟嬷嬷起身告辞的时候甚至站起来送了送钟嬷嬷。

钟嬷嬷连声"不敢"。周少瑾笑着主动请缨，代了关老太太送钟嬷嬷出门。

钟嬷嬷见周围没人，忙笑道："二小姐可还有什么不满意的地方。您只管说，我这就给我们大太太带话。"

周少瑾把周初瑾的意思说了。当然，她没有说这是姐姐的意思，只说是自己和父亲商量过的结果。

钟嬷嬷有些失望，但也觉得周少瑾的话有道理。有些人情是越用越少的。她笑着道谢，由王嬷嬷陪着去了五房给汶大奶奶问安。

周少瑾还以为姐姐的婚期还会像梦中一样有番波折。谁知道过了腊八，廖家那边正式传来消息，周少瑾和廖绍棠成亲的日子定在了三月初九。周少瑾开始一阵欢喜，转念想到姐夫明年的秋闱会落第，顿时又一身冷汗。如果姐夫和梦中一样没考中举人，那廖家岂不是会把这责任推到姐姐身上！而且外祖母还没有了借口为姐姐辩护。要不要跟廖家的人说说，就把婚期定在五月？可那也是程家的主意，廖家要为难姐姐他们一样没有办法啊！

周少瑾走着走着，就走到了寒碧山房。碧玉她们正在除尘，忙请了周少瑾屋里坐："小心灰尘都落在了您身上。"

周少瑾勉强地笑了笑。

清风从外面走进来，板了脸道："二表小姐，您是来找四老爷的吗？四老爷正在屋里算账呢！四老爷说了，他算账的时候谁也不许打扰，就是怀山大叔，如今都在屋外服侍着呢！"

"哦！"周少瑾应了一声。她也没准备找池舅舅。这种事她和池舅舅说也说不清楚，说不定三两下就让池舅舅给看出端倪来了。她去和池舅舅说，不是没事找事吗？再说了，池舅舅在算账的时候她本来就不应该去打扰，上次是她不知道，无意间闯了进去……周少瑾站在寒碧山房的院子里看碧玉她们扫了会儿尘，就起身告辞了。

碧玉奇道："二表小姐过来干什么的？"

程池搬到了寒碧山房住，寒碧山房却没有增加人手，大家都忙得团团转，也没有人把碧玉的话放在心上。

周少瑾一个人回了嘉树堂。一个穿着鹦鹉绿潞绸袍子的半大小子正站在门口的台阶上指使着几个小厮在搬箱笼。她定睛一看，那半大的小子竟然是在程诣跟前服侍的三宝。周少瑾大吃一惊，道："三宝，你怎么在这里？诣表哥呢？不是说你们明天才回来吗？"

"二表小姐！"三宝忙上前给她行了礼，直起身来笑嘻嘻地道，"何家不放心二爷一个人回金陵城，特意派了送节礼的大管事随行。二爷心里惦记着老安人、大老爷、太太、大爷和两位表小姐，雇了辆马车就飞奔回来了。这不，刚到，去给老安人请安去了。"

周少瑾愕然，道："你们，你们是偷跑回来的？"

"没有，没有。"三宝连连摆手，道，"我们怎么能做那种事呢！我们留了张条子给何家太太。"

周少瑾急得满头大汗，急急就往上房去。刚上了台阶，她就听见沔大太太的斥责声："你这混账东西！这是读的什么书？居然就这样跑回来了！你让何家太太怎么想？你还有脸说？"

周少瑾忙撩了帘子。沔大太太正拿着把鸡毛掸子追着程诣打呢！

程诣看见周少瑾就像看见了救命的稻草似的，一溜烟地就跑到周少瑾身后躲了起来，委屈地冲着沔大太太道："我这不是这么长时间没有看见您和祖母太想念了吗？您怎么能下这么重的手？您看，您把我的胳膊都打红了。"

他说着，就要去捋袖子。周少瑾侧身就要避开。程诣却一把拽住了她，道："你怎么能这么不讲义气！想当初程举他们笑话你的时候，我可是帮着你揍了他们的！"

"你还和人打架！"沔大太太早已经气得发昏，又不好当着周少瑾的面打儿子——万一周少瑾和儿子的婚事成了，儿子以后在周少瑾面前还有什么面子可言。她手中的鸡毛掸子指着程诣却对周少瑾道，"少瑾，你快让开。我今天不把他打得记住了，他是不知道自己错在哪里的！"

程诣却把周少瑾推到了母亲的面前，叫道："娘，您打吧！您就打死我好了！我连夜赶回来看您，您就这样待我？我到底是不是您亲生的？要不您把我直接扔大街上好了，也免得我看到您这样伤心！"

沔大太太都不知道说什么好了。她直道："少瑾，你快让开！你快让开！"周少瑾被他们母子两人隔在中间左右不是人，推来搡去的头都晕了。

屋子里响起了关老太太威严的声音："你们这是做什么呢？大过年的也不安生。"

沔大太太忙放下了鸡毛掸子，恭敬地喊了声"娘"。

程诣则跑过去抱住了关老安人的胳膊："祖母，祖母，我可想您了！您这些日子还好吗？听说您前些日子去甘泉寺上香，还给我点了盏长明灯，多谢祖母了！我就知道，这家里您是最喜欢我的人了。"

"什么乱七八糟的！"关老太太皱着眉头瞪程诣，可脸上的愠色却消退了不少。

程诣嬉皮笑脸地道："祖母，我说的都是真心话！我知道我错了，我不应该一个人跑回来的，可我已经回来了，又快过年了，您就和我娘说说，让她不要责骂我了。我保证以后一定改正，好不好？"他撒着娇。

关老太太却道："你也知道你不对啊！多的都不说了，我已经派管事去了浦口，看能不能赶在何家挖地三尺找你之前把信送到。至于你，立刻给我跪祠堂去。"

"祖母！"程诣拉着关老太太的手不放。

关老太太道："你现在不去也行——等你老子回来了，可就不是跪祠堂这么简单了！"

程诣听着打了个寒战，忙道："我去，我去！"可他一面说，却一面朝着周少瑾使眼色，示意她帮自己求个情。

周少瑾只当没有看见。程诣这性子若是犯事之后没人教训他，他就不会放在心上，以后可能还会再犯错。

"那，那我去换件衣服！"程诣没有办法，只好妥协。

关老太太点了点头，让似儿陪着程诣去换衣裳。

沔大太太小声地抽泣起来，道着："我怎么就养了个这么让人操心的东西！"

关老太太道："还好有颗辣椒是辣的，不然你哭也没用。"老人家是指程诰优秀，不用沔大太太操心。沔大太太这才好受了些。

掌灯时分，得了信的程沔把程诣狠狠地训斥了一顿，眼看着要过年了，程诣也跪在了祠堂，他也不好说什么，吩咐家里的丫鬟小厮："谁也不许给他送东西吃，让他就这样给我饿着，什么时候知道好歹了，什么时候起来。"

众人噤若寒蝉。

第二天，程诣回来的消息传遍了九如巷。程举、程诺纷纷来探望程诣。谁知道程诣被关了起来。程举就怂恿着程诺去求周少瑾。周少瑾才懒得搭理他们。等到程诣从祠堂里放出来，程举就当着程诣的面告了周少瑾一状："不是说是你的表妹吗？你待她那么好，她怎么一点也不关心你？我让她去看看你她都不肯。"

程诣肺都快气炸了，可当着程举等人的面，他压着脾气为周少瑾说话："是我爹和我祖母的吩咐，说谁要是给我递吃的喝的了，或是去看了我，就让我一直跪到元宵节。"

"这么狠啊！"程诺咋舌，说起了近日金陵城的逸事，"你听说了吗？良国公世子和刘家大小姐的婚期定在了明年的五月十五。听人说，那刘家大小姐也不是个善茬，她收拾起丫鬟来那可是杀人不见血的。也不打你，也不骂你，就这样让人跪着，直挺挺地跪上几天，好生生的一个人就得给跪废了。"

"真的？真的？"程诣还是第一次听说良国公世子和刘家大小姐定亲的事，他非常八卦地道，"他们家的大姑奶奶不就是和他们家的大姑爷和离的吗？他们家肯定有这样的家风！这要是真的，以后谁敢娶他们家的姑娘啊！"

几个十六七岁的小伙子凑在一起说起了金陵城里的姑娘家。程诣坐在一旁眼珠子直转，就是没有找到机会进四房的内院。

程诣送走了程举几个后就直冲到了畹香居。周少瑾正在做针线。在嘉树堂吃了团圆饭，她就要和姐姐回平桥街了。然后她会一直待在那里，直到姐姐出嫁。就算她能回来，那也是仲春了。郭老夫人春天穿的坎肩她才刚刚选好了料子。周少瑾想趁着这几天没事把坎肩做出来。等开了春，郭老夫人就能穿了。

没想到门却被"啪"地一声推开，程诣怒气冲冲地闯了进来，道："我跪在祠堂的时候，你怎么也不去看看我！要是我被跪废了，你有什么好？"

周少瑾放下手中的针线，冷冷地质问他："你不是说我们俩从此老死不相往来的吗？怎么，你这还没到知天命的年纪，就把自己说的话给忘了？"

程诣脸涨得通红，强作镇定地道："我，我这不是出了快一年的门吗？你怎么这么小气，还记得这件事？"

　　周少瑾道："你放心，我一辈子都会记得的。你以后就别指望我会帮你了。"

　　"你，你真是，黄蜂尾上针，我再也不理你了。"程诣说着，生气地走了。

　　周少瑾莞尔。她和他是表兄妹，她自然不会生他的气，别人就未必了。得让他知道，这话是不能乱说的。

　　过了几天，给郭老夫人的坎肩做好了。周少瑾又做了些米糕一并送去了寒碧山房。米糕是送给碧玉她们的。因只有程池陪着郭老夫人过年，长房过年颇有些冷清。好在长房的仆妇多，赏赐也重，仆妇脸上都带着笑，进进出出的，倒也有几分热闹。

　　周少瑾一面帮郭老夫人试着坎肩，一面叮嘱郭老夫人："我听花房的管事说，今年过年会下雪，除了二房的老祖宗，就数您辈分最高了。您就别出去了，让池舅舅陪着您在家里打牌或是下棋。有心的，自会来给您老人家拜年；无心的，您也别理会了。别人也不能说什么。您现在只是天变了肩膀疼吗？腿疼不疼？要是您腿疼，我给您做两件护膝吧？很快的。最多两三天功夫就做好了。"

　　郭老夫人呵呵笑，道："我的腿脚还好，就是这肩膀有时候受不得风寒。"然后从一旁的小匣子里拿了荷包递给了周少瑾，道："你明天在嘉树堂用过团年饭就要回家去了吧？这是我给你的压岁钱，拿好了。"

　　周少瑾笑道："我给您拜年的时候您再给我。"

　　郭老夫人笑道："今年不是特殊吗？等明年，你来给我拜年的时候我再给你压岁钱。"

　　是啊！今年情况特殊，也不知道她能不能回九如巷了。她道了谢，默默地收下了沉甸甸的红包。

　　郭老夫人就轻声问她："不想跟着你父亲去保定？"

　　周少瑾摇了摇头，又点了点头。她此时的心情非常复杂！她想和父亲一起生活，把这些梦中的恩怨都抛开，重新开始自己的生活。可她还没有把程家的事告诉程泾，她又没办法当作什么也没有发生地离开。

　　郭老夫人暗暗摇了摇头，安慰她："别害怕！保定那地方还挺不错的。你要是过不惯，还可以回来。"

　　周少瑾笑了笑，辞了郭老夫人。

　　郭老夫人转过身来，透过镶嵌着玻璃的窗棂，正好可以看见周少瑾和碧玉告别的情景。望着小姑娘精致的面孔，温柔的笑容，她突然觉得一阵心酸。保定再好，怎比得过金陵！亲情再好，在继母手里讨生活又岂是那么容易的事？何况小姑娘翻过年就十四岁了，到了议亲的年纪，这女人嫁人等于是第二次投胎，这么关键的事，却被操纵在一个和自己没有丝毫血缘关系也没有太多感情的人手里。小姑娘又不傻，怎么可能像表现出来的这样平静安逸呢？

　　郭老夫人不由轻轻地叹了口气，待周少瑾的背影渐行渐远，这才让小丫鬟叫了碧玉进来，问道："少瑾都和你们说了些什么？"

　　"也没什么！"郭老夫人不是那种事无巨细都喜欢管的人，陡然间这样，碧玉有点紧张，帮着周少瑾辩道，"二表小姐说，她这次去还不知道什么时候能回来，前些日子在寒碧山房抄经书，受了我们不少的照顾。她也没有别的东西可谢我们的，就亲手做了些米糕拿过来给我们尝尝。说是当值的时候若是饿了，在茶房里蒸一蒸就能吃了，很方便。"

　　郭老夫人点了点头，让她退了下去。

　　碧玉心中有些不安，怕自己说错了话给周少瑾惹了麻烦。不承想到了下午，郭老夫

· 163 ·

人让她去请了关老安人过来说话。她忐忑地去了嘉树堂。周少瑾姊妹在畹香居收拾东西，她没能遇到。碧玉只好把这些心思都放在心里，笑着去见了关老安人。关老安人虽然想不通郭老夫人有什么事要见她，但还是很快就穿戴整齐，由似儿扶着去了寒碧山房。

郭老夫人亲自在门口迎了她进来，两人分主次坐下，待小丫鬟上了茶点，关了门，郭老夫人这才低声地道："你们家大表小姐马上就要出阁了，二表小姐是走是留，你们家姑老爷可有话递过来？"

关老太太知道周少瑾给郭老夫人送坎肩的事，还当郭老夫人有话要对她说，拿了这件事做开场白，忙笑道："家里正忙着初瑾和诰哥儿的事，少瑾的事还没有个定论。"

"这孩子向来心细。"郭老夫人道，"你们商量初瑾婚事的时候就应该把这孩子的去向定下来才是。"四房的沔大太太素闻是个妥帖人，怎么这件事却办得这么马虎？

关老太太听出郭老夫人言辞间的不满，忙驳解般地把她们的打算告诉了郭老夫人："平时把她当亲外孙女一般，从来没有想过把她送去保定。寻思着等把初瑾和诰哥儿的婚事办了，就跟姑老爷提一声，来个亲上加亲，把少瑾许配给诰哥儿的。"

郭老夫人忍不住讶然。诰哥儿？！四房的二爷！连他长什么样她都不记得，可见这孩子很是平庸了。四房怎么就敢打了周少瑾的主意？这不是一朵鲜花插在了牛粪上吗？郭老夫人想到自己第一次见到周少瑾时周少瑾那拘谨沉默的样子，不禁一阵心痛。那她让这孩子来帮自己抄经书还有什么意义？郭老夫人道："所以你们从来都没有想到过送少瑾走？"

"是啊！"关老太太不知道郭老夫人的想法，笑吟吟地道，"我和她虽然没有血缘关系，好歹也把她拉扯大了，她眼看着就要说亲了，怎么能把她交给别人呢！"

跟着你一样让人不放心啊！郭老夫人在心里暗忖，思虑良久，这才露出副可惜的样子，道："原来我还想问问你们对少瑾有什么安排，看来你们早已准备把她留家里了。我还想着这孩子既然服侍了我一场，我怎么也要关心关心她的婚事。"说着，郭老夫人舒颜一笑，道："不过这样也好，大家都是熟人，知根知底的，这女人嫁人，多半也就是求个安稳。"

原来是要给少瑾说人家！关老太太心里顿时有些矛盾起来。郭老太太出面，那自然非富即贵，品行端良，说不定还是既富且贵。自己的孙子是什么性子，她心里再清楚不过了，肯定是比不得郭老太太介绍的人；可若是就这样把少瑾让了出来，那诰哥儿怎么办呢？少瑾可不仅仅是样貌好，而且性子也好，又擅长女红烹饪，是个居家过日子的好孩子，何况郭老夫人说的也对，这女人嫁人不就求个"安稳"吗？别的她不敢保证，这"安稳"二字却是敢保证！这一刻，刚正的关老太太也没办法做到公正无私了。她笑嘻嘻地同郭老太太寒暄起来。

郭老夫人说不出来的失望，又夹杂点痛心。少瑾这孩子，可真应了红颜薄命这句话！她无精打采地送走了关老太太，直到晚上程池过来用晚膳，她的心情还很是低落。

程池看了旁边服侍的碧玉一眼。

碧玉找了个郭老夫人没有注意的机会低声对程池道："今天二表小姐过来给老夫人送了坎肩，之后老夫人又找了关老安人过来说话，就一直这样了！"

周少瑾！她又怎么了！程池几不可见地蹙了蹙眉。他前些日子交代了不让人随便打扰，之后就再也没有看见周少瑾了。她难道出了什么事？

程池想到那天看见周少瑾，明明是她大大咧咧地闯进了他的书房，她却红着脸狡辩说她是无意路过的，或者她那个时候就有什么事找自己又不好意思开口，所以胡说八道了那么一通？他有些坐立不安起来，问郭老夫人："娘，您今天是怎么了？一副不高兴的样子。要不然我回听鹂馆去，等您的气消了我再来？"

就算程池这样逗郭老夫人，郭老夫人也没有开心，而是摇了摇头，用过晚膳后和程池去了宴息室说话，把今天发生的事告诉了儿子："……我手上实在是没有合适的人选，不然我就抢在你四婶婶之前开口了。现在倒好了，我反而不好开口了。"又责怪程池，"我不是说让你帮忙看着点吗？你也不放在心上，让我眼睁睁地看着那孩子就这么嫁了！"

程池难掩惊愕，顾不上为自己辩解，道："我怎么知道四房那么早就把她的亲事定下来了？她今年不是才十三岁吗？"

"是啊！"郭老夫人感慨道，"我原只是想问问这孩子的去留，谁知道你四婶婶却给了我这么句话！我原想你四婶婶怎么也要把这孩子留到及笄。不过，我反过头来仔细想想也能理解，这孩子没有了生母，继母又出身商贾，若是能早点把婚事定下来，她就是去了保定，她继母也不好把她怎样，却也是片好心。只是这诣哥儿……你可有印象？"

程池摇了摇头。整个九如巷他也就对程识、程让、程许有印象了。郭老夫人就道："你看，怎么能让少瑾嫁了这样一个人？"程池脑海里浮现出周少瑾顽皮时的神色——一双大眼睛忽闪忽闪的，进射出如星子般璀璨的光芒，得意得就像个偷了鱼吃的小猫儿。嫁给程诣是有点可惜！他安慰母亲道："这不还没有定亲吗？您也别着急上火的。大过年的，您若是哪里不舒坦我们也跟着没办法过年了。要不您看这样行吗？等过了初六您去各家走走。我也到各家走走，您也托您的老姐妹们给留个心，若是找到了合适的人家，也不必和四婶或是她继母打招呼，直接跟大哥说了，向那周大成提亲。周大成若是应了，四婶也就只能把这心思压在心底了。到时候再叮嘱大哥一声，他不说，您不说，我不说，还有谁知道这件事？也不算得罪四婶了。"

"釜底抽薪。"郭老夫人大赞，道，"你这主意好。就是这人选的事有点难，你可要看清楚了，可别把少瑾推到火坑里去了。"母子俩都没有想到是否应该先看看程诣，了解一下程诣的为人品性之后再做决定！

程池道："再好的人家也得靠她自己去过日子。我只能给她找学识出众、相貌堂堂的，至于以后，就看她有没有这个造化了。"

郭老太太点头。

碧玉在隔扇外听了个音，吓了一身的冷汗。郭老夫人和四老爷这是怎么了？

常言说得好，宁拆一座庙也不拆一桩姻缘。四房的诣二爷的确没办法和他们长房的许大爷相提并论，可诣二爷和二表小姐青梅竹马，自幼一块长大，关老安人和沔大太太待二表小姐又像亲生的一样，加上九如巷富可敌国，怎么也不会少了诣二爷和二表小姐的嚼用。正如关老太太所说的，求了个"安稳"，还有什么比这更好的吗？若是嫁了别人，就算学识出众，相貌堂堂，家里外面一堆小妾外室，就是朝廷的封疆大吏也能把人给气死，那还不如嫁个能老老实实本本分分一起过日子的！

老夫人也是，既然那么疼爱二表小姐，为何不问问二表小姐的意思？说不定人家二表小姐就想嫁诣二爷这样的呢！碧玉急得不行，谎称肚子疼，让珍珠帮了她当值，转身就往畹香居去了。

因周初瑾这次出府之后不会再回来，住了十八年的宅子每一样东西都充满了记忆，每一件东西都巴不得能带走，所以需要装箱的东西也就特别多。两人忙了一整天，才将东西都收拾得差不多。

第四十八章 态度

周初瑾环顾着屋子里大大小小四十几个箱笼,疲惫地道:"还有没有什么遗漏的?"声音非常伤感。

周少瑾能理解姐姐的心情。梦中程家给了自己那样的伤害,她离开程家的时候还在黑暗中凝视了九如巷很久。

"没关系!"周少瑾温柔地安慰姐姐,"隔得这么近,有什么遗漏的到时候让马富山家的回来拿就是了。"又不是一辈子不能回来!

春晚进来禀告:"寒碧山房那边的碧玉姑娘过来了,说是这几天事多,明天怕不能送您,过来给您请个安。"

"她这么客气干什么?"周少瑾笑着,见姐姐眉眼间还带着几分倦色,对周初瑾道,"姐姐,我去看看,你回屋歇会儿吧!明天一大早还要过去给外祖母请安,外祖母肯定也有许多事要交代你。"梦中,外祖母就流着眼泪搂着姐姐说了一上午。

周初瑾笑着点了点头。周少瑾去了书房。碧玉看了眼春晚,欲言又止。周少瑾遣了春晚。碧玉就凑在周少瑾的耳边一阵低语。

周少瑾睁大了眼睛,半晌都没有回过神来。外祖母和大舅母竟然想让她和诣表哥……这,这怎么能行?她待诣表哥就像自己的亲哥哥一样,不,从噩梦中醒来之后,就觉得他是自己的弟弟了。她怎么能嫁给自己的哥哥呢?而且诣表哥行事根本就和她走不到一块儿去,以后她岂不是要一辈子跟在他身后帮他收拾烂摊子?她,她哪有这个本事啊!周少瑾想想就觉得心情都跟着沉重了几分。

她一把拽住了碧玉的手,忙道:"谢谢你了,要不是你,我还被蒙在鼓里呢!外祖母和大舅母的恩情我肯定会报答的,可让我这样去报答外祖母和大舅母,我,我实在是不行!"

碧玉没有想到事情和她想象的完全相反。周少瑾内心并不赞同这门亲事。也就是说,郭老夫人和四老爷是对的!碧玉如释重负,低声笑道:"二表小姐不怪我多嘴就是。这件事,您还是和周大人商量为好!可别最后得罪了亲戚,这么多年的恩情没了!"

"多谢!多谢!"周少瑾再次向碧玉道谢,亲自送了碧玉出门。

第二天早上,周初瑾见周少瑾精神不大好,笑着问她:"昨天碧玉都对你说了些什么?"

"哦!"周少瑾掩饰般低头夹了块金银馒头,道,"想知道我回去之后还回不回来。"

周初瑾问她:"你的意思呢?"这是她们姐妹第一次这么正式地谈论这个话题。

周少瑾笑道:"我想及笄之后跟着父亲去任上。之前还是住在外祖母这边好了。正好可以尽尽孝道。"

周初瑾不置可否。这件事得和父亲商量,而父亲一直没有提妹妹的去处,不是有为难之处就是另有打算,还是等李氏来了再说。她转移了话题,说起了那些花木:"春天正是换盆的时候,还是搬回去的好。你若是还回九如巷,再搬过来就是。"

如果她再回九如巷,恐怕要长住了。周少瑾笑着应了,朝着雪球招手。雪球跃到她的怀里。她轻轻地捋着雪球的毛，道："我们回家去了！"雪球不明所以地"汪汪"了两句。

和梦中一样，小年夜那天早上，关老太太拉着周初瑾说了很长时间的话。出来吃团年饭的时候，关老太太和周初瑾的眼睛都是红红的，神色间很是伤感。沔大太太劝了半天，关老太太这才收起了戚容，大家高高兴兴地吃了顿饭，送了周少瑾姐妹出门。

关老太太是外祖母，又是孀居。她虽然抚养了周初瑾一回，可周初瑾出嫁的时候却不能辞别自己的外祖母。周初瑾想到这是她出嫁之前最后一次见关老太太了，眼泪又忍不住地落了下来，扑在关老太太怀里怎么也舍不得走。

周少瑾和沔大太太在一旁陪着不停地落眼泪。

程沔到底是男子，理智些，红着眼睛对周初瑾挥了挥手，道："快回家去吧！再晚就该宵禁了。又不是见不着了。初二你难道不准备来给舅舅拜年不成！"

"没有，没有。"周初瑾擦着眼泪，一一和程家四房的人道别，一路小泣着回了周家。

周家和周少瑾上次回来时看到的又有些不同了。墙粉得雪白雪白的，青色的瓦鱼鳞般地排列在屋顶，特别整齐。进了门，就连竹子都长得格外精神。

马富山家的笑道："遵了老爷的吩咐，大小姐要出阁了，这屋子重新翻修了一回，免得姑爷来接亲的时候看不上眼。"

周初瑾脸色绯红。周少瑾抿着嘴笑，终于松了口气。她一路安慰着姐姐，可不管怎么劝，姐姐的泪始终像春天的雨绵绵不绝，她都差点跟着哭了起来。

持香几个服侍着周初瑾梳洗，周少瑾则指使着丫鬟婆子把周初瑾准备带去廖家的一些东西和陪嫁的嫁妆放在一起，等到了吉日好一并送去镇江。

碧桃进来禀道："二小姐，施香姑娘带着夫婿过来了，说是想给您和大小姐磕个头。"

周少瑾有些意外。梦中施香出府之后可就再也没有回来。她让小丫鬟带了施香进来。施香的头发全都梳了起来，穿着件她从前赏的杭绸夹棉褙子，脸冻得红彤彤的，已是典型的小妇人模样，上前给她问安。

周少瑾笑着问了她出嫁之后的情景，知道她嫁的那户人家姓卢，她是长媳，婆婆尊重，丈婿体贴，过得很好。这次回来给她问安也不是遇到什么困难的事，只是听说她从普陀山回来了，周初瑾出嫁的日子也定了，来给她们磕个头，尽尽旧仆的礼数。

她还带了她婆婆做的一些咸菜，并道："吃了的人都说好，给两位小姐尝尝鲜，也算是我们的一片心意。"

周少瑾把东西收下了，和施香说了会儿话，赏了她男人一壶酒，家中的公公婆婆一包糖、几件尺头、二两银子，留施香两口子住了一夜，次日用过午膳才走。

晚上，马富山告诉她们："程辂回来了！"

周少瑾姐妹不由皱眉，道："知道他这一年在岳麓书院过得怎样？"

马富山道："听说今年得了个优，在九如巷送去岳麓书院的人里是成绩最好的一个。"

那就更留不得他了！周初瑾道："父亲的信还没有来吗？"

马富山笑道："应该会让师爷随身带过来吧！"

周初瑾出阁，周镇是回不来的。但他除让李氏回来主持周初瑾的婚礼之外，还派了自己的幕僚李先生和随从李长贵一起回来。姐妹俩只好耐心等待。

过了元宵节，李氏从保定府赶了回来。她没有带周幼瑾。内宅的事有时候就是东风压倒西风。周初瑾已充分展示她的能力，李氏不免有些战战兢兢。她生怕不懂事喜欢哭闹的女儿惹了周初瑾不高兴，索性没把她带回来，只说是日夜兼程，周幼瑾年纪太小，怕她受不住。

周少瑾连连点头，道："这天气实在是不好。等幼瑾大一些了，你有闲的时候可以带她去京城看姐姐，保定府离京城很近的。"

周镇那边已得了信，知道方氏拿体己的银子给周初瑾他们买了一个宅子，对方氏这个婆婆很满意。

李氏忙笑盈盈地道："这是大小姐的福气，我们幼瑾也跟着沾了光，到时候能去京城逛逛了。"

周初瑾根本无意见周幼瑾，李氏没有把周幼瑾带回来正中她的下怀。她笑着和李氏寒暄了几句，道："太太还是住在上次住过的书房吧？之前家里不是没人吗？我怕被宵小光顾，母亲留下来的东西就全都锁在了上房。"

李氏根本不敢和她计较，笑道："大小姐说到我心坎上去了，大小姐出阁的事千头万绪的，我住在书院，正好给那些管事婆子示下。大小姐也可以安心地准备出阁的事。"

按礼，姑娘家出阁之后头次认亲，要给夫家的每个人都做双鞋。当然，也有不讲究的，只给公婆或是同胞的叔伯做的。这全看女方家的财力。周初瑾当然不会自己做，要了廖家众人鞋子的大小，正请了针线上的婆子在家里做鞋。可这话谁也不会说穿。

周初瑾大大方方地道了谢，让马富山家的陪着李氏去歇息。

李氏身边的李嬷嬷自从知道兰汀和欣兰都折在了周初瑾的手里，在周初瑾面前连个多余的眼神都不敢有，虚扶着李氏就去了书房。

持香进来道："大小姐，马总管说，李先生要给大小姐问安，请大小姐花厅里去。"

周初瑾一点也不意外，笑着对周少瑾道："你和我一起去吧！"

周少瑾没有多想，以为姐姐是要她做个伴。不承想去了花厅，在绡纱屏风后坐定，遣了花厅里服侍的人，相貌寻常、留着把山羊胡子的李先生却道："老爷让我回来，主要是处置那个程辂的。只是这件事关系到家族兴旺，恐怕要事先和程家打个招呼！大人的意思，最好是能请了大舅老爷跟长房的打声招呼。不知道大小姐和二小姐是什么意思？"

周镇让他找周初瑾帮着引荐程家的人，可他听说二小姐也和大小姐一起过来了，才临时加了句"二小姐"。

跟长房打声招呼？！周初瑾不由朝周少瑾望去。

周少瑾想也没想地道："那我直接去跟池舅舅说一声吧！何必惊动沔大舅舅——这种不是知道的人越少越好吗？池舅舅若是知道程辂都做了些什么事，肯定不会可惜他的。"

周初瑾觉得妹妹比自己和长房的关系好，此刻又见她毫不为难地就应下，不由暗暗点头，道："要不要我和你一起去？"

"不用了。"周少瑾笑道，"你马上要出阁了，此时出门不太好。我一个人去就行了。"

李先生听着心里怦怦跳了两下。照周大人的说法，他的大女儿精明能干，小女儿乖巧懂事。他这次来金陵要办的事能得到程家协助最好，万一得不到程家的协助，也不要和程家发生冲突。毕竟程家读个秀才出来也不简单，还是拿廪粮的秀才，那可是以后考举人、考进士的料子。实在不行了，就请大女儿出面求了四房的沔大老爷帮着和程家周旋，有什么事也多和大女儿商量，她和程家的关系处理得很好。可现在看来，二小姐只怕和程家的关系更好，特别是长房。不知道自己能不能趁机进府给长房的四老爷磕个头，从而通过四老爷得到大老爷或是二老爷的推荐。

这个念头一闪而过,他自嘲地笑了笑。

自己这可真是人心不足蛇吞象,周大人待他也不错。他跟着周大人,虽不至于飞黄腾达,可也宾主尽欢,颇为逍遥。此时却为了功名利禄动了贪念,想攀了程家的高枝。殊不知程家门客众多,那高枝也不是那么容易就能攀上的,说不定高枝没攀上反而一个跟头跌下来摔死了。他还是好好地跟着周大人,为周大人谋划好了。以周大人的厚道,不仅衣食不愁,以后周大人显赫了,自己未必就不能求一官半职的。

李先生收敛了心思,恭敬地道:"周大人的意思,秀才革职,不外乎考场作弊、品行不端、岁末大考。考场作弊,最简单,却是杀敌一千、自损八百的做法。一旦出现考场弊案,金陵的大小官员和众多士子都会被牵连进去,礼部、都察院都会派人来查,金陵的大小官员为了自清,也会抱成了团应付礼部和都察院。一旦礼部和都察院没能拿出有力的证据证明程辂参加科考的那一科作弊,金陵的大小官员说不定还会反击,事情只会小事变大事,最后甚至是让程辂从中得利。

"其次是品行不端。周大人说,以程辂的小心谨慎、能言善辩,估计比考场作弊还要难。最后就剩下岁末大考了。程辂的父亲程柏之事已由官府定罪。虽有'祸不及子孙'的说法,可也有'老鼠生的儿子会打洞'之说。周大人的意思,不妨请把这件事悄悄地告诉长房,再由长房出面暗示给官府和学谕。若是金陵城上上下下的官员对此看法一致,那就再好不过了。"

李先生说话的时候,周少瑾一直在心里细细地琢磨。等到李先生说完,周少瑾冷汗都要冒出来了。这招可真狠!

由程辂所在的宗族出面说他有才无德,请学谕夺了他的秀才功名。程辂这辈子别说是出仕为官了,就是想做个陶翁也别想得到别人的尊重了,甚至他的后世子孙也不可能和门第或是底蕴很好的人家联姻,这个家会因此败落下来,永远在社会的最底层挣扎。

可这也是程辂自找的。

梦中发生了什么事暂且不论,如今她们又没有追究他所做的事,他却一而再再而三地不愿意放手。如果她们听之任之,以后只会是她们倒霉。

周少瑾硬下心肠来,道:"那我明天就进府去找池舅舅好了。这种事,最怕夜长梦多。何况那程辂已经回了金陵,年前还像什么事也没有发生似的亲自过来给我们姐妹送年节礼。他也太能装了。"

周初瑾连连点头,让持香去准备名帖。

周少瑾轻笑,道:"姐姐,这名帖怎么准备啊?准备爹爹的名帖吗?爹爹的人去九如巷不去拜访沔大舅舅反而去拜访池舅舅,别人肯定会奇怪的。难道还准备我的名帖不成?池舅舅可是两榜进士出身!"她是闺阁女子,名帖只能在内院里使用。

周初瑾拍了拍额头,笑道:"看我,都糊涂了。那就让持香进府说一声好了,免得失礼。"又道,"你这样贸贸然地进府去找池舅舅,会不会引起别人的注意啊!"

周少瑾想想也有道理,和姐姐商量道:"要不明天请太太进府去给外祖母请个安,我正好趁着这机会去趟寒碧山房?"

"这主意好!"周初瑾说着,朝李先生望去,道,"先生以为如何?"

李先生也觉得这主意好,笑道:"那就有劳两位小姐了!"

周初瑾和周少瑾一起去了书房。李氏刚刚梳洗完,几个小丫鬟正在给她绞头发,听说周少瑾姐妹来了,她绾着还湿着的头发就出了内室。

既然已经服了软,周初瑾对李氏也就客气起来,忙笑道:"早知道太太的头发还湿着，我们就应该晚点来的。"然后喊了小丫鬟拿几块干帕子来，"我来给太太绞头发好了！"

李氏哪里敢让她动手，连称不敢。周少瑾也劝："这南方不比北方。北方有火炕，就是头发略有些湿，在屋里子坐坐也就干了。南边是湿冷，您这样要感冒的。"说着，吩咐碧桃，"去帮太太拿几块干帕子来。"

李氏忙道了谢。等到小丫鬟上了茶点，碧桃拿了帕子进来，李嬷嬷忙接在了手里，和李氏的另一个大丫鬟玉兰帮着李氏绞干了头发，这才退了下去。

李氏这才道："大小姐和二小姐找我可是有什么事？"她可是听说了，那李先生一进府就去见了她们姐妹俩。

周初瑾只字未提程辂，只说是当初处置兰汀的时候程家帮过忙，如今她既然回了金陵城，于情于理都应该去给关老太太道个谢才是。

周镇也没有把当初发生的事告诉李氏，只是说兰汀对周初瑾不敬。周初瑾很是奇怪，查出了些陈年的旧事。兰汀传了假话，庄氏生前根本就没有让她留在周家，更不要说是服侍周镇了。

李氏以为这一切都是周初瑾做的手脚，所以才对周初瑾非常忌惮。因而周初瑾让她进府给关老太太问安，她压根就没有往别的方面想，立刻就答应了。

持香拿着李氏的名帖去了九如巷。稍晚，她回来告诉周少瑾："四老爷这些日子都在家陪着老夫人，哪里也没有去！"周少瑾笑着点头，第二天一大早陪着李氏去了嘉树堂。

关老太太见到周少瑾非常高兴，对李氏也很热情。她问起周初瑾的情况，知道周初瑾一切都好，这才和李氏说起周初瑾出阁的事："你这一路辛苦了！廖家在镇江也是数一数二的大户人家，周家在金陵城也不是没有根基的。到了初瑾成亲的那天，九如巷的几位舅母都会过去看看热闹的，到时候就有劳你了！"言下之意，是让李氏风风光光地把周初瑾嫁出去。

李氏恭敬应诺，说起周家都准备了些什么。

周少瑾心里还有事，好不容易李氏说完了，沔大太太得了信过来相陪，她站了起来，道："我既然进了府，还是去给老夫人问个安为好！"

关老太太也觉得应该，忙催了她："快去快回！等着你用午膳。"

周少瑾笑眯眯地去了寒碧山房。碧玉等人看到她都很惊喜，拉着她的手问她怎么来了。

周少瑾把李氏进府给关老太太问安的事说了，道："我寻思着过来看看你们和老夫人。老夫人呢？不会去了佛堂吧？"去了佛堂她就只能等着了！

"没有，没有。"碧玉笑道，"新上任的御史宋大人是当朝阁老宋大人的族兄，宋夫人托御史宋夫人带了些东西给老夫人，老夫人正和御史宋夫人在说话呢！"

周少瑾听了抿着嘴笑："山不转水转，没想到我们府上和宋夫人还挺有缘的！"

大家低声地笑。珍珠就道："二表小姐先去茶房里喝口茶吧！等御史宋夫人一出来我就去给您通禀。"

"好啊！"周少瑾欣然道，"老夫人的茶房里总是有很多的好茶和好吃的茶点。"她从前在寒碧山房里抄经书的时候没有少吃。

珍珠陪着她去了茶房，打开了柜子问她要喝什么茶，并道："二老爷年前送了些新上市的大红袍。"大红袍秋茶最好。

周少瑾大感兴趣，道："那就大红袍好了。"

珍珠去烧水。周少瑾问她："你们春节是怎么过的？集萤她们还好吗？"

"我们都挺好的。"珍珠烧了水，用红漆描金的攒盒装了茶点端给周少瑾，然后坐下来陪她说话,"大年三十的时候老夫人每人赏了五十文钱,我们这些身边服侍的则每个赏了一对四分的银锞子。因袁夫人没有回来过年,事很少。守过岁之后,老夫人只留了吕嬷嬷在身边服侍,放了我们的假。我们还跟着玛瑙去她家串了门,逛了庙会,可有意思了。反倒是听鹂馆服侍的人太少,集萤和南屏姑娘都一直在府里当值,今天一早跟着四老爷出去串门去了!"

周少瑾一下子跳了起来。那她岂不是见不着池舅舅了!"这春节都过完了,他串什么门啊!"周少瑾忍不住抱怨道,"怎么之前也没有听谁说起来?"

珍珠知道周少瑾和集萤很好,笑道:"四老爷说要出门,难道集萤还能拦着不成?她要是知道你今天回府,肯定也很懊悔的。你要不要给集萤留个话什么的?我记得大表小姐的婚期定在了三月初九,还有两个月,到时候让集萤去看你好了!"

周少瑾很是失望。好在她没有等多久宋夫人就告辞了。她去见了郭老夫人。

郭老夫人高兴极了,拉着她的手不停地上下打量,道:"嗯,长高了一点,也更漂亮了。就是太瘦,要是再胖一点就好了。可见春节的时候吃得不好!"

周少瑾不好意思地笑。郭老夫人就让她坐在了自己身边,吩咐珍珠上茶点。

周少瑾嘻嘻地笑,道:"之前在茶房已经喝过茶,吃过点心了。"

"我这里有更好的。"郭老夫人笑道,吩咐珍珠去把内室茶几上放着的那个喜上眉梢的红漆描金匣子拿出来,然后小声对周少瑾道,"是你筝表姐送来的,真正的御膳房点心,可不是京城那些挂羊头卖狗肉的。你吃过就知道了。"

周少瑾连连点头。郭老夫人就喜欢她这样,吃就吃,不吃就不吃,不用虚情假意地客套。

匣子一打开周少瑾就闻到了股甜甜的味道,明黄签子上写着的名字更是让她一眼就认出了这是御膳房才有的规矩。这是御膳房胡二最拿手的点心玫瑰糕。说是玫瑰糕,实际就是红豆沙糕。可胡二的红豆沙糕色泽鲜艳,口感细腻,又甜又香。周少瑾一口吃下去,就笑弯了眉眼。

郭老夫人呵呵地笑,道:"好吃吧!"

周少瑾嘴里还含着点心,只能点头。

郭老夫人就笑眯眯地道:"慢点吃,都是你的——等会儿我让她们给你带回去。"

周少瑾吓了一大跳,忙把口中的食物咽了下去,道:"不用了,我吃几块就行了。您还是留着自己吃好了。"

"我年纪大了,牙口不好了,吃了太甜的牙齿酸。"郭老夫人慈爱地道,"你池舅舅也说好吃,我给了他一盒,这盒是留给你的。"

自从知道外祖母有意把她许配给程诣之后,周少瑾就有些不自在起来。初二的时候她和姐姐进府给外祖母和沔大舅舅等人拜过年之后就匆匆地回了平桥街。说不定郭老夫人还以为她和姐姐会来给她老人家拜年,所以才留了点心给她。周少瑾非常内疚,想说些什么,却又觉得不管说什么都不过是借口罢了。就像这次,如果她不是找池舅舅有事,恐怕也不会过来看望她老人家。

她只好道:"这玫瑰糕真好吃!"

郭老夫人就笑着摸了摸她的头,道:"你继母是什么时候回来的?我明天请她吃个饭吧,也算是为她接风洗尘了。"

周少瑾闻言差点被咽住。这金陵城的贵妇人有几个有资格让郭老夫人接风洗尘的?她忙道:"不用了,不用了。您那么忙……"

"傻丫头,"郭老夫人笑道,"我这是给你面子呢!"见周少瑾还欲多说,她索性道："这件事就这样决定了，你等会儿去跟你继母说一声，我的帖子随后就到。让你的几个舅母也过来作陪。你以后遇到她，说话也腰杆直些。"又道："你是趁着你继母和你外祖母在说话过来的吧？我就不留你用中午饭了，回去之后也送几块点心给你继母。"

周少瑾的眼泪都差点落下来。

郭老夫人笑道："虽说过完了年，可我这里也不许哭的。快擦擦眼睛。"

周少瑾含泪而笑。郭老夫人就问起周初瑾婚礼准备的情况。周少瑾一一作答，又欲言又止。

郭老夫人问她："怎么了？"

周少瑾就悄声地把她在杭州的雷峰塔给姐姐"抱"了块砖回来的事说了，然后愁道："您说，我怎么给姐姐带过去啊？一块砖代表一块田，我要是放在嫁妆里，廖家的人会不会弄错？可若是不带过去，那岂不是成了我自己的东西？"

郭老夫人倒不知道还有这件事。她老人家哈哈直笑，道："是谁给'抱'的这块砖！我记得我们当时没去雷峰塔啊！该不会又是那些分号的掌柜吧？"

"不是！"周少瑾脸色绯红，不好意思地道，"是我求池舅舅帮着弄的。"

郭老夫人忍不住挑了挑眉。四郎！他什么时候被人求一求就答应了！这倒有趣！

郭老夫人道："在姑娘家出嫁的时候，陪嫁的仆妇是跟着出嫁的姑娘一起走的，你把那块砖让陪嫁的仆妇抱过去就行了。抱过去之后，最好放在新床底下，这样最灵验了！"

"哦！"周少瑾松了口气，记了下来，道，"我到时跟持香说。她会跟着我姐姐嫁过去。"

郭老夫人看着她又乖巧又听话的模样，忍不住又摸了摸她的头，差点就问她，你姐姐嫁了，你就跟着我住好了。可转念想到给周少瑾找婆家还没个影儿，这话还是咽了下去，又在心里抱怨起这金陵城里的好一点的男孩子都哪里去了？不是学识不够就是相貌不够，还好她没有挑出身、家世，这要是挑起出身、家世来，只怕个个都不合格。看样子，还是得从几大家里找。

两人说了会闲话，郭老夫人眼看到了晌午，就催了周少瑾回嘉树堂："你外祖母那边只怕是早就准备好了午膳，我就不留你了。"

周少瑾真是羞得无地自容。郭老夫人待她这样好，她却没能以同等的心对待郭老夫人。说起来，郭老夫人是个很寂寞的人。三个儿子、两个儿媳妇、两个孙子、三个孙女，除了池舅舅，其他人要不已经婚嫁要不就远在京城。到了老夫人这个年纪，她就是给她做再多的针线，孝敬她再多的吃食，也不如她常来陪郭老夫人说说话。她道："那我明天再来看您。"

郭老夫人笑着颔首，让碧玉送了她出门。

回到嘉树堂，关老太太和李氏等人正在等她，见她进门忙问："怎么这个时候才回来？都和郭老夫人说了些什么？"

周少瑾把郭老夫人明天给李氏接风洗尘的事说了。

李氏又惊又喜，不敢相信地道："给我吗？"

周少瑾笑着应"是"，道："老夫人说，她的帖子等会就会到。"

"哎哟！"李氏喜出望外，有些奉承程家地道，"等会儿回去可得和你姐姐商量带些什么东西去给老夫人请安好。"

沔大太太忙凑趣道："我们家初瑾最在行不过了，您去问她可真是问对了人！"

李氏忙道："那是，那是。"

关老太太则想了想，道："老夫人既然说了这样的话，你还是先过去给老夫人问个安为好！至于说送什么东西，诣哥儿她娘，用过午膳，你去开了库房，拿几件看得上眼的东西陪着太太走一趟好了。"

李氏连声道谢。关老太太笑道："一家人不说两家话。你能赶回来主持初瑾的婚礼，我很是感激。她的事，就全托付给你了。"不无为周初瑾出头的意思。

李氏忙不迭地应"好"，下午就由沔大太太和周少瑾陪着去了寒碧山房。

去而复返，周少瑾有些不好意思，郭老夫人却朝她笑了笑，和蔼地和李氏寒暄起来。周少瑾就帮着碧玉摆着茶点。

碧玉悄声告诉她："我看见清风回来了！"

"那池舅舅呢？"

"没看见！"

没看见有可能是没回来，也有可能是在清风之前就回来了。周少瑾的心跳了几下，找了个机会出了上房，去了听鹂馆。程池还没有回来，她遇到了商嬷嬷。

商嬷嬷笑道："二表小姐怎么过来了？是来找四爷的吗？四爷和顾六爷去了一个朋友家。您若是有什么要紧的事，等四爷回来了，我跟他禀一声。"

原来池舅舅和顾九臬出去了。"那就有劳嬷嬷了。"周少瑾赏了她两个八分的银锞子。

商嬷嬷执意不要，笑道："不过是给您传句话，哪就当得起您这样的客气？"

是她小瞧了商嬷嬷。周少瑾脸都红了起来，道："我过年的时候也没有遇到你，这就当是我补给你的过年打赏好了！"

商嬷嬷就笑着道谢收下了。

周少瑾赧然地离开了听鹂馆，陪着李氏和沔大太太坐了会儿，就跟着李氏起身告辞了。

回去的路上，李嬷嬷问李氏："怎么样？关老安人没有为难您吧？"

"程家岂是那么没眼色的人！"李氏说着，沉默了片刻，道，"我原来只当大小姐厉害，现在看来，二小姐只怕也不简单。长房的郭老夫人，明天要请我吃饭，给我接风洗尘呢！"

"啊！"李嬷嬷瞠目结舌。

"没想到吧？"李氏瞥了李嬷嬷一眼，道，"你以后在二小姐面前说话行事也小心点。"

李嬷嬷忙保证道："我向来对两位小姐都是很敬重的！"

"那就好。"李氏喃喃地道，"两位小姐好了，我们家幼瑾以后也能跟着沾光，你可别给我惹出事来，不然你是我乳娘我也会把你送回李家的。"

李嬷嬷打了个寒战，急急地道："不会，绝对不会的。"

晚上，程池回来，商嬷嬷指使着小厮端了热水进来服侍他更衣，自己则站在一旁禀道："二表小姐来找过您了。"

程池很是意外，道："是怎么过来的？"

商嬷嬷一时没听明白，笑道："这我倒没问。不过，二表小姐是跟着她继母一起过来的，应该是坐的轿子吧！"

"我不是问这些！"程池耐着性子道，"我是问，二表小姐是给老夫人问了安之后过来的，还是悄悄地过来的？"

商嬷嬷闻言不由斟酌道："二表小姐过来的时候，老夫人正和周太太说话。老夫人和周太太的话还没有说完，二表小姐就回了上房。"

那就是悄悄过来的了。这丫头片子，难道闯了什么祸？程池在心里琢磨着，脱锦袍的速度都慢了下来。走的那天她还高高兴兴的。后来程筝送了两匣子御膳房的点心，母亲特意留了一匣子给那小丫头，准备初二那天她过来赏给她的。结果初二那天她去嘉树堂给关老安人拜了个年就匆匆回了平桥街。难道是四房那边透了口风，她知道关老安人想留了她在四房，心里不舒服所以跑了？这倒有可能！程池的眉头就蹙了起来。他倒是想给那小丫头片子保门好亲事，可瞧来看去的，没一个看得上的。要不，把目光放远点？苏杭、淞江、无锡都离金陵挺近的，坐船也就几天的功夫。要是那些地方有合适的人选，也未尝不能考虑考虑……

程池把脱下来的锦袍交给了清风，问商嬷嬷："那小丫头没让你传个话？"

"只说有要紧的事找您。"商嬷嬷说话更慎重了，道："其他的，倒什么也没说！"

程池撇了撇嘴。在那小丫头眼里，鸡毛蒜皮的事也是大事。但他还是想了想，道："那她情绪如何？"怕商嬷嬷听不懂，他解释道："我是说她是愁眉苦脸的，还是和平时一样，还是挺高兴的？"

商嬷嬷仔细回忆着当时的情景，道："好像和平常一样？"

这算是什么回答？程池不满道："到底是一样还是不一样？"

商嬷嬷越发不敢肯定了，踌躇半晌。

程池道："算了！明天遇到她就知道了。"

商嬷嬷笑着应"是"，冒了一额头冷汗，恭敬地退了下去。

程池不禁哂笑。自己着的哪门子急啊？横竖几个时辰之后就知道了。

他洗了脸，重新换了件衣服，正准备去给郭老夫人请安。朗月跑了进来，急急地道："四老爷，顾家老安人驾鹤西去了！"

"你说什么？"程池腾地一下就站了起来，"顾家老安人驾鹤西去了？什么时候的事？老夫人那边得了消息吗？"

朗月忙道："顾家专程派了人给老夫人送了丧帖，程家的丧帖还没到。老夫人已经在换衣服了，派了小丫鬟过来通禀，说是让您也赶紧换件衣服，这就往顾家去。府里的事暂时先交给秦大总管。"

顾家的老安人逝世，程家也要去吊唁的。但丧帖通常都会在死者小殓之后。专程来给程池母亲报信，就是把他们当成了自家极亲的人，过去之后就算不帮着装殓也要帮着治丧。

程池忙喊了清风帮他换衣服，又吩咐朗月去收拾东西："只怕是要在那里住上两三天。"等治丧的账房礼房都到齐了，他才有可能抽身回来一趟。

朗月连声应"是"。

程池略思索了片刻，喊了商嬷嬷进来，道："我娘明天不可能宴请周太太了，你等会儿过去的时候给我娘提个醒，明天一早再亲自去趟平桥街，问问二表小姐到底有什么事。若是事情不急，就等几天再说；若是事情很急，就让她等等，我晚上的时候过去一趟。"

商嬷嬷心里惊涛骇浪似的。四爷什么时候这么好说话了？这要是让计老爷、萧镇海他们看见了，还不得把眼睛珠子落地下啊！可她早年也是在江湖上行走、威震一方的人物，早就练成了七情六欲不上脸的本事，不管心里怎么想，脸上依旧一副笑容满面的模样，恭声地应"是"。

程池满意地换了件月白色的粗布棉袍，去了母亲那里。郭老夫人正如他所料的，穿了件玄色素面细布褙子，神色悲怆地坐在罗汉床上捻着手中的紫檀木十八子佛珠。

程池上前轻轻地喊声"娘"。郭老夫人回过神来，眼中已满是泪水，道："我和你父亲第一次拌嘴的时候，还是她老人家过来劝的架。当时当着我的面把你爹狠狠地训斥了一顿，又数落了我一顿，最后问我们，是不是要和离，如果不想和离，那就万事都得商量着过日子。如果要和离，什么也别说了，现在就清点嫁妆，孩子留在程家，让我带着嫁妆回娘家去。她老人家这就给你父亲找个续弦，让她住我住过的房子，管教我的孩子……我一气，那怎么能行？房子我能不要，孩子可不能交给别人管，让他们喊别人'娘'。"郭老夫人说着，眼泪忍不住地落了下来，道："谁知道她老人家却走得如此猝不及防……"

程池上前搂住郭老夫人，低声地安慰母亲："老安人已经八十九岁了。生前能吃能喝，死得这么突然，也没有躺在床上受那个累。这是好事，是喜丧，您应该替她老人家高兴才是。顾家的情况您最清楚不过了。老安人这一去，顾家的处境只怕会更困难了。大哥那边，顾家肯定指望着你帮着出面说句话的，你得赶紧过去才行。"

顾家的男丁虽多，但目前仕途顺利且颇有前途的却是老安人的长孙顾清和。他如今任小九卿之一的鸿胪寺卿，老安人去世，他要回乡守制一年，位置就得让出来，再回京，能谋个什么样的职位就不好说了。这个时候，任礼部尚书、文华殿大学士的程泾对顾清和的起复就很重要了。

郭老夫人颔首，擦了眼泪，神情已经变得坚毅起来，道："我知道。你跟身边的人说一声，收拾好东西了我们这就过去。"说着，郭老夫人"哎呀"了一声，道："糟糕！我还说要请少瑾的继母吃饭的。"

没想到母亲居然还记得！程池道："我派人去说一声就是了。"

郭老夫人叹气，道："只有等过几天了。"

"过几天正好。"程池道，"过几天就春暖花开，正好请了周太太进府赏花。"母亲也可以借此机会舒缓一下悲伤的心情。

郭老夫人微微点头。

平桥街周家。

周少瑾得了这个消息惊得呆了半晌，想到上次去顾家做客时顾老安人孩童般直率的性子，心中很不好受，问来报信的商嬷嬷道："池舅舅和老夫人是不是都要在顾家守上几天？"

商嬷嬷恭敬地道："应该得守上几天。四爷和老夫人都带了衣物过去。"

周少瑾莫名就觉得松了口气，道："你去跟池舅舅说，我这边的事不着急，让他先安心把顾老安人的事办完了。"

商嬷嬷笑着应诺。周少瑾带着她去了李氏那里。

出了这样的事，李氏自然不会有什么怨言，忙道："死者为大。我们什么时候去给老夫人请安都行。"随后客气地问起郭老夫人的心情如何，寒暄了几句，赏了商嬷嬷二两银子，亲自把商嬷嬷送到了门口。

周少瑾问商嬷嬷："你是回府还是去顾家？"

"去顾家！"商嬷嬷含笑道，"四爷说了您这边若是有了音讯，就让我去给他报个信的。"

周少瑾就让商嬷嬷给顾家十七小姐带信："……让她节哀顺变！"商嬷嬷应下去了顾家。

程池正忙着和顾家的人商量着报丧的事，顾家几位老太爷、老爷到此时还没有从老安人去世的悲痛和震惊中走出去，说话行事颠三倒四，几个管事索性有事禀了程池，由程池帮着拿主意。一时间程池身边坐满了人，站满了人。

商嬷嬷在门口探了探头又缩了回去。程池眼尖，立刻看见了她。他没等请他示下的管事把话说完已站起身来，道："我那边还有点事，你们等一会儿。"然后在众人的注目下出了厅堂，在廊庑下站定。

商嬷嬷忙上前低声回禀去平桥街的经过。程池听着反而揪心起来。如果事情真像小丫头说的不要紧，她通常都会冒冒失失地闯进来，不管三七二十一地要他办这办那。相反，如果事情很要紧，她反而会患得患失的不知道如何跟他开口，就像她跟他和母亲去普陀山，去的时候不管想买什么东西，为了不耽搁他们的行程，她一律都不开口，可回来的时候没了正事，她就开始一会儿要去雷峰塔上搬砖，一会儿要去常州买梳篦。等到他和宋老先生为水文的事入了迷，她又能安安静静地在一旁不吵不闹地自己找事做，看似任性，却是很有分寸的。

他思忖着，看了屋里或坐或站的人群，沉吟道："这样，你去跟二表小姐说一声，我戌时等安排好这边的晚膳之后就过去，让她等我一会儿。"

商嬷嬷心中暗讶。不是说事情不要紧吗？四爷还过去干什么？

商嬷嬷自从做了程池的仆从，就学会了不置疑程池的任何决定。她恭声应"是"，去了平桥街。

周少瑾正在和姐姐商量："顾家的老安人去世了，我们是不是也应该去祭拜一番？不管怎么说，当年我们也和老安人打过交道，而且和顾家的十七小姐交好。"

周初瑾抿了嘴笑。妹妹越来越有主意了。她这哪里是和自己商量，分明是要说服自己。妹妹这样，她才能放心地出嫁。

周初瑾点头："这件事你与太太去商量就行了。"有了兰汀和欣兰的事在前，想必李氏不会不答应的。

周少瑾高兴地应了。春晚进来禀说商嬷嬷过来了。周少瑾忙让春晚请了她进来，并向姐姐解释道："早上是让她带的信。"

周初瑾不敢怠慢，吩咐冬晚请了商嬷嬷到厅堂里喝茶。商嬷嬷哪敢，毕恭毕敬地站在那里候着，等到周少瑾姐妹出来，忙上前行礼，道："奴婢奉了四爷之命过来传话。说是顾家那边的亲眷陆续都得了丧报，不时有人来奔丧，四爷要把那边的晚膳安排好了才能过来。让二表小姐耐心地等一等。"

周少瑾不由和姐姐交换了一个不解的眼神，然后好奇地问商嬷嬷："不是说了我这边的事不打紧，让池舅舅先忙完了顾家的丧事再说的吗？"

商嬷嬷笑道："我也是这么回的四老爷，可四老爷却执意要过来……"

周少瑾只好点了点头，道："有劳嬷嬷了。我到时候等着池舅舅过来就是了。"

商嬷嬷笑称"不敢"，起身告辞。持香送了商嬷嬷出去。

周初瑾问周少瑾："你都让商嬷嬷给池舅舅说了些什么？怎么池舅舅好像有所察觉似的？"

周少瑾茫然地摇头，道："我什么也没有说啊！"随后把事情的经过事无巨细地告诉了姐姐。

周初瑾也不明白，只好不想，道："既然池舅舅等会儿过来，那就吩咐厨房里做点宵夜好了。不管用不用得上，总是我们的一片心意。"

周少瑾很是赞同，亲自去厨房交代了一番。

李氏那边也就得了消息。她和李嬷嬷道："没想到二小姐的话在长房如此有分量。这么晚了，出了这么大的事，长房的四老爷却特意抽空过来一趟。"她说着，不由目露困惑，"我听说长房四爷是两榜进士出身，行事极有谋略手腕的。难道这个四老爷不是那个四老爷？"

李嬷嬷也觉得有些不可思议，道："要不，到时候我去瞧瞧？"

"也好。"李氏觉得自己越和周少瑾相处，就越觉得她看上去柔柔顺顺的，说话行事却越想越让人觉得大有深意，"你小心别让人发现了。"

"你就放心好了！"李嬷嬷笑道，天刚刚暗就去了厨房。等到戌时过了一刻钟，春晚过来让厨房里端碗白粥、三四样小菜去正房旁的花厅。李嬷嬷寻思着应该是长房的四老爷过来了，提了个铜壶装作打水的模样去了花厅。

花厅灯火通明，隔扇大开，仆妇们都服侍在廊庑下，周少瑾陪着个年轻男子坐在花厅正中的圆桌边上，持香带着春晚和冬晚摆着碗箸。那男的不过二十四五岁的样子，穿了件月白色的粗布棉袍，面容儒雅，五官俊朗，气质谦和，让人心生好感，有种腹有诗书气自华的雍容与矜贵。

李嬷嬷正寻思着要不要装作无意间路过的样子上前去看看，那男子突然抬起头来，和她的目光碰了个正着。那男子原来温煦的目光陡然间像出了鞘的剑一样，寒光四射地朝她射过来。她下意识地身子一抖，忙垂下了目光，趋利避害的本能地使她快步离开了花厅。

程池收回了目光。

周少瑾一无所察，还在他的耳边唠叨着："……太晚了，怕你不能克化，只让厨房做了些清淡的，你先将就着。明天一早记得多吃点。我看过别人家治丧，一整天忙下来，要脱层皮。管事们若是都到了，您可要记得歇歇，事情是做不完的。您又厉害，又有能力，您要是抢了别人的事，您自己受累不说，别人也未必会感激您！"

程池的嘴角抽了抽。"你怎么像个老太太似的！"打断了她的话，却道，"我身边有怀山和商嬷嬷服侍，不用你操心。"

"那就好。"周少瑾不以为忤，接过小丫鬟手里的白粥放在了程池的面前。

程池喝了口粥。香甜软糯，正宗的潮州白粥。他很满意，不动声色地尝了尝白灼青菜。很地道的广式菜肴，让忙了一天的程池吃得非常满足。

周少瑾悄悄地笑。等程池用了宵夜，喊丫鬟打了水进来给他擦手。

程池站起身来，道："你和我去院子里说话吧！"院子里说话，万一让人听见了怎么办？

周少瑾有些犹豫。程池更加坚定了自己的猜测。这小丫头只怕是遇到大事了。只是不知道是她姐姐出嫁的事呢？还是她自己的婚事？他道："站在院子里说话才好。谁在哪里，一目了然，也就不怕被人听见了。"

周少瑾恍然大悟。如果关在屋子里说话，别人看不见她的同时她也看不见别人，反而容易被人所趁。

她跟着程池去了院子。程池在甬道正中站定，柔声道："你慢点说，到底出了什么事？"与上次大大咧咧地坐在书桌后面不耐烦地问她"你又有什么事"截然不同。

周少瑾愣了愣，才悄声把程铬的事告诉了程池。

程池挑了挑眉，没有作声。他早就觉得这个程铬表现得太完美，有些不对劲。可他并没有放在眼里。像程铬这样的小人，他抬指就能碾成泥！

就算现在，他依旧没有把程铬放在眼里。如果不是小丫头相求，他就算知道程铬做了些什么也多半会放程铬一马。等他中了举人或是做了进士，做出更让人愤恨的事，他再收拾他也不迟。就这样一下子拍飞，对方根本就不是对手，有什么乐趣可言？可小丫头既然求到了他的面前，他不来见小丫头也就罢了，既然见了，他怎么好甩手不管？不

· 177 ·

过，照小丫头这办法，三五年才见效。他马上就要离开程家了，怎么也得在离开前把这件事办成了才好。程池在心里琢磨着。

周少瑾以为程池怀疑自己所说的话，顿时有些不安起来，道："我说的句句是真！您若是不相信，可以让人去查！我也知道这样对程家不太好，可程铬这个人实在是太阴险了，略不留神就弄出点事来。常言说得好，只有千日做贼的，没有千日防贼的。我们这样防着他，实在是太累……"

"我没有怀疑你！"程池打断了她的话，沉吟道，"我也没有觉得这样做对程家有什么损害。才胜德微之小人，小人智足以遂其奸，勇足以决其暴，是虎而翼者。你们做得很对。我只是在想有没有更快的办法，但你的意思我已经知道了。你不要写信，带个口信给你父亲。你们两家有恩怨，纸包不住火。他的幕僚在金陵城出入，太打眼了。程铬若是有个什么风吹草动的，不免会联想到你家去。还要防着程铬狗急了跳墙，做出什么危害你们姐妹俩的事。这件事你让他别插手了，我会想办法解决的。"

周少瑾如释重负。她就知道，池舅舅肯定会帮她的！"谢谢池舅舅！"她甜甜地笑。

程池猝然间想起了程嘉善。周少瑾一个小丫头都看得出程铬不妥当，他有段时间却和那程铬走得很近。他难道对程铬的品行就一点察觉也没有？如果真是如此，那他还真如母亲所说的，不足以成为程家的宗子……程池想着，辞别了周少瑾。

周少瑾送他出了门。程池却道："让你们家的那个马总管送我出去就行了。虽说是春天了，晚上的风还有点冷，你小心着了凉。还有，你今天晚上好好地睡一觉。只怕自从你父亲的那个幕僚回来之后你就没能睡个安生觉。"

周少瑾嘻嘻地笑，道："池舅舅好厉害！"她这些日子的确睡得不好。不仅仅因为程铬的事，还有程诣的事。她很清楚长辈的想法。若是她嫁了程诣，虽不能荣华富贵，却也能衣食无忧。如果换个人，她肯定不会拒绝。可程诣，她实在是没办法想象两个人像夫妻一样在一起过日子……何况，她早打定主意，她如今肯定会嫁人，但她只会像梦中似的和别人做假夫妻。如果她嫁了程诣，这件事怎么能瞒得过长辈们？万一父亲答应了外祖母她可怎么办啊？周少瑾的眼底不禁就浮现出轻愁来。

本转身要走的程池看着心中一跳，想了想，道："少瑾，你是不是还有什么话对我说？"

周少瑾吓了一大跳，直觉地回避道："没，没有。我没有什么事！"

程池压根儿就不相信。他了解的周少瑾，是个像孩子一样藏不住情绪的人。如果没有其他什么为难的事，她又向来信赖他。他答应帮少瑾处理程铬的事，她此时应该满心欢喜而不是眼带轻愁才是！程池道："你告诉了我，我说不定闲着无事还会帮帮你。你要是不说，可别指望我再管你的闲事！"

第四十九章　暴露

周少瑾听着心里怦怦直跳，顿时陷入了两难的境地。不告诉池舅舅，以后池舅舅真的不管她了她该怎么办？特别是她还没有机会把程家以后会被满门抄斩的事告诉池舅舅呢！告诉池舅舅这么私密的事，她怎么好意思说给池舅舅听？何况这件事碧玉也只是说听到外祖母和郭老夫人这么一说，事情最终会怎样谁也不知道。万一事情有了变化，池舅舅会不会觉得她听风就是雨，藏不住话，不够持重啊？她悄悄地打量着程池的神色。

程池冷笑。

周少瑾的手紧紧地绞在了一起。她已经有些日子没有再犯这毛病了。程池看着心一软，柔声道："是不是在担心和程家的婚事？"

周少瑾睁大了眼睛。原来池舅舅也知道了这件事。她脸涨得通红，嘴角翕动，不知道说什么好。

程池道："你别担心，这件事我来处理。"

处理？！怎么处理？周少瑾紧张地抓住了程池的衣袖，道："您，您别说……外祖母会伤心的……"

程池一听心里腾地就蹿出股火来，沉声道："莫非你还想嫁给诣哥儿不成？"

周少瑾被他这么一说，不仅紧张，而且心虚起来，好像她做错了什么事似的，连连摆手道："不是，不是。我不想嫁给诣表哥，可我也不想让外祖母伤心，我更害怕父亲和外祖母因为我而心生芥蒂。"她说着，忍不住眼眶就湿润起来。他们都是她的亲人，她怎能因为自己的缘由而让他们有了罅隙？她眼睑低垂，长长的睫毛上挂着颗晶莹剔透的泪水，仿佛被春雨冲洗过的嫩叶，阳光出来，只余叶尖上那一滴泫然欲落的雨珠。

程池在心里叹了口气，道："你放心。我不会直接去跟你外祖母说，也不会让你外祖母她们疑心这件事与你有关系的。"

"真的吗？"周少瑾惊喜地抬起头来，那滴泪珠就落在了脸颊上，映着她粉粉的面颊，如一颗晨露。

"真的！"程池再次叹了口气，道，"我知道你不想让他们为难。"

"嗯嗯嗯！"周少瑾点着头，眼睛像月牙般地弯了起来。

真是个孩子！程池不由也笑了起来。等他走出周家的大门，上了轿，闭上眼睛开始想程辂的事的时候，这才发现周少瑾根本就没有问他会用什么办法打消关老太太把她留在四房的念头。

程池摇头。这小丫头，他说什么就信什么，连问也不问一声。可这种让人全然信任的感觉真好！也许这也是为什么他会一而再，再而三地帮她吧？不过，程辂的事好办，程诣的事他却得好好想想，既不能让关老太太有所察觉，也不能让小丫头为难。他轻轻地叩了叩轿子，吩咐随轿的怀山："顾家九老爷什么时候回来！"

怀山想了想，道："最快也要到二月初。"

程池又道："吴知府若是来吊唁，你记得跟我说一声，我有话要跟他说。"

怀山应诺，心里却不由嘀咕，四爷这到底是要找顾大人呢还是要找吴大人呢？

· 179 ·

周少瑾送走了程池，就匆匆回了正房。周初瑾正翘首以待。周少瑾一进门就被姐姐拉住了手。

"少瑾！"周初瑾急急地问，"池舅舅怎么说？"

"当然是答应了。"周少瑾眉眼弯弯地笑，喜悦之情溢于言表。程池答应帮她推了诣表哥的婚事，她如释重负，觉得走路都轻快了很多，心情更是好得不得了。

周初瑾松了口气，道："你是怎么说服池舅舅的？"

"我没有说服池舅舅啊！"周少瑾笑道，"我把事情的经过跟池舅舅一说，池舅舅就答应了，根本没有'说服'这回事。"

周初瑾讶然。

周少瑾就有些得意地道："池舅舅说了，才胜德微之小人，小人智足以遂其奸，勇足以决其暴，是虎而翼者；还夸我们做得对。说程铬这样的人就算以后再有出息也不会对程家有什么贡献，说不定程家还会被他牵连。不如此时断了他的野心，让他好好地守在家里过日子的好。"

"池舅舅真是目光如炬！"周初瑾听了十分欢喜，不禁赞扬起程池来。

周少瑾与有荣焉地抿了嘴笑，道："我就说，池舅舅若是知道了程铬的所作所为，肯定不会帮他的吧！"

"你最行了！"周初瑾见她一副小孩子要表扬的模样儿，就笑嘻嘻地摸了摸周少瑾的头，道，"我们家少瑾最厉害了！"

周少瑾赧然，打落了姐姐的手，嗔道："姐姐说的一点也不诚心，一听就是在哄我！"

周初瑾瞪眼，道："原来表扬也要诚心的！我还以为表扬都只是嘴上说说的！"

"姐姐！"周少瑾不依地去拧姐姐。周初瑾避开。姐妹俩嬉闹起来。

好半晌，周初瑾才笑喘着求饶，道："好了，好了，我们说正事。池舅舅除了这些，还有没有说些别的什么？比如池舅舅有没有说他准备怎么办？要不要爹爹出面之类的？"

程家能答应周家处置程铬，周家已是感激不尽，现在又答应他们亲自出面帮着说项，自然不能把什么事都丢给池舅。周家能尽力的地方就由周家出面好了，特别是需要打点的地方——总不能借了程家的面子还让程家帮着出钱吧？只是这话周初瑾不好意思说得这么直白，只有如此委婉地问周少瑾。

周少瑾根本就没有听出来。她笑道："池舅舅说了，这件事都交给他，让我们不要插手。"她把事情的经过一五一十地告诉姐姐。

周初瑾听得好一会儿都不知道说什么好。池舅舅说的的确很有道理，可也太"热心"了些吧？几乎大包大揽地把这件事全都接了过去。她想到了周少瑾从普陀山回来后堆在床上的那些闪得人眼睛都有些睁不开的珠环玉簪，目光不由自主地就落在了周少瑾的身上。乌黑的头发，雪白的皮肤，红红的嘴唇，还有那清澈的眼睛、真诚的目光、纤细修长的身材，像朵初生的花，周初瑾不禁在心里"呸"了自己一声。她怎么会往那上面想？池舅舅可是她们的长辈。而且像池舅舅那样的人，要什么样的美人没有。不说别的，集萤、南屏，还有郭老夫人身边的珍珠、翡翠、碧玉、玛瑙，哪个不是个顶个的美人，他犯得着因为这个就对少瑾好吗？

周初瑾脸上火辣辣的，道："少瑾，总不能让池舅舅出力又出钱吧？"

"可有些关系肯定不是用钱就能行的吧！"周少瑾道，"我觉得我们与其和池舅舅算得这么清楚，还不如打听一下池舅舅喜欢些什么，我们好好地送池舅舅一份礼物的好！"

周初瑾只觉得脸更热了。别人都说她聪明能干，她还没有妹妹想得透彻。的确，如果什么事都能用钱解决，她们又何必去求长房同意呢？

"少瑾！"周初瑾不好意思地笑道，"谢谢池舅舅这件事，就交给你了。你到时候打听打听池舅舅都喜欢些什么，我们再投其所好，送池舅件礼物好了。"

周少瑾欢快地笑，道："我不用打听就知道池舅舅其中的一个嗜好！"

周初瑾忙道："他喜欢什么？"

"池舅舅喜欢《河图洛书》。"周少瑾笑着把程池和宋老先生在船上算水文的事告诉了姐姐。

周初瑾皱眉道："这可就麻烦了！我们到哪里去找相关的书籍呢？"

"跟爹爹说啊！"周少瑾笑道，"爹爹若是没有，也可以慢慢地寻啊！"

周初瑾失笑。今天她的脑子怎么像糊了似的，还没有妹妹灵活。她道："我这就把李先生叫进来。既然池舅舅说了让我们别插手，我们最好还是别插手的好。"周初瑾虽然不十分了解程池，但她相信创建了裕泰钱庄的程池肯定不是简单的人。

而当李先生听说他以后什么也不用做，只要等着把这边的消息传递给周镇就行了，惊讶得半天都没有合拢嘴。程家就这样轻易地答应了周家的请求，甚至不惜折损了个以后有可能金榜题名的秀才？程家是不是太看重周家了，或者说，程家的长房是不是……太看重二小姐了？二小姐就这样轻飘飘地说了几句话，长房的四老爷就应了下来……二小姐在长房，到底是个什么样的地位？李先生忍不住抬头朝屏风后面望去。

绣着大朵大朵艳丽牡丹花的绡纱屏风后面只能隐约看见一坐一站两个身影。坐的那个仪容端庄，站的那个身材纤柔，亭亭玉立地站在那里，温婉如柳。李先生很是失望。坐的那个应该是大小姐，站的那个是二小姐还是大小姐身边的丫鬟呢？他躬身退了下去。

周少瑾舒了口气，笑着把姐姐拉了起来，道："这件事就算完了吧！"

周初瑾哭笑不得，点了点她的额头，道："你呀！也不知道说你傻人有傻福好呢还是说你糊里糊涂好。别人遇到这样的事只怕是要愁得睡不着，你倒好，全推给了别人不说，还一副甩手掌柜的模样儿。小心池舅舅看见了再也不管这件事了。"

周少瑾乖乖受教，道："那我们催爹爹快点找几本像《河图洛书》那样的书好了。池舅舅看到书，肯定很高兴！"她想到池舅舅把自己关在家里算来算去的样子，又笑弯了眉眼。

顾家老安人去世后的第三天，顾家开始往各家报丧，顾家的老太爷、老爷们也缓过气来，开始纷纷安排各房的事务。程池这才得以脱身，和金陵知府吴岫在书房里说话："吴大人三年任期已满，政绩又被朝廷评定为'优'，不知道以后有什么打算？"

三年清知府，十万雪花银。何况金陵又是少有的富足之地。吴岫在面对这个举手间就差点把自己知府帽子摘了送给别人的九如巷程家四老爷时实在是摆不起知府的架子，他恭谦地道："我能有什么打算？还不是朝廷里怎么安排我就怎么办！"

"哦！"程池端起茶盅来轻轻地喝了一口，道，"实际上吴大人在金陵城给了我们程家不少方便。这要是又换个父母官……真是麻烦！"

吴岫听着心头一跳，忙道："实际上我也不想走啊！可有时候君命难违，也是没有办法的事！"

程池点头，赞同地道："这也是身不由己啊！"

吴岫闻言不由在心里骂了一句。心想：你到底要怎么样直说就是，不就要我照办吗？

· 181 ·

我照你们程家的意思办的事还少吗？你在我们面前装什么大尾巴狼！还拿了金陵知府的位置威胁我！我……我……他"我"了半天，还就真说不出句狠话来，想再和程池打几手太极，腻味腻味程池，顾家的一个管事进来道："四老爷，我们大老太爷请您过去说话。说是舒城方家的六老爷过来了，请四老爷过去陪陪。"

吴岫暗叫"糟糕"，又在心里骂了一句。早知道程池这么忙他就不矫情了，直接跟程池说他还想继续做金陵知府得了。这下好了，程池这么一走不知道什么时候才有机会这样单独地说会儿话。如果程池以为他这是在拿乔，是想和程家讲条件，干脆想办法换个程家的门生或是故旧来做金陵知府，他可连哭都没有地方了！他急得一下子站了起来，刚想问那个舒城方家的六老爷是谁，就听见程池道："舒城方家的六老爷……是方大献吗？"

方呈，字大献，至德九年丙戌科状元，曾任都察院御史，因弹劾当时的秉笔太监万童被皇上调去了翰林院做侍读学士。他索性辞官回了舒城做了陶翁，在士林中极有名气。

那管事忙笑道："四老爷好记性。正是那个因弹劾丢了官的方大献方大人。"神态极其殷勤。

竟然是他！吴岫激动得满脸通红。这要是能和方大献说上几句话，以后还有谁敢瞧不起他？他刚才怎么就没有想到呢？自己要不要就这样装作什么也不知道的样子跟着程池过去呢？

吴岫思忖着，只见程池"咦"地一声站了起来，一面往外走，一面道："他怎么来了？舒城离这里有大半月的路程呢！"

管事疾步跟上前却在离程池半步的距离慢下来，始终保持着落后程池半步的距离道："方六爷是我们家九老爷的朋友，他妹子家娶媳妇，他和两个侄儿过来喝喜酒。谁知道到了镇江之后听说我们家老安人去了，连夜从镇江赶过来吊唁。我们家九老爷要到二月初二才能赶回来，家里也没个能陪着方六老爷说话的。"

程池想起来了。方大献的妹妹不就是镇江廖氏的宗妇，周少瑾姐姐周初瑾的婆婆吗？这世界可真小！不过，像他们这样的人家通常都很小，转来转去就会碰到一起，随便拉一个出来都能扯上关系，变成姻亲。

程池和管事去了旁边的花厅，把吴岫撇在了一边。吴岫跟着去也不是，站在这里也不是。还好顾家的管事都很机灵，立刻请了他去旁边的小书房奉茶。

"不用了！"他心里还惦记着得赶快和程池把话说清楚，不然夜长梦多的，他只怕今天晚上都不能合眼了。吴岫吩咐那管事，"程家四老爷一出来你就告诉我一声，我有话和程家四老爷说。"然后还赏了那小厮两块碎银子。

银子小厮没敢接，拍着胸保证程池一从花厅里出来就告诉吴岫，加之旁边的小书房他独自一室，管事解释说这是他们家大老太爷特意嘱咐下来的专程招待他的地方，吴岫的心里这才好过了些。可他在小书房里喝了一肚子的茶，等到午膳时分，程池也没有出现，他心里开始有些不悦起来，吩咐随从："你去看看程家四老爷在干什么呢，不可能跟方大献说一上午的话啊！我丢下衙门里的事难道就是在这里枯坐的？"

随从不敢怠慢，一溜烟地跑去了花厅。不一会儿，随从折了回来，低声道："程家四老爷从花厅里出来又被顾家三老太爷拉去了前院的书房，说是申青云过来了。等程四老爷从那小书房出来，在路上遇到了林教谕，程四老爷和林教谕站在路边又说了半天的话……"

他正说着，顾家一个小厮跑了进来，道："大人，林教谕求见！"

林教谕不是在和程池说话吗？吴岫愣了愣才道："请他进来！"

小厮忙去请了林教谕进来。两人在小书房里说了半天的话，等到顾家的小厮去请他们用饭的时候，两人的脸色都有些难看。

小厮不敢多说，小心翼翼地把两人领去厅堂。吴岫一眼就看见了陪着一个面色蜡黄的瘦高老头说话的程池。

那个应该就是方大献了吧？也不知道那个程相卿怎么得罪了程池，自家的侄儿，居然要断了程相卿的仕途，也不怕程家因此而少了双臂膀，这也……太狠了点！还有林教谕，平时看上去一副谦谦君子的样子，谁知道却是个道貌岸然的家伙，和程池狼狈为奸不说，还不知羞耻地说什么"智伯之亡也，才胜德也"，说得他好像有多高尚似的，不就是要巴结奉承九如巷！吴岫不齿地在心底冷笑，脸上却露出如沐春风的笑容朝着程池走去。

只是没等他走近，有小厮跑了进来，道："六爷回来了！"

程池立刻站了起来，对方大献说了声"抱歉"，道："我早上刚送了九臬出城，晚上老安人就去了，我们一时间也没有想到派人去追九臬。"

方大献忙道："快去！快去！"

程池匆匆出了厅堂。吴岫只好留在了顾家用午膳。可直到午膳结束，他也没有看见程池。他问身边服侍的小厮程池去了哪里，小厮忙跑去问管事，回来告诉他："四老爷被大老太爷叫走了，说是要商量请鸡鸣寺的大师们来做水陆道场的事。"

难道这种事也要找程池？那顾家的人都在干些什么？难怪顾家的人没什么出息了！吴岫腹诽着，只好亲自去找程池。

他毕竟是父母官，顾家大老太爷和他寒暄了几句就把书房留给了他和程池。

吴岫也顾不得颜面了，悄声对程池道："我和林教谕琢磨了半天，觉得今年是不成了。明年岁考，我们想个法子把日子提前，让他缺考好了！"

程池笑道："他的学业很好吗？"

吴岫望着程池那和煦的面孔，清亮的眸子，眼角不由抽了抽。这才是个狠角色。所以他才能在万童和李永之间左右逢源吧？他笑了两声，道："子川说得对，我看他的学业也不怎么样！"

程池笑了起来，神色越发温和了。他轻声道："这件事虽说要林教谕帮忙，可最终还是得麻烦吴大人，还请吴大人多多费心，三五年之后，吴大人不管擢了哪里的封疆大吏我都可以放心了。"

吴岫的心忍不住一阵乱跳，好在神色间依旧一片平静，笑道："那就承子川的吉言了！"

程池笑容更盛。

周少瑾站在郭老夫人的内室外探头探脑的。

郭老夫人抬眼就看见了镜台里映着的那个乌发红颜的小姑娘。她不由呵呵地笑，道："进来吧！在那里做什么怪呢？"屋里屋外服侍的都哄笑起来。

周少瑾红着脸走了进去，道："我想看看您心情怎样嘛，谁知道刚探了个头就被您发现了！"

郭老夫人笑着上下打量了她一番，点头道："嗯，比上次看到的气色好了很多，可见你在家里没受什么委屈。"

周少瑾嘻嘻笑。两桩难事都交给了池舅舅，她吃得好睡得好，气色当然也就好了。她挽了郭老夫人的胳膊，道："你也要节哀顺变才是。生老病死，人之常情。我们都很担心你的身体。"

郭老夫人颔首，叹道："我也知道，就是心里不好受。你们不用管我，我过些日子就好了。"

没有宽慰的人，只好自我调节，周少瑾听着却伤心起来。她想了想，道："我陪您打叶子牌吧！我现在比从前厉害多了。在船上的时候我专门请教过池舅舅的。"

"是吗？"郭老夫人听着来了兴趣。珍珠等人立刻拿了毡毯进来铺桌子。

程池回来的时候，寒碧山房的正房里一片欢声笑语。他脚步一滞。

商嬷嬷立刻笑道："是二表小姐过来了，陪着夫人在打叶子牌呢！说是谁输了就要在头上插朵花，珍珠满脑袋都插得是花，老夫人和二表小姐也插了花。老夫人厉害，只插了两朵；二表小姐漂亮，人比花还娇；只可怜了珍珠，偏生穿了件四季景的褙子，像个花婆子似的。"说着，商嬷嬷也笑了起来。

程池想到那情景也忍不住笑了起来。他轻声道："二表小姐过来干什么呢？"

商嬷嬷笑道："说是您在顾家帮忙，怕老夫人一个人在家里无聊，过来陪老夫人说说话儿。"

程池点头，去听鹂馆换了身衣服，和怀山说起萧镇海的事来："他那边的码头建得怎么样了？地拿到手了没有？"

"拿到手了。"怀山一直关注着那边，道，"蒋沁前两天去了一趟天津卫，萧镇海陪着他在北塘走了走，然后就传出漕帮对北塘的码头很有兴趣的消息。"

程池沉吟道："那十三行那边就没有什么动静？"

怀山摇头。朗月过来道："四老爷，二表小姐要走了。"

程池道："你去跟子安说一声，让他派两个人护送二表小姐回府。"然后问怀山："郑四那边的怎样了？"去年八月份的时候，方鑫同没有办法，想通过自己在官场上的关系打压郑四不成之后，只好低价把订单卖给了郑四。

怀山道："郑四这边的订单这两天就能完成了，倒是方鑫同那边，好像还有几份尾单有点问题，怕是不能按时交货。"

程池冷笑，道："没关系，方鑫同不敢不交，到时候只能把价钱一降再降，把订单卖给郑四。不过，自此一役，他恐怕不会再涉足布匹绸缎生意了。"

怀山迟疑道："那我们要不要派个人盯着他。"

"不必！"程池道，"我只是给他个教训，让他知道好歹就是了。逼着不放，只会让他和我们鱼死网破，于我们无益。"

怀山颔首。朗月一溜烟地跑去传话了。

周少瑾知道程池专程派了两个人护送她回家，笑容就止不住地从眼底流淌出来，直到进了门，到了家，见到了周初瑾，眉宇间都洋溢着喜悦。

周初瑾笑道："什么事这么高兴啊？"周少瑾就把自己陪着郭老夫人打叶子牌的事告诉了姐姐。

周初瑾想到那个场景不由得哈哈大笑，并道："你怎么就想出了这样一个促狭的游戏？"

周少瑾笑道："打牌的时候正巧看见玛瑙头上簪了朵赤丹，知道花房里的茶花都开了，想着老夫人屋里一点颜色也没有，就出了这个主意，没想到老夫人竟然答应了。"

"那么多花，岂不都让你给糟蹋了？"周初瑾嗔道。

周少瑾嘻嘻笑道："也不全是。打了牌，老夫人让人找了几个琉璃钵出来，把花插在了琉璃钵里。还别说，满满一钵子的山茶花，像个花球似的，漂亮极了。老夫人还让我带了两朵回来给你。"她说着，随轿的春晚进来了。周少瑾让她把老夫人赏的两朵花拿过来。

周初瑾见那花白色的，有碗口大，花瓣莹莹如玉，中间却有一道淡淡的红，又露着几分活泼，赞道："这花可真漂亮啊！这是什么品种？"

周少瑾眨着眼睛道："你猜猜看？"

周初瑾笑道："你明明知道我不怎么懂花的。"

周少瑾抿了嘴笑，道："是十八学士！"

"什么？"周初瑾差点跳了起来，"怎么有白色的十八学士？"

"不然怎么号称珍品呢？"周少瑾笑道，"还有一半白一半红的，各开几个颜色的，大红的……之前杭州分号送给我的就是大红的，我之前，嗯，看到过一半白一半红的，没想到长房的花房里不仅有大红和一半白一半红的。还有纯白色的，这种是最难得的。郭老夫人知道我喜欢花草，还送了我一盆君子兰。姐姐要不要看看？"

周初瑾大感兴趣。两人去了花房。

如今周家的花房很是可观了。除了之前庄氏留下来的，还有周初瑾和周少瑾养的、杭州分号送的，既有一般的玉簪、茉莉，也有兰花、墨菊。

周少瑾指了其中一盆像冬青树似的小盆栽，道："姐姐你看，我想送这盆花给郭老夫人。"那是一盆茶兰，会开星星点点的黄色小花，香味袭人。

周初瑾想到寒碧山房那一院子的绿色，觉得很合适，笑道："那你要不要换个盆？我觉得用甜白釉的花盆可能更好看。"

周少瑾大加赞赏，姐妹俩便趁着无事帮那株茶兰换盆。

寒碧山房里。程池忙完就去了郭老夫人的正房。见郭老夫人罗汉床的茶几上摆了尊插着各色茶花的琉璃钵，笑着打量了一眼，这才上前去给母亲行礼。

郭老夫人就问他："顾家那边的事忙得怎样了？"

程池道："九昊回来了，我就可以闲下来了。明天过去看看，若是没有事，就等到头七的时候再过去看看。"

郭老夫人叹了口气。

程池笑道："听说少瑾过来了？"

郭老夫人脸上就泛起了笑意，道："那孩子有心，怕我一个人在家里孤单，过来陪我打了会儿叶子牌。"

程池的目光在琉璃钵里的茶花上掠过，道："关于少瑾的婚事，我有个想法……"

郭老夫人看了眼正弯腰给他们摆果盆的碧玉，道："碧玉，你先下去，我有话跟四老爷说。"

碧玉心虚得手直发抖。上次就是她去给二表小姐报的信。这次郭老夫人说起二表小姐的婚事来却要避着她。难道是郭老夫人发现了什么？她头也不敢抬地急急退了下去。

郭老夫人实际上什么也没有发现，只是下意识地觉得这坏人姻缘不是什么好事，还是避嫌些的好。见屋里没有了其他人，郭老夫人身子微斜，这才低声地道："你有个什么主意？"

程池道："这成亲是一辈子的大事，短时间内我们给少瑾寻门好亲事有点难。不如釜底抽薪，我们给诣哥儿介绍一门让四房没办法推托的亲事，让四婶主动毁婚。这样不仅解了少瑾之围，还可以让四房从此对少瑾心存内疚，以后不要说责怪少瑾了，就是想想都会觉得对不起少瑾，让他们继续给少瑾撑腰。"

郭老夫人眼睛一亮，忙道："你是不是已经有了人选？那你快给我说说，你看中了谁家的姑娘？"

程池道："您觉得从顾家的小姐里找一位怎样？"

"顾家？"郭老夫人非常意外。正是因为和顾家的关系太好了，她从来都没有想到过和顾家联姻。倒是顾家老安人在世的时候曾经提过把顾家的姑娘许配一个给程池，但她都以隔着辈分为由拒绝了。现在却娶个顾家的姑娘进门……

程池知道母亲的顾忌，道："顾家如果没有合适的，申家的也可以啊！再不成，还有舒城方家的姑娘。"总而言之，就是给程诣找个高门大户、对程诣以后不管是读书还是入仕都有好处的人家。要知道，程家弱就弱在人丁不旺、根基太浅上了。

郭老夫人对程池的提议很满意，决定道："那就照你说的做！但你和你哥哥他们都不能出面做这个媒人。你四婶已经向我透了口风，我们若是帮诣哥儿做媒人，你这计策就算不露馅，也会引起四房的怀疑。"

"这点人情世故我还是懂的！"程池笑道，"媒人我已经想好了，就请方大献出面。"

郭老夫人不禁挑眉。

程池笑道："这件事，还真得方大献不可！他最注意的就是品行声誉。你想想，四婶守寡这么多年，辛辛苦苦地把两个儿子拉扯大，一个是举人，一个是同进士，又帮着早逝的女儿带大了一个嫡亲的外孙女，一个丝毫没有血缘关系的外孙女。在方大献眼里，这比什么名门望族、世代官宦的出身都要强。我只要提一提诣哥儿的婚事不好办，他肯定会主动帮着诣哥说门亲事的！"

"你这孩子。"听完儿子的话，郭老夫人已经毫不怀疑方大献会钻进程池的笼子了，她笑道，"以后可不能再算计方先生了。他是个颇为方正不阿的人，这样的人越来越少了。"

程池不以为然，却没反驳母亲的话，只是笑着应"好"，和母亲商量了几个有可能的人选。

守在门外的碧玉却急得不行。四老爷若是说有了办法，那肯定就能行，也不知道四老爷会给老夫人出个什么样的主意。她不敢再去给周少瑾报信，又没办法不去关注这件事。随后她发现，郭老夫人开始让人打听程诣的事。虽说是为了让周少瑾脱身郭老夫人才决定给程诣做媒的，可那些姑娘家也是父母的掌上明珠，量谋量谋，总得要找个差不多的。还别说，程诣除了顽皮些，犯过很多同龄的男孩子都犯过的错，却没有原则上的错误。

郭老夫人不由赞扬关老太太和沔大太太教子有方，并对程池道："人很纯善，长得也好，就是以后只怕是没有什么太大的出息。"

程池道："做少瑾的夫婿，没有什么太大的出息就又是最大的问题了。你看庄氏当年和程柏的那些恩怨？亏得您还像没事人似的。"

郭老夫人失笑，道："程柏那只是我们家的旁支吗？四房可不一样，他们是嫡支！"

"万一哪天分了宗，四房还不是一样成了旁支！"程池不以为然地道。

郭老夫人默然。

程池却悠悠地道："我觉得这一点也可以用用——如果我们和二房分宗，四房为了自保，肯定更愿意娶娘家人丁兴旺、家势雄厚的媳妇吧！"

"你这孩子！"郭老夫人瞪大了眼睛，好一会儿都不知道说什么好。

程池则笑道："娘，若是四婶真的那么中意少瑾，我的这些主意统统没有用。"

郭老夫人叹道："你又何必？这种选择是最受煎熬的。"

程池笑道："娘，说给少瑾找门好亲事的是您，说要维护四婶的体面的也是您，您到底要我怎么帮才满意？"

郭老夫人一愣，随后失笑，道："好了，好了，我说不赢你，你说怎么办就怎么办吧！"

程池笑着摇头，道："您可真是的，这么多年了，总是拿这句话打发我。"

母子俩说起闲话来，倒也其乐融融。

等到顾家的九老爷顾清和回来，程池就更没有什么事了。顾清和在自己住的茗香馆设了素宴招待程池，言辞间颇多感谢，却也颇为倨傲，口口声声当年我和你哥哥怎样怎样。程池在心里冷笑，没等菜上齐就找了个借口走了。顾清和气得直瞪眼，想着出京时程泾真诚的关怀，那股火气又自熄了去。

程池想了想，索性去了顾九桌那里。

顾九桌的妻子尚氏是山东日照人，父亲是山东大商贾尚宝鉴。尚宝鉴早年曾救过顾九桌的父亲顾清泰的性命。尚宝鉴子嗣艰难，年过四旬才得了尚氏这一个女儿。尚宝鉴卧床不起时尚氏才九岁，他怕女儿被族人欺负，临终前把尚氏托付给了顾清泰。顾清泰见尚氏和自己的三子年纪相差无几，索性就和尚宝鉴定了儿女亲家。尚氏十岁就嫁了进来，一个月之后尚宝鉴病逝。尚氏是由顾九桌的母亲抚养长大的，十七岁才和顾九桌圆房。她不仅长得端庄秀丽，而且和顾九桌青梅竹马、志同道合，感情非常好。

尚氏听说程池过来了，忙让小丫鬟把过年时别人送给顾九桌的大红袍拿出来待客。

程池盘膝坐在紫檀木的禅椅上，闻着醇厚的茶香，望着窗外婆娑的修竹，叹道："你这才是过日子啊！"

顾九桌正在整理书架，闻言笑道："说得你像在水深火热里似的。不过，你既然说起来，我就多嘴问一句。你到底怎么打算的？你今年年纪也不小了，就没有想到成个家？伯母难道就由着你这样不成？"

他正说着，尚氏带着两个提着食盒的小丫鬟走了进来，笑着接道："叔叔到底要找个怎样的媳妇？若是还瞧得上嫂嫂的眼光，不妨跟嫂嫂透个音，我也给叔叔留个意，喝叔叔一杯媒人茶！"

程池站了起来，先是笑着喊了声"六嫂"，然后道："这两年是不成的！您是知道的，我前些年在外面游历，欠了些江湖债，这笔债不还了，怎能静得下心来成家立业？等我要成亲了，一定找嫂嫂帮着相看。"

尚氏因得丈夫的尊重，在丈夫的知己面前颇有些面子，闻言面色微凛，道："怎么？难道你惹了江洋大盗不成？官衙都不能解决吗？"如果说从前要顾及着程泾的名声不敢动用官府的力量，但现在程泾已经入阁，程池若是透出风来，自有巴结奉承的人帮着打头阵。

程池明白尚氏指的是什么，笑道："万一不成，再找我大哥也不迟，免得他总觉得我不务正业。"

这就是程家兄弟之间的事了，其他人倒不好多问。尚氏聪明地转移了话题，笑道："我听说你没等菜上齐就从九叔那里出来了，寻思着你肯定没有吃饭，就让人端了几个菜过来了。"

程池连声道谢，顺口就问起顾家的几个小姐来："……老安人去了，这婚事恐怕要耽搁了。"

顾家家大业大可人也多，姑娘家出嫁公中一律只出三百两。要想体面，就得各房各自己补了，所以顾家的姑娘并不是那么好嫁的。

尚氏叹道："只耽搁了十七姑、十八姑、十九姑……她们还没来得及说亲，年纪却不小了。"

程池很随意地"哦"，没再多问，就在九桌的茶几前开始吃饭。尚氏带着小丫鬟退了下去。

"喂喂喂！"顾九臬忙把放在茶几上的书搬到了一旁，道，"你怎么能这样？小心把油星子溅到了我的书上。"

程池哼道："我没有嫌弃你书中到处是灰尘，你倒嫌弃起我吃饭有油星子来！"

顾九臬回首望着他，表情很是诧异。

程池道："你怎么了？"

"这正是我想问你的！"顾九臬拿着手中的书就走了过来，道，"我从前这么说你的时候，你通常都是冷着脸不屑一顾的，怎么今天竟然和我斗起嘴来了？这可不像平常的你啊！"

程池一愣。

怀山求见。程池让他进来。他看见顾九臬却欲言又止。顾九臬放下了手中的书，道："我出去就是，你不用这样一直睒我！"

怀山眼底忍不住露出些许的笑意。程池却毫不客气地一直等到顾九臬走了出去这才朝怀山点了点头。

怀山上前几步，低声道："四老爷，京城那边传来消息，说住在崇义坊胡尚书胡同的那位都察院御史沐大人出事了！"

程池心头一滞，沉声道："出了什么事？"

怀山道："去年九月，大老爷调任礼部。十月，传出甲午科北直属秋闱时礼部有人泄露了试题。因之前礼部是章公的尚书，大老爷就命人彻查此案。年底，大老爷写了个奏折给皇上，皇上留中没发。等过了元宵节，当年负责甲午榜秋闱的人全都被下了大牢，这位沐大人也在其中。"

程池面沉如水，道："沐大人曾在礼部任过什么职？"

怀山道："仪制清吏主事。"

"仪制清吏主事是正六品，而都察院御史却是正七品。"

"所以沐大人要负主责。"怀山道，"据礼部的那些人交代，当初也有人举报，但章公考虑到兹事体大，悄悄地把这件事压了下来。但相关的人员却也没有姑息纵容，全都被调离礼部，当年考评的政绩为'差'，其他人都是平调，只有这位沐大人是降级，所以……"

程池心里像北风呼啸而过，乱糟糟的，半天都没有理出头绪来：林、沐两家到底和少瑾有没有关系？她是不是早就预料到了沐家会出事？樊祺到底是受她所托还是无意间闯入这件事中来了？如果少瑾什么也不知道，那她托集萤送樊祺去京城到底是为什么？如果这些事都是少瑾安排，那，那她接近母亲，接近他，是不是也有目的呢？她的目的又是什么呢？程池想想就觉得心里像被什么揪住了似的，透不过气来。就像当年他知道自己为什么会接管九如巷庶务的时候一样……满目凄凉，只觉得自己是天底下最蠢的人……

怀山看着程池脸色不对，连喊了几声"四爷"，程池才回过神来。他深深地吸了口气，恢复了平时的温煦。可了解他的人只要一看他那双寒光四射的眼睛，就知道他此时有多愤怒。怀山忙低下了头。

程池道："你查清楚，樊祺为什么会去京城？为什么会插手林沐两家的婚事？"说完，他语气微顿，又道："不要伤了樊祺，免得是我们弄错了，到时候不好跟二表小姐交代！"

怀山如遭雷击。四爷，有什么需要向二表小姐交代的？他急急应诺，匆匆出了顾九臬的书房。

程池突然间有些茫然。如果周少瑾真的是有目的地接近他，他又该怎么办呢？他脑海里浮现出她那倒映出自己身影的清澈眼眸，浮现出她狡黠却又不失俏皮的笑容，浮现出她被自己质问时愣愣的表情……如果这些都是假的，那周少瑾也太会伪装了！被这样的人骗了，那他的确只能服输。可这一切真的只是个骗局吗？她又想在自己的身上或是母亲的身上得到什么呢？她若是有这样的手段，凭她的手段什么东西得不到，又何必在他和母亲身上下这么多的功夫呢？

周少瑾甜糯的笑声在自己耳边响起。她赤着脚踏在钱塘江沙滩上的模样还历历在目……程池坐在太师椅上，呆呆地不能动弹。书房的漏斗"沙沙沙"地落下，程池觉得自己的膝盖抖个不停。

顾九皋走了进来，看见程池一个人坐在那里，面色铁青，笑道："咦，你不是说如果一个人连自己的情绪都控制不住就没有资格谈论什么'谋略'吗？怎么，你今天不摆谱了？准备在我这里撕下面具了？"

程池半晌没有作声。

顾九皋的笑容渐敛，正想问他出了什么事，他已站了起来，笑道："我又不是木头墩子，一个表情摆久了，自然要换一副了。对了，刚才怀山找我说家里出了点儿事，我先回去了。等老安人六七的时候我再过来。"

"好啊！"顾九皋很了解他，隐隐觉得应该是出了什么大事，正色道，"若是有什么地方我能帮上忙的，你只管开口！"

程池拍了拍他的肩膀，径直走了出去。

周少瑾也得到了消息。她长舒了口气，双手合十，朝着西边默默地拜了三拜，然后在自己供奉的观世音面前上了三炷香，在蒲团上阖目喃喃地道着："林公子，你的大恩我已经还了。希望你以后能和沐小姐白头偕老，子孙昌盛。"

周少瑾默默地在蒲团上跪了片刻，这才起身出了耳房。樊刘氏在外面等她，见她出来禀道："沔大太太过来了。"

周少瑾奇道："大舅母过来干什么啊？"

樊刘氏笑道："大小姐马上就要出阁了，请多少客人，摆多少桌酒席，迎亲的时候来时走哪条路，走时走哪条路……这都得和廖家商量，沔大太太不过来怎么行？"

周少瑾讪笑，换了衣服去了李氏那里。

沔大太太有十来天没有看见周少瑾了，见了周少瑾少不得要拉着她手问东问西的。

周少瑾温柔地立在旁边乖顺地作答。

李氏看了抿着嘴笑，道："大太太待二小姐倒像亲生女儿似的。"

或许是有心留了周少瑾在家，沔大太太现在看周少瑾是越看越喜欢，闻言笑道："我没有女儿，何止是把她们两姐妹当亲生的女儿一样。就是以后我娶了儿媳妇，也会把她当亲生女儿一样的。"说着，还看了周少瑾一眼。

李氏听着心中微动，试探道："那何家的姑娘可有福了！"沔大太太微微地笑，拉着周少瑾的手拍了拍。

周少瑾忙找了个借口起身告辞。她怕沔大太太表现得太明显被李氏看出来然后告诉了父亲，惹出什么麻烦来。

沔大太太颇有些失望，道："我还想你到时候帮我们把要注意的事写下来呢！"

周少瑾笑道："您先和太太商量好了我再过来也不迟。"

沔大太太没有办法，只有放了周少瑾走。周少瑾松了口气。

而此时的程池却面色阴沉地站在密室幽暗的夹道里，望着被丢在密室稻草堆上昏迷不醒的樊祺问着秦子安："你们都对他做了些什么？"

秦子安眉头微蹙。不过是个小厮。死了又如何？他多的是手段让这件事悄无声息，四爷却一副怕他死了的口吻。可他不敢流露出丝毫的异样，恭敬地道："小的按照您的吩咐，所以请了东亭过来给他施了迷魂术。"

程池微微点头，道："他都说了些什么？"

秦子安道："他什么也不知道。"

程池回头望着秦子安。明亮的眼睛在幽暗的夹道里像夜空中的星子般璀璨。

秦子安低声道："据他说，他是奉了二表小姐之命去的京城。护送他去京城的人是二表小姐找的，在哪里落脚是二表小姐告诉他的，怎么找到林家和沐家也是照着二表小姐交代的做的。唯一有变化的是林沐两家的亲事，二表小姐让他想办法找个游方的道士去装神弄鬼地糊弄沐家，可他在上清宫盘桓了好些日子也没有找到合适的人，最后只好冒险找了那个贪吃好喝，因犯了错被贬到了厨房的知客杨道长，没想到这件事居然这么容易就办成了。年后让他去京城打探林、沐两家的消息，也是二表小姐的意思。至于二表小姐为什么要他想办法促使林、沐两家早日成亲，二表小姐到底认不认识林、沐两家的人……他统统都不知道。"

程池的神色又沉了几分。他想到了哥哥程泾是怎么坐上礼部尚书、文华殿大学士的位置的！如果没有周少瑾报信，大哥肯定以为袁维昌会支持他，而把希望寄托于袁维昌，最后毫无准备地败给黄理。而现在，甲午科秋闱作弊案爆了出来，作为案首的沐大人被下了大狱，沐大人的长女却好巧不巧因为提前嫁给了自幼定亲的林家，不仅自己逃脱了一劫，还因为这个原因让林家有了理由把沐夫人和沐家二小姐、三小姐用银子赎了出来。这难道只是个巧合？那这也未免太巧了！

想到这里，程池再也站不住了。他吩咐秦子安："把樊祺送回去，不要让他发现自己曾经被掳过。然后派人盯着他，一有什么风吹草动的就来告诉我。"

秦子安点头。程池已经一阵风地出了密室的夹道。秦子安皱了皱眉，按了通往密室的按钮。

程池一路疾行，等他回过神来的时候，已经走在了熙熙攘攘的大街上。

怀山满头大汗地追上来，斟酌道："四爷，要不要给您叫个轿子？"

程池向来不喜欢坐外面的轿子，谁知道这次却道："那你就去叫个轿子，我们去平桥街。"

怀山不敢多话，忙去街角雇了顶轿子，陪着晃晃悠悠的轿子去了平桥街。

因周初瑾婚期在即，周镇不在家，李氏又不怎么认识周家的老邻居，所以在门前当值的就换了马富山的侄儿马赐。

他是认识程池的。所以当他看见程池从顶街上揽客的轿子里走下来的时候，他目瞪口呆了一会儿才急匆匆地跑了过去。

"四老爷！"马赐麻利地行礼，恭敬地道，"您怎么过来了？沔大太太正在这边和太太商量大小姐的婚事。您是找大小姐还是找二小姐……"

程池看了马赐一眼，记住了他，沉声道："我找二小姐！"

"那请您先去花厅！"马赐说着，朝跟过来的小厮使了个眼色，殷勤地把程池迎到了待客的花厅，亲自摆了茶点。

周少瑾听说程池找她，重新梳洗一番就赶了过来。脚还没有踏进花厅脸上已满是甜甜的笑意。

"池舅舅，您找我什么事啊？"她脚步轻快地走进了花厅。

三月的花树郁郁葱葱，枝叶葳蕤，映得满室青翠。周少瑾穿了件鹅黄色素面杭绸比甲，白色挑线裙子，站在春光里，就像朵绽放的春花般醒目，带着几分春意的清新迎面扑来。

怎样的人才能把这份纯真演绎得毫无破绽？程池呼吸微窒。也许是自己弄错了！他上前几步。周少瑾笑望着他，眉眼弯弯，温顺、婉柔。一定是他弄错了。程池舒了口气，道："你跟我来，我有话问你！"

周少瑾笑盈盈地跟着他出了花厅，在院子中间站定。

程池望着她的眼睛，沉吟道："你知不知道沐大人犯事了？"

池舅舅怎么知道？周少瑾心跳如鼓，脸上的笑容徐徐褪去。她果然知道……

程池的心渐渐沉了下去，面色也变得严厉起来，厉声道："这到底是怎么一回事？你给我说清楚了！"

说清楚了！她怎么能说得清楚？说她如噩梦一般地做预知梦？说她知道未来的十二年里会发生什么事？说她梦中曾经嫁过林世晟，林世晟对她照顾有加，如今她要报答他？周少瑾抿着嘴，一句话也说不出来，身子忍不住发起抖来。

程池气得肺都要炸了。这死丫头，竟然敢瞒着他不告诉他！他声音变得凌厉起来："你怎么知道我大哥在和黄理争章俊华的位置？你又是怎么知道申敏之和袁维昌做了交易？你怎么知道今年二月份甲午秋闱作弊案会暴露？你又为什么会帮沐家？"

周少瑾没办法回答。她低下了头，手指无意识地绞在了一起。

程池看着她乌黑发亮的青丝，心里的火气更旺了。不是毫无条件地相信他的吗？不是毫不怀疑地信赖着他吗？怎么到了关键的时候却待他如陌生人一样？甚至连句解释也没有！他气极而笑，道："你到底说还是不说！"

周少瑾的眼泪猝不及防地啪啦啪啦落了下来。这些秘密在她心里她一个人背得也很辛苦好不好？可她怎么说啊？这么匪夷所思的事！那姓杨的道士跟沐大人说沐小姐若不提早嫁给林世晟沐家就会有血光之灾，沐大人都觉得姓杨的道士怪力乱神，何况池舅舅是读《河图洛书》的人！可她要是不说，池舅舅现在已经很生气了，到时候肯定会更生气。说不定还会从今以后再也不理她了！

这个念头刚刚在周少瑾的脑海里闪过，周少瑾就觉得自己像掉进了冰窟窿里似的从心底都凉了。池舅舅要是不理她了，那她以后有事的时候找谁？又有谁能像池舅舅一样总是不动声色地庇护着她？她，她该怎么办？周少瑾心里难受极了。

程池却觉得心里像刮起了一阵飓风。"好，好，好，你不说是吧？"他笑道，"你不说我也能查得出来。"他挟带着怒意，转身就朝外走，空气仿佛都被撕裂开来。

周少瑾很害怕，忙喊着"池舅舅"。程池停住了脚步，转身看着她。周少瑾却不知道说什么好。请他原谅？池舅舅未必就会原谅她！请他别生气？她又凭什么请池舅舅不生气！周少瑾的脸苍白如纸，脆弱得仿佛下一息就会倒下去。毕竟还只是个小孩子，他发脾气只会让她害怕而不是更相信自己。

程池不由在心底叹了口气，慢慢地走了回来，在她的面前站定，温声道："你别害怕，告诉我到底是怎么一回事，我来帮你处理。"

周少瑾不敢。她告诉姐姐，姐姐都不相信。可姐姐爱她、信她，所以才被她糊弄过去。池舅舅虽然待她好，却把她当小动物似的，高兴的时候就逗逗她，不高兴的时候根本懒得理她。她怕池舅舅把她当成怪物！风吹得满院的花树沙沙沙地响，周少瑾却站在那里如泥塑般半晌没有动静。

程池不由得冷笑，道："说不说由你。不过，你以后再也不要去寒碧山房了，免得我母亲知道了伤心！"他快步离开了周家。

周少瑾望着他远去的矫健背影，双臂抱胸，慢慢地蹲在了地上，把头埋在膝间，无声地哭了起来。

第五十章 疑惑

程池铁青着脸进了家门，迎面碰到满脸喜气的珍珠。珍珠一看程池这个样子，吓得忙收敛了脸上的表情，毕恭毕敬地上前称了声"四老爷"。程池不由看了她一眼。她吓得哆嗦了一下，急忙解释道："四老爷，老夫人说过几天随着四房的老安人去给周家大小姐添箱，选了些老物件出来让我们帮着掌掌眼。"

珍珠下意识地觉得拿这件事说事，程池的情绪应该会好一点。

程池冷冷地瞥了她一眼。这也是件拿来说的事？他径直回了听鹂馆。

集萤正在和南屏说话："那天你替我当下值，我们去平桥街喝喜酒。"

旁边的清风听了聒噪地道："是二表小姐的姐姐要出嫁吗？"他垂涎道："那天我不当值，我能和你一起去吗？"

程池听着一阵心浮气躁，但他向来不露声色，温声对清风道："把前几天顾六爷送的白茶拿出来泡了！"

清风笑眯眯地应"是"，一溜烟地跑了。

集萤自从回到程池的身边之后，就对程池多了几分顾忌，加之她又聪明伶俐，比清风和朗月更能观察出程池的喜怒。她恭敬地给程池行礼，低眉顺目地退到了一旁。

程池进了书房。

集萤松了口气，低声问怀山："谁给他气受了？他怎么有点控制不住脾气要露馅了的样子？"

怀山警告地看了她一眼，跟进了书房。

听鹂馆的书房是程池搬进来之后临时改的，二阔的厢房打通用了落地罩隔开，挂了鹦鹉绿的杭绸帐子，内间冰裂纹的窗棂镶着透明的玻璃，推开窗是青翠的竹丛。几只麻雀在地上叽叽喳喳地跳着。

程池"啪"地一声关上了窗棂，把跟进来的怀山吓了一大跳。

"十三行的银子送过来了没有？"程池问。

怀山低头，道："还有三天就到了说定的日子。"

"去催催他们。"程池道，"难道他们就非得到了日子才把银子送过来不成？"

怀山应"是"，退出书房去了茶房。

商嬷嬷在茶房里煮茶。她是黔西山里人，还保留着煮茶喝的习惯。见怀山进来，她笑道:"你怎么有空到茶房里坐?"怀山没有回答,只是对商嬷嬷道:"给我一杯,加几颗橄榄在里面。"

商嬷嬷去闷心橱里找橄榄。

怀山坐在了临窗的凳子上。真听四爷的话去十三行催银子还不得让十三行的人笑死了,说不定还以为四爷这边出了什么纰漏等着银子用呢!他决定等会儿若是程池再问起,他再跑趟十三行也不迟。

而程池把话说完就后悔了。他什么时候这样沉不住气了?好像看什么都不顺眼似的。

他坐下来喝了杯茶,心绪渐渐平静下来。周少瑾的样子,分明是有苦难言。如果她有心骗自己,大可继续瞪着一双大眼睛装天真,也可以佯作什么也不知道的直到被他戳穿,可她偏偏选择了沉默。有时候,沉默也是一种答案。何况他们当时是在平桥街,她的继母李氏和舅母沔大太太都在,包括那个叫马富山的总管也在。若是有心,自己与周少瑾的一举一动都是瞒不过他们的。

他又想到周少瑾说起程泾和黄理争礼部尚书时欲言又止的样子,或者,她根本不是欲言又止,而是想告诉他又怕告诉他之后的后果,所以他说要谢谢她时她眼底闪过一丝忐忑。

程池腾地一下就站了起来。他怎么这么蠢!那小丫头原本就胆小如鼠,虽信任他可也怕他,这其中未尝没有怕他不相信她的缘故,他却偏偏对她怒目相视。她除了被他吓破了胆之外还能怎样!

"怀山!怀山!"他大步走到门前,高声地喊着。

怀山刚刚端杯,闻声连茶都来不及喝一口就放下了茶盅,匆匆地跑出了茶房。可程池看到怀山那张冷漠的脸,这才觉察到不合适。

周少瑾是养在深闺的大家小姐,不管是传话还是做其他的什么事怀山都不太合适。集萤就更不适合了——她若是知道了,等于整个听鹂馆都知道了。如果周少瑾是受人指使,那就别想瞒过她背后的人了。念头一闪程池转变了主意,他温声道:"你让商婆子来一趟。"

原来是找商婆子!商婆子就在茶房,那你喊我干什么?怀山在心里嘀咕,却面色如常地去了茶房。商嬷嬷正在喝刚才给怀山煮的茶,一面喝还一面喃喃地道:"这茶挺好喝的啊!我还特意多放了两枚橄榄,难道不合怀山的口味?"

怀山气得不轻。这才一转身的功夫,他的茶就没了!他闷声闷气地道:"商婆子,四爷叫你!"

"哦!"商婆子忙放下了茶盅,匆匆往外走,嘴里还道,"那茶你不喜欢就留给我,我喜欢。那橄榄是蒋沁送给四爷的,正宗潮州橄榄,你不喜欢我喜欢。"

怀山一直盯着商嬷嬷进了程池的书房,这才冷冷地"哼"了一声。

程池吩咐商嬷嬷:"二表小姐的姐姐周大小姐不是快要出阁了吗?我进来的时候听说老夫人过几天要跟着四房的关老安人去给周家大小姐添箱,我寻思着我这边是不是也要随个礼。你去跟翡翠说一声,让翡翠随着你去趟平桥街,请了二表小姐过来。我这边的随礼就由她私下带过去好了,和公中的分开,也算是她服侍老夫人一回我给她的谢礼了!"

商嬷嬷脑子还没有转过弯来,以为程池还没有成亲,不知道这些礼节,笑道:"您若是想私下随个礼,也未必要请了二表小姐过来。我们寻了个借口过去探望二表小姐,然后把随礼给了二表小姐,跟二表小姐把话说明白就是了。"

程池凝视着她。商嬷嬷打了个寒战,明白过来。程池是干什么的?管着九如巷的庶

· 193 ·

务！以他的性格，就算是不明白，要办这件事，事先也会打听明白，怎么会在其他人面前表现得什么也不知道呢？

她慌忙地补充道："不过，若是四爷的随礼还有些贵重的饰物之类的，那还是您亲自交到二表小姐手里的好。我这就去跟翡翠说一声，让她随我走一趟。二表小姐毕竟在寒碧山房抄了一年多的经书，和老夫人身边的几位姑娘都相处得挺好的。您赏周家大小姐东西，也是老夫人的体面。"

总算这个商婆子的脑袋还没有进水！知道他让她带着翡翠过去是要让平桥街的人误会是母亲为了周初瑾添箱的事请周少瑾过来商量。程池面色微缓。

商嬷嬷强忍着才没有去擦额头上的汗，快步出了书房。这是出了什么事？周家二小姐不会是做了什么惹怒四爷的事吧？不过，四爷也不是那么小肚鸡肠的人，看集萤就知道了，又怎么会去找周家二小姐的麻烦？是自己多心了！商嬷嬷陡然想到昨天好像听谁说秦子安派人去请了东亭过来，或者是有什么正事也说不定。四爷做事素来是神龙见首不见尾。商嬷嬷不再猜测，笑着去了寒碧山房。

听说程池点名要自己去请周少瑾过来，翡翠心里很是不安。上次袁夫人指了她陪周少瑾去见程许，弄出了那么大的一件事，让她也和周少瑾生分起来，现在四老爷又点着她请周少瑾过来……她总觉得会发生什么事似的，心惊肉跳的。可望着商嬷嬷那似笑非笑的脸，她哪里敢多说一个字？跟碧玉说了一声，就随着商嬷嬷去了平桥街。

程池听到清风过来回禀，只是轻轻地颔首。在船上的时候他就发现了，周少瑾和碧玉的关系最好，其次是珍珠，再是玛瑙，和能说会道又聪明机灵的翡翠反而关系最疏离。让翡翠跟着商嬷嬷去，她绝对不会通风报信的。

平桥街，周少瑾让春晚煮了鸡蛋悄悄地给自己敷眼睛，并嘱咐春晚："你可谁也不能说！"

春晚急道："我不说可以，可您总得告诉我出了什么事吧？四老爷怎么会突然来找您，还让您伤心成了这个样子？"

周少瑾道："我是沙子落在眼睛里，揉成这个样子的！"

"您就骗我好了。"春晚怒其不争地道，"等大小姐知道了，我看您怎么说？"

周少瑾心虚道："我真的是沙子掉到眼睛里了……"

春晚都懒得听了。

周少瑾就乖乖地闭着眼睛由春晚忙活着。但她的脑海里还是会忍不住浮现程池离开周家时决绝的身影，她觉得自己的眼眶又开始湿润起来。

自从吓着姐姐之后，她从来没有想过把自己的遭遇再告诉谁。那些过往太难堪，她根本没有办法启齿。

就是提醒程泾，她也只会想个像帮林世晟那样的主意，可现在……一件事总能引发出另一件事来。她报答了林世晟以往的恩情，却让池舅舅发现了她的异样。这就像说谎，你说了第一句谎言，为了圆第一句谎言，只好开始说第二句；为了圆第二句，开始说第三句甚至是第四句；到了最后，谎言像个雪球似的越滚越大，直到把你压弯、压垮，埋在雪球里。

她的预知梦就像个谎言。为了掩饰这个谎言，不知不觉中，她已经说了很多的谎言。她现在感觉到自己就要被这些谎言压弯、压垮，甚至是埋在雪球里了……因而当周少瑾听说郭老夫人请她过去的时候，她一下子从床上跳了起来，惊恐得不知所措。

春晚奇道："二小姐，您这是怎么了？"

"没事，没事。"周少瑾说着，额头冒着冷汗，"是谁过来的？"池舅舅刚才还说不许她再去寒碧山房的。

"是翡翠。"春晚眼底还是闪烁着些许的困惑,道,"说是老夫人请您过去商量大小姐的事。"

那就连打听老夫人到底为什么找她去都不行了!周少瑾很是沮丧。

翡翠那边却催促道:"老夫人还等着二表小姐呢!"

周少瑾没有办法,硬着头皮换了衣服,让春晚去安排轿子。

知道她要出去的周初瑾派人来问,道:"刚才池舅舅不是过来了吗?怎么突然又请你过去?"

周少瑾道:"我也不知道。只有等我回来再说。"她心里却没底,慌得不行,还好周初瑾没有多问。

书房那边的沔大太太却让人过来道:"我马上也要回府了,你等我一会儿,我们一起回九如巷。"

她如今眼睛还肿着,怎么能和沔大太太一道?周少瑾让碧桃去回了沔大太太:"翡翠还在门厅等着。"

好在她平时够乖巧,沔大太太没有不悦,只是让她路上小心点,这几天出城踏青的人多,路上车水马龙的,不要和别人冲撞了。

周少瑾连连道谢,在轿厅坐了轿子,去了寒碧山房。可在寒碧山房下了轿之后,翡翠却带着她绕过正房往听鹂馆去。

周少瑾吓得面色发白,站在那里不动,道:"我先去给老夫人问了安再去看望池舅舅。"

翡翠原本不想作声的,谁知道商嬷嬷却目光如箭地射了过来。她只好笑道:"老夫人正和四爷在听鹂馆说话呢!"那边商嬷嬷又笑盈盈地等着。周少瑾只得跟着翡翠去了听鹂馆。

可她一踏进听鹂馆就知道自己上了当。听鹂馆里静悄悄的看不见一个人,听不到一点声响。她当时转身就要走:"我,我去给老夫人问安。"

翡翠想避到一旁,谁知道商嬷嬷却推了她一把,而且这一把无巧不成书地把她推到了周少瑾的面前,让旁人看着就像她快步拦住了周少瑾似的。那商嬷嬷还一把搭在了她的肩上,她的身子顿时一阵酥麻,疼得半晌都说不出话来,偏生商嬷嬷还道:"二表小姐,翡翠也是奉命行事,您就先去见了四爷再去给老夫人问安好了,免得翡翠难做。再说四爷住的这听鹂馆和老夫人住的正房不过隔着个花墙,这边有什么动静,那边也能听见,四爷也不是那没有分寸的人。"

周少瑾很是怀疑。只怕她还没有发出什么声响就被池舅舅给制住了。不知道为什么,她就这样笃定,觉得程池肯定有这样的本事。

商嬷嬷见她不为所动,又不敢用强,脑子飞快地转道:"二表小姐,四爷不是不讲道理的人。您何不趁着这个机会把话和四爷说清楚呢?您想想,四爷什么时候伤过人?又什么时候罚过人?"

站在她对面的周少瑾见她说着神色间骤然闪过如释重负的表情。周少瑾心里暗觉糟糕,回头一看,程池不知道什么时候背着手站在听鹂馆大门口滴水屋檐下。他的身姿笔直,如松树般挺拔,面容隐在屋檐的阴影里看不出喜怒。

周少瑾难堪极了。池舅舅肯定觉得她很傻,别人几句话就把她诓到这里来了。可不知道为什么,她心里又隐隐觉得仿佛有块大石头落了地。只是她此时却没有时间也没有精力去仔细琢磨自己的情绪,她脸上火辣辣的,喃喃地不知道说什么好。

"你跟我进来!"程池冷冷地道,转身进了听鹂馆。翡翠和商嬷嬷忙站到了一旁。

周少瑾的腿好像有千斤重，直到商嬷嬷悄声地喊了她两次"二表小姐"，她这才磨磨蹭蹭进了听鹂馆的书房。

书房门就"啪"的一声在她的身后被关上了。周少瑾吓得哆嗦了一下。心里莫名地想起了程池第一次去平桥街说的话。她不禁腹诽：你不是说站在院子里说话有人偷听可以一目了然吗？怎么这时就不怕人听见了？居然把书房的门都关了⋯⋯

程池在周少瑾踏进听鹂馆的时候就透过玻璃窗户看见了她犹带几分红肿的眼睛，现在又见她像落到陷阱里的小兔子般的惶恐神色，心里的怒气突然间又蹿了起来。他这是在帮她，她怕什么怕？难道他还吃了她不成？可这念头一起，他立刻深深地吸了口气，告诫自己："治国尚且如烹小鲜，何况这些说不清道不明的家务事？一定要沉住气，耐心些，不要发脾气。"

"少瑾，"他温声道，上前走了几步，坐在了书房临窗的罗汉床上，俊朗温煦的面孔也映入了周少瑾的眼帘，"我们有些时候没有下棋了，你陪着我下盘棋吧！"

周少瑾满脸警惕地朝后小小退了一步。她觉得此时的池舅舅就像个逮住小动物的猎人，而她就是那个被逮住的小动物。池舅舅所谓的下棋就像猎人的豢养，不过是为了等会儿更好下刀罢了。与其这样明知道结果地煎熬着，还不如直接给她一刀来得痛快。

"我，我不会下棋！"周少瑾道，声音都有点发颤，"池舅舅，您，您是知道的！"

还算这小丫头有点自知之明！程池腹诽着，脸上的笑容却越发温和了，道："你从前不是挺自信的吗？怎么现在这么谦虚了？"

那是因为我从前不知道自己会这么快就被识破！周少瑾垂下了眼睑。长长的睫毛像小扇子似的留下了一道阴影。她的手又紧紧地绞在了一起。

程池在心里叹气。这个习惯有时候也挺好的。至少让他知道她很紧张，她比自己想象中的要聪明多了。这一次，程池温和的声音里透着了真诚："少瑾，到我这边坐下！"

周少瑾抬起头来，目光茫然而又困惑。

程池心情一震，陡然间发现，周少瑾比他想象中的还要聪明。她至少能分析出他什么时候是真心，什么时候是假意。他的声音就越发温和真诚了，又说了一遍"少瑾，到我这边坐下"。

周少瑾眼底的茫然和困惑慢慢地散去，她想了想，乖顺地坐在了程池的身边。程池没有立刻问她，而是亲自给她沏了杯茶。周少瑾指尖发白地捏着茶杯，呢喃地道谢。程池思索了片刻，神色温柔地问她："少瑾，你知道不知道我为什么要找你来？"周少瑾坐在那里半晌才轻轻地点了点头。

程池道："那你说说看，我为什么找你？"

周少瑾低头，望着手中的茶盅没作声。

程池又道："少瑾，你想想，如果你是我，你会怎么想？有个小姑娘，还没有及笄，平时也从不出门，更不要说接触到朝廷中的大事了。可有一天她突然对你说，你哥哥因为黄理的恩师申敏之和当朝首辅袁维昌的交易，会与礼部尚书、文华殿大学士失之交臂，你是不是要去仔细地调查一下这件事到底是真是假？"

周少瑾头低得更低了。

程池面不红心不跳，道："然后我无意间发现了你曾求集萤家的人带了樊祺进京。我当时也没有在意，觉得你可能有事要他去办。非礼勿视，非礼勿听。我也不是那种喜欢打听别人隐秘的事的人。我原以为这件事就这样过去了。谁知道却冒出了沐大人之事⋯⋯"

周少瑾紧紧摩挲着茶盅上大红色的海棠花。

程池道："少瑾,我自认自己还是有点眼力的,你是怎样的人,我心里清楚,不然我也不会找个借口把你叫到听鹂馆来了。你跟我说实话,是不是有人指使你这么做的,或者是有人要挟你这么做的,或者是你因为什么事被人威胁了,却因为想报答我母亲对你的照顾,忍不住无意间向我们透露了黄理的事?少瑾,你不是一向都很相信我的吗?这次你也相信我一次,不管出了什么事,我都会想办法把你从这泥潭里择出来的。但你要对我说实话,能行吗?"

不,不能行!周少瑾心里一酸,眼泪大滴大滴地落了下来。池舅舅对她,真好!就算到了这个时候,也还为她开脱,为她着想。可她却没办法开口。先不说预知梦的事池舅舅是否相信,以池舅舅的精明,她只要开了个头,他就会知道结局。她曾经被程许欺负的事就会摊在池舅舅的面前。她以后还有什么脸面站在池舅舅的面前,还有什么脸面站在老夫人的面前?还不如让他误会好了!至少,她在池舅舅心里还能保留那块遮掩布。可她心里更清楚。她和池舅舅再也回不到原来,就更谈不上取得他的信任,拯救程家了。周少瑾想着,心痛如绞。普陀山之行,是她最高兴的时光。她会永远感激郭老夫人,感激池舅舅的。周少瑾慢慢地放下了茶盅,掏出了衣袖里的帕子,擦了擦视线模糊的眼角,嘴角微微地绽出个笑容,站了起来,郑重地对程池道:"池舅舅,我从来没有骗过您,我也不是不相信您。只是我的事太匪夷所思。我只能对您说,丙午年,皇上驾崩,四皇子继位;丁未年正月初一,改元天顺。戊申年,也就是天顺二年的正月,程家莫名其妙地就被满门抄斩了!"

程家会被满门抄斩?开什么玩笑?程家向来独善其身,大哥更是小心谨慎,从不参与诸皇子和皇孙之间的事,程家怎么会惹此大祸!程池向来是个泰山崩于前而能面不改色的人,此刻闻言也不由得满脸惊愕。谁这么大的口气?预言?占卜?可就算是龙虎山的掌教也不敢这么拍着胸说自己知道谁能登基,不然龙虎山的掌教又何必隔几年就进京朝圣,想着法子给皇上留下个好印象?周少瑾是从谁那里听说的还是有人告诉她这么说的呢?那对方的用意是什么呢?人无利不起早。可不管是前者还是后者,程池都猜不出对方的用意,这让习惯且有能力掌控一切的程池脑子有片刻的混乱。

周少瑾松了口气。一直以来哽在她喉头的话,她终于说出了口。虽然这不在她的计划之内,也不是最好的时机,可她到底说出了口。至于以后怎样,池舅舅会不会从此对她嗤之以鼻,就交给老天爷来裁定吧!不管怎样,她以后恐怕再也难去寒碧山房了,再也难以见到对她面冷心热、慈爱有加的郭老夫人了。周少瑾眼眶微湿,她转身就朝外跑去。

程池回过神来,气得不行,站起来就喝了一声:"你给我回来!"

周少瑾身子微顿,还是大着胆子"哐当"一声拉开了门闩。

"周少瑾!"程池咬着牙道,语气里充满了浓浓的示警的味道。周少瑾吓得手抖了一下。

商嬷嬷不知道从什么地方冒了出来。她端着个托盘,托盘上放着几碟子点心,笑盈盈地对着她道:"二表小姐,您怎么知道我要给您上点心?您还是快回屋坐了吧!这点小事哪里就轮得到您动手呢?"说着,一股柔韧的劲风朝她扑过来。

周少瑾根本不知道发生了什么事,跌跌撞撞地连退了好几步又像被什么东西拽住,才站稳了。完了!完了!她心里隐约知道,自己是逃不走了。周少瑾下意识惊呼了一声,躲到了挂着鹦鹉绿杭绸帐子的落地罩旁,睁大了眼睛屏息静气地望着程池,黑白分明的眼睛里盛满惊恐。

程池脸色铁青。商嬷嬷张大了嘴巴。程四爷,什么时候被人这样对待过!这简直……

像恶霸强抢良家妇女后的场景……四爷,应该很气愤吧!不过,四爷也应该觉得很丢脸吧!念头闪过,商嬷嬷忙低下了头,眼睛珠子也不敢乱瞄一下,放下托盘就飞一般地逃出了书房,出去的时候还体贴地把书房的门给关上了。

周少瑾被关门的声音吓得又是一抖。这下她算是彻底完了!池舅舅肯定会刨根问底般地把事情的经过都问个清清楚楚的。她该怎么办?周少瑾望着程池,动也不敢动一下。

程池气得心底隐隐作痛。这小丫头片子到底知不知道自己在干什么?他是老虎吗?她就怕成这个样子?他气得在屋子里来来回回地走了好几趟,心里的火气这才略略消散了些,指了身边的太师椅,淡淡地道了声"坐"。

周少瑾像只被逼到墙角的小猫,带着几分警惕地打量着程池。

程池嘴角都拧了,半天说不出话来!她这是什么表情?可他也知道,越是像周少瑾这样看似软弱的人,一旦拿定主意,越是不容易开口说话。他转身连喝了几口茶,这才面色暄和地走到那张离周少瑾最近的太师椅上坐下,温声地问她:"你相信我吗?"

周少瑾没有回答。自己相信他吗?要相信他吗?她望着程池。

程池神色温和,静静地坐在那里,仿佛有无限的耐心可以等到天老地荒似的。

周少瑾想到自己第一次见到他的时候,他坐在三支轩的凉亭里,什么也没有问,神色自若地吩咐她沏茶;她想到她在寒碧山房里抄经书时,他悄无声息地站在她的身后,面带微笑地夸她的字写得好;她想那天走火,面对隔岸喧嚣的呼喊,他却什么也没有问地打发了秦子安……

她为什么不相信他?她又凭什么不相信他?至少,他在自己说出程家会被满门抄斩的时候没有把自己当成疯子或是以为自己被鬼怪附了体,而是想办法问出事情的缘由。周少瑾慢慢地点了一下头。

程池松了口气。也就是说,不是她不相信自己,只是她所经历的事太过惊世骇俗或是太过匪夷所思,她怕他不相信而已。程池的表情越发地温和了,他温文地笑道:"少瑾,你别害怕。这里是听鹂馆,服侍的都是忠于我的人,别说我们是关着书房的门私底下说的话了,就是你在听鹂馆大声嚷嚷说出来的话,没有我点头,半个字也传不出去的。你相信吗?"

她当然相信。周少瑾点头。

程池眼底闪过一丝满意的笑意,道:"你刚才说,丙午年,也就是十一年之后,皇上会驾崩,继位的是四皇子;丁未年正月初一,也就是次年,会改元'天顺'。戊申年,也就是天顺二年的正月,程家莫名其妙地就被满门抄斩了。这是你自己'想'的,还是谁告诉你的,或者是你从哪里听到的?"

这三个答案周少瑾都不能选。她如果回答是自己"想"的,池舅舅肯定会问她是怎么"想"的。为了求证,说不定还会让她帮着郭老夫人找前两天放失了方向的南珠耳环。她如果回答是别人告诉她的或是听谁说的,接下来池舅舅肯定要她交人。她没人可交,也不能冤枉别人。周少瑾低着头,没有作声。

程池想了想,柔声道:"少瑾,那我换个法子问你。你要是觉得我说对了,你就点点头。你要是觉得我说错了,你就摇摇头。好不好?"

周少瑾心中惶恐。如果池舅舅猜对了怎么办?她抬脸看了程池一眼。程池认真地望着她,表情真诚。周少瑾暗暗叫苦。

程池却觉得自己方法用对了,不然周少瑾怎么会很担心的样子,分明是怕自己猜对了。他向她保证:"不管是谁,我都不生气,好不好?"

周少瑾心里像被人捶了一拳似的,眼泪唰地一下就落了下来。她生平最怕别人生她的气了。池舅舅却一语中的。

程池看着不由在心里暗暗叹了口气。这孩子，只怕是被吓坏了。他轻声道："这件事是不是与二房的老祖宗有关？"

周少瑾下意识地摇了摇头。

程池道："与程识有关？"

周少瑾摇头。

程池道："那与程证有关？"

周少瑾又摇了摇头。

程池笑道："难道与程诰有关？我看他们几兄弟里面，你和程诰、程诣的关系最好了。"

周少瑾脸色一红。她想到了自己和程诣之间的事……还求了池舅舅帮忙。

"才不是！"她喃喃地道。

程池的心又松了松。愿意说话就好。怕就怕她固执起来，打定了主意不开口。他尽量让自己的语气显得更为轻快，道："我觉得也不可能是你沔大舅舅，他这个人，老实、本分，就算是大智若愚，也不可能藏这么深。"他做出一副沉思的样子，道："五房，那就更不可能了，难道是你父亲？可这么大的事，他又怎么会告诉你？难道你父亲喜欢你更甚于你姐姐，所以才事无巨细地都告诉你，好让你以后嫁了人可以用这些事拿捏住你丈夫……"程池看似在思考，实际上却一直用眼角的余光注视着周少瑾。

周少瑾有些蒙。她没有想到看上去严肃冷静的池舅舅胡思乱想起来可以这样天马行空。周少瑾表情和缓下来，正想摇头，谁知道程池却陡然朝她看过来，目光灼灼地盯着她的双眸，沉声道："是不是程许！这件事与程许有关！"

他的声音是那么肯定，好像已经猜到了事情的经过，而程许这个名字又是如此敏感。猝不及防间，周少瑾心神大乱，情不自禁地大声反驳道："不，不是他，和他没有关系！"

可声音未落，周少瑾就呆住了。她的声音高亢而又尖锐，带着欲盖弥彰的慌乱，让人一听就觉得她这是在掩耳盗铃。

程池的声音却比她还要大，厉声问她："那你为什么那么怕程许？他到底做了什么事？像你这么大的女孩子，不都想嫁程许这样的少年郎吗？为什么独独你对他避之如蛇蝎？你敢说你们之间什么事都没有发生过？"

"没有，没有！"程池的质问是那么尖锐，和她一直压在心底的那个声音仿佛重合在了一起。周少瑾好像又回到了程家的祠堂，面对着程家众人或回避或鄙视或失望或幸灾乐祸的目光，"我没有，我没有！"她大声地辩斥，脸色苍白，泪水止不住下落。

程池很是惊讶。他不过是试一试周少瑾，没想到她的反应会这么大！也就是说，程许真的曾经对她做过什么……程池望着摇摇欲坠地靠在落地罩旁，好像下一息就要崩溃的周少瑾，心痛就像投入心湖的石子，一圈圈地荡漾开来。他上前抓住了周少瑾的胳膊，好像这样，她就能在他的搀扶下不会倒下去似的。可谁知道周少瑾却凄声尖叫了起来，一面叫，还一面拍打着他的手："你别碰我！你别碰我！"

程池大怒。有黄理的事在前，周少瑾所说的事又精准到了年月日，他压根就不相信程家或是程家的姻亲里有这样的能人。他所说的话、所做的事从头到尾不过是希望能让周少瑾放下心结，把事情的真相告诉他。就算不能告诉他事情的真相，从她的嘴里套出几句话来也好。可他万万没有想到，套出来的竟然是程许，这个他寄予了无限希望的侄子！为了这个侄儿，他甚至拒绝了母亲让他指导程让的提议，就是怕给他制造出一个对手来，影响程家的安定和谐。这个小畜生！

程池紧紧锢住了周少瑾的胳膊，尽量让自己的声音听上去不那么生硬，道："少瑾，你别怕，我是程子川！"

周少瑾却梦魇了一样，尖叫着踢打他。

商嬷嬷冲了进来："四爷……"程池的目光如刀光般地掠了过去，声音冷得像冰碴子："给我出去！"商嬷嬷胆战心惊地退了下去。

周少瑾挣扎得更厉害了。

程池没有办法，只好把她禁锢在了他的怀里，温声地在她耳边提醒着她："少瑾，我是程子川，是你的池舅舅……"

如是我闻的香味淡雅清新，像开在山野边的无名小花，既有花的芬芳又有草的清新，让人闻了心绪宁静。周少瑾渐渐地安静下来。

程池松了口气，轻轻地拍着她的背，像安抚小婴儿一样："别怕，别怕！"

周少瑾仿佛回到了母亲的怀抱，好一会儿才回过神来，发现自己正无助地被程池半搂在怀里。她一个激灵，伸手推着程池。

谁知道程池却比她想象的更有力量，她不仅没能推开程池，反而让程池误会她的情绪又开始激动起来，紧了紧抱着她的手臂，不停地轻声安慰她："别怕，我是池舅舅！别怕，没事了……"

原来池舅舅只是在安慰她。周少瑾整个人都松懈下来。

程池悬着的心也终于落了下来。他试探般地慢慢地放松了禁锢周少瑾的手臂。这小丫头看着柔柔软软的，闹腾起来却像个小猫似的又抓又挠的，她要是再这么下去，他还真不知道该怎么办好。

小丫头乖乖地没有动弹。程池忍不住像安抚小动物似的摸了摸她的头，低声道："少瑾，你说过相信我的，你现在还相信我吗？"

她当然相信池舅舅的能力，不然梦中他也不会从法场救走程许，如今她也不会找他帮着给程泾递话了！周少瑾点头。

那就好！程池抿了抿嘴，温声道："那好，少瑾，你告诉我，除了程许，程辂和程举是不是也有份儿？"

周少瑾毛骨悚然。她还什么都没有说，池舅舅就猜了个八九不离十。若是她和盘说出梦中的事，那还有什么事能瞒得过池舅舅？她身子僵直。

抱着她的程池立刻感觉到了她的情绪。他眼底闪过一丝戾气，声音却更加温柔了："少瑾，你别怕，你只管跟我说实话。程许是不是拿了你什么东西，所以你才没有办法脱身了……"

周少瑾愕然。池舅舅怎么会往这方面想？但当年的事，也和这差不多，只是比这严重多了！可就算是这样，池舅舅也会觉得她没有错吗？也会站在她这边帮她吗？周少瑾紧紧地抓住了程池的衣襟。

也就是说，自己猜对了！程池心里的火苗顿时噌噌噌地直冒，让他都没敢开口说话，就怕自己一开口吓着了本已像惊弓之鸟的周少瑾。过了好一会儿，他才轻轻地抚了抚周少瑾的青丝，柔声道："少瑾，你放心好了，我会帮你把东西拿回来，保证不让别人知道。不过，你得告诉我是什么东西，"说完又怕是些极隐私的东西，道："要不你写给我也行……"

周少瑾眼眶立刻就湿润了。在她说出那样危言耸听的话之后，在她做出了那样歇斯底里的事之后，池舅舅不仅没有把她当成怪物，没有把她推开，反而像从前一样关心她，庇护她……也许这个世上，没有谁比池舅舅待她更好的了！她抓着程池的衣襟呜呜呜地哭了起来。泪水很快就打湿了程池的衣襟。

程池神色微黯。小丫头本就是个没什么心机的人，被人这样地威胁，暗地里还不知道有多惊恐，流了多少的泪水，受了多少的委屈。难怪程许走后她明显开朗了很多，跟着他和母亲去普陀山的时候更是欢快得像只小鸟。能够暂时离开程家，离开九如巷，她肯定很高兴吧！

不过，程许再荒唐，也不可能做出威胁小姑娘的事。程池想到了程铬。有段时间程许和程铬走得很近，或者就是那段时间程许有了变化也说不定！周少瑾之所以针对程铬，会不会也与这件事有关呢？可就算是这样，程家被满门抄斩、四皇子最后会一登大宝这类事又是谁告诉周少瑾的？那人有什么用意？他还一无所知。

望着哭得伤心难过的周少瑾，程池决定这件事还是缓一缓再解决为好。反正这些消息于程家只有好处没有坏处！那人花心思布了局，应该不会就这样收手才是。

他悄声地劝着周少瑾："好了，别哭了！你再哭下去，我这件衣服就没用了。这是我今年做的新衣服，你好歹也要让我穿两次啊！我的衣服可不多。"

周少瑾"扑哧"一声就笑了出来。南屏一次性给池舅舅做了十二件衣裳，他还说他没有衣服穿。她哽咽道："我的女红也很好的，大不了我给池舅舅做身新衣裳好了！"

小孩子的眼泪真像三月的雨，来得快去得也快。这才两句话的功夫，她就像从前似的开始在自己面前没大没小起来。不过，这样也好，至少好哄。这要是摊上像程笙那样刁钻的，他就只能摆出长辈的谱来了。程池心情大好，放开了周少瑾，道："不难过了？"

周少瑾一愣。她不是很伤心的吗，怎么转眼间就不觉得难过了呢？

程池道："程嘉善是什么样的人，我最清楚不过了。你的事，多半是程铬怂恿他做的。你得把事情的经过告诉我才行！"

周少瑾呆呆地望着他，心里佩服得不行，道："为什么您觉得不是程举呢？"

"他还没有这个本事和能力指使程嘉善。"程池淡淡地道，"嘉善虽然有些不谙世事，可他骨子里却非常傲气。程举出身低微，又是纨绔子弟，怎么可能和嘉善说得上话？就更谈不上怂恿了。"

如果自己梦中有池舅舅一半的聪明，事情应该是另一种结局吧！周少瑾默然。

程池还以为她是想起了与程铬的恩怨，劝慰她道："少瑾，程铬以后再也不会威胁到你了——我已经跟吴知府和林教谕打过招呼了，今年的岁考，他肯定过不了关。在吴知府走之前，一定会除了他的襕衫。以后他就没有了兴风作浪的资本，也就会老实很多。"不过，也许会更丧心病狂。可这些都不必让小丫头知道。他会处理的。程池笑着指了指书案上的笔墨，悄声道："把要我找的东西写下来。"

周少瑾莫名地脸色绯红。

程池轻声道："怎么了？是不是还有什么话要跟我说？"

周少瑾深深地吸了口气，鼓足了勇气道："池舅舅，我也不知道该怎么跟您说。他们没有拿走我什么东西，我也没有被他们威胁，我，我只是不知道怎么跟您开口……"她说完，抬头望着程池，脸上满是迷茫，"我不知道我现在是在梦里，还是从前发生的事是在做梦，或者两个都不是梦……"她语气微顿，沉声道，"我，我好像重活了一遍似的。"

程池震惊地望着周少瑾，眼神变得犀利起来。周少瑾咬了咬唇，最终还是把梦中所经历的事选择性地说了一部分。这其中当然也就省略了她和程铬、程许的事。

程池静静地听着，表情时而冷峻，时而严肃，时而沉入短暂的思索，直到周少瑾把话说完了，他这才皱着眉道："你是说，你知道之后十一年间都会发生些什么事？"

周少瑾点了点头。

程池觉得很不可思议。他原以为周少瑾背后有人。看来是他把事情想复杂了。程池背着手，低头在屋里来来回回地走了好几圈，这才停下了脚步，面色凝重地道："你是说，你有预知的能力？"然后没等周少瑾回答，他又有些自言自语地道，"我从前在黔西遇到个人，别人都把她当疯子，她说她通阴阳，看得到鬼魂的影子。我曾请她作法，她还就真有些道道……"

周少瑾的视线有些模糊。池舅舅，就这样接受了她的异样？没有诧异，没有怀疑，没有慌乱，没有惊恐，就这样自然然地接受了她所说的话。这算不算是一种相信呢？周少瑾心里一阵激动，很想点头附和程池的话。她知道，这是个很好的借口。可她不想骗程池，更不想永远都生活在一个又一个的谎言里，而且她也自认自己也骗不了程池。

"不是！"周少瑾呢喃道，"我只知道与我自己有关的事或者是我自己知道的事。像程家为什么会被满门抄斩，那个时候我已经嫁了人，不在金陵了，根本不知道原因。是事后姐姐告诉我，我才知道的。我觉得那不是梦。做女红被针扎了手的痛苦，喝汤被烫了舌头的感觉，京城冬天的寒冷……我都能真真切切地感觉得到。我曾经说给我姐姐听，姐姐还以为我被什么东西上了身，我就再也不敢说了。"

程池闻言皱了皱眉，道："这个梦是什么时候的事？"

周少瑾低头道："是前年的三月二十四。我在湖边跌了一跤，醒过来却仿佛过了一场噩梦般的人生一样。"

程池点了点头。这就和怀山说的对上了。他瞥了周少瑾一眼，道："那你怎么管起林、沐两家的事来？是林家和你有关系还是沐家和你有关系？"

所有的事情就是因它而起，周少瑾知道这是个没有办法回避的话题。她不由轻声道："林世晟，梦中是我的夫婿！"

程池挑了挑眉，道："前夫？"

算是吧……周少瑾脸涨得通红。

程池却道："难道你抢了沐家大小姐的婚事，然后沐家大小姐又因为沐家的事沦落成了官妓，你很内疚，所以想帮他们？"

"怎么会！"周少瑾闻言急得跳脚，道，"我是那种人吗？我怎么会去抢别人的婚事？人家沐家大小姐自幼就和林世晟定了亲，如果不是这场祸事，他们早就顺利地成了亲。但林世晟一直对沐家大小姐念念不忘，后来找了个机会纳了沐家大小姐为妾，我不过是想帮他们一把而已！"

有这样相帮的吗？梦中自己的丈夫纳了青梅竹马的心上人为小妾。作为嫡妻，她不仅不妒忌，不心酸，还想办法撮合自己的丈夫娶了小妾。况且周家是正正经经的读书人出身，又怎么会和行伍出身的林世晟结了亲家的？而且还是远嫁到了京城！

程池似笑非笑地瞥了周少瑾一眼，道："你们是假夫妻吧？"

"不是！"周少瑾下意识地反驳道，"我们不是假夫妻！"

程池一个字也不相信，道："你怎么会嫁到京城去？"

周少瑾有片刻的迟疑，悄声道："我姐夫做的媒。"

不是关老太太也不是周镇做的媒，而是廖绍棠做的媒。这本身就是件很耐人寻味的事。程池想到刚才他拽周少瑾时周少瑾的反应，还有他提到程许时她的抵触……他不由神色一肃，正色地道："少瑾，在你所说的梦中，程许是不是做过什么对不起你的事？"

只有这样，才能解释她为什么会离开程家，为什么会远嫁！

周少瑾表情微凝。池舅舅，到底还是发现了！可那么羞辱的事，在池舅舅面前，她怎么开得了口？她的手紧紧地攥成了拳，身子忍不住发起抖来。

程池看了大为不忍。梦中的事已经过去了，他又何必反复地提起来让她觉得痛苦呢？他不禁上前轻柔地摸了摸周少瑾的头，温声道："如果觉得心里不舒服，你就别想了。你不也说，那是梦中的事吗？如今你好好的，就不要想梦中那些让人不高兴的事了。嗯？"

周少瑾几乎是感激地望了程池一眼。她真的是不想再去提那个梦了。犯下错误需要惩罚的人不知道，她这个受害者却不停地受伤害！她乖乖地点头。

程池看着，在心里悄悄地叹了口气。就算是梦中的事，但那些曾经感受过的痛苦却不会因为时光的流逝而消失不见。它不过是被藏在了角落里而已。这小丫头，乖顺得让人心痛！只是不知道梦中程许到底做了些什么，是不是已经堕落到了无药可救了？既然她的背后没有人，那有些事他就得问清楚了。程池指了不远处的罗汉床，道："少瑾，你还没有告诉我程家为什么会被抄家呢，我们坐下来说话好不好？"

周少瑾连忙点头。两人在罗汉床边一左一右地坐下。周少瑾斟酌着把当时的情景告诉了程池。

程池注意到周少瑾在她自己所说的梦中，是一个人独自住在林家位于大兴的田庄里的。他道："那这件事最好是问你姐夫廖绍棠了。可廖绍棠却没有预知的能力，根本不知道以后会发生什么。"

周少瑾赧然。她说了，等于没说。

程池细细地问周初瑾是什么时候到田庄的，又是什么时候走的，在田庄逗留了多长的时间，和她都说了些什么话，林世晟是什么时候知道的，什么时候给她报的信……事无巨细，问得非常详细。

周少瑾知道程池是想从中找出些蛛丝马迹来，回答得非常慎重。程池听后陷入了沉思。

周少瑾大气不敢出地坐在他的身边，直到他神色缓和，这才小心翼翼地道："池舅舅，还有一件事……梦中，是黄理做了礼部尚书。沐大人的事，今年年底才会发生。现在泾舅舅做了礼部尚书，沐大人的事提前爆发了。我，我不知道事情还会不会和梦中一模一样。"

这一点程池还真没有想到。他到现在还是半信半疑的，觉得周少瑾应该是有预知能力而不是什么在梦中仿佛活了一世。

程池沉默了一会儿，道："那你知不知道我母亲是什么时候去世的？"不知道为什么，程池虽然面色如常，可周少瑾就是能感受到他心底的悲痛。

她斟酌道："好像是丙午年，也就是至德二十九年，而且老夫人和长房的二老太爷是前后脚走的。我当时在京城，先听到二老太爷去世的消息，然后听到老夫人去世的消息。老夫人应该走在了二老太爷的前头。"

"听说？"程池面色不虞，道，"你嫁到京城之后和我母亲、我都没有什么来往吗？"

以他和母亲的性格，周少瑾若真是被程许欺负了，他们一定会尽力地补偿她的，甚至会让二哥收了她为干女儿，为她撑腰的。可听她的口吻，自己和母亲却对她不闻不问的……在周少瑾的梦中，到底发生了什么？他忍不住道："我那个时候在干什么？"

周少瑾犹豫了片刻，道："我在九如巷的时候，并不认识池舅舅。我最后一次听到您的消息，是壬寅年，也就是至德二十五年。"

那是她出嫁后的第三年，程许却依旧纠缠不清，每年她的生辰他都会跪在姐姐家的大门口，是池舅舅出现之后把他给拽走了。之后程许就再也没有出现。

对了，她还忘记了一件事。周少瑾忙补充道："之后就是天顺二年，您劫法场，只救走了程许一个人。"

程池心头大震，重新审视周少瑾的话。按照他的计划，他今年会把程家的庶务全都交出去，两年之后离开九如巷，再三年，彻底地和程家断绝关系……那一年，正好是至德二十五年。他自知这想法太过惊世骇俗，除了他自己，他连怀山和秦子平等人都没有说，周少瑾不可能知道这件事。

还有劫法场的事。照周少瑾说的，程家被满门抄斩是他隐退之后的第六年，他身边最多也就跟着几个像怀山、商嬷嬷这样的心腹。就算是有心劫法场，估计最多也就能救出一两个人来，在那种情况下，以自己的性格，的确会优先考虑身为嫡长子嫡长孙的程许。

也就是说，周少瑾说的全是事实。她的确是仿佛重新活了一遍。而程许，恐怕不仅仅是欺负了周少瑾这么简单了。周少瑾应该是和程家闹翻了！只是现在不是追究这些的时候。他今天已经问了很多小丫头难堪到不知道怎么回答的话了。还是以后有机会了再慢慢打听好了。怎么也不能让她像梦中那样被程许给欺负了。

程池问周少瑾："二房的老祖宗是什么时候去世的？"他的语气已由轻快的调侃转为郑重。

周少瑾立刻就感觉到了。她难掩心中的激荡，忙道："癸卯年，也就是至德二十六年。"

母亲到底熬过了程叙那个老头子！程池心中荡漾着股无言的悲凉。

他问周少瑾："预知梦的事，还有谁知道？"

"只有您知道！"周少瑾苦笑道，"姐姐不相信，我也怕吓着姐姐。"

程池道："她是闺阁弱质女子，又是读书人，自然没有办法接受这些怪力乱神的事。"

可池舅舅您怎么就接受了呢？周少瑾很想问一句，可话到嘴边，她又怕破坏了彼此间的气氛，把这句话给咽了下去，决定找个机会再好好地问问池舅舅。

这件事比自己想象中的还要复杂！程池在屋里来来回回地踱着步子。周少瑾知道的事不多，却件件都是直指要害；而且听她的语气，她梦醒之后做了很多事，这些事又改变了梦中的结局。很多事恐怕连她自己都不知道有怎样的转变，怎样的发展。这就得他和她坐下来仔细地分析。而周初瑾出嫁之后，周少瑾有可能会随着李氏去保定府……

程池瞬间就做出了一个决定。只是还没有等他征求周少瑾的想法，门外就传来商嬷嬷略带几分焦灼的声音："四爷，老夫人身边的碧玉姑娘过来了。说是老夫人知道二表小姐过来了，奉了老夫人之命，请二表小姐过去说话。"

这是谁在母亲面前嚼舌根了吗？程池脸色有些不好看。

周少瑾汗颜，不敢看程池。她来的时候曾经嘱咐过春晚，如果她半个时辰还没有回畹香居，就到寒碧山房的老夫人那里去找她。虽然做母亲的都会向着儿子，可在郭老夫人不知道发生了什么事的情况下，她也会有机可乘！

第五十一章　出阁

　　程池当然没有往周少瑾身上想。既然母亲让人请了周少瑾过去，他再留周少瑾就不合适了。他对周少瑾道："你会不会自己整理衣饰？要不要我让南屏来帮帮你。"

　　周少瑾脸色一红。她刚才又哭又闹的，只怕早已衣饰凌乱。这样走出去，被那些妇仆看见了还不得对她指指点点、说三道四的。

　　"我自己也能行！"周少瑾忙道。

　　程池松了口气。周少瑾的事越少人知道越好。他像哄小孩子似的摸了摸她的头，轻声道："匹夫无罪，怀璧其罪。今天你对我说的话最好谁也别说，若是有人问起，你就说你下棋输了，又被我说了几句，心里不舒服。这世上什么样的人都有，你又有这样的奇遇，万一被别有用心的人盯上，被人利用事小，就怕有些人心胸狭窄，想让你为他一人所用，把你关起来让我们都找不到，那就麻烦了。"

　　梦中的事像块大石头似的压在周少瑾的胸口，她生怕被别人发现当成怪物，可没有想到，自己的经历在池舅舅的眼里却能媲美和氏璧。周少瑾突然间觉得自己的际遇也不是那么糟糕了。她连连点头："我谁也不会说的。"

　　程池见她一副不知道深浅的样子，还是有些不放心，继续吓唬她道："你要因此被人捉走了，我也不管你了。知道吗？"

　　周少瑾脸上火辣辣的。池舅舅还真当她是小孩子。不过，被人这样当成小孩子的感觉也挺好的。她忙保证道："除了池舅舅，我一定谁也不说。"

　　程池这才略略放心，指了里间，道："去整整衣饰，我们这就去老夫人那里。"

　　周少瑾有些好奇地进了里间。里间是个小小的休憩室。靠墙放着张小小的填漆床，挂了白色的细布帐子。临窗是张大书桌，除了文房四宝还用羡阳钵养了盆君子兰，多宝槅架子上不是放着书就是放着各种大大小小的卷轴。不知道那卷轴里是画还是池舅舅在船上说的什么舆图。周少瑾很想打开看看。

　　她回头朝外间瞥去，正巧看见了程池蓝灰色的素面杭绸袍子的一角。周少瑾失望地叹了口气。回头看见了床头的镜架。那镜架是紫檀木做的，正中镶了张团扇大小的西洋镜，照得人纤毫毕露。

　　周少瑾嘟了嘟嘴。池舅舅好奢侈。镜架上竟然镶的是西洋镜。她站在西洋镜前左右打量着自己的脸。皮肤光洁如玉，没有什么小疖子也没有什么伤痕，就是眼睛红红的，还有点肿。周少瑾赧然地笑了笑，对着镜子重新整理了衣饰，出了里间。

　　程池不知道什么时候已经换了件青竹色的细布道袍，宽袖大袍，颇有些道风仙骨的味道。

　　周少瑾小声道："池舅舅，那年您真上了龙虎山的第一炷香吗？那岂不是没有在家里过年？"

　　"是啊！"程池不以为意地笑道，"你不是说之前都没有怎么看见我吗？我常年在外面到处跑。"他说着，拉开了书房的门。周少瑾连忙跟上。

　　商嬷嬷和碧玉都在外面等。碧玉还好，只是奉了老夫人之命来请周少瑾过去。商嬷嬷却隐隐约约听到了些许动静，见周少瑾全须全尾，面带微笑地走了出来，她不由得长舒了口气。

程池一面跟着碧玉往上房去，一面问她："老夫人在做什么呢？"

碧玉笑道："老夫人在清点从前的首饰呢！说是有什么东西她老人家自己都不记得了。趁着这几天天气好，拿出来看看。"

周少瑾摸汗。别人是晒书，晒衣裳，老夫人却是晒首饰……

程池显然和周少瑾想一块儿去了，道："我记得庙里要晒经书的，是几月份？你们不妨陪着老夫人出去走走。"

碧玉笑道："六月初六晒书。这还早着点。"

程池见她说话稳重，不卑不亢的，就多看了她一眼。碧玉忙恭敬地低下了头。程池脸上闪过一丝满意的神情，进了郭老夫人住的上房。

郭老夫人还真的在晒首饰。窗边的罗汉床、窗台、茶几、太师椅上都摆满了各种各样的装首饰的匣子，还有些就那样堆在地上，屋里珠光宝气，金碧辉煌。

看见周少瑾和程池进来，郭老夫人朝着他们招手笑道："你们来得正好，快帮我看看，哪些首饰好看，哪些首饰不好看。"

周少瑾奇道："您要重新打首饰吗？"

郭老夫人笑道："先把不好看的、过时了的挑出来放到一边，是赏人还是重新打我还没有拿定主意呢！"

周少瑾见旁边敞开的匣子里放着枚赤金仙桃献寿的长簪，道："这个也不要了吗？"

"不要了。"郭老夫人道，"几十年的老款式了，除了金子的成色好一点，做工样子都过时了。"

周少瑾见那簪子雕工精细，衬着仙桃的几片叶子脉络清晰可见，十分逼真，不免有些可惜，拿起来看了看。这些年流行金镶玉和累丝，那簪子是实心的，戴着也沉，的确过时了。

郭老夫人笑道："你很喜欢吗？"

周少瑾忙道："我不太喜欢这种厚实的首饰。"她可是亲自领教过郭老夫人的大方，她怕郭老夫人一时兴起，把这支簪子赏给了自己。

郭老夫人颔首道："你们小姑娘家的确都不怎么喜欢这样的首饰。"她想了想，吩咐玛瑙："你去把我那支月满西楼的分心找出来给二表小姐。"

周少瑾吓了一大跳，想拒绝，又怕郭老夫人只是给自己看看，自己自作多情了，只好笑道："是您珍藏的吗？"

"珍藏谈不上。"郭老夫人道，"虽也是早年的老物件了，却是宫里出来的，这么多年我也没有看见第二支。"

说话间，玛瑙捧着个红漆描金月季花的匣子走了进来。郭老夫人打开了匣子，对周少瑾道："你看！"

周少瑾大为惊讶。那月满西楼分心是赤金打造的，少说也有十二三两。分心的中间是琼楼玉宇般重重叠叠的宫殿，宫殿的背面是半轮明月，左边是棵桂花树，树下蹲着只小兔子。小兔子自不必说，神态活灵活现，仿佛真的一般。那桂花树的树叶却薄如箔纸，一片片地挂在枝头，手一动，树叶簌簌作响，光华四射，精美绝伦。

"真漂亮！"她赞道。

郭老夫人把匣子往她手里一塞，道："既然觉得漂亮，就拿去玩去吧！"

"这怎么能行！"周少瑾道，"我一来就夺您所好……"

"这算什么所好。"郭老夫人笑道,"也只有你们这些小姑娘喜欢这些东西了。"然后道:"你也别跟我客气。我还有更好的东西,那是我准备闭眼的时候才拿出来的。让你们这些小丫头都惦记着,听说我不行了就飞奔着回来准备分我的东西。"

周少瑾忍不住笑了起来,收下了那支月满西楼的分心。

程池就道:"娘,您是不是给个地方让我坐坐。"

珍珠几个忙进来收拾东西。郭老夫人却手一挥,道:"还是我挪个地方吧!这要是让你们收拾了,我等会儿又不记得那些东西放哪里了。"

周少瑾就虚扶着郭老夫人去旁边的宴息室。郭老夫人问周少瑾:"你怎么过来了?"

周少瑾就照着程池吩咐的道:"我过来和池舅舅下棋的。"

郭老夫人就拖长了嗓子"哦"了一声。周少瑾很是心虚,眼睑微垂。

程池都不知道说什么好了。这小丫头片子怎么会聪明起来连他是生气还是高兴都看得出来,笨起来别人问她什么说什么呢?她过来找他下棋,按礼是要先去给母亲请安的。她没有给母亲请安就去了自己的听鹂馆,这不是明摆着告诉母亲她是被他叫去的吗?她这么回答,不是明摆着此地无银三百两的欲盖弥彰吗?母亲就是不怀疑也要怀疑了。他扶了扶额头。

郭老夫人却像根本没有听出来似的,笑着说起了其他的事:"家里都准备得怎样了?廖家的人到了吗?上次说给你继母接风洗尘的没能办成,你回去跟你继母说一声,等她忙完了这阵子,我请她到家里来听评书。"

周少瑾笑着替李氏道了谢。碧玉笑着走了进来,道:"老夫人,顾家的大太太和九太太过来了。"顾家的九太太,指的是顾清和的太太。她的母亲和郭老夫人是表姐妹。

郭老夫人就对周少瑾和程池道:"你们去下棋吧!等会儿也不用和我来道别了。我看顾家的大太太和九太太过来只怕是有要紧的事。"

程池和周少瑾退了下去。郭老夫人吩咐碧玉:"请了顾家的大太太和九太太到花厅里坐。"

寒碧山房的花厅和程池住的听鹂馆一南一北,就算是走错,顾家的女眷也不可能碰到周少瑾和程池。程池就拿了张银票给周少瑾,道:"这是我给你姐姐的随礼,你回去也有个搪塞的借口。"

周少瑾打开一看,二百两。一般人随礼多则二三十两,少则几两。这也太多了点吧?不过,就这样随手掏给她,肯定是临时想起来的。周少瑾在心里哼哼道,想起程池屋里镜架上镶着的西洋镜,笑盈盈地把银票装进了荷包里,道:"那我就替我姐姐谢谢池舅舅了!"

然后给程池屈膝行礼,带着春晚回了平桥街。

程池望着周少瑾渐行渐远的背影在心里直嘀咕。这小丫头片子,一点也不客气,收了他二百两银子,连句场面上的客气话都没有。不过,算了,以后两人还要相处,也就不和她计较这些了。

他转身准备回听鹂馆。翡翠却气喘吁吁地跑了过来:"四老爷,老夫人请您过去说话。"

程池奇道:"老夫人不是有客人吗?"

翡翠笑道:"奴婢也不知道。老夫人让奴婢来传话,奴婢就来传话了。"

程池想了想,去了郭老夫人那里。

郭老夫人换了件玄色的仙鹤纹的褙子,原来的纂儿重新梳了个圆髻,戴了根通体无瑕的白色和田玉簪子,端坐在罗汉床上喝着茶,珍珠领着几个小丫鬟在收拾靶镜、帕子。

老人家指了指自己的对面，道："坐下来说话，喝什么茶？"这就是要长谈的意思了。

程池笑道："顾家的两位太太不是等着您吗？您不先去见了客人？"

郭老夫人似笑非笑地瞥了儿子一眼，道："客人哪有你重要啊！我都不知道你收拾起自家的小侄女来了。"

程池看了眼一屋子的人，撩了袍子就闲闲地坐在了郭老夫人的对面，吩咐珍珠："那就给我沏杯碧螺春。这春天到了，最好是喝点绿茶消消火。"

珍珠笑着上了茶点，领着屋里的小丫鬟退了下去。

郭老夫人站起来转身拿起多宝槅阁子里的一柄玉如意就朝程池打去："你都做了些什么？把人家小姑娘吓得跑到我这里来求援！嗯！"

程池斜着身子一躲，那玉如意就落在了他的肩膀上。

"娘，我都这么大了，您怎么还这样？出了事就打自家的孩子，也不问青红皂白的！"他一面咧着嘴揉着肩膀，一面道，"她是我侄女，我能把她怎样了？"又道："她找您求援了？是怎么找您求的援？"

周少瑾从头到尾都和他在一起，除非她来之前就有了准备。一想到这个可能，程池心里的火苗又蹿了起来。他还没有找她算账，她倒好，先把状告到了他娘这里来了。这小丫头，不收拾收拾她，她以后还不得上房揭瓦啊！

那边郭老夫人打了儿子，气也消了，坐下来道："到底出了什么事？"

程池没准备把周少瑾的事告诉任何一个人，这其中也包括自己的母亲郭老夫人。他又素来知道谎言的最高境界就是十句真一句假，何况他又有事求母亲，因而转眼间就有了说词："上次大哥和黄理争礼部尚书的事，我曾经给大哥派过信，这件事您应该知道。"

郭老夫人点了点头。

程池道："话是通过少瑾那丫头传过来的，得了信的人却是周大成。"大成是周镇的字。

郭老夫人神色一肃，身子坐得更直了，正色道："那周大成是什么意思？"

程池道："我回来的时候听丫鬟说您准备过几天和四婶一起去平桥街给周家大小姐添箱，想着少瑾那丫头一路陪着我们去了趟普陀山，后来杭州分号的给她送东西，她也是先问过我的意思之后再行事，颇为乖巧懂事，就想着私下也随份礼。但又不知道周镇是出于什么目的让少瑾给我递的这个话，我就趁机把少瑾叫了过来，原想套套她的话，没想到却问出些陈年旧事，把她给惹哭了。"

说到这里，他懊恼道："我看她也不小了，怎么哭起来像个孩子似的。弄得我好生狼狈。偏生您进门就给我一如意，还好我这是在寒碧山房，若是换了个地方，还不知道传出什么话来呢！"

郭老夫人还是有些怀疑，道："那少瑾的丫鬟为何找到我这里来了？"

"我说您疑心重，您还不承认？"程池气得血往头上直涌，可当着母亲的面，却是一点异样也不敢露，道，"我不是怕别人误会吗？所以让您身边的翡翠和商嬷嬷一起过去请的少瑾。她的丫鬟不找到您这里来难道还找到我那里去？早知道这样，我就不应该避什么嫌的。横竖我是她表舅舅，找她问个事，又能有个什么事？"

郭老夫人狐疑地打量着自己的小儿子，道："是吗？"

"你要是不相信，可以现在找了周少瑾过来问问。"程池信誓旦旦地道，"我好心还办成了坏事！"

"你的话有道理。"郭老夫人赞同道，"我从你嘴里是听不到一句真话的，只能哪天问少瑾。"

程池出了一身冷汗。那小丫头笨得要死，这一问还不得破绽百出啊！有破绽也没什么，重要的是把他白白送给周大成的这份人情也会弄没了——有了这份人情，她还愁没办法在长房站住脚啊！看样子得让人去给周少瑾送个信，别说漏了嘴才是。程池在心里琢磨着，嘴上对郭老夫人道："娘，我有件事想和您商量——我想让您出面，把少瑾养在您屋里。"

郭老夫人眉头微蹙。这是件极不好办的事。

先不说周少瑾从小是在四房长大的。若是她从四房接了周少瑾到寒碧山房，有夺人之好的嫌疑，别人不免说她仗势欺人。若是周少瑾同意到她屋里来，那就更麻烦了。别人会说她忘恩负义，没有良心。可儿子向来不是那不经脑子就随意开口的人，她道："你先把其中的缘由说给我听，我仔细想想。"

在程池相信周少瑾的经历之后，他就做了这个决定。周少瑾的性格太软弱了，把她就这样放在外面，他实在是不放心。至少，要护着她长大点，嫁个稳妥的丈夫才行。至于理由，程池早就想好了。

他道："娘，您想想，周大成为何要借着少瑾把黄理和大哥争礼部尚书的事告诉我们？只怕是顾忌着四房吧！说起来周大成和四房的关系十分融洽，他这么做的用意是什么？我总觉得这件事不简单。您也知道我的性格，与其被动挨打，不如主动出击。我们不妨先向周大成示好，把少瑾名正言顺地接过来。等到时候和周大成说话的时候，底气也足一些。不然平白受了他这么大的恩惠，我心里总有点不踏实，总觉得有什么大事要发生似的！"

郭老夫人听着有些不悦，道："四郎，我看你这几年在外面，心思是不是有些活泼过头了？不管那周大成是什么用意，我们当初既然接受了，之后就要承担相应的义务，不然就应该拒绝别人才是！这样挟持别家的女儿，算是怎么一回事？我不同意！"

"娘！"程池早知道会有这样的结果，笑道，"你能不能让我把话说完？"

郭老夫人竖起了耳朵。

程池道："实际上我也是有点小私心的。少瑾这丫头，乖巧懂事又十分活泼可爱，自笙丫头去了京城之后，您身边就没有个相伴的人。笙丫头的婚事又定在了今年的五月，她嫁的又是山东聊城彭家的儿子，以后只怕您想见她一面都难。今天我问这丫头的时候，这丫头不是哭了吗？听那口气，好像是她从她继母那里知道，她姐姐出嫁之后，她父亲还想让她继续留在程家。她想想就觉得有些伤心。我倒是想问问那小丫头到底怎么了，可她除了哭就什么也不说。我也不好多问，正手足无措的时候，您让人来请她，不然我还不知道怎么脱身呢！"

郭老夫人是很喜欢周少瑾的，闻言道："你是怀疑有人给那小丫头气受？"

程池笑道："我们这样的人家，多的是察言观色的高手，也多的是人喜欢捧高踩低。少瑾不管怎么说，到底是寄养在四房的，我们家二品、三品甚至是一品的大员没少出，指不定有些人会以为四品的知府没什么了不起的。"

郭老夫人就想到了丈夫去世，两个儿子那时候都已经是进士了，只因为丁忧在家，二房推波助澜，有些人就鼠目寸光以为他们这个房头也就这样了，明里暗里没少给她使绊子，何况周少瑾这样的小丫头，又是在内院大宅里，身边一群不认字的妇孺……

"也行！"郭老夫人立刻做出了决定，"诣哥儿的婚事推迟一步。先把少瑾接过来，再说诣哥儿的婚事。"

程池已经明白母亲要怎么做了，但他寻思着不如捧母亲几句，这样一来说不定母亲对这件事会更积极，等周少瑾搬过来了之后看周少瑾也更顺眼。他困惑道："您的意思是？"

"你四婶不是想把少瑾留在家里吗？"郭老夫人道，"这瓜田李下的。本来没有什么的，到底也变成有什么了。但把少瑾送去保定府，你四婶肯定不放心把少瑾交给李氏抚养，若是让她回周家，那还不如让她跟着李氏去保定府，至少保定府有长辈照顾，在平桥街却是孤零零的一个人。我只要跟你四婶透个音，说愿意教养少瑾，你四婶肯定会欢天喜地地把人给我送过来。"

程池笑道："这内宅的事还是您门精啊！我刚才还在想，这件事只怕会让您为难，没想到您这转眼就想出个主意来了。可惜大嫂性子太犟，她若是好生生地跟在您身边学一学，嘉善又何至于变成今天的样子！"

郭老夫人不解道："我平时说嘉善不行，你不是还帮他说话的吗？怎么今天却全变了！莫非嘉善做了什么不妥当的事？或者是你大嫂脑子一热，又干了什么好事？你可不能瞒着我！"

远在京城的袁氏莫名其妙地就打了个喷嚏。

程池忙保证："若是大嫂那边出了什么事，我怎么会瞒着您呢？我还指望着您给我收拾残局呢！"

郭老夫人满意地笑了笑。

程池忙趁机告辞，道："我约了十三行的二当家，准备和十三行联手做几笔海上买卖。如今景德镇那边有家民窑出了种新瓷，准备烧几窑卖到西洋去。"

这是正事。郭老夫人忙道："快去，快去。可别耽搁了时间。"

"有什么耽搁不耽搁的，"程池不以为然地笑道，"他们若是不愿意等，多的是人家想等。您还怕我的买卖黄了不成？"

郭老夫人呵呵笑，道："我知道你厉害！"母子俩闲聊了几句，程池才起身出了上房。

可他一走出上房就抹了抹额头上并不存在的汗水。跟他母亲说话，他得打起十二万分的精神，比对付申敏之、万童之类的人还要让人心力交瘁。还是跟周少瑾说话好，他说什么她就相信什么，不用花什么心思。不过，这丫头片子竟然敢到他娘面前告他的状，他怎么也得给她个教训才是。程池摸了摸下巴，往听鹂馆去。

怀山道："四爷，您不是说要去见十三行的二当家吗？"

"我就是说说而已，你怎么就相信了？"程池没好气地道，"十三行现在和我那位二叔祖打得火热，我去干什么？给二叔祖长脸啊！"

怀山道："那，那我们去哪里？回了听鹂馆，等会儿若是老夫人问起来，我们怎么回答？"

"老夫人有客人。"程池没好气地道，"她没空管我。"

怀山"哦"了一声。

程池就纳闷了，怀山也跟了他十几年了，怎么他说的话是真是假，是敷衍还是不得已都听不出来，那小丫头片子怎么就一摸一个准呢？每次都能在他生气的时候跑掉……程池沉着脸回了听鹂馆。

周少瑾却如在龙潭虎穴里走了一遭似的，出了寒碧山房就大大地透了口气。池舅舅若是知道春晚是受了她的指使才去郭老夫人那里找她的，肯定会生气的。姐姐出嫁之前她还是别来寒碧山房了。等到姐姐出嫁，说不定池舅舅的气也消了。

虽然这么想，可周少瑾隐隐觉得，池舅舅肯定很少被人这样算计，这件事他多半会记很久。就算是姐姐出嫁了，池舅舅也不一定会忘记这件事。周少瑾不禁轻轻地叹了口气。

回到平桥街，沔大太太已经走了，李氏正和马总管商量着周初瑾出阁的事宜，反倒是新娘子周初瑾这个正主没什么事，坐在她屋里等着她。

"你这是怎么了？"见妹妹红着个眼睛，周初瑾吓了一大跳，忙拉了她细瞧。

周少瑾觉得有些说词还是和程池统一的好，道："郭老夫人有客人，我就和池舅舅下了一盘棋，结果输了……"

周初瑾张大了嘴巴，道："你输给池舅舅，这不是很自然的事吗？你怎么能把眼睛都哭红了！池舅舅没有说你吗？在长辈面前，你也太娇气了！"

周少瑾顿时觉得脸上火辣辣的。她还对池舅舅又哭又闹又打又踢的，像个泼妇似的，也不知道有没有伤着池舅舅。说起来池舅舅对她真好，从来都不曾真正和她计较过什么。就是这在郭老夫人面前告状的事不好收场。早知道池舅舅胸怀坦荡，不畏鬼神，一旦证实她没有说谎就很快接受了她的遭遇，她又何苦临走时给春晚留下话来？现在好了，池舅舅以诚待她，她却给自己挖了个坑跳了下去。周少瑾很是懊恼。

周初瑾见了心中一酸，不再说什么了。妹妹从小到大都畏畏缩缩地看人眼色，难得池舅舅对她和风细雨，妹妹在面对池舅舅的时候自然就有些娇气了。她的语气情不自禁地和缓起来，道："郭老夫人叫你去做什么？"

"说是过几天会随着外祖母过来给你添箱，"周少瑾道，"问我你都准备了些什么。"她说着，把郭老夫人送给她的首饰给姐姐看，"好看吧？是郭老夫人送给我的！你把它也带过去吧！我长这么大，还是第一次看见这么精巧的分心，不过这分心估计只能把玩，戴在头上太重了，正好给你摆嫁妆用！"

新娘嫁妆抬到男方之后，会被摆放在庭院里给来贺的宾客观看。这个时候正是新娘长脸的时候，当然，也是丢脸的时候。

周初瑾笑道："我要这个干什么？你自己留着玩吧！何况我的嫁妆单子早就送去了廖家，突然多出件东西，多不好。"成亲的东西多讲究成双成对。

周少瑾嘻嘻笑。周初瑾拿起分心来赞叹了一番。周少瑾道："那我留着，以后给外甥女及笄的时候插簪用。"

周初瑾红着脸"呸"了她一声，嘴角微翕就要说周少瑾。周少瑾忙从怀里掏出个荷包，道："姐姐，这是池舅舅给的，说是他给你的添箱。"

周初瑾觉得那荷包怎么那么眼熟，却被周少瑾拿出来的银票晃了眼，也没顾得上仔细地瞧瞧那荷包。"二百两银票！"她道，"怎么这么多？"而且还是给银票！不是应该给买个什么东西吗？

周少瑾忙将那荷包塞到了衣袖里，一面道："池舅舅说给你的，我就接下了，我不知道是二百两银票。不过银票也不错，可以当私房钱，别人不知道。"一面腹诽程池，一点诚意都没有，还得她想办法用个荷包装了，不然姐姐看到了赤裸裸的银票会怎么想？刚才姐姐的目光就在荷包上停留了一会儿，如果被姐姐看出来了，她得找池舅舅算账才是。亏她还给他找借口，说什么银票更好。想到这里，她就偷偷地乐了起来。不知道能不能拿这件事打池舅舅一耙，说不定池舅舅一内疚，就不追究她告状的事了。只是让池舅舅内疚，好像有点儿不容易……

周少瑾有点分心，周初瑾喊了她两声她才回过神来。周初瑾笑道："在想什么呢，神不守舍的？"

周少瑾不好意思地道："我，我在想郭老夫人和外祖母不知道会送什么给姐姐添箱！"

"长辈的一片心意，送什么我都喜欢。"周初瑾说着，李嬷嬷过来了。姐妹俩起身让了李嬷嬷进来。

李嬷嬷屈膝行了礼，笑道："太太让我来给大小姐说一声，刚才廖家送了信过来，说是明天下午就到，太太让大小姐准备准备，可能会有婆子进来给您问安。"

周初瑾红着脸应了。周少瑾见那李嬷嬷好像还有事要跟姐姐说，和李嬷嬷打了个招呼，找了个借口去了花房。

雪球在刚刚冒出嫩芽的花圃里跑来跑去。给花换盆插枝的媳妇子婆子骂也不敢骂，打也不敢打，像对着个不懂事的孩子苦口婆心地劝着。雪球跑得就更起劲了，还不时从那些妇人的脚边蹿过，惹得大家怨声载道。

周少瑾又好气又好笑。大家都把雪球给惯坏了，它现在胆子越来越大了，前几天还拖了她一只绣鞋到处乱跑。她就大喝了声"雪球"。

雪球很有眼色，立刻乖乖地跑了过来，在她的脚边摩擦呜咽着。仆妇们纷纷上前给周少瑾行礼。周少瑾就蹲下来拍了拍雪球的头。雪球就讨好地冲着周少瑾叫了几声。周少瑾忍不住笑了起来。

有仆妇殷勤地笑道："二小姐，您带回来的茶梅快开了，要不要帮您搬到屋里去？"

周少瑾问她："还有些什么花快开了？"

那仆妇笑道："丁香、海棠、芍药都可以开了。"

周少瑾道："这几天家里的客人多，花也用得多。劳烦你们多费些心。"众人忙称"不敢"。

但她们的话也提醒了周少瑾。外祖母和郭老夫人过来给姐姐添箱，家里得收拾得朝气蓬勃些才好。接下来的几天，她都在花房里帮着催花。等到九如巷的女眷过来的时候，红的茶梅、紫的丁香、白的海棠、粉的芍药，把整个周家点缀得花团锦簇，一片生机勃勃。

二房的唐老安人看了眼据说不喜欢花草的郭老夫人一眼，赞不绝口。郭老夫人神色平静，像什么事也没有发生似的。关老安人忙出来打圆场，以半个主人的身份请了诸位去花厅里坐。周少瑾忙指使着小丫鬟们上茶点。

姜氏看着面色红润、人比花娇的周少瑾，想着即将出嫁的周初瑾，心里很不是滋味。翻过年来，程笳又大了一岁，可婚事却没个着落，周初瑾嫁给了镇江廖氏的宗子。廖家不仅没有嫌弃周初瑾是丧母长女，周初瑾的婆婆还用自己的私房钱在京城买了幢宅子送给了他们。还没有嫁进门就得了婆婆这样的喜欢，有几个人有这样的福气？

姜氏就看了郭老夫人一眼。这可是长房做的媒。如果她当初多在郭老夫人面前下功夫，是不是程笳的婚事就不会变得如此艰难呢？她又看了唐老安人一眼。唐老安人正和李氏在说话。

周少瑾则被程笳拉到了一旁，低声道："你想办法留我在你家过一夜呗！我有话要跟你说。"她悄声道："我尽量！"程笳无奈地点了点头。

马富山家的悄悄地请周少瑾示下："庄家舅爷过来了，您看？"

"请个管事好吃好喝地安顿他，"周少瑾道，"等几位老安人走了，你们再问他来做什么。若是来送贺礼的，就恭恭敬敬地请他到时候来喝喜酒。若是打秋风的，直接找个人把他绑了，拿了父亲的名帖去找吴大人。"

马富山家的听了心头一凛。她之前有什么事总是请大小姐示下，二小姐从来不说话的。如今大小姐即将出阁，太太又要应酬几位老安人，她这才来问二小姐的。没想到二小姐行事如此干净利落。从前自己倒是小瞧了二小姐。马富山家的立马收起了那若有若无的怠慢，道："我这就照您的话去做。"

周少瑾点了点头。

有管事的嬷嬷过来道："二小姐，先前太太说程家可能会来七八个嬷嬷、十几个丫鬟，李嬷嬷就把人安排在了流芳阁那边，可没想到今天程家来了十几个嬷嬷、二十几个丫鬟，地方不够了。"

周少瑾之前派人去问过，九如巷那边说除了关老太太和郭老夫人，其他的长辈都不会过来。可没想到临到头来唐老安人和李老安人都过来了，这样一来来的人骤然增加了很多，原来安排招待她们午膳的地方就不够大了。

她道："那就把嬷嬷和丫鬟们分开，嬷嬷们依旧安排在流芳阁，丫鬟们就安排在流芳阁旁边的水榭。好在是春暖花开的天气，水榭那边的桃花正开着，在那边吃饭也别有一番趣味。"

那嬷嬷如释重负，露出欢喜的笑容来，道："还是二小姐想得周到，我这就去吩咐在水榭摆桌子。"

周少瑾也松了口气。还好姐姐吩咐家里的嬷嬷提前把摆宴席的桌椅都清理了出来，不然今天就算是开了水榭也没有桌椅，让九如巷这样钟鸣鼎食之家的仆妇看了，只怕是要笑话周家破落了。只是还没有等她转身，又有小丫鬟跑了过来，道："二小姐，马大娘请您去前厅说话。"

多半是她的那个好舅舅闹起来了。周少瑾觉得心力交瘁，却只能去看看。她小声交代了春晚几声，跟着小丫鬟去了前厅。

坐在花厅里的郭老夫人一直没有作声地盯着周少瑾看。时间长了，关老太太也就发现了郭老夫人的异样。她笑道："您这是在看什么呢？"

郭老夫人就叹了口气，道："你可真是有福气！少瑾性子温顺又能干，你的好日子还在后头。不像我，养大了三个孙女，结果年老了一个也不在身边。"

关老太太忙笑道："这可真是应了那句'别人的都是好的'。你看着我含饴弄孙好，我却羡慕你们房头的在外做官的多，支应了门庭。可见这世上的事是没有十全十美的。"

"可不是！"郭老夫人笑着，见唐老安人和李老安人正对着李氏摆着谱，她低声道，"少瑾什么时候去保定？这孩子到底服侍了我一回，她走的时候我怎么也要赏点好东西给她，给她留个念想。"

关老太太目光飞快地睃了四周一眼，见没有人注意，压低了声音道："我想让她像从前似的继续住在九如巷。初瑾嫁了，就该轮到诰哥儿娶媳妇了，到时候何氏也空闲下来，正好教少瑾怎么打理庶务。"

郭老夫人点了点头，没有说话，脸上却闪过一丝不以为然的表情，显然是不同意关老太太这么做，却又不想多管闲事说些什么。

关老太太素来佩服郭老夫人的目光，看着心里不由"咯噔"一下，仔细地想了想自己刚才说的话，实在是不知道哪里说错了，不由道："怎么？您觉得不妥当？"

郭老夫人笑道："也行！毕竟是要嫁到你们家去的，早点适应也好。"语气十分勉强。

关老太太心中更是不安了，嗔道："我们妯娌这么多年了，你有什么话不能直说的？"非要问个明白。

郭老夫人这才道："我是觉得，洒侄媳妇来告诉少瑾庶务，她若是嫁出去还好，若是留在你们家，只怕新媳妇以后知道了，心里有点难过。再者，诰哥儿和少瑾一块长大的，别人知道的说是因为少瑾从小就养在程家，不知道的还以为少瑾是童养媳……于少瑾的名声不好！"

关老太太惊出一身冷汗。这妯娌间的矛盾有的时候就是因为一件很小的事引起的。这绳子要拧成一股才有劲儿。她原指望着程诰两兄弟、两妯娌能互帮互助，让四房有朝一日能在九如巷说上话的。这要是何风萍和周少瑾因此而有了罅隙，她岂不是弄巧成拙？可把周少瑾交给李氏教养……若是有什么偏差，还不是得由他们收拾残局。最重要的是，周少瑾是她看着长大的，乖巧又温顺，又正是多思多虑的年纪。要是在保定府住长了，有李氏在她耳朵边嘀咕，谁知道她会不会对程家疏远起来？那可就得不偿失了。

关老太太真诚地问郭老夫人："那您觉得这件事该怎么做好？"

"各有各的不同。"郭老夫人笑道，"这种事谁好替你们家拿主意？"

关老太太不禁心事重重，直到从平桥街出来回到九如巷的嘉树堂，心里还一直在琢磨着这件事。沔大太太进来服侍婆婆歇息，关老太太这才拉着儿媳妇的手把郭老夫人的话告诉了沔大太太。

"不会吧？"沔大太太迟疑道，"风萍应该不是那种人！"

"这世上的人，都是不患寡而患不公。"关老太太听着儿媳妇语气犹豫，越发觉得郭老夫人说得对，可让周少瑾出去过几年，关老太太又有些不放心，叹道，"要是那李氏是个读书识字的就好了，或者是少瑾有个得力人管束就好了。"

沔大太太笑道："若是有这样的人选，姑老爷又何至于把两位小姐送到九如巷来？"

"我何尝不知！"关老太太叹着气。

沔大太太却眼睛一亮，道："娘，您说，我们把少瑾交给郭老夫人怎样？我看郭老夫人很喜欢她，还带她去了普陀山。郭老夫人应该会同意这件事吧？"

关老太太想到在平桥街的时候郭老夫人一直盯着周少瑾看，觉得这件事有点谱。她道："这件事我仔细想想。"

沔大太太不敢再多说。关老太太却越想越觉得有道理，而且这样对周少瑾也好。郭老夫人亲自指点过的小姑娘，和京城的程筝一样的教养，别人看着身价都高一些。

关老太太带上了小儿子程沅在任让人带回来的庐山云雾去了寒碧山房。

郭老夫人和她预想的一样，知道了她的来意之后，委婉地拒绝了关老太太的请求："我年纪大了，已经没有多的精力去再养个小姑娘了！不过，少瑾这孩子我是真的很喜欢，以后她有什么不懂的，让她来问我就是了。"

"她又不是七八岁的小姑娘，又聪明伶俐，哪里就需要您管头管脚的呢？"关老太太磨了郭老夫人一上午，郭老夫人实在是没有办法了，这才道："只要你们家姑老爷放心，养在我这里就养在我这里吧！"

关老太太大喜，连连向郭老夫人道谢。

平桥街，随着婚期的渐近，向来淡定从容的周初瑾突然变得紧张起来，一会儿要持香把带去廖家认亲的鞋袜再清点一遍，看有没有遗漏的；一会儿吩咐冬晚把请客的菜单拿给她看；一会儿叫了马富山家的进来，问她："跟过去的婆子你可都交代清楚了？摊嫁妆的时候让她们无论如何也要看好我那几盒首饰匣子，里面有几件东西可是九如巷老夫人、老安人赏的，都是些老物件，现在有钱也买不到，若是被人摸了去，我以后还有什么脸回九如巷给几位老夫人、老安人磕头。"

马富山家的笑道："您就放心好了！就是我们这边不盯着，廖家也会派人盯着的——还没有进门的新媳妇就丢了嫁妆，他们廖家还丢不起这个脸！"

周初瑾虽然颔首，可眉宇间依旧忧心忡忡的。

马富山家的看着她情绪不对，想了又想，去见周少瑾："大小姐当家惯了，如今突然甩开手，只怕是一时不习惯。家里的横竖有太太，二小姐闲的时候不如多去大小姐那里坐坐。"

自从添妆的那天周少瑾让马富山拿着父亲的名帖把庄家舅舅吓走之后，周少瑾的事莫名其妙地就多了起来，不是这个来问摆什么香就是那个来问用什么碗。她不胜其烦，见李氏也忙得团团转，又都是姐姐出嫁的事宜，只好耐着性子给那些管事的嬷嬷示下。如今听马富山家的这么一说，她的心弦顿时就绷了起来，丢下手中这些乱七八糟的事去了周初瑾那里。

周初瑾屋里床上、椅上、桌上到处是衣服，她正和持香挑着衣服："我还是觉得第二天认亲的时候应该穿那件大红色的宝瓶牡丹的褙子好，蝴蝶穿花太轻浮了。可这件蝴蝶穿花是缂丝，又比杭绸好一些……"

那种患得患失的踌躇，周少瑾还是第一次看见。没想到姐姐也有不知所措的时候。她不由得"扑哧"一笑，上前拎了那件大红色宝瓶牡丹的褙子，道："姐姐有一万二千两银子的陪嫁，嫁妆单子上可是写得清清楚楚。你就是穿件细布，廖家的人也只会夸你朴素，勤俭治家。姐姐不必担心，持重为上。"

周初瑾恍然。这原本是人人都知道的道理，怎么她就想不到了呢？她隐隐觉得自己这些日子太过急躁，索性就留了周少瑾陪她。姐妹俩有事你提醒我，我提醒你，她的心绪慢慢地平静下来，恢复了原本的精明能干。

周少瑾见周初瑾恢复平常的心态，不由暗暗为姐姐高兴。刚嫁进的新媳妇总会遇到诸多挑剔的目光，姐姐越是冷静，越能从容面对。

她放下心来，闲暇的时候开始收拾自己的首饰细软。

春晚笑道："二小姐这是要做什么呢？家里这些天有些忙，服侍我们的人我们又不熟知秉性，若是被哪个有心人看见了放在心上可就麻烦了。您还是把这些东西赶紧收拾好了，钱财不外露才是上策！"

周少瑾道："等姐姐出了嫁，我们就要随太太去保定府了，把这些重要的东西先收拾好了，等走的时候也不用慌手慌脚了。"

春晚吓了一大跳。刚回来的那会儿二小姐还犹豫着是继续待在程家还是回周家，怎么转眼间就寻思着跟太太去保定府了？她道："二小姐，可是老爷那边有什么信？"

"不是，不是。"周少瑾笑道，"太太进了门，家里有了主持中馈的人。我没有道理再继续留在程家，自然要跟着太太去保定府了！"她原来想留在程家，是想通过程池告诫程泾。现在她该做的事已经做完了，再留在金陵就没有什么意义了。何况按着梦中的记忆，今年的秋闱程许会高中解元，然后没多久，就发生了那件事。她离开金陵，正好避开这件事。

春晚肯定是要跟着周少瑾走的，只是她生于金陵、长于金陵，骤然间听到要去保定府生活，不免有些舍不得走。可这不是她能决定的。她只能尽情地隐藏自己低落的情绪，笑道："二小姐，您定下走的日子了吗？碧玉姐姐那里，我想临行前去给她们辞个行。"

"这是自然。"周少瑾笑道，"等我们走的时候，肯定是要过去给郭老夫人和碧玉她们辞行的。至于什么时候走，等我和太太商量了之后再说吧！现在大家都忙着姐姐出阁的事呢！"

春晚松了口气，默默地开始收拾东西。

很快，李氏就听到了风声。只是第二天就是廖家来催嫁的日子，她一个年轻妇人，从来没有经历过这种事的，又是第一次以主妇的身份打理周家的内务，事事都想求好求全，每天忙得脚不沾地，哪有时间坐下来细细地和周少瑾商量去保定府的事？可若是就这样放任不管，万一丈夫的意思是让周少瑾留在程家，她到时候可怎么跟丈夫交代啊！

周少瑾明年年底就及笄了，到了该说婆家的时候，程家门生故旧多，一抓一大把的公子，周初瑾不就是因为这才嫁给了镇江廖氏做了嫡长媳吗？偏偏这事又不是三言两语就说得清楚的。她急得嘴角都冒了泡。

李嬷嬷问李氏："那您到底是希望二小姐跟着您去保定府呢，还是不跟着去？"

"我当然是希望她跟着去了。"李氏用"你是白痴"的目光瞥了李嬷嬷一眼，道，"我像菩萨似的把二小姐恭恭敬敬地供上两年，二小姐就该出嫁了。我既讨好了老爷又得了好名声，这么好的买卖，我脑子进了水才会不顾她的意愿继续让她留在程家呢！"

李嬷嬷不以为意，笑道："要不，您给老爷写封信去问问老爷的意思？"

"还要你教！"李氏道，"我今天一早就让人把信送到了驿站。"

"那您还担心什么？"李嬷嬷不解地问。

李氏道："你什么都好，就是见识少了些，行事不免有几分小家子气——我不把我的意思跟二小姐说清楚了，若是老爷不同意二小姐去保定府，二小姐如果怀疑是我从中搅和，我岂不是跳进黄河也洗不清了！"

李嬷嬷讪然。李氏想了想，第二天送走了廖家来催嫁的人，还是去了周少瑾的屋里。

周少瑾正要和春晚商量要不要把家里的那几盆花带去保定，见李氏进来，春晚忙站起身来给李氏端个锦凳，又亲自去捧了茶点进来。

李氏笑着喝了茶，问周少瑾："二小姐这在忙什么呢？明天大小姐就要出阁了，按理呢，应由你们的兄弟背了你大姐出门。可惜我无能，没能给你们生个弟弟。"她说着，眼圈一红，"我跟关老安人商量之后，就请了九如巷的诰大爷背你姐姐出门。只是那廖家也说了，你虽只能把你姐姐送出闺阁，可这封红却不能少了你的，指明了有一份是给你的。等到明天你姐姐在屋里等着全福人请她出门的时候，你就扶你姐姐一把，廖家的人就知道你是谁。廖家的人会塞个封红给你，你接下就是了。等到你添了外甥女，再还回去就是。"看样子廖家给足了周家面子。

周少瑾听着也欢喜，见李氏满脸疲惫，说完了却不走，继续坐在她屋里喝茶，知道她还有话跟自己说。她的性子本来就喜静不喜动，如果是平时，李氏就是这样和她对坐上一天，她也可以泰然自若地和李氏打着太极，但明天是姐姐出阁的日子，她不希望明天出任何纰漏，索性把话和李氏挑明了："太太可还有什么事嘱咐我？"

李氏正不知道怎么开口好，周少瑾递了个梯子过来，她忙顺着话题就接了上去："我昨天听说二小姐要和我一起回保定府去，可高兴坏了。因今天廖家来催嫁，也没空和二小姐仔细地说说这事。你也知道，我是第一次主持这么大的事，今天诸事都顺利，我一时兴奋得有些睡不着，就过来和二小姐说说话。不知道二小姐……"

周少瑾不是个喜欢为难人的人，闻言笑道："我是这么想的。可就怕太太和父亲另有安排，准备姐姐出阁了再和太太说这件事。没想到太太这样细心，没等我开口就先问起来。"

李氏欢天喜地地道："那二小姐是准备和我一起回保定府啰？这敢情好。我有了个说话的人，你三妹幼瑾也有了个伴。你父亲若是知道了，肯定高兴。"

周少瑾笑了笑。父亲命中注定是有儿子的。等李氏生了儿子，这个家就更像个家了，再也不会像梦中似的一家人四分五裂、各自痛苦了。想到这里，她站了起来，道："太太等会儿，我有样东西送给太太。"

周少瑾转身将那块用黄布包着的、从雷峰塔顺回来的砖抱了出来递给了李氏："这是我跟着郭老夫人去普陀山路过杭州府时从雷峰塔求来的，有两块，一块给了姐姐带去廖家，这块是送给太太的。说是供在观世音的脚下，极灵的！"

李氏一听就知道是什么。她顿时热泪盈眶。

没能生儿子，是她的一块心病。她对周少瑾姐妹虽好，可那与其说是好，还不如说是一种敬而远之。可没想到周少瑾对她如此诚心。她心里又生出些许不安。

周少瑾并不需要李氏的感激。她这么做是为了父亲。姐姐也好，她也罢，到了年纪就会嫁人，有自己的日子要过。能陪在父亲身边，陪伴父亲终老，照顾父亲生活起居的，却是李氏。她希望李氏能感受到她的善意，从而对父亲更好。

周少瑾递了块帕子给李氏，安慰她道："太太还年轻，莫急。我听我乳娘说，有人嫁到她们村子十几年都没有孩子，结果突然有一天就怀上了。太太如此善待我们，好人自有好报的。"

李氏不好意思地点头，却也不能和周少瑾多说什么，周少瑾毕竟是个没出阁的小姑娘。

两人说了几句话，李氏起身告辞。周少瑾送了李氏出去，迎面却碰到了李嬷嬷。

李嬷嬷笑着屈膝给周少瑾行了个礼，对李氏道："沔大太太从大小姐屋里出来了。"

李氏就笑着对周少瑾道："二小姐快回去吧，夜风凉，二小姐小心受了寒。"

周少瑾奇道："大舅母这么晚了还没有回去，是有什么事吗？"

李氏笑道："没事，没事！你大舅母只是有些话要跟你姐姐说。"语气颇有些敷衍的味道。

周少瑾心中不悦，送走了李氏，就去了姐姐那里。谁知道姐姐居然锁了内室，持香和冬晚都不见踪影，就几个小丫鬟在挂着大红灯笼的廊庑下说着悄悄话。

她叩门，姐姐嘴里说着"来了，来了"，可过了好一会儿才给她开门，门打开之后满脸通红，一副很不好意思的样子。

周少瑾很是困惑，道："姐姐，您这是怎么了？"

周初瑾摸了摸红红的脸，道："刚才没有脱衣服就睡了，有点热。"

周少瑾很是怀疑。李嬷嬷刚才还说大舅母在她屋里呢！

周少瑾道："姐姐，我今天晚上和你睡吧！"

"好啊！"周初瑾回答得有些不自在，道，"你先回屋去盥洗，我收拾收拾屋子你再过来。"

周少瑾疑窦重重。姐姐可不是这样的人！沔大舅母到底对她说了些什么？可恨她梦中只知道畏畏缩缩地躲在姐姐身后，自姐姐定下婚期之后就一直痛不欲生，姐姐出嫁的事全由马富山和马富山家的操办，根本不知道当时发生了什么事。不过，姐姐不像伤心难过的样子，这让周少瑾心里略微踏实了些。

"我就在你这里盥洗好了！"她从周初瑾身边挤了进去，一面说，一面坐在了姐姐的床上，"我让春晚把东西拿过来！"

"好啊！"周初瑾道，神色间有些扭捏。

周少瑾非常奇怪，眼角的余光却看见姐姐的枕头下压着本厚厚的画册。"这是什么？"她抽出来看。

周初瑾却大叫着扑了过来："少瑾，这是大舅母给我的……"周少瑾已面色绯红地丢下了画册。姐妹一时间都傻了眼。掉在地上的，是本春宫图。

第五十二章　离别

周少瑾脸上火辣辣的，短暂的沉默之后，她跳起来就朝外走："姐姐，我，我等会儿再来看你！"

"哦，哦，哦！"向来沉稳大方的周初瑾手足无措地望着落荒而逃般离开自己内室的妹妹，脸比周少瑾还红。

而周少瑾直到进了自己的内室，扑在填漆床大红色的绫被上，脸上的热气还没有散。她怎么就没有想到呢？新娘子出嫁的前夜，家中的女性长辈都会向她讲洞房之夜的事。

梦中，她情况特殊，嫁的时候只有姐夫的几个朋友过来道贺，那还是看在姐夫的面子上，统共摆了四五桌的酒席。新婚的时候，她睡在床上，林世晟睡在地上。周遭都是林世晟的人，也没有谁嚼舌根。后来她去了大兴的田庄，那就更简单了。田庄上有人轻怠她，被姐姐发现后，林世晟就每个月都去看她一次，隔着道屏风，一个睡在里间，一个睡在外间。

想到这些，她心里微微有些难受。她如果能像姐姐这样热热闹闹地出嫁该多好啊！梦中那些痛苦的记忆又在她的脑海里浮现。眼泪就这样无声无息地落了下来。周少瑾蜷缩在被子里，沉沉地睡去。

第二天醒来，她眼睛肿肿的。周少瑾怕人看出端详来，还吩咐春晚想办法去煮几个鸡蛋帮她敷眼睛，谁知道沔大太太见了却揽了她的肩膀笑道："傻孩子，镇江离金陵这么近，你若是想初瑾了，就去镇江串门去，哭成这个样子，看了就让人心疼。"

她讪讪地笑。众人善意地微笑。就连周初瑾也以为周少瑾是舍不得自己出阁，有些后悔昨天晚上没有留妹妹住下，拉了周少瑾的手道："你要记得来看我！你不是说要带姐姐去普陀山吗？"

周少瑾连连点头。周初瑾却哭了起来。周少瑾低声安慰着姐姐。她并没有不舍的感觉。或者是因为她知道姐姐会嫁得很好，不仅遇到了一生的良人，还有了自己的小家，比在程家的时候更幸福。

给周初瑾担任全福人的顾家大太太看了不由笑道："大小姐恭谨谦和，二小姐纤柔温婉。我原以为二小姐的性子要柔弱些，没想到事到临头反而是大小姐忍不住哭了起来。"

众人这才注意到周少瑾的异样。谁家的姐姐出嫁妹妹不哭？

可周少瑾实在是哭不出来。她自噩梦醒来后立下的两个愿望都实现了，又很快能摆脱程许的泥沼，高兴还来不及，怎么可能哭得出来？周少瑾只好掩饰道："大舅母和姐姐不都说让我不要伤心，若是想姐姐了，就去镇江看姐姐吗？"

嫁了人上有公婆、下有姑叔，旁边还有妯娌，哪有那么简单的？但大家还是被她天真的话逗得笑了起来，不仅冲淡了离别悲伤，还平添了些许喜庆，倒是个意外的收获。

李嬷嬷笑着来禀，说厨房里送热水来了。大家去了旁边的厢房坐。周少瑾陪了过去。

九如巷的老夫人、老安人都没有来，姜氏和洪氏也都算是看着周少瑾长大的，气氛倒也融洽。只有程筠，从头到尾板着个脸。

周少瑾唯有叹气。姜氏对程筠越管越紧了，上次她借了姐姐即将出嫁，姐妹们想在一起说说话的借口想留程笳在平桥街过一晚都未能如愿。

周家的客人并不多，九如巷在金陵却是赫赫有名。很多人来周家随礼都是看在九如巷的面子上，全是些熟面孔。周家办喜事，倒像是程家在办喜事似的。

周少瑾见大家相谈甚欢，朝着程笳使了个眼色，出了厢房。程笳紧接着就跟了过去。两人在院子里刚刚吐露出新芽的石榴树前站定。周少瑾悄声问："你那天找我做什么？"

程笳眼底闪过一丝挣扎与矛盾，半晌才低声道："那天我陪着母亲去甘泉寺上香，见到了敬表哥。他瘦了很多，还问我愿，愿不愿意嫁给他。若是我同意，让我什么也不要管，其他的事，他自会想办法；若是我不愿意，他要送给我一个银项圈，说不好要了我的东西。这是他小时候外祖母送的，他转送给我，算是给我子女的信物。"说到这里，程笳脸色红得像血，"说是如果我生了个女儿，他的儿子任我挑；如果我生了个儿子，就做他的女婿。我，我，我……"

好大的胆子啊！周少瑾听得两眼亮晶晶的。梦中她总跟在程笳的屁股后面跑，程笳虽然和她玩得好，可这种事却是不会和她说的，也不知当时有没有这一茬。

她急切地道："那，那你是怎么说的？"

"我能说什么啊！"程笳白了周少瑾一眼，"这种事是你我能做得了主的吗？"

周少瑾却听着这话里有话，她笑道："什么'你我'，是你好不好！你可别把我给扯了进去。再说了，这种事你大可拒绝，你没有拒绝，那就是同意了！"

程笳急起来，道："谁说我同意了！我压根就没有接他的项圈。还说什么他的儿子任我挑，若他的儿子全是些纨绔子弟，我挑什么挑啊！"

周少瑾似笑非笑地望着她，道："可你好像也没有说不行哦！"

"我，我，我……"伶牙俐齿的程笳磕磕巴巴，半晌都说不出句话来。

周少瑾欢畅地低笑。不知道为什么，她看到程笳吃瘪，觉得心里很高兴。

程笳就拐了一下周少瑾，道："我是来找你商量事的，你要是再这样，你别想我以后再理你。"

"你不理我也行！"周少瑾一点儿也不怕，道，"我看你有话以后对谁说！"

程笳道："你放心！你若没空，吴家大小姐有空。我到时候说给她听去！"

周少瑾愕然，道："吴大小姐？吴知府家的大小姐闺名宝璋的那个吗？"

"就是她！"程笳不以为意地道，"她自从上次帮二房的耘侄做了几件得到了识大表嫂赞赏的衣饰之后，就常在程家出入。几次遇到我都笑盈盈地打招呼，向我赔不是。要不是因为你，我早就和她玩到一块儿去了。"

周少瑾皱眉。看来自己决定去保定府是对的。她想告诫程笳几句，只是还没有等她开口，有小丫鬟跑了来，笑道："二小姐、四表小姐，大小姐要梳头了。"

程笳拉着周少瑾就跑，道："我们去看看。"又道："从前都是别人叫你'表小姐'，叫我'小姐'。现在别人叫你'小姐'，叫我'表小姐'，真有意思！"周少瑾无语。

等她们进屋的时候，顾大太太和沔大太太已经开始帮周初瑾梳头。程笳望着穿着大红嫁衣，面带娇羞憧憬的周初瑾，羡慕地道："初瑾姐姐可真漂亮！"周少瑾抿了嘴笑。

李嬷嬷端了莲子百合羹进来。顾大太太服侍着周初瑾吃了。廖家接亲的人来了。震耳欲聋的锣鼓爆竹，喧嚣复杂的欢声笑语，让周家立刻热闹起来。周初瑾紧紧地拽住了周少瑾的手。

周少瑾想了想，悄声对姐姐道："姐姐，你放心，池舅舅说，他见过姐夫。姐夫不仅相貌堂堂，而且还学识渊博，是个谦谦君子，见到池舅舅的时候非常尊重。可见他对这门亲事很满意。"

周初瑾微微一愣，抓着周少瑾的手慢慢地松了下来。周少瑾莞尔。

很快，喧哗声就到了门口，廖家的人送来盖头。沔大太太则客气地请来看热闹的人去厢房坐——廖家的人要来接亲了。周少瑾则被留在了房里。

顾大太太笑着对周初瑾道："别怕，到时候我会跟过去的。你有什么事，就让随身的丫鬟去找我。"周初瑾轻轻地"嗯"了一声。

顾大太太扶着周初瑾去了厅堂。拜过祖先和生母程贺、继母庄良玉的牌位之后，又对代表周镇的空椅子和李氏磕了头。顾大太太帮周初瑾盖上了盖头，把周少瑾拉到周初瑾的身边站定后，程诰穿了身崭新的绿色直裰走了进来，随后走进来的廖家全福人笑眯眯给了周少瑾和程诰各一个大大的封红。

"吉时到！"程诰在傧相的唱喝下背起周初瑾出了厅堂。外面就响起了"噼里啪啦"震天响的爆竹声。原本在厅堂里看热闹的人全都朝外拥去。周少瑾捏着大红的封红，静静地站在廊庑下，看着姐姐的身影慢慢地消失在爆竹的硝烟里，直到再也看不见。

四周冷清起来。

"看样子你姐姐嫁得挺好啊！"陡然有人在她身边道。

她转过身去，眼睛顿时就亮了起来："池舅舅，您怎么在这里？不是，我是说，您怎么在内院？您不是应该在外院喝喜酒吗？"

程池笑道："我跟着过来看看。"他的确只是过来看看。却一眼就看见了站在廊庑下泫然欲泣却嘴角微翘的周少瑾。他就走了过来。

周少瑾眉眼弯弯地点着头，道："姐姐嫁得很好！姐夫待她很好！"

程池挑了挑眉，道："但子嗣艰难！"

周少瑾不悦地嘟了嘟嘴，道："我已经帮姐姐在雷峰塔求了砖回来，姐姐肯定会子孙满堂的！"

程池挑了挑眉。

周少瑾气得不得了，道："池舅舅，您怎么能这样？今天可是我姐姐出阁的日子！"

程池瞥了她一眼，道："我说什么了？"

就是因为什么也没说，她却偏偏知道他在想什么才更叫人生气啊！周少瑾跺了跺脚。

看周少瑾又气又恼的样子，程池强忍着才没有笑出来，道："我找你有事！"

周少瑾忙恭敬地站好。池舅舅既然知道了她预知梦的事，也相信了她所说的话，那找她就不会是小事。

程池就低声地把自己怎样在郭老夫人面前解释她知道黄理和程泾争礼部尚书的事告诉了她。

周少瑾惊讶得张大了嘴巴，都不知道说什么好了。池舅舅好能掰啊！说谎都不打草稿，张口就来。她想了两年多都没有想到怎么让池舅舅相信她的话从而给程泾报个信，池舅舅却张口就把郭老夫人给说服了。这算不算是有苏秦张仪之才呢？周少瑾不禁道："池舅舅，您可真厉害！连老夫人都骗过了！"

程池听着脸都黑了。这小丫头片子说话怎么这么糟心呢？他低声喝道："什么叫'骗'？这是'谋略'！'谋略'你懂不懂？难道你想让别人知道你能预知未来的事吗？难道你就不怕把我母亲吓坏吗？难道你不怕被那些愚昧的人把你当成怪物似的沉塘？"

周少瑾被吓得脸色苍白，连连摇头。可她也知道池舅舅这是为她好……池舅舅说了不能告诉别人，就真的连郭老夫人也瞒了。她很是感激。

程池看着她受了教训，心里这才好过了点儿，道："你机灵点儿！若是别人说起这件事，你就这么说。千万不要在我娘面前露了马脚，知道了吗？"

"知道了！知道了！"周少瑾忙乖乖地保证道，"我答应了您谁都不告诉的，我就谁都不会告诉的。"说完，她想了想，补充道："我也没有告诉我姐姐。"

程池面色微霁。

周少瑾松了口气。池舅舅待她很好，她不想惹池舅舅生气。她柔声问程池："您要不要到屋里去喝杯茶？这里刚刚放了很多的爆竹，到处是硝烟的味道，闻着有些呛人！"

程池正好想和她说收养的事，道："喝茶就不必了，你们家里的人都忙着你姐姐出嫁的事，哪里有人烧水？不过我还有话跟你说，去厅堂里坐坐也好。这里硝烟的味道的确太大了些，廖家应该对这门亲事很满意，爆竹像自家地里种的似的放个不停。没想到我大哥还挺会做媒的！"

周少瑾抿了嘴笑，正要和程池往厅里去，程笳却跑了进来，道："少瑾，你怎么站在这里？我一眨眼的功夫你就不见了。初瑾姐的花轿就要离开平桥街了，你也不去看一眼……"她说着，声音戛然而止，诧异地喊了声"池四叔"，垂手站在那里，一双大眼睛却好奇地看了看周少瑾，又看了看程池，最后把目光定在了周少瑾的身上，满脸写着"池四叔怎么会在这里"的表情。

"池舅舅是过来喝喜酒的。"周少瑾微笑道，"在这里碰上了，就说了几句话。笳表姐，你找我就是想告诉我姐姐的花轿要出门了吗？我有意留在这里的。我怕看到了姐姐的花轿出门会哭起来！"

"说什么呢？"程笳上前拽了周少瑾的手，道，"你要是不看会后悔的！"说完，她朝着程池甜甜地笑了笑，道："池四叔，您先在这里站会儿，我和二表妹去去就来。"然后不由分说地拉着周少瑾就往外走。

"笳表姐，笳表姐！"周少瑾急道，"我不能就这样走了，池舅舅还在这里呢！"

程笳却道："池四叔那里让管事过来陪着就行了。我们还是快点去大门口吧！刚才几位太太都哭了起来。"

算了！就算她不跟着程笳去看热闹，以程笳的性子，她也休想单独和池舅舅说话了。只有等会儿再找机会问问池舅舅还有什么话跟她说了！周少瑾朝着程池歉意地笑了笑，被程笳跌跌撞撞地拉走了。

程池眼底闪过一丝不悦。

程笳到底晚了一步。等她把周少瑾拽到大门口的时候，周初瑾的花轿已经走了，大门口只留满地的红纸屑和还弥漫在空中的硝烟。

程笳嗔道："你看你，错过了吧！"

周少瑾若有所思地嘀咕道："有些事，你没有亲眼看见，就可以装作没有发生似的。我没有看见姐姐出阁，姐姐就好像只是出去串门了似的，过几天就会回来……"

"真是败给了你！"程笳无奈地道，"你要这样自欺欺人，我也没有办法。不过，初瑾姐姐什么时候回门？我想到时候来看她。"

"一个月之后。"周少瑾和程笳说着话，往厅堂里去，一路上仆妇们纷纷给她们行礼打招呼，"你那天说要在我们家留宿一晚，你是不是要和我说李敬的事？"

程笳红了脸，悄声道："我也想听听初瑾表姐的意思。等初瑾姐姐回门，你告诉我一声，我看能不能找个机会陪陪初瑾姐姐！"

因为两家隔得远，原本准备取消的归宁也在方氏的坚持下改为了一月回门，周初瑾还因此而得以在家里住上三天再回去。

周少瑾轻声地笑。如果不是心里有所动摇，程笳又何必费这么大的劲儿一会儿要听她的意思，一会儿要听姐姐的意思呢？

程笳涨红了脸，伸手就去挠周少瑾："死丫头，我让你看笑话！"

周少瑾笑着转身避开了程笳的手，疾步地朝厅堂走去。厅堂却人去楼空。周少瑾很是失望，问厅堂里扫地的丫鬟："程家四老爷呢？"

小丫鬟根本不知道谁是程家四老爷，道："二小姐，我来的时候这厅堂里就没有人！"

或许是去了席上。周少瑾吩咐小丫鬟去看看程池坐在哪里。小丫鬟应声而去。

程笳道："你何必管他坐在哪里？你还怕他没有位子坐啊？"

"怎么会！"周少瑾道，"我一早就吩咐那些管事留心池舅舅的行踪，给他留个位子了。我只是觉得我们这样把池舅舅丢在厅堂不太好。"

程笳不以为意地道："你别把池四叔当玻璃人似的好不好？他那么精明厉害，你还怕他找不到个吃饭的位置？要是真找不到了，他就白瞎了他'程四爷'的名声！"

周少瑾想起自己第一次见程池的情景，她犹豫道："池舅舅的名声在外面很响吗？"

"哎哟，你让我说什么好？"程笳训着周少瑾，"你好歹也出门应酬应酬，别整天待在家里，连身边是什么样的人都不知道。像我大哥，就是金陵四公子之一。二房的识大哥，就是大画师双溪先生的关门弟子，擅长画花鸟，在整个江南都小有名气，曾经有人出五百两银子的润笔费请了识大哥画画。池舅舅是有名的财神爷，谁还会和钱过不去啊！金陵城里的人谁见到了他不恭敬地称一声'程四爷'！你以为良国公世子爷为什么和池四叔这么好？那是因为那年下大雨，冲毁了很多家的房子。皇上命良国公府出面帮着官衙维护金陵城的治安，谁知道良国公却把人手抽调到了良国公府帮自己修房子，被当时的镇守太监给告了。要不是池舅舅出面帮他们周旋，良国公府还不知道会怎样呢！"说到这里，她有些咬牙切齿起来，"谁知道他们却打了主意要娶我，我一想到良国公府虽然锦衣玉食却要过着朝不保夕的日子，就替阿朱都难过起来。"

周少瑾有些心不在焉。如果池舅舅真的像程笳说的那样，他现在知道了程家以后的处境，会有什么举动呢？是去向程泾求助呢，还是自己默默开始着手想对策呢？

送走了宾客，周家渐渐冷清起来。李氏望着在收拾残局的仆妇，颇有些感触地对周少瑾叹道："难怪别人都不愿意嫁女儿了，就这热闹过后的落寞就能让人心酸。"

是啊！也不知道池舅舅跑哪里去了。他竟然没有坐席。是有事先离开了呢，还是出了其他的什么事？周少瑾和李氏应酬了几句，就借口太累回了房间。

春晚几个正坐在灯下嘀咕，看见周少瑾进来了，几个人都笑嘻嘻地站了起来。胆子越来越大的碧桃更是笑道："二小姐，廖家可真大方！给了您两张'一百两'的银票。"

周少瑾笑了笑，道："那敢情好！你去让春晚从我的账上支五两银子，让厨房给你们置办桌酒席。"

大家哄笑着给她道谢。周少瑾却想着程池的事。也不知道他到底要和自己说什么。怕就怕是关于她预知梦的事，派个人去问一声都不行！他走的时候不知道有没有人送他一程？池舅舅在程家向来是悄无声息不被人注意的那个人，若是到周家做客还如此，那可真对不住他那二百两银子的随礼了！周少瑾心里就像揣了个石头似的，怎么也不能安心。倒是春晚她们，想到李氏操办完了周初瑾的回门礼之后就要回保定府了，开始收拾箱笼。

忙完了周初瑾出嫁事宜的李氏过来看的时候见周少瑾只有几个箱笼，非常意外。周镇每年都会给两个女儿攒嫁妆，周少瑾没有道理只有这几个箱笼啊？

周少瑾笑着解释道："之前没有决定是继续留在程家还是去保定府，有些东西就没有带出来。"话音未落，她已经止不住地笑了起来。不怪池舅舅嫌她蠢，她的确有点蠢。她完全可以借着去九如巷收拾箱笼的时候问问池舅舅找她有什么事啊！

打定了主意，周少瑾的心就定了下来。等到平桥街的东西都收拾得差不多了，她跟李氏说了一声，带着春晚去了九如巷的嘉树堂。

关老太太看到了她非常高兴，拉着她的手问："你今天怎么过来了？可是有什么事？"

"就是没什么事，所以过来看看您和大舅母。"周少瑾看着郭老夫人怎么跟人寒暄，也学会了场面上的话。

关老太太听了就更高兴了，不仅让丫鬟端了很多她喜欢吃的茶点，还留她住几天："畹香居还给你们姐妹留着，服侍的丫鬟婆子也都还在，首饰什么的用你大舅母的就成了，你连件衣服都不用带。"

周少瑾高高兴兴地应了，道："太太说，等姐姐回了门，就带我一起回保定府去。我正好趁着这几天进府来陪陪您和大舅母。"

关老太太一愣，道："周太太要带你回保定府？"

"是啊！"周少瑾笑道，"姐姐嫁了，我也大了，却又不好一个人住在平桥街，所以太太说让我跟着她回保定府。父亲一直在外做官，我这么多年都没有陪父亲好好说说话，也好跟父亲住些日子。"她说着，话锋一转，道："外祖母，我听说保定府大慈阁的酱菜很有名，我到时候给您带点回来尝尝。"

关老太太见周少瑾说起回保定府的事一派欢喜，想着自己养了她一回，她的心里到底还是觉得自己的父母亲，心里就有些不乐意，后来又见她说话像个孩子似的，还要给她带了酱菜回来，好像她去只是小住几天就回来的，心里又觉得舒畅了些。她笑吟吟地道："那少瑾愿不愿继续陪着外祖母呢？"

周少瑾心里"咯噔"一下。她之所以没有看见关老太太就开门见山地提出想把自己放在畹香居的东西搬到平桥街去，就是怕关老太太觉得她凉薄，可没想到这话说圆满了，事情却出了纰漏——关老太太竟然要把她留在九如巷，那岂不是铁了心要把她嫁给程诣啊！可她一句旁的话也不敢说，只能装不知道。

"我当然愿意啊！"周少瑾硬着头皮违心地道，"不过父亲那里……"

关老太太立刻笑道："你父亲那里，自有我来说。我是怕你见你姐姐出了阁，不愿意陪我这个孤老太太，所以特意问问你。"

这苦肉计都用上了，周少瑾越发觉得关老太太留自己的目的不简单。"好啊！"她笑着答道，心里却盘算着一回去就给父亲写封信，然后快马加鞭地送去父亲那里。太太李氏那里也得打声招呼，别不知道情况把她给卖了。

关老太太很满意周少瑾的乖巧贴心，周少瑾却如坐针毡，恨不得骤然间长出对翅膀飞回去，哪里听得进去关老太太的唠叨？等听到关老太太说已叫了丫鬟去请沔大太太过来的时候，她就更坐不住了，找了个机会起身道："外祖母，大舅母如果忙着，我们还是别打扰了。我先去寒碧山房给郭老夫人问个安，再回来和大舅母说话。"

关老太太有意把周少瑾放在长房教养，自然乐见周少瑾和郭老夫人亲近。她笑着点头，叮咛周少瑾："老夫人很喜欢你，你不在的时候，寒碧山房也很冷清。你过去了，好好地跟老夫人说会儿话。若是老夫人留了你午膳，就用了午膳再回来，你大舅母通常下午的时候都没有什么事。"

周少瑾有些惊讶关老太太对长房的亲昵，可她自己也有意在长房多待会儿，没有多想就笑着应了，三步并作两步地去了郭老夫人那里。但她没有去正房，而是悄悄地绕了个圈，直接去了听鹂馆。

春日阳光正好，清风坐在门槛上晒着太阳，与一个和他年纪差不多的小道童说着话。

那小道童穿着件青绸道袍，皮肤白净，眉目秀丽，像哪家的小公子，不像是服侍人的人，却面生得很。难道池舅舅又收了小厮？周少瑾在心里嘀咕。

清风正对着那小道童说得眉飞色舞，根本没有注意到周遭的动静，倒是那面生的小道童发现了周少瑾，他拐了拐清风，小声地道："有人来了！"清风这才打住话题，扭过头来。看见是周少瑾，他神色微微有些不自在地站了起来，道："二表小姐，您过来了？不知道您这是要找谁？"

周少瑾道："池舅舅在吗？我找池舅舅！"

清风道："龙虎山的张天师过来了，四老爷正在和张天师说话。"言下之意是让她等着。

周少瑾没有想到自己的运气这么不好。她看了那小道童一眼。小道童忙上前给周少瑾行礼，自我介绍道："我是天师身边的道童善与。二表小姐好！"非常有礼貌。

周少瑾笑着朝他福了福，对清风道："那我去书房等池舅舅好了。"按礼，她来寒碧山房应该先去拜访郭老夫人，可关老太太的话却让她心急如焚，她在没有见到程池之前根本就没有办法陪着郭老夫人说话。她怕自己站在这里碰到了碧玉等人，不愿意在门外等着。

清风却拦了她，道："四老爷和张天师就在书房！"

这原本是件小事，也许是因为她每次来清风都没个好脸色给她，也许是看到关老太太那自信的笑容，而程池承诺会帮她解决她和程诣的事却一直没有什么消息，种种的负面情绪让周少瑾突然间觉得烦躁起来，道："清风，上门就是客。就算池舅舅有客人，我想见池舅舅，愿意在外面候着，你凭什么要这样拦着我而不是安排个落脚的地方给我？就算池舅舅不愿意见我，要赶了我走，你也应该去请了池舅舅示下再给我脸色看也不迟吧？虽人都说宰相的门房七品的官，你这还不是宰相的门房我看你就摆上了七品官的谱，你也挺行的啊！"

清风的脸一下子涨成了紫红色，他指着周少瑾"你"了半天也没有说出一句话来。周少瑾却是看也没再看他一眼，冷着个脸就进了听鹂馆，直接去了集萤那里。谁知道集萤却不在家。

服侍集萤的小丫鬟告诉周少瑾："四爷让集萤姑娘去给谁送信了，已经走了三天了。"

周少瑾顿时觉得心里不是个滋味。池舅舅见不着，集萤也不知道去了哪里，她怎么这么不顺利啊！她站在集萤住的厢房门前的冬青树前，闷闷地揪着冬青树的叶子。

"这是怎么了？"她的耳边陡然响起了程池带笑的声音，"把我的树都快弄死了。"

"池舅舅！"周少瑾又惊又喜地回头，就看见程池穿着件青莲色的素面杭绸道袍长身玉立地站在走廊里，"您不是在和那个什么张天师说话吗？怎么跑到这里来了？"说着，她心里涌入无限的委屈，不禁眼睛一红，嘟着嘴道："池舅舅，您欺负我，您的小道童也欺负我，我以后再也不相信您了！"

这小丫头怎么每次跟他说话都语不惊人死不休啊！程池被噎得半晌都没有说话，深深地吸了几口气才道："你在这里胡说些什么呢？我什么时候欺负你了？我的小道童又怎么欺负你了？"

周少瑾红着脸道："您明明说了会帮我打消外祖母把我和诣表哥凑作堆的念头的，可今天外祖母见到我，却说要跟我多说，把我留在嘉树堂。我不要留在嘉树堂，我也不要嫁给诣表哥！"

· 224 ·

程池皱眉，眉宇间透着些许的愠色，冷冽地道："四婶都对你说了些什么？"

这是个与周少瑾平时所见截然不同的程池，周少瑾心中生怯，小声地把关老太太说的话告诉了程池。

程池又好气又好笑。真是个欺软怕硬的。刚才还朝着他发脾气，他面色微变，她就像吓着的小猫似的警惕地望着他，他动作略大一点她就要逃跑似的。"过来！"他站在走廊里朝着她低声道。

"哦！"周少瑾小心翼翼地绕过栏杆，从旁边的台阶上了走廊，慢慢地在程池的面前站定。

程池伸出手去，从她头上揪下片叶子，道："去哪里玩了？连头发上沾了树叶都不知道！"

周少瑾困惑地望着程池手上的叶子，道："我，我哪儿也没去啊！就从门口走到了这里。"

程池把叶子丢在了一旁的树丛里，道："以后走路小心点！"周少瑾乖乖地点头。程池轻声道："把你留在九如巷，是我的意思！"

"啊！"周少瑾睁大了眼睛，黑白分明的眼眸满是惊愕。

程池忍不住就笑了起来，声音更加柔和起来："你所说的事事关重大，我有很多事想不明白，需要问你。但你和我接触多了，不免让人起疑，若是因此有人怀疑你的遭遇，那就是我的不是了——你为了程家才把这么重要的秘密告诉我的，我却不能庇护你……我思前想后的，最好的办法就是借了四婶的名义把你留在嘉树堂，然后由我母亲教养你一段时间。等过两年，你大些了，事情也理得差不多了，再由我母亲出面给你说门亲事。你上次跟我说你的事的时候，我就有了这个打算。只是一直没有机会跟你说。你只管安心搬回畹香居就是了。最多半个月，我就把你接来寒碧山房。"

让她留在九如巷，还搬到长房去住，这件事竟然是池舅舅的主意！周少瑾愣愣地望着程池，半响都没有回过神来。

程池很是意外。他没有想到周少瑾会抗拒这件事。在他看来，这是最好的安排了。既可以像周少瑾希望的那样挽救程家，又可以让周少瑾摆脱四房，随心所欲地过日子。但周少瑾肯定不是怕被连累。离程家出事还有十一年，那个时候周少瑾早嫁了。出嫁女是不被定罪的。她既然做过预知梦肯定知道这些，不然她也不会把自己的秘密告诉他了。那就只有一个可能：她不想和程许见面。念头一闪而过，程池不由抿了抿嘴。梦中，程许到底干了什么事？他到底要不要揭开周少瑾心底的这个伤疤呢？向来果断的程池陡然间犹豫不决起来。

周少瑾低下了头，小声道："池舅舅，我想要跟着继母回保定去。您若是有什么想问我的，可以趁着我还在金陵的时候问我，也可以写信去保定，我一定知无不言，言无不尽。您放心好了！"她纤长的睫毛投在眼睑上，留下淡淡的阴影，温驯得像只小绵羊。

程池突然间心生不忍。这是程家的事，她做了她应该做的，也做了她不应该做的，他又何苦把她拖下水去呢？正如她所说的，如果他真的想知道什么，大可以写信或是派人去问她，不一定非要住在长房。他低声道："少瑾，这件事是池舅舅考虑得不周全。你说得很对，你这么多年跟着你姐姐住在九如巷，应该很想家了。现在你姐姐出嫁了，你也应该回去和你父亲团聚，多陪陪你父亲和继母了！"

周少瑾抬起头来，惊愕地望着程池。她以为自己会花很大的功夫说服程池，甚至有可能要把自己梦中的一些悲惨经历告诉池舅舅，池舅舅才会让她跟着继母回保定府。可让她万万没有料到的是，她还没有来得及说什么，池舅舅就答应让她去保定府了。

"您……"她迷茫地看着程池，好像根本就不知道发生了什么似的。

程池不禁笑了起来。这小丫头，可怎么得了，傻成这个样子，别让人卖了还给人数钱才好。他道："我让商嬷嬷陪你回保定府吧！"

"什么？"周少瑾眨了几下眼睛，这才明白程池的意思。她忙摇手，道："这怎么能行呢？商嬷嬷走了，谁服侍您啊！"说到这里，她又想到了一件事，着急地道："池舅舅，老夫人肯定已经同意让我住到寒碧山房里来了吧！我这一走，您可怎么向老夫人解释啊！"

程池笑道："你这个时候才担心这个？刚才干什么去了？"

周少瑾不由内疚起来。池舅舅都是为了她好，是她自己有心结，所以才不愿意住到长房来的。她赧然地望着程池，清澈的眼里盛满了愧疚。

这小丫头，一双眼睛像会说话似的。程池笑道："好了，好了，你也别不好意思了。你不是说相信池舅舅的吗？我既然能让母亲同意教养你，也能让四婶打消接你进府的主意。你就安安心心回去等消息好了。"

池舅舅最厉害了。他三言两语就瞒过了老夫人，梦中还劫了法场，自然也有办法让外祖母收回成命。她可以跟着继母去保定府了。她也可以摆脱梦中的命运了。周少瑾雀跃地向程池道谢，精致的眉眼弯成了月牙儿。

有这么高兴吗？程池心中一沉。不过是放了她回去，她就能欢快得像放出笼的小鸟。事情恐怕比他想象的更加不堪。而她不说，谁又能想到她曾经有过哪样的痛苦？他忍不住道："少瑾，你恨吗？"

周少瑾没懂。

程池道："你看着那些曾经伤害过你的人，你恨过吗？"

周少瑾沉默地垂了眼睑，低低地道："当然会恨啊！我有时候看见他们，巴不得他们去参加宴会的时候失足掉到湖里，被大家看热闹；或者是意得志满地在大家面前表现的时候用错了典故，丢了脸，落下个不学无术的名声。可他们如今又没有欺负我，我总不能因为梦中的记忆就去报复他们吧？有时候我想想，也会觉得自己很委屈，觉得很愤恨，还有很孤单。这些爱恨别人都不知道，就我一个人在那里咬牙切齿的。"她说着，想到这些事情都已经过去了，她也如愿以偿地报答了林世晟，还把程家这个大包袱甩给了池舅舅……她又抬脸慢慢地露出笑容来，"不过现在好了，把这些说给池舅舅听，我心里好受多了，也不觉得孤单了。"

程池生平第一次知道了为什么别人形容心疼的时候会用"心如刀割"这个词。程许怎么就狠得下心来伤害周少瑾？他在心里冷笑。看样子，他应该多关注一下自己的这个侄儿才是。程池眼中闪过一丝阴霾，心情愉悦的周少瑾却没有注意到，她笑盈盈地问程池："池舅舅，您有什么要问我的吗？"

程池没懂。

周少瑾就有些得意，道："池舅舅，您不说有什么事就问我吗？您有什么话现在就可以问我，我当着您的面回答，肯定比写信或是派人去问要清楚详细！"

程池看她那小人得意的样儿，强忍着笑意正色地道："那你能不能告诉我程家为什么会被抄家？"

周少瑾的脸顿时涨得通红，喃喃地道："这个，这个不算……"

"你不是说当面问你你回答得比较清楚详细吗？"程池肃然地道。

"我，我，我……"周少瑾磕磕巴巴的，脸像红霞似的。

"逗你玩的呢！"程池笑道，"我现在脑子还有点糊，暂时还没有什么要问你的。"

周少瑾松了口气，讪然地朝着程池笑。

这傻丫头！程池跟着笑了起来。他的笑容温煦，却又带着些许的克制，显得温文而又谦和。

池舅舅笑的时候可真好看！周少瑾懵懵懂懂地想，问程池："池舅舅，您路过保定府的时候会到我们家去做客吗？"话音未落，她就感觉到自己的这句话问得不好，又忙道："您路过保定府的时候，一定得去我们家做客。我到时候会学做很多的点心，您去了，我就做给您吃！"

程池点头，笑道："到时候我一定去你们家做客！"周少瑾闻言笑弯了眉眼。

这样就能欢喜起来。程池直摇头。

周少瑾一下子跳了起来，急急地道："糟了，糟了，我来的时候还没有给老夫人问安呢！"

这眼看到了中午，她这个时候去给郭老夫人请安，不免有蹭饭的嫌疑。程池就笑道："那正好留下来用午膳！"

"池舅舅！"周少瑾睁大了眼睛瞪着他。程池哈哈大笑。周少瑾气结。程池笑道："快去吧！再磨蹭下去，就可以直接坐到桌子旁边了。"周少瑾跺了跺脚，一溜烟地跑去了寒碧山房的正房。

郭老夫人已经听说周少瑾进了府，因为一直没有看见周少瑾的影子，她还以为周少瑾被关老太太留下来用午膳了，所以看见周少瑾的时候她有点惊讶，道："你用过午膳了没有？"

周少瑾只好厚着脸皮道："我想吃您小厨房做的炸响铃。"

郭老夫人特别高兴，吩咐碧玉："快去吩咐厨房里给二表小姐做个炸响铃。"又问她："你还想吃什么？"

周少瑾怎么好意思再点菜，娇笑道："就喜欢吃您小厨房里做的这道菜。"

郭老夫人呵呵地笑，和她坐在罗汉床上说话："你这些日子在家里做什么呢？怎么突然来了九如巷？太太在家可好？你看我明天请她吃饭她得闲吗？"

池舅舅已经说了这件事交给他来办，她装聋作哑就行了。周少瑾笑道："原本想在家里做针线的，可又静不下心来，就来看看您和外祖母了。家里原本就没有请几桌客，收拾了这几天，太太也闲了下来。我回去就帮您问问太太，看她明天有没有什么安排！"

郭老夫人直点头，道："你去见过你池舅舅了吗？"

周少瑾很是心虚，又不想骗郭老夫人，道："听说池舅舅有客人，是龙虎山的张天师！"

郭老夫人笑道："张天师叫张承玉，是你舅舅的好友。他有些年没来了，应该是要出师修行了，所以来看看你池舅舅。承玉喜欢占卜，你池舅舅喜欢星相，两个人有时候说起话来没完没了的，一天一夜都不合眼。"

周少瑾愕然。张天师还没有走吗？那池舅舅怎么会在集萤住的地方出现呢？周少瑾迟疑地问郭老夫人道："张天师什么时候走？"她想去见见程池。哪怕什么也不说，让程池知道她领了他的情也好啊！

"应该会过了浴佛节再走吧？"郭老夫人笑着猜测道，"有一年他家里住客，就在我们家过了端午节才走的。"

周少瑾嘴角翕动，最终什么也没有说，扶着郭老夫人去摆饭的宴息室。谁知道她们刚坐定，珍珠进来禀道："张天师来给您辞行！"

郭老夫人吓了一大跳，忙道："怎么这个时候要走？用过午膳了吗？"

珍珠笑道："说是张天师这次是随着他的师叔出门历练，少则三年，多则五年才能回来。所以走之前特意来府上拜访的。四老爷已经安排张天师用过午膳了。"

　　郭老夫人放下心来，吩咐碧玉请了张天师进来。周少瑾却浑浑噩噩地想着，她这一去保定，岂不是也有好几年会见不到池舅舅了！

　　春日正午的阳光照在碧纱橱里，映得满室明亮。周少瑾安安静静地坐在碧纱橱里，神情有些恍惚地听着郭老夫人和张承天说着话，压根就没有想到看看龙虎山鼎鼎大名的张天师长得什么模样。池舅舅借着外祖母的名义把她弄到寒碧山房来，隔着房头，还碍着她的名声，应该花了很大的力气吧？可她说不想去池舅舅就答应了，什么话也没有说，还让她相信他，"我既然能让母亲同意教养你，也能让四婶打消接你进府的主意"，可事情哪有那么简单？

　　她想起梦中的事。那个时候她一心一意地依赖着姐姐，有什么事去找姐姐，姐姐也是这么说。可如今她才知道，她给姐姐惹下了多少麻烦，姐姐又为了她的事伤了多少的脑筋。她在池舅舅面前，好像有点像在梦中的姐姐面前似的。什么事都丢给他解决。一听说没她什么事了，她就如释重负般高兴得忘乎所以。却不曾仔细地想过自己这么做会不会给池舅舅惹什么麻烦，让他怎样为难。她是不是为自己想得太多了，特别是池舅舅还对她这么好，不仅相信了她的话，还由着她跟着继母回保定府，让她"安安心心回去等消息好了"。

　　正如池舅舅问她的"程家为什么会被抄家"，连她这个有预知能力的人都不知道，更何况池舅舅这个只是从她的嘴里道听途说的人呢？要不，她还是留在寒碧山房？至少她可以帮着池舅舅理一理思路。池舅舅不是说了吗？他现在脑子有点糊，暂时还没有什么要问她的。以池舅舅的性子，这几乎就是在说他现在有些束手无策……她还是回九如巷好了！可程许……

　　周少瑾的指头拧在了一起，可心里却有个小小的声音告诉她：你不是说要改变吗？说要变得坚强起来，不再像梦中那样只知道依赖别人，那为什么要逃避呢？那些事不是还没有发生吗？刚刚醒来的时候，你立下志愿，一要报答林世晟，二要把程家的结局告诉程泾。立下这志愿的时候，你不也觉得困难重重，两件事像两座山一样压在你的心里吗？可现在呢？林世晟已经和沐姨娘成了亲，程家的事也告诉了什么事也难不倒的池舅舅，可见什么事都不是一蹴而就的，需要鼓足了勇气去做。程许梦中是欺负了你，可现在不是还没有发生吗？从前你只是一个人，现在有池舅舅，又有郭老夫人、外祖母的庇护，难道都不能避免和改变这件事的发生吗？梦中，你过得不好，自己也是有责任的。如今，难道还像梦中那样随波逐流吗？周少瑾手紧紧地攥成了拳。她一定要坚强起来。不能总指望着别人帮她，哪怕这个人是池舅舅。她也不可以成为池舅舅的负担。

　　想到这里，周少瑾有些激动地站了起来，在碧纱橱里来来回回地走了两趟，听到郭老夫人吩咐碧玉送客的声音，她的心情这才平静下来。那就这么决定了。她会按照池舅舅之前的决定搬到寒碧山房里来的，也会求池舅舅不让程许跑到寒碧山房里来的。等程许发现向来把他捧在手心里的祖母不是他想见就能见的，那表情一定很精彩。周少瑾这么想想都觉得心情舒畅了很多。现在最要紧的是把自己的决定告诉池舅舅。不过，池舅舅会不会恼她一会儿东一会儿西的没有个主意啊！周少瑾苦恼地想着，直到吃饭的时候心情还是有些忐忑。

　　郭老夫人看在眼里，却什么也没有说。十四五岁的小姑娘正是心思多的时候，衣服上多了个褶子都要苦恼半天，不必理会，过几个时辰身边有其他的事发生就会忘了。她笑着让碧玉给周少瑾布菜："今天的鲫鱼做得好,你尝尝。"

这才三月,寒碧山房的菜谱上已有了鲫鱼。寒碧山房的饭菜可真好!她要是在这里住上两年,不知道回去之后会不会不习惯啊!周少瑾胡思乱想,小声地问："池舅舅不和我们一起吃饭吗?"

"他去送张承玉了。"郭老夫人笑道,"就算是回来吃饭,那也是午后的事了。"

周少瑾点头,直到用过午膳,陪着郭老夫人喝了杯茶,郭老夫人面露倦色要去休息,程池还没有回来。她只好起身告辞,回了嘉树堂。

关老太太笑着问她："郭老夫人都说了些什么?"

周少瑾道："问太太明天有没有空,若是有空,就请她吃饭。"

关老太太看着时辰不早了,道："那今天就不留你了,你回去后记得给我也回个信。"

周少瑾没有立刻就走,而是问关老太太："我想留在嘉树堂,您能跟我爹爹说说吗?"

关老太太喜出望外,忙道："你放心,我已差了人去给你父亲送信,最多这两天就有消息了。"

周少瑾松了口气。还好没有拒绝池舅舅。若是父亲同意她留在九如巷,她要回保定府,池舅舅得花多少功夫啊!不过,她今天没有遇到池舅舅,池舅舅行事又雷厉风行,怕就怕她前一刻说要回保定府,后一刻池舅舅就开始想办法了。保险起见,她还是写封信给父亲好了。

周少瑾见过沔大太太之后就回了家。李氏听说郭老夫人要请她吃饭,意外之余不免有些欢喜。她在金陵人生地不熟的,又惦记着留在家里的小女儿,日子实在是有些难熬。能去九如巷做客,既可以讨好周镇,又可以解闷,一举两得。李氏差了李嬷嬷提了几匣子点心去了九如巷。

周少瑾则和李氏说着体己话："……听外祖母的意思,是想让我继续住在九如巷。若是外祖母开了口,父亲一定不好回绝,毕竟养恩重于生恩。我恐怕不能随着您回保定府了。"她满脸遗憾。

李氏讶然,又觉得这是在情理之中的事。当年若不是关老太太坚持,周少瑾姐妹就去了南昌府。在这件事上没有她说话的份儿。她讨好地笑道："老安人把你们姐妹当掌上明珠似的,舍不得也是常情。二小姐不妨安心地在九如巷再住些日子,等到过年的时候,我派人接了二小姐回家团圆。"

周少瑾也的确想去保定府探望父亲。她笑着称"好",和继母说起了妹妹周幼瑾:"长得像谁?会不会走路了?我上次给她做的衣裳她能穿吗?我想再给她做几件冬衣,您看衣服的尺度要不要放几寸……"

等到李嬷嬷回来的时候,就看见周少瑾和李氏亲亲切切地在那里说话,若不是隔着辈分,倒像对姐妹似的。

第二天,周少瑾和李氏去寒碧山房做客。唐老安人、李老安人、洪氏、姜氏等人都出面陪客,家里请了长高班里的高惠珠来唱折子戏,四宜楼热热闹闹的,服侍的仆妇路过都会放慢了脚步听几句。周少瑾被程笳拉到了四宜楼的点心房里说话:"你说,我到底怎么回李敬啊?"

"我怎么知道啊!"周少瑾道,见不时有仆妇从点心房的门前路过,道,"我们去四宜楼外面说话好了,这样子避在门后,若是有人躲在哪里,我们一样也看不到。还不如大大方方地站在院子里说话,来往的人群一目了然。"

"好啊!"程笳道,"少瑾,我发现你越来越行了,这样的主意都能想得出来。"

周少瑾微微一愣。这好像是池舅舅的主意。她今天一天都没有看见池舅舅，听南屏说，池舅舅送了张承玉之后就直接去了藻园。他今天要是不回来，她就碰不到他的人了！

周少瑾心不在焉地和程笳站在四宜楼前的石拱桥上，听着程笳唠叨："他派了人来问我，可我也不知道怎么办好。我娘肯定是不会同意的。我也不知道敬表哥为什么会看中我。他说其他的事他来办，可谁知道他会跟我母亲说些什么？若是我母亲误会我和他之间有什么，我还有什么脸活在这世上？还怎么能立足做人……"

"这事是让人心里不安。"周少瑾等她说完，这才道，"我看你还是慎重些好！"

并不是每个人都像池舅舅，不动声色间就达到了目的。不过，池舅舅去藻园干什么啊？为什么还不回来？她还要和他商量留在九如巷的事呢！周少瑾抬手就折了根石榴树的树枝，揪起树枝上嫩绿的叶子来。

"少瑾，"程笳睁大了眼睛望着她，"你怎么折起树枝来了？我从前折了树枝做花环你都要啰唆我半天的，怎么你今天自己折起树枝来了？"

周少瑾顿时脸上红辣辣的，含含糊糊地道："我也替你烦心嘛！要不你再找个人问问？"

程笳神色一黯，道："这件事我除了你还能跟谁说吗？"

周少瑾立刻想到了一个人选。她道："要不，我们找集萤商量去？"她把集萤砍了前未婚夫一条胳膊的事告诉了程笳，"……她这么厉害，你不如让她帮你去查查李敬的底！"

程笳的眼睛都亮了起来，拽着周少瑾就往听鹂馆跑。周少瑾忙道："你慢些，你慢些，集萤不在家！"程笳失望地停住了脚步。姜氏在四宜楼的二楼朝着程笳招手，示意她上楼去。程笳耷拉着脑袋回了四宜楼。

第五十三章　有理

周少瑾则耷拉着脑袋回了平桥街。池舅舅一直都没有出现。李氏却很兴奋，和周少瑾道："没想到沂大太太竟然是九江洪家的姑娘！洪家的家风是出了名的严正，家里的姑娘公子们都很成器。我听沂大太太那口气，她娘家有个侄儿，因父母相继去世，今年二十岁还没有定亲，人品很好，书也读得好。正巧我三哥有个女儿，今年十五岁，正要说婆家。你说，我帮他们做媒吗？"

周少瑾这才想起来，李氏也是江西人。但李家是商贾，洪家是读书人，李氏仰慕洪家也就能理解了。她觉得什么事都要试一试才知道结果，可沂大太太是二房的人，周家却是四房的姻亲，她又决定以后和长房站在一边，若周家和二房扯上了关系，这件事会变得很复杂。但她看着李氏一副兴致勃勃的面孔，不好泼了她的冷水，笑道："这件事我也不太懂，我觉得还是应该问问父亲——就是要说媒，也由父亲出面比较好。"

见周少瑾没有反对，李氏的情绪更高了，她笑道："那就照二小姐说的办。"又有些感慨地道："我没有想到二小姐会同意。"

周少瑾奇道："我为什么不同意啊！"

李氏道："二小姐您是不知道，我们李家虽也是积善之家，却比不得那些出了读书人的寒门小户，每每逢到什么事，总是我们李家吃亏。若是家里的侄女能嫁到读书人家，以后李家的子弟读书也就能到好一点的私塾，说不定我们李家也能出个读书人呢！"

这也许是李氏嫁给父亲的原因之一吧！周少瑾思忖着，却不好继续这个话题，她笑道："父亲肯定也希望李家好啊，这样幼瑱又多了能依靠的人啊！"

李氏笑眯眯地点头，道："老爷是很好的！"她的话说得非常真诚，显然对周镇很满意。

周少瑾窘然，又和李氏说了几句话，就回了上房。没有了姐姐，三阔带两个耳房的上房就显得有些空荡。她一个人坐在豆大的灯光前勾了半幅观世音持瓶像，听着打了三更鼓，这才歇下。

第二天一大早，管花房的余嬷嬷来问她："您亲自种的那株双色牡丹是不是要搬到保定去？都结了花苞，这几天应该就要开了。若是开在路上就可惜了。"

周少瑾想了想，去花房挑了几盆花，吩咐春晚和余嬷嬷去趟寒碧山房："双色牡丹送给郭老夫人，蕙兰则送给池舅舅。"又想着不能送了郭老夫人不送关老太太，又道："君子兰送到外祖母那里去。"

她想知道池舅舅回来了没有。改变主意的事得尽快告诉池舅舅，免得池舅舅做了安排她这边又变了卦。周少瑾心里急起来。可春晚回来却告诉她，四老爷还没有回来。难道是出了什么事？周少瑾隐隐觉得程池不像他自己说的那么简单，只是管着程家的庶务，和人做做生意。她想到传说死在漕帮手里的二房老太爷程励。周少瑾叫了樊祺进来，悄声道："你知道四老爷的藻园在什么地方吗？"

十四岁的樊祺开始长个子，长得比周少瑾高了半个头，笑的时候像个顽皮的孩子，可正色的时候青涩的脸上却有着同龄人少有的稳重内敛。他恭敬地道："我不知道。但我可以帮二小姐打听。"

进府两年，周少瑾只要他做过一件事。他现在想起来都觉得自己那时候怎么就那么大的胆子。而当他知道沐家大小姐因为提前嫁给了林家大爷而逃过了一劫，并救了自己的弟弟妹妹的时候，他对周少瑾有种莫名的敬畏，总觉得这个看上去花般娇美的二小姐很不简单。因有这样的态度，梦中樊祺才能在一无所有的情况下依旧置办了一份能令他衣食无忧的产业吧？

周少瑾想着，道："听说四老爷去了藻园，你帮我给四老爷带个信，说我有要紧的事找他。"樊祺一句话也没有多问，应声退了下去。

晚上，樊祺回来道："四老爷不在藻园。"

周少瑾脸色微变，道："那有没有回九如巷？"

樊祺低声道："也不在九如巷。"

周少瑾一夜没合眼，翌日天还没有亮就起了床，准备去寒碧山房看看。不承想用过早膳，家里却收到了周镇的回信。

李氏告诉她："你父亲希望你能和我一起回保定府。"周镇回的是李氏最初写给他的那封信。

周少瑾现在哪里有心情管这些，她只想尽快地找到程池，这封信正好给了她去九如巷的借口。

李氏对程家了解得越多，就越觉得程家树大根深，丈夫希望她能和程家的人交好不是没有道理的。她以为周少瑾是想拿了这信封给关老太太看，好让关老太太同意自己回保定府。

李氏不由柔声叮嘱她："你别硬来。若是关老安人的脸色不好看，你就什么也别说了，直接回来，免得坏了你和老安人的情分。其他的事我会想办法的！"

周少瑾谢了李氏。只是没等她出门，小厮气喘吁吁地送来了周镇的第二封信。李氏和周少瑾忙凑在一起拆了信。周镇的口气全变了。他让周少瑾留在九如巷陪伴关老太太，还让周少瑾"不管大事小事都要听外祖母的教诲。你外祖母对你疼爱有加，她留你是为了你好。你以后长大就明白了"。

不知父亲是否知道外祖母有意把她许配给诣表哥的事？周少瑾觉得自己的处境就像条千疮百孔的破船，到处漏水，池舅舅再不出现，她就要被水淹没了。关老太太却叫王嬷嬷过来请她们去嘉树堂说话。

送走了王嬷嬷，李氏沉吟道："老安人难道是想和我们说把你留下来的事？"周少瑾猜也是这样的。两人重新梳洗一番，去了嘉树堂。

关老太太拉着周少瑾的手和李氏寒暄了半响才进入正题："按理说，你对少瑾像亲生母亲一样，初瑾出嫁后，少瑾应该回去和你生活在一起。可你也知道，少瑾是我从小带大的，我实在是舍不得。好在姑老爷是个细致的，听说我要把少瑾留下就同意了……"

李氏是个聪明人，自然不会在这个时间和关老太太计较。不管关老太太说什么她都笑眯眯地应好。等到李氏和周少瑾从嘉树堂出来，关老太太对李氏的印象大为改观，还私底下对王嬷嬷道："姑老爷娶的这位新太太也是个玲珑通透之人，说话不费劲。"

王嬷嬷笑着应"是"。周少瑾则长长地透了口气。她总算把自己留在了嘉树堂。接下来，就得把池舅舅找出来了。

在侧门的轿厅停下，周少瑾对李氏道："我想去趟寒碧山房才好。我昨天给郭老夫人送了盆花去，此时才觉得不对劲，我想去探探老夫人的口风。"

李氏对寒碧山房那满眼绿色记忆深刻。"你怎么会送盆花去给郭老夫人？"她催促周少瑾道，"你快去看看！我在这里等你。"

"你还是先回去吧！"周少瑾道，"我怕郭老夫人留了我说话。"

李氏略一思忖，道："也好，免得我在这里等你等得着急。你去了寒碧山房静下心来，好好地和郭老夫人说说话，可别引起什么误会就好。"

周少瑾连连点头，送走了李氏就疾步去了寒碧山房。

碧玉几个正打了水给放在院子中间的那株双色牡丹清洗叶片。见周少瑾来了都纷纷地和她打招呼："没想到二表小姐居然养出了株双色牡丹。听说双色牡丹除了像我们府里那样一个颜色一半的还有一个枝头开出两朵不同颜色的牡丹花，二表小姐这个是哪一种？"

周少瑾忙悄声道："你们小点儿声！我这是一个枝头开出两朵不同颜色的牡丹花。因觉得稀罕，就送了过来，却忘了老夫人是不养花的。池舅舅在家吗？我还送了盆蕙兰给池舅舅，也不知道有没有出错？"

她叹着，碧玉等七嘴八舌地安慰着她：

"说双色牡丹有不同的开法就是老夫人告诉我们的，要是老夫人生了气，又怎么会跟我们说这些呢？你想得太多了！"

"你送过来的蕙兰老夫人也看了半天，还夸你的蕙兰养得好。还让花房的人空出一块地方养蕙兰，过年的时候用来待客。"

"你别担心，老夫人没有生气。"

周少瑾安下心来，佯装无意地道："那池舅舅呢？他有没有说什么？"

"没有！"碧玉笑道，"四老爷去了藻园还没有回来。听秦子平说，四老爷说金陵城的夏天太热了，藻园却在石灰山，不仅景致优美，而且清爽凉快，是个避暑的好地方。只是这几年都没有人过去住了，一些房屋都陈旧了，四老爷想把那边修缮一番，请了杭州那边过来的工匠去看房子，要把那边大修呢！"她说着，压低了嗓子悄声地告诉周少瑾："说不定到时候我们也能跟着过去避暑呢！"

可池舅舅根本就不在藻园啊！池舅舅身边不是怀山在服侍吗？怎么报信的人却是秦子平！秦子安又去了哪里呢？周少瑾心浮气躁，却不敢流露出一丝异样。打起十二万分的精神和郭老夫人说了半天的话，这才满身疲倦地回到了平桥街。

之后的几天，她想尽了办法打听程池的去向，程池却像消失了般不知道去了哪里，而不管是郭老夫人还是其他的人，没有一个人发现程池不见了。

怎么会这样？周少瑾谁都不敢问。她怕自己的追问让别人发现程池的异样，又怕这是程池布的一个局，郭老夫人的沉默就是为了配合程池，而她贸然行事却破坏了程池的布局。可到底是前者还是后者呢？要是根本不是她所想的，池舅舅实际上遇到了什么危险的事怎么办？周少瑾急得都快要哭出来了。

眼看着姐姐都要回门了，程池还没有消息。这下子周少瑾彻底地慌了。池舅舅答应过她的事从来都没有食言过。他说过，她要是不愿意留在九如巷，他会想办法让外祖母同意她去保定府的。姐姐回门后，她的去留就得定下来了。池舅舅还不知道她改变了主意，若是这个时候还不动手就晚了。他肯定是遇到了什么事，说不定还是攸关生死的事！

周少瑾急得在屋里团团转，思前想后，最终还是决定去寒碧山房看看——如果郭老夫人知道这件事，又不动如山，说明池舅舅没有危险；如果郭老夫人不知道这件事，就算是拼了这条性命，她也要和郭老夫人一起把池舅舅找出来。

她匆匆换了件衣服就去了郭老夫人那里。郭老夫人有客人。周少瑾奇道："是谁？"

玛瑙悄声告诉她："是顾九太太。"

周少瑾就更奇怪了。顾家还在守孝期，顾九太太不是应该在家里守孝吗？顾清和就算是因为起复之事要求程泾，以顾家和程家的交情，他也不必让自己的太太这样和程家套近乎啊？落在有心人眼里那就是不孝了。

玛瑙看了看四周，声音压得更低了，道："好像顾家有人提出来分家，九太太肯定是不答应的。想请了老夫人出面说项。"

顾家以教书育人起家，兄友弟恭、子孝母慈、夫义妻贤，家风清正，自顾青鸿之后就没有闹过纠纷，更不要说分家了。

周少瑾吓了一大跳，道："那可是丑闻。"

"谁说不是？"玛瑙叹道，"估计老夫人此刻也很头痛。不过，我们操不了这心。二表小姐，您是先到茶房里等会儿，还是让我这会儿就禀了老夫人？"

她要说的事更是秘辛。周少瑾道："我还是去茶房里等着吧！"

玛瑙笑着领她去了茶房，吩咐小丫鬟把她惯用的坐垫拿了出来，问了她喝什么茶，亲自去沏了茶，端了盘茶点过来。

周少瑾连声道谢，客气道："怎么好意思让你亲自给我沏茶！"

玛瑙笑道："二表小姐是个宽和的人，就算是小丫鬟做得不如您的意，您也从来不说。我可是诚心请了您到茶房里喝茶，怎么能让您将就呢！"

周少瑾赧然。玛瑙就陪着她说起闲话来："……您有几天没来寒碧山房了，您都在家里干什么呢？我有件事一直想问您，可每次遇到您您都在忙大表小姐的事，我也没机会！"

周少瑾笑道："是什么事啊？你可以让小丫鬟带个信给我。"

"那怎么能成呢？"玛瑙脸色微红地道，"年前您不是赏了我们每个人一个红包吗？我就是想问问那装红包的络子叫什么名字？是谁打的？我也想跟着学学……"

周少瑾笑了起来。那是梦中她在大兴的田庄没什么事时自己琢磨出来的，打的时间长了，反而比其他的络子更顺手些："是我自己打的。丫鬟们闲着无事，看着像梅花似的，就取了个名叫'一剪梅'。你要是觉得好看，我让春晚教你。"

玛瑙喜出望外，起身给周少瑾续了杯茶。有小丫鬟跑进来找她："玛瑙姑娘，碧玉姑娘说，老夫人传出话来，把'丁'字库里的'春'字房的那套黄杨木的酒盅拿出来，老夫人要送给顾九太太。"玛瑙不好意思地朝着周少瑾笑。

周少瑾忙道："你快去忙你的吧！我在这里等老夫人就是了。"

玛瑙道："那好，我吩咐小丫鬟们一声，老夫人那边一有动静就来告诉您。"

周少瑾笑着颔首。玛瑙匆匆跟着来报信的小丫鬟出了茶房。

周少瑾一个人坐在茶房里，又开始东想西想。按理说，老夫人是个十分精明强干的人，不可能不知道池舅舅不见了！就算是一时因为别的事太忙没有察觉，这么长的时间了，连她都知道了，她老人家不可能不知道啊！难道这其中还有什么秘密不成？她早就应该来问老夫人了。老夫人是池舅舅的母亲，不可能对他有什么坏心思。就算是池舅舅出了什么事，有老夫人帮着找，总比她一个人暗中折腾的好。可万一老夫人什么也不知道，她该怎么办呢？池舅舅反复交代过她，让她对谁也不能说出自己梦中的经历，甚至为了帮她保守这个秘密，池舅舅还想了一套说辞瞒过了老夫人。可她没池舅舅这本事啊！若是她被郭老夫人看穿了，她又怎么跟池舅舅交代啊？一想到池舅舅会因此而为难，周少瑾心里就像揣了个小兔子似的七上八下没个主意。她坐在茶房的玫瑰椅上绞着手指头。

外面突然传来一阵喧哗声。只是这阵喧哗声来得很短暂，很快周围就恢复了平静。不知道发生了什么事？若是平时，周少瑾根本就不会关心，可今天她心事重重，又怕是郭老夫人送了顾九太太出门而小丫鬟忘记了告诉她。她犹豫了一会儿，撩了帘子就出了茶房。

谁知道正好有人路过茶房，而且是个身材高大的男子，身上带着淡淡的香味，很好闻。猝不及防间，她避之不及，差一点就撞到了那个人的身上。那人也很是意外，忙退后几步。两人定睛一看，周少瑾又惊又喜地叫了起来："池舅舅！"仿佛什么珍贵的宝贝失而复得般，她心情激动，急急地道："您什么时候回来的？您可还好？您出去怎么也不跟家里的人说一声啊？我这几天都担心死了！"

程池微微地笑。衣饰整洁，笑容儒雅，目光明亮，如果不是这几天周少瑾一直找不到人，看他的样子她肯定会以为他不过是去前院走了一趟。

看到程池像个没事人一样，而自己却一直担惊受怕的，周少瑾莫名地像在外面受了委屈的小孩子遇到了自家的大人般伤心起来，她的眼泪止不住地簌簌落下："池舅舅，您怎么才回来啊！我找了您好多天！"

程池一愣。他虽然没有刻意地隐藏行踪，可无心的人肯定不会发现。周少瑾想办法找他了吗？程池面露歉意，温声道："我这不是回来了吗？我答应过你的事不会忘记的。你姐姐还有五六天就回来了，我记得呢！你放心好了。快别哭了，小心眼睛又肿了……"

他不说这话还好，他这么一说，周少瑾觉得更委屈了。她又不是因为去保定府的事才怕他不回来的，她是怕他像二房的老太爷程励似的死在了外面，好长时间才被人发现，死的时候连个装殓的人都没有。周少瑾的眼泪落得更急了："家里的人都没有发现您不见了，怀山也没有消息，老夫人好像也不知道。我又不敢问别人，怕你是有什么要紧的事悄悄出去了，要瞒着九如巷的人；又怕你在外面遇到了什么危险。我吓得要死，你还说这种话……"她不停地擦着眼泪。

　　程池神色复杂。不是为了自己去保定府的事，而是担心他悄无声息地出了事，有多少年没有人这样担心他了？程池沉默了半晌，这才慢慢地走了过来。"少瑾，别哭了！"他柔声劝道，"你看你的样子，像个掉进泥塘里的小花猫似的。"

　　她这几天吃不好睡不着的，他却说她像个掉进泥塘里的小花猫。周少瑾委屈得不能自已。池舅舅怎么能这样说她？谁不想在别人面前光鲜靓丽？可她这么担心，让她佯装什么也没有发生似的，她实在是做不到。反正池舅舅已经觉得她像掉进泥塘里的小花猫似的了，她又何必在这里强装没事呢？周少瑾一扭头，进了茶房。

　　程池望着晃动的门帘子，半天都没有回过神来。这小丫头片子，竟然敢甩脸子给他。不过看在她挺担心他的分儿上就算了！程池想了想，跟着进了茶房。

　　周少瑾正趴在茶房临窗的桌子上小声地抽泣。"少瑾！少瑾！"程池尴尬地喊了两声。周少瑾不想理他。

　　程池静静地在她身边站了会儿，轻声道："少瑾，别哭了，我以后出去告诉你一声就是了！"

　　周少瑾脸上火辣辣的。池舅舅一个大男人，出门哪有给妇孺交代的道理！周少瑾是从小读着《女诫》长大的，讲的是在家从父，出嫁从夫。池舅舅不会是误会她这样是逼着他答应以后都要向她报备去向吧？她怯生生地从胳膊间露出半张脸，磕磕巴巴地道："不，不用了。您以后只是别让人找不到人就好，我心里很害怕。"

　　程池满头黑线。让她随时都能找到他可比出门跟她说一声麻烦多了，可他望着她湿漉漉的眼眸和红红的鼻尖，心想，两人好歹也算是同盟了，让她能随时找到自己也是应该。他就不由自主地点了点头，道："好！"

　　周少瑾闻言小脸顿时亮了起来，眼睛像宝石般熠熠生辉，道："真的？"

　　程池失笑，拍了一下她的小脑袋，道："我什么时候骗过你？"

　　"哎呀！"周少瑾摸着脑袋，羞涩地笑了起来。

　　程池道："雨过天晴了？"

　　周少瑾红了脸，然后想起了自己来找程池的目的，忙拉了拉程池的衣袖，低声道："池舅舅，我，我还是听您的，留在九如巷好了！"

　　程池非常意外，思忖了一会儿，道："是不是有人跟你说了什么？"

　　她还以为池舅舅会高兴呢！周少瑾不免有些失望，道："是我想通了！我根本不知道当时发生了什么，也不知道哪些细枝末节的事会对您有用，不如留下来，帮您理理思路。等您找到了线索，我走得也安心些。"

　　程池心情激荡，好像有什么东西要喷薄欲出，陌生得让他觉得不自在。这个傻丫头，受了那么重的伤害，别人都避之不及，她倒好，自己又跑了回来。程池有好一会儿没有说话，再开口的时候，声音略略带着点嘶哑，道："程家就算是被抄家，那也是十一年以后的事了，你现在留下来也没有多大的用处。还是跟着你继母回保定府去更好。更何况，程诩马上就要回来了，你不是不愿意再见到他吗？"

　　周少瑾的指头绞在了一起，垂脸道："我，我会保护我自己的。"她梦中像鸵鸟似

· 235 ·

的不去想这件事，如今也一样。她抬起头，转移了话题，"正是因为程家被抄是十一年之后的事，我就更应该留下来了。池舅舅您什么也不知道，我却知道之后的十一年间都发生了些什么大事。不是有句话叫'不积跬步，无以至千里；不积小流，无以成江海'吗？程家覆没肯定不是一朝一夕的事，我们从现在就开始查，总比临到头来再想办法收获更多、更稳妥。"

程池望着眼前那张因为认真而显得格外明亮的脸庞，不由得抿了抿嘴，柔声道："少瑾，你用'做梦'来形容你的遭遇，是不是说，你在梦中的日子就像你如今一样，需要度过每一息、每一刻、每一个时辰？"

"是啊！"周少瑾不知道程池为什么在这个时候问她这些，但她还是很诚实地道，"有的时候会觉得日子特别漫长，希望是做梦，一睁开眼睛，我就回到了从前，还和春晚在春日的草地上斗草，还因为姐姐的新衣裳比我多而关在屋里生闷气。那时候我想，如果能让我回到从前该有多好啊。没想到我有一天真的回到了从前，结果才发现自己是做了一场长长的噩梦……"

可惜如池舅舅所说的，每一息，每一刻，每一个时辰她都要一点一滴地熬过来。那时候，可真是生不如死却又不能死。她活着，至少可以慰藉姐姐，让姐姐不必那么伤心。

程池嘴角翕动，笑道："所以你也别伤心了！你看，这世上有几个人像你这样幸运。可见菩萨也是怜惜你的。"

周少瑾笑眯眯地点头，大大的眼睛弯成了月牙儿。池舅舅平时说话干净利落，从来都不曾犹豫迟疑，刚才却嘴角翕动之后才开口。他肯定不是想安慰她，而是想问她些什么，却又怕她伤心，所以临时改变了主意。她不由咬了咬唇。池舅舅，到底想问她什么呢？会不会是与她受辱的事有关？如果不是程家最后被满门抄斩，一个也没有逃出来，她都要怀疑程家的事是二房和三房暗中争斗的结果。但她觉得程家被抄家肯定不是简单的私人恩怨。二房和三房就算是再闹腾，也不可能把整个九如巷给搭进去。不过，如果九如巷结局是长房和二房争斗的结果呢？那花园的事，就势必得告诉程池。周少瑾的脑子有点糊。

程池已道："少瑾，你应该也有些日子没有见到你父亲了吧？保定那个地方还不错。你不妨就按照你原来的愿望跟着你继母回保定去，和你父亲好好聚聚。等到明年开春，我再接你回金陵府，陪我母亲住些日子。"

为什么要让她去保定住些日子？一去一来是很麻烦，很累的，不然那些老人家为什么要说"一生不出门，是个福人"。周少瑾困惑地望着程池。

程池的眼睛清亮得如夜空中不染尘埃的星子，可此时却有些黯然。

周少瑾骤然明白过来。八月秋闱，为了避开夏季的炎热，也为了考前让身体和心情都调整到最好的状态，程许应该在春季回到九如巷。

池舅舅是不是什么都知道，不管她说还是不说？以池舅舅的聪明和厉害，又怎么可能不知道呢？她的眼眶又无法自制地湿润起来，不知道是因为池舅舅无声的关怀和细致体贴，还是因为那些明明已经被压到了心底却随着回忆冒出来的不堪记忆。周少瑾低下了头。她不想在池舅舅前面表现得这么软弱，可不知道为什么，她却一次次无法控制地失态。为了不让程池发现，她飞快地用手背擦了擦眼角。

程池看着明明很伤心却强忍着不想让人发现的周少瑾，无奈地在心底叹了口气。他伸出手去，想安慰地拍拍她的头，可手伸到半空，又觉得不合适。她是个柔弱的小姑娘，又不是他那些行走江湖的朋友。程池手顿了顿，最后落在了周少瑾的头顶，爱怜地摸了摸她的头，沉声道："乖！你听话。我明年春天再去接你。你好好地在保定府和你父亲一起过个年。"说到这里，他想到了自己的承诺，又道："我若是路过保定府，一定去你家做客。你可要记得做点心给我吃。还要做得好，不好的点心我是不吃的。"

"池舅舅！"泪水重如万钧，夺眶而出，周少瑾扑到程池怀里，抱着他的腰"呜呜"地哭了起来，"池舅舅……池舅舅……"

程池的心里也有些酸楚。无人可诉的痛苦是最磋磨人的。那种孤单和寂寞，是没有经历过的人无法体验的。"好了，好了，别哭了。"他轻轻地抚着她的青丝，温柔而耐心。周少瑾却哭得更厉害了。程池由着她哭，只是抚慰她的动作更轻柔了。

周少瑾痛痛快快地哭了个昏天黑地。程池心中的狐疑却越发深了。好不容易等到周少瑾哭够了，赧然低头擦着眼泪，他忍不住道："少瑾，你为什么没有嫁给嘉善？"少瑾不是那种寒门小户人家的女儿，周镇也不是那种卖女求荣的人，出了事程家不可能压得下去，唯有和稀泥。

周少瑾知道自己是绕不开这个话题的。可只要不让她亲自去口述，她都能够忍受。

"我不愿意嫁给他！"她声若蚊蝇地道。

程池更觉得奇怪了，又怕吓着她，柔声道："你为什么不愿意嫁给他！"通常女子遇到这样的事不都认命了吗？何况少瑾的性格又是如此温顺。

周少瑾低低地道："袁夫人想娶福建闵氏的姑娘做儿媳妇，我不愿意看她的眼色。"

这个回答让程池非常惊讶。少瑾竟然有这么倔强的一面，可也聪明得很！袁氏是那种越是得不到，越会觉得好的人。少瑾的坚持只会让袁氏鄙视。所以少瑾最后嫁给了林世晟，和林世晟做了对假夫妻。想到这里，程池不由沉思起来。

屋子里顿时静悄悄的，落针可闻。周少瑾不禁抬睑朝程池望去。程池眉头微皱，面色冷峻，好像遇到了什么大难题似的。周少瑾心里有些担心，轻轻地喊着"池舅舅"。

程池回过神来，安抚般地朝她笑了笑，然后斟酌道："少瑾，我在想，程家也算是家大业大，门生故旧遍布朝野了。新帝要处置程家，唯有用雷霆手段，以迅雷不及掩耳之势把程家就地问斩：在京城的，肯定是由大理寺处置；金陵城的妇孺，肯定是由金陵府处置；至于在外为官的，多半是由各卫所就地问斩了。"

周少瑾看程池的目光盛满了敬佩。池舅舅只是听了她的只言片语，就像看见了似的，猜得一点也没错！她不住地点头。程池却话锋一转，道："少瑾，你在梦中的时候，你父亲任什么官职？"

周少瑾自觉自己没有程池的智慧，也就不去过多猜测程池的用意，她只要诚实地回答程池的问题就行了。她乖乖地道："广东布政使。"

程池愕然。良久，又道："那你姐夫任什么官职？"

周少瑾张了张嘴，像被甩上岸的鱼儿，透不过气来。她的姐夫廖绍棠在她梦中是詹事府少詹事，正四品，还兼翰林院的侍讲学士。三十二岁！而廖绍棠是至德二十四年，辛丑科的进士。然后他考中了庶吉士，在吏部观政三年。散馆后，直接留在吏部做了给事中。也就是说，他从一个从七品的官员到正四品的官员，只花了短短的四年功夫。

"不，不，不！"周少瑾喃喃地道，一把抓住了程池的手。她的手如此有力，让程池怀疑她是不是将全身的力气都使了出来，"这不是真的，不是真的！我姐夫，他人很好的，他不可能做出这种事……"廖家早已式微，若是没有程家在背后支持，姐夫就算是天纵英才，也不可能在短短的几年间就完成了别人一辈子也完不成的积累。她之前怎么从来没有发现！难怪当时池舅舅问她"我在干什么"，因为池舅舅从来都不是那种恃强凌弱的人！周少瑾抓着程池的手，有些崩溃地哭了起来："池舅舅，池舅舅……"

"少瑾！少瑾！"程池沉声道，声音里有着持重男子特有的沉稳，"你别哭！有什

· 237 ·

么话我们好好说。心思都藏起来，一个人反复地想来想去，只会走进死胡同。"

周少瑾何尝不明白？只是她只要一想到对自己亲如胞兄的姐夫有可能是受了程家的恩惠，甚至是有可能用自己做了交易。而姐姐还蒙在鼓里，为了给姐夫生个儿子求神拜佛，把自己折腾得苦不堪言时，她的心像被刀刺了般的难过。

"好了，好了！"程池把她搂在了怀里，低声道，"不哭了。有话好好和我说，我帮你办就是了。"

温暖的怀抱、如是我闻的香味、程池的承诺，让周少瑾觉得踏实，慢慢地停止了哭泣，揪着程池的衣襟，小心地把廖绍棠的事告诉了程池。

程池低低地笑。笑声从胸膛里透出来，震动着周少瑾的耳膜，这种感觉既新奇，又让她的心莫名其妙地怦怦乱跳起来，让她好一会儿才平静下来，有些不好意思地站直了身子。

程池并没有放在心上。任谁像周少瑾这么痛哭一场，事后估计都会不好意思的。他只是颇有些无奈地摇了摇头，道："你让我说你什么好？我来问你，你出嫁是谁做的媒？"

"姐夫。"周少瑾不解地道。

程池道："那我再问你，你那个时候几岁？你姐夫几岁？在干什么？"

周少瑾茫然地道："我那个时候十六岁。姐夫二十三岁，还是个秀才，刚到京城一年，在国子监读书，平时跟着他一个在大理寺少卿的师兄做些文牍之事。"

那个时候，廖家有人反对姐夫做宗子。姐夫的日子过得很艰辛。帮她和林世晟定了亲之后，她没有什么嫁妆，姐姐提出来把自己生母的嫁妆分一半给她做面子的时候，姐夫还帮姐姐瞒着廖家的人。她还记得，后来姐夫做了官，用俸禄还了很久，后来还是林世晟拉着他做笔买卖，姐夫才把嫁她时借的银子还上。

程池继续道："有件事我没跟你说，不过我想你心里已经隐约有点印象。若不是你们要去普陀山礼佛，我去年的秋天就会离开程家，不是在冰雪封山的关外落脚，就会在四季如春的广东落脚，最少也要三四年之后才会回来，而回来也不会在家里久待，只是来看看我母亲就走。之后会每隔几年回来看看我母亲。"

周少瑾有些明白了。她眨了眨眼睛，有些呆滞的目光中渐渐地有了光亮："您是说，开始的时候姐夫并没有想到他会得到程家的资助？"

程池道："你梦中的事我没有印象，我不知道。不过，以我母亲的为人，如果你出了那样的事，她不可能眼睁睁地看着你就这样离开。但也有可能你出事的时候正是我离开的时候，她老人家正是伤心的时候，没有精力也没有精神去管这些。"他说着，顿了顿，道："如果现在让我来处置，如果你和程嘉善不可能在一起了，我最先想到的可能是补偿你，让你一世衣食无忧。"但少瑾宁愿和别人做假夫妻也不愿意嫁给程许，可见当时的情况闹得有多僵了，"如果你不接受，可能会想到你父亲。但从你的话里可以听出来，梦中你实际上是受了你姐夫的庇护。你姐夫只比你大几岁，又颇有担当，如果选你姐夫做你的避风港，那就最合适不过了。"

他的话像一缕阳光照进了周少瑾沉寂的心里。她的眼睛越来越明亮。"池舅舅，您说的不错！"她有些激动地道，"后来程家倒台了，姐夫居然愿意拿了廖家宗子的地位换取姐姐和外甥的平安。是我以小人之心度君子之腹，错怪了姐夫。"

程池微笑地点了点头。周少瑾不由拉了拉程池的衣袖，有些赧然地道："池舅舅，谢谢你！要不是你，我肯定会误会我姐夫的。"她梦中的那些美好的感受和回忆也会毁于一旦。

程池看着她小孩般的模样儿，笑着摸了摸她的头，语带几分教训地道："以后遇到这样的事要多想想，别动不动就哭，哭又不能解决什么事。"

周少瑾红着脸点头，忍不住道："池舅舅，您说，梦中我姐夫知不知道他受了您或是老夫人的恩惠呢？"

程池道："就算他知道又如何，不知道又如何？人活在世上不能除了黑就是白，除了白就是黑，还有灰。他在你和程家闹翻的时候帮了你，在程家倒台的时候站在了你姐姐和外甥这一边，他都是个品行高洁之人，这就足够了。"

周少瑾这才真正释怀，展颜笑了起来。

程池松了口气，温声道："我让商嬷嬷打水进来帮你重新梳洗一番。你去给我娘问过安之后就回平桥街去。等过几天我就送你去保定府。"

池舅舅怎么还要送她去保定府啊？周少瑾不由嘟了嘴，道："我不去保定府，我要留在九如巷。"说到这里，她想到程池不在时自己所做的事，又有些得意起来，道："池舅舅，我父亲已经写了信回来，说让我留在嘉树堂，你就是想送我走也没有办法了！"

"是吗？"程池挑了挑眉。

周少瑾的心就怦怦地跳了几下。"池舅舅，您不能这样！"她跳了起来，"是您说让我留在九如巷的，您说话又不算话。我不管，我要留在九如巷！您要是送我去保定府，我就，我就告诉老夫人去。说您，说您……"她磕磕巴巴了半天，不知道拿什么威胁程池好。

程池哂笑，道："我看你也就到我母亲面前告我状的这点本事了！"

周少瑾双颊通红，厚着脸皮道："这好歹也算是本事就行了！"

程池哈哈大笑。周少瑾就摇着他的衣袖，不停"池舅舅""池舅舅"地喊着。那声音又甜又糯，撒娇似的一直落进程池的心底。

程池只好道："我大哥给我写了封信，程嘉善下个月中旬就要回来了。你的事，我仔细地想过了，只怕还不是那么简单。程嘉善就算是再混蛋，他也不可能欺负你，只怕是真心爱慕你，所以有人针对这件事下了个圈套。"如今，程嘉善依旧喜欢上了少瑾，不然他不会自甘卑微地追着少瑾跑了，少瑾也不会为了躲避他一头遇上自己了。"我这段时间很忙，我怕护你不周全，让别人有了可乘之机。"

他怀疑这件事与二房老祖宗程叙有关。而少瑾的身份、地位又是最好的人选。如果是程叙亲自出手，他又不能时时待在家中，少瑾肯定会像梦中一样吃亏的。程池只要一想到周少瑾回答他说"不恨"时的表情，心里就隐隐作痛。"你乖乖听话去保定府，我……"他也不知道怎么奖励她好，想了半天，道，"那我就答应你一件事好了。"

他的话提醒了周少瑾。她的眼睛亮晶晶的，兴奋地道："池舅舅，池舅舅，您忘了吧？我告诉你黄理会和泾大舅舅争礼部尚书的时候，您就曾经说过，您可以答应我一件事。我不要别的，我就要您答应我让我留在九如巷。"

程池一个头两个大，道："这件事不算！换一个！"

"池舅舅赖皮！"周少瑾就一直围着他喊"池舅舅"，还趁机保证道，"我和老夫人在一起，寸步也不离，谁来我也不理。"

程池哭笑不得，道："碧玉邀你到院子里踢毽子你也不去？"

周少瑾就低声嘀咕道："程许要中了解元才会有事，您有什么事？八月份都忙不完吗？"

"程嘉善是解元？"程池听着心中一悸，低声道，"你敢肯定是程嘉善中了解元之后的事吗？"如果程嘉善中了解元，以自己的性格，自己肯定走得更坦然。

周少瑾过了一会儿才明白他在问什么。"梦中是这样的。"她呢喃道，"可我不知

·239·

道如今会不会有什么变化。"

程池突然道："如果程嘉善中了解元，那你就留下来。"

周少瑾眨着眼睛。她还以为池舅舅会说"如果程嘉善中了解元，那就送你去保定府"呢！怎么事情和她想象的完全相反啊？她忍不住道："为什么？"

程池斜睨了她一眼，道："上次我大哥问起嘉善的婚事，我大嫂说，程家和闵家的婚事之所以一直拖着，就是为了让嘉善安心读书。我从前不太明白这个'安心'二字从何而来。现在总算清楚了。嘉善恐怕以为中了解元就能娶你了，而我大嫂早就和闵家有言在先，自然不能给嘉善定亲了。"

所以嘉善中了解元之后，明白他要娶的是闵家的姑娘时，才会不顾一切、顺水推舟地成全了自己的心愿。程池的心里总算好受了一点。至少程嘉善还没有坏到底，坏到无药可救的地步。

周少瑾也有点明白了。她紧张地问程池："那，那您准备怎么办？我，我不要嫁程许！"

程池冷笑道："当然是让程嘉善快点和闵家的姑娘定亲了！"

只要定了亲，二房老祖宗的算盘就算落空了。九如巷程家五房，一荣俱荣，一损俱损。他们要害的是长房的前途，可不是程家的清誉。

他不能出仕之后，长房的让哥儿年纪还小，程嘉善已隐隐有了些许的气候，又是长子嫡孙，长房的希望多半会落在程嘉善的身上。把程嘉善踩了下去，就等于把长房踩了下去。而一直被程嘉善惦记着的少瑾就成了陷害程嘉善的最好工具。

但如果程嘉善和闵家姑娘的婚事定了下来，退亲之类的就会涉及程家的清誉了，他们也会被拖下水。那他们想陷害程嘉善，就得另想其他的方法，不会再打少瑾的主意了。

当然，这也不一定能全避开。因为程嘉善占着长子嫡孙的名分，制造点丑闻拿捏住程嘉善可能比毁了程嘉善对他们更有用。少瑾一定要留在金陵。等到程嘉善发榜，就立刻把程嘉善送到京城去，他们就算再想打程嘉善的主意，那也不会拖累少瑾了。

程池拿定了主意，道："那你就留下来吧！"

"真的！"周少瑾的眼睛亮晶晶的，面色微酡，娇美得如朵花似的。

程池没有想到她会这么高兴，心情也跟着愉悦起来，笑道："这下你满意了。"

周少瑾连连点头，眼睛都笑成了月牙儿，又娇又憨，像个没长大的孩子似的。

程池忍不住摸了摸周少瑾的头，道："那我给你的两个承诺都完成了，以后就不用担心你会对我提什么要求了！"最后一句话他说得如释重负。

周少瑾一下子就睁大了眼睛，道："我明明只用了一个承诺。"

程池正色道："怎么会是一个？我之前答应帮你做一件事，刚又承诺答应帮你做一件事。可你用了我第二个承诺要求我履行第一个承诺——你一下子用了两个承诺。"

"不对，不对。"周少瑾忙道，"你之前答应我的一个承诺我根本就没有用，是您这次说还会答应我一件事，我就想了之前您给我的那个承诺……"

"你就要我履行我第一个承诺啊！"程池没等她说话已道，"所以我答应了！"

"不是，不是。"周少瑾急急地道，"你一共答应了我两个承诺。我用的是第一个，第二个还没有用。"

"第二个怎么还没有用呢？"程池道，"你如果不用第二个承诺，我会答应你第一个承诺吗？你仔细想想，我怎么会弄错！"

是啊！池舅舅怎么会弄错！可事情分明不是这样的。周少瑾的脑子有片刻的迷糊。

程池趁机摸了摸她的头发，低声道："好了，我们别再争辩这些事了！你快去梳洗梳洗好了，顾家的九太太还在寒碧山房做客呢！"

周少瑾点了点头，还想和程池说清楚，谁知道程池甩手就走出了茶房。

"池舅舅！"她追了过去。她以后肯定还会求着池舅舅，池舅舅的承诺就很重要了。她不想就这样糊里糊涂地失去了一个机会。

程池头也没回，朝着她挥了挥手。商嬷嬷也笑着从一旁走了出来，道："二表小姐，我服侍您梳个头吧！您眼睛都肿了，要不要我去厨房给您拿两个煮熟了的鸡蛋过来？"

周少瑾一听，吓了一大跳。原来她的样子这么狼狈了，万一落在顾家九太太眼里就不好了。毕竟她可能会在寒碧山房住上很长一段时间。

"那你快帮我打盆水来。"周少瑾吩咐商嬷嬷，抬头已不见了程池的影子。她不由跺脚。

程池则板着脸，一直到了自己的书房才忍不住笑了起来。这小丫头片子可真有趣！三下两下就被他给忽悠得不知道东南西北了！特别是他说"我怎么会弄错"的时候，她黑白分明的大眼睛满是不解和困惑……简直就是不战而胜。怎么有这么可爱的小姑娘！

他的嘴角高高地翘起来怎么也落不下去，直到怀山进来吞吞吐吐地告诉他："十三行的二当家说，您瞧得起十三行，愿意入股十三行的船队，十三行十分荣幸，可这规矩是老祖宗定下来，刻在紫檀木的匾额上，钉在各分号的墙上，想必您也是知道的。所以这入股银子，却是要另算的，不能从之前买您船队的银子里扣除。"

程池的心情依旧很好，难得温和地道："既然是店规，我们自然也会遵守。你拿二十万两银子给十三行，算是我的股本。"

四爷喜欢的事不就是坏别人的规矩吗？怀山张大了嘴巴望着程池，还是程池问他："你还有什么事？"他这才回过神来，忙道："没，没什么！"

程池一个眼神瞥过来。怀山打了个寒战，脑子飞快地转道："这次十三行下海的平安号等二十一艘船，估计要后年秋天才能回来。"

行船的风险很大。船能平安回来，自然会赚个盆满钵满，可船若是回不来，那就血本无归了。上次十三行的船只行到东瀛，时间短，程池一句话十三行就认了账，事后送来了收益。这次却不一样，不仅船队的规模大，时间长，而且风险也大，所以十三行不愿意给程池贴本钱。可后年秋天，他们早就离开了程家。难道四爷还准备继续和十三行打交道吗？那又何必卖了船队呢？如果仅从出海的收益来看，从前十三行被他们压得死死的。要不是十三行的大掌柜还有点眼光，否则第一船行的位子哪里就轮得到十三行？四爷这不是丢了西瓜捡了芝麻吗？

程池笑道："我们暂时不离开程家了。等过些日子我把程家这边的事理清楚了再说。"

怀山闻言惊讶得差点儿就表露出来。通常这个时候四爷不是总以一句"我改变了主意"打发他的吗？怎么今天跟他解释起来？到底出了什么事？四爷像变了个人似的，脾气好得让人心里很是不安！怀山悄悄地观察着程池，道："那关外的事……"他们派了人在关外看地方，准备在那里建个山庄。

"暂时先放一放吧！"程池不以为意地道，"就算离开程家，关外也太远了点，又很冷。要去就去广东吧！那边暖和。"

离海太近，不是海盗就是船行，容易被人认出来。又是谁说喜欢关外够寂静够冷清的？！怀山在心里嘀咕，想起一件事来，有些担忧地道："四爷，您杀了蒋沁，萧镇海嚷着要为他报仇呢！您也知道，萧镇海这些日子和蒋沁走得很近，蒋沁还在他的码头上入了十万两银子。蒋沁这一死，漕帮十之八九会把银子要回去。到了嘴里的肥肉，萧镇海怎么舍得放下？何况萧镇海本来就缺银子，就算是想还回去只怕一时也拿不出十万两银出来。萧镇海想给漕帮、给蒋家一个交代，最好的办法就是这样嚷着给蒋沁报仇。毕竟蒋沁的仇没有报，漕帮和蒋家的总不好就坐下来置办蒋沁的后事吧？我怕萧镇海找到金陵来！"

"哦！"程池笑着应了一声，道，"我正愁没借口收拾他呢！你派人给他递个话，说蒋沁是我杀的，让他直接来找我好了，免得他像个没头苍蝇似的乱折腾！"

蒋沁有过目不忘的本事，又贪财好色，心细如发。当初萧镇海嚷嚷着那小丫头漂亮的时候，他就有点担心那小丫头入了蒋沁的眼，所以这次才会拿蒋沁开刀的。既然萧镇海不知死活地要闯进来，他正愁自己这几年心慈手软不怎么和人"讲道理"，只杀个漕帮的三当家不足以立威，那就再杀个萧镇海祭旗也不错。

怀山替萧镇海默哀了几息的工夫，这才道："我这就去办！"

程池点头。想着那小丫头只怕此刻正气得跺脚。保不定想来想去想明白了会和他再横的。程池决定让周少瑾找不着他。那小丫头片子肯定气得杏目圆睁，双颊绯红。想到这里，他的心里仿佛扬起了一张帆，情绪飞扬。他站起身来，对怀山道："报信的事你安排秦子平去就行了。你陪着我去趟织锦坊。"

那边也叫府学巷。金陵府的府学在那里。旁边都是卖古玩的。怀山奇道："四爷要买东西吗？大可叫了琅珑居的人过来，听说琅珑居年前收了好几件宝贝……"

那些玉石盆景、紫金弥勒佛之类的像少瑾那样的小丫头怎么会喜欢？自己这么调侃了她一番，怎么也得让她高兴起来才是。不过，她好像很喜欢观世音。琅珑居应该有上好的观世音像。等她搬了进来，发现自己住的地方供了尊漂亮的观世音菩萨，而且还是她的了，肯定很欢喜。程池立刻就改变了主意，道："我们去琅珑居。"如果买不到好的观世音像，那就去织锦坊淘点小玩意儿送给她好了。程池拔腿就出了听鹂馆。那边周少瑾梳洗好了，脑子也转了过来，立刻气得瞪眼，对指使着小丫鬟收拾东西的商嬷嬷道："我出去一趟就来。"

商嬷嬷不敢拦她，跟在她身后笑道："您这是要去哪里？郭老夫人那边看时辰也应该说完了。您要不要再等等？"

第五十四章　搬家

商嬷嬷的话音刚落，上房有动静传过来。

碧玉笑盈盈地撩着帘子送个三十四五岁模样的妇人走了出来。那妇人中等个子，身材丰腴，皮肤白净，穿了件蓝色细布褙子，眉目温顺，神色和蔼地请碧玉留步。周少瑾猜她应该就是顾家的那位九太太了。

碧玉连声"不敢",抬头看见了周少瑾。她朝着周少瑾笑了笑。顾九太太很有眼色地就顺着碧玉的目光望了过来。可能有些意外,她看周少瑾的目光中流露出些许的诧异和惊艳,愣了愣这才朝着周少瑾点了点头,由碧玉陪着出了寒碧山房。

周少瑾进了上房。郭老夫人神色有些疲惫,正闭着眼睛由玛瑙给她老人家按着太阳穴。周少瑾忙道:"我来吧!"

玛瑙犹豫地看了眼郭老夫人,谁知道郭老夫人却眼也没睁地道:"就让少瑾给我按吧!"

周少瑾笑着接了玛瑙的手。她没有留指甲,手指瘦却不露骨,反而颇为绵柔,按得郭老夫人非常舒服,过了一会儿才睁开眼睛笑道:"你是什么时候来的?"

周少瑾规规矩矩地在锦杌上坐下,道:"来了有一会儿了,见顾九太太在和您说话,就去了茶房里喝茶。在那里遇到了池舅舅,又和池舅舅说了会儿话。"

郭老夫人笑道:"难怪你身上隐约有'如是我闻'的香味。"

周少瑾有些茫然,过了一会儿才面色绯红。定是她刚才扑到池舅舅怀里时染上的。她悄悄地睃了郭老夫人一眼。郭老夫人正拿着把靶镜在整理头发,并没有注意到她的异样。周少瑾松了口气,也不知道说什么好,只好问郭老夫人:"您要我帮忙吗?"

"不用了!"郭老夫人把靶镜放在了一旁的小几上,叹道,"我就是觉得心里有些不高兴。青鸿先生那样的人,后代还是为了名利闹纠纷,我想想都替青鸿先生不值。"

在船上郭老夫人跟周少瑾讲了很多豪门恩怨,她现在多少也能听得懂郭老夫人的话了。把丫鬟捧过来的茶端到了郭老夫人的面前,她笑道:"那些说书的女先生不是说,天下之事,合久必分,分久必合吗?时间长了,有谁家能不分宗?就算是不分宗,那么多的产业,也多半被官衙给盯着。只要嫡支门风清白,不坠前人的清誉就已经是很好了!"

郭老夫人点头,道:"我何尝不知?只是心里有些不舒服罢了!"

周少瑾就笑道:"要不,我陪您出去走走吧?花园里的花都开了,很漂亮。"

郭老夫人有些犹豫。周少瑾就拉了郭老夫人的手:"您去看看嘛!很好看的。"语气里带着几分撒娇的味道。这让郭老夫人一下子就记起从小在她膝下长大的程笙,但周少瑾又不同于程笙。程笙撒娇的时候带着些许的骄纵,周少瑾却带着几分温婉。郭老夫人的心情无端端地就好了起来。她扶着周少瑾的手站了起来,笑道:"那好,我们就去花园里喝茶去!"周少瑾抿了嘴笑。

吕嬷嬷忙低下了头,怕被人发现她震惊的表情。郭老夫人有多少年没有这样放松自己了?没想到一个小小的表小姐就能让郭老夫人改变主意。看来自己从前还是小瞧了周家二小姐。她忙指使着小丫鬟带上帕子、铜壶、坐垫、交凳等物随着郭老夫人和周少瑾去了花园。

郭老夫人和周少瑾坐在水榭里吹着风,喝着茶,吃着点心,说起了顾家的事:"因为不许置私房,赚的钱是大家的,家里出了个读书的自然没意见,可没有读书的就觉得不公平了。让我去说,我又能说什么?这毕竟是他们顾家的事。"

周少瑾知道郭老夫人是太烦恼顾家的事了,想找个说话的人,并不是要她帮着拿什么主意,只是在一旁温顺地听着,偶尔也会因为好奇问问"为什么",既不会让郭老夫人感觉到冷淡,也不会让郭老夫人感觉过分热情。两个人就在水榭说了一个下午的话。

商嬷嬷过来两次,见周少瑾和郭老夫人笑语盈盈的,不由松了口气。这要是让二表小姐找到了听鹂馆去,发现四爷不在家,心里肯定会不舒服的。到时候伤脑筋的只会是他们这些身边服侍的人。不知道集萤什么时候回来?二表小姐素来喜欢和集萤玩。如果集萤在,四爷有什么事出去了,二表小姐也可以和集萤玩,他们这些人也可以少和二表

· 243 ·

小姐接触了。但近来四爷在江湖大开杀戒不说，还去见了几年前就已经不联系的那些江湖巨擘和武林世家，颇有些重战江湖的味道，集萤要办的事十之八九与此有关……

商嬷嬷暗自琢磨着，直到掌灯时分程池才从外面回来。他神色愉悦，跟在他身后的怀山抱着个紫檀木的匣子。商嬷嬷忙上前行礼。

程池问她："二表小姐什么时候回去的？我走了之后，二表小姐都做了些什么？"

"二表小姐是申时走的！"商嬷嬷笑道，"您走了之后二表小姐一直在陪着老夫人呢！"

程池有些意外，道："没有过来听鹂馆吗？"

"让春晚姑娘过来问了一声。"商嬷嬷笑道，"听说您不在，就没再过来了。"

程池闻言神色更温和了。他就知道，那小丫头片子不可能就这样算了。

程池遣了商嬷嬷，在书案前打开了带回来的檀木匣子，红色的漳绒上静静地放着尊由通体白色的羊脂玉雕成的观世音跏趺像。圆润的面庞，安详的神色，慈悲的表情，少瑾肯定会喜欢的！他想了想，去了郭老夫人那里。可走到半路，他脚步微顿，又折了回去。这个时候去和母亲商量周少瑾过来之后的住处有点儿早……

回到平桥街的周少瑾却气得不行。池舅舅刚刚还答应她会在任何时候都让她找到他的，结果她一转身他就不见了。还有，她还忘记问池舅舅这些天都干什么去了。她想到程池和她说的话，池舅舅好像很忙似的！周少瑾托着腮在窗棂前坐了良久，直到天色完全黑了下来，她才叹了口气，喊了春晚服侍她梳洗。

李氏过来问她要不要宵夜，随便问起她去寒碧山房的事："怎么这么晚才回来？"

周少瑾听出她话里有话，不由道："太太找我可是有什么事？"

李氏情绪有些低落，道："你父亲来信了，说我娘家侄女的婚事，还是不提为好。"

父亲是怕和二房成姻亲吧？周少瑾只好道："想必是父亲有什么其他的打算吧？等你回了保定，好好地和父亲说就是了。"

"也只好如此了。"李氏叹道，"你去了长房，如果有合适的人选，就帮我留意一下。"周少瑾有些尴尬，但还是答应了。

李氏的脸上这才有了笑容，道："那你快休息吧！再过两天大小姐就要回门，我还在想浴佛节那天怎么办呢？"

"你要是想去寺里上炷香就去吧！"周少瑾道，"我在家里看着就是了。"李氏想了想，最终还是决定不去了。周少瑾不免有些感慨。如果是亲生的母亲，不要说是浴佛节了，就算是上九日只怕也不会去吧！最终最疼爱她的，还是和她相依为命的姐姐。

周少瑾精心地准备了席面，等到姐姐回门的那天，更是早早就起来换了件颇为喜庆又不至于喧宾夺主的桃红色褙子，乌黑的青丝梳了双丫髻，戴了程池送给她的南珠珠花，在二门口等着。

因周镇不在家，周家只有李氏和周少瑾两个妇孺，李氏请程家四房来陪客。

有几天没有看见周少瑾的沣大太太笑眯眯地打量着她，眼底有着不容错失的满意，并道："初瑾回门是大事，把你诣表哥也叫了来帮忙。今天他就和你沣大舅舅、诣表哥在外面待客。"

周少瑾顿时就有些不自在起来。她喃喃地道了谢。周初瑾的轿子到了，周少瑾踮起了脚，就看见马富山家的并四五个丫鬟婆子簇拥着个穿着大红色褙子的年轻妇人朝这边走了过来。"姐姐！"周少瑾飞奔过去。"少瑾！"周初瑾也喜不自胜，一把抓住了周少瑾的手。姐妹俩就对着哭了起来。

"这是干什么呢？"沔大太太笑着嗔道，"大喜的日子，哭什么？快别哭了，随我去正房坐坐去。你们姐妹俩也好说说话。"

周初瑾和周少瑾赧然地擦着眼角。周少瑾就问周初瑾："姐夫呢？"

周初瑾有些惊讶。内外有别，虽然是姨妹，周少瑾也不应该问起廖绍棠才是。但她还是道："沔大舅舅陪着你姐夫在外院的花厅里喝茶呢！"

周少瑾这才惊觉自己的失态。梦中姐姐、姐夫把她当自己的妹妹一样，并不怎么避嫌，没想到如今却有了这样大的变化。这可能就是有得必有失吧！她这一世不就遇到了池舅舅？但周少瑾很快把这遗憾甩到了脑后，欢欢喜喜地挽着姐姐去了正房。

等小丫鬟们上了茶点，沔大太太和李氏问起周初瑾出嫁后的事来。周少瑾这才知道，不管今年秋闱廖绍棠是否能折桂，周初瑾的婆婆方氏都决定送了周初瑾夫妻去京城。

李氏听了很为周初瑾高兴："……保定离京城很近，到时候你就可以常回娘家看看了。"

周少瑾没有作声，等到陪周初瑾去官房的时候低声问姐姐："廖家可有什么变化？这和我们之前说的可不一样。"而且和梦中也不一样。梦中姐夫这一科落第之后，方氏和廖家的人经过一番争斗，甚至是借助了程家的力量才让廖绍棠带着周初瑾去了京城国子监借读。廖绍棠和周初瑾也一直住在廖家在京城的宅子里，直到周少瑾噩梦结束前，他们都没另谋住处。

一个是继母，一个是舅母，怎比得上从小相依为命的妹妹？何况这个妹妹不像从前是个肩不能挑手不能提的，周初瑾在继母和舅母面前报喜不报忧，在自己的妹妹面前也就不必遮遮掩掩的。"公公私下把公中的银子拿出去和人做生意，谁知道那人卷了钱跑了，廖家又不敢声张，只能悄悄地找人，到如今也没有个音讯。"周初瑾眉头微蹙，一面用澡豆搓着手，一面压低了声音道，"要不是因为我和你姐夫的这场婚事，廖家几房只怕早就撕破了脸。可就算是这样，这件事迟早也是要爆发的。我婆婆的意思，反正我公公是没救了，却不能把我和你姐夫拉扯进去，让我们早日去京城，以后镇江老家的事只当不知道。"

不管是梦中还是如今，周少瑾还是第一次听到这件事。难怪梦中廖家一直对姐夫不满，每逢遇到什么事就嚷着要换宗子。"那你们去了住在哪里？"她忙道，"姐夫只怕还要等一科，嚼用怎么办？"梦中，廖家在京城的宅子全靠姐夫、姐姐支撑着，他们经济并不宽裕。姐姐甚至当过首饰。

周初瑾听了脸色大变，道："你怎么知道你姐夫这一科不成？"

周少瑾恨不得把自己的嘴巴缝上。习惯了和池舅舅想说什么就说什么，面对同样让她信任和依赖的姐姐，她说话也就失去了平常的戒备之心。还好这些日子她遇到的事多了，慢慢也有些应变的能力了。"廖家闹成这个样子，姐夫怎么可能安心读书？"周少瑾道，"我只是觉得姐姐、姐夫既然要去京城，嚼用方面就应该往宽里计算。"

周初瑾松了口气，但随后眉头又蹙了起来。丈夫的情绪她心里有数。她也和周少瑾有同样的担心，并且觉得丈夫这一科十之八九不会很顺利。"我们准备住在婆婆送给我们的宅子里。"周初瑾道，"这样开销也小一点。"

周少瑾点头，还想给姐姐出几个主意，有婆子在外面笑道："大姑奶奶、二小姐，要开席了。"姐妹俩只好打住了话题。

祭拜过周家的祖先之后，她们去了九如巷给关老太太问安。程家长房、二房、三房和五房知道了，不仅送了表礼过来，还纷纷地请廖绍棠吃饭。这是给廖绍棠，也是给四房和周家的体面，廖绍棠自然不能拒绝。

接下来的几天周初瑾和廖绍棠就在九如巷的几房间出入，连带着周少瑾和李氏也跟去了几趟九如巷。但周少瑾都没有看见程池。长房宴请，是郭老夫人出的面。

池舅舅又去干什么了？不知道她能不能拿这件事说事，让程池再答应她一件事。这样有什么事的时候她就能祭出"承诺"这面旗子了。周少瑾在心里嘀咕着，就没有仔细地去想自己为什么希望程池再给自己一个承诺。只是这样一来，周初瑾和廖绍棠就不能如期回镇江了。

周初瑾笑道："没事！廖家巴不得我们和程家走得近些。"

周少瑾见廖家那些跟过来服侍的丫鬟、媳妇子、婆子、管事都一副与有荣焉的模样儿，知道姐姐所说不假，遂安下心来。

等应酬完程家亲戚，周初瑾和廖绍棠收拾行李，准备回镇江。

周少瑾噩梦醒来之后，第一次见到了姐夫廖绍棠。高高瘦瘦的身材，英俊的脸庞，文质彬彬的举止，沉稳内敛的气质，相比梦中的廖绍棠，多了些青涩，少了持重。周少瑾不由抿了嘴笑。

廖绍棠不知道小姨子笑什么，眉宇间闪过一丝窘然，和周少瑾说了几句话就很是不自在地走了。周初瑾拧了周少瑾的脸，笑道："你笑什么？"

"没笑什么啊！"周少瑾避开了姐姐的手，道，"我看见了姐夫，心里高兴呗！"

周初瑾脸一红，悄声道："他，他的确待我很好。"

周少瑾早就知道了，所以压根就没有问周初瑾出嫁之后过得好不好。

周初瑾却担心着周少瑾的未来："你准备跟太太回保定府吗？"

周少瑾这才有机会把关老太太希望她留下来的事告诉了姐姐。可不知道为什么，却把程池让她搬去长房的消息瞒了下来。周初瑾本来就不相信李氏，闻言笑道："这样也好。以后我要寄些什么只管托了程家的管事就行了。"

周少瑾心里却有点发虚，忙转移了话题，道："那你去了京城给我带些京城的蜜饯回来！我早就听说京城的蜜饯好吃，我还没有吃过！"

周初瑾正为以后很长一段时间都看不到妹妹而难过，没想到妹妹的心思早已经转到了吃上面去了。她忍俊不禁，道："一天到晚就惦记着吃！"

周少瑾嘻嘻笑。周初瑾不得不承认，看到这样开朗活泼的妹妹，她的担心一下子烟消云散。晚上，周初瑾歇在了周少瑾的屋里，姐妹俩说了一夜的话，直到天色发白才小憩了一会儿。等到用早膳的时候，姐妹俩的哈欠一个接一个。

在一旁服侍的持香笑得不行，道："大奶奶，您坚持一会儿，到了船上您就可以好好地睡一觉了。"

持香和梦中一样，回去后就会被许配给廖绍棠的随从李四喜。冬晚则会嫁给马赐。想到梦中这两对夫妻对自己的照顾，她赏了持香和冬晚各一对金簪子、三十两银子，说是她出嫁的时候自己不可能喝喜酒了，这是给她们的添箱。持香和冬晚脸红得滴血，羞涩地接了赏赐。

马富山家的进来说箱笼已经上了船："……姑爷等着大姑奶奶启程。"原本还欢欢喜喜的周初瑾眼泪陡然间就落了下来。周少瑾看着心里一酸，眼眶也跟着湿润起来。

赶过来送周初瑾的李氏忙道："大姑奶奶，二小姐，姑爷还在外面等着呢！可不能这样把妆都哭花了。镇江离金陵也就两三天的行程，保定离京城那就更近了，今日不过是暂别，以后若是想见，多的是机会。快别哭了！"

周初瑾毕竟比周少瑾的心性坚强，很快就擦了眼角的泪水，露出笑容来："少瑾，你有什么事记得给姐姐写信，也可以交给马富山去办。他精明能干，忠厚踏实，是个靠得住的人。"

周少瑾不住地点头，泪眼蒙眬地一直把周初瑾送到了江北桥头，直到周初瑾的船看不见了，这才低声地哭了起来。春晚和碧桃安慰了她良久，她才收住了眼泪，回了平桥街。

李氏已经有三个多月没有见到女儿了，想女儿想得心都痛了，恨不得立刻就清点了箱笼回保定府。偏偏周少瑾的事还没有安置好，九如巷那边又没有个准信，她顿时心急如焚。

周少瑾也有些奇怪。在她看来，姐姐一走，九如巷的人就应该来接她才是。怎么会没有动静呢？她让春晚把她前些日子给关老太太绣的两条额帕送去嘉树堂。

春晚回来表情有些奇怪，道："二小姐，诣二爷被沔大老爷行了家法，如今躺在床上不能动弹呢！我听似儿那口气，老安人是想诣二爷能下床了再接您过去。"

周少瑾吓了一大跳，忙道："知道诣二爷是为什么会被行家法吗？他的伤势怎样了？"

春晚悄声告诉她："说是集萤姑娘奉了四老爷之命去给老安人传话，路上遇到了诣二爷。不知道诣二爷说了几句什么话，那集萤姑娘立刻翻了脸，以下犯上，把诣二爷一脚踹在了地上。诣二爷气得不得了，纠集了小厮要去找集萤姑娘算账。

"沔大老爷听了差点气昏过去，把诣二爷按在春凳上就打了五十大板。说诣二爷一个爷们儿，被女人打在了地上还不知羞耻，居然带了人要去打回来，是个男人都不会如此。要好好地教训教训诣二爷。"

周少瑾张大了嘴巴，都不知道说什么好了。到了晚上才想到应该给程诣送些药材之类的东西过去，临睡前又吩咐春晚去开了库房，包些当归、天麻之类的药材明天送过去。

谁知道她的东西还没有送过去，郭老夫人派人接她进府，说是"笙小姐的婚期定下来了，老夫人想请二表小姐进府去指点绣娘给笙小姐绣两幅屏风"。周少瑾让春晚带着药材和她一起去了寒碧山房。

郭老夫人那里静悄悄的，和平时没有什么两样。碧玉见到她甚至还朝着她眨了眨眼睛。周少瑾不明白是什么意思，碧玉已撩了帘子请她进去。她稀里糊涂地就进了上房。郭老夫人正在更衣，周少瑾在宴息室等了一会儿。

等到郭老夫人出来携了她的手就往外走："听说诣哥儿有些不好，你既然过来了，也挺担心的吧？那就随我过去看看好了。"

"啊！"周少瑾愣住。郭老夫人这是要让她去看程诣出丑啊！难怪碧玉朝着她眨眼睛了。但郭老夫人为什么要这么做呢？周少瑾有些不明白。

想问问郭老夫人，郭老夫人却神色威严地拉着她往外走，她只好把心里的那些困惑都暂时抛到了脑后，跟着郭老夫人去了嘉树堂。

看见郭老夫人和周少瑾，关老太太非常惊讶，特别是看见周少瑾过来，关老太太眼底闪过一丝窘然，有些不敢看周少瑾般地扭过去头，吩咐丫鬟上茶点，然后回头问郭老夫人："您怎么过来了？可是有什么事？"

郭老夫人若有所指地笑道："你也知道，笙丫头的婚期就定在了今年的五月二十。我叫了少瑾进府给笙丫头画几幅花样子，结果听说诣哥儿受了家法，少瑾就有些坐不住了。我就陪她过来了。等见过了诣哥儿，再随我一块回去——笙丫头的花样子这才开了个头。"说完，挑了挑眉。

关老太太恍然大悟。她之所以没有去接周少瑾就是怕周少瑾知道了诣哥儿的荒唐，从而瞧不起诣哥儿。

谁知道人算不如天算，郭老夫人正巧接了周少瑾去寒碧山房画花样子，听说了诣哥儿受了家法的事。郭老夫人猜出了四房的用意，见周少瑾听说诣哥儿受了家法卧床不起，

· 247 ·

要来探望诣哥儿，怕周少瑾从那些仆妇那里听到些许的只言片语，所以这才陪了周少瑾过去，等会儿再陪了周少瑾出府，免得有话传到了周少瑾的耳朵里。

郭老夫人是知道四房想把周少瑾留在家里的，她这是在帮四房呢！关老太太顿时感激地看了郭老夫人一眼。

郭老夫人就道："诣哥儿这孩子也太顽皮了，怎么就又惹得沔大侄儿不高兴了？我看沔大侄儿对孩子们也太苛刻了些，这个时候的男孩子，不顽皮不闯祸的，那都是木头疙瘩，就算书读得再好也就是个七品县令的命。虽说是出嫁从夫，夫死从子。可你也要劝劝沔大侄儿才是。什么事情都是欲速而不达。"

这是帮着诣哥儿在周少瑾面前说好话呢！关老太太不由暗暗庆幸，心里像六月天里喝了碗冰镇的绿豆汤似的，忙道："您这话说的有道理。这次实在是把他爹气得够呛，下手重了些。"

郭老夫人就道："不过，沔大侄儿为何要罚诣哥儿？"

关老太太有些不好意思地道："说出来都是些小事——他爹爹让他读书，他又跑出去玩去了。"

郭老夫人笑道："这也是你们家，管孩子管得严，这若是别人家，只怕也就是呵斥几句的事了。"

关老太太笑道："玉不琢不成器！男孩子是要养家糊口，支应门庭的，还是管得严些的好。"

郭老夫人就关心地问道："那伤势怎样了？"

"都是些皮肉伤。"关老太太笑道，"也就是让他长长记性。"

郭老夫人长吁了口气，沉吟道："四郎带着他那个叫集萤的婢女去了藻园，我那边也冷清了下来。少瑾，你继母什么时候启程回保定府？我听你外祖母说，你父亲同意让你继续留在九如巷。正巧我那边请了二十几个针线上的好手在给笙丫头赶制嫁妆，还想请你帮忙看着点。你不如去陪陪我好了。等过了夏再搬回嘉树堂过中秋节也不迟。"又道："诣哥儿那里，你也暂时别过去瞧他了。他是男孩子，免得伤自尊，你的心意到了就行了。"

关老太太正为这件事犯愁，郭老夫人的提议如雪中送炭，而且寒碧山房僻静偏远，鲜少有人去。少瑾住在那里，以郭老夫人的心性，如果有什么流言蜚语传出来，没有郭老夫人点头，寒碧山房里的人别说是私下议论了，就是多说一句都是不行的。

"少瑾，你觉得这个主意怎样？"没等周少瑾开口说话，关老太太已道，"你妹妹年纪小，还少不了母亲的照顾，你继母只怕早已归心似箭了。"

话说到此时，两位老太太葫芦里卖的是什么药，周少瑾多多少少也有些明白了。她不免有些哭笑不得。不知道郭老夫人这是反对她嫁给诣呢，还是受了池舅舅的委托，瞅准了这次机会名正言顺地让外祖母同意她搬到长房去？

第二天，她由李氏陪着收拾箱笼，搬去了寒碧山房的浮翠阁。周少瑾一进门就看见墙角的石榴树。她立刻就想起了她第一次到寒碧山房里看到的那几株大红色的石榴树。原来浮翠阁就在郭老夫人的上院隔壁啊！那离池舅舅也不远。周少瑾望着三阔带耳房、红柱绿纱的厢房，院子中间的葡萄架，葡萄架下的石桌石凳，立刻就喜欢上了这住处。

春晚却困惑地道："小姐，这门口要是种上两株玉兰花，就简直和我们住的踠香居一模一样了。"

周少瑾定睛一看，还真有那么点像。她不由笑道："看来我们和这浮翠阁还有点缘分。"大家都哈哈地笑。

房子早已打扫干净，春晚指使着丫头婆子按照周少瑾的习惯摆放着她惯用的东西，周少瑾则陪着李氏去了寒碧山房的上房。

关老太太早就过来了，正陪着郭老夫人说着话。等到周少瑾和李氏给她们行了礼，关老太太忙对周少瑾道："你大舅母本来准备和我一起过来的，谁知道临出门的时候有婆子过来请示，她只好留下来叫我自己先过来了。"

恐怕是要照顾程诣脱不开身吧！李氏忙笑着称"不要客气"，丫鬟端了锦机过来。

周少瑾和李氏坐了下来。关老太太歉意地对李氏道："原本应该接了少瑾回畹香居住的，可我那边正在给诰哥儿修缮新房，到现在也没有完工。内院又人出人进的，有些乱，所以就托了郭老夫人，让少瑾暂时在这里住几天。"

李氏没有起疑，笑着和关老太太应酬道："二小姐在九如巷，我有什么好担心的？二小姐就托你们照顾了。"

"这是应该的！"关老太太和李氏寒暄了半天，这才打住了话题。

郭老夫人原本要留李氏用午膳的，李氏一心想早点儿回保定府，想早点儿见到自己的宝贝女儿，笑着婉言拒绝了，道："之前就看好了皇历，后天就要启程。家里还有很多事要交代，等走的那天再来向老夫人和老安人辞行。"

郭老夫人见她执意要走，也不好强留，让吕嬷嬷送了李氏出门。然后郭老夫人就像摘下了一直戴在脸上的面具似的，不仅表情变得慈爱起来，说话也缓和了不少："四弟妹，那你就留下来午膳好了。"

关老太太没有客气，在寒碧山房用了午膳，叮嘱了周少瑾一番诸如"畹香居一直给你留着，你要是实在想外祖母了，就回来小住几天"之类的话，这才起身告辞。只是关老太太一走，郭老夫人也面露倦意。周少瑾就催了郭老夫人去歇息，并道："等会儿我过来陪您说话。"

郭老夫人笑眯眯地颔首，由珍珠服侍着进了内室。

周少瑾回了浮翠阁。春晚喜滋滋地告诉她："二小姐，西间耳房是间小佛堂。"

周少瑾一听就更喜欢了，道："走，我们去看看！"

春晚陪着周少瑾去了耳房。小佛堂地方虽然不大，但供盆果碟，香烛幔帐置办得十分整齐，供奉菩萨像的地方却空着，长案下还摆放着几个白茅草编织而成的蒲团。春晚道："二小姐，我们要不要请个菩萨回来？"

周少瑾有些犹豫："这里毕竟是程家，我还是找个机会问问老夫人吧！"春晚点头。

碧桃笑着走了进来，道："二小姐，屋子已经收拾好了，您要不要歇个午觉？"

周少瑾笑着摇了摇头，道："我先去听鹂馆看看！"她搬进来还没有看见池舅舅，不知道池舅舅是否知晓她搬了进来。

春晚和碧桃都以为周少瑾是去找集萤，俱有些义愤填膺地道："二小姐，您应该好生安慰安慰集萤姑娘，诣二爷这次做得太不应该了。"

周少瑾笑着应了，去了听鹂馆。听鹂馆静悄悄的，只有南屏在，她告诉周少瑾："四爷去了淮安，说是今年的盐引快出来了，集萤也跟着去了。"

周少瑾很是失望。原来郭老夫人说的不全是推托之词。这个池舅舅，到底去干什么了呢？她勉强和南屏说了几句话，就回了浮翠阁。

碧玉站在廊庑上和春晚说着话，一旁还站着小檀。听到动静，碧玉上前行了福礼，小檀却行了磕头礼。周少瑾讶然。

碧玉就指了小檀，笑道："老夫人说，从前您过来的时候是小檀服侍的，依旧把小檀拨到你名下。等过两天牙行里送人来，您再好好地挑几个看上去机灵的人。"

"替我多谢老夫人了！"周少瑾想了想，笑道，"小檀我就收下了，其他的还请老夫人不必着急，我带过来的人手足够了。"接着请了她们去屋里喝茶。

小檀还有些踌躇，碧玉却依旧像从前那样笑盈盈地进了屋。周少瑾暗中点头，觉得碧玉不愧是大丫鬟之首。

晚上，周少瑾陪着郭老夫人用晚膳。两人虽然没有说话，但餐桌上多了一个人，感觉热闹多了。

八宝豆腐、红烧狮子头、糟烩鞭笋、龙井虾仁、糖醋排骨、清汤鱼圆……满满一桌子的菜，全以清淡为主，且大多数都是周少瑾喜欢吃的。特别是那红烧狮子头，个顶个的只有小酒盅那么大，正是她吩咐畹香居小厨房给她做的那种。

这是特意为她做的吗？"老夫人……"周少瑾拿着筷子，不知道说什么好。

郭老夫人示意在旁边布菜的珍珠夹了个红烧狮子头放在了周少瑾的碗里，笑道："你以后还要在寒碧山房过几年，喜欢什么，不喜欢什么，你都要开口跟我说才是，不然受委屈的只会是自己。知道吗？"

周少瑾连连点头。

郭老夫人就笑着指了指她的碗，柔声道："快吃吧！我还让厨房做了水晶糕，过了今天，你想吃什么你自己写了单子去小厨房。等会儿我还准备和你一起去浮翠阁看看呢！也不知道她们收拾得怎样。"

"屋子打扫得很干净。"周少瑾笑道，"春晚她们下午就把东西都摆了出来。等会儿我正好陪着您消消食。"

郭老夫人满意地笑了起来。她亲手带大了三个孙女：程箏持重，万事都不用她操心；程箫内敛，有什么心事都藏在心底；程笙活泼，可又太活泼了，有时候吵得她头痛。周少瑾却介于三人之间，正好。

食不言寝不语。用过晚膳，周少瑾扶着郭老夫人去了浮翠阁。黑漆家具，落地罩挂着油绿色的杭绸帐子，甜白瓷的花觚，粉彩茶盅，临窗的大书案前还放着瓶插着玉兰花汝窑梅瓶。

郭老夫人有些意外。那甜白瓷和粉彩都是这两年才时兴起来的，老一辈的人嫌它们没有底蕴，太过简单或是花哨，可小一辈的却喜欢它们轻快明瑟。她虽嘱咐吕嬷嬷要好生地款待周少瑾，却没有说怎样款待。照着吕嬷嬷的眼光，多半是会开了库房把家中比较贵重的玉石盆景、景泰蓝瓷器拿出来待客的。这种稳重又不失明亮的陈设绝不可能是吕嬷嬷的手笔。可当着周少瑾的面她却不好多问。

在浮翠阁的宴息室坐了一会儿，郭老夫人就起身告辞了。周少瑾一直把郭老夫人送到了门口才折回去。郭老夫人一路沉默地回到了上房。

在郭老夫人身边服侍的吕嬷嬷见郭老夫人刚才还好好的，看了眼周少瑾的住处情绪就有些低落起来，她心里不由很是忐忑。见珍珠扶着郭老夫人在罗汉床上坐下，她忙接过了小丫鬟捧的茶，亲手递到了郭老夫人面前。

郭老夫人喝了茶，遣了珍珠等人，问她："二表小姐的住处，是你亲自布置的吗？"

原来是为这件事。吕嬷嬷松了口气。她刚开始的时候也觉得有些寒酸，可秦子平说了，这是四老爷的主意，她也就随他们去折腾了。"不是。"吕嬷嬷笑道，"是四爷身边秦管事的主意。"

郭老夫人皱了皱眉，打发了吕嬷嬷，一个人坐在那里发了会儿呆，这才喊了珍珠进来服侍她歇息。

周少瑾却高兴地在床上打了个滚。这床她也很喜欢。是小小的填漆床，床头放有很多的小抽屉，可以放很多东西。还有褥子，垫了很多层，躺上去软软的，就像躺在云层里。不像畹香居的床，硬硬的，说是睡了对身体好，可她就是喜欢软软的床。梦中她搬去大兴的田庄之后就一口气让人弹了四床棉褥，全都铺在炕上。

春晚看了捂了嘴直笑，道："二小姐，您留在畹香居的那些花要搬过来吗？"

周少瑾就有点犯愁起来。原本她想，花都是很娇贵的东西，姐姐出嫁之后她若是能留在嘉树堂，也就别折腾那些花了。若是要跟着李氏去保定，她把留在九如巷的搬走是名正言顺的事。现在可好了，她住进了寒碧山房，有些东西却留在了畹香居。刚刚外祖母还让她过些日子回畹香居住几天，这话音还没有落呢，她就去畹香居搬东西……不免给人凉薄之感。早知道如此，当初就应该把那几盆花都搬回平桥街的。现在说这些已经晚了。

"只有以后瞅着机会再慢慢地搬了。"周少瑾无奈地道。春晚笑着应是，帮着周少瑾卸了簪环。周少瑾一夜无梦睡到了天亮。郭老夫人那边已经有了动静。她忙穿衣起床。

春晚笑道："二小姐别急！您还没有醒的时候珍珠姑娘奉了老夫人之命过来传话了，说让你不必晨昏定省，每日巳正陪着她老人家去佛堂念两卷经就行了。"

"那怎么能行呢！"周少瑾还是催着春晚帮她梳洗。

春晚笑道："我也问过碧玉和珍珠姑娘了，说从前笙小姐在的时候就是这样。还说，老夫人这些年偶尔会早上醒来躺在床上想半天的心事，想必也是不想有人打扰。我看二小姐还是照着老夫人的意思每天去陪她老人家念两卷经好了。"

初来乍到，也不知道郭老夫人的话是真是假，但既然碧玉和珍珠都这么说了，她还是乖乖听话好了。周少瑾整个人都松懈下来。

春晚就拿了个大红色洒金的单子给她："二小姐，您看！这是今天一大早厨房里送过来的。说按着惯例准备的，我们想吃什么照着这单子一勾就是了。若有什么特别想吃的菜这单子上又没有的，就让您派个人去跟小厨房里说一声，他们会把菜谱换一换。"

周少瑾打开一看，她最喜欢的什锦豆腐捞和水晶糕都在单子上。她不禁拿着单子看了看。连个褶都没有，显然是新的了。这应该不是郭老夫人安排的吧？郭老夫人当然会待她好，可她老人家年事已高，不可能仔细到这个份儿上。难道是吕嬷嬷？可那些甜白瓷和粉彩应该都是新买的，她应该没有这么大的权力才是。难道……是池舅舅！也不可能！

池舅舅根本不在家，她搬进来了他都不知道。关老太太之所以这么爽快地答应她搬过来，完全是因为突然发生了程诣那件事。也不知道程诣当时和集萤都说了些什么，居然把集萤气成那样。还好被打的人是程诣，若是二房、三房或是五房的人，就算集萤是池舅舅的婢女，就算集萤没有错，只怕他们也不会善罢甘休。等集萤回来了她得提醒提醒集萤。

周少瑾在心里琢磨着，用过了早膳，就去了郭老夫人那里。郭老夫人正拿着副眼镜歪在罗汉床上看书。

周少瑾笑道："我帮您读吧？"梦中，她常看见沐姨娘帮林世晟的母亲读书，原本不赞同林世晟纳沐姨娘为妾的林母就是这样一点一点被沐姨娘攻陷的。

郭老夫人呵呵地笑着，把书递给了周少瑾。周少瑾一看，竟然是本游记，自己也来了兴致，坐在郭老夫人身边绘声绘色地读了起来。

她的声音甜糯又不失婉转，非常好听。早晨的霞光洒落在她的身上，像给她镀上了一层金粉似的，那恬静的表情又让她比平日里看着更显柔美。真是个美人！也不知道谁有福气娶了去！郭老夫人在心里暗赞了一声。

吕嬷嬷轻手轻脚地走了进来。周少瑾忙放下书站了起来，对郭老夫人道："我去给您重新沏壶茶。"

"不用了。茶还热着。"郭老夫人说完，问吕嬷嬷，"你有什么事？"这就是不用避着周少瑾的意思。

周少瑾很是感动，郭老夫人并没有把她当外人。吕嬷嬷却心中一凛，道："良国公府那边下喜帖过来了。"良国公世子爷朱鹏举和刘家的大小姐婚期定在了五月十五。

郭老夫人想了想，道："那你就帮我备两份礼，一份送到良国公府去，一份送到刘家。各家二十两银子就行了。"

这么少！当初施香出阁，郭老夫人都拿了二十两银子给施香添箱。周少瑾讶然。

郭老夫人就道："良国公府和刘家都与程家有往来，你池舅舅和良国公府世子爷的关系也不错，良国公世子爷续弦，你池舅舅肯定是要送份大礼的，我这边反成了点缀。但你池舅舅和刘家没什么交情，加上刘家是嫁女儿，你池舅舅又没有成亲，没有家眷，就不必给刘家大小姐添箱了。我出面应个景就成了。"

周少瑾受教。

郭老夫人呵呵地笑，起了身准备去佛堂念经。周少瑾服侍着郭老夫人更了衣。外面突然传来一阵喧哗声。周少瑾非常好奇。郭老夫人却脸色一沉，道："这是怎么一回事？"

珍珠没等郭老夫人说话已撩帘而出，等到郭老夫人的话音落下，她又急急地折了回来，脸色有些苍白地道："老夫人，是五房的汶大太太，不知道为什么事，由身边的嬷嬷扶着哭闹着闯了进来。"

郭老夫人的脸色更不好看了。

珍珠迟疑道："老夫人，您看您要不要先去佛堂？已经到了念经的时候了。"这是让郭老夫人避一避。只是还没有等郭老夫人回答，汶大太太已经一头扎了进来，跪在郭老夫人的面前抱着郭老夫人的腿就哭了起来："大伯母，您可得为我做主啊！您的汶侄儿他，他要杀了我！"屋里的人都吓了一大跳。吕嬷嬷更是不等郭老夫人开口就上前携了汶大太太："您这是怎么了？有什么话不能好好说的？老夫人年事已高，已经经不起大悲大怒。还请汶大太太起来说话。"她话说得客气，可眼底却闪过一丝不屑地朝着周围的丫鬟使了个眼色。

碧玉等人回过神来，玛瑙去叫了几个孔武有力的妇人进来，碧玉几个则七手八脚地上前把汶大太太又是拉又是搡地拽了起来。郭老夫人的脸色这才好看了些。周少瑾忙扶了郭老夫人在一旁的罗汉床上坐下。吕嬷嬷则哄了汶大太太去耳房梳洗，扶汶大太太过来的婆子则被留了下来。"到底是怎么一回事？"郭老夫人沉着脸问那婆子。

那婆子吓得直哆嗦，磕磕巴巴地道："那边生了个儿子，我们家大老爷整天的不着家。大太太就寻思着想早点给诺大爷说个媳妇，看来看去，就相中了娘家的一个侄女。两家都已经请了媒人，就等着挑个好日子去说媒了，不知道谁把这件事告诉了大老爷。大老爷跑到上房就把大太太给呵斥了一番。"她说着，有些怯懦地望了郭老夫人一眼，见郭老夫人一直面无表情地听着，这才继续道："大太太就和大老爷吵起来了。大老爷一时兴起，拔了墙上挂的剑就要杀了大太太。大太太没有法子，就逃到您这里来了。指望着您给大太太做主，能保住性命。"

郭老夫人听着，不耐地抿了抿嘴，有些疲倦地道："他们夫妻吵架，你既然能扶了汶侄媳妇跑到我这里来，想必也是汶侄媳妇身边贴己的人。你不劝着你们大太太和大老爷也就罢了，见到了我竟然还满嘴胡言，你莫非当我这里是菜园子，想来就来，想走就走，想说就说，想闹就闹？吕嬷嬷，你把这婆子给我架下去打三十大板再问话！"吕嬷嬷恭声应"是"。

那婆子已人如筛糠，跪在地上"咚咚咚"磕着头，一面磕，还一面道："老夫人，奴婢是不敢说啊！我一个下人，怎么敢非议太太老爷的事！"

郭老夫人没有说话。吕嬷嬷冷笑道："非议？你也知道是非议！怎么当着别人的面不敢，当着我们老夫人的面就敢了？我们老夫人是什么人？岂是你们这些歪心斜眼的人能糊弄的！"她说着，几个孔武有力的婆子已架住了那婆子。

那婆子吓得大叫，道："老夫人，老夫人，您饶了我吧！是大老爷，大老爷看中了外面那位的侄女，说是要给诺大爷说亲，我们家大太太怎么能应允，就吵了起来……"

郭老夫人闭了闭眼睛，一副不愿意听她胡言乱语的样子。几个孔武有力的婆子把她往外架。她大声地求饶，还冲着周少瑾喊了起来："二表小姐，求求您帮老婆子说句话，我一辈子都记得您的大恩！"站在旁边也能被拖下水。这算不算是祸从天降？周少瑾都不知道说什么好了。

原本只是脸色有些不好看的郭老夫人却雷霆震怒，一掌拍在了身边的茶几上，喝道："我说五房好好的日子怎么就过成这个样子了？原来都是你们这些老货在从中搅和。好好的姐儿站在这里，也是你们能大喝大叫的。给我把她的嘴堵上，打完三十大板就叫了人牙子进来给我卖了。"

屋里的人都吓得脸色发白，包括周少瑾在内。她从来没有看见郭老夫人发这么大的脾气。可郭老夫人犹不解气似的，道："若是牵出什么枝枝叶叶的，全都给我卖了。"

程家可是积善之家，不兴那种一不高兴主子就对下人喊打喊卖的。可见这次是真把老夫人惹火了。吕嬷嬷背心里冒着汗诚惶诚恐地应着"是"，汶大太太却披头散发地从旁边的耳房冲了出来。

"大伯母，大伯母，"她说着就要给郭老夫人跪下。刚刚经过事的碧玉等人早已有了经验，没等她跪下就一左一右地扶住了汶大太太。汶大太太也顾不得这些，哭着对郭老夫人道，"您就饶了她吧！这么多年，若不是有这些老仆陪着我，我早就被大老爷给气死了！她不说，那也是顾着我的体面。"她的目光就落在了周少瑾的身上，"若是她说错了话，我替她给您赔不是了。"又柔声哀求道，"少瑾，你就看在你从小是在九如巷长大的，就替汶大舅母求个情吧？"

这事怎么又绕到自己身上来了？周少瑾目瞪口呆。郭老夫人站起来就"呸"了汶大太太一声，厉声道："你还有脸说！五房乱成这样，都是你弄出来的！"

汶大太太可不敢背这样的锅，没等郭老夫人的话说完，她就哭了起来："大伯母，您不帮我就算了，还把这过错推到了我身上，我……我……我死了算了！"说完，就要朝旁边的柱子撞。碧玉几个死死地拽着她。

郭老夫人很是不齿，道："她要死，你们就让她死好了！正好给外面的那个挪地方！"汶大太太一听，像抽筋似的瘫在了地上，号啕大哭起来。郭老夫人冷淡地看了她一眼，伸手让周少瑾扶了自己，就往内室去。

汶大太太一看慌了神，声嘶力竭地喊了声"大伯母"，哭道："我是有口无心，您就原谅我这一回吧！我以后再也不敢了！"

满屋的仆妇都低下了头，像没有听见、没有看见似的，一时间屋子里静悄悄的，只听得见汶大太太的抽泣声。郭老夫人不由叹了口气，道："你说你们刚成亲那会儿，是这个样子吗？你服侍完了你婆婆用膳，你回去后汶大侄儿还给你揉腿。可你看你现在？哪个男人不像孩子似的，要人哄着。可你倒好，听那些老货撺掇，非要和汶大侄儿斗出

· 253 ·

个输赢来。汶大侄儿让着你，你就听那些老货的，说他是怕你。你也是，就闹得越发欢腾。你看，他现在怕不怕你？你再看你身边的那些人，哪个不藏了私房银在外面买屋买地？"

汶大太太满脸震惊，泪珠挂在脸上，忘记了哭泣，喃喃地道："有些也是我，是我赏的！"

"那是！"郭老夫人毫不客气地道，"你们两口子要不是这么闹腾，他们能得那么多的赏赐吗？我说五房乱成这样，都是你弄出来的，你还不承认。"

汶大太太嘴角翕动，还欲说什么，郭老夫人已道："你也不用在我面前打马虎眼了。你实话实说，你到底说了些什么，惹得汶大侄儿要杀了你？汶大侄儿又不是得了失心疯，一言不合，连自己的嫡妻都要杀。"

"我，我什么也没有说。"汶大太太目光闪烁。

郭老夫人淡淡地道："那我也没什么好说的了。你自己的事，你自己看着办好了！"说完，抬脚就要走。玛瑙却飞奔而来："老夫人，汶大老爷过来了！"郭老夫人眉头微蹙。

汶大太太闻言麻利地站了起来，像兔子似的蹿到了郭老夫人的身后，嚷道："大伯母，您看！您看！他居然追到这里来了！"她的话还没有说完，程汶已怒气冲冲地提了把寒光四射的宝剑冲了进来。

周少瑾骇然，想也没想地把郭老夫人挡在了身后。郭老夫人眼底闪过一丝笑意，把周少瑾拉到了身后。程汶却"哐当"一声把宝剑丢在了地上，朝着郭老夫人推金山倒玉柱般干脆利落地跪了下去："大伯母，你可得为我做主啊！"说完，他横眉怒目地指了汶大太太，"这贱妇，她竟然敢辱骂先父先母！我这次要是不休了她，枉为人子！"

汶大太太从郭老夫人身后探出头来，厉声道："你说话要有凭据！我什么时候辱骂公公婆婆了？你为了让诺哥儿娶那贱妇的侄女就这样信口雌黄地辱没我，大伯母，您可得为我做主啊！"

程汶也喊"大伯母"，道："那家不过是和那女人是一个姓，她就说那姑娘是那女人的侄女，她就是想把自己的侄女嫁进来。大伯母，您也看到了，她就是个乱家的种子，我怎么能让诺哥儿再娶个她这样的女人进门，坏了我五房子嗣呢？"

"你说什么呢？"汶大太太不依地跳了出来，道，"我怎么乱家了？我娘家又怎么惹着你了？"两人在那里吵成了一团。

郭老夫人拉着周少瑾就出了厅堂，也不管身后程汶两口子的呼喊，直接去了浮翠阁。周少瑾服侍郭老夫人在宴息室坐下，亲自沏了六安瓜片端过来。郭老夫人接过茶盅，苦笑道："程家的男人实际上都有副好脾气，可惜汶侄媳妇用错了法子！"

周少瑾安慰老人家道："她今天听了您的一席话，以后肯定会好好反省的。"

"但愿如此吧！"郭老夫人一点也不看好五房，可有些话，却不好跟周少瑾说，她毕竟还是个未出阁的姑娘家。

周少瑾就笑道："老夫人，我给您读佛经吧？"读着佛经，心就静了；心静了，就没了烦恼。

郭老夫人有些意外。经过这么一阵喧嚣，周少瑾还能守住本心，她不禁大感兴趣地笑着道了句"好啊"。周少瑾拿了本《阿弥陀佛》经，兴致勃勃地念了起来。

第五十五章 婚事

程汶夫妻最终是由秦子安出面"送"回了五房。可经此一闹，从五房经过四房再到长房，九如巷就没有人不知道这件事的了。二房的老祖宗程叙出面把程汶呵斥了一顿，汶大太太也没有落下，被送到了长房的寒碧山房来。按程叙的意思，郭老夫人最好把《女诫》找出来告诉汶大太太读两遍。

郭老夫人冷笑，任由汶大太太跪在廊庑下，吩咐翡翠去把那《女诫》读两遍。

汶大太太不管怎么说也是主子，哪就轮得到她这个做仆妇的糟践呢？翡翠吓得脸都白了，目露哀求之色落在了周少瑾的身上，想周少瑾在郭老夫人面前帮她说句话。

碧玉眼尖，看着不由在心里骂了翡翠一声"糊涂"，忙上前挡住了她的目光，温顺地对郭老夫人道："老夫人，您看，要不要给汶大太太搬张凳子，虽说这春日的太阳不烤人，可晒在脸上也是容易长雀斑的。"

郭老夫人一点饶恕汶大太太的意思也没有，没等碧玉把话说完，已道："就让她这样跪着听。连我的婆子都敢打，我要是再不教训教训她，只怕她都不知道自己姓什么叫什么了！"

碧玉趁机就拧了翡翠一下，道："那我就和翡翠退下了。"郭老夫人点头，面色微霁。

周少瑾柔声劝道："汶大舅母是这个鲁莽的劲儿，九如巷都知道。您要是为这个气坏了身体可不划算，说不定汶大舅母还不知道您在生气呢！"

"所以我也懒得和她多说。"郭老夫人见她柔柔顺顺，这气又消了几分，道，"直接给她点颜色看看。"

可也太简单粗暴了。这让汶大太太以后可怎么有脸在长房走动？不过，说不定这就是郭老夫人的目的。周少瑾思忖着，剥了个李子给郭老夫人。

那边碧玉一出了厅堂就对翡翠一阵耳语："你有什么事可千万别拉二表小姐下水了。你没瞧见昨天汶大太太不过是攀扯了二表小姐一句，老夫人就把汶大太太体己的嬷嬷和那嬷嬷的一家人都卖了——老夫人不喜欢有人打二表小姐的主意。"

翡翠已隐隐有些感觉了，可她觉得周少瑾是个心善手软的，若是能主动帮她，郭老夫人应该也不会说什么。现在却唯有苦笑。碧玉向来比她会来事。若是碧玉都看出了些什么，又把话说通透了，她若是再求周少瑾，碧玉肯定会以为她别有用心，不会再帮她了。

"那，那我就这样给汶大太太读《女诫》？"翡翠想想腿肚子就有点打战。

碧玉嗔道："你怕什么！既是老夫人吩咐的，出了事老夫人还会把你推出来不成？你看集萤姑娘，把诣二爷打了还不是打了。四房的老安人虽说为人刚正，可到底是自己的孙子，还能真的一点脾气都没有不成？说来说去，还不是因为四老爷不松口，四房又不想把事闹大了让别人看笑话。你只管安心地去读你的《女诫》好了。"

翡翠不禁喃喃地道："早知如此，当初我就不应该跟姐姐们那么刻苦地读书写字了。"碧玉捂了嘴笑。翡翠却萌生退意，决定等会儿去找吕嬷嬷拿个主意，早点嫁出去。

而汶大太太看到翡翠一个人捧着本《女诫》走进来，还抱着几分侥幸。等到翡翠说明了来意，开始读《女诫》，她气得直接就晕了过去。

郭老夫人让人用软轿把汶大太太送去了二房的唐老安人那里，并道："沂侄媳妇也是读书人家出身，就由她帮着给汶侄媳妇读这《女诫》好了。"

唐老安人看着气晕过去的汶大太太，没有办法，只好把人安置在了客房里。汶大太太醒过来，自然是一通哭诉："不过是个寄人篱下的表小姐，我又没有说什么，犯得着把我体己的嬷嬷都卖了吗？我敬着她是家里的长辈一句话也没有说，可她老人家倒好，让婢女给我读《女诫》，我那个时候还跪在廊庑下呢！她老人家可一点儿也没有把我当侄媳妇！"

一点儿也没有把她当侄媳妇。这句话打动了唐老安人。唐老安人就道："你大伯母就是那个脾气，你又不是不知道！你何苦去惹她，还把她的守门婆子给打伤了。这本就是你的不对，你还敢在我这里胡说八道。不要说是你了，就是我，遇到这个同门的堂嫂，说话行事也要忍让几分的。你就别怄气了，气坏的是自己！"说着递了块帕子过去让她擦眼泪，还欲说她几句，谁知道程语放了学过来问安，唐老夫人只好安抚了她几句，回了正房。

程语今年十七岁，和四房的程诣同年，比五房的程诺小一岁，长得芝兰玉树般俊秀，特别是一双微斜的丹凤眼，和唐老安人一个模子里印出来似的，让唐老安人看着就喜欢，加之程语又是次孙，不用支应门庭，唐老安人溺爱起来也就没有什么心理负担，以至于程语在唐老安人面前说话比谁都灵验，养成了有些骄纵又有些不谙世事的性格。

他笑着上前给唐老安人请了安，就腻到了唐老安人的身边，问起五房的事来："听说长房的伯祖母让个丫鬟给汶五婶婶读《女诫》，是真的吗？汶五婶也挺可怜的，我听了都气得不得了。偏生诺表哥像个没事人似的，说什么他虽然不愿娶外面那个女人的侄女，但也不愿娶他的表妹，说是他的表妹和汶五婶婶长得像母女似的，他看着就犯怵！"

唐老安人哭笑不得地打了程语一下，道："胡说八道！什么长得像母女似的，就你知道。以后再也不许说这种话了。"

程语嘻嘻笑。唐老安人心中一动。二房也正为程语的婚事发愁，那程诺今年也有十八岁了，如果不是程汶两口子三天一大吵两天一小吵，程诺早就定了亲了……她打发了程语，叫了长孙媳妇识大奶奶郑氏，道："我想给五房的诺哥儿保个媒，你娘家有没有和他合适的？"识大奶奶一时间有些摸不着头脑。

唐老安人就道："五房虽弱，可到底也算一个房头。诺哥儿性子绵软又懦弱，若是你娘家有那识大体的姑娘，我们不妨给诺哥儿做个媒人。以后有什么事，二房、五房同声同气，也是好的。"

所谓识大体，指的是能拿捏住程诺的人。识大奶奶立刻明白过来，她笑道："这些日子正忙着给二叔相看，倒还没有留意娘家那边的姑娘，我等会儿回去就仔细地打听打听。"

唐老安人满意地点了点头，送走了长孙媳妇，一个人在屋里静静地想了想，喊了体己的嬷嬷进来，道："你去请梁姨奶奶过来，就说我请她喝茶。"

公公程叙是鳏夫，她是孀居之人，虽都有了春秋，可来来往往的毕竟不方便，有什么事，多是让程叙的小妾梁氏帮着递话。

梁姨奶奶很快就过来了。唐老安人让她去跟程叙说："如今五房这么闹腾，只是苦了诺哥儿。我看不如把诺哥儿接到我们这边来住些日子，给他说门好点的亲事，以后有什么事也好常来常往。"

程叙立刻就明白了她的意思。虽然觉得拉拢个程诺的意义不大，但也没有什么大碍，又是儿媳妇的意思，也就点头应了。

唐老安人就把程诺的那番话告诉了汶大太太："……说是表妹和你长得一样，看见表妹就像看见你一样，心里很是敬畏。"

汶大太太一开始还没有明白话里的意思，等想明白了顿时脸涨得通红，说话都磕磕巴巴起来："我，我也没有想到……您说，这事该怎么办好？反正我是不答应他把外面那个女人的侄女弄进来的，那我成什么了？"话说到最后，她已厉声嚷了起来。

唐老安人沉吟道："你看这样行不行？我让识哥儿她媳妇帮你看看，她这些日子也在帮语哥儿相媳妇。"

汶大太太还是有些不甘心。唐老安人笑道："诺哥儿的婚事也不是你一个人的事，你回去后和汶侄儿好好商量商量也不迟。"

和程汶商量！汶大太太咬牙切齿，却知道唐老安人说的是实话。她当初想背着程汶给娘家的侄女下定，不过是赌程家要面子，虽然心里不悦也会认了。如今事情挑开了，她也就不可能私下给程诺定亲了。怕就怕识大奶奶介绍给诺哥儿的是语哥儿不要的。她讪讪地道："那我就回去先和大老爷商量了再说。"

唐老安人在心里不屑地笑，面上不显山不露水地让人送了汶大太太回去。

拍着小儿子睡觉的识大奶奶十分为难：五房可以说是上不上、下不下的，这样的亲事是最不好说的。她娘家虽然有几位旁支的从妹，可若说小小年纪就有主意的，却没有一个。如果拿捏不住程诺，这门亲事也就白做了。识大奶奶有些苦恼地翻着这些天她为程语准备的人选，一个头两个大。

她贴身的丫鬟红蕊端了碗冰糖燕窝进来，笑道："大奶奶，您快别费神了，大爷回来看了会心疼的。"

识大奶奶脸色绯红。程识会和程许一起回来。

寒碧山房里，郭老夫人正皱着眉头在问秦守约："你说有仪这次也跟着嘉善一起回来？"有仪是二房大爷程识的字。

秦守约道："说是二房老祖宗写了信去，让他回来准备明年的春闱。"

郭老夫人冷笑，道："我倒盼着二房能读个进士出来，到时候也可以让他尝尝当年我那种伤心欲绝的滋味。"

秦守约微微低头，不敢搭腔。郭老夫人当然没有指望他和自己同仇敌忾，问道："嘉善什么时候到家？"

秦守约抬头笑道："最多也就四五天的工夫了。"

郭老夫人点头，眼底也有了几分欢喜，道："他娘不在家，多稼轩那边还要劳烦你多多费心了。"

多稼轩是程许住的地方，已经空了快两年了。他如今从京城回来，那边虽然常有人打扫，但少了几分人气。照着郭老夫人的意思，除了陈设要按照如今流行的样子布置之外，还要让服侍的丫鬟婆子们提前住进去。

秦守约笑道："老夫人言重了。不过四老爷的意思，是让大爷住进藻园去。说是那边僻静，正好给大爷读书。"

郭老夫人一愣，随后释然地笑道："没想到他也会管起这些事来，可见是真心要教嘉善读书了。"说完叹了口气，"我一直想让他和嘉善亲近些，他一直冷冷清清的，没想到现在像突然想通了似的。好歹总算是让我这心里的石头落下来了。"

秦守约笑道："四老爷是外冷内热的人，他不是不关心大爷，只是不像别人那样喜欢嘘寒问暖罢了。"

郭老夫人笑着点头，道："让嘉善搬到藻园去住，是子安还是子平给你传的话？那藻园那边的事我就不管了，全拜托你们操心了。"

"您放心！"秦守约道，"是子平给我传的话。虽说大爷在藻园落脚，可也不能就这样让大爷住在藻园，我也会跟过去的。老夫人这边若是有什么事，就让人给我递个话。子平会留在这边。"

郭老夫人又是一愣，笑道："这也是四郎的安排？"

秦守约笑道："是啊！四老爷说趁着这机会，看看是子安适合还是子平适合做秦家的大总管。"

"这孩子。"郭老夫人笑道，"是不是糊涂了？以后是嘉善当家，秦家的大总管，得和嘉善合得来才行。他既然有心让子平或是子安留在家里，应该安排他们去藻园服侍才是，怎么颠了个儿，把你送去了藻园，把子平留下来了。"

秦守约笑道："四老爷可能还是担心子平或是子安的能力，倒没有想到和大爷合不合的事。"

"也是！"郭老夫人笑道，"秦家对我们长房向来是忠心耿耿的。倒不愁子安或是子平和嘉善合不合的事。趁着我们两个老家伙还活着，让他们俩磨炼磨炼也好。"

秦守约忙笑道："看您老人家说的，小的怎么比得上老夫人……"

"得了，得了，你也别和我在这里说这些虚的了，"没等他把话说完，郭老夫人就打断了他的话，笑道，"你也是六十出头的人了，有什么事就交给下面的人去办好了。自己要多多保重才是。"

"多谢老夫人！"秦守约谦逊了一番，这才辞了郭老夫人，安排去藻园的事。

周少瑾得了消息不由得喜上眉梢。她就知道，池舅舅知道她不喜欢程许，不可能一点动静也没有。不过，把程许送去了藻园，离这里远远的，可真是好！她放下手中的画笔，支肘托腮地发起呆来。池舅舅什么时候才回来啊？他到底去做什么了？不知道有没有危险？她有好多话要跟他说。行船走马三分险。回来之后她要不要劝劝他以后少出门……

周少瑾胡思乱想着，身后突然传来郭老夫人的声音："你这画的是观音图？你准备绣幅观世音吗？"

猝不及防的，周少瑾吓了一大跳。她忙站了起来，喊了声"老夫人"。

郭老夫人呵呵地笑，按了她的肩膀，道："我是不是吓着你了？我看着你一个人坐在这里发呆，喊了你两声你都没有应，就问了一句……是不是有什么心事？"

周少瑾莫名脸一红，念头在心里转了无数个，嘴里却道："我准备绣幅观音图，也不知道画得好不好。"

"原来是为这个！画得好！画得很好。"郭老夫人笑着拿起明纸来仔细观看，"脸庞圆润，神态安详慈悲，线条流畅……我没有想到你竟然会画画，而且还画得这么好。"

周少瑾赧然，低声道："老夫人谬赞！我，我也就是随便画画。"

"画得好就是好，不好就是不好。"郭老夫人慈爱地放下了明纸，道，"你有的时候就是对自己少了几分信心，你要相信我的眼光才是。"

周少瑾连连点头，突然觉得腰都挺直了几分。

郭老夫人就问道："听说你这几天一大早都会去嘉树堂给你外祖母请安，然后去花房看看再赶回来陪我念经？"

周少瑾解释道："外祖母这几天心情好像不太好的样子，而且我养的几盆杜鹃花也要开了。"

郭老夫人笑道："你院子里不是养着几株红石榴吗？你要是喜欢，我就让人在你院子里给你搭个暖房，把你那些花花草草都移过来。"随后不等周少瑾说话，又道："你外祖母为什么心情不好？诣哥儿不是能下地走路了吗？莫非是觉得诣哥儿被你舅舅的婢女打了，面子上过不去？"

周少瑾闻言哪还有心情说那几盆花，忙道："我瞧着外祖母倒不是为这件事不高兴，好像是沅二舅舅在任上遇到了些事！"梦中她根本没有留意，自然也就不知道程沅到底遇到了什么事，是怎么解决的，如今她也就没有办法出主意了。

郭老夫人笑道："这算是什么事？我等会儿陪你去趟嘉树堂，正好问问诣哥儿的婚事准备得怎样了。这诣哥儿一成亲，诣哥儿只怕是要单独住了。是等到诣哥儿成亲的时候再重新布置个宅子，还是趁着诣哥儿成亲把两兄弟住的地方都规整出来？我正好闲着无事，过去和你外祖母说说话。"

周少瑾求之不得。她收了画笔，和郭老夫人去了嘉树堂。

关老太太知道郭老夫人的来意，很是感激，道："也不是什么大事。您也知道，您沅侄儿是同进士出身。今年他换了个上峰，这上峰非常看重出身，有时候说出来的话就不怎么好听。诣哥儿要成亲了，他特意派了幕僚看家里有没有什么事他能帮得上忙的，那幕僚无意间跟您沅侄儿提起来。您沅侄儿有些急，就告诉了我。我已经说过他们了，这男人在外面行走，哪里能一帆风顺，连句冤枉的话都听不得？他若是连这点事都受不住，那就趁早辞官回来算了。"

沅大舅舅跟外祖母说这件事十之八九是想外祖母到郭老夫人面前讨句话吧？周少瑾猜测着，就听见郭老夫人笑道："没事，我去跟您泾大侄子说一声，看看他这上峰到底是怎么一回事。"

关老太太谢了又谢。两人又说了会儿话，郭老夫人正想问程诣新房的事，似儿跑了进来，看见郭老夫人，又忙垂手立在了一旁。

郭老夫人就笑了起来，让周少瑾扶了她，道："我们去你种花的地方看看，早就知道你会养花，今天我就去开开眼界好了！"

关老太太老脸通红，道："大嫂何必和我这样见外！似儿，出了什么事？你怎么慌慌张张的。"

似儿知道闯了祸，吓得脸色煞白，战战兢兢地道："老夫人，刚才我遇到五房那边的婆子，说二房的识大奶奶做媒，为五房的诺大爷说合吴知府家的长女。汶大太太已经去二房那边商量诺大爷的婚事了。"

吴知府家的长女……那岂不是吴宝璋？周少瑾骇然。怎么会这样？梦中她可是说给了程辂！她不由朝两位老人家望去。

郭老夫人和关老太太都满脸意外，显然也都没有想到。还是关老太太身边服侍的王嬷嬷最先反应过来，笑道："五房的大爷要定亲了，这可是件好事！"

的确，总比程汶和汶大奶奶要娶的人靠谱。不过，吴宝璋会同意吗？她实在是不喜欢吴宝璋，要不要反对呢？周少瑾有点犯愁。

程识住的留听阁里，沂大太太洪氏也和周少瑾一样有些犯愁，她问儿媳妇识大奶奶郑氏："这合适吗？那吴大小姐好歹也是知府家的千金，诺哥儿却是连个功名都没有的，又性子懒散，得过且过的。"

"娘，您就别担心了。"识大奶奶笑着拉了拉婆婆的手，并肩坐在了罗汉床上，"这件事我也问过宝璋了,她是同意的。她虽是知府的长女,却幼年丧母,在家的日子并不好过。那吴夫人给她做媒说的不是年纪大的丧偶的鳏夫,就是吃喝嫖赌样样都来的纨绔子弟。偶尔有几个读书人,也都是看中宝璋的身份,想沾吴家光的无德之辈。诺哥儿虽不像其他人那么有担当,可心地善良、性情温和、孝顺懂事,又有程家庇护。宝璋能嫁了他,仔细地说起来还是宝璋的福气!"

"是吗?"沂大太太洪氏怎么想都觉得有些不对劲,但儿媳妇的话句句在理,她又挑不出什么错来。

识大奶奶知道自己的这位婆婆心地不坏,对人也和善,就有些事不能想那么明白,见她面露困惑,索性笑道:"当时说这件事的时候,祖母她老人家也在,三个人选中她老人家挑的吴家大小姐,五婶婶也愿意。吴家那边就更不用说了,听媒人说,吴夫人什么也没有问就答应,您就别担心了。常言说得好,新人娶进门,媒人抛过墙。我们只管牵个线,至于两家怎么说,他们以后的日子过得好不好,只能靠他们自己。"这话就更有道理了,沂大太太洪氏点头。

红蕊笑吟吟地走了进来,屈膝行礼道:"大太太,大奶奶,吴家大小姐身边的婆子过来,说是给大少爷和二少爷一人做了身夏衫衣裳,眼看着天气越来越热,她又没空过来,特意差人送了过来。"

识大奶奶郑氏若有所指地对沂大太太洪氏笑道:"这姑娘我第一眼看见就知道是个伶俐人,有次我只不过说了句红蕊几个在帮耕哥儿、耘哥儿赶制夏裳,她就记在了心里。"

沂大太太一听也觉得这位吴家大小姐不错,至少是个知道好歹的人。"既然你和你祖母都说好,那我就不管了。"沂大太太起身告辞,"等两家小定的日期定下来了,你再去告诉我一声就是了。"

识大奶奶笑盈盈地应"是",把婆婆送出了门。红蕊这才在识大奶奶耳边低声道:"听说是吴夫人诊出了喜脉,吴家大小姐在吴夫人跟前服侍。"

识大奶奶有些意外,但很快就笑道:"这样也好!娘家靠不住了,就更得靠婆家了。"红蕊但笑不语。

汶大太太心里欢喜得很。她想把侄女许配给儿子,也是不想让外面那个女人的侄女进门,可若是扪心自问,吴家大小姐不管是出身还是相貌都比她的侄女高出几个档次。特别是当她听说程汶当着二房老祖宗的面是苦着脸答应的这门亲事时,就对这门亲事更满意了。"可惜吴家大小姐过来做客的时候我没有仔细地瞧瞧她。"汶大太太有些遗憾地对贴身的丫鬟湘儿叹道,"看来这次二房在诺哥儿的婚事上的确是下了大功夫的。"

程家祖训,四十无子方可纳妾。可程汶开了个头,像湘儿这样的大丫鬟也不免有了些心思,闻言笑道:"听说吴家大小姐和二房的识大奶奶走得很近,识大奶奶对吴家大小姐的品行很了解。您若是想知道什么,大可去问识大奶奶。"说到这里,她语气微顿,又道:"我好像记得吴夫人娘家是姓关来着,最开始吴夫人到金陵的时候和四房的关老安人走得最亲近,吴夫人还特意带了三位吴小姐过来拜访关老安人。那吴家大小姐更是和周家二表小姐差不多的年纪,当时几个人还一起玩着。周家二表小姐应该和吴家大小姐也熟。"

汶大太太闻言就撇了撇嘴,道:"周家二表小姐那里我们还是少和人家来往为妙。人家现在是郭老夫人的心头肉,护犊子似的被郭老夫人护着呢!别是我们去问吴家大小姐的事,却被牵扯出其他的事来,又说是我们不知道轻重,拿了在九如巷做客的表小姐做筏子,惹是生非!"

湘儿很不以为然。你汶大太太怎么说也是九如巷五房的掌家太太,怎么就连个寄人篱下的表小姐都不如?有事怕惹了郭老夫人生气那是应该,怎么现在连个晚辈都怕起来,真是越活越回去了。跟着这样的人还能指望什么?她腹诽着,面上却不露半点异色,笑道:"大太太说的是。多一事不如少一事。若是想知道吴家大小姐的事,就去问识大奶奶好了。"

汶大太太也觉得自己这样挺没意思的,可她只要一想到五房还指望着裕泰票号的分红过日子,她的腰杆就没办法直起来,只能装糊涂吩咐湘儿:"那你叫了小丫鬟进来服侍我更衣吧!我去留听阁和识大奶奶说说话。"

湘儿笑着去喊了小丫鬟进来,等汶大太太梳洗了一番之后,陪着汶大太太往二房去。路过四房的时候,两人看见几个粗使的婆子在搬花,而且都是些兰花、茶花、菊花等用羑阳盆装着的名贵品种。她不由多看了两眼。湘儿忙上前问。

婆子笑道:"是表小姐养的。因诰大爷婚期在即,要修缮新房,家里常有工匠小厮进出。表小姐怕伤了这些花,就暂时搬去寒碧山房的浮翠阁。"

汶大太太大惊,道:"郭老夫人难道同意了?"

那婆子笑道:"奴婢也不知道,是老夫人身边的碧玉吩咐下来的——她怎么吩咐,奴婢们就怎么办!"

汶大太太沉默了片刻,沉着脸走了。那婆子就不屑地朝着她的背影几不可闻地轻哼了一声。另外几个帮忙的婆子都凑了过来,悄声道:"这位就是五房的汶大太太了?"

"不是她还是谁!"那婆子的声音压得更低了,"如果我是她,早就搬到别院去住了,哪还有脸这样青天白日在院子里到处乱逛,生怕别人不知道她的事似的。"

汶大太太跪着听丫鬟读《女诫》的事早已传遍了九如巷,略有头脸的丫鬟、媳妇子、婆子都觉汶大太太这次可丢脸丢到了秦淮河去了,对她居然能忍下这口气更是不齿,行事就颇有些"柿子专拣软的捏"的意思,少了从前的恭敬;相反,对寒碧山房的郭老夫人就更敬畏了。

几个人不敢怠慢,三两下就把那些花都小心翼翼地搬到了板车上,一人拉,两人护,后面还跟着三个照看的,风风火火地搬去了浮翠阁。

进门摆盆茶梅,床头摆盆蕙兰,茶几上摆盆文竹,廊庑下摆盆牡丹……院子里顿时明亮起来。周少瑾站在厅堂里,满意地放下了挓起的袖子。

小檀跑了进来,气喘吁吁地道:"二表小姐,四老爷回来了!"

"真的!"周少瑾说着,眼睛一亮,转身就往听鹂馆去。

"二表小姐,你是不是先换身衣裳?"小檀道,"你刚才还和婆子一起搬花呢!"可惜她的话还没有说完,周少瑾已经一溜烟地不见了。小檀跺跺脚,只好跟了过去。

池舅舅不在的时候听鹂馆就像一摊死水,池舅舅一回来,听鹂馆的如意门大开,抬箱笼的小厮来来往往,还能听到几声鸟雀的啼叫,整个院子都生机勃勃地活了过来。

周少瑾一眼就看见了站在廊庑下和怀山说话的程池。灰色的粗布道袍,玄色的粗布鞋子,背手而立,面容冷峻却丰姿潇洒,气宇轩昂。池舅舅穿得这么朴素,怎么还是这么漂亮呢?周少瑾在心里嘀咕着,脚步一滞。

程池却像知道她来了似的突然转过头来,和她的目光在空中碰了个正着。他就笑了起来。冷峻散去,只有春日阳光般的煦和。周少瑾心中生暖,像只小燕子似的扑了过去。程池的笑容就更盛了,低声对怀山说了两句话。怀山看了周少瑾一眼,悄声退下。

周少瑾在程池的面前站定,娇俏地嘟了嘴,道:"池舅舅您怎么现在才回来?"

程池望着她红扑扑的脸,还有衣袖边残留的泥土,陡然间想起生长在深山老林里的那些野花，娇艳无比，却又天真烂漫，无忧无虑。周少瑾有时候就像这样的花，不管经历过什么都能守住本心。或许这也是她能不记前仇的缘故吧！他笑道："我这还没有站稳脚跟，你就知道我回来了。我看我不管是回来得早还是回来得晚，你一准儿就能知道。不过，你来了才几天，不会就把门房当值的人给收买了吧？"

"怎么可能！"周少瑾娇嗔道，"我不过是让小檀帮我留心一下，若是池舅舅回来了就立刻告诉我！"

"哦！"程池抬了抬眉，"所以这不算是通风报信！"

周少瑾脸上火辣辣的，争辩道："谁让您神出鬼没的！"

"我神出鬼没的？"程池又抬了抬眉。

周少瑾忙改口道："不是，不是。是我说错了话。池舅舅这是神龙见首不见尾。"

程池哈哈大笑。搬箱笼的小厮都偷偷地打量周少瑾。周少瑾很是尴尬，又不想就这么走了，想问问程池去了哪里，都做了些什么，又觉得有些说不出口。她想了又想，干脆问程池："池舅舅，集萤跟着您一起回来了吗？我有些日子没有看见她了，挺想她的。"

"是吗？"程池笑了笑，道，"她和我一道回来了，刚回厢房。你要是想去看她，向前往左拐就能看见她住的厢房了。"

她当然知道集萤住的地方怎么走，但池舅舅怎么也不问问她来找他干什么啊？可见他并不是十分高兴见到自己。也不是，池舅舅刚才见到她的时候还是挺高兴的，她能感觉得到，但他没有她这么高兴，不然为什么不请她进去屋里喝茶之类……周少瑾的情绪瞬间就有些低落，又有些说不出来的窘然。"那我去找集萤了！"她说着，匆匆朝集萤住的地方去。

程池不由抚额。真是小孩子，说风就是雨。不过，看她的样子已经开始养花了，想必在浮翠阁过得还不错。程池一颗心落了地，吩咐商嬷嬷："二表小姐来了，你让人做几道点心端过去。"商嬷嬷笑着应是。

程池回了书房，去忙自己的事了。周少瑾拐了个弯进了集萤等人住的地方，四周就安静下来。她一路无阻地进了集萤住的厢房。两个小丫鬟正在服侍集萤梳洗，而她的脸色显得有些苍白。

出门是很辛苦的事。周少瑾不由暗暗讪笑，觉得自己来得不是时候，应该等集萤歇息一会儿才过来看她的。难怪刚才池舅舅没有留她喝茶。池舅舅还没有更衣呢！这么一想她心里莫名又涌起几分雀跃来。

但集萤已经看到了她，笑着转过身来，道："你的消息好灵通，我一回来你就知道了。看来老夫人待你不错。"

周少瑾一时没明白。集萤扑哧一声笑道："真是傻人有傻福。"然后解释道："四爷和郭老夫人一样，最恨人刺探他们的行踪，所以我们住进了寒碧山房都有些碍手碍脚的。你却能随意进出，四爷那边我不好说，但老夫人肯定对你是睁一只眼闭一只眼的，不然你哪能这样到处乱跑啊！"

周少瑾嘿嘿地笑。集萤就请她在一旁的罗汉床上坐。

周少瑾笑道："我还是等会儿再来吧！你好好歇歇，我发现你的精神不太好。"

集萤笑着坐到了她的对面，道："也没什么。让我去睡我也睡不着，你来了正好陪着我说说话。"话音刚落，小丫鬟端了茶点过来。集萤帮着把茶盅和点心摆到了周少瑾的面前。

周少瑾见她右手垂落，只用左手，心中一动，道："你的右手……"

"没事。"集萤轻描淡写地道,"被撞了一下。"

周少瑾不相信,道:"我看看!"

集萤不让,笑道:"大夫刚刚包扎好,你打开一看,我又得看大夫。还是算了吧!不过是些皮外伤,养两天就好了。"

"是吗?"周少瑾说着,抬了抬眉。

集萤看着一愣,觉得这动作好熟悉,不由道:"你这是什么意思?我难道还骗你不成?"随后就转移了话题,道:"你这么盯着我,我一回来就找了过来,是想问诣二爷的事吧?"

周少瑾脸一红。是啊,她怎么把这么重要的事给忘记了?之前她不是一直念着集萤快点回来吗?还说要劝劝集萤的。结果看到集萤只想问她这些时候到底去了哪里,都干了些什么事。她忙收敛了思绪,道:"那天到底发生了什么事?你怎么会那么沉不住气?"

集萤可能到现在还耿耿于怀,所以周少瑾一提起来她的火气就上来了,气得柳眉直竖,道:"你那个诣表哥真不是个东西!遇到了居然问我能不能以后服侍他。你池舅舅这个人还不错,我还以为程家的家教有多好呢,一时间也没有往别的方面想,还好好地跟他说,我已经服侍你池舅舅了,不可能再去服侍他。他的好意我心领了。没想到他开口道:我知道让你服侍我有些委屈了你,可我实在是喜欢你。我们家虽有四十无子不纳妾的规矩,可我汶叔父还不是在外面养了个,家里的人也没敢把他怎样,你如果同意,我就向池四叔讨了你,把卖身契还给你,在外面给你置个宅子,买几个丫鬟婆子服侍你,也好过你在这边看我池四叔的脸色。你说我怎么忍得住,当时一脚就把他给踢翻在地。"

周少瑾恨不得有个地缝让自己钻进去。诣表哥他还能不能再蠢一点!但更让她担忧的却是程诣话里流露出来的意思——可我汶叔父还不是在外面养了个,家里的人也没敢把他怎样。如果以后程家的人都这么想,有样学样的,那个家还不得乱成一团麻啊!她不由面色一肃,道:"这件事我会告诉我外祖母的。"

集萤看她这样反而有些不好意思起来,道:"我把人打了,你外祖母也没有说什么,你就别从中搅和了。不管怎么说,你诣表哥毕竟是她老人家的亲孙子。哪有亲孙子被人打了做祖母的不心疼的?你外祖母这样,已经算是很通情达理的了!"

周少瑾想着这件事只怕还是和池舅舅或是郭老夫人说,他们才会知道自己担心的是什么,也就不再往下说了,代程诣向她道了歉,安抚了集萤几句,就问起出门的事了:"……都去了哪里?我看你这次出门的时间还挺长的,好像还在池舅舅之前?之后你们在一起吗?"

集萤笑道:"我和你池舅舅不在一起。你池舅舅去了山东,我回了趟家。后来一起回来的。"

也就是说集萤根本不知道池舅舅出去干了些什么。周少瑾有些失望,但还是道:"池舅舅去山东干什么啊?"

"谁知道呢?"集萤道,"可能是闲着无事,过去溜达一圈吧!说起来他也有几年没去过山东了。"

应该不会是闲着无事过去的。周少瑾在心里琢磨着。池舅舅已经相信了她的话,以他的脾气,应该开始调查这件事,怎么可能是闲着无事呢?有没有可能是池舅舅查出了些什么呢?周少瑾有些坐不住了。

偏偏小丫鬟送了点心过来。集萤奇道:"这是新做的点心吗?我这边有现成的茶点。"

那小丫鬟笑道:"奴婢也不知道。是商嬷嬷吩咐送过来的。"

周少瑾却一眼就看见了霁红瓷小碟里放着的水晶糕，道："那就留下来吧！反正也送过来了，我们尝尝。"

小丫鬟笑着把点心摆到了茶几上。集萤见周少瑾最先吃了水晶糕，笑道："你喜欢吃水晶糕啊？"

周少瑾点头，笑道："我乳娘说，我从小就喜欢干净，有颜色的东西像黑芝麻糊、枣泥糕、绿豆沙一律不吃，只吃白色的像水晶糕、马蹄糕之类的。马蹄糕乳娘又怕我吃了不克化，就只让我吃水晶糕。可能是把胃口给顺了过来，我长大之后最喜欢吃的就是水晶糕了。"

"难怪你长得这么白！"集萤笑着伸了手和周少瑾比，"你看！别人说我白，我看你比我还白！"

周少瑾咯咯地笑，和集萤一边喝茶一边吃点心，说了会儿话就告辞了。集萤可能是太累了，没送她，等她走后，倒头就睡了。

周少瑾一面打量着四周景致，一面去了前院。想必是箱笼已经整理好了，搬箱笼的小厮都已经退了下去，院子里静悄悄的，西边的书房窗棂大开，她一眼就看见了坐在大书案后面的程池。他背脊挺得笔直，双手自然垂落在太师椅的扶手上，神色肃穆地正说着什么。

风吹过树梢，也吹进了屋里。他面前的账册哗哗直响。怀山、秦子安和另外两个面生的男子站在大书案前，头颅微低，正恭敬地听着。没有看见秦子平。

那两个面生的男子其中一个和秦子安差不多年纪，却长身玉立，面容姣好，温文尔雅，和秦子安截然不同。另一个比秦子安略大几岁的样子，也长得身材魁梧，但面相忠厚老实，眉宇间平和中正，和秦子安的冷峻又不一样。

她来得可真不是时候。池舅舅一看就知道在忙。周少瑾在心里叹了口气，转身就要走。谁知道屋里的人却齐刷刷地朝她望了过来，而且个个目光如炬。被这么多男子这样看着，周少瑾窘然，脸上火辣辣的，匆匆屈膝行了个福礼就要走开，谁知道程池却站起来走到了窗前，笑着朝她招了招手。周少瑾不安地走了过去。

程池问她："和集萤说完话了？"他的声音有些低沉，甚至有些嘶哑，可看她的眼神却依旧温暖和煦。

周少瑾心中大定，赧然地点头。

程池笑道："我现在还有事，你自己去玩吧！我给你带了件小礼物，已经让人送到你屋里去了。"就像她是个七八岁的小孩子。

周少瑾觉得自己有些不满，可想到程池带给她的礼物，心却自有主张地像开了花似的高兴起来。她笑眯眯地点头，一溜烟地跑了。

程池摇头，转身已恢复了肃穆的神色，道："金沙帮的知情识趣就行了。原来不过向他们示威，这次却是要让他们为我所用，手段是必不可少的。若是不服，就灭了，重新再扶持一个帮派。这件事迫在眉睫，必须在明年年底要见到成效——从京城到金陵，我要一只蚊蝇都逃不出我的眼睛。"

怀山和秦子安都没有作声，那个面容姣好的男子却有些迟疑道："四爷，侠以武犯禁。我们这么大的举动，几乎是涉及了整个北武林，您前几年又在南武林闹了一回，只怕不仅会引起南武林的忌惮，还会引起官府的注意的……"

"这件事你不用管。"程池冷冷地道，"南武林那边不用管他们，他们也就敢忌惮忌惮，你让他们推个人来跟我说句话只怕都没有人愿意接了这烫手的山芋。至于官衙那边，过段时间我会去京城小住些日子。"

面容姣好的男子松了口气。程池的目光就落在了那面相忠厚老实的人身上。那人恭身揖礼，咧了嘴一笑，顿时戾气冲天，阴恻恻地道："四爷放心，我这边省得。"程池满意地颔首。

程池虽然想和程家划清界限，可也不愿意自己的族人血亲被满门抄斩。他望着怀山等人鱼贯着走出了书房，陷入了沉思。程家被抄斩，肯定是新皇的意思。就算不是新皇的意思，新皇也是受了有心人的怂恿，至少当时皇上是下了决心要灭程家满门的。

官衙做事向来有些拖拉，特别是这种涉及灭门的惨案，都怕"野火烧不尽，春风吹又生"，被问斩的人家有人逃了出来，然后把这账算到了自己的头上，给自己在看不见的地方添了个仇家。而据周少瑾所说，程家倒得特别快，甚至家产还没有被抄没殆尽的时候，程家的男丁就全都被斩首了。这就有点不合常理了。

满门抄斩，在抄斩之前应该先没收财产。可见新皇是要程家的人死。什么事能让新皇非要程家的人死不可呢？

程池站了起来，在屋子里来回地走着。以后的新皇是四皇子。这位四皇子在几位皇子里面素来不起眼，之前程池从来没有接触过。这次去京城，恐怕得好好地和这位四皇子打打交道了。他是什么秉性？有什么爱好？程家有可能在哪方面得罪了他或者是惹怒他……程池觉得自己都应该打探一番。特别是在京城的大哥和二哥，这些年都干了些什么？结交的都是些什么人？甚至包括他们身边的师爷幕僚，都要查个一清二楚。

二叔父那边也要查。这需要大量的人手。要不要把丐帮也拉进来？他们的消息最灵通了。南丐帮是张大牛当家，不知道北丐帮是谁当家？这件事最好还是交给秦子安去做。至于去京城小住些日子的事，最好还是等程嘉善和闵家姑娘定了亲之后，少瑾没有了利用的价值。这样他在京城也能安心些。

想到这里，他重新在书案前坐下，写了封信让秦子安送去终南山："……请云鹤子道长帮你引见北丐帮的人。"秦子安默默地把信收在了衣袖里。

程池问他："集萤的伤怎样了？"

"最好这大半年都不要跟人动手。"

程池颔首，示意他退下。怀山在门外求见。程池让他进来。

怀山道："刚才商婆子跟我说，我们出门的时候二表小姐经常到听鹂馆来探听您的消息。二表小姐又天资聪慧，商婆子有些担心，问能不能把集萤姑娘就留在家里，让集萤姑娘陪陪二表小姐，反正集萤姑娘这些日子也不能和人动手……"

"可以！"没等他说完，程池已干脆利落地道，"这次漕帮找计家的麻烦，我原本就不赞成集萤出面，可计家老太爷执意要试一试集萤的身手，我也不好拦着。现在计家既然已经知道了集萤的深浅，以后外面的那些事就不要再让集萤掺和进去。在家里好生地修身养性，说不定她的剑术还能有突破。"

"是！"怀山恭敬地应诺，退了下去。

屋子就安静下来。风吹着树叶沙沙地响。程池走到窗前。听鹂馆的树木枝繁叶茂，油绿、嫩绿、葱绿、碧绿……各种绿色交织在一起，满目的清凉。他脑海里突然浮现出周少瑾眨着黑白分明的大眼睛在他屋门口探头探脑的模样儿。程池的嘴角忍不住翘了起来。晚上和那小丫头一起用晚膳好了。再去她住的浮翠阁看看，也不知道商嬷嬷有没有照着他叮嘱的那样布置浮翠阁。

他想着，走到一旁的多宝槅格子旁，拿出了个紫檀木的匣子。那天从琅珑居淘回了这尊观世音雕像之后他就送去了甘泉寺开光，原准备直接放在小佛堂。没想到出了程诣的事，母亲趁机把小丫头接了过来，他没来得及摆进去。等会儿就送给她好了。她肯定很高兴。程池轻轻地拂了拂紫檀木匣子上并不存在的灰尘。

周少瑾三步并作两步地回了浮翠阁。人还没有进门，就听见浮翠阁里一阵欢声笑语，还夹杂着婉转的鸟啼。周少瑾很是意外。寒碧山房没有养花，就更不会养鸟了。她之前去听鹂馆，听见鸟啼，还以为是哪只鸟路过，并没有在意……此时又听到了鸟啼声，她不由得心中怦怦乱跳，疾步走了过去。

葡萄架下围了一堆丫鬟。小檀最先发现周少瑾，惊喜地叫了声"二表小姐"，道："四老爷出门给您带了礼物回来！"

她的话音未落，围着的小丫鬟们纷纷散开，让了个道给周少瑾。周少瑾一眼就看见了放在石桌上的大红漆鸟笼。

鸟笼外面的宝蓝色织金罩子被撩了起来，一对黄鹂鸟儿在鸟笼里蹦来蹦去的，啼叫不止，活泼又可爱。

"这是池舅舅送给我的礼物？"周少瑾心里软绵绵的，有些不敢相信地问。

"是啊！"春晚羡慕地笑道，"是秦总管亲自送过来的，不会错的。"

周少瑾走近了，两只黄鹂鸟儿都啼叫着朝她扑腾过来，落在了鸟笼中间的支架上，对着她婉转地鸣叫起来。

杏桃惊讶地叫道："表小姐，它们一定是在对着您唱歌！"

周少瑾也这么觉得。她好喜欢这礼物，伸出手去隔着笼子的栅栏摸了摸两只小鸟的头，两只小鸟蹦得就更欢实了。周少瑾忙道："你们给它喂了水喂了食没有？"

"喂了。"春晚忙指着鸟笼里的两个小食盅，"一个是装食的，一个是装水的。"

周少瑾定睛一看，那两个食盅居然是和田玉雕的。她不由讪笑了一声，道："你们有谁会养鸟的吗？"

春晚抿了嘴笑，道："四老爷不仅送了鸟给您，还送了个小厮给您。"

周少瑾睁大了眼睛。一个七八岁年纪的小厮扑通一声就跪在了她的面前，头也不敢抬地道："二表小姐，小的奉了四老爷之命，以后就在浮翠阁服侍这对鸟儿了。"

周少瑾望了望跪在地上的小厮，又望了望那鸟笼里的和田玉食盅，干笑了两声，道："你叫什么名字？起来说话好了！"

小厮战战兢兢地站了起来，禀道："小的就叫小雀，四老爷说，这样好记！"

周少瑾语凝。正想问问小雀的出身，雪球不知道从哪里蹿了出来，冲着那鸟笼就是一阵狂叫。周少瑾吓了一大跳。两只黄鹂鸟更是吓得扑通扑通乱撞。

小雀忙道："二表小姐，狗和鸟是天敌。我还是帮您把这狗抱走吧！"

"算了！"周少瑾抱了雪球，道，"你以后注意点，别让雪球把这鸟吓着了就是。"

小雀笑着应"是"。周少瑾就让春晚把鸟笼挂在内室的窗棂旁。

春晚笑道："小鸟不是应该挂在廊庑下吗？我从前看人养鸟，都是挂在廊庑下的。"

周少瑾从来没有养过鸟，不知道，但她觉得若是屋子里有了这两只黄鹂鸟，显得更有生气。

那小雀显然是个极会察言观色的人，忙道："这鸟随人，养到哪里都好。二表小姐若是觉得养在内室好，那就养在内室好了。只是要麻烦姐姐平时给它喂食了。"

小雀这个养鸟的人都说了，春晚自然不好再说什么。她笑着客气了几句"不碍事""我定会按时给它们喂食的"的话，把鸟笼挂在了周少瑾内室的窗棂上。

周少瑾吩咐春晚把窗棂打开："这样透气，鸟儿也舒服些。"春晚等人又笑着去开窗。

雪球一直乖乖地趴在周少瑾的怀里。周少瑾见状就把雪球放在了地上。雪球呜咽着摩擦着周少瑾的裙摆。周少瑾咯咯地笑，接过小雀手中的树枝逗着两只黄鹂鸟。

院子里是绿色的参天大树，台阶上是盛放的牡丹花，鸟儿欢快地啼鸣，周少瑾的心像开了花似的。雪球却冲过来对着鸟儿又是一阵狂叫。周少瑾只好把它抱了起来。它安静了下来。可只要周少瑾去逗那两只鸟，它就汪汪地乱叫，叫得人心惊胆战，可只要周少瑾把它抱在怀里，它又安静了。

春晚几个奇道："雪球不会是在吃醋吧？"

周少瑾愣住，放下了雪球。它又叫了起来。如此反复几遍，还就真的应了春晚的话。只要周少瑾不去逗那两只鸟，雪球就会乖乖地蹲在一旁望着周少瑾；只要周少瑾去逗那两只鸟，它就叫个不停。

众人哈哈大笑。浮翠阁中笑声、鸟声、狗声不绝于耳。

郭老夫人笑道："这是怎么了？又是狗叫又是鸟鸣的？四郎是不是送了什么东西去浮翠阁，不然浮翠阁不可能热闹成这个样子。"

碧玉忙笑道："听说是送了两只黄鹂鸟。叫得可好听了。"

"哦！"郭老夫人来了兴致，道，"我们也看看去。"

碧玉几个簇拥着郭老夫人去了浮翠阁。浮翠阁里的人正逗着雪球，个个笑得直不起腰来。

见郭老夫人来了，周少瑾行过礼之后，忙把雪球和两只黄鹂鸟的事讲给郭老夫人听："……别人逗那两只鸟都没事，就我不能逗，一逗雪球就乱叫，叫得还挺吓人的。"

"还有这种事！"郭老夫人呵呵地笑，让周少瑾抱了雪球，自己去逗鸟。

雪球垂着眼睛，理也不理郭老夫人。等到周少瑾去逗鸟的时候，雪球就不安分了。

"这可真是有意思！"郭老夫人反复地逗着雪球和两只黄鹂鸟，笑得不能自已，"这敢情好，你这狗和鸟斗上了。"

周少瑾苦笑，只好把狗交给了小檀，道："你以后带着它多出去溜溜。"小檀笑盈盈地抱着狗退了下去。

第五十六章　家宴

狗和鸟分开了，浮翠阁也终于清静了。周少瑾松了口气，生怕这些喧嚣打扰了郭老夫人，亲自给郭老夫人续了杯茶，留了郭老夫人晚膳。

郭老夫人倒是挺喜欢浮翠阁的热闹，笑道："你池舅舅回来了，我原本准备给他接风洗尘的，我们就在上房用饭好了。"

这些日子周少瑾除了早膳，午膳和晚膳都是陪着郭老夫人在上房用的，闻言不由脸色微红，觉得自己刚接了池舅舅的礼物，就把池舅舅给忘了。

郭老夫人看她的样子，倒猜出几分来，笑道："你和你池舅舅差着辈分，有些事自然想不到。"

周少瑾这下子脸更红了。老夫人和池舅舅待她向来宽和，她反倒放纵起自己来，没有把池舅舅当长辈尊敬，这个毛病得改一改才好。

郭老夫人呵呵地笑，问起了周少瑾去听鹂馆的事。周少瑾这才想起程诣对五房大老爷程汶养外室的评论，"哎呀"了一声，忙把这件事告诉了郭老夫人。

郭老夫人神色凝重起来。程诣既然调戏集萤，还能有什么好话？当时郭老夫人并没有问具体的情况。她之前以为程汶养外室的事会影响到五房，影响到程诺，可如今看来，这件事的影响远比她想象中的严重。郭老夫人想了想，道："这件事你跟你池舅舅说了吗？"

周少瑾脸上火辣辣的。她见到池舅舅的时候早把这件事忘到了脑后。"没有。"她喃喃地给自己找借口，"当时池舅舅有事在忙……"

郭老夫人知道自己的这个小儿子忙起来是六亲不认，谁也不理的，还以为周少瑾是在他那里碰了壁，不好意思，安慰周少瑾道："没事，没事。你池舅舅就是那个脾气，你以后有什么事跟我说就行了。像这次就做得很好。这种事在别人看来是小事，但千里之堤，往往溃于蚁穴。"说着，郭老夫人爱惜地拉着周少瑾的手拍了拍，赞道："你能看出事情的根源，很好，很好！"连说了两个"很好"，把周少瑾臊得不行，只好小声地请郭老夫人喝茶。

郭老夫人笑眯眯地端起茶盅喝了一口，然后叹气道："这件事只怕你池舅舅早就知道了，不然他也不会让嘉善去住在藻园了。之前我还觉得你池舅舅对嘉善有些严厉，现在看来却再对不过了。程家'言'字旁的这些爷们，是得整治整治了。"

周少瑾一愣。池舅舅让程许住到藻园去，真的是郭老夫人说的这个原因吗？念头闪过，她心里已是乱糟糟一团，之后郭老夫人说了什么，她是怎么回答的，她都没有什么印象了。直到郭老夫人派了小丫鬟去给程池传话，让程池晚上别出去，留在家里用晚膳，她这才回过神来。

小丫鬟回来却道："四老爷说，二表小姐既然留了老夫人在浮翠阁，那晚膳就摆在浮翠阁好了。他正好过来看看。"

自周少瑾搬到浮翠阁，程池还没有来过。人既然是他留在长房的，以他的性子，肯定是要来看看的。郭老夫人笑着点头，吩咐下去。春晚几个立刻忙了起来。

等到程池过来，浮翠阁的厅堂扇门大开，墙角摆了人高的茶梅，桌子也支好了，筷箸也摆上了桌，一副精心布置了等着人来开饭的样子。程池看着就满意了几分。等净了手，用了晚膳，他就更满意了。虽然都是清淡的杭帮菜，灶上的人却做得用心，味道很好。程池赏了灶上的人。郭老夫人见了很开心，笑着对周少瑾道："你池舅舅有好些年都没有这样的兴致了，可见你池舅舅这次出门事情很顺利。"

周少瑾心里还惦记着程许去藻园读书的缘由，闻言也只是勉强地笑了笑。郭老夫人看不出来，程池却看得分明。这小丫头片子又怎么了？去听鹂馆找他的时候还兴高采烈的，怎么一转眼的工夫心里就不舒服起来？难道是母亲和她说了什么话？程池不动声色地站了起来，走到了廊庑上，道："这几株牡丹养得不错，我这鸟倒是送对了人！"

周少瑾忙跟了过去，道："池舅舅很喜欢吗？我花房里还有几株，等会儿我让婆子给您送到您房里去吧？"

"不用了。"程池笑道，"我东奔西跑的，常不在家，再好的花养到我那里，少了人气都凋谢得很快。"

这倒是，不然为什么说闲人才养花。花离开了人就没精神，所以要人常陪着。但程池这还是第一次看中周少瑾的东西，周少瑾觉得无论如何也得让程池得到才行。她笑道："要不您在的时候就把花放在您那里，您出门的时候就把花搬到我这里，我替您养着就是了。"程池不以为然。

听到他们对话的郭老夫人却觉得好，也出了厅堂，对程池道："你那里也的确是要养几盆花了，这屋子里有了花，模样儿都不一样，有生气多了。"程池没有说话。郭老夫人想起什么似的，脸上的笑容也渐渐地消退。一时间气氛变得有些冷。

周少瑾不知道为什么，可她既不愿意看见程池难受，也不想郭老夫人难受，就佯装什么也没有感受到似的，嘻嘻笑道："池舅舅肯定是不喜欢牡丹花。我还养了几株树兰，平时绿茵茵的，开很小的黄花，星星点点地点缀在绿叶中，很好看的。我等会儿就让人给您搬过去。"

郭老夫人陡然有些庆幸自己答应让周少瑾住到寒碧山房里来了。这姑娘虽然不像别人那样百伶百俐的，却温顺贴心，待人真诚。有她在中间这么什么也不知道地乱搅和，让他们母子之间也不像从前那样紧张了。

她笑着鼓励周少瑾："那等会儿你就让人搬几株树兰去你池舅舅那里。"又道："你上次送我的树兰就很好。"

周少瑾笑盈盈地应"是"。

程池看着心里有气。这傻丫头，什么也不知道，娘跟着说什么她就应什么，跟着瞎起哄，哪天总会被人骗去卖了的。他懒得和她们多说，在院子里看了看，见一切都照他说的布置的，转身回了厅堂。

周少瑾请他去宴息室喝茶。程池又趁机看了看书房和小佛堂。见那小佛堂的香案上还空着，状似无意地道："我记得你是供观世音的，怎么没再供奉了？"

她说过这话吗？不过，去普陀山敬香的人全都是供观世音的，而她是去普陀山敬过香的人。周少瑾没有起疑，笑道："原是我和姐姐一起供的，后来姐姐出嫁，我就让她带去了镇江。"

程池轻轻地"嗯"了一声，神色好像变得柔和了几分似的，道："正好，我那里有尊观世音像，原本这次出京准备送人的，后来没有用上，等会儿我让人拿过来。是请了甘泉寺的住持开的光。"

周少瑾喜出望外。这几天早上起来用过早膳之后才能去佛堂给菩萨上香，她既觉少了些许的诚意，又觉得不习惯。

"多谢池舅舅！"她笑得灿烂如花，把程池的眼睛都闪了一下。

程池一面吩咐清风去把观世音雕像拿过来，一面在心里暗忖：还好把程嘉善安排到了藻园，这要是天天对着周少瑾，他只怕更没有心思读书了。想到这里，他第二天一大早就叫了周少瑾过去，问她："程嘉善梦中是在多稼轩读书还是在程家的别院读书？考前有没有请哪位先生指点一二，或是曾经拜访过家里的哪位旧识长辈？"

这些周少瑾全都不知道。如今池舅舅把程许安排到了藻园读书，那情况会不会有变化？万一程许没有拿到解元的头衔，他和闵家的婚会不会告吹？程许若是和闵家的婚事告吹了，会不会纠缠着自己不放？周少瑾的汗毛立刻竖了起来，紧张地道："要不，您还是让程许回来多稼轩读书？梦中他好像一直住在多稼轩的。"

程池轻蔑地瞥了她一眼，道："我过几天还要出去，这才把他挪去藻园的。你倒好，为了他的功名，居然要我把他再弄回来！"

周少瑾顿时心花怒放，道："那您是不想让程许回来才让他去藻园读书的？"

程池望着眉眼弯弯的周少瑾，困惑地道："那你以为是什么？"

"没以为是什么，没以为是什么。"周少瑾急急地摆着手，笑得更甜了。

程池斜睨着她。周少瑾不禁在心里哀号。池舅舅什么都好，就是这眼里容不下沙子，喜欢刨根问底。还好她这些日子经历的事多了，不像从前那样什么事都慢半拍的。

"我这不是担心他会和闵家的婚事不成吗？"周少瑾觉得自己到了关键的时候还挺有急智的。

程池道："闵家要的是个举人女婿，他只要能考中，闵家就会答应婚事，你操的是哪门子心！"

周少瑾大喜。透过敞开的窗棂见怀山和秦子平过来了，她一溜烟地跑了："池舅舅，您还有事，我等会儿来看您！"

程池直摇头。这小丫头片子，什么时候才能长大啊？什么时候才能稳妥持重些！他看着渐行渐近的怀山和秦子平，收敛了心绪，也收敛了情绪，神色变得冷峻严肃起来。

池舅舅说，什么都不会变！他是为了她才让程许住进藻园的！周少瑾的心里就像揣了只小鸟似的，觉得自己的脚步都变得轻盈起来。甬道边伸展出来的树枝扫过她裙裾，她就像被惊扰似的清醒过来。她为什么要跑啊？怀山和秦子平找他有事，她大可去找集萤玩啊！集萤现在也回来了，而且她也想听听集萤出去之后有没有遇到什么有趣的事……周少瑾很是懊恼，不由停下了脚步，有些气愤地把那根横生出来的树枝折在了手里，拔起它的叶子来。

"少瑾，少瑾。"有人悄悄地喊着她的名字。周少瑾四处张望，半晌才在一排冬青树后面发现了程笳的影子。

"你蹲在这里做什么啊？"周少瑾惊讶地睁大了眼睛。

程笳赧然道："这不是在寒碧山房吗？我怕遇到了郭老夫人！"

"不至于吧！"周少瑾半天才反应过来，道，"郭老夫人人很好的，"她去拉程笳，"你快站起来！你看你这个样子像什么？你可是三房的大小姐！"

程笳讪讪地笑，顺着周少瑾拉她的力道站了起来。

周少瑾道："你怎么会在这里？"说着，她看了看周围，"还一个人？"

"哎哟！"程笳眉宇间带着几分不快，道，"你别问了！我就是到你这里来躲一躲。"

周少瑾想了想，猜道："你和泸大舅母吵架了？"

程笳有些扭捏地道："也不算是吵架吧，就是又争了起来——这不快到端午节了？敬表哥差了人来给家里送节礼，娘亲说他是'黄鼠狼给鸡拜年，不安好心'。我就随口说了句'您怎么能说自己是鸡'，我娘大怒，拿着鸡毛掸子就要打我。还好我跑得及时，不然这会儿只怕早就被逮住让我去跪祠堂了。"说完，她又抱怨道："敬表哥也真是，往年也不见他来送节礼，今年急巴巴地送过来，还不得被我娘嫌弃啊！他还说让我相信他，我怎么相信他啊！"

周少瑾听着她抱怨的多，怨怼的少，知道她只是要找个人说话，也不答腔，便送她去了浮翠阁，吩咐碧桃服侍程笳重新梳洗了一番，陪着她去给郭老夫人问安。

小姑娘家和老年人不仅差着年纪，兴趣、爱好也不同。周少瑾自幼就和程笳玩得好，郭老夫人乐于见着她继续和程笳来往。老人家笑呵呵地送给了程笳一对金手镯，还让她"没事的时候就过来玩"。

程笳受宠若惊，从上房一出来就挽了周少瑾的手臂道："你可真有福气，竟然能讨了郭老夫人的喜欢，我看见她就腿肚子打战，你要请客才行。"

话虽然说得有些颠三倒四的，周少瑾却懂了。姐姐出嫁，姐夫包了个大大的封红给她。她现在手里有钱。"你想吃什么？"周少瑾大包大揽地道，"厨房没有的，我差了人去买。""我要吃烤肉。"程笳高兴极了，毫不客气地道，"就像关外人那样，拿了炭火烤的肉。"

那还真得让人出去买了。周少瑾吩咐下去。樊祺跑了大半个城，午膳的时候她们吃到了烤肉。程笳吃得不亦乐乎。

程池望着缺少了周少瑾的餐桌有些意外，道："今天少瑾在自己屋里用饭吗？是不是哪里不舒服？"

郭老夫人笑着由碧玉扶到桌边坐下，道："三房的笳丫头来了，说是要吃什么烤肉，少瑾派了人去买，这会儿只怕正吃得欢实呢！"

"这种天气，吃什么烤肉啊！"程池不以为然地道，"小心上火！"

"多半是笳丫头的主意。"郭老夫人笑道，"少瑾向来乖顺，有时候晚上想喝碗银耳莲子羹都不好意思麻烦灶上的婆子，怎么会吵着吃这种要到外面去买回来的东西？"又道："她们年纪相当，两人也都没有多的兄弟姐妹，能玩到一块儿也不错。以后就是嫁了人，也有个来往的人。"

程池没有作声，在上房用了午膳就回去了。

程笳和周少瑾躲在床上说着心里话："我也不知道我娘是怎么想的，像个爆竹似的，一点就着。我都不知道该怎么和她说话了！还是你好，你继母远在保定府，她管不着你。关老安人又那么喜欢你，因为诰从兄成亲要修缮宅子，又怕一时顾不到你，还特意把你托付给郭老夫人。郭老夫人对你也好，看在你的面子上，还赏了我一对金镯子……"

周少瑾却听得心不在焉。程笳就这样跑了出来，她自然不能让泸大舅母担心。用午膳之前已派了人去跟泸大舅母说了一声。不知道泸大舅母下午会不会来接程笳。如果程笳下午回了三房，她是去听鹂馆找集萤玩呢，还是在家里绣观世音像呢？天气这样好，听鹂馆又很荫凉，歪在集萤屋里的罗汉床上听集萤说说外面的事肯定比在家里绣观世音像有意思。

想到这里，她心里就有些蠢蠢欲动，打断了还在那里唠叨的程笳，道："你娘肯定是为了你的婚事在苦恼，你就别和她计较这些了。她说什么你温顺地听着就是了。你越是说话只怕她心里就越烦。"

程笳道："你不知道，我不说话她也能挑出毛病来。"

周少瑾没等她说完又道："那你就避开她好了。"

程笳坐了起来，道："怎么避开她？除了晨昏定省，她每天没事就跑来看我在干什么，好像敬表哥往家里送东西是我怂恿着他似的。"

反正是笔糊涂账！周少瑾闭上了眼睛，含含糊糊地道："我现在困得很，等会儿起来了再帮你想。"

程笳不依地推了推她。她佯装睡着了。程笳叹了口气，只好重新躺了下来。

周少瑾还就真的睡着了。只是迷糊间听到外面一阵喧哗。周少瑾还没有完全清醒过来，程笳已道："出了什么事？"像是一直没有睡着似的。

春晚满脸笑容地跑了进来，欢喜地道："二小姐，笳小姐，许大爷回来了！"

程许？！周少瑾惊得睡梦全无，腾地一下就坐了起来，道："许大爷到了哪里？已经进了府吗？"

春晚笑着点头，道："何止是进了府，已经到了老夫人的上房。说是想给老夫人一个惊喜,所以拦着管事没让提前告诉老夫人和四老爷……现在正和老夫人在上房里说话呢!"

程笛跋了鞋就要春晚叫了小丫鬟进来给她梳头,道:"我去见见许从兄。"

周少瑾却眉头直蹙,问春晚:"池舅舅呢?"

春晚忙叫了小丫鬟进来服侍她们梳洗,道:"四老爷在听鹂馆,听说许大爷回来了,让怀山大爷过来传话,让他给老夫人问过安之后就去书房,应该是有话跟许大爷说吧!"

程泾不在,程池就是程许最亲近的男性长辈。他回来,除了要给程池请安,还要听程池训话。但愿池舅舅把程许狠狠地教训一番!周少瑾腹诽着,对兴致勃勃地准备去上院看程许的程笛道:"你自己一个人去上房吧!老夫人这么长的时间没有看见许表哥了,肯定有很多的话对他说,我就不去了。等到晚上老夫人给许表哥接风洗尘的时候再去拜见许表哥也不迟。"到时候她找个借口不参加宴请就行了。她相信池舅舅肯定有办法让她和程许碰不着面的。

听周少瑾这么说,程笛突然觉得自己有些冒失,沮丧地道:"算了!我也不去了。他上次去杭州府的时候给我带了很多的梅子酒。"

周少瑾道:"你不会是为了看看许表哥给你带了什么东西吧?"程笛嘿嘿地笑。有小丫鬟进来禀道:"二表小姐,翠环过来了。"周少瑾看了程笛一眼。程笛无奈地叹气,让人领了翠环进来。

翠环给两人行了礼,道:"二表小姐、小姐,识大爷和许大爷都回来了。太太说让你快点回去,晚上二房的老祖宗在听雨轩里开家宴,为识大爷和许大爷接风洗尘。"

程笛哀号一声:"最怕这种家宴了。大哥他们在外面听老祖宗训话,我们就在那里等着菜凉。"

周少瑾心中一惊。不会到时候把她也给叫过去吧?

送走了程笛,周少瑾让春晚去听鹂馆一趟:"问问池舅舅在听雨轩开家宴的事!"

春晚还没有来得及应诺,小檀跑了进来,道:"二表小姐,四老爷说,晚上听雨轩那边要开家宴。老夫人年纪已高,就不过去了,让你留在家里陪着老夫人用膳,他和许大爷去听雨轩。"

"好啊!"周少瑾笑得眉眼都弯了。她就知道,池舅舅不会让她陷入为难的境地的。

郭老夫人却有些迟疑地对程池道:"这样好吗?要不就让少瑾和我们一起过去吧?"

程池冷笑,道:"那种宴请有意思吗?"

郭老夫人望着程池的目光陡然间就充满了斗志,道:"既然你这么说了,那我就留下来。要是那位问起来,你就跟他说,我不想参加家宴——什么借口也不要找,就这么说。"

程池笑了起来,脸上的冰雪消融,声音出奇温和:"娘,您要相信儿子才是。"

郭老夫人欣慰地笑着点了点头。

程许换了件暗红锦纹直裰,腰间系着同色绦带,然后在镜台前照了照,略一思索,拔下了头顶的桃木簪换上了玉簪,这才笑着对欢喜道:"行了,我们去接四叔父。"

欢喜笑嘻嘻地应"是",和程许去往听鹂馆。

四叔父不苟言笑,他从小就有点怕这个四叔父。他这样贸贸然地就跑了回来,一开始还担心四叔父会教训他,没想到四叔父把他叫到书房之后只是仔细地问了他的功课,对他提前回来的事只字未提。不知道四叔父是觉得这不重要呢,还是那些帮他隐瞒行踪的管事都会遭殃呢?他有些拿不准。

不过，周少瑾留了下来，竟然被四房的叔祖母托付给了祖母教养。这对他来说，任何呵斥、责难他都认了。如今周初瑾嫁了人，程家只有周少瑾这一个寄居的表小姐，以祖母的强势，听雨轩的家宴肯定会带她同去。他到时候就可以见到她了，然后他就可以安安心心地去藻园读书了。不过，他没有想到四叔父会把他丢到藻园去，不是说藻园是四叔爷的禁地，家里的人一般都进不去吗？难道四叔父是个外冷内热的？他还是希望自己能桂榜题名？这是肯定的！

长房到了他这一辈，子嗣有点弱。四叔父为什么不成亲呢？难道像杏林胡同那些仆妇私底下议论的那样，四叔父有断袖之癖？可就算是这样，四叔父也应该有个知己才是，怎么从来没有看见四叔父和谁特别好。或者四叔父在外面养了个人？但就凭四叔父一直一个人，想必祖母和父亲都管不住四叔父。不说别的，就凭这一点，程许就非常地佩服程池。他胡思乱想着，踏进了听鹂馆的大门。

程池穿了件很朴素的靛蓝色细布直裰，腰间系了绦带，垂着荷包和印章，看上去沉稳内敛又低调金贵。程许顿时有些后悔。应该像四叔父这样在腰间坠几件饰物才是。他恭敬地上前行了礼，可直起身后就轻快地笑了起来，道："四叔父，我能不能就在多稼轩读书？那地方已经收拾好了，再搬动多麻烦啊！再说了，我还要每天给祖母晨昏定省……"

他是长房的嫡长孙，未来程家的宗子，虽然心底有些畏惧程池，可也有不在乎的一面——怎么说都是自己的叔父，不在书房的时候还不许他开开玩笑地讨价还价一番啊！就算是有什么不对的，最多也就被斥责一顿罢了。四叔父难道还会为些许的小事惩罚自己不成？

程池面无表情地斜睨了他一眼，程许就知道这件事不行。他不由哀号了一声。程池已身姿笔直地往门外走去。

程许急急地跟上，但还是不死心，道："四叔父，我保证这次过秋闱，您就让我住家里吧！我有两年没见着祖母了，很想她老人家，您就让我在她老人家身边尽尽孝吧！再说了，读书也要讲究劳逸结合啊，您总不能把我关在藻园，让我睁开眼睛是制艺，闭上眼睛也是制艺。这样闭门造车，又能考出什么好成绩来？父亲也说了，秋闱之前要多和同窗走动走动，要打听今年几位主考官的喜好，对症下药……"

程池看也没看他一眼，径直朝前走着，像没有听见他在说什么似的。直到程许喋喋不休地跑到了他面前，挡住了他的路，他这才脚步微顿，淡漠地道："你说的话也有道理。不如这样，你依旧住在多稼轩，然后没事的时候出去和你的同窗走动走动，打听一下几位主考官的喜好，好对症下药。我正好有事要出趟门，大概过了中秋节回来。你看怎样？"

这就是撒手不管的意思了！父亲曾经说过，几位主考官里虽然不知道谁是主考谁是副考，但可以肯定的是有一位是四叔父的同年。他倒不是没有信心考上，可若是想考解元，不对症下药还是不行的！四叔父不会是真的这么想吧？要是四叔父真的因为自己不听管教撒手不管了，首先父亲那里就过不去，他和周少瑾的婚事就谈也不要谈了！程许看着程池一脸肃穆，有些傻眼。

程池绕过程许继续朝前走着。程许再也不敢说什么，乖乖地跟在程池的身后往听雨轩去，心里郁闷极了。欢喜几个更是远远地跟着，大气也不敢出一下。

出了长房，过了如意门，走在四季锦的长廊上，程许这才觉得有些不对劲。前面就是听雨轩了，却没有看见祖母和周少瑾的影子！他忙上前几步走到了程池的身边，低声道："四叔父，怎么没看见祖母？"程许不敢问周少瑾，怕程池问他怎么知道周少瑾搬到了寒碧山房里住。

程池轻描淡写地道："你祖母不想参加二房老祖宗的宴请，所以不过来了。"

啊！程许大急，摸着额头上的汗道："为什么啊？大家都过来，祖母怎么不过来啊！"

程池站定，看着满脸焦虑的程许，想着周少瑾对他说的那些话，心思转了又转，正色地道："别人家都是长房管着族谱，打理族务。可你曾祖父比二房的老祖宗年幼，就由二房的老祖宗管了族谱，打理族务。到了你祖父那一辈，二房的老祖宗觉得做官的俸禄杯水车薪，根本不足以支撑家中的嚼用，而打理族务却可以动用两家的钱财，做官就可以不用贪墨受贿，不用受制于人，于仕途上能走得更远，就是想让他自己的儿子程励管理庶务。谁知道程励的运气不好，出门做生意的时候被漕帮的人杀了。二房的老祖宗那时候政务缠身，既没有精力打理九如巷的庶务，又没有服众的人帮他打理，只好又把家中的庶务交到长房的手里来。当时你祖父去世，你父亲和你二叔父刚刚入仕，守制之后需要二房的老祖宗帮着起复，就说定以后由我打理家中的庶务。所以我虽中了进士，却不能入仕。你祖母恨他见利忘义，落井下石，所以这么多年以来不待见他。你还要你祖母来参加二房老祖宗主持的家宴吗？"

程许表情呆滞地站在那里，嘴角翕合，半晌也没有说出一句话来。程池冷笑，朝听雨轩去。该说的话他都说了，如果程嘉善还会上当，那九如巷的宗子到底由谁来做，大哥和二哥的确得好好商量商量了。

周少瑾在给郭老夫人量身量，碧玉几个或拿着尺头站在一旁或拿着笔端坐在旁边。"一二……二一……二五……你这里要收两寸才好。"她看着手中的软尺，"我觉得这样衣裳做好了会服帖些。"

郭老夫人呵呵地笑了几声，道："我年纪大了，喜欢穿宽松点的衣裳。"

"所以我只准备收两寸啊！"周少瑾眨着大眼睛笑道，"秋天的衣裳不比夏天，秋天风起了，有了寒意，衣裳做得服帖些也暖和些。"

郭老夫人还有些犹豫。周少瑾保证道："您就放心好了！要是觉得不舒服，我到时候再给您改回来。"

"你就哄我吧！"郭老夫人闻言失笑道，"我只听说衣服由大改小的，还没有听说谁会由小改大的。"

周少瑾不以为然地咯咯笑，眉宇间流露出对自己制衣手艺的自信来。郭老夫人就笑道："那就收两寸好了。要是穿着不舒服，反正你还得给我做一件。"

"是啊！"周少瑾笑眯眯地道。

坐在桌边负责记尺寸的珍珠忍俊不禁，道："那我就少写两寸了！"

"不用，不用。"周少瑾忙道，"我报的全都是净尺寸，你照着我的写就是了。我缝的时候看着收放的。"

郭老夫人笑道："敢情你这是'将在外君命有所不受'，准备先斩后奏，准备按着自己觉得好的尺寸直接给我做秋裳啊！"

周少瑾的确是这么想的。她不喜欢衣裳穿在身上宽宽大大的。又不是没有布料。布料放久了会烂的，花色放久了也会过时。当然是穿着服帖更好。周少瑾见郭老夫人虽然这么说，却并无愠色，知道是在和自己说笑，抿了嘴直笑。屋里服侍的几个则忍不住哄笑起来。周少瑾就拉着郭老夫人选料子："……可以做件藤黄色内衣，外面穿件褐色的褙子，绣上暗红色宝相花，显得庄重又明亮。"

郭老夫人听了不住地点头，夸她颜色选得好。碧玉忙将周少瑾说的几个颜色的布匹挑出来放在一旁。周少瑾又给郭老夫人选了几匹漳绒和织锦。郭老夫人都说好。可当周少瑾看着放在一旁的白色淞江三棱细布时，却不由道："实际上池舅舅那样穿最好的了——细布透气又保暖，不管是春夏秋冬穿都好，就是没有绸缎光滑。"

见周少瑾夸奖程池，郭老夫人露出与有荣焉的表情，嘴里却道："他呀，就是离经叛道，从小就和他两个哥哥不同，顽皮得不得了。我当时想，我要是没生这个小儿子多好啊！可现在，陪在我身边的却是这个小儿子。可见这孩子都是菩萨给的，这是我的后福。"

周少瑾默然。如果郭老夫人知道池舅舅准备离开程家，那得有多伤心啊！梦中，如果池舅舅留在了程家，郭老夫人的寿元是不是会更长一点呢？周少瑾觉得自己应该对她更好一点。

程池和程许已到了听雨轩。和团年饭的家宴一样，听雨轩被十二扇的沉香木屏风一分为二，里面坐着女眷，外面则坐着男子。他们去得不早也不晚。

"言"字旁的晚辈都已经到了，程识还带着自己五岁的长子耕哥儿，程识几个没有成亲的叔父正在那里逗着耕哥儿玩。"水"字辈的则到了二房的程沂、三房的程泸、四房的程沔和五房的程汶。

程池的嘴角几不可见地撇了撇。这位老祖宗每次出场都一样，非要等人到齐了才姗姗来迟。不知道是因为他时间掌握得准呢，还是专门派了人通风报信，好踩着点儿来，以显示自己在这个家里的特殊地位？

程池上前和几位从兄见礼。程沂、程泸微微颔首，都坐着没有动。程沔虽然也没有动，却笑着和程池打了个招呼"池从弟来了"。只有程汶急巴巴地走过来，抱怨道："你怎么这个时候才来，就差你一个人了！到我这边来坐，我这边的椅子还空着！"然后又和程许寒暄，"嘉善，你比走的时候清减了很多，是不是读书读得太辛苦了？你要注意身体才是。"程沂和程泸眼底都闪过一丝不齿，程沔却笑容宽和。

程许上前给几位叔父行了礼，程识则带着从弟们过来给程池行礼。程池的目光落在了灰头土脸地跟在几位从兄身后的程诣身上。他走路微微有些瘸，好像伤势还没有好的样子。程池满意地把目光从他的身上挪开。感受到程池目光的程诣却肩膀缩了缩，更显得不起眼了。

程识把耕哥儿抱到了程池面前，温声笑着对长子道："这是你池叔祖，快给池叔祖问安！"

耕哥儿学着大人的样子给程池作揖，奶声奶气地喊着"池叔祖"，道："孙儿给您问安了！"

程池忍不住就笑了起来，朝着耕哥儿招了招手。耕哥儿也不怕生，笑嘻嘻地跑了过去。

程池摸了摸他的头，想了想，吩咐怀山："把我前些日子去京城买的那块马上封侯的玉牌等会儿送去留听阁。"怀山恭敬地应"是"。

程证就轻轻地拍了拍耕哥儿的肩膀，笑道："你池叔祖赏了你东西，你还不快向池叔祖道谢。"耕哥儿睁着双黑白分明的大眼睛又奶声奶气地向程池道谢。

程池觉得这双眼睛很熟悉，好像在哪里看到过似的，心里觉得很喜欢，想着要不要再赏耕哥儿几件东西，视线无意间扫过了二房的程沂和三房的程泸。程沂的表情有些得意，程泸的眼神却带着几分不喜。

程池不由在心里暗暗叹了口气。书读得少，眼光就会受限制。"言"字辈里，只程识成了亲，还生了两个儿子。程识把长子带到前厅来，颇有几分显摆他后继有人的意思。

可后继有人，指的不仅仅是血脉的传承，还有家业、家声的传承。二房的两个孩子年纪都小，现在说这些太早了些。两位从兄的心胸也都狭隘了些。难怪他们要算计程嘉善和少瑾了。若照此下去，十年之后程家就算是不被抄家灭族，想站在江南望族的行列里，只怕也会有些勉强了。这样一想，准备多赏几件东西给耕哥儿的心思也就淡了下去。

程沂就问起程许的功课来："《四书注释》都读了几遍？每天做几篇制艺？前些日子文德阁和德一书局合出了本《制艺合刊》，我翻了翻，有几篇制艺写得还不错，你也应该买本回来才是。"

程许恭谨地道："之前进京都的时候是跟着二叔祖读书，按照二叔祖的意思，《四书注释》我已经背了三遍了。制艺两天一篇。《制艺合刊》据说是致仕的内阁大臣、首辅申敏之申大人刊发的，二叔祖托人买了回来，说是要仔细看看。我还没有翻过，回来的时候太匆忙了，也忘了向二叔祖讨要，听沂叔父这么一说，我明天就叫人去书局买一本回来。"

程识和程证都支着耳朵在听。在京都的时候，程识虽然和程许一样住在杏林胡同，可程许却因为袁夫人，不是去袁家位于二条胡同的宅子里拜访，就是被住在离杏林胡同不远的双榆胡同的程劼叫去询问功课，他和程许在一起的时间甚至比在金陵的时候还要少。程许的进度如何，他很想知道。

程证的心情则是很复杂的。他知道，如果没有长房和二房的点头，他就算是书读得再好也不可能出仕，除非他的天赋逆天，长房和二房挡都挡不住。可从现在看来，他也只是比寻常人聪明一些罢了。看到程许有那么多的资源，他心里可以说是羡慕、嫉妒兼而有之。如果程许这一科中了举，他可能就是程家最年轻的举人了。

不对，长房的二老太爷程劼十八岁就中了举，最后被点了探花，难道程许以后也有这样的才能？不对。程证又想。二房的沂伯父也是十八岁中的举，可他却屡试屡败，最后只好做了程氏族学的山长。可见什么事都不是一成不变的。程许说不定有程劼的命却只有程沂的运呢？程证想着，心里总算是好受了些。

程沂之前也隐隐听说那本被江南士子极为推崇的《制艺合刊》是申敏之刊行的，只是没有得到证实，如今听程许这么一说，神色不由得凝重了几分，道："这消息可靠吗？"

程家几房的微妙关系程许很小就感觉到了，那个时候他就知道在几位叔父面前不能知而不言，言而不尽，何况刚才程池还跟他讲了一席话，他就更不会说了。"我也不知道！"他歉意地笑道，"当时我一心一意赶着回来，还没有来得及和二叔祖说这件事。"

据说这次主持春闱的一位考官就是申敏之的学生，不是那种主持科考的学生，而是跟着申敏之读书，被认为门人的学生。程许要参加今年的乡试，而他的儿子程识已经是举人了，要参加明年的春闱。如果这本书是申敏之刊行的，那很有可能申敏之的学生喜欢的风格就在这其中。程沂想想就觉得非常窝火。这就是长房现在和二房的区别！除了老祖宗，他们没有办法去甄别一篇文章的真假，可长房除了程泾还有程劼，甚至还有程渭和程池。他们费很大劲弄来的东西，对长房来说却不过是信手拈来，不费吹灰之力。程沂就琢磨着要不要向程池讨两句话。

谁知道还没有等他开口，程泸已道："嘉善，你快写封信去给你二叔祖，我有个知己，明年也要参加春闱。"又道："嘉善，劼叔父是当年的探花郎，他老人家平时都让你做了些什么制艺，你给我看看。我今年也想下场试试。"

程许求之不得。这位泸叔父虽然是个读死书、死读书的人，可人却不错，有着读书人的傲气和耿直，喜欢的不喜欢的、好的不好的，都会直接表达出来，虽然有时候听着让人不舒服，却不像跟沂叔父说话那样费劲，稍不留神就被绕了进去。程许道："我回去之后就把二叔祖让我做的制艺题目给您誊一份！"两人顿时说得火热。

程识默默地低下了头。他真心不知道说什么好了。

程汶最不喜欢听的就是这些。要不是程沂是兄长，又素来清高，喜欢讲究什么上下尊卑，又畏惧二房的老祖宗程叙，他早就开口说话了。现在换了程泸在问程许，他哪里还忍得住？笑嘻嘻地就凑到了程池的面前，低声道："池从弟，哥哥有件事想求你……"

程池淡淡地看了他一眼，不紧不慢地端起茶盅来喝口茶，这才道："若是为了外面的那个女人，您还是别开口的好。我娘平时一个人在家，可经不起汶大嫂嫂一番闹腾。"

程汶的脸立刻涨得通红，忙道："那泼妇没有教养，你不要和她一般见识。大嫂那里，我正准备亲自过去赔个不是。"

程池没有作声。程汶干笑了两声，涎着脸道："池从弟，我听人说，你和十三行的人很好，这次十三行组了船队下海，你也入了一股。池从弟，我这边的情景你也是知道的。那婆娘不仅喜欢撒泼，还是个败家的。眼看着你诺侄儿就要定亲了，家里却捉襟见肘，我不想着法子弄点钱，等新媳妇进了门，哪里还会拿正眼看我？这脸可就丢到亲家那里去了。这个忙你无论如何也帮帮我！算是哥哥我求你了！"话说到最后，已有声泪俱下的味道了。

程池笑道："汶从兄，十三行的入股，是从公中走的，与我自己没有关系。到时候你也可以分一份，你又何必私下入股呢！"

程汶的脸红得发紫，半晌才道："我，我这不是没办法了吗？池从弟，要不你帮我想想办法？我这边还短几千两银子呢！诺哥儿再过几天就要和吴知府的大小姐定亲了！"

程池想了想，道："要不，你向外面的那个挪一挪。我是听谁说的，好像是你给了外面那个三间铺子、四千两银子。左荷包换到右荷包里，总归是你的钱财。"

程汶急了，拉着程池就要去外面说话。有小厮跑了进来，高声禀道："老祖宗过来了！"

屋里的各种声音戛然而止，众人窸窸窣窣地站了起来。

程叙由几个小厮簇拥着，面带笑容，神采奕奕地走了进来。"老祖宗！"耕哥儿不知怎的就挣开了程识的手，迈着小腿"噔噔噔"地朝程叙跑了过去。他清脆的声音在寂静的听雨轩里显得格外响亮。

程叙不以为忤，高兴地抱起了耕哥儿，柔声道："太祖父昨天给耕哥儿布置的功课，耕哥儿做完了没有？"

耕哥儿不住地点头，奶声奶气地道："'爱亲者，不敢恶于人；敬亲者，不敢慢于人。爱敬尽于事亲，而德教加于百姓，刑于四海。盖天子之孝也。《甫刑》云：一人有庆，兆民赖之。'指的是能够亲爱自己父母的人，就不会厌恶别人的父母；能够尊敬自己父母的人，也不会怠慢别人的父母。以亲爱恭敬的心情尽心尽力地侍奉双亲，而将德行教化施之于黎民百姓，使天下百姓遵从效法，这就是天子的孝道！《尚书·甫刑》里说，天子一人有善行，万方民众都仰赖他。"

他说完，睁着圆溜溜的大眼睛问程叙："老祖宗，我说得对吗？"这是《孝经》里的一段。

程池听着眼底闪过一丝不以为然。每次都这样旁敲侧击地提醒他要孝顺父母，也不知道程叙累不累？

程泸若有所思。他虽不管家里的事，可二房这几年越来越忌惮长房他却感觉到了。老祖宗让耕哥儿背这段《孝经》到底是无意还是有意的呢？他瞥了程池一眼。

程池洒脱地站在一旁，仿佛这一切都与他无关似的。程泸在心里暗暗叹了口气。亏得程子川忍得住，要是换成了他，早就跳出来和程叙理论了！又不是没有功名，又不是不会挣钱，凭什么受程叙的鸟气？每次见面都阴阳怪气地说些让人听了觉得不舒服的话。子川的性子可真是好！

程叙的脸上笑开了花。"对，对，对。"他连声赞道，"我们家耕哥儿真聪明。"耕哥儿就扬着小脸对着自己的父亲程识得意地笑。

程识眼底有着不容错认的欢喜，却板着脸道："不要翘尾巴——老祖宗是看你年纪小，所以才特别夸奖你的，这屋里比你会读书的多着呢！还不快谢谢老祖宗。"

耕哥儿就朝程叙道谢。程叙微微颔首，把耕哥儿交给了跟过来的程识。

程汶见气氛很好，程叙兴致也很高，殷勤地上前摸了摸耕哥儿的头，谄媚地笑道："难怪别人说'皇帝爱长子，百姓爱幺儿'。老祖宗可真喜欢你啊！还亲自告诉你读《孝经》。百事孝为先！你以后可得好好孝顺老祖宗才是！"

程识闻言像被扇了一耳光，恨不得上前去捂了程汶的嘴。不会说话就不要说。想夸奖耕哥儿，说什么不好，偏偏拿什么"皇帝爱长子，百姓爱幺儿"做比喻。他程汶是乡间不识字的老妪吗？还让耕哥儿读了《孝经》之后要好好孝顺老祖宗。要不是知道程汶是个不学无术的直肠子，他差点就以为程汶是在暗讽耕哥儿对老祖宗不孝敬，所以老祖宗要亲自告诉耕哥儿读《孝经》……若是这名声传了出去，耕哥儿以后还能在士林立足吗？不，还能在世间立足吗？真是成事不足，败事有余的东西！不怪程汶怎么往老祖宗跟前凑，老祖宗都看不上他。

程叙如同没有听见似的，面色和煦地对几个侄孙和晚辈道："都坐下来说话吧！"众人恭敬地应诺，纷纷落座。

程汶脸上红一阵白一阵的，很是委屈。他又做错什么了？难道表扬耕哥儿也有错不成？他不就是在外面养了个外室，把家里的糟糠收拾了一顿吗？老祖宗也不至于一直这么摆脸色给他看吧？这气量也太小了点！程汶不由得讪讪地喃喃喊了声"老祖宗"，那声音，像个哀怨的内宅妇人似的。

屋子里就有人"扑哧"一声笑。大家不约而同地循声望去，就看见了程池嘴角边还没有来得及隐去的笑意。

程叙不由皱眉。程池刚接手家中庶务的时候还会和他各执己见，可渐渐地，程池在他面前就像戴了个面具似的，永远微笑地应"好"。可若是两人意见相同还好，若是两人的意见相左，程池就会把他的话当成耳边风，刚刚还笑着应"好"，转身该干什么就干什么……为这件事，他已经明里暗里告诫过程池好几次了。

程池羽翼渐丰，程泾也出乎他的意料。他没有想到袁维昌不支持程泾，程泾也能想办法入阁。如今他对长房和程池都已没有了强有力的制约手段，言语上逞强，毕竟不是长久之计。可程池也没有像今天这样挑战过自己的权威，居然在族人面前嗤笑他。这种风气不可长，不然九如巷还有谁会把他放在眼里，把二房放在眼里！"子川，"程叙定定地注视着程池，道，"你觉得你汶从兄很可笑吗？"出言就把这件事引到程汶身上去了。

程汶吓得一哆嗦，刚想说"不要紧"，程池已笑着道："老祖宗言重了！我是看着老祖宗和汶从兄这个样子，突然想到了先父。"他说着，长长地叹了口气，表情变得有些怅然起来，"说起来我爹已经去世二十年了，如今他老人家若还活着，也到了'随心所欲不逾矩'的年纪了……"

一时间屋子里静悄悄的。程勋死的时候已位列小九卿。如果程勋还活着，肯定会拜相入阁。那长房就有两个内阁大学士了。九如巷哪还有程叙指手画脚的份儿。

程叙知道自己这个时候应该要比平时更沉得住气，可程池这话就像戳进了他的心窝子里，让他忍不住脸色微变。屋里的空气顿时有些凝滞。

程泸生怕程池和程叙谈崩了。到时候可就是神仙打架，小鬼遭殃。他忙道："池从弟不说，我倒忘了勋伯父已经去世二十年了。再过些日子就是七月半了，我看不如给勋伯父好好地做场法事好了。"

"我正有此意。"程池道，"清明节去给父亲上坟的时候母亲还给我说起这件事。我想着家里还有长辈，心里还有些犹豫。刚才听到耕哥儿背《孝经》说起甫刑，想到我这也算是怠慢了父亲，正想哪天有空和老祖宗商量这件事。结果被汶从兄这么一闹腾，倒把这件事忘了。"他话说到最后，笑了起来。

程沂几个却笑不起来。他们都是读书人，最擅长引经据典。甫刑，是周穆王时有关刑罚的文告，由吕侯请命而颁，后来因为吕侯的后代改封为甫侯，故称甫刑。其中东汉时因有人父母受辱，愤激杀人触犯了甫刑，状告到皇帝那里，皇帝却以"百事孝为先"降宥。这条律法一直沿用至今。程池可不是程汶。他不可能无缘无故地提起甫刑，还说自己怠慢了父亲。

程叙的眼睛不由得眯了眯，射出刀剑般的寒光。程池这是什么意思？觉得程勋之死与自己有关，要为父亲报仇了，还是觉得长房现在得势了，暗示众人他老了，不必把自己放在眼里了，想趁机发难？

程叙在心里暗暗冷笑，脸上却波澜不兴，淡淡地道："虽说是给有仪和嘉善接风洗尘，可也有请大家聚一聚，说说话的意思。子川这个提议好。程家的祖坟有些年头没有修缮了。正如泸侄孙说的，再过些日子就是七月半了，我们到时候都要去祭祖，不如趁着这些日子没什么事，子川，你安排人把祖坟好好地修缮一番，也算是我们对祖宗们的孝敬。"

要修坟，那就把程家历代祖宗的坟都一起修缮。想单独给程勋修坟，门都没有。程叙胸口像被块大石头压着。程池笑了笑，不置可否。程叙的心怦怦地乱跳了两下。

程沂看着不对，笑着几步上前，站在了程叙和程池之间，道："今天是给有仪和嘉善接风，特别是嘉善，八月就要参加乡试了，我们还都指望着他能中个解元呢！嘉善可是我们程家出的第一个案首啊！所以我觉得修祖坟的事不用那么急，现在先顾着嘉善的乡试再说。等嘉善桂榜题名，修祖坟，祭祖先，那才是真正的孝顺！沔从弟，你说是不是。"

程沔真是躲也躲不过，只得笑道："沂从兄是知道我的，向来没什么主意。几位兄弟怎么商量的，我就怎么做好了。不管是出钱还是出力，我随叫随到。"

程沂呵呵地笑了几声，请大家入席："人都到齐了，有什么事吃了饭再商量。"

程汶想想刚才的情景就吓得满身冷汗，闻言忙道："是啊，是啊！我们吃了饭再说。天大地大，吃饭最大。"

程沔笑道："还是汶从弟心宽！"

"所以体最胖！"程汶笑着自嘲，招呼程识等几个小辈入席。

程诰暗暗地捏了捏拳头。池四叔和老祖宗斗嘴，关他们四房什么事？程沂却把父亲扯下水，说来说去，不过是看着四房没人罢了！他一定要考中进士，一定要位列九卿，让九如巷的人看看，他们四房不是那么好欺负的。

· 279 ·

第五十七章 私语

因有了这个前奏，之后的家宴气氛就显得有些沉闷。大家遵守着"食不言寝不语"的习惯，低头吃东西。几个小辈都有些如坐针毡，程许索性站了起来，要去官房。程叙的脸色有些难看。程池则淡淡地瞥了他一眼，喊了怀山进来，吩咐他："你陪着大爷去趟官房，听雨轩这边的官房有些阴暗，小心地上的苔藓。"

程许忙道："不用了，不用了。我自己去就行了。"

程池没有说话。怀山低眉顺目地在一旁候着，一副你怎么说都没有用，四爷让我跟着你我就得跟着你的样子。程许气结，狠狠地瞪了怀山一眼。

程汶看了好笑，道："嘉善，你又不是小孩子，你四叔也是为了你好。快去快回。今天最后一道菜是一品锅，你从前不是最喜欢吃这道菜的吗？小心回来晚了大家把汤都喝完了。"然后对程池道："池从弟，我们家诺哥儿过几天就要定亲了，到时候家里有没有什么其他的安排？若是没有其他安排，我想让灶上的两位师傅去给我整两桌酒席。我们诺哥儿定亲，一位媒人是梅府的刘大老爷，他如今已是良国公世子爷的岳父了；另一位是林教谕，都和我们家有旧，在金陵城也算得上有头有脸的人物了，可不能怠慢了两位媒人。"

按礼，定亲的那天要请媒人、全福人到家里吃饭。程池笑道："你只管定下日子就是。不管家里有什么安排，先尽着诺哥儿的定亲宴。"程汶一听，喜出望外，谢了又谢。

程泸看着程汶的样子却直皱眉，忍不住道："那刘大老爷是汶从弟请的媒人吧？"

刘大老爷因儿媳妇孙家三小姐的事在金陵已是声名狼藉。程汶和刘大老爷"脾气"相投，称得上是好友。虽然觉得这件事刘大老爷做得太张扬了，但想到刘家大小姐与朱鹏举定了亲，好歹也算得上金陵城数一数二的名流了，对程泸的话不以为忤，反而与有荣焉地道："我们一向往来密切，这次诺哥儿成亲，自然是要请他做媒人的。他也很高兴！"

程泸嘴角微翕，正要说话，他的儿子程证突然站了起来，道："爹，我也要去官房。"他真对他这个老子没有办法了！别人都不说话，他偏要站出来。要丢脸也是整个九如巷丢脸，长房、二房都不说话，他们三房出什么头啊？

程证朝着一旁服侍的自家小厮使了个眼色，示意他盯好父亲，不要让他闯出什么祸来，拉着一直站在那里的程许就出了听雨轩。

程许当着众人的面不好挣扎，一出听雨轩就甩开程证的胳膊，道："你拉我出来干什么？我可不想让人总是当成五六岁的孩子，上个官房都要人在一旁服侍着。"说完，他不满地看着紧跟着他出了听雨轩的怀山。怀山依旧低眉顺目，好像什么也没有听到似的，沉默得像座雕塑。

程证就笑道："行了，行了！你既然不想让别人总把你当成五六岁的孩子，那你就别做出这种只有五六岁孩子才做得出来的事啊？你这样和池从叔僵在那里，就是大人所为了？"

程许听着目光微闪，低声对程证道："我实际上不想去官房，我只是受不了听雨轩的气氛，所以出来走走。有人跟着，麻烦死了！"

程证没有想到程许会陡然间和自己说起心里话来。他想了想，笑道："我也不是要去官房。你刚才也看见了，我爹是个直脾气，有什么说什么。我要是不拿了这个借口，指不定我爹又要说出什么得罪人的话来。"

程许也看出来了。他佯装出副无可奈何的样子叹了口气，道："算了，我们在外面坐会儿再进去好了！"

程证颔首："行啊！我没异议。"两人就找个僻静石墩坐下。程证问起程许秋闱的事："那个《制艺合刊》真的是申敏之申大人刊行的吗？"

"怎么可能？"程许颇有些没心没肺地道，"如果那《制艺合刊》真是申大人刊行的，二叔祖怎么会拿到《制艺合刊》后却一声不吭？这分明是那些书局为了卖得好放出来的假消息。还请证从兄委婉地提醒泸叔父一声，免得上当。"

程证深深地看了程许一眼。族学里的人都说程许清高傲气，不屑玩那些阴谋诡计，现在看来却未必是对的。至少刚才他就什么也没说，误导了二房的程沂。又找了自己把这件事给传出去，给程沂一耳光，为自己立威，就很有手段。

程许是不以为意的。既然长房和二房有不可能和解的矛盾，那他还顾及二房的情面干什么？他打的就是二房的脸！见自己的目的达到了，程许笑道："这次我是真的要上官房了。"真的假的有什么关系？这世上的事不都是真真假假的吗？

程证做了个请的手势，道："许从弟请自便！"

程许却悄悄地指了指站在不远处的怀山，低声道："不知道证从兄能不能帮我把他引开，这样被他看着真是不自在。"

程证可不想帮程许背这个黑锅，他笑道："怎么引开？"

程许和他一阵耳语。程证微笑着点头。两人往官房去。怀山不远不近地跟着，在官房外的竹林旁站定，看着他们有说有笑地进了官房。

不一会儿，官房里响起了程证的声音："我原本也准备参加今年秋闱的，但心里没有底，族学里的章先生也觉得我应该多读两年书再下场。还是许从弟好，会读书，又有泾大伯父和二叔祖指点，这次秋闱定能桂榜题名，到时候你可要把秋闱的文章给我看看……"

一切都很正常的样子。怀山双目微阖。

官房的后面，程许望着寂静的竹林，不由露出个得意的微笑。祖母既然心情不畅，他这个做孙子的就应该去瞧瞧才是。这种钩心斗角的家宴，不参加也罢！想必四叔父知道了，也不会怪他的。他一溜烟地出了竹林，拐了个弯，上了四季锦。

眼看着出了如意门就进入了内院，有人突然闲庭信步般地出现在了如意门："许大爷，您这是要去哪里？听雨轩的家宴还没有结束呢，这样太失礼了！"

程许不由在心里暗骂了一句。竟然是怀山。他怎么这么快就发现自己不见了？在官房的程证怎么样了？他是从哪里冒出来的？程许冷笑道："怀山，你说到底也只是四叔父身边的一个随从，我去哪里，你还管不着！"

怀山没有说话，眨眼间就靠近了程许，伸手就抓住了他的腰带。他立刻被股无形的劲儿托着往前，很快地出了四季锦。

程许睁大了眼睛。他知道四叔父身边的几个人身手都十分了得，特别是秦子安兄弟，大苏的拳脚功夫就是跟秦子平学的。而这个怀山看上去却比孔武有力的秦子安更厉害。他想大声呵斥怀山，却张不开口。想停下来不走，却控制不了腿。程许不禁在心里把怀山骂了个狗血淋头。

反正怀山也听不见，依旧一副不死不活的样子，一直把程许"推"到了听雨轩的门口，让听雨轩的人注意到了程许。他这才放开程许，默默地退到了小厮随从站的墙角。

程许整了整衣襟，抬头就看见了窘然地对着他微笑的程证。他都吃了这个亏，想必程证也不好过。

程许安抚般地朝着程证笑了笑，扭头朝程池望去。程池神色平静而安详，既没有和身边多嘴的程汶说话，也没有搭理和他说话的程泸，就那么安安静静地坐在那里吃饭，好像这周遭的一切都与他无关，他眼里心里只有吃饭似的。

莫名地，程许突然间觉得有些气馁。四叔父，永远这么气定神闲！只要四叔父有心，恐怕他不管做了什么都逃不过四叔父的手掌心！就像小的时候，他每次逃学都是四叔父把他找到一样。可四叔父怎么知道他要去找少瑾呢？难道他也和母亲一样，觉得娶个闵家的姑娘对程家的前程更重要？但如果一个人把自己的前程寄希望于别的家族、一个女人身上，他还有前程可言吗？程许非常苦恼。

回到座位上坐下之后，程证凑了过来，歉意地悄声对他道："我照着你说的一直在那里自言自语了半天，算着你应该走远了才出来的。那时候怀山已经不在了。我隐隐觉得他可能找你去了，在周围找了你们一圈也没有找到，又怕厅里的长辈们怀疑，就先回来了。"

程许相信，四叔父再怎么教训他，当着其他几房的人也会给他留面子的。他毕竟是长房的长子嫡孙、未来的宗子。"多谢证从兄。"他真诚地向程证道谢，"怀山没有为难你吧？"

"没有！"他说起两人分开之后的情景，和程许窃窃私语起来。

程诺看着羡慕极了。许从兄不论什么时候出现，出现在哪里，大家都那么喜欢他，总有人拉着他说话，巴结奉承他。如果哪天他也能像许从兄那样就好了。他想着，用手肘拐了拐坐在他身边的程诣，悄声道："你的婚事有眉目了吗？"

父母之命，媒妁之言。多数人通常在定亲之前才知道自己娶的是哪家的姑娘。程家却对子女的婚事颇为宽松，通常都会提前告诉他们会嫁谁娶谁。对待姑娘们就更开明了，定亲之前会让姑娘们自己相看。

程诣还是十七八岁脸薄的年纪，被程诺这样大咧咧地问起，顿时脸色绯红，道："你管好你自己的事就行了，管我的事干什么？"

程诺嘿嘿地笑，眉宇间流露出些许的志得意满。他一开始对这门亲事是不满意的。吴宝璋有点喜欢捧高踩低，在他们的圈子里名声并不是特别好。可母亲也说了，谁不捧高踩低的？就像他们五房，还有四房，不也要捧着长房和二房过日子吗？不过是有的人做得漂亮，有的人心眼直，被人瞧了出来罢了。而且他若是能成为吴知府的乘龙快婿，有了吴家撑腰，外面的女人和父亲生的孩子就算是再厉害，分产的时候一样没有他们的份儿，从兄弟之间，也要高看他一眼。

别人他不知道，程举就十分羡慕他。还让他帮着留意，看能不能帮程举在衙门里找个差事。所以程诺现在觉得，娶了吴家的大小姐也不错。何况吴家大小姐他是见过的，模样儿长得好，又能说会道，擅长交际，带出去也不丢人。

程诣却是有些心虚。母亲把他叫到身边好好地数落了一番，最后道："要不是你这么不听话，我早就帮你向你姑父求娶少瑾了！"他当时好尴尬，忙道："你没有跟姑父说吧？"

母亲非常生气，横眉怒目地道："你是什么意思？难道少瑾配你还辱没了你不成？"

"不是，不是。"他连连摆手，"我，我一直把她当妹妹。"

母亲怒道:"她又不是你的亲妹妹!"

他只有干笑。要是他能够选,他宁愿娶集萤为妻。他看着就心旌摇曳。少瑾,他从小看着她长大。她长大后,又把他当弟弟训,实在是不能想象两人成为夫妻的样子。何况他刚刚才被集萤打了一顿,少瑾肯定对他很失望,又怎么会嫁给他?程诣心情复杂,说不出来是懊恼还是后悔。

而在寒碧山房的上房,没等听雨轩那边散席,郭老夫人已经得了消息。

老人家沉默良久,对正在外间兴高采烈地挑选衣料的周少瑾道:"少瑾,我的秋裳,你帮着拿主意就行了。我有点累,回房歇会儿。"

周少瑾等人立刻感受到了郭老夫人的异样,虽然俱是笑着应"是",可等郭老夫人进内室就凑到了一起:

"老夫人这是怎么了?"

"刚才还好好的!肯定是吕嬷嬷跟老夫人说了些什么!"

"不会是听雨轩那边出了什么事吧?我们老夫人这次没有参加家宴,不会是惹怒了二房的老祖宗了吧?"

"呸!惹怒了又怎么样?有四老爷在,二房的老祖宗还敢呵斥我们老夫人不成?"

"我没这意思,我只是觉得不太好。"

周少瑾静静地听碧玉等人小声议论,轻手轻脚地将内室的帘子撩了道缝。郭老夫人闭着眼睛靠在床头,眉头紧锁,搭着床宝蓝色仙鹤纹的锦被,飞快地拨着手上的十八子檀香木佛珠。周少瑾朝着春晚招手,吩咐她去厨房端碗莲子红豆羹——寒碧山房的小厨房时常备着各种甜点。春晚飞奔而去,很快就用红漆描金海棠花的托盘端了碗莲子红豆羹来。周少瑾接过托盘,在门口轻轻地喊了声"老夫人"。

屋里的珍珠等人在春晚进来的时候已经注意到她的举动,等到她出声的时候,都不约而同地屏气凝神地望着周少瑾,生怕有个响动打扰到了周少瑾似的。

内室没有声响。周少瑾又轻轻地喊了一声。依旧没有声响。她很失望地转过身来,朝着珍珠等人摇了摇头。珍珠等人的神色都变得凝重起来。

周少瑾眼神一黯,转身正要把托盘给春晚,内室却传来郭老夫人威严又不失慈祥的声音:"是少瑾吗?进来吧。"

她顿时精神一振,一面朝着珍珠等人使了个眼色,一面轻柔地道"是",笑道:"那我进来了!"珍珠几个都欢喜起来,朝着周少瑾使眼神,示意她要好好地劝劝郭老夫人。周少瑾笑着颔首,端着甜羹进了内室。

郭老夫人已放下手中的佛珠,眉宇间一片平静,笑着问她:"你端的什么?我们刚用了午膳,我什么也吃不下。"

"是莲子红豆羹。"周少瑾甜甜地笑着,坐到了床头的锦杌上,"只让他们盛了半碗。我有时候心情不好的时候,就吃点儿甜食,心情很快就好了。"

郭老夫人很是意外,想了想,端起甜羹来喝了几口。周少瑾松了口气,笑道:"你要不要躺下来养养神,我帮您捶捶腿吧?要不按按肩膀也可以,这样可以很快地入眠。"

"不用了!"郭老夫人拉着她的手叹了口气,道,"这些事让珍珠她们做就行了。"

可珍珠她们没有她的胆子大,又怕受牵连,做起事来不免有些畏缩。"我知道珍珠她们肯定比我的手巧,"周少瑾故意歪曲着郭老夫人的意思,道,"我就是想陪陪您。"

陪陪她!郭老夫人一愣。有多少年没有人对她说过这样的话了?她心中一暖,不禁徐徐地点了点头。

周少瑾大喜,放了碗,服侍郭老夫人歇下,不轻不重地帮郭老夫人捏着腿。不一会儿，郭老夫人真的就睡着了。周少瑾很欣慰。

刚发生花园事件的时候，她整夜整夜地睡不着，樊刘氏就是这样帮她按摩，她才勉强能睡上一两个时辰。她帮郭老夫人掖了掖被角，轻手轻脚地站了起来。可一转身，却看见了程池。他身材挺拔地站在内室的门口，一只手还撩着帘子，目光直直地望着室内，表情却很是茫然。

周少瑾吓了一大跳。这样的池舅舅，她还是第一次看见。她不由悄声地喊着"池舅舅"。程池回过神来，立刻恢复了沉稳内敛的样子，笑着朝她点了点头，顺手撩高了帘子。周少瑾红着脸说着"谢谢"，出了内室。

外面只有珍珠一个服侍的，其他的人都不见踪影。"坐！"程池指了指窗前的罗汉床。周少瑾轻声道谢，坐了下来。程池略一犹豫，坐到了她的对面。珍珠上了茶点，退了下去。程池这才道："我听珍珠她们说，你在安慰我娘……多谢你了。"

"不用，不用。"周少瑾觉得脸上火辣辣的，赧然地道，"我，我什么也没有干！"

程池柔声道："大哥、二哥他们都不在家，我娘多半的时候都是一个人，你就能陪着她坐一会儿，也是好的。"

周少瑾愧不敢当。她思忖了一会儿，斟酌道："池舅舅，听雨轩是不是发生了什么事？"

"也没什么事！"程池直觉地敷衍着，可当周少瑾那黑白分明的眼睛闯入他的视线中，他不由心神恍惚地想，原来耕哥儿的眼睛长得像少瑾，又陡然觉得这样有点不好，语气顿了顿，摘些要紧的把听雨轩的事告诉了周少瑾。至于程许的心情，他觉得周少瑾可能不想知道，就没有说。他让人盯着程许的事就更不会告诉周少瑾了。

周少瑾气得面红耳赤，道："二房的老祖宗怎么能这样？做子女的，自然要孝敬父母和长辈，他这样压着你，也难怪你……"她想想说难怪他想离开程家，可又怕隔墙有耳被人听了去，急急地把后半句话给咽了下去，"不喜欢待在家里了！"她说，远黛般的眉毛细细蹙在了一起，忧心忡忡地道："池舅舅，难道就没有办法对付二房的老祖宗吗？"

程池失笑，道："你想怎么对付二房的老祖宗？"

周少瑾讪然，道："我不是那个意思！我是说，有没有什么办法让二房的老祖宗以后再也不插手你的事。二房的老祖宗到底要干什么？二房从前是显赫，现在却日薄西山。二房的老祖宗糊涂了，可二房不是还有沂大舅舅和识表哥吗？能不能从他们那里下手……"

她这样满腹心事的样子可真有趣！就像个为赋新词强说愁的小姑娘。程池忍不住伸手想摸摸她的头，待手伸出去，这才发现两人之间还隔着个茶几，他只好悻悻地顺势把放在周少瑾手边的点心朝着周少瑾推了推，道："别管他们了。这次我顶撞了二房的老祖宗，他肯定会找机会给我使绊子的。别的我不怕，就怕他把手伸到寒碧山房来。你这些日子最好哪里也别去，待在我母亲身边。若是我母亲要去哪里，也要帮着劝劝。等到九月份就好了。"

一力降十会。程嘉善就算计谋如海，少瑾不出门，他就没有办法见到少瑾。周少瑾连声保证："我听池舅舅的，哪里也不去。"

"乖！"程池满意地微笑，问起周少瑾的起居来，"用过午膳没有？都吃了些什么？我刚才进来的时候看见屋里堆了很多布料，这是要做衣服吗？给谁做？嘉兴、湖州、淞江的贡品都应该出来了，我过几天让他们各送几匹过来。"

周少瑾一一应答。两人就这样有一句没一句地说着家常话。周少瑾觉得心里特别踏实、安宁，还有隐隐的欢喜。

程池坐着不想动。在听雨轩的时候看见程叙在那里装模作样，他差点连饭都吃不下去了。因为知道母亲肯定也关注着听雨轩的动静，他打发了程许之后立刻赶到了寒碧山房。母亲安详的睡相，周少瑾恬静的神色，还有轻手轻脚的模样，都让他原本烦躁的心绪瞬间就沉静下来。

程池没有想到温柔顺从的周少瑾除了善良可人之外还有这样懂事体贴的一面。这么多年以来，他不知道经历了多少明枪暗箭，却从来没有畏惧过任何人、任何事。如果说他有什么放心不下的，那就是表面看上去坚韧刚强内心却孤独寂寞的母亲了。他一句话也没有交代，她甚至不知道听雨轩到底发生了什么事，仅凭着母亲情绪上的变化，她就能去安慰母亲，陪伴母亲……母亲一手带大的程筝应该能做到。可她并不是机智过人、狡黠聪慧的程筝。她是温驯顺从甚至有点傻气的周少瑾。程池心里乱糟糟的。她是怎么做到的呢？是出于对母亲的孝敬，还是对他那莫名其妙的了解？知道他最担心的是母亲，所以在他去参加那场如鸿门宴般的家宴后，她就把所有的注意力全放在了母亲身上。程池有些拿不定主意。

他絮絮叨叨地和周少瑾聊起家常来，周少瑾却答得兴高采烈。像午膳用的那茶香鸡特别好吃，给母亲做衣裳特别有趣，今年的贡品流行什么图案需要好好讨论一番似的。他不管说了什么，在她听来，都非常有趣。是因为她长这么大只去过一趟普陀山吗？

过几天他要去趟济南府，要不要把她也带上……还是再挑个时间吧！这次他去济南府是去拜访那边的山派堂，估计会有些争执，不是太安全，她又什么都不会。万一自己顾不过来，她被人伤着怎么办？还是等到程嘉善秋闱之后，他去京城的时候带上她，正好让她回保定去看看她父亲。还可以让她在保定住一段时间，等他从京城回来的时候再带她回来。这样他可以安心地去办他的事，她也可以好好和家里人聚聚。那个时候程嘉善的婚事应该定下来了，那少瑾岂不是也要出嫁了？

想到这里，程池一愣，心情突然变得糟糕起来。那母亲不是又要一个人！程池可以想象，家里肯定会比从前更冷清——程笙在的时候，叽叽喳喳地总能把母亲逗笑了；可周少瑾在的时候，却能让母亲从心里变得柔软起来，从骨子里温和起来。所以寒碧山房才可能像现在这样温暖而又充满了生气。程池皱了皱眉。总不能把少瑾一直留在母亲身边吧？少瑾慢慢地长大了，也需要有自己的生活了。

他脑海里就浮现出他刚才看到的场景。静谧无声的内室，小丫头洁白如玉的面孔，纤细苗条的身段，柔软得像春天里的柳条，一不留神就长高了不少。程池的目光落在了周少瑾的身上。她依旧穿了件鹅黄色镶着葱绿色牙纹的褙子，下面是月白色的挑线裙子，乌黑的青丝松松地绾了个纂儿，戴着支丁香花百宝珠簪，合身的衣衫已经可以看得出玲珑的曲线了。他有些气闷。

周少瑾见两人刚才还说得好好的，怎么转眼间程池的情绪就低下来了，她不由关切地道："怎么了？池舅舅是不是有什么要紧的事要去办？"她知道自己看见程池很高兴，话说得比平时要长、要啰唆，生怕程池不耐烦。

这小丫头片子，自己想在这里歇个脚，她倒好，赶起他来了。"我没什么事！"程池失笑，道，"你怎么没戴我送给你的南珠簪子？"话脱口而出，心里隐隐觉得有些不妥当，忙道，"我看你前些日子还总戴着，还以为你很喜欢！"

周少瑾莫名地脸色微红。没想到池舅舅的心这么细。连她喜欢什么都看出来了。"我是很喜欢啊！"她不由摸了摸头上的丁香花百宝珠簪，细细地解释道，"这不四月底了吗？菊花都长成了株，前几天我去花房里给菊花分株，谁知道把簪子落在了花房里我自己还不知道，后来回到浮翠阁找了大半天也没有找到，把我急得团团转。要不是花房里的婆子拾到送过来,我差点就把寒碧山房翻了个遍,到时候肯定会惊动老夫人的……我怕把簪子又弄掉了,这些日子就没戴。"

还有一句话她没有说。那南珠簪子做得太富实了,居然是实心的,她戴着有点重,所以簪子才会从她头上滑落下来的。要怪就怪她的头发还太少了些。如果能像姐姐那样长一头茂密的头发就好了!不过,樊妈妈说她年纪还小,过几年头发也能长得像姐姐那样好了。

程池做梦也没有想到是这个原因。他心里顿时像有什么东西流过似的,热乎乎的,烫得他心尖一颤,却说不出来的舒畅,让他情不自禁地说了句"没事",道:"你若是落了就跟我说一声,我让银楼里给你打就是了。"

怎么能总是收池舅舅的东西?周少瑾不好意思地向程池道谢,道:"我以后会小心的。"

程池觉得这是件小事。首饰珠宝这些亮晶晶的东西,严肃的母亲、张扬的大嫂,甚至是寡言的二嫂,就没有一个不喜欢的。到时候请银楼的师傅来多打几件就是了。

他没有在这个事上多纠结——因为周少瑾的话,他想到马上就要过端午节了,不知道今年金陵城赛不赛龙舟。当然,他所说的赛龙舟是指官府出面组织的赛龙舟。金陵城民间每年都会有龙舟赛,是金陵城内外那些有名的大户人家组织的,派出族中子弟一较高低。程家子孙不旺,又多读书入仕,不在这上面一争长短。还是在前朝的时候,他的老祖宗程制考上了举人之后亲自上阵击鼓,组织家中的仆从参加了一次,之后就再也没有参加了。

以他现在的情况,当然不适合去参加龙舟赛了。而官府又因支出的原因不能每年都举办龙舟赛。过几天他去问问吴知府好了。如果官府没有这打算,那他就出资助官府举办一次龙舟赛好了。到时候可以把母亲和少瑾都带去看看。

自父亲去世之后,母亲搬进了寒碧山房,很少出去走动了。而且由官衙组织龙舟赛,那些泼皮无赖都不敢闹事,也安全些——民间组织的龙舟赛,每年不知道走失多少漂亮的小姑娘。

程池拿定了主意,就有些迫不及待地想把这件事快点敲定下来。他和周少瑾说了几句话,起身告辞。

周少瑾刚才就觉得程池肯定是有事要办,自然不会多说什么。只是低声告诉他,她会陪着郭老夫人,听他的话乖乖的哪里也不去,让他放心好了,绝不会连累他的。

程池觉得她说话时那低眉顺目的模样儿特别顺眼,说的话也说到了他的心坎上,让他觉得特别舒服。他现在就怕自己在外面忙的时候家里的这一老一小出什么事。程池还是忍不住摸了摸周少瑾的头,笑道:"你听话,我回来的时候给你带好吃的。"

周少瑾脸上火辣辣的。她又不是小孩子,为什么池舅舅总是把她当小孩子似的哄着?还让她听话,回来的时候带好吃的给她,她真是不知道说什么好。可这种感觉,这种被人宠爱的感觉却很好,让她有点舍不得放弃,更舍不得出言反驳了。她红着脸低着头送程池出上房。

程池见她还准备送他出上院,天空却不知道什么时候乌云密布,一副暴雨将至的样子,道:"快回去!别送了!小心下雨。"又道:"虽是初夏的雨,可还是寒意袭人,等会儿要关紧了门窗,别贪着看雨被雨淋着感冒了。"

周少瑾点头,赧然地笑道:"这才几步路,不会淋着雨的。雨不会这么快下下来。"

程池不悦。周少瑾忙道:"那我站在这里看着好了。"

程池见她答应不出廊庑,微微颔首,快步出了上院。周少瑾直到程池的身影不见了良久，这才有些怅然地回到了上房。

空中突然电闪雷鸣。碧玉几个纷纷关窗关门。周少瑾不由暗暗在心底喊了声"糟糕"。刚才她只顾着送程池了，竟然忘了嘱咐他拿把伞。这鬼天气，要到江南的梅雨季节了，一旦下起来就会连绵不停地下上好几天。若池舅舅只是出去办事了倒好说，若是要出远门可就麻烦了。她怎么这么糊涂？

周少瑾急急地喊了春晚，道："你去听鹂馆问一下，池舅舅是出去办事还是要出远门了？这两天怕是天气不太好……"

春晚闻言掩了嘴笑，道："二小姐，四老爷肯定只是要出去一趟。要是出远门，怎么会不向老夫人辞行呢？"

是啊！她怎么会想到池舅舅会出远门呢？而且池舅舅常年在外行动，他都能看出要下雨了，他又怎么会不知道要带伞呢？就算他不知道，他身边的怀山、秦子平都那么精明能干，肯定也会帮他带伞的。周少瑾悻悻然。

空中轰隆隆响起了震耳欲聋的雷声。春晚提醒周少瑾，道："二小姐，您快回屋去吧！雷声这么大，就怕老夫人被惊醒了。碧玉几个都在检查门窗，我也要去花房看看小姐的花。"

她怎么把前几天刚刚换盆的花给忘了？周少瑾有些茫然不知所措地回了内室。

郭老夫人果然被惊醒，拥被坐了起来。看见她失魂落魄地走了进来，吓了一大跳，关心地道："出了什么事？"

周少瑾一时没有反应过来。郭老夫人道："我看你脸色不太好。"

是吗？周少瑾一愣，道："池舅舅刚才来过了……"

郭老夫人听着一下子坐了起来，肃然道："他什么时候来的？你应该把我叫醒的。他可曾说什么？"

周少瑾帮郭老夫人把搭在旁边衣架上的比甲拿了过来，道："池舅舅是过来看您的。"

两个人都没有想到喊醒郭老夫人，甚至怕惊醒了郭老夫人，特意压低了说话的声音，放轻了手脚。周少瑾赧然，知道有些事是瞒不过郭老夫人的，索性拣了要紧的道："可能是怕您听说了什么担心，过来看见您睡着了。池舅舅说还有事，就出门了。"

今天程池当着家里的那么多人顶撞了程叙，不管从哪方面来说，程叙都不能就这样听之任地没有反应。程池做些安排和布置是完全有必要的。郭老夫人轻轻点头，没再多说。

周少瑾松了口气，心里不由想，郭老夫人很厉害，池舅舅也很厉害。可不管郭老夫人对她如何慈爱，她面对郭老夫人的时候都觉得很有压力。反之，池舅舅有时候甚至会讽刺嘲笑她，可她却觉得池舅舅没有把她当外人，不仅不害怕还觉得很亲切……为什么两个人会在她的心里截然不同呢？周少瑾自己也觉得有些奇怪。

她服侍着郭老夫人起了床。领着小丫鬟端了热水进来的碧玉朝着她直使眼神。坐在镜前台梳妆的郭老夫人从镜子里看了个一清二楚，她不由笑道："碧玉，小心把眼睛眨成了眨巴眼。"

碧玉脸色绯红。众人哄堂而笑。郭老夫人这才道："你有什么话对少瑾说？若是我在不方便，就拉了她出去说。在我这里挤眉弄眼的，也不怕明天就把你嫁出去。"

碧玉羞得抬不起头来。她和翡翠都到了出嫁的年纪，郭老夫人帮两人精挑细选，选了两个人品相貌都在同龄人中非常出众的管事，一个叫左贤，一个叫丁荣，明年开春就要出阁了。这件事前几天才定，周少瑾明面上送了两人各一对五六分的金簪子，私底下却多给碧玉添了对四两左右的金镯子。

珍珠挽了周少瑾的胳膊笑成了一团。

外面下起了倾盆大雨。碧玉好不容易才抬起头来，对郭老夫人道："是三房的笳小姐，好像是和泸大太太吵了架，哭着跑到寒碧山房，却不进来，只是呆呆地坐在门槛上发呆。我问她，她说是来找二表小姐的。当时您正歇着，我就让小檀把她请去了浮翠阁。刚才小檀过来跟我说，笳小姐趴在二表小姐的床上已经哭了快一个时辰了。我心里急得不得了，就朝着二表小姐使眼色了。"

郭老夫人直皱眉，道："不是都说姜氏贤淑吗？我看未必是真贤淑。孩子都这么大了，不管是遇到了什么事，只能疏不能堵。她这样，迟早要把女儿逼疯的。少瑾，我这边也没什么事，你去看看她好了。要好生地劝劝她，却不能把她的事揽上身。不管怎么说，笳丫头和姜氏毕竟是母女，外人这个时候插进去事情办得好还好；事情若是办得不好，恐怕是两边都得罪了，吃力不讨好！"

周少瑾连连点头，道："我会把您的话记在心里的。"但让她就这样撒手走了，她又有点担心郭老夫人，道："老夫人，要不您和碧玉她们玩会儿叶子牌吧？这会儿离用晚膳还有一个时辰。谁赢了今天就到小灶房里加菜！"

碧玉几个也想哄郭老夫人高兴，只是碍于身份，谁也没有周少瑾这样大胆，敢打郭老夫人的主意，闻言不由纷纷凑趣，道："二表小姐，您可不能拿了笳小姐当逃兵——您人可以走，但银子得留下。"

周少瑾也有意和她们打趣，道："我还有二两碎银子，都给你们好了！"

"二表小姐这是耍赖皮吧？"珍珠要活泼些，道，"二两碎银子就打发了我们，我们可不依。"

周少瑾莞尔，道："那你说多少银子？"

"怎么也要拿个三五两吧？"珍珠笑道。

"哎哟哟！"郭老夫人忍俊不禁，道，"我身边的一等大丫鬟，三五两银子就给收拾了，你可真有眼光！"

玛瑙等人都笑得不行。周少瑾就喊了春晚和碧桃进来支了桌子，等郭老夫人的叶子牌打了起来才冒雨去了浮翠阁。

程笳一双眼睛红得像桃核似的，正支肘坐在她内室临窗的大书案前发着呆。挂在廊庑上的两只黄鹂鸟叽叽喳喳地叫着，更显得她无精打采的，没有一点精神。

"你这是怎么了？"周少瑾在桌前坐下，吩咐小丫鬟上茶点。

"你回来了！"程笳懒懒地回过神来，道，"我娘今天又把我骂了一顿，说我不知道检点。"她说着，又哭了起来，"你说，有哪个母亲会这样骂自己的女儿？敬表哥不过是从个神医那里得了个方子，亲自酿了一批雄黄酒让人送过来，又不是指名道姓送给我的，她有，祖母有，甚至是你也有。她要是瞧不上，就当着李家的管事把东西给人退回去就是了，不过因为我和那送酒过来的婆子多说了两句话而已……"

周少瑾想着郭老夫人刚才的叮嘱，道："算了，母女哪有隔夜的仇，李敬也是，不是送了节礼吗？怎么又节外生枝地特意送雄黄酒过来？你以后少理他们家的人就是了。"然后道："你是什么时候跑出来的？翠钗呢？她怎么没有跟着你？泸大舅母知道你来我这里了吗？要不要我去跟泸大舅母说一声？泸大舅母虽然嘴里说着，可心里肯定还是惦记着你的。"

程笳听着却咬了咬唇，答非所问地低声道："少瑾，那婆子说，敬表哥有笔生意在金陵城谈，就住在离我们家不远的高升客栈。你说，我见见他怎么样？"

周少瑾吓得差点打翻了茶盅，厉声道："你，你要干什么？"

"你小点声！"程笊警惕地四处张望，悄声道，"这念头我只对你说过，你可要帮我保密！"

"我不能帮你保密。"周少瑾梦中深受其害，如今则怕程笊吃亏——梦中李敬是对程笊好，如今的情况有变，谁又能拍着胸脯保证，"你不能这样，你这样……只会让泸大舅母更反感李敬，觉得是他的主意……他可是比你大好几岁！"

周少瑾说了个能让程笊接受的理由。谁知道程笊压根儿没有听进去，还在那里自言自语地道："实际上我都不怎么记得敬表哥长什么样了，只是知道他很高，可他为什么会看中我呢？当时你也在场！你可比我漂亮多了，可他不看你只看我，可见他觉得我比你长得好看。你说，他到底要干什么？明明知道我家里不可能答应这门亲事，他干吗还要自取其辱！你不知道，端午节的节礼，是敬表哥亲自送过来的。我母亲根本就没有告诉我爹，只打发了个三等的管事去招待敬表哥。听敬表哥家的婆子说，敬表哥在洛阳那一带也是响当当的人物……"

周少瑾恨不得叫小丫鬟倒一桶冷水来浇在程笊的头上。"你不能去见他！"她只好威胁程笊，"你要是去见他，我就告诉泸大舅母。"

这句话终于引起了程笊的注意。她很是不屑地瞥了周少瑾一眼，道："我傻了吧？我去见他！他要是对我动粗我怎么办？我让他来见我！他不是很有本事吗？那就想办法来见我一面。"说到这里，她好像想到了什么好玩的场景，陡然扑哧一声地笑了起来，道："他要是能见着我，我就……我就去跟我外祖母说。"

周少瑾嘴角翕动，已经不知道说什么好了。程笊却被自己的这个主意迷住了，她哭也不哭了，像被露水浇灌的花儿般精神起来，紧紧地搂了揽周少瑾的肩膀，喜笑颜开地道："我知道你服侍郭老夫人很忙，我就不打扰你了，我先走了，你快回上房去吧！"然后没等周少瑾说话已三步并作两步出了内室。

周少瑾没有说话。程笊远比自己想象的聪明，知道让李敬来见她，她还有什么好担心的？

周少瑾回了上房。珍珠面前堆了一堆的铜钱。看见周少瑾，她忙指了指面前，笑道："二表小姐，您总算是来了。再打下去，碧玉的那点体己银子都要输给我了。"

周少瑾抿了嘴笑。碧玉站起身来，道："二表小姐，还是您打吧！我已经连输九把了……"

周少瑾把碧玉按到了位置上，笑道："你放心好了！刚才是我不在，现在我来了，珍珠就休想一路赢到底了。"她说着，坐到了郭老夫人的身边，嗔道："肯定是老夫人心软，看见珍珠要什么就打什么。我坐在老夫人身后帮你们看着，不准老夫人随便出牌！"郭老夫人大笑。

等程池从外面回来，雨已经停了。树叶被雨水洗得青翠欲滴。远远地，他就听见了上房的欢笑声。待进了厅堂，只见碧玉几个都笑嘻嘻的或在收叶子牌，或是在收牌桌，非常高兴。只有周少瑾嘟着嘴抱着母亲的胳膊，把头枕在了母亲的肩膀上，一副受了委屈撒娇的模样儿。

程池不由笑道："这是怎么了？"周少瑾脸涨得通红，立刻从郭老夫人身边站了起来，喃喃地喊了声"池舅舅"。郭老夫人呵呵地笑。碧玉在一旁道："二表小姐打牌输了钱！"

"哦！"程池挑了挑眉，道，"输了多少？我补给你。"

"不用了，不用了。"周少瑾的脸红得仿佛能滴出血来。

郭老夫人拉了周少瑾的手，嗔怪地看了程池一眼，道："我们不理他，洗手吃饭去！"周少瑾低着头跟郭老夫人进了内室。程池满头雾水。碧玉几个抿了嘴不敢笑。程池窘然。自己出银子难道也出错了……

待送走了周少瑾，郭老夫人忍不住说小儿子："你平时行事也算足智多谋了，怎么今天犯起糊涂来？小姑娘家玩个叶子牌，能输几个钱？要你像暴发户般地在那里拍胸？"刚才吃饭的时候程池就想明白了，此时唯有尴尬地笑。

郭老夫人道："说起这件事，我还有件事要问你！"

程池正色地道："您说！"

郭老夫人沉吟道："你和周镇，是不是还有其他的事？"

程池愣道："您怎么会这么想？"

郭老夫人道："我看你对少瑾不一般，你从前很少注意到我身边的人。"因为儿子不愿意成亲，她也曾经把几个她觉得各方面都很好的故人之女留在家里小住，程池却连谁是谁都不知道。

"是吗？"程池闻言神色间有些诧异，犹犹豫豫地道，"好像还好吧！"

他从前很讨厌家里的几个侄儿侄女，特别是不谙世事的程嘉善和活泼讨喜的程笙。总觉得大家同枝同脉，流着一样的血脉，凭什么他的人生就只能走一条路，他们就能阳光灿烂地想做什么就做什么？所以他有段时间看什么也不顺眼，在外面恣意妄为。可他越是任性跋扈，别人越是怕他，他越能随心所欲。这样的生活让他既着迷又困惑，甚至去参加了科举——没有谁规定继承家族庶务的人就不能参加科举吧？

可这样一来也让他的身份曝了光。有很多人都猜到他是江南人氏，虽然忌惮，却不时刺探，让他烦不胜烦。母亲的话让他不由得反思自己的行为。他对少瑾很好吗？程池想来想去也没有觉得他对周少瑾有多好。他若有所指地道："也许因为她是隔壁家的孩子吧！"

郭老夫人默然。小儿子对家里的心结她又怎么会不明白？这一大家子的人只知道要吃好的用好的玩好的享乐，却从来不想这钱从什么地方来。如果四郎没有考个进士回来，他们甚至连个正眼也不会给他，包括她的大儿子和二儿子，都只会跟着装聋作哑。她的四郎是个那么傲气的人，心里怎么不会有恨？怎么不会有怨？怎么能够喜欢和自己年纪相仿的侄儿侄女？郭老夫人突然绷不住了。她的眼泪唰地就落了下来，拉着程池的手低声地哭了起来："子川，是娘对不住你！"

程池的眼泪也忍不住落下来。坚韧刚强的母亲，第一次为了他的事在他面前落泪。他不由紧紧地抱住了母亲，哽咽道："娘，我挺好的，您别为我担心。您好好的，我这心里才能安稳。"

郭老夫人听着更加伤心了，道："是我们这些人连累了你。要不是为了你哥哥嫂子侄儿们这一大家子，凭你的本事，你哪里去不得？"说到这里，郭老夫人打住了哭泣，抬起头来擦了擦眼泪，道："子川，要不你还是娶个媳妇回来吧？"

这件事母子之间已经讨论过很多次了，每次都可以说是不欢而散。看见母亲泪水的程池不愿意惹母亲不高兴，但他更不会改变主意。他耐心地道："娘，我不想我的儿子走我的老路！可我也答应您，一定会娶妻生子。您给我点时间，让我把外面的事理顺了。所以您一定要好好地保重身体，我还指望着您以后给我带孩子呢！您可是帮大哥和二哥管教了闺女的，怎么也得帮我管教我的闺女！"

一席话说得郭老夫人心花怒放，喜上眉梢，连声道"好"，并笑呵呵地道："你只管生，娘帮你带着。保证像教你们三个一个样，教出进士举人、诰命夫人来。"

程筝的夫婿顾绪原先在礼部任给事中,是庶吉士出身。后来虽然因为程泾任了礼部尚书,为了避嫌去了大理寺任右寺正,正六品,但谁也不可否认,他给程筝挣个"夫人"的诰命那是迟早的事。

程池见母亲的情绪好了起来,心里一松。郭老夫人却朝着这条路越走越远,憧憬道:"子川,要不你今年就把婚事办了吧?悄悄地娶回来。"

这是能悄悄地娶回来的事吗?程池有些哭笑不得。没想到向来理智冷静的母亲为了他的婚事也会说出这种不合常理的话来。他心一暖,笑道:"娘,那岂不是要委屈别人?"

"也是哦!"郭老夫人失望地道,脑海里却浮现出程池小时候胖胖嘟嘟、粉粉嫩嫩的样子,就有些抑制不住自己的情绪,道,"要不,你生了孩子养在你大哥的名下?你大哥不会不答应的。"

"我的儿子我自己养。"程池顺着母亲说着话,"养在大哥的名下算是怎么一回事?难道让我儿子叫我'叔父',喊大哥'爹'?就算是我答应,大嫂八怕也不会答应。你就别胡思乱想了。我说过的话什么时候没有兑现?你只管安心地保重好自己的身体就行了。别到时候我成了亲,您走都走不动了,更不要说给我带孩子了。"

郭老夫人呵呵地笑。这一刻是真正地开怀。

程池出了上房却不由在廊庑下站定。天空中又飘起了雨。夜色中,连连绵绵仿佛没有尽头。程池心里陡然间烦躁起来。他和母亲之间的矛盾、他和家族之间的罅隙,也像这雨似的,兜兜转转的,没完没了。怀山感受到程池的情绪,小心翼翼地在他头顶撑开了伞。

程池信步出了上院,沉思着在寒碧山房里随意走着。怀山屏息凝神,生怕打扰了程池。

终南道长听说四爷请他帮忙,荣幸之至,很快就联系上了北丐帮的主事。待他说明来意,北丐帮的主事很高兴,回去就和下面的几位长老商量。几位长老却大多数都不愿意,觉得跟着四爷的人最终都成了四爷碗里的一道菜。与其拿钱听人差遣,还不如像现在这样逍遥自在——他们丐帮原本就是以乞讨为生。赞成的和反对的势均力敌,到现在也没有个定论。照着四爷的脾气,过些日子肯定会亲自去找北丐帮的人"谈"的。说不定此时四爷就在考虑这件事呢!想到这里,他不由在心里猜测,四爷是会和他们文谈呢还是武谈呢?

程池却没有这么多心情。他只是想随意地走走,把心中的不快散发出去。可当他的心情平静下来,停下了脚步的时候,他却发现自己站在浮翠阁的月亮门前。程池愕然。他怎么会走到这里来了?

怀山却道:"四爷,您找二表小姐有什么事吗?这个时辰,只怕二表小姐早已歇了,要我上前去叩门吗?"他虽然不知道周少瑾有预知能力的事,可作为程池的贴身随从,却隐隐感觉到了周少瑾身上有秘密,而且这个秘密对程池还很重要。

程池"哦"了一声,神色有些恍惚地道:"既然如此,那我们明天再来好了!"怀山打了伞服侍程池回到了听鹂馆。

等程池回过神来,他已盥洗更衣上了床。他对少瑾真的很不一般吗?程池想起周少瑾的娇憨,想起她的俏皮,想起她的乐观开朗、温柔体贴。这样的小姑娘人人见了都会喜欢吧?可娘也不会无的放矢,说他对周少瑾比别人都要好!难道是因为周少瑾对他很重要?好像也不是。她已经把她知道的告诉了他,他只需要小心求证就可以了。那他从前遇到这种事的时候是怎么处置的呢?给钱?许诺高官厚禄?程池觉得脑子里有点糊。

可他理了半天也没有理个头绪出来，反而整个人躺在床上懒洋洋的，怎么也打不起精神来。

要不，找个人帮自己梳理一下？这个念头一冒出来就被他按了下去。这是自己的私事，为什么要说给别人听？他想想就觉得不舒服。那就算了！等忙过这段时间再仔细地考虑这件事好了。程池心绪平静下来，安静地进入了梦乡。

周少瑾听巡夜的婆子说程池就在她门外的时候，心里又惊又喜。惊的是这么晚了，程池来找她肯定有很要紧的事；喜的是又可以和程池好好地说说话了——两个人一起想办法可比她一个人琢磨靠谱，特别是那个人又是池舅舅的时候，她觉得这天下就没有办不成的事！她已经睡下了，忙吩咐春晚给她更衣。

春晚笑道："难道四老爷是专程来给二表小姐送银子的？"

周少瑾说她："以后再也不可拿这件事开玩笑，小心池舅舅不高兴。他也是好心。你们输银子的时候我不也悄悄地补了你们！"

春晚道："我只是没有想到四老爷那么冷峻严肃的一个人会说出这种话来。"

周少瑾不悦地瞪了春晚一眼。春晚忙道："我再也不说了，再也不说了。"手脚麻利地帮她更衣。可还没等她穿上褙子，巡夜的婆子又来禀，说程池走了。